LA CASA
DEL ÁGUILA

LA CASA DEL ÁGUILA

Duncan Sprott

RBA

Título original: *The House of the Eagle. Book One of The Ptolemies Quartet*
Traducción: Anna Herrera
Traducción cedida por Editorial Edhasa

Pérez Galdós, 36. 08012 Barcelona

Diseño de la cubierta: Jaime Fernández

ISBN-10: 84-473-5053-3
ISBN-13: 978-84-473-5053-7

Depósito legal: B-43.917-2006

Impresión y encuadernación:
LIBERDUPLEX

Impreso en España – Printed in Spain

El hombre se descompone, su cadáver es polvo, toda su estirpe ha perecido, pero un libro hace que se le recuerde de boca de su recitador. Mejor es un libro que una casa bien construida, que tumbas en el Oeste; mejor que una sólida mansión.

Papiro Chester Beatty, IV

Sumérgete en un libro como te sumerges en el agua. La pobreza espera a quien no entra en él.

Proverbio egipcio

Hablar de los muertos es hacerles vivir de nuevo.

Dicho egipcio

Personajes principales

CASA DE PTOLOMEO

Ptolomeos

PTOLOMEO SOTER (Salvador) – hijo de Lagos y Arsinoe

PTOLOMEO KERAUNOS (Rayo) – hijo mayor legítimo de PTOLOMEO SOTER y EURÍDICE

PTOLOMEO FILADELFO (El que ama a la hermana) – hijo de PTOLOMEO SOTER y BERENICE; llamado micros.

PTOLOMEO EUERGETES (Benefactor) – hijo de PTOLOMEO FILADELFO y ARSINOE ALFA

PTOLOMEO DE TELMESO – hijo mayor de LISÍMACO de Tracia y ARSINOE BETA.

Otros

ANTIGONE –hija de BERENICE y Filipo de Macedonia

ARSINOE ALFA – hija de LISÍMACO de Tracia, esposa de PTOLOMEO MICROS.

ARSINOE BETA – hija de PTOLOMEO SOTER y BERENICE; esposa de LISÍMACO de Tracia y de PTOLOMEO KERAUNOS.

ARTAKAMA – hija de Artabazos, sátrapa de Bactria.

BERENICE (ALFA) – tercera esposa de PTOLOMEO SOTER; madre (el padre es Filipo de Macedonia) de MAGAS y ANTIGONE.

EIRENE – hija de PTOLOMEO SOTER y THAIS de Atenas.

EURÍDICE – hija del viejo Antipatro, sátrapa de Macedonia; segunda esposa de PTOLOMEO SOTER.

FILIPO – hijo de ARSINOE BETA y LISÍMACO de Tracia.

FILOTERA – hija de PTOLOMEO SOTER y EURÍDICE; esposa de Demetrio Poliorcetes, madre de Demetrio Kalos.

LAGOS – padre de PTOLOMEO SOTER.

LAGOS – hijo de PTOLOMEO SOTER y THAIS.

LEONTISKOS – hijo de PTOLOMEO SOTER y THAIS.

LISANDRA – hija de PTOLOMEO SOTER y EURÍDICE; esposa de Alejandro (V) de Macedonia, y luego de AGATOCLES de Tracia.

LISÍMACO – hijo de ARSINOE BETA y LISÍMACO de Tracia.

LISÍMACO – hijo de PTOLOMEO MICROS y ARSINOE ALFA.

MAGAS – hijo de BERENICE y Filipo de Macedonia

MENELAO – hijo de LAGOS y Arsinoe, hermano menor de PTOLOMEO SOTER, llamado TÍO MENELAO.

MELEAGRO – hijo de PTOLOMEO SOTER y EURÍDICE.

TEOXENA – hija de PTOLOMEO SOTER y EURÍDICE, esposa de AGATOCLES, tirano de Siracusa.

CASA REAL DE MACEDONIA

ADEIA-EURÍDICE – esposa de FILIPO ARRIDEO

ALEJANDRO (III) (MAGNO) – hijo de Filipo de Macedonia y OLIMPIA.

ALEJANDRO (IV) –hijo de ALEJANDRO y ROXANA; rey de Macedonia.

BARSINE – amante de ALEJANDRO

CLEOPATRA – hija de FILIPO y OLIMPIA; hermana de ALEJANDRO.

FILIPO (II) – padre de ALEJANDRO, rey de Macedonia.

FILIPO (III) ARRIDEO – hermano mayor de ALEJANDRO; rey de Macedonia.

OLIMPIA – esposa de FILIPO; reina de Macedonia.

ROXANA – esposa de ALEJANDRO, madre de ALEJANDRO IV.

SUMOS SACERDOTES DE PTAH EN MENFIS

ANEMHOR – Sumo Sacerdote en tiempos de PTOLOMEO SOTER, llamado ANEMHOR EL VIEJO.

ESKEDI – hijo de ANEMHOR EL VIEJO; marido de NEFERRENPET (Rempnofris).

PADIBASTET – hijo de ESKEDI; marido de NEFERSOBEK (Nefersouchos).

ANEMHOR (II) – hijo de PADIBASTET y NEFERSOBEK; llamado ANEMHOR EL JOVEN.

Cronología

a. C.)	367	Nacimiento de Ptolomeo (Soter)
	359	Filipo se convierte en rey de Macedonia
	356	Nacimiento de Alejandro
	358	Batalla de Queronea
		¿Ptolomeo conoce a Thais?
	336	Asesinato de Filipo
		Alejandro se convierte en rey de Macedonia
	335	Guerra contra las tribus balcánicas
		Saqueo de Tebas, Grecia.
	334	Campaña asiática; Alejandro cruza el Helesponto
		Batalla de Gránico
	333	Batalla de Issos
	332	Asedio a Tiro
		Asedio a Gaza
		Alejandro toma Egipto
		Expedición al Oráculo de Zeus-Amón en Libia
		Fundación de Alejandría
	331	Marcha hacia el Éufrates
		Batalla de Gaugamela
	330	Quema de Persépolis
		Ocupación de Mesopotamia y Babilonia
		Muerte de Darío de Persia
	329	Ptolomeo captura Bessos
		Alejandro cruza el Paropamisos o Hindu Kush
	326	Campaña de la India
	325	Marcha por el desierto de Gedrosia

324 Ptolomeo se casa con Artakama en Susa
Muerte de Hefestión
323 10/11 de junio: muerte de Alejandro
Ptolomeo es nombrado sátrapa de Egipto
322 Ptolomeo lleva el cuerpo de Alejandro a Egipto
Ejecución de Cleomenes
321 Ptolomeo se casa con Eurídice
Nacimiento de Ptolomeo Keraunos (el Rayo)
320 Asesinato de Perdicas
Ptolomeo toma Siria y Palestina
317 Ptolomeo se casa con Berenice
315 Nacimiento de Arsinoe Beta
c. 313 Ptolomeo traslada la capital de Menfis
a Alejandría
312 Ptolomeo derrota a Demetrio Poliorcetes en Gaza
309-308 Nacimiento de Ptolomeo Micros
306 Ptolomeo es derrotado en Salamina, Chipre,
por Demetrio Poliorcetes
305-304 Asedio a Rodas
Ptolomeo toma el título de *Soter* (Salvador)
303 Ptolomeo se convierte en faraón de Egipto
301 Batalla de Ipsos en Frigia
300 Estrato de Lampsaco es nombrado tutor
de Ptolomeo Micros
299 Pirro de Epeiro se casa con Antigone
297 Muerte de Casandro
Fundación del Museion o Museo y
de la Gran Biblioteca de Alejandría
Empieza a construirse el Faro de Alejandría
295 Ptolomeo recupera el control de Chipre
288 Ptolomeo nombra heredero a Ptolomeo Micros
285 Ptolomeo Micros es cogobernante con su padre
283 Muere Ptolomeo Soter
Muere Demetrio de Falero
Ptolomeo Micros sube al trono como Ptolomeo II

280 Festival de la Ptolemaiea, en honor
de Ptolomeo Soter
279 Muerte de Ptolomeo Keraunos luchando
contra los galos
Arsinoe Beta regresa a Alejandría

Todas las fechas son aproximadas

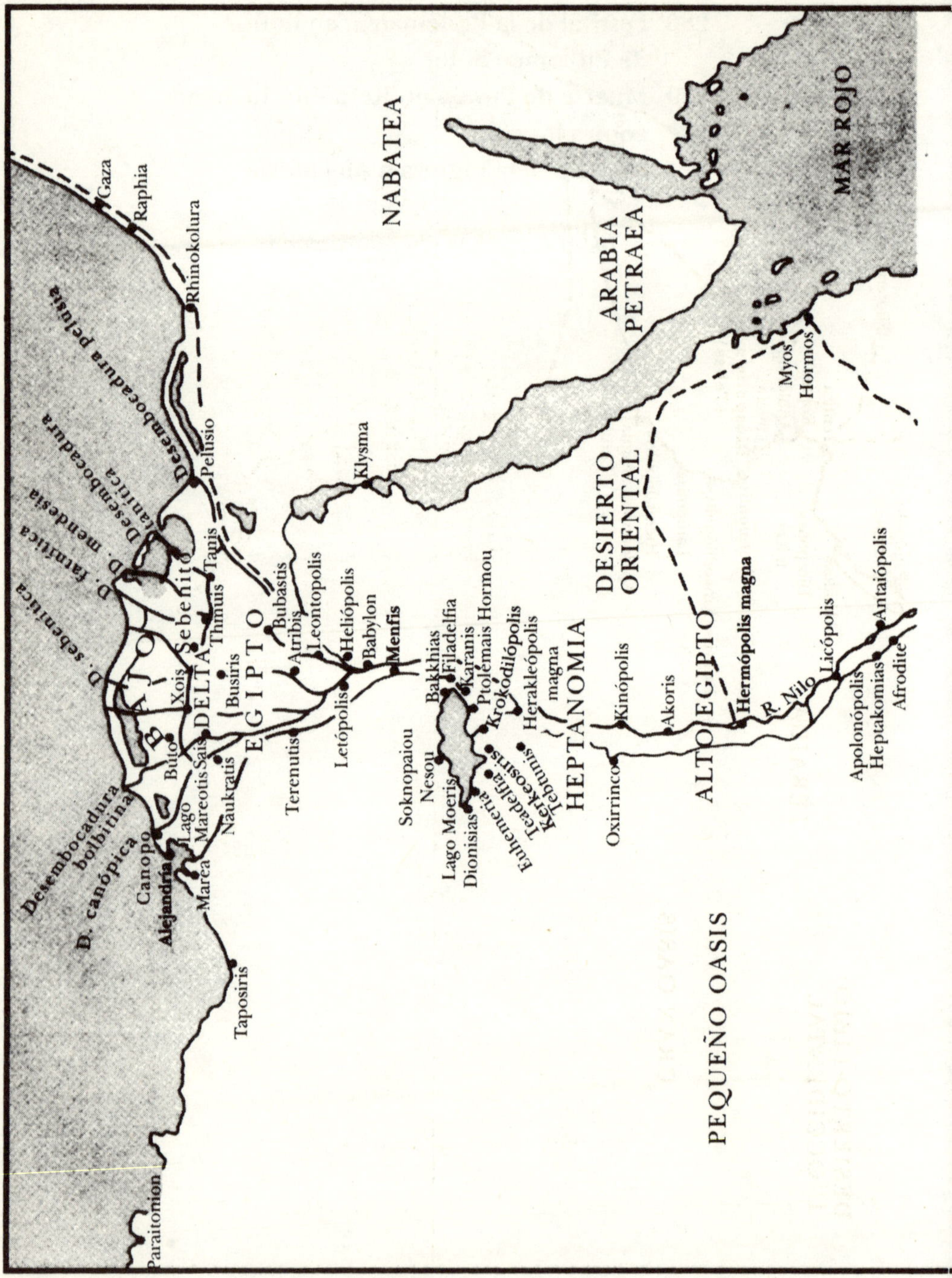
NABATEA
ARABIA
PETRAEA
MAR ROJO
Gaza
Raphia
Rhinokolura
Desembocadura pelusia
Desembocadura
Desembocadura
tanítica
Desembocadura mendesia
D. fatnítica
D. sebenítica
Pellisio
Tanis
Thmuis
Sebenito
BAJO
DELTA
Xois
Busiris
Bubastis
Leontopolis
Heliópolis
Atribis
Babylon
Menfis
EGIPTO
Letópolis
Terenutis
Naukratis
Sais
Buto
Mareotis
Lago
Desembocadura
bolbitina
Canopo
Desembocadura
D. canópica
Alejandría
Marea
Taposiris
Paraitonion
Klysma
Myos
Hormos
DESIERTO
ORIENTAL
Bakkhias
Filadelfia
Karanis
Ptolemais Hormou
Krokodilópolis
Herakleópolis
magna
Soknopaiou
Nesou
Lago Moeris
Dionisias
Euhemeria
Teadelfia
Kerkeosiris
Tebtunis
HEPTANOMIA
Kinópolis
Oxirrinco
Akoris
Hermópolis magna
ALTO EGIPTO
R. Nilo
Licópolis
Antaiópolis
Apolonópolis
Heptakomias
Afrodite
PEQUEÑO OASIS

Egipto

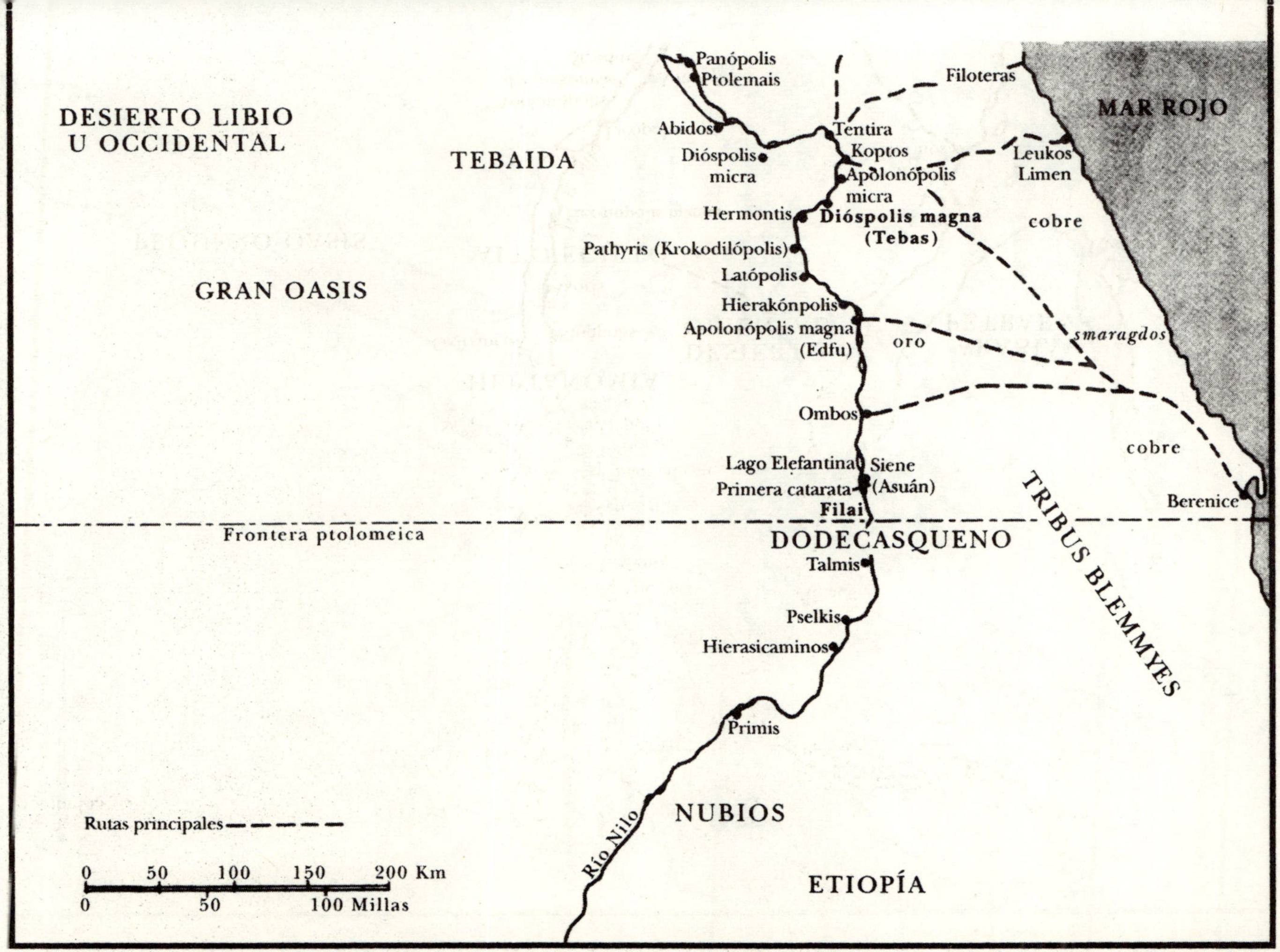
MAR ROJO
DESIERTO LIBIO
U OCCIDENTAL
TEBAIDA
GRAN OASIS
Panópolis
Ptolemais
Abidos
Diópolis
micra
Tentira
Koptos
Apolonópolis
micra
Filoteras
Leukos
Limen
cobre
Hermontis
Diópolis magna
(Tebas)
Pathyris (Krokodilópolis)
Latópolis
Hierakónpolis
Apolonópolis magna
(Edfu)
oro
smaragdos
Ombos
cobre
Lago Elefantina
Siene
(Asuán)
Primera catarata
Filai
Berenice
Frontera ptolomeica
DODECASQUENO
TRIBUS BLEMMYES
Talmis
Pselkis
Hierasicaminos
Primis
NUBIOS
Río Nilo
ETIOPÍA
Rutas principales
0 50 100 150 200 Km
0 50 100 Millas

Imperio de Alejandro

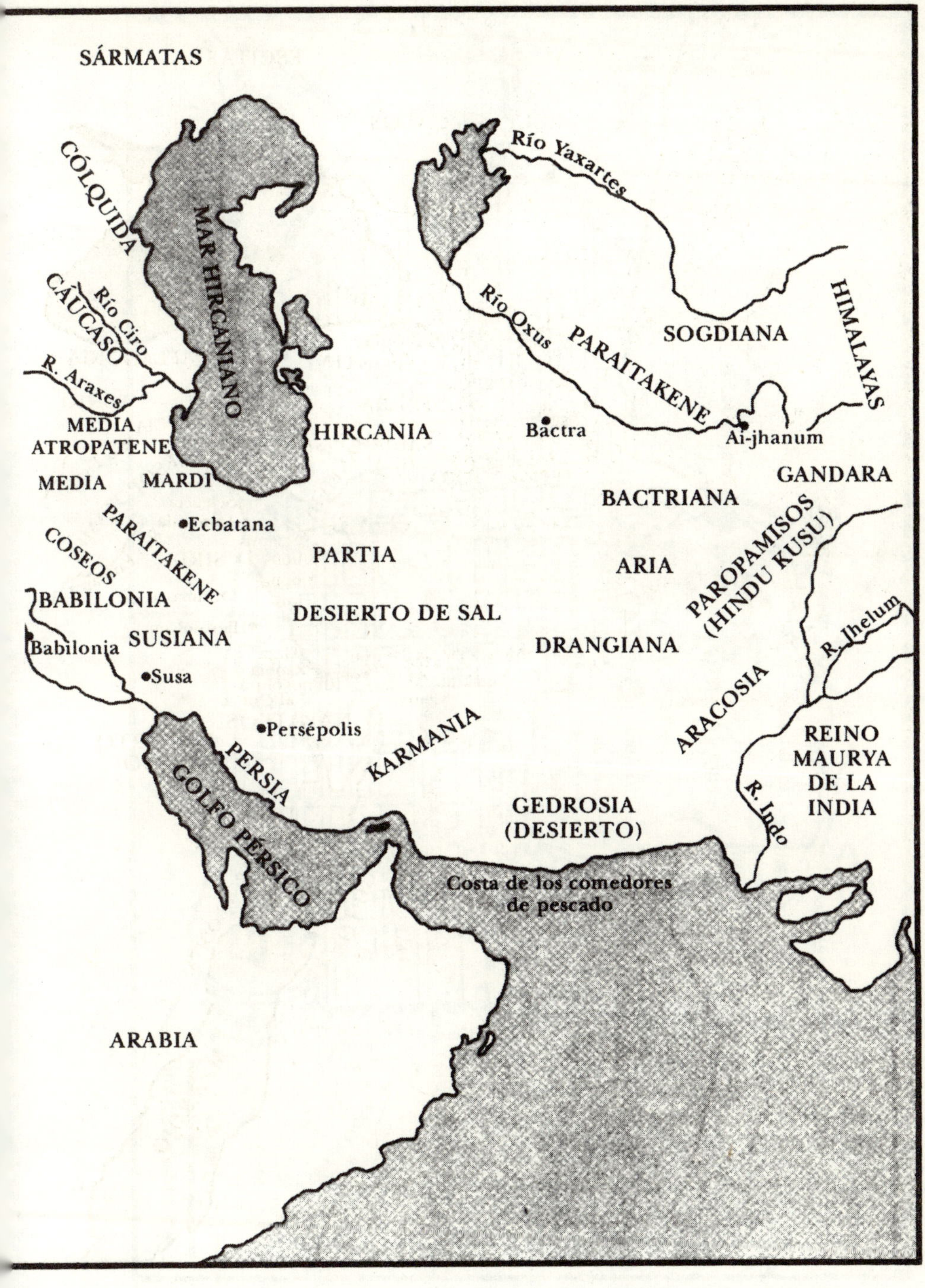
SÁRMATAS
CÓLQUIDA
MAR HIRCANIANO
CÁUCASO
Río Ciro
R. Araxes
MEDIA ATROPATENE
MEDIA
MARDI
HIRCANIA
Río Yaxartes
Río Oxus
PARAITAKENE
SOGDIANA
HIMALAYAS
Bactra
Ai-jhanum
GANDARA
BACTRIANA
PARAITAKENE
•Ecbatana
COSEOS
PARTIA
ARIA
PAROPAMISOS (HINDU KUSU)
BABILONIA
DESIERTO DE SAL
Babilonia
SUSIANA
DRANGIANA
R. Jhelum
•Susa
ARACOSIA
•Persépolis
KARMANIA
REINO MAURYA DE LA INDIA
PERSIA
GOLFO PÉRSICO
GEDROSIA (DESIERTO)
R. Indo
Costa de los comedores de pescado
ARABIA

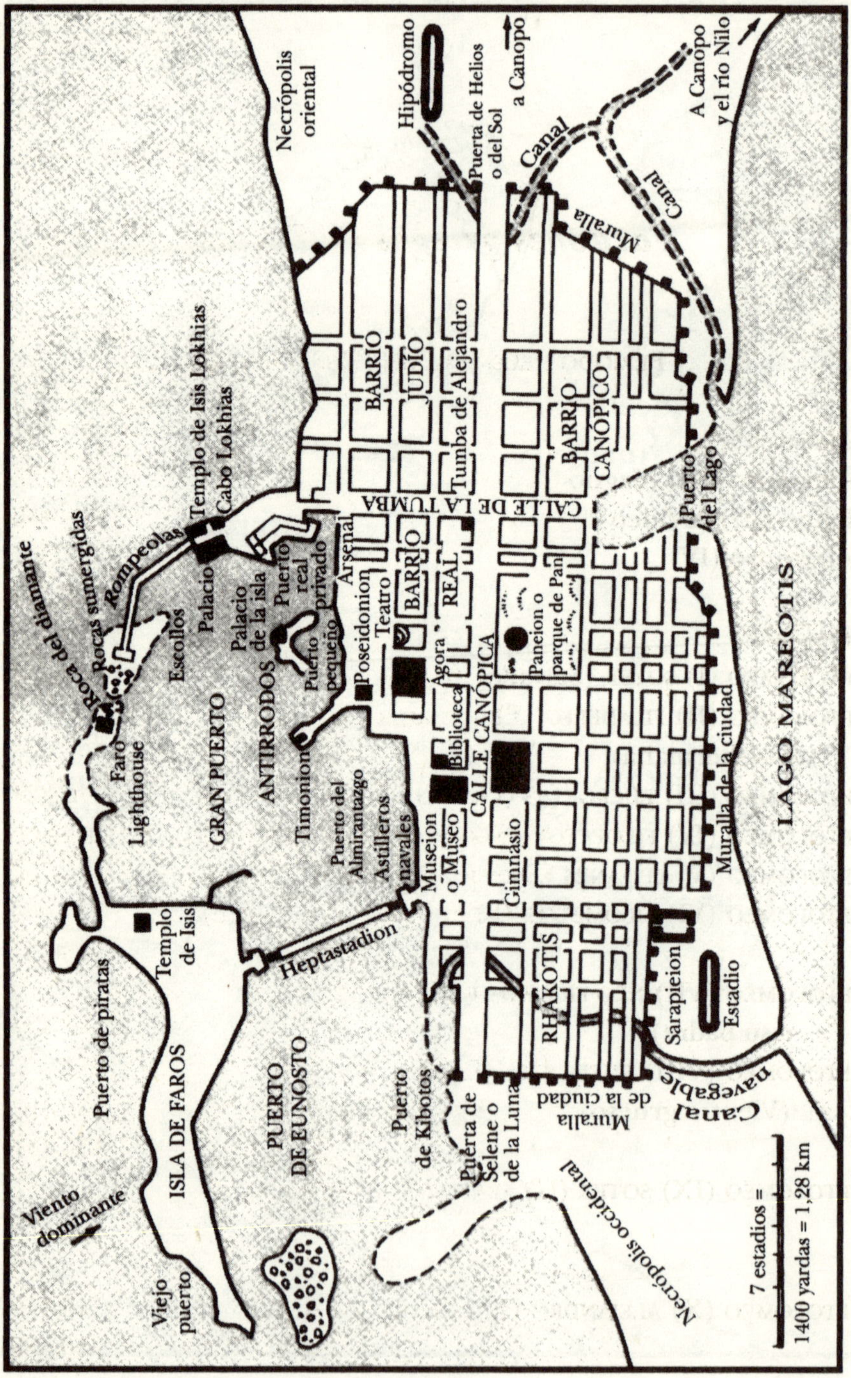

Necrópolis oriental
Hipódromo
Puerta de Helios o del Sol
a Canopo
Canal
A Canopo y el río Nilo
Canal
Muralla
Templo de Isis Lokhias
Cabo Lokhias
BARRIO JUDÍO
Tumba de Alejandro
BARRIO CANÓPICO
CALLE DE LA TUMBA
Puerto del Lago
Rocas sumergidas
Roca del diamante
Rompeolas
Palacio
Palacio de la isla
Puerto real privado
Arsenal
BARRIO REAL
Paneion o parque de Pan
Escollos
Teatro
Poseidonion
Puerto pequeño
ANTIRRODOS
Ágora
CALLE CANÓPICA
Biblioteca
GRAN PUERTO
Faro Lighthouse
Timonion
Puerto del Almirantazgo
Astilleros navales
Museion o Museo
Gimnasio
Muralla de la ciudad
LAGO MAREOTIS
Templo de Isis
Heptastadion
RHAKOTIS
Sarapieion
Estadio
Puerto de piratas
ISLA DE FAROS
PUERTO DE EUNOSTO
Puerto de Kibotos
Puerta de Selene o de la Luna
Muralla de la ciudad
Canal navegable
Necrópolis occidental
Viento dominante
Viejo puerto
7 estadios =
1400 yardas = 1,28 km

Alejandría

Faraones griegos de Egipto

PERÍODO HELENÍSTICO (332-330 A. C.)

Macedonios	
Alejandro (III) Magno	332-323
Filipo (III) Arrideo	323-316
Alejandro (IV)	316-304
Ptolomeos	
PTOLOMEO (I) SOTER (Salvador)	304-284
PTOLOMEO (II) FILADELFO (El que ama a su hermana)	285-246
PTOLOMEO (III) EUERGETES (Benefactor)	246-221
PTOLOMEO (IV) FILOPATOR (El que ama a su padre)	221-205
PTOLOMEO (V) EPIFANES (Dios manifestado)	205-180
PTOLOMEO (VI) FILOMETOR (El que ama a su madre)	180-164
	163-145
PTOLOMEO (VII) NEO FILOPATOR (El que ama a su padre)	145
PTOLOMEO (VIII) EUERGETES (II) «fiscón» (Vientre grueso)	170-163
	145-116
PTOLOMEO (IX) SOTER (II) «LATIROS» (Garbanzo)	116-110
	109-107
	88-81
PTOLOMEO (X) ALEJANDRO (I) (Asesino de su madre)	110-109
	107-88

PTOLOMEO (XI) ALEJANDRO (II) (El que ama a su madrastra)	80
PTOLOMEO (XII) NEO DIONISOS «AULETES» (Tocador de flauta)	80-58, 55-51
BERENICE (IV) (A quien mató su propio padre)	58-55
CLEOPATRA (VII) TEA FILOPATOR (diosa)	51-30
PTOLOMEO (XIII) (El que se ahogó en el río)	51-47
PTOLOMEO (XIV) (El que fue envenenado por su propia hermana)	47-43
PTOLOMEO (XV) CESARIÓN (Pequeño César)	44-30

SUMOS SACERDOTES DE MENFIS

(Los nombres griegos aparecen entre paréntesis)
Todas las fechas son aproximadas. *= nombre hipotético

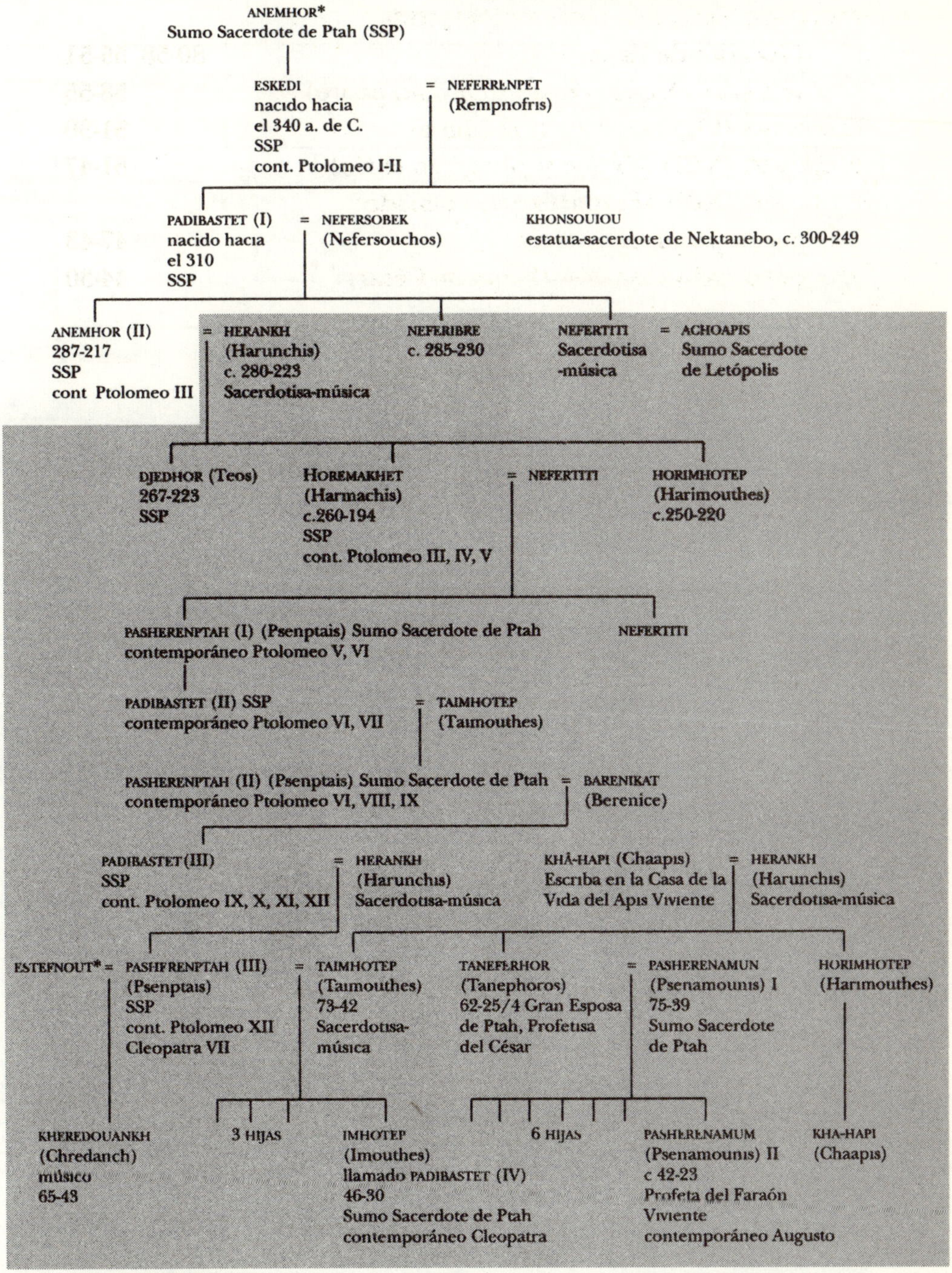

Nota Los sumos sacerdotes de *La casa del aguila* están por encima de la zona sombreada

LA CASA DE PTOLOMEO

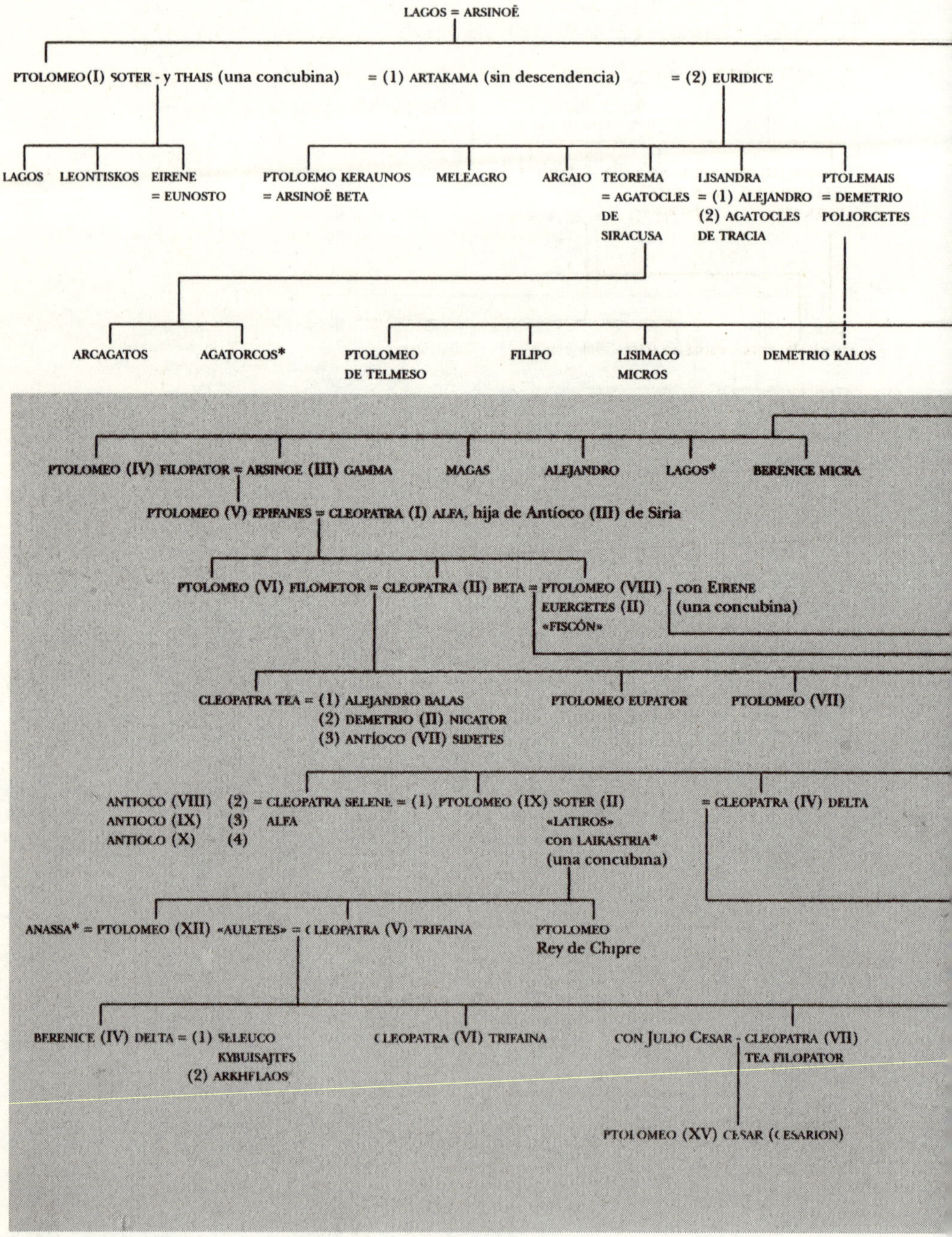

* = nombre hipotético

Nota: *La casa del águila* comprende la historia de todos aquellos que aparecen por encima de la zona sombreada.

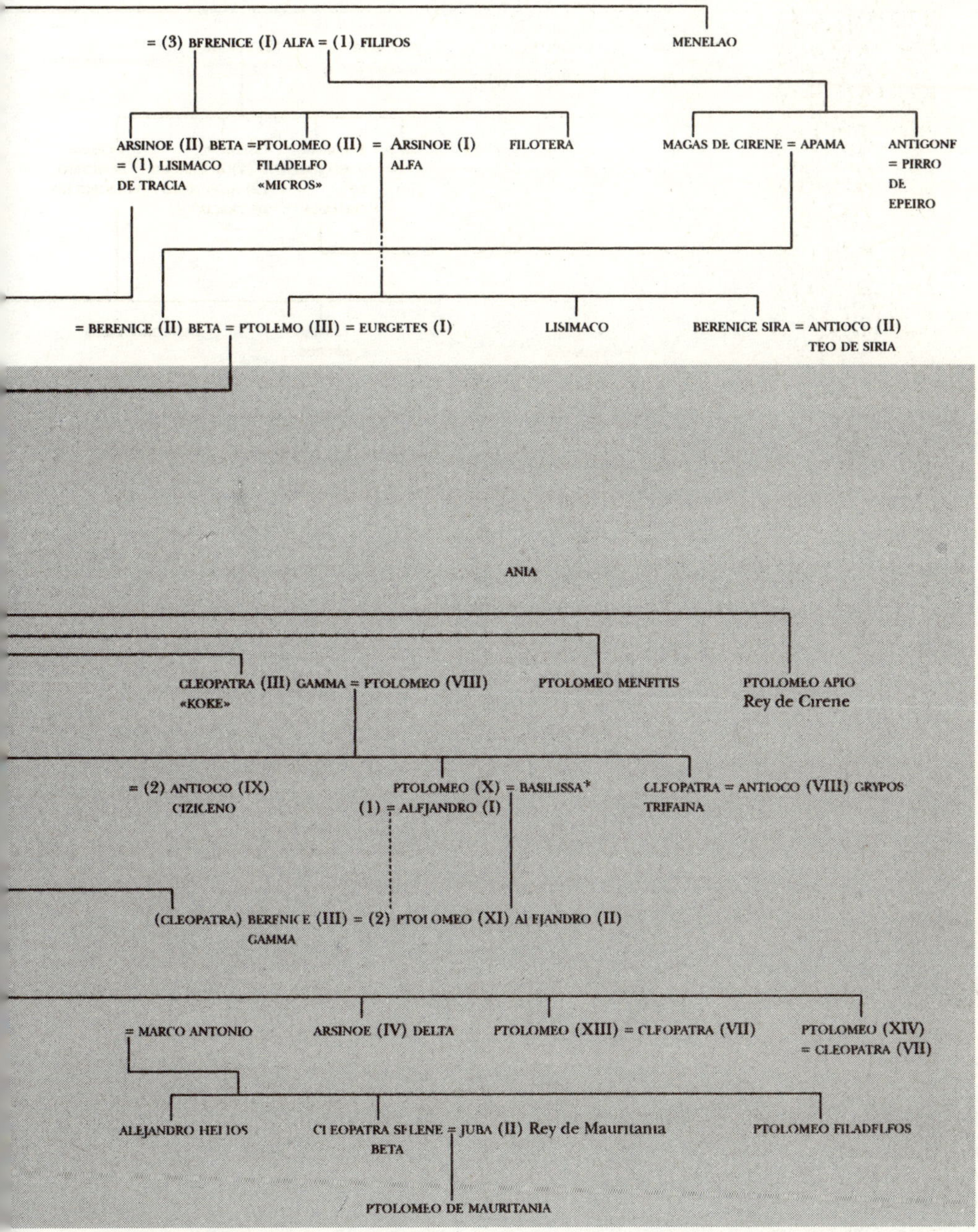
= (3) BERENICE (I) ALFA = (1) FILIPOS
MENELAO
ARSINOE (II) BETA = PTOLOMEO (II) = ARSINOE (I)
= (1) LISIMACO
DE TRACIA
FILADELFO
«MICROS»
ALFA
FILOTERA
MAGAS DE CIRENE = APAMA
ANTIGONE
= PIRRO
DE
EPEIRO
= BERENICE (II) BETA = PTOLEMO (III) = EURGETES (I)
LISIMACO
BERENICE SIRA = ANTIOCO (II)
TEO DE SIRIA
ANIA
CLEOPATRA (III) GAMMA = PTOLOMEO (VIII)
«KOKE»
PTOLOMEO MENFITIS
PTOLOMEO APIO
Rey de Cirene
= (2) ANTIOCO (IX)
CIZICENO
PTOLOMEO (X) = BASILISSA*
(1) = ALEJANDRO (I)
CLEOPATRA = ANTIOCO (VIII) GRYPOS
TRIFAINA
(CLEOPATRA) BERENICE (III) = (2) PTOLOMEO (XI) ALEJANDRO (II)
GAMMA
= MARCO ANTONIO
ARSINOE (IV) DELTA
PTOLOMEO (XIII) = CLEOPATRA (VII)
PTOLOMEO (XIV)
= CLEOPATRA (VII)
ALEJANDRO HELIOS
CLEOPATRA SELENE = JUBA (II) Rey de Mauritania
BETA
PTOLOMEO FILADELFOS
PTOLOMEO DE MAURITANIA

Prólogo

En el camino que conduce a Egipto, o que sale de Egipto, aparece de pronto un remolino tumultuoso de arena que amarillea el mundo: es la tormenta de arena, el envolvente huracán de arena, que son también las arenas del propio Tiempo. De esa niebla amarilla emerge al final un rostro oscuro, negro como la noche, dorado como la aurora. Un rostro de perro con las orejas enhiestas, el morro húmedo, los bigotes y las babas de un perro auténtico, un perro vivo.

Mirad de cerca y veréis que la cabeza del perro está unida al cuerpo de un hombre, y sí, bajo la máscara se oculta un sacerdote de Egipto, ataviado con sus ropajes blancos..., bueno, los ropajes que antaño fueron blancos, ahora ya amarillentos, como si fuese un hombre hecho de arena y manchado por el viaje, porque lleva mucho, mucho tiempo en el camino. Le han robado las sandalias. Tiene los pies descalzos, agrietados y sangrantes. Es pobre. Sus manos ya no son las suaves manos del escriba, son ásperas. Tiene la mano derecha extendida hacia ti, en posición de mendigar, y no sólo mendiga monedas, sino que también te pide tus oídos... para que escuches lo que tiene que contarte.

Cara de Perro lleva un zurrón o bolsa y un bastón, y en la bolsa guarda sus últimas posesiones: cuatro grandes rollos de papiro, cubiertos de escritura, con la tinta ya desvaída, que quizás haya escrito él mismo, con su propia pluma, o quizá no. ¿Y quién es este Cara de Perro? Es el hombre de las múltiples máscaras, que lleva dos mil años por los caminos y que no tiene ocupación alguna en la tierra más que desenrollar sus libros y leértelos.

Y la máscara de perro no es más que el dios perro de los egipcios, Anubis, el Perro Todopoderoso, el compañero de Thot. Sí, el Señor del Desierto, que tiene el poder de ver con sus ojos tanto de día como de noche. Ha visto todas las cosas. Ya no es joven, pero posee algo mejor que la juventud: edad, experiencia, sabiduría. Preside los misterios de la noche. Simboliza la victoria de la vida sobre la muerte. Aúlla como un chacal. Ladra como un perro. Cara de Perro: es el guardián de este libro, el guardián de las puertas de este escrito, que vigila tanto su principio como su final, Anubis. Parece tranquilo, haciendo guardia, imperecedero, como una bestia a la que nada conmueve. Espera que tu civilización se convierta a su vez en polvo y sea barrida por la tormenta de arena que es el Tiempo.

Anubis es el único que habla en el Juicio de los Dioses, para que Thot escriba. Es el Archicontador de Historias, las historias de las vidas de los hombres. De momento, sin embargo, este Cara de Perro debe abandonar su máscara y adoptar la máscara del pájaro. Es el momento de que Cara de Perro se convierta en el Ibis. El Amo de todos los Secretos. Ha pasado mucho, mucho tiempo en el camino, buscándote para contarte esta historia.

Ahora aúlla con el aullido de un perro, y su aullido se convierte en el áspero graznido de un ave.

Te coge por el brazo, ya no es el perro. Tiene la mano retorcida, escamosa, aguda, y se clava en la carne, como la garra de un ave.

–Estás en mi poder –dice.

–Hola, Cara de Perro –le saludas tú–. Hola, Anubis, faraón del Averno.

–Hágase la oscuridad –dice él.

PRIMERA PARTE

Ptolomeo, hijo de Lagos

1.1
Los dedos de Thot

¡Eh! ¡Extranjero! ¡Eh! ¡Tú, ignorante! ¡Has tardado demasiado en venir! ¡Llegas muy tarde! ¡Sí! A ti, a ti te hablo, lector, a ti. Porque creo que tú no sabes *nada,* nada de Ptolomeo, de Ptolemis, el griego que fue faraón de Egipto, ni de la terrible tragedia de su casa. No sabes quién fue Ptolomeo, ¿verdad? No has oído nunca hablar de él... Ni siquiera sabes pronunciar su nombre (¡no hay que pronunciar la *P,* lector!) Verdaderamente, mereces que te den unos azotes en las plantas de los pies.

Sí, creo que lo has olvidado absolutamente todo acerca de la Tierra Negra y la Tierra Roja, de las Dos Tierras que yo llamaba Kemet, la tierra que los griegos se complacían en llamar Aegyptos y que a lo mejor *tú* has oído nombrar como «Egipto». Habrás olvidado a Ra, el dios del sol. También habrás olvidado a Anubis, el dios con cabeza de perro, que es faraón del Averno. No tienes ni idea de quién es Sobek, el dios cocodrilo. Tu ignorancia es vergonzosa, vergonzosa... ¡y el único faraón del cual has oído hablar es el débil Tutankamón! Verdaderamente, Thot tendría que enseñártelo todo. Pero no temas. No tengas miedo. Cálmate, lector, dejaremos los azotes para más tarde. Thot se sentirá complacido de guiarte. Porque debes saber que yo soy Thot.

* * *

Pero, como eres un ignorante, no sabes tampoco quién es Thot, ¿verdad? Te has olvidado incluso de Thot, del Gran Mago. Thot, el dios con cabeza de ibis; Thot, el babuino con cabeza de perro; Thot el Simio, que es el Mayor de los Escribas, que es la Memoria de los Dioses, que escribe todas y cada una de las palabras de los dioses.

Thot, el que lo sabe todo. No hay ningún libro sobre Egipto que no haya sido escrito por el propio Thot, con su propia pluma. Contempla, pues, a Thot, el Contador de Historias, porque no ha quedado hombre alguno sobre la tierra que pueda desplegar ante ti la historia completa y horrible de los Ptolomeos, una historia que amedrenta a todos los hombres, que los hombres han querido olvidar, a causa de sus horrores..., una historia real, pero absolutamente increíble. Pero Thot... Thot no tiene la capacidad de olvidar. Thot sólo puede *recordar*.

A ti, sin embargo, ya que ruegas y suplicas, Thot te contará esa gran historia olvidada de cómo los griegos se convirtieron en reyes y faraones de Egipto durante diez generaciones. Y llorarás, y se te pondrán los pelos de punta, si es que tienes pelo, lector, porque esta historia rezuma sangre desde el principio hasta el fin, es como una ducha de sangre, horrible y maravillosa al mismo tiempo.

Lee, pues, lector, y horrorízate. Lee y deléitate.

* * *

Pero primero, antes de que Thot te cuente la historia de Ptolomeo, debe hablarte de Thot. Porque tú, lector, eres el Alumno-de-Thot. Eres Aquel-que-desea-saber, y no puedes saber nada si no sabes quién es Thot y qué es. Porque sí, yo soy THOT, GRANDE, GRANDE, GRANDE, TRES VECES GRANDE.

¡Ah! Alumno-de-Thot, soy yo quien ha aprendido la Instrucción Decimonovena, la Enseñanza del Discurso Tranquilo. Yo soy Thot, el Frío de Discurso, mi nombre es Lengua Dulce. Yo soy Thot, el Poderoso en el Terror, que baña de sangre a sus enemigos. Yo soy Thot, Grande en la Matanza, dios de los muertos. Yo soy El-Que-Sabe-Cómo-Repeler-el-Mal. Yo soy el Pacífico.

¡Ah! ¡Ah! Yo soy El-Que-Tiene-Pico, el que tiene garras y alas. Yo soy el dios de la luna. Soy el Embaucador. Y el Ladrón del Tiempo. Yo soy THOT.

Tienes que saber que yo soy Thot, quien se tragó las Dos Tierras, quien sabe todo lo que se puede saber sobre Egipto. Soy

Thot el Presuntuoso, Thot el Pedante, Thot, el de los enrevesados discursos.

Tienes que saber que es Thot quien ruega especialmente por cada hombre ante los Jueces de la Muerte; que a Thot será a quien encuentres en la Otra Vida, cuando pese tu corazón de hombre muerto en las Balanzas, contra la Pluma de Maat, la Pluma de la Verdad, y que será Thot quien escriba por fin el Juicio de los Dioses. ¡Que tu corazón sea ligero en la Balanza, lector! Porque será Thot quien pese TU corazón, cuando te llegue el turno. ¿Basta eso para que te sientes y escuches?

* * *

También para los griegos soy Thot, o Taautos. Para los egipcios soy Djehuty o Djedhuti o Tehuti, autor de los Cuarenta y dos Libros llamados los *Tehutica,* cuyo guardián es Thot. Algunos son libros de magia, porque Thot es el Gran Mago, sólo comparable a Isis, Dama de los Muchos Nombres, y otros son libros de historia, para los anales de cada reinado están escritos por Thot. El libro que tú, lector, estás sujetando en tus manos es un libro de Historia, el Cuadragésimo Tercer Libro de Thot. Este libro mantiene tus ojos pegados a las páginas hasta que acabas de leerlo. Thot te lo promete. Cada palabra de las que contiene es cierta. No existe lugar alguno para la ficción en la escritura de Thot.

¡Thot! Algunas veces tomo la forma de un ibis, y vuelo hacia el cielo. Ahora, sin embargo, adopto la forma de un simio, y me coloco agazapado en el hombro del escritor. El Simio de Thot parlotea al oído de todos los escribas. El Simio de Thot mira con gran fijeza cada palabra. Todos los escribas, antes de iniciar su tarea de escritura diaria, deben verter una gota de agua en el suelo, fuera del recipiente en el cual mojan su pincel. Es su libación a Thot, a *mí,* al Patrón de los Escribas, a Thot, el mejor escriba de todos.

Thot te escucha, Alumno-de-Thot. Conoce incluso tus pensamientos más secretos. ¿No crees ni una palabra? Thot se enfurece mucho más, entonces. Debería recordarte, Alumno-de-Thot, que soy la Lengua de Ptah, el dios creador, y que Ptah creó todas las cosas. Soy el Señor de la Cronología, Thot, que reinó exactamente 7.726 años. Créeme, soy el Omnisciente. Soy el Señor de Jemenu, el Dios Más Poderoso. Yo soy el Corazón y la Lengua de Ra. Soy el Señor de los Libros. Soy el Autor del Tiempo. Puedo leer los secretos en los corazones de los hombres. Tengo el poder de cruzar todas las barreras.

Soy el auténtico *inventor* de los jeroglíficos, el *inventor* de la lectura y de la escritura. Soy el Señor Bondadoso. Soy el Señor de las Estrellas. Soy el Medidor de la Tierra. Mis palabras tienen efecto. Soy Poderoso en el Habla. Cuando me pongo la máscara de Thot, *soy* Thot, *soy* el dios.

Y por eso empiezo a escribir. Thot me vigila. El simio pesa en mi hombro. ¿No me crees? Escucha, Alumno-de-Thot, es la verdad.

¡Thot te lo implora: cree!

Sí, Thot ha escrito estos capítulos con sus propios dedos.

1.2.
Nadie

Thot pregunta, entonces: ¿quién era ese Ptolomeo, ese griego, ese macedonio de cabello rubio? ¿De quién era hijo? ¿De dónde provenía? Y ¿qué quería de Egipto?

Ptolomeo... ¿Acaso no es verdad que él no era Nadie, Nadie, de Ningún Lugar? ¿No es verdad que era un hombre que ni siquiera sabía el nombre de su abuelo?

Le llamaban Ptolemaios, y su nombre significaba Guerrero, y nunca hubo un nombre que mejor cuadrase para una Casa que el nombre de Ptolemaios.

Desde el principio se plantearon interrogantes acerca de su origen. Algunos decían que su padre era Lagos, un comandante del ejército del rey Filipo de Macedonia, o al menos un soldado suyo, y su madre, Arsinoe. El nombre de Lagos significa liebre, la criatura que duerme con los ojos abiertos y que, por encima de todo, es rápida. Por ello, algunos han llamado a la Casa de los Ptolomeos los Lágidas.

Otros juraban por Zeus que Ptolomeo era hijo de Arsinoe, pero que su padre era el propio rey Filipo, y Arsinoe, víctima de una violación..., que la violación es el privilegio de los reyes, y que Ptolomeo nació como bastardo.

¿Quién era en realidad? ¿Un niño de noble cuna? ¿O sin linaje alguno? Incluso Thot se encoge de hombros. ¿Y si en realidad hubiese sido un campesino de Eordaia, en Macedonia, un pastor de ovejas y cabras, sólo un escalón por encima de los bárbaros? ¿Qué importancia hubiese tenido? Porque el destino de aquel niño era ser rey, y dios en vida, y ser llamado *Aionobios*, El Que Vive Para Siempre, e Hijo del Sol.

En el momento de su nacimiento, las mujeres lanzaron el grito de alegría ritual, y la comadrona lo examinó bien para comprobar que el niño tuviese el número adecuado de orificios y dedos, que los dedos de sus pies no estuviesen unidos, ni hubiese una hendidura en el paladar, y que los dos ojos tuviesen el mismo color: azul. Si todo eso era correcto, los griegos educarían al niño, y si no, no lo harían, y lo abandonarían, y las aves le picotearían los ojos y los perros se comerían su carne en vida, porque nadie se preocuparía de lo que fuese de él. Tal era la costumbre de los griegos, que no querían tener sino hijos perfectos, bellos como los dioses inmortales, todos los niños hermosos como Apolo y todas las niñas hermosas como Afrodita.

Se contaban muchas historias de los orígenes de Ptolomeo, y decían que sí, que fue abandonado, expuesto a la intemperie en las colinas, a causa de la violación de su madre. Dicen que fue rescatado por un águila, y que los padres lo volvieron a recoger, porque un niño alimentado por águilas debe crecer y convertirse en rey, ya que aquello era un augurio celestial.

¿Mito o historia? Thot se ríe. ¡Estos griegos! Les gusta pintarse a sí mismos más magníficos, sabios y generosos de lo que realmente son. Los griegos son fingidores, actores, amantes de la mentira, y sus historias están llenas de engaños, porque una historia con muchas mentiras es más interesante... Thot lo jura.

Pero de todos modos, si era verdad que ese tal Ptolomeo era hijo de Filipo y de una concubina, entonces era medio hermano de Alejandro, y su sangre era sangre real. Convenía a la Casa de los Ptolomeos dejar que el mundo creyese que tal cosa era cierta.

El primer día de su vida, Lagos y Arsinoe hicieron las ofrendas adecuadas a las Parcas: pan, sal y dracmas.

Al tercer día de vida, colocaron un pastel de miel junto a su cabeza y un espejo de bronce, y dracmas de plata bajo su almohada: regalos para las Parcas, que debían acudir aquella noche para otorgar al niño su destino en esta vida.

Las Parcas eran tres mujeres ancianas: Láquesis, que canta el pasado; Cloto, que canta el presente, y Átropo, que canta el futuro. Ptolomeo sólo tendría tiempo para Cloto, para el presente, o así le gustaba decir a él mismo; del pasado mejor era no acordarse.

Arsinoe juraba por Pan y por todos los dioses que aquella noche vio a las ancianas como tres sombrías figuras: la primera hilando el hilo, la segunda escribiendo lo que estaba todavía por venir, la tercera empuñando las tijeras que debían cortar el hilo de la vida de Ptolomeo el día que éste muriese. Pero todas las madres griegas juraban tal cosa.

Lo cierto es que Ptolomeo quedó en manos de su destino desde el momento en que nació, y que él no podía cambiar nada. Ocurriese lo que ocurriese a un griego, todo era voluntad de sus dioses.

Thot dice que todo eso no son más que tonterías griegas, todo. Los únicos dioses son los dioses de Egipto, pero los griegos persisten en su locura.

Arsinoe, por supuesto, alimentó a su hijo con leche de sus propios pechos, porque amamantar a un hijo es prueba de devoción maternal. Es el deber de toda buena mujer prestar tal servicio. Sí, es cansado, pero aumenta su afecto por el hijo, y el afecto es algo que los griegos no poseen en gran medida. Y más importante aún: el niño griego se ve influido por la leche que ha mamado, o al menos eso creen ellos. Un niño griego nunca debía ser alimentado con leche de vaca, por miedo a que se bebiese su espíritu y luego fuese tímido, obstinado, estúpido y se deleitase pisando sus propios excrementos.

Para los egipcios la vaca es sagrada, está imbuida del espíritu de Hathor, la Dorada, la Vaca Divina, la Dama de la Turquesa, y requiere respeto y adoración. Hathor amamanta al propio faraón, y lo que es bueno para el faraón es bueno para su pueblo. El egipcio no tiene esas ideas atrasadas y bárbaras sobre la leche de vaca.

Por la misma razón, los griegos tampoco tomaban leche de oveja o de cabra, y por eso Ptolomeo se alimentó con la leche del pecho de su madre. Tampoco fue entregado a ninguna nodriza, que podía transmitirle con la leche un carácter no deseado. No, Arsinoe lo hizo todo según la costumbre de los griegos. Hacer otra cosa hubiese sido tentar la venganza de los dioses.

Aun así, Thot sabe que llegará el tiempo en que las mujeres de esta familia se volverán tan vanas, tan orgullosas, tan ricas y, sí, tan estúpidas, que entregarán a sus hijos a las nodrizas, y alimentarán con leche de sus pechos a los perros, porque la leche de las mujeres evita que los perros se vuelvan locos.

Todo egipcio sabe que hacer tal cosa es tan fatal como meterse en el agua sucia del baño de tu mujer.

Pensamientos de Thot: en la casa de Ptolomeo, la locura no se hallará en los perros, sino en los humanos.

Sabiduría de los egipcios: el hombre sabio distingue las buenas acciones de las malas. La devoción de una madre es muy importante.

Y sí, fajaron al niño, lo envolvieron en vendas, para que quedase bien sujeto, brazos, piernas y cuerpo, y también la cabeza: lo ataron bien durante sus primeros cuarenta días de vida, y luego veinte más, para que sus miembros creciesen bien rectos.

Ptolomeo lloraba, como lloran todos los niños griegos, presos en sus pañales. Era como si aquellos padres quisiesen que su hijo creciese furioso, y así fue, en realidad. Educaban a todos sus hijos para que derramasen sangre, para que fuesen guerreros. Y en eso al menos tuvieron éxito. Al final, su historia (y la historia de su casa) quedaría salpicada de sangre, y luego empapada en sangre, como el papiro de un aprendiz de escriba que ha vertido sin pensar su tinta roja.

Desde su primer día, Ptolomeo no sólo llevó las vendas, sino también el ojo derecho de una foca, envuelto en piel de ciervo, para hacerlo deseable. En el brazo derecho le pusieron la lengua de una foca, para darle la victoria en la guerra. En la muñeca izquierda llevaba el corazón y los bigotes de una foca para garantizarle el éxito en todo lo que emprendiera.

La suerte de Ptolomeo empezó de inmediato, porque los padres colgaron alrededor de su cuello los amuletos que protegen contra la mala suerte, las enfermedades y el mal de ojo. Los llevó toda su vida y nunca se los quitó.

Al sexto mes, Arsinoe empezó a masticar comida sólida con su propia boca para introducirla luego en la de Ptolomeo, como un ave que alimenta con gusanos a sus polluelos.

Cuando llegó el fin de la época de los vendajes, ella le desenvolvió primero la mano derecha, para que no creciese con la desgracia de sujetar la espada con la mano izquierda. Un griego debe empuñar la espada con la mano derecha y el escudo con la izquierda, o resultaría inútil en la falange.

Thot dice: ésta es la primera cosa sensata que dicen los griegos.

Ptolomeo, ese campesino, ese don nadie, se viste con pieles de ovejas para protegerse del frío. Por la noche se acurruca junto a los animales buscando su calor. Siempre sentirá frío.

Pero crece. A la edad de seis años, vigila el rebaño de su padre en una colina, en todas las estaciones. Tiene el oído fino, el ojo agudo. Siempre está alerta para que los lobos, osos y águilas no le quiten los corderos. Tira piedras a los cuervos. Es muy habilidoso con la honda, ya que su destino es ser un gran guerrero.

A los doce años coge a un geco en la *nekropolis* y lleva su pata derecha atada al antebrazo derecho, para que le otorgue encanto y victorias sin número en batalla.

A los trece se sujeta con una correa el talismán *phallos*, que le protegerá contra el mal de ojo, y lo toca veinte veces al día para tener suerte durante el resto de su vida.

Sí, es afortunado, muy afortunado, porque no está en la naturaleza de los griegos dejar tales cosas importantes a Automateia, la diosa de la Casualidad.

A los catorce va caminando a Pella, capital de Macedonia, y se convierte en alumno de la Escuela de Pajes, porque allí se encuentra la corte del rey Filipo, el hombre que podría ser su padre, y se burlan de él porque no sabe ni el nombre de su abuelo, ya que siempre le ha llamado *Pappos*.

Este niño, Ptolomeo, llega apestando a leche agria, y con estiércol de oveja y cabra todavía pegado a sus sandalias. Algunos juraban incluso por Zeus que no llevaba nada en los pies, que llegó a la ciudad descalzo, y que se rieron de él por ese motivo.

Ptolomeo caza ahora con el rey, y atiende su mesa. A cambio se le entrena en las artes de la guerra, y aprende el *alpha beta*, y tiene el privilegio de que le pegue la propia mano del rey y no otra.

Cuando se afeita las mejillas por primera vez con la navaja de bronce, dedica la dorada pelusa a Hermes, el Thot de los griegos, por la costumbre griega, a modo de agradecimiento por haber sobrevivido hasta entrar en la edad adulta.

En honor de Hermes, Ptolomeo cuelga su *kausia* o gorra de fieltro, y el rascador que usaba en el *gymnasion* para eliminar la arena y el aceite de su piel, y su *khlamys* o manto empapado en sudor, y la pelota de cuero que nunca se cansaba de arrojar, entre los presentes al dios, como recuerdo de una niñez bien llevada.

Ciertamente, Ptolomeo, hijo de Lagos, no sobresalía en esta época como amante de los libros y el aprendizaje. No fue entonces, como no lo fue nunca, como Thot, en ningún aspecto. Ni mucho menos. Ni tampoco sobresalió como uno de aquéllos cuyo destino es dirigir a los hombres, porque era mucho mejor haciendo lo que le decían que dando órdenes. Sin embargo, estaba bendecido por Tiqué, la diosa de la Fortuna. Ptolomeo era, por encima de todo, afortunado. Claro, Alejandro, famoso por su buena suerte, también era afortunado, pero la verdad es que Ptolomeo era *más afortunado* aún.

¿Qué ocurrió con el resto de su familia? ¿No tuvo hermanos ni hermanas? ¿Ni parientes? ¿Y qué fue de Lagos y Arsinoe?

Alumno-de-Thot, si el dios fuese a decírtelo absolutamente todo, no podrías sujetar este libro con tus dos manos. Debe bastarte saber que Ptolomeo tenía un hermano, de nombre Menelao, que caminó a su lado durante toda su vida. A veces Menelao le resultó útil, otras veces no. Al menos Menelao sobrevivió. De cualquier otro, Thot no sabe cosa alguna...; mejor dicho, palabra alguna.

Y en cuanto a los padres, nada salvo oscuridad (oscuridad, oscuridad, oscuridad) y si vivieron hasta la ancianidad o murieron antes de hora... ni siquiera Thot, que todo lo sabe, posee tal conocimiento.

* * *

Cuando Ptolomeo tenía once o doce años, nació Alejandro, el hijo del rey Filipo de Macedonia y la reina Olimpia, de modo que Ptolomeo era quizá medio hermano de ese gran príncipe, o quizá no.

Alejandro tendría dos o tres años cuando Ptolomeo llegó por primera vez a Pella. ¿Se le encargó a Ptolomeo la tarea de cuidar al príncipe? ¿Formaba parte de la guardia personal de Alejandro? ¿Enseñó el propio Ptolomeo a Alejandro el arte ecuestre, los rudimentos de la lucha y el boxeo? Es posible.

Lo que Thot sí sabe es que Ptolomeo se convirtió, al cabo de poco tiempo, en catador de Alejandro. Era el que probaba la comida de Alejandro, y se debía a que su lengua era suave, su estómago duro como el hierro y tenía gran habilidad para husmear el veneno, como un perro.

En cualquier caso, la historia ha ligado el destino de Ptolomeo con el de Alejandro, sin el cual Ptolomeo nunca habría soñado con poner sus ojos en Egipto, y el Libro de Thot que sujetas entre tus manos, tan pesado, nunca se habría escrito.

* * *

Pasó el tiempo. Cuando Alejandro cumplió trece años empezó su aprendizaje en serio, con el famoso Aristóteles como tutor. Los griegos decían siempre que el propio Ptolomeo se sentaba también a los pies de Aristóteles, a pesar de ser diez años mayor que su condiscípulo.

Pero Thot pregunta: ¿por qué iba a estar *todavía en la escuela* Ptolomeo a los veintitrés años? ¿Acaso aquel hombre no sabía ya recitar a Homero de memoria? ¿Estaba tan atrasado que necesitaba lecciones extraordinarias de geometría, matemáticas, astronomía y botánica?

Thot alza las manos, en realidad alas, perplejo.

Lo que ganó Ptolomeo como resultado, sin embargo, fue el teatro de la memoria de los griegos, con sus detalles intrincados y su exquisito diseño y con más de veinte mil asientos de piedra, cada uno de ellos con objetos como cuervos, águilas, leones, antílopes, osos... y la secuencia de objetos se le repitió tantas veces que era capaz de recordar cada momento de su pasado, y al final de su vida (cuando, seguramente, no quería recordar) lo escribió todo, toda la historia de Alejandro, tal como había sucedido.

Nadie debería dudar de sus recuerdos. Estuvo con Alejandro desde el principio, y estuvo con Alejandro al final. Como catador de Alejandro, se sentaba junto al rey en todas las comidas. No había nada que Ptolomeo no supiese de Alejandro de Macedonia.

Pero al mismo tiempo que lo sabía todo, no comprendía nada. Nadie comprendía a Alejandro. Ni siquiera Thot. Alejandro sería un misterio eterno.

1.3.
El pasado

Thot te escucha, impaciente. Claro, quieres oír la historia, quieres el futuro, Alumno-de-Thot, pero Thot dice: no puedes tener el futuro sin tener primero el pasado.

Thot te escucha, Aquel-Que-Desea-Saber, decir que Ptolomeo sólo tenía tiempo para el presente, que no quería nada con su pasado. Thot te escucha decir que quieres conocer el futuro, moverte con rapidez.

Pero Thot dice: tómate tu tiempo. Claro que Ptolomeo quería olvidar su pasado, pero no podía. Thot quiere que sepas lo que había en el pasado de Ptolomeo. Thot está más interesado en el pasado. Thot no dejará que se desvanezca el pasado de Ptolomeo. Thot se enfurece cada vez más. No olvides que Thot es Grande en la Matanza, Poderoso en el Terror. ¿No deseas saber lo que hizo Ptolomeo? ¿Cómo es posible que no ansíes oír relatos de sus primeros años? ¿No deseas saber qué maldades cometieron los griegos en Asia, cuáles fueron sus múltiples crímenes de guerra? ¿Cómo es posible que no ansíes oír hablar del horrible pasado de Ptolomeo? ¿Cómo puede pasar por alto Thot la fundación de la ilustre, muy ilustre ciudad de Alejandría? ¿O la historia de cómo llegó Ptolomeo a comerse su propio perro?

Basta de tonterías, Alumno-de-Thot. El dios te lo hará saber todo. Serás como el propio Thot y conocerás todas las cosas. Vuelve la página, vuelve otra vez la página. No olvides que lo que sostienes entre tus manos es el Libro de Thot, escrito con el trabajo de sus propios dedos, y que resplandece en la oscuridad, y que te mantiene prisionero leyendo hasta que la lectura ha concluido.

Sí, a Ptolomeo le habría gustado mucho olvidar ese pasado, pero Thot no piensa lo mismo. Thot sabe que *el pasado es lo más importante.*

* * *

Si un hombre le hubiese dicho la palabra *Queronea* a Ptolomeo, él habría cerrado los ojos y habría puesto mala cara. Recordaba demasiado esa batalla.

Los griegos dicen que matar al primer hombre es lo peor. Ptolomeo siente que se le revuelve el estómago cuando piensa en aquello: la luz detrás de la cabeza del hombre, y que es un griego, que no tiene ni veinte años de edad, con una mujer, una familia, una granja, y que se ha quitado el casco, y que su muerte será culpa de Ptolomeo...

Grita *Alalalalai*, el grito de batalla de los macedonios, empuñando la espada, y no deja de gritar mientras introduce la espada en la boca del hombre, y sigue gritando mientras la retira de entre los dientes destrozados del hombre, y queda empapado por el chorro de sangre negruzca que brota de aquella boca aullante. Le hunde la hoja en el estómago, y luego la sube hacia arriba, de modo que las entrañas del hombre se desparraman sobre los pies de Ptolomeo, como una ristra de salchichas ensangrentadas. Entonces clava la espada en el cuello del hombre, que queda ensartado, como un trozo de buey para asar, porque debe asegurarse de que el hombre esté muerto, para que no se ponga de pie tambaleante detrás de él y mate a Ptolomeo.

Ptolomeo vomita el desayuno porque es el primer hombre que mata, y aquélla es su primera batalla.

En la tranquilidad que sigue a ella, busca al hombre y le corta las extremidades: los suaves pies, las manos perfectas, el *rhombos* que no engendrará más hijos, las orejas, a través de las cuales no transparentará la luz, la nariz, que no volverá a respirar..., y las ensarta en una cuerda que ata alrededor del cuello del hombre muerto y bajo sus sobacos, porque eso es lo que debe hacer para evitar que el fantasma le persiga después.

Aunque es un trabajo inútil, porque el fantasma le persigue de todos modos.

Sí, lloró al matar por primera vez, le temblaban las piernas, como a un perfecto cobarde, por el terror de echar a perder su primera muerte. Pero sus camaradas dijeron: «Siempre es así, la primera vez que matas a un hombre». Realmente, no era ninguna vergüenza sentir lo que sentía Ptolomeo, dijeron. «La segunda vez que matas es mucho más fácil...».

Y resultó cierto: después, ya no fue más que una máquina de matar hombres, que pensaba muy poco en lo que estaba haciendo. Era un soldado de Macedonia. La muerte era su oficio, su profesión. Sí, lo odiaba, pero también le sentaba bien. Se le daba bien. No hay nada como la muerte para que el corazón de un hombre lata más deprisa; nada como la muerte para que un hombre se sienta realmente *vivo*.

Queronea. Después de la victoria, el rey Filipo dio un gran festín, como solía, y bebió demasiado vino, como de costumbre. Entonces salió a dar una vuelta por el campamento, ayudado por sus oficiales más antiguos, riéndose de los muertos apilados y diciendo muchas palabras groseras e insultantes. Pero cuando llegó al grupo tebano, el famoso batallón de amantes masculinos, y vio a ciento cincuenta parejas de ellos que yacían muertos en sus líneas, donde habían luchado, Filipo lloró.

Los griegos, a pesar de todos sus defectos, no carecen por completo de sentimientos. No tienen el corazón totalmente endurecido. Y Filipo, el griego más duro que jamás existió, hizo colocar una gran piedra en forma de león para que guardase la tumba de aquellos guerreros, y dijo que nadie más valiente que ellos blandiría jamás una espada.

Y Ptolomeo... ¿qué recordaba? Mientras los heridos podían moverse, los pájaros se apartaban; pero en cuanto se quedaban quietos, los cuervos les sacaban los ojos. Y los buitres se arrojaban desde los árboles a miles. Lo último que veía un hombre eran aquellas aves volando en círculo. El último acto en la vida de un hombre era ver el aleteo de sus grandes alas, las garras amarillas, el enorme pico amarillo que bajaba hacia él. Y después la oscuridad, y los gritos, y el silencio, y luego el camino hacia el Hades, de donde ningún viajero regresa jamás.

Filipo empleaba a los muchachos que eran demasiado jóvenes para luchar (los pajes de la escuela) en espantar a los pájaros, pero una batalla podía atraer muy bien a veinte mil aves, y ¿quién podía espantar tantas?

Ptolomeo vomitó cuando lo vio por primera vez, pero el ser humano llega a acostumbrarse a todo, o casi, y llegó un momento en que no se le revolvieron las tripas. Y no, no tenía ni idea entonces del papel que el buitre estaba destinado a desempeñar en su vida. No sabía que su Casa debía *amar* los buitres, que el buitre sería su *dios*.

* * *

Si alguien le hubiese citado el nombre de Filipo a Ptolomeo, éste *no* habría puesto mala cara al recordarlo, aunque los rumores divinos decían que ese hombre era el padre de Ptolomeo.

El día que el rey Filipo fue asesinado fue el día del matrimonio de su hija Cleopatra, de modo que el festín de bodas se convirtió en el funeral de su padre, y las antorchas del himeneo sirvieron para encender su pira funeraria. Ptolomeo lo vio todo: la sangre en el suelo, la sangre en la blanca túnica del rey, el rastro de sangre que quedó cuando se llevaron a rastras al gran rey sin vida. Y Ptolomeo no sintió nada.

El adivino había declarado que aquél era un día de buen auspicio, aunque sólo resultó de buen auspicio para Alejandro, que se convirtió en rey, y para Olimpia, su madre. Alejandro, sin embargo, cumplió con su deber y entregó al adivino para que fuese crucificado por no haber sido capaz de augurar un día de mal auspicio, y los cuervos le sacaron los ojos, porque se lo merecía.

Ptolomeo vio que Olimpia era culpable del asesinato de su esposo. Olimpia llegó incluso a poner una corona de hojas de roble hecha de oro en la cabeza del asesino, mientras éste colgaba de la horca a la vista pública. Hasta dedicó el arma del asesino a Apolo...; un hecho que bastaba, seguramente, para probar su culpabilidad.

Pero Alejandro era rey e iba a gobernar conjuntamente con su madre, de modo que Olimpia mantuvo todo su poder y su influencia.

Entonces ocurrieron cosas mucho peores. Olimpia quiso castigar a la nueva esposa del hombre muerto y a su hijo aún pequeño, hermano de Alejandro, y dice la historia que hizo arrastrar a los dos a un gran plato de bronce, encendió un fuego debajo y los asó hasta la muerte.

Alejandro comenzó pues su reinado en un baño de sangre. Asesinó a su medio hermano Karanos, y también a sus otros hermanos y medio hermanos. De todos se libró Alejandro, para poder sentarse con comodidad en el trono. El único pariente vivo que le quedó fue Arrideo, su hermano loco, que no representaba ninguna amenaza para nadie.

Tales eran las civilizadas costumbres de los griegos.

En cuanto a Ptolomeo, Filipo nunca distinguió a ese hijo suyo con ningún trato especial, de ningún tipo. No se le permitió la rápida promoción en el ejército, y aunque lo llamó a Pella, lo desdeñó por completo durante diecisiete años, como si en realidad no fuese su verdadero padre.

Era difícil llorar a un hombre semejante.

Al arder la pira, el viento llevó el humo a todas las narices, de modo que todos tosieron, y sus ojos se llenaron de lágrimas como si llorasen de verdad al muerto, a quien nadie había amado de verdad en toda su vida.

El humo también les hizo estornudar, dándoles así incluso la aprobación de Zeus a lo que habían hecho: asesinar a un rey, un marido, un padre y un poderoso general de Macedonia.

1.4
El recuerdo de la crueldad

No, Alumno-de-Thot, no te engañes. Ptolomeo lo recuerda todo, lo bueno y lo malo, aunque finja lo contrario.

En medio de su marcha, él recordará cómo era todo. Primero, la pesada infantería mantiene en alto las *sarissa*, luego las bajan para el ataque, las balancean de izquierda a derecha, y repiten la maniobra una y otra vez, arriba, abajo, a la izquierda, a la derecha. Luego viene la señal de Alejandro para que la falange entera se mueva hacia delante, para que gire a la izquierda y a la derecha, dé media vuelta y marche hacia atrás, y que ejecute toda la instrucción en el campo donde se encuentran, en la llanura de las fronteras de Macedonia y Tracia, rodeados por los bárbaros.

Sí, los bárbaros están sorprendidos, sobrecogidos, aterrados hasta la médula de su ser por la perfecta disciplina y la perfecta simetría de la falange de Alejandro. Se acercan arrastrándose para ver mejor lo que está pasando. Los bárbaros están hechizados, como un conejo sorprendido por un relámpago, paralizados por la sorpresa, y entonces Alejandro grita la señal sin advertencia alguna, y toda la falange grita el *Alalalalai*, el terrible grito de batalla, y cargan contra los bárbaros y los cortan a pedacitos, a tiras, y los masacran a todos y cada uno de ellos.

Ptolomeo se ríe. Ptolomeo sonríe con una amplia sonrisa al pensar en aquello. Porque aquél era, en efecto, el truco favorito de Alejandro, realizado en un silencio total. El hombre que ha visto algo semejante no la olvida jamás.

* * *

Sí, Thot conoce muy bien su crueldad, cómo consiguieron sofocar la revuelta de Tebas. En cuanto Alejandro hubo llegado ante las puertas de Electra, la famosa estatua sudorosa de Orfeo empezó a gotear, causando el pánico entre los ciudadanos, porque aquél era el peor augurio posible. Y los tebanos no dejaron entrar a Alejandro en la ciudad, a causa de aquel sudor, y se negaron también a rendirse a él.

¿Qué podía hacer el maravilloso Alejandro? Perdió los nervios y asedió Tebas con todas las armas que tenía en sus manos. Desde luego, en parte los tebanos se merecían lo que les pasó después, por gritar: «¡Tirano, tirano, tirano!» a Alejandro desde las almenas. No era el grito más adecuado para su orgulloso rey, de sólo veintiún años de edad.

Alejandro los destrozó. Incendió Tebas. Arrasó todas las casas hasta los cimientos, y sólo dejó vivos a los sacerdotes, y una única casa, la del poeta Píndaro, cuyas obras le gustaban, quedó en pie.

Ptolomeo, de treinta y dos años por aquel entonces, saqueó, incendió, violó y asesinó con todos los demás. El trabajo de un soldado es obedecer órdenes sin cuestionárselas. El objetivo de un soldado es matar o morir.

Ptolomeo tenía, pues, las manos manchadas de sangre, como todos los griegos. Ptolomeo no olvidó Tebas, donde gobernó Edipo, donde Tiresias hizo sus profecías. Thot sabe que *Ptolomeo no olvidó nada.*

* * *

Thot, inventor de las matemáticas, prosigue su relato. Al cruzar el Helesponto, que marcaba el inicio de la campaña persa de Alejandro, éste tenía treinta y un mil soldados de infantería a su servicio, y cinco mil cien de caballería. Aquél era el ejército que viajaba con Alejandro, casi cuarenta mil hombres. Todos ellos matarían, masacrarían, violarían, asesinarían, pasarían a cuchillo, ejecutarían o crucificarían, en los once años de su salvaje avance, a decenas de miles, cientos de miles de hombres, mujeres y niños, por el simple motivo de que habían burlado la voluntad de Alejandro, atreviéndose a oponerse a él, a desafiar sus deseos. Al final de la campaña, tenía ciento veinte mil soldados bajo su mando.

Thot pregunta: ¿cuántos hombres volvieron a Grecia?

Pero no hay respuesta. Ningún griego puede responder a esa pregunta sin bajar la vista. Es la gran vergüenza de Macedonia. Por una parte, Alejandro es el mayor de los héroes, el mejor general, desde el legendario Aquiles, desde el principio de la historia griega, un hombre cuyas hazañas nunca serán superadas; y sin embargo, por otra parte, es el hombre que extravió la flor de una generación entera. Para las viudas de guerra, a miles, y para los niños sin padre, a miles también, Alejandro no era un héroe, sino un demonio que se llevaba a los maridos y padres y jamás los devolvía. Grecia nunca volvió a ser la misma.

Y en cuanto al poderoso imperio de Alejandro, no quedó nada después de su muerte salvo peleas.

Thot sabe cosas también del asedio a Tiro, que a Ptolomeo le gusta decir que no recuerda.

Porque es verdad que Alejandro llegó y dijo que deseaba por encima de todas las cosas hacer un sacrificio a Melqart, el Heracles de Tiro, lo que significaba que quería poner los pies en el interior de la ciudad. Pero los tirios sabían muy bien que lo que quería Alejandro era invadirlos y derrotarlos, y se negaron a dejarlo entrar.

¿Qué hizo entonces Alejandro? Creó la tierra donde antes había mar, construyendo una enorme mole para poder alcanzar la isla donde se encontraba la antigua ciudad de Tiro, y sufriendo mientras tanto sin cesar los ataques de los tirios.

Los dioses de Grecia enviaron sus augurios. La marea arrojó un enorme monstruo marino sobre los trabajos de los macedonios y éste quedó varado medio en el agua, medio en la tierra, y luego volvió a echarse a nadar, y los intérpretes de augurios dijeron que eso significaba que Poseidón ayudaría a Alejandro.

Y Alejandro pensaba que sí, que podía obtener ayuda incluso de Poseidón, y lo hizo, porque, aunque el sitio de Tiro duró unos ocho meses, al final consiguió hacer un puente sobre el canal y empezó el asalto.

Apurados, los tirios calentaron gran número de escudos de bronce en un horno, los llenaron con arena caliente y excrementos en ebullición y los arrojaron sin advertencia alguna desde lo alto de las murallas de la ciudad, hacia los hombres de Alejandro. Nada causaba a los griegos un temor mayor que aquello, porque la arena caliente se introducía entre el peto de la armadura y la carne y no había forma de quitársela, y abrasaba todo lo que tocaba. Los hombres arrojaron sus armas, se quitaron las armaduras y también las ropas, y de ese modo se expusieron a los arqueros tirios.

Sin embargo, lo que más enfureció a Alejandro fue cómo trataron los tirios a sus prisioneros, que fueron llevados a rastras hacia las almenas y allí les cortaron la garganta ante la vista de los macedonios, y luego los arrojaron al mar.

Alejandro infligió una terrible carnicería a Tiro. Al final del asedio, los tirios muertos superaban los diez mil, trece mil fueron hechos esclavos y treinta mil más vendidos para la esclavitud. Y Alejandro crucificó a dos mil hombres a lo largo de toda la extensión de la playa.

¿Y qué recuerda entonces él, Ptolomeo? Recuerda los gritos, los gritos. Recuerda cómo, a la vista de los hombres crucificados, Alejandro hizo un gran sacrificio a Heracles, y preparó un gran desfile de tropas con armadura completa para celebrar su victoria, y organizó unos juegos atléticos, carreras de antorchas y competiciones gimnásticas, y celebró un gran festín con cien bueyes en la costa.

Recuerda los cuervos. Recuerda los buitres frenéticos, alimentándose. El cielo de Tiro estaba negro por las nubes de pájaros, y el clamor de las aves lo acompañaba siempre, así como el hedor.

Y entonces Alejandro llevó a sus hombres hacia el sur, muy lejos, hasta la fortaleza de la Conquista del Gobernante, que los sirios llaman Gaza. Era la última ciudad antes del desierto que separaba Fenicia de Egipto y se encontraba en el inicio de la ruta de las especias, y por ese motivo, Gaza era rica. Alejandro, por tanto, no podía pasar de largo, sino que tenía que conquistar la ciudad para sí, derrotándola militarmente, si era necesario.

El gobernador de Gaza, Batis, un eunuco persa, creía que su ciudad era capaz de soportar cualquier asalto, y se negó a aceptar las exigencias de los griegos. Pero como todos los hombres que se negaron a cooperar con Alejandro, Batis averiguó pronto lo que significaba despertar la ira del macedonio.

Los griegos asediaron la ciudad, y Batis resistió durante siete meses, con una población de diez mil filisteos y moradores de las arenas, que arrojaron arena al rojo vivo y excrementos hirvientes y usaron todo tipo de ingenios de guerra.

Gaza cayó al fin, y Alejandro ordenó que aquellos bárbaros fuesen cortados a pedazos al son de la trompeta. Las mujeres y los niños los vendió como esclavos.

Y en cuanto a Batis, el eunuco, de cuya voz chillona y aguda hasta el propio Alejandro se había burlado, fue interrogado por el propio rey, pero se negó a decir una sola palabra.

Alejandro admiraba el valor en sus enemigos, y era conocido por mostrar misericordia, pero Batis era un hombre gigantesco, de piel oscura y muy feo, y a Alejandro le desagradaba la fealdad. Prefería mirar a hombres bellos, como los dioses, como él mismo. Alejandro estaba furioso, estaba acalorado, así que hizo que le perforasen los tobillos a Batis y metieran unas tiras de cuero por ellos, y luego hizo que un carro arrastrase al hombre y diese vueltas y vueltas en torno a las murallas de Gaza, hasta que murió.

Al hacerlo, Alejandro emulaba a su héroe, Aquiles, que arrastró el cuerpo de Héctor en torno a las murallas de Troya. Ptolomeo y otros menearon la cabeza al ver aquello, sabiendo que Héctor al menos estaba muerto antes de recibir tal tratamiento, mientras que Batis todavía estaba vivo.

Algunos se rieron al oír los espantosos chillidos de Batis, un hombre que sólo cumplía con su deber hacia el rey Darío, pero muchos no pudieron mirar siquiera, y pensaron mal de Alejandro por comportarse como un auténtico tirano.

Y ése era el gran rey. Ésa, su grandeza de espíritu.

Ptolomeo lo recordaba. Ptolomeo no trataría nunca así a los demás.

Y Thot también. No se puede esconder ningún secreto a Thot, El-Que-Todo-Lo-Sabe.

1.5
Demonios griegos

Donde quiera que iba Ptolomeo, el buitre lo seguía como su sombra, esperando la siguiente batalla.

En Gaugamela, en el norte de Mesopotamia, el buitre aleteaba encima de todos los árboles, e incluso se posaba encima de las carretas de pertrechos, impaciente, antes incluso de que se disparase la primera flecha.

Algunos veían a Zeus y a Hera, su esposa, en los buitres. Pero no, era la idea de la sangre, la promesa de un festín. Esas aves conocen los signos, como el afilado de las armas, las tropas que forman en filas... El buitre sabe para qué sirve un ejército, y sí, la campaña de Alejandro no era más que un festín prolongado y móvil.

Antes de Gaugamela, Ptolomeo contempló el eclipse total de luna, aterrorizado, como todos los demás, al pensar que los dioses de Grecia los habían abandonado, y derramó lágrimas, y se sentó en el suelo con el manto por encima de la cabeza, ofreciendo sus plegarias como último recurso.

Ptolomeo vio que la luna perdía brillo a medida que la oscuridad se apoderaba de ella, y al final resplandecía, roja. Tembló con todos los demás, porque aquello era un presagio espantoso, que auguraba derramamiento de sangre y, como todos los demás, temió que se tratase de su propia sangre.

Pero Aristandro de Telmeso, el adivino, rogó a los hombres que tuviesen calma, dijo que la sangre que se debía derramar era la de los persas, y que el eclipse significaba una gran victoria para Macedonia, y la conquista de toda Asia; y Aristandro tenía razón.

Ptolomeo quería olvidar que había sentido *miedo.*

En la propia batalla sólo recordaba la confusión, las grandes nubes de polvo que levantaban los pies de los soldados, tan espesas que ningún hombre podía ver a más de cuatro codos delante de su cara. Recordaba el *paian* de la victoria haciendo eco en la llanura, y que los macedonios habían sufrido treinta mil muertos. Antes de que cayese la noche los buitres estaban ya fuera de sus árboles, y los hombres de Alejandro, como buitres también, despojaban de sus armaduras y objetos de valor a los persas muertos. Tomaron sus sangrientos trofeos (orejas, dedos, oro), las recompensas de la guerra, y por la mañana, Alejandro instó a los hombres a dirigirse a Babilonia, aunque sólo fuese para escapar al hedor de la muerte y a la visión de miles de aves atiborrándose.

* * *

Después de Gaugamela, Darío, el gran enemigo de Alejandro, encontró su fin. Poco tiempo antes, conducía su carro y recibía honores divinos de su pueblo. Pero luego fue hecho prisionero por sus propios esclavos y conducido en una carreta, cubierto con apestosas pieles de animales. El gran rey iba encadenado con unos grilletes de oro, y su propia gente corrió tras él azuzándolo con lanzas, espadas y venablos, hasta que murió.

Alejandro llegó a ver el rostro de Darío y lo cubrió con su manto púrpura, y ordenó que se le hiciese un entierro real. Como rey, su deber era mostrar clemencia, generosidad hacia aquellos a quienes había derrotado.

Ptolomeo vio, pues, el ascenso y la caída de los reyes. Vio lo que significaba ser rey, y cómo ser rey, y no quiso nada semejante para sí mismo, y pensó que se contentaba con ser lo que era, un soldado normal y corriente.

Sin embargo, no olvidó a Darío muerto. Todos los hombres habían abandonado su cadáver, pero el perro de Darío seguía sentado junto al cuerpo de su amo, aullando, y se negaba a apartarse.

Para los egipcios el perro (cada perro) es Anubis, faraón del Averno, una criatura fiel por encima de todas las demás en la vida, fiel incluso más allá de la muerte. Anubis, guía de los muertos en el Más Allá, es quien conduce a los muertos de la mano y los guía por el territorio desconocido.

* * *

Thot lo sabe. Después de la muerte de Darío llegó el juicio y ejecución de Filotas, culpable de conspirar contra Alejandro. Los torturadores sacaron primero sus instrumentos, ante los ojos del hombre. Entonces vendaron los ojos a Filotas y le quitaron la ropa. Filotas apeló a los dioses de Grecia y a las leyes de la humanidad, pero sus torturadores se habían tapado las orejas con unos tapones de papiro, y eran sordos a sus gritos. Torturaron entonces a Filotas, lo sometieron al tormento del fuego y a los azotes en las plantas de los pies, hasta que confesó su culpa.

Algunos dicen que Filotas murió alanceado por unos venablos, otros que fue ejecutado de la forma usual en Macedonia, arrojándole piedras. Pero Ptolomeo, viendo cómo había castigado y torturado Alejandro, juró que él sería misericordioso si podía.

Fue el propio Ptolomeo quien capturó a Besos, el asesino de Darío, y entregó al hombre a Alejandro, desnudo y sin llevar nada más que un collar de madera al cuello sujeto por una cuerda, como una bestia salvaje. Alejandro también hizo torturar a este hombre, le hizo cortar la nariz y las orejas, y le colgó en una cruz. Los bárbaros le dispararon flechas y luego fue llevado a Ecbatana para su ejecución pública ante los persas, sus compatriotas.

Algunos cuentan que Alejandro hizo que ataran a Besos entre dos árboles doblados, que luego soltó, como si fueran un resorte, una barbaridad copiada de una leyenda griega. Quienes no habían visto antes aquel truco y se colocaron en el lugar equivocado acabaron salpicados de sangre y vísceras, y quienes sí lo sabían se rieron de ellos.

Y a Ptolomeo le daba por pensar, a veces, que el propio Alejandro quizá no fuese más que un bárbaro.

* * *

Thot, el doctor, contempla a Ptolomeo. Thot conoce sus más íntimos pensamientos. Thot es la memoria de los dioses.

Con aquel inmenso calor, Ptolomeo siente como si estuviese en llamas, ardiendo. Piensa entonces en Babilonia, en Susa, donde hace tanto calor que un lagarto no puede cruzar un camino al mediodía sin freírse vivo.

Y piensa también en la arena abrasadora, en el camino que le quema los pies, y se pierde en su propio pasado.

Los griegos, quemados por el sol, con sus ropas manchadas de sangre hechas jirones, demacrados y sucios: los persas los llamaban los Demonios Despeinados del Día de la Ira. Y es verdad, había mucha ira. Otros los comparaban con una bestia terrible, espantosa y extraordinariamente fuerte, con grandes dientes de hierro, una bestia que lo rompía todo en pedazos y luego pisoteaba los pedazos. La bestia seguía avanzando, y era imbatible.

Piensa ahora en Persépolis, ciudad de los lirios, donde los macedonios se volvieron locos y se entregaron a una orgía de saqueos y matanzas, pasando a cuchillo a todos los hombres que encontraron. Y con las mujeres hicieron lo que quisieron.

Ve a los persepolitanos de pie junto a las murallas de la ciudad, ataviados con sus mejores ropas. Los hombres están cogidos de la mano con sus mujeres y sus hijos, y saltan desde la parte superior de la muralla así cogidos, para no enfrentarse a la violencia de los griegos. Otros queman sus propias casas y se inmolan en su interior.

Pero, ¿qué hizo Alejandro? Estuvo celebrándolo en Persépolis, muchos días y noches de fiesta, y como no quedaba ya más agua en Persépolis, se bebieron el vino sin diluir, algo que siempre había sido preludio de algún desastre.

Agobiado por el calor, Ptolomeo lo ve claramente. Después del undécimo cuenco de vino, alguna persona desconocida pide el *komos*, la danza de la victoria, en honor a Dionisos, dios del vino, dios del frenesí, y una procesión de centenares de hombres forma una fila, con caramillos y flautas y tambores y antorchas, y bailan en torno a la triple muralla de la ciudadela. Esos hombres habían bebido demasiado, incluso para lo que se acostumbraba en Macedonia, y estaban fuera del poder de la razón, porque nadie en su sano juicio hubiese hecho lo que hicieron ellos a continuación.

Ptolomeo lo ve con claridad: es Thais de Atenas, la famosa prostituta, posesión suya, quien agita la primera antorcha, gritando, riendo, riendo, y luego uno otras otro, todos los hombres arrojan su antorcha, y el palacio de Persépolis, incluso la vasta *apadana* o sala de audiencia de Darío, que podía albergar a diez mil personas, y que en gran parte es de madera de cedro, arde toda la noche, hasta que no queda nada salvo unas ruinas humeantes, unas piedras ennegrecidas.

Thais, decían ellos, se había olvidado de sí misma, estaba poseída por Dionisos, por el dios. A veces es bueno culpar a una mujer de lo que sale mal. A veces es bueno culpar a otro que no sea uno mismo.

Pero Ptolomeo no recuerda eso.

Por la razón que sea, esta mujer no hará aparición en la historia de Ptolomeo. Éste omitirá toda mención a Thais. No hablará del incendio de Persépolis. No dirá nada.

Thais fue su gran vergüenza, su gran bochorno. Thais, la prostituta de clase alta, la hetaira del espejo de oro, de los tacones de oro, y con la palabra «sígueme» escrita en sus uñas, en las suelas de sus sandalias; Thais, que llevaba un anillo de oro en la nariz, «como una vaquita», tal como decía Alejandro, el Alejandro que tenía otras muchas mujeres, y que, en realidad, prefería a los chicos, y se la regaló a Ptolomeo.

Thais, que señalaba con sus zapatillas a las estrellas, que jugaba tan bien a la leona, que se sentaba a horcajadas sobre los hombres y los galopaba como si fuesen caballos, y que sabía hacer el *amphiplix*, la serpiente que se enrosca, como ninguna otra mujer. Era la mejor de las hetairas, la más cara.

Sin embargo, en algún lugar entre Babilonia y Menfis, Thais se perdió.

Ningún hombre conoce el destino de Thais de Atenas, y ningún dios tampoco, ni siquiera Thot, Grande en Magia.

Agobiado por el calor, Ptolomeo piensa en Persépolis y en Thais, y el recuerdo le causa dolor.

* * *

Thot habla. Agobiado por el frío, sacudido por los temblores, se encuentra de inmediato en Paraitakene, bajo una lluvia torrencial, y revive las tormentas eléctricas, el granizo y el hielo, donde dos mil hombres se helaron hasta la muerte o murieron de neumonía, sin el lujo de unas ropas de invierno. Y se siente culpable por encontrarse vivo, culpable por haber sobrevivido.

Tiembla y de nuevo se encuentra en aquella cadena montañosa que se llama Paropamisos, o Hindu Kush, en la frontera del norte de la India, por encima de la cual el loco Alejandro arrastró a todo su ejército con su séquito de seguidores, comerciantes, mozos, científicos, sacerdotes, cocineros, arrieros, esposas y hetairas, ciento veinte mil personas en total, así que les costó diez días pasar penosamente.

La locura era intentar pasar al otro lado, porque la piel en torno a los ojos de todos los hombres se quemó con el sol, y muchos sufrieron congelaciones por el frío intenso, y la comida se acabó, y la montaña era demasiado alta para que creciese la hierba, de modo que no había forraje para los animales. Los buitres los acechaban desde todos los riscos. Los lobos y los leopardos también andaban cerca, detectando la comida.

Lo único que pudieron comer los griegos al final fueron los arneses de los caballos, luego las bestias de carga, luego los propios caballos, y se comían la carne cruda, porque no tenían combustible alguno para cocinar.

Allá arriba, en aquella odiosa montaña, Ptolomeo estuvo a punto de morir de hambre, junto con todo el ejército entero de Alejandro, y no sería aquélla la última vez.

En el otro lado, abajo, en el valle, Alejandro, que había garantizado la seguridad a los soldados indios que había contratado y a sus mujeres y sus hijos, pasó a cuchillo a siete mil de ellos porque se negaron a unirse a él en la lucha contra sus propios compatriotas.

Y ésa era la palabra de aquel maravilloso y gran rey.

Ptolomeo se prometió a sí mismo que nunca sería así.

1.6
Comida de perro

Pensamientos de Thot: el peor de todos los recuerdos es el recuerdo de la India, donde combatieron contra los elefantes de Poros bajo las lluvias del monzón, en esa época del año en que todas las cosas de metal (casco, espada y lanza, todo por igual) se oxidaban al cabo de unas horas de haberlas pulido, y en que de todas las cosas hechas de lona o de tela brotaba un asqueroso moho verde y se pudrían al cabo de unas semanas.

Allí todos los hombres padecieron la fiebre de los pantanos, disentería, hongos y erupciones causadas por el calor, y todos habían sufrido picaduras de insectos y los acosaban unas serpientes como varillas de bronce, de modo que temían dormir en el suelo por la noche (que además era siempre una ciénaga fangosa) y debían dormir en hamacas colgadas entre los árboles. Ptolomeo, como todos los demás, ansiaba volver a Macedonia, porque llevaban ocho años de marcha, unos tres mil días más o menos, y estaban exhaustos.

La campaña india duró tres años, pero hacia el final, el ejército estaba ya cerca del motín. Odiaban la India, donde una picadura de serpiente producía un sudor ensangrentado y una muerte súbita, donde los perros eran medio tigres, con dientes como sierras, y donde las lluvias no dejaban de caer durante setenta días seguidos.

Ningún hombre odiaba la India más que Ptolomeo, que allí fue herido por una flecha envenenada y sufrió agudos dolores, entumecimiento de los miembros, convulsiones y violentos ataques de escalofríos. La piel se le puso fría y lívida. Vomitaba bilis. De su herida rezumaba una espuma negra, y empezó la gangrena, que se extendió rápidamente y amenazaba con causarle una muerte horrible.

Ptolomeo, que era muy querido por su buen carácter y su amabilidad, contempló la muerte cara a cara y se dispuso a morir. Pero cuentan que Alejandro tuvo un sueño en el que vio a una serpiente que llevaba una planta en la boca, le mostraba dónde debía recolectarla y qué debía hacer para curar la herida de Ptolomeo. Cuando Alejandro se despertó, buscó aquella planta, la encontró, la molió y embadurnó con ella la pierna de Ptolomeo, y le hizo tomar una infusión de la misma planta.

Ptolomeo se recuperó de inmediato y del todo.

De la India, Ptolomeo conservaba sus propios recuerdos: elefantes de guerra, el pájaro indio que hablaba con voz humana, unos perros feroces. Pero el suplicio de los caballos, cuyos cascos se habían vuelto muy finos por la marcha, y la humedad que pudría sus botas y su ropa, y la lluvia incesante...; prefería no recordar nada de todo aquello.

Thot habla porque Ptolomeo no dirá nada. Ha sellado sus recuerdos, diciendo: «El ayer no tiene importancia. Lo que importa es el día de hoy, el ahora, la sensación del momento que pasa...».

Pero Thot sabe. Fue Ptolomeo quien arrasó el país de los oreitanos, a orillas del mar, saqueando e incendiando, y dirigiendo el pillaje, en el distrito antes del desierto de Gedrosia (que algunos llaman Makran), a través del cual, por alguna absurda razón, Alejandro se empeñó en pasar.

Una columna de ochenta y cinco mil soldados fue caminando por aquel desierto, con las esposas y los niños, las prostitutas y los seguidores, carretas, carros, animales de carga y caballos, y todas las botas de los hombres se llenaron de inmediato de arena ardiente, y los carromatos se hundieron en las dunas móviles.

Los desastres llegaron uno tras otro: las mulas comieron unos arbustos venenosos, echaron espuma por la boca y cayeron muertas. Muchos de los hombres quedaron ciegos por el zumo que salía a chorros de unos pepinos con púas. Otros se atragantaron y murieron por comer demasiados dátiles verdes.

Con aquel calor tan extremo, muchos hombres cayeron por efecto de la insolación, la deshidratación, la hipertermia y el agotamiento. Los que no podían seguir andando eran abandonados en las arenas para que murieran.

Una violenta tormenta de arena llenó los oídos, ojos y nariz de todos los hombres, y borró todas las referencias, de modo que los guías perdieron el sentido de la orientación y la columna fue vagabundeando, sin encontrar la forma de salir del desierto.

Provisiones, equipo, carros, carretas, armas... todo se perdió o quedó atrás. Cuando la comida se acabó, se comieron las mulas de carga, y luego los burros y los caballos.

¿Y Ptolomeo? ¿Qué era lo que no quería recordar Ptolomeo? Sobrevivió chupando los guijarros, gracias a su voluntad de acero, con plegarias a Zeus, y repitiendo una y otra vez que no estaba todavía preparado para ir al Hades.

En el desierto de Gedrosia, Ptolomeo comió todo lo que pudo encontrar: excrementos de cabra y de burro, carne de buitre, lagartos podridos, pieles de serpiente, arañas, ratas, cardos. Era Ptolomeo, el del estómago de hierro, el que se podía comer cualquier cosa. Se bebía su propia orina. Comió carne de perro. Se comió a su propio perro.

No resulta sorprendente que no quisiera ni oír la palabra *Gedrosia* nunca más.

Al final de su expedición, sólo quedaban veinticinco mil hombres. Se habían perdido sesenta mil vidas. De mil setecientas tropas de élite, la caballería, habían muerto setecientos, y fue el peor desastre de toda la carrera de Alejandro.

¿Y culparon acaso a Alejandro por haberlos conducido casi hasta la muerte? Pues no, no lo hicieron. Todo lo que ocurre es voluntad de los dioses. Sencillamente, pensaron que habían hecho algo que enfurecía a Zeus. No, ellos amaban más que nunca a Alejandro, a aquel tirano, por haber conseguido mantenerse vivo. Alejandro tenía suerte.

Aquéllos que vivían cantaban para mantener la moral alta: la canción del cuervo, la canción de la golondrina, el paian de la victoria a Apolo, y tarareaban las melodías de las marchas. Si no hubiesen cantado se habrían echado a llorar, y cuando llegaron al final de su marcha y pudieron beber hasta hartarse, efectivamente, se echaron a llorar.

Después de Gedrosia, las cosas sólo podían mejorar. A causa del gran número de muertos, los supervivientes obtuvieron promociones. Ptolomeo fue elevado al rango de *strategos* o general, y vistió por primera vez el manto púrpura que lo distinguía como uno de los cortesanos favoritos de Alejandro.

No hay mal que por bien no venga.

Cuando Ptolomeo salió dando tumbos de aquel desierto, tenía cuarenta años. Si hubiese perecido, no habría dejado hijos ni herederos. Entonces, sin embargo, se aseguró de que Thais no consiguiera su provisión de profiláctico de excrementos de cocodrilo y al cabo de poco tiempo su vientre se empezó a hinchar.

–Mejor hijos bastardos –murmuraba Ptolomeo– que ningún hijo en absoluto.

A su debido tiempo, Thais de Atenas dio tres hijos a Ptolomeo, y los llamaron Lagos, por el padre de su padre, y Leontiskos, que significa 'pequeño león'. Dos niños y también una niña, a quien Ptolomeo, cansado ya de la guerra, llamó Eirene o Paz.

1.7
La esposa persa

Cuando Alejandro llegó a Susa, en Persia, la ciudad fundada por el primer rey Darío, se le ocurrió la idea de que todos los griegos debían tener una esposa persa. Dijo que de este modo nacerían más hijos griegos, más soldados griegos, y la idea que había tras todo aquello era que los hombres se encontraban a miles de estadios de su hogar, hambrientos de *aphrodisia* y cansados de prostitutas y chicos, y necesitaban algo nuevo para apartar sus pensamientos del motín.

Sin embargo, sólo pudo disponer de diez mil mujeres persas, de modo que únicamente un hombre de cada diez obtuvo una mujer para sí, y al resto se le dijo que debía esperar un poco y ser paciente. Así pues, tuvieron lugar diez mil matrimonios, y el propio Alejandro, aunque ya tenía como esposa a la famosa y bellísima Roxana, tomó dos nuevas esposas, una de las cuales era Barsine, hija de Darío de Persia.

Ptolomeo se casó en Susa con la princesa Artakama, hija de Artabazos, sátrapa de Bactria, una mujer de extraordinaria belleza, y en el calor del momento se olvidó de Thais de Atenas, su concubina personal.

Los hombres pasaron una mañana entera cazando cuervos, sin los cuales no se podían celebrar los matrimonios griegos, porque era costumbre arrancar el corazón de un cuervo y llevarlo como talismán, para garantizar el afecto del marido y la mujer para siempre.

Con su espada todavía manchada de negro por la sangre de los persas, Ptolomeo cortó en dos el pan ceremonial, y Artakama y él se comieron una mitad cada uno, y su esposa no se quejó de verse unida en matrimonio con un enemigo.

Los griegos cantaron la canción del cuervo, en honor de la fidelidad del cuervo a su pareja, pero aunque Ptolomeo llevaba el talismán, éste no funcionó. No, aquella esposa luchaba contra él con uñas y dientes cuando trataba de acercarse a ella, aunque era una mujer noble. Su cuerpo se ponía rígido, rechinaba los dientes y golpeaba a su marido con los puños, y lloraba y gemía de forma terrible.

Lo peor, sin embargo, era que, siguiendo la costumbre de las mujeres bactrianas, ella se frotaba todo el cuerpo con aceite de pescado y grasa rancia, para ahuyentar el frío, pero también para ahuyentar a Ptolomeo. Y peor aún: estaba cerrada con llave ahí abajo, para que ningún hombre, y menos que ninguno aquel asqueroso griego, pudiese deshonrarla.

El matrimonio persa de Ptolomeo, por tanto, no fue un gran éxito. Artakama, la esposa durante siete noches salvajes, se negó a viajar un solo estadio con su marido, y tampoco podía llevársela a la fuerza. Así que dejó a Artakama en Susa y volvió al *harmamaxa* o carreta de Thais, quien le dio la bienvenida como antes, con la boca abierta y ansiosos besos, porque ella era la hetaira más famosa del mundo.

Aquéllos que conocían a Thais mejor que Ptolomeo, sin embargo, decían que aquella mujer nunca amaría a ningún hombre, y que nunca dejaría de fingir. Pero por el momento, ella iba en la carreta de pertechos detrás del ejército de Alejandro, junto con las demás concubinas de primera clase.

Thais ya no era joven, y sabía que ni la más bella de las mujeres dura siempre; él ya no la miraría apenas en cuanto ella cumpliese los treinta. A medida que los años iban pasando, Thais se miraba cada vez menos en su espejo de oro, y dedicaba sus plegarias a la divinizada Helena de Troya, la diosa de la Belleza, con mayor intensidad.

1.8
Pollo frío

Después de Susa, se dirigieron hacia el enemigo, a pesar de que era la estación más cálida del año, cuando surge la Estrella del Perro, y a pesar del calor del propio camino, que hacía peligroso que un ejército pasara por él. Alejandro perdió a tantos hombres por agotamiento debido al calor y los pies quemados que cambió de planes y empezaron a marchar de noche, cuando refrescaba, y dejaba dormir a los hombres de día.

En Ecbatana, a no muchos estadios de Susa, Hefestión, el gran amigo de Alejandro, que se estaba recuperando de unas fiebres, se comió un pollo frío entero, mucho más rápido de lo que habría debido y acompañado por demasiado vino, y lo encontraron muerto en el lecho. Como resultado, Alejandro cayó en el dolor más extravagante que se ha visto jamás en un hombre, llegando hasta el extremo de llorar y gemir como una mujer, desgarrarse la carne de las mejillas con las uñas, arrancarse el pelo de raíz y luego hacérselo afeitar, de modo que acabó pareciendo un esclavo. Las lágrimas no dejaban de mojar su rostro, aullaba como un perro, y toda Ecbatana estaba quieta escuchándole. Luego se revolcó todo entero en excrementos de vaca, recogió la suciedad con ambas manos y se la colocó encima de la cabeza, conducta copiada de sus héroes de la *Ilíada* de Homero, nunca vista entre los griegos ni antes ni después. También hizo que les cortaran la crin y la cola a todos los caballos, como señal de duelo, y todos los griegos pensaron que aquél era el comportamiento de un loco.

Alejandro se echó, desnudo y apestoso, encima del cuerpo muerto de Hefestión, en aquel estado, besando la cara del hombre y sollozando sin parar durante tres días y tres noches, hasta que el cuerpo empezó a removerse por los gusanos que había en la carne. Cuando Hefestión empezó a ponerse morado e hincharse, y a apestar tanto que ningún hombre se atrevía a acercarse, el propio Ptolomeo lo arrastró al baño y ordenó al eunuco Bagoas que lo limpiara completamente.

Todos los hombres de Alejandro permanecieron con los ojos completamente secos durante aquella exhibición vergonzosa, porque, en realidad, aunque Hefestión era el hombre más guapo del mundo, nadie lo quería debido a su naturaleza egoísta, arrogante y posesiva, y en realidad no era tampoco un gran soldado.

Ptolomeo se encogió de hombros. Otros hombres habían amado a los hombres más que a las mujeres. No era inusual entre los griegos. Alejandro no era el primer *kinaidos* ni sería el último, pero Ptolomeo prefería a las mujeres. Sí, Ptolomeo, en realidad, estaba loco por las mujeres.

Para el ejército de Macedonia, sin embargo, continuar recibiendo órdenes de un comandante que gemía como las mujeres y que se había abandonado tanto que incluso chillaba con el lamento femenil por su amante muerto... Eso no podía seguir así, y a los generales les preocupaba lo que podría suceder a continuación. Desde aquel momento, hubo muchos cuchicheos secretos acerca de la mejor forma de relevarlo del mando supremo, porque aquel hombre no estaba en sus cabales, ni se controlaba a sí mismo ni a sus soldados, y decenas de miles de vidas dependían de su más ligero capricho. A decir verdad, los generales encontraban repugnante la conducta de Alejandro, y se avergonzaban de él.

Los excesos de aquel rey, sin embargo, no cesaron, porque ordenó que el médico de Hefestión fuese crucificado por haber permitido que su paciente muriese, e hizo también que fuese arrasado hasta los cimientos el templo de Asclepios, dios de la Salud, en Ecbatana, porque el dios había abandonado a Hefestión, a quien Alejandro amaba más que a ninguna otra cosa en este mundo.

Algunos insinuaron que la muerte del amante no se debía a causas naturales, ni tampoco la muerte de Alejandro, cuando llegó, y que ambos habían sido eliminados por un grupo de comandantes de rango superior, entre los cuales se mencionaban los primeros los nombres de Cratero, Perdicas y Antipatro.

Por el momento, sin embargo, Alejandro vivía y respiraba. Ordenó que se apagase el fuego sagrado hasta que el funeral hubiese concluido, como los persas habían hecho después de la muerte del Gran Rey, y su orden, en sí misma, fue de mal augurio: se dice que predijo la muerte del propio Alejandro.

La pira funeral para Hefestión costó a Alejandro la suma sin precedentes de diez mil talentos, y nadie había visto jamás cosa semejante en cuanto a magnificencia ni derroche de dracmas, como se quejaban algunos, porque era toda de madera dorada, con las proas doradas de doscientos cuarenta barcos de guerra encima, y se gastó también otra fortuna en una tumba en forma de zigurat para Hefestión en Babilonia.

Alejandro envió a continuación mensajeros al Oráculo de Zeus-Amón en el desierto de Libia, para preguntar si sería adecuado y bueno honrar a aquel hombre como a un dios; pero el oráculo no admitió aquella tontería y sólo permitió que Hefestión fuese honrado como héroe, y así tuvo que ser, porque el oráculo había hablado.

Así fue, finalmente, como la carne de Hefestión, hijo de Amintor, se consumió entre una columna de llamas y una nube de humo, como la de cualquier otro mortal. En Egipto se construyeron santuarios a aquel supuesto héroe, se puso de moda hacer juramentos «por Hefestión» y se cuenta que se farfullaban cuentos de visiones, curas y milagros hasta que, al final, y sin tener en cuenta el sabio juicio de Amón, toda Alejandría acabó por adorar a aquel hombre, el amante del fundador de la ciudad, como Dios, Coadjutor y Salvador.

Thot desdeña todo eso, pero para los griegos, la línea que separa a los hombres de los dioses nunca fue demasiado difícil de cruzar, y la casa de los Ptolomeos es un buen ejemplo de ello.

* * *

¿Y qué hizo Alejandro a continuación? Salió a toda prisa de Ecbatana con una división de su ejército, lleno de esa ciega y loca rabia que asalta a un hombre que ha perdido lo que más atesora. Igual que el héroe de Alejandro, Aquiles, que asesinó a los jóvenes troyanos encima de la tumba de su amado Patroclo, Alejandro masacró a los coseos, matando a todos los hombres de la tribu, y luchó en primera fila, dirigiendo la carnicería, blandiendo su espada, cubierto de sangre y de vísceras, y con los ojos desorbitados como las gónadas de Anubis, y se convirtió en un salvaje, un verdadero bárbaro.

Así alivió un poco su pena mediante la matanza, y derramó sangre para el fantasma de Hefestión. La sangre derramada, sin embargo, no pacificó su fantasma, porque cuando conseguía dormir, el fantasma llegaba hasta él, con la mismísima imagen del hombre vivo: estatura, voz, ojos encantadores..., y el fantasma se quedaba de pie ante él, susurrando en sus oídos, de modo que no conocía la paz y parecía estar poseído.

Él juraba que había visto también a aquel fantasma como un pájaro con cabeza humana, que su rostro era el rostro de Hefestión, y que revoloteaba sobre él mientras dormía. Entonces, todos los pájaros que veía tenían el rostro de Hefestión, y él permanecía sin decir ni palabra durante horas sin fin, y cuando por fin rompía el silencio, sus palabras no tenían sentido alguno, de modo que todos lo temían y temían por sí mismos, y decían abiertamente que se había vuelto loco.

Los generales no podían tolerar durante mucho tiempo a un Alejandro loco, y empezaron a temer no sólo *por él,* sino a temerle *a él,* y a no tener deseo alguno de comprobar su fortaleza emocional en el fragor de la batalla. De modo que Alejandro no libró ninguna gran batalla después de la muerte de Hefestión, y fueron sus generales quienes se aseguraron de que fuese así, porque él no se hallaba en situación de dirigir una sola compañía, y no digamos ya la falange entera de ciento veinte mil hombres.

Había muchas razones por las cuales Alejandro pudo ser víctima del veneno, pero la principal era que ya no se controlaba a sí mismo, y para los griegos, la pérdida del control de uno mismo era lo más temido del mundo, más aún que la derrota en batalla, y más aún que el mismísimo Hades.

De noche, todavía llegaban alaridos desde la tienda de Alejandro, y estaba tan abrumado por el dolor que no sabía dónde ponerse ni qué hacer consigo mismo.

Ciertamente, no pasaría mucho tiempo hasta que el Destino decidiera por él.

Fuese asesinado o muriese por causas naturales, la verdad es que su muerte fue un suceso muy afortunado. Todos los hombres le lloraron una vez muerto, por supuesto, pero todos pensaron lo mismo: que la muerte de Alejandro fue, en realidad, lo más conveniente que podía pasar.

1.9
Cuerpo de Arcoiris

Alejandro volvió entonces el rostro hacia Babilonia, y los caldeos, hombres muy versados en el arte de predecir el futuro por medio de las estrellas, le advirtieron severamente de que no entrase en la ciudad. Pero a Alejandro no le gustaban las advertencias: era un dios, hijo de un dios, y ningún mortal le podía decir lo que debía hacer.

La gente de Babilonia atestaba las calles para darle la bienvenida, y quemaron incienso y arrojaron flores, pero a medida que Alejandro pasaba por las puertas, los cuervos, cuyo graznido gutural siempre hará pensar a los hombres en la muerte, empezaron a pelearse unos con otros encima de las murallas, y aunque aquél era el peor augurio que se pudiera imaginar, Alejandro no se dio cuenta.

Se estableció en Babilonia y trató de aliviar su pena bebiendo grandes cantidades de vino sin diluir, noche tras noche. La que resultó ser la última de esas veladas de borrachera, llenó una enorme copa dorada en honor a Hefestión y se la bebió de un solo trago, y entonces se le oyó proferir un grito, como si hubiese recibido un violento golpe, y se derrumbó.

Sus amigos lo llevaron al lecho, al lecho dorado de Nabucodonosor, posteriormente rey de Babilonia. Aquél fue, para Alejandro, el principio del fin, y para Ptolomeo, el principio del principio.

Después se cuchicheó y se habló de veneno, y se nombró a Iollas, hijo de Antipatro, el chico cuyo deber era probar las bebidas, diciendo que fue él quien recibió el pago para hacerlo, y se habló de un veneno tan poderoso que debía conservarse en un casco de burro, porque era el único recipiente que no podía destruir. Pero nunca se acusó a Iollas ni fue juzgado por crimen alguno.

La muerte por veneno resultaba más novelesca, pero Alejandro no mostraba ninguno de los síntomas de ella: ni los espasmos, ni los temblores, ni la mueca congelada o los ojos desorbitados. Todo el mundo tenía su teoría, pero, como siempre se dijo: «Todos los que escribieron sobre Alejandro prefirieron siempre lo maravilloso a lo cierto» (excepto Thot), aunque en su mayor parte era ficción.

Thot dice que la verdad es que Alejandro murió sencillamente de unas fiebres que cogió en los pantanos junto a Babilonia, y que empezaron a manifestarse con escalofríos, reacción que parecía casi imposible con aquel calor abrasador. Pero Alejandro siempre hacía imposibles. Sufrió luego fases alternas de escalofríos y sudores, pirexia e hiperpirexia, como si estuviese ardiendo ante sus propios ojos, como si le hubiesen prendido fuego.

Le refrescaron con esponjas húmedas para enfriar su carne ardiente, pero él chorreaba sudor y se fue debilitando y luego empezó a delirar tanto, alabando la belleza de Hefestión, que fue un alivio cuando perdió por completo el uso de la palabra.

Todas las historias de las últimas voluntades de Alejandro, de sus últimos deseos, de que tendió su sortija de sello a Perdicas, y dio sus últimas órdenes acerca del destino de su imperio, no son más que tonterías. Thot dice: un hombre con fiebre no dice cosas sensatas. Un hombre que ha perdido la capacidad de hablar no dice una sola palabra.

Ptolomeo contempló a Alejandro en su enfermedad, pensando que en cualquier momento se incorporaría en su lecho dorado, daría por concluida la broma, sonreiría con aquella sonrisa que conseguía que temblasen las rodillas de todos los hombres, porque, en realidad, todos ellos lo habían amado lo bastante para seguirlo hasta el fin de la tierra. Pero Alejandro estaba exhausto, mortalmente exhausto, y cayó en un sueño tan profundo que todos se aterrorizaron al pensar en la posibilidad de su muerte, y temieron no saber qué hacer sin él. Alguien sugirió un remedio que era el último recurso para devolver la conciencia a un hombre, es decir, dejar gotear orina caliente en su nariz, un tratamiento que había demostrado ser un reconstituyente eficaz en casos sin esperanza, pero Alejandro no volvió a la vida resoplando, y todos se quedaron en torno al lecho, silenciosos. El único ruido que se oía era la orina goteando en el suelo dorado.

Y a continuación los médicos realizaron todas las pruebas infalibles para saber si un hombre está muerto o no: intentaron ver su vaho en un espejo, trataron de ver si sus ojos reflejaban alguna imagen, y cosas por el estilo, y acabaron por tocarle el globo ocular con un dedo, que es la prueba más segura de si un hombre permanece o no en la tierra de los vivos.

No hubo ni un parpadeo. Sus ojos seguían fijos, inmóviles, como los de un muerto, y los médicos menearon la cabeza y dijeron, uno tras otro, que estaba muerto, muerto, muerto, muerto.

La muerte de Alejandro se hizo pública el vigésimo octavo día de Daisio, alrededor de la puesta de sol. Había reinado sobre Macedonia exactamente doce años y siete meses, y faltaban pocos días para que cumpliese treinta y tres años. Todos los hombres estaban acurrucados en posición fetal, ninguno sabía qué hacer, porque tenían los ojos inundados de lágrimas, porque sentían que aquello era el fin del mundo, el fin del tiempo.

* * *

Thot pregunta: ¿qué harán con el cadáver de Alejandro? Filipo, su padre, había ardido en una pira funeraria, según la costumbre de los griegos, y sus huesos se habían lavado después con vino dulce, y se habían envuelto en suaves telas color púrpura y los habían colocado en una *larnax* o caja de oro, en el interior de una tumba de piedra, con su armadura dorada y un montón de muebles dorados y bienes lujosos para su deleite y placer en la Otra Vida de los griegos. Encima de la tumba de Filipo habían acumulado un montón de tierra y plantaron un bosquecillo de árboles sagrados alrededor.

Pero no habría nada de eso para Alejandro. No, él había aprendido la gran lección de los egipcios: que destruir el cuerpo es anatema, porque si el cuerpo no se preserva intacto, no habrá vida para el muerto en el Campo de Juncos, ni Otra Vida. Así que había ordenado que, en el improbable caso de su muerte, no fuese quemado, sino tratado al estilo egipcio, y por esa razón siempre viajaba con él una carreta llena de embalsamadores, hombres hábiles en el arte de sacar con un gancho el cerebro del muerto a través de las fosas nasales, hombres expertos en extraer los intestinos del muerto a través de una diminuta rajita en la pared del estómago, hombres que embalsamarían a Alejandro y lo envolverían en cuatro mil codos de la mejor venda de lino, y lo conservarían para siempre en un ataúd antropoide de oro batido y la piedra azul llamada *sappheiros*, con la imagen dorada de su propio rostro encima, como el faraón de Egipto: muerto, pero vivo para siempre.

Sí, para los griegos era muy raro que un rey de Macedonia no fuese incinerado, porque no tenían la tradición del embalsamamiento. Pero no pudieron ni incinerar ni embalsamar a aquel hombre, porque, aunque su muerte había sido comunicada en todas partes, no se comportaba como debía hacerlo un muerto.

Pasaban los días y las noches y Alejandro, ya muerto, no olía. Ptolomeo lo vigilaba de cerca. Juró que había visto moverse el pecho del hombre, y que sus párpados aleteaban, y que su cabello y sus uñas siguieron creciendo, y que durante mucho tiempo fue como si estuviera simplemente dormido. En realidad, Alejandro siempre había dormido profundamente. Siempre tenían problemas para despertarlo. Pero ahora no se despertaba.

Ptolomeo llevaba diez años o más matando junto a Alejandro y había respirado muchas veces el olor entre agrio y dulce de la carne podrida. Sí, volvería a él durante el resto de su vida, en sueños: el olor de los fantasmas, el recuerdo de la sangre salpicando su rostro, el hedor que hace que a un hombre se le agarrote la garganta.

Thot dice: un muerto tiene que *apestar.*

En Babilonia, a mediados de verano, el calor basta para freír un huevo de avestruz encima de una piedra, y un cadáver atrae las moscardas de inmediato. Antes de que llegue la luna siguiente, hasta la carne del muerto más bello del mundo es un hervidero de gusanos. Antes del segundo amanecer, su piel se vuelve azul. En la tercera mañana, su rostro se pone verde, como el rostro de Osiris, y su cadáver no se puede trasladar sin desprender líquidos viles.

Thot dice: sí, un hombre muerto *se descompone.*

El propio Ptolomeo intentaba vivir al día, al momento, porque había visto lo que significaba morir. Había mirado a la muerte a la cara demasiadas veces, y pensaba mantener alejada de sí la muerte todo lo que pudiese. Pero Alejandro, cuya alma había volado hacía seis días hacia el Hades, parecía un hombre todavía vivo, y su rostro bronceado, su carne llena de cicatrices de batalla, todavía tenía su tersura saludable. Además, no había moscas, ni gusanos, ni olor alguno salvo el propio olor de Alejandro: dulzón, como algún perfume caro, como si anunciase que, en realidad, era el dios que pretendía ser, porque un dios no podía de modo alguno apestar a sobaquina como los soldados y los generales corrientes, todos por igual, incluyendo a Ptolomeo, que no era todavía dios y a veces apestaba como un rebaño de cabras.

La historia oficial era que no se atrevían a tocar al rey al principio, porque parecía estar todavía vivo, pero que al final acabaron por limpiar el cuerpo.

Thot dice: la verdad es siempre distinta.

Después de diez días muerto, Alejandro todavía estaba caliente, y sí, se había convertido en la cosa más desafortunada y más inconveniente, con la que ningún hombre sabe qué hacer: un muerto viviente.

Pero entonces, ¿qué había ocurrido? ¿Había escapado su espíritu a su cuerpo o no? Él había pasado muchas horas con los sabios de la India, de Babilonia, los sacerdotes de Amón en Egipto, preguntándoles: «¿Es cierto que un hombre puede suspender su vida? ¿Puede darse el caso de que un hombre duerma cien años, sea enterrado bajo tierra y luego al final se despierte?». Y los sabios le habían dicho: «Desde luego, es posible. ¿Quieres probarlo?».

Thot pregunta: ¿era eso lo que estaba haciendo?

Algunos decían que Alejandro había aprendido mucho de aquellos hombres sabios de la India, que había intentado cambiar su carácter violento, que había oído hablar incluso de un hombre llamado Buda, y decían que Alejandro había llegado en la muerte a un estado llamado *Cuerpo de Arcoiris*, en el cual la conciencia de un hombre puede permanecer después de la muerte, en absoluta meditación, descansando en una gran calma.

Mostraba, ciertamente, todos los signos. Aunque había dejado de respirar hacía mucho tiempo, desprendía calor en la zona del pecho, no había descomposición y olía a algún perfume maravilloso.

Thot dice: bueno, ¿y eso qué significa? Decían que irradiaba las bendiciones de una mente iluminada, como una gran ola de purificación, enviando del mismo modo bendiciones poderosas a todo el mundo. «Y no se ha ido», decían. «Está más vivo hoy, o igual de vivo que antes.» Y dijeron que aquello era motivo de alegría.

Thot dice: realmente, esto parece muy improbable. Ese asesino necesitaba mucha purificación.

El caso es que al final se prohibió, bajo pena de muerte, hablar de aquel hombre como si estuviera muerto, de modo que fue, realmente, Alejandro el Siempre Vivo.

1.10
Ladrón de cuerpos

En cuanto la muerte (o la no-muerte) se hizo pública, comenzaron los espantosos aullidos de las mujeres de Babilonia, y continuaron sin cesar toda aquella noche y el día siguiente, y más y más. Todos los hombres derramaron lágrimas, por supuesto, pero también llegó un momento en que el llanto y los lamentos tuvieron que detenerse. Para Ptolomeo y los demás generales de Alejandro, conocidos como los *Diadokhoi*, los sucesores, de hecho aquello no era el final de nada, sino el principio.

En primer lugar formaron el Consejo de Estado, para decidir quién debía ser rey y el tema mucho más peliagudo de cómo se debía dividir el imperio y qué general debía encargarse de controlar cada pedazo, y eran doce: Perdicas, Antígono, llamado Monoftalmo o Tuerto, Antipatro, Seleuco, Leonato, Menandro, Lisímaco, Filotas, Eumenes, Peithon, Arkon y Ptolomeo.

Doce hombres fuertes se sentaron para velar las armas toda la noche, sin afeitar, demacrados, sudando tanto por el calor que apestaban como cabras, discutiendo sobre lo que debían hacer o no hacer, y el cuerpo que no olía yacía entre ellos. Eligieron pajitas, tiraron dados, negociaron y se repartieron sus territorios como si de un pavo se tratara, peleándose para ver quién merecía el trozo más selecto, la porción mayor. Mientras Alejandro vivía habían sido sus subordinados; ahora que los había abandonado, eran iguales, y lucharon por las migajas durante muchas horas.

Al final se tomaron las decisiones, y Antipatro, que había sido regente de Macedonia mientras Alejandro luchaba en Asia, se convirtió en sátrapa de Macedonia.

El Tuerto, un hombre gigantesco, se vio confirmado como sátrapa de la Gran Frigia, con Licia y Panfilia. Era padre del famoso Demetrio Poliorcetes, que entonces era un niño de trece años. Y el Tuerto se convirtió en el poder más fuerte de Asia.

Menandro fue confirmado como sátrapa de Lidia; Lisímaco se convirtió en sátrapa de Tracia; Filotas fue sátrapa de Cilicia; Eumenes fue sátrapa de Capadocia y Paflagonia; Arkhon se convirtió en sátrapa de Babilonia, Peithon fue sátrapa de Media, y Leonato se quedó con la Frigia Helespontina.

Thot dice: sí, todo esto puede resultar aburrido, pero es importante. Ten paciencia, oh Sabio. Thot te garantiza que habrá emociones más tarde. Thot te da su palabra. Thot te lo promete.

Por entonces Seleuco estaba alejado. Él quería Babilonia, que no estaba disponible, aunque se apoderaría de ella más tarde. Previendo que se avecinaban problemas, permanecía con el ejército, y fue nombrado mano derecha de Perdicas, al mando de la caballería, las tropas de élite de Macedonia.

Sólo Ptolomeo entre todos aquellos hombres sabía lo que quería. Había pasado mucho frío cruzando el Paropamisos, mucho frío. Egipto era la más rica de todas las satrapías, la mejor y la más fácil de defender. También era el lugar más cálido de todos, y el menos dado a las guerras. Ninguno de los demás generales quería Egipto, que era demasiado cálido, demasiado extranjero, demasiado ajeno a lo griego y demasiado raro, con sus dioses con cabeza de animal. Sólo pensaban en el calor insufrible, en las serpientes venenosas, en la mordedura de los escorpiones, en las nubes de insectos que pican, en el sudor inacabable, en la omnipresente tormenta de arena, y se sentían encantados de no tener que ir allí.

Así empezó la pelea y así continuó. Esos hombres lucharían entre ellos y guerrearían por el legado de Alejandro durante cincuenta años después de su muerte, por el resto de sus vidas, y aun así no obtendrían la paz.

De todos los sucesores, sólo Ptolomeo, hijo de Lagos, murió en su propia cama a edad provecta.

* * *

Por encima de todos los sucesores se hallaría el nuevo rey de Macedonia, pero, ¿quién sería rey después de Alejandro? Era deber del ejército elegir al rey a mano alzada, y el ejército quiso al loco Arrideo, el hermano mayor de Alejandro, que por entonces tenía treinta y seis años.

Ptolomeo expresó sus objeciones a que ese hombre se convirtiera en rey, aduciendo que su madre, Filina de Larisa, no había sido sino una bailarina, apenas mejor que una prostituta. Pero había objeciones más graves a Arrideo, a quien algunas veces se tomaba por poco menos que un idiota, y era el temor de Ptolomeo de que, si Arrideo se convertía en rey, esto daría a Perdicas la oportunidad de ejercer el poder a su favor, que fue lo que al final ocurrió.

Nadie había prestado demasiada atención a aquel Arrideo en el pasado, pero la verdad es que había marchado con Alejandro la mitad del camino recorrido por éste a través del mundo. De vez en cuando se caía al suelo y echaba espuma por la boca. Su lengua no encajaba bien entre los dientes. Retorcía las manos ante la cara cuando intentaba hablar. Ptolomeo se preguntaba: ¿cómo podrá desempeñar el papel de rey sin ayuda una persona que es incapaz de mantener una conversación normal? Sería absurdo, dijo, convertir en rey a un hombre semejante.

Aun así, para las tropas, aquel hombre era el hijo de Filipo, el hermano de Alejandro, henchido de la sangre divina de Heracles y Dionisos, y vitorearon a Arrideo porque, por encima de todo, aquel hombre no tenía malicia alguna, nunca mostraba mal carácter, y cuando no tenía los ataques, sonreía y sonreía y era amigo de todo el mundo.

–El amigo de un idiota –dijo Ptolomeo– es un idiota.

Pero sus pensamientos fueron ignorados porque, no, el ejército no tendría otro rey que aquél, loco o cuerdo, y él iba a gobernar junto con el nuevo Alejandro, el hijo que dio Roxana a Alejandro después de su muerte, que apenas tenía treinta días de vida. El regente de estos dos reyes fue Perdicas, el orgulloso, duro Perdicas, y Ptolomeo intuyó que eso significaría problemas y nada más que problemas.

Así que Arrideo se convirtió en rey con el nombre de Filipo Arrideo, y Perdicas colocó la diadema real alrededor a su frente de loco, una tira de tela blanca que era el símbolo sagrado de la realeza de Macedonia. El ejército le vitoreó y fue alzado sobre los hombros de la guardia real, y llevado en torno al campamento, y a Arrideo aquello le encantó, y nunca dejó de mostrar los dientes, ni un solo momento.

El niño rey Alejandro también ostentó la diadema encima de sus vendas, porque pasó los primeros meses de su reinado atado a una tabla y vendado de la cabeza a los pies, y los horóscopos dijeron que su vida terminaría como empezó, entre lágrimas y gritos.

Aquel nuevo arreglo pareció funcionar, al principio. Perdicas le decía a Arrideo lo que debía hacer, lo que debía pensar y dónde colocar el sello real en los documentos de estado, y en realidad resultó muy útil, para variar, tener un rey que siguiera los consejos e hiciese lo que le decían. Perdicas llevaba a Arrideo con él dondequiera que iba, como un personaje mudo de un drama, y éste se quedaba quieto junto al hombro de Perdicas, sonriendo, como si no fuera más que la sombra de Perdicas, el perro fiel de Perdicas, y se hubiese invertido la forma correcta de hacer todas las cosas.

Thot pregunta: ¿cuál era la verdad sobre Arrideo? ¿Había sido alimentado por la reina Olimpia con drogas que destruían la mente? Pero la respuesta es que no: simplemente, lo habían dejado dormir con la luna llena en el rostro, y desde entonces había sufrido ataques. No había cura para los lunáticos, pero Olimpia había hecho con él algunos experimentos y es posible que sus curas le hubiesen producido más mal que bien.

* * *

Ahora que Arrideo era rey, le pareció adecuado a Perdicas que tomase esposa, y quizás engendrase un hijo y heredero, y la mujer que eligió Perdicas para él fue su medio prima Adeia-Eurídice, una nieta del rey Filipo.

Esta joven había sido educada de una forma especial, porque había aprendido a cabalgar, cazar y luchar con la espada corta como un hombre, y le había enseñado todas esas cosas su propia madre, la princesa Kynane de Iliria, que a su vez se decía que había matado a una reina rival en combate armado y que fue la primera de una larga estirpe de mujeres bastante masculinas.

Al llegar a su matrimonio, aquella Adeia-Eurídice sólo tenía catorce o quince años, pero demostró ser de gran ayuda para su marido, de muchas formas distintas. Porque cuando Arrideo sufría sus ataques, su cuerpo se ponía rígido, se doblaba hacia atrás como un arco y sus pies incluso podían tocarle la cabeza. Cuando esto ocurría, Adeia-Eurídice lo sujetaba en el suelo con los brazos detrás de la espalda (porque era fuerte), colocaba una manzana entre sus dientes para evitar que se mordiese la lengua y lo consolaba en su sufrimiento. Él se había mordido la lengua tantas veces que hablaba de forma confusa, y por eso la gente decía que era medio tonto, cosa que no era realmente cierta.

Aunque la enfermedad de Arrideo era preocupante, sus ataques duraban muy poco, y él seguía en posesión de todo el vigor de su cuerpo. Se solía rechazar a los lunáticos, como si viviesen con alguna maldición divina, pero aquel hombre era considerado una especie de maravilla, como si se hallase en contacto con el mundo de los dioses, al cual su hermano había regresado ya. Arrideo era afortunado, era el talismán viviente de Macedonia, igual que su hermano muerto sería el talismán de Alejandría. Arrideo, pues, podría haber prosperado; el problema era su mujer.

Ptolomeo a menudo contaba la historia de Adeia-Eurídice, la muchacha que era como un chico, que fue entrenada como un soldado, que cabalgaba en la batalla con todas las armas, vestida de hombre. La joven observó con consternación cómo se le hinchaban los pechos, e incluso le preguntó a su madre si le podrían amputar uno de ellos, como una amazona, para tensar mejor el arco, pero su madre no le permitió hacerlo.

Adeia-Eurídice era más fuerte que ninguna otra mujer griega, pues llevaba la espada, escudo y lanza (que pesaban la mitad que su propio cuerpo) y corría vistiendo un peto de armadura de bronce y profiriendo el *Alalalalai*, como cualquier hombre.

Además, se negaba a esconderse en el *gynaikeion*, las dependencias de las mujeres, y encontraba cosas más útiles que hacer que dedicarse al bordado. Quería demostrar que una mujer podía ser tan buena como un hombre. Luchaba y peleaba, corría y saltaba, cabalgaba y montaba en los carros. Adeia-Eurídice era tan parecida a un hombre que se decía de ella: «Debe de haber caminado bajo el arcoiris», porque una chica que hiciese tal cosa se convertiría en chico.

La única desventaja era que, tal como decían, era demasiado masculina para dar hijos a Arrideo. En cuanto al veleidoso rumor, se aseguraba que esos dos no engendrarían más que monstruos, que se expondrían a la hora del nacimiento como una afrenta a los dioses, como un presagio terrible de lo que les iba a ocurrir a ambos.

Antes de su matrimonio, Adeia-Eurídice acudió al Oráculo del Amor, para lo cual debía coger el ancho pétalo de una amapola en la mano izquierda y golpearlo con fuerza con la derecha. Si todo estaba destinado a salir bien, el pétalo emitiría un sonoro chasquido. Pero sólo se oyó el sordo golpe de las dos palmas al unirse, y Adeia-Eurídice supo dentro de su corazón que todo iría mal para ella como esposa del rey Filipo Arrideo.

Y esto en cuanto a la división del imperio de Alejandro, y la sucesión al trono de Macedonia. Pero lo que importa a Thot es Egipto, y Ptolomeo, hijo de Lagos.

* * *

Todo Egipto, entonces, junto con aquella parte de África llamada Libia y parte de Arabia, recayó, por suerte o por el azar de los dioses, o porque nadie más lo quería, en Ptolomeo.

Egipto, pensaba él, era casi un verdadero paraíso: un lugar donde no llovía, donde no había nieve, ni frío, ni invierno por así decirlo; una tierra donde el sol brillaba mes tras mes y era adorado como el mayor de los dioses. Egipto era rico, mucho más de lo que pudiera soñar hombre alguno, un lugar donde un sátrapa podía tener todo aquello que desease, y pensaba irse allí tan pronto como pudiera.

Por el momento, sin embargo, seguía en Babilonia, esperando a ver qué podía ocurrir con respecto a la corona y qué harían con el cuerpo de Alejandro, que estaba muerto pero no muerto y permanecía insepulto.

Como medida temporal lo embalsamaron con miel, porque la miel, que era tan dulce para las criaturas vivientes, debía de ser amarga para las criaturas del Averno, donde todo está invertido: la miel, por lo tanto, mantendría apartados a los fantasmas, demonios y malos espíritus de aquel cadáver, el más distinguido de todos.

Ptolomeo fue quien supervisó el embalsamamiento, e hizo que sellaran las orejas reales con la mejor miel del Himeto para mantener alejados a las tijeretas y los escarabajos. Hizo que rellenaran de miel también la nariz de Alejandro, y todos los demás orificios, para que no penetraran las cochinillas o las polillas, y colocó a Alejandro en una caja de madera con tapa mientras esperaban que se terminara el ataúd dorado y el fastuoso carro funeral que debía llevarlo a casa, a Egas, en Macedonia, porque la tradición decía que si era enterrado en cualquier otro lugar, su dinastía se extinguiría.

Ptolomeo nunca volvió a comer miel en toda su vida.

Al decimotercer día de su largo sueño, Aristandro, el vidente, anunció que la palabra de los dioses decía que Alejandro era el rey más afortunado que había vivido jamás, y que el suelo que recibiese sus huesos nunca debía temer la invasión de ningún enemigo, sino que sería también afortunado para siempre.

Ptolomeo lo oyó y deseó por encima de todas las cosas tener toda la suerte del mundo, y mientras los otros generales discutían, se apoderó del cadáver y partió hacia Egipto con él, y su hermano Menelao fue con él, y fue cómplice suyo en aquel delito.

Algunos dijeron que Perdicas averiguó lo que había ocurrido y galopó detrás de Ptolomeo y sus tropas, porque deseaba la suerte de Alejandro para sí, y que cuando lo alcanzó, ambos entablaron una sangrienta batalla.

Otros hablan de un gigantesco carro funerario con una cornisa dorada, guirnaldas festivas y borlas de las que colgaban enormes campanas, con columnas jónicas decoradas con plata y marfil, y tirado por sesenta y cuatro mulas, un par por cada año de vida del hombre. La procesión, decían, iba escoltada por un pelotón de peones camineros, mecánicos y soldados, y atraía a multitudes de mirones, pero un vehículo tal jamás habría podido recorrer el desierto desde Babilonia a Menfis, por muchas mulas que tirasen de él; la verdad es que el famoso carro funerario de Alejandro es una invención de los historiadores, una ficción. De todos modos, muchos hombres juraron que aquél era el carruaje que capturó Perdicas, y que partió con ese vehículo hacia Macedonia.

Cuando hacía varios días que Ptolomeo había partido, Perdicas se preocupó de mirar en el interior del ataúd de oro y encontró un Alejandro hecho de cera y de paja, con nariz de rábano y dátiles pegajosos por ojos. El auténtico Alejandro había desaparecido en la parte trasera de un simple *harmamaxa*, un carro cubierto de cuatro ruedas en el cual las hetairas viajaban como parte del séquito, y este carro no iba con una gran escolta, sino casi solo, y muy rápido.

Era el tiempo de la cosecha cuando Alejandro partió de Babilonia por última vez, y los granjeros estaban llevando el grano a la ciudad en carretas y estornudaban debido al polvo que levantaba Ptolomeo al pasar junto a ellos con el cuerpo. Para los griegos, un estornudo es la señal de aprobación del propio Zeus, el mejor augurio posible, y Ptolomeo supo así que había hecho lo correcto.

Thot pregunta: pero, ¿dónde se encuentra la verdad? Thot sabe sólo que dicen que Ptolomeo se llevó el cuerpo con él a Egipto, y que de camino se encontraron con la habitual tormenta de arena, de modo que los vivos pasaron día tras día quitándose unos a otros la arena de los oídos. La verdad es que el hombre muerto regresó a Egipto con mucha menos pompa de lo que nadie podía haber imaginado.

Ptolomeo llevó el cadáver nada menos que hasta Menfis, donde descansaría algunos años, hasta que los sacerdotes de aquella ciudad se negaron a alojarlo más tiempo, diciendo que el cuerpo de Alejandro no les traía buena sino mala suerte, y que cualquier lugar donde yaciese tendría mala suerte para siempre.

El propio sátrapa pensaba de otro modo. Estaba bastante seguro de que Alejandro, muerto, llevaría la buena suerte a Alejandría y que vigilaría la ciudad, y la protegería de los ataques, y sería su talismán para siempre; y estuviese Alejandro, en efecto, vivo o muerto, el propio Ptolomeo acuñó el *prostagma*: «Alejandro vive y reina», de modo que era una ofensa hablar de aquel rey en pasado.

El buen pueblo de Alejandría nunca dejó de esperar que Alejandro se moviese un día, como si despertase de una noche de buen sueño, y volviese a ser faraón de Egipto, Señor de las Coronas, Amado de Amón, Hijo del Sol, Alejandro el Siempre Vivo, pero por el momento la vida normal continuaba y hasta que ocurriese el milagro de los milagros, un hombre nuevo gobernaría Egipto en el lugar de Alejandro, y aquel hombre nuevo era Ptolomeo, el sátrapa.

Ptolomeo no sólo robó un cuerpo, sino también los diarios reales, que se proponía usar para escribir su propia historia de Alejandro, aunque pospuso la escritura durante casi medio siglo.

También tomó la espada de Alejandro y el verdadero escudo de Aquiles (que el propio Alejandro había robado cuando estuvo en Troya), así como el casco de bronce con plumas de Alejandro, sus grebas de oro, el peto de armadura dorado y el manuscrito de Homero que le quedaba, en una caja de oro, que Alejandro había robado del tesoro de Darío, en Persépolis.

Si los diarios reales eran una falsificación, o el casco no era el de Alejandro, su espada no era su espada, su escudo no era su escudo, ni su Homero era su Homero no preocupaba a Ptolomeo. Lo que le importaba era que los hombres pensasen que él decía la verdad.

Algunos murmuraban que la carne de Alejandro estaba tan descompuesta por el calor de Babilonia que era imposible embalsamarlo, y que no quedaba nada del gran hombre, apenas un mechón de pelo.

En cualquier caso, Ptolomeo no sería un ladrón, sino un mentiroso, pero la verdad de tales cosas está más allá incluso de la sabiduría de Thot.

* * *

Tal era el carácter, pues, de Ptolomeo, hijo de Lagos. Era poco fiable, astuto, perspicaz. Robó todo lo que pudo y después alardeó de su robo. Pero incluso Zeus, el mayor de los dioses de Grecia, tenía la reputación de ser un ladrón.

En cuanto a Alejandro, algunos lo adoraban como dios viviente; otros lo veían simplemente como un tirano, un agresor, un autócrata extranjero, que impuso su voluntad simplemente por la violencia. Algunos decían que Alejandro no era un hombre, sino un sueño. Otros se quejaban solamente de la pesadilla sin fin.

Sin duda, todos lo habían amado, pero también lo habían odiado. A pesar de su gran aventura, de las riquezas inimaginables, del *kudos*, también les habría gustado mucho tener la oportunidad de vivir en casa con sus mujeres y sus hijos, de haber estado presentes en las bodas de sus hijas, en las ceremonias de paso a la edad adulta de sus hijos, de haber enterrado a sus padres, de haber vivido unas vidas normales, invierno y verano, siembra y cosecha, en sus granjas, y de no tener que ir de acá para allá a través de medio mundo.

El gran crimen de Alejandro fue haberles arrebatado sus vidas. Era un demonio, un monstruo, el que trae la muerte. Su gobierno se basaba exclusivamente en el miedo, y ellos le tenían miedo, todos los hombres tenían miedo de su poder, de su mal carácter, y desde luego para todos ellos fue un alivio su muerte.

Sí, la expedición de Alejandro no fue más que una inútil pérdida de tiempo y energía; los griegos podían haberse quedado en casa, a tenor de lo que sacaron de todo aquello. Ésa era la opinión de Ptolomeo, aunque apenas hablaba de ello; pero cuando había bebido demasiado vino, meneaba la cabeza y decía:

–Igual podíamos haber pasado doce años contando las estrellas.

¿Cuál era, entonces, la verdad? La verdad era que Alejandro llevó la mala suerte a la Casa de Ptolomeo en Egipto, trescientos años de mala suerte. Pero entonces, al principio, Ptolomeo no veía cómo era posible tal cosa, y su futuro se extendía ante él dorado, todo dorado.

El único hombre con algo de sentido común entre todos sus sucesores era Ptolomeo. Él fue el único que entendió por qué Alejandro no había florecido. El destino había convertido a Alejandro en un dios, pero los dioses lo habían conducido a una trampa y le habían arrebatado todas las cosas que antes le dieron. Los dioses de Grecia son muy celosos de los éxitos de los humanos.

Ptolomeo no tenía grandes deseos de ser rey. No quería despertar la envidia de los dioses teniendo demasiada suerte.

–Un hombre puede ser demasiado afortunado –decía–. Un hombre, fácilmente, puede atraer hacia sí su propia desgracia.

Después de todo, había visto cómo le ocurría tal cosa a Alejandro.

El sátrapa, sin embargo, estableció su residencia en la tierra de los faraones, y la ducha de oro y riqueza que deseaba y no deseaba a la vez empezó a caer sobre él. Se sintió casi como un Midas involuntario, como si todas las cosas que tocaba se convirtiesen en oro. Un hombre de menos valía se habría ahogado en ellas, pero Ptolomeo no se sumergió: flotó por encima del río de oro, de la corriente de oro, de la marea arrolladora de oro, riendo.

SEGUNDA PARTE

Sátrapa de Egipto

2.1
Afortunada Alejandría

De su viaje a Egipto, Ptolomeo no dice ni una sola palabra. Le habría gustado mucho olvidar el ayer, pero se le ha enseñado demasiado bien el arte de la memoria. Mira en dirección a Alejandría, y los ocho años o tres mil días transcurridos desde la fundación de la ciudad.

Sí, se obtuvo la aprobación de los dioses para la fundación, al oeste de lo que los griegos daban en llamar Delta, como si hubiese sido un invento suyo y no la idea de Thot, donde no había nada más que un antiguo puerto y el poblado de pescadores que llamaban Rhakotis o Lugar del Edificio, y que es lo que se ha convertido en Alejandría.

Alejandro sacrificó un buey con los cuernos dorados. Quemó incienso. Ofreció las plegarias adecuadas a los dioses. Hizo todo esto según las costumbres griegas, para que aquella ciudad tuviese éxito y suerte y abundase en ella la buena fortuna, como en un cuerno de la abundancia.

Observó las entrañas del buey y los adivinos dijeron que los augurios eran buenos, y se le permitió a Alejandro que marcase con tiza el plano de su ciudad, en forma de trapecio o de *khlamys*, como el manto militar de los griegos, porque fue una ciudad griega desde el principio, siempre griega, y no pretendió nunca ser una ciudad egipcia. Pero Alejandría era tan grande, o la tiza de la que disponían tan poca, que no bastó para acabar el circuito de las murallas, y se acordó, para no atraer la mala suerte, coger la ración de cebada de los macutos de los soldados y marcar el plano de la ciudad con grano, en lugar de con tiza.

Ptolomeo se acuerda bien de todo eso. En medio de esta operación se oyó el batir de innumerables alas, tan fuerte que todos los hombres miraron hacia arriba y vieron los pájaros, miles de pájaros, que caían sobre la cebada y se la comían toda. Y con los pájaros llegaron los excrementos, que cayeron por todas partes, algunos incluso encima de sus propias cabezas, cosa que en sí misma (que se te cagase encima un pájaro) era afortunada, y así se comieron la mitad del plano de Alejandría, y se cagaron encima al mismo tiempo.

–¿Qué significa esto?– preguntó Alejandro a los adivinos, preocupado, porque podía ser un mal augurio que ocurriese algo así en una ciudad el día de su fundación.

La verdad es que aquellos griegos no llevaban mucho en Egipto, en Alejandría, cuando ocurrieron cosas innombrables, acontecimientos que horrorizarían a los hombres hasta el fin de los tiempos.

–¿Qué significa esto, qué?– inquiría él, temeroso, preguntándose qué habría hecho para merecer tal tratamiento por parte de los dioses.

Los adivinos se miraron unos a otros en silencio. No podían decirle que los propios dioses se habían cagado encima de Alejandría; aquélla sería la ciudad más desafortunada, más infeliz y de sino más trágico que jamás existiera.

Al final Aristandro habló:

–Significa –dijo– que Alejandría alimentará al mundo entero –cosa que resultó ser cierta.

Alejandro respiró con más tranquilidad, y los rituales continuaron: se fundó la ciudad y ya no se podía dar marcha atrás. Los griegos se quedaron sentados toda la noche festejándolo, tratando de detener el tiempo y de que el día de la fundación de la ciudad más grande de todas durase para siempre.

Se despertaron con dolor de cabeza y añadieron vómitos a las cagadas de pájaro que marcaban todo el lugar, y aquello fue un mal comienzo.

Thot sabe que las cagadas de pájaro y los vómitos no eran nada comparados con lo que vendría después. Alejandría estaba destinada a mancharse de sangre, y a que su suelo, efectivamente, se convirtiese en un barro sangriento, como el campo de batalla en el cual tanto disfrutaba Alejandro. Por encima de todo, Alejandría sería una ciudad de sangre.

Pero el propio Alejandro no sabía nada de esto. Ordenó que se construyeran templos y santuarios a los dioses en todas las calles.

–Los hombres podrán vivir felices en una nueva ciudad –dijo–, mientras hagamos primero felices a los dioses.

Dispuso todos los elementos para construir la ciudad más hermosa que jamás hubiese existido, pero estaba demasiado impaciente para esperar y atender a todos los detalles. Tenía demasiada prisa para ser capaz de sentarse y pensar en lo que estaba haciendo.

Sus consejeros le recordaron las palabras de Platón, que dijo que surgirían graves problemas si se construía una ciudad junto al mar. Alejandro no hizo caso. Se complacía en desoír todas las advertencias. Tenía la aprobación del dios; no había necesidad de pedir consejo a un simple mortal como Platón. Alejandro había elegido el mejor sitio, el único posible, y aunque las predicciones de los adivinos eran que la mitad de su gran ciudad se hundiría en el mar antes de que hubiesen pasado mil años, no quiso escucharlos. Por el momento, todos sonreían, y la columna de hombres se alejaba de Egipto entonando las canciones griegas de guerra, de camino a conquistar el resto del mundo.

No, nadie pensaba que podía suceder justamente lo contrario de lo que quería Alejandro: que Alejandría se convirtiese en una ciudad en la cual todos fuesen infelices.

En aquellos días, dedicaban pocos pensamientos al futuro. Ni siquiera Ptolomeo había querido volver a ver Egipto, por aquel entonces. Había pasado ciento ochenta días mortificado por las picaduras de los insectos. Había pasado seis meses con el sudor metiéndosele en los ojos. Tenía la piel tan quemada por el sol que casi parecía negra. Había sufrido los habituales desarreglos intestinales que todos los forasteros que llegan a Egipto deben sufrir. No sería exagerado asegurar que, por aquel entonces, Ptolomeo odiaba Egipto.

Thot pregunta: ¿qué queda en su memoria? Y la respuesta es sí, ha estado aquí antes, y sus pensamientos están con Alejandro y el pasado.

Alejandro no pudo fundar su gran ciudad de Alejandría sin preguntar primero a los dioses: ¿es éste el lugar adecuado? ¿Es éste el momento adecuado para fundar una ciudad? Y por encima de todo, ¿será afortunada esta ciudad? Porque no tiene ningún sentido planear una ciudad que sea desafortunada.

De modo que Alejandro en persona se había adentrado en el desierto de Libia, hacia el oasis donde se encontraba el Oráculo de Zeus-Amón, a miles de estadios al oeste del río. El viaje era duro, pero el oráculo era el más importante del mundo, después del de Delfos, y tenía fama de emitir juicios sensatos.

Los sacerdotes de Egipto habían advertido a Alejandro de los peligros: tempestades, tormentas eléctricas, aparatosas tormentas de arena. Le habían aconsejado que no olvidase el destino de los cincuenta mil soldados de Cambises, el persa que se perdió en el gran mar de arena.

«Fue un castigo de los dioses», le dijeron, pero Alejandro no hizo caso de aquellos consejos y dijo que él iba a *honrar* a Amón, no a robarle. Alejandro no quería esperar. Además, era invencible. No podía ser derrotado por una simple tormenta de arena.

Aun así, estuvo muy cerca de la muerte. Se quedaron sin agua. Perdieron el camino y se los tragó una tormenta de arena hasta que apareció una pareja de cuervos y los siguieron hasta el oráculo.

Ptolomeo, que nunca en toda su larga vida había dicho una sola mentira, a pesar de ser griego, contaba una historia distinta: que les mostraron el camino un par de serpientes que hablaban.

El sacerdote de Amón saludó a Alejandro como Hijo de Zeus, y a Alejandro le encantó escucharlo. El oráculo lo había identificado con el dios del sol de los egipcios, y Zeus, en forma de serpiente, era su padre, en realidad.

Planteó sus preguntas ante el oráculo y ningún hombre supo cuáles eran, porque nunca reveló las respuestas a nadie, pues decía que éstas eran privadas y que sólo se las contaría a su madre, Olimpia, cuando volviese a casa. Pero Alejandro nunca volvió a casa.

Algunos años después, el propio Ptolomeo pagó un altar en el santuario de Amón, porque ese dios había sido bueno con Ptolomeo también. Y Ptolomeo también planteó sus preguntas al dios, desnudo ante él en su santuario.

Y sí, se le puso la carne de gallina, y sí, todo el vello se le erizó. Sí, la estatua del dios *se movió* ante Ptolomeo, el dios con cabeza de carnero, cuya imagen estaba decorada con la *smaragdos*, la costosa piedra verde. Ptolomeo tembló y se estremeció ante el dios que le daba conocimientos del futuro. Ptolomeo se orinó ante el dios, y cuando salió de nuevo a la luz del sol, estaba temblando.

Ptolomeo recordaba el desierto, rosa a la luz del crepúsculo, los fuegos de excrementos de camello, los reverberantes lagos de agua que no era agua, los viajes a la luz de la luna, porque la arena estaba demasiado ardiente de día. Recordaba los cánticos de los hombres, el eco de los gritos, el silencio del desierto.

Recordó la imagen de Amón en el atrio del templo, cargando a hombros entre ocho en su barco de oro, y que en respuesta a las preguntas de los griegos, el barco se balanceó de lado a lado, o giró en círculos, yendo ahora hacia atrás, ahora hacia delante, seguido por la procesión de ochenta sacerdotes que cantaban y tocaban la música salvaje de caracolas y címbalos.

La pregunta de Ptolomeo acerca del futuro le fue contestada: el oráculo dijo que *Ptolomeo también sería un dios.*

Thot sabe, fue mucho peor de lo que sugieren las historias. Casi murieron por falta de agua, y cuando los cielos al fin se abrieron, corrieron como locos, chillando y tratando de atrapar la lluvia con la boca abierta.

En el oasis de Amón, Hefestión y Alejandro celebraron una especie de ceremonia de matrimonio de hombre con hombre, marido con marido, porque aquél era el único lugar del mundo donde se permitía tal abominación. Seguramente era aquél el verdadero motivo por el cual Alejandro había llegado hasta un lugar tan remoto, y sería un secreto para siempre, el secreto que no contó nunca a su madre.

Ptolomeo no se unió en matrimonio a otro hombre, sino que pasaba las noches persiguiendo a las mujeres. Le picaban los insectos y le besaban las mujeres dondequiera que iba. Recordaba el agua brillante sobre las ciénagas salinas. Recordaba los fuegos nocturnos para mantener alejados los perros salvajes. Recordaba el aullido de los chacales, los camellos que iban balanceándose por la húmeda senda. Si podía recordar tales cosas, ¿por qué hablaba de «dos serpientes que hablan», cuando todos los demás hombres que escribieron acerca de aquel viaje dijeron que les habían guiado dos cuervos que hablaban?

Thot dice: si las serpientes de Ptolomeo hablaban, ¿en qué lengua lo hacían, que pudiese entender Ptolomeo, un griego que sólo hablaba un dialecto de Macedonia? ¿Hablaban griego las serpientes de Libia?

En absoluto. Aquélla era, desde luego, la historia absurda de un griego, una historia sin sentido, llena de mentiras, como todas las historias de los griegos. Por otra parte, quizá las serpientes significasen algo.

En Egipto todas las palabras son un dibujo, un símbolo. En Egipto, todas las cosas significan otra cosa: Thot lo jura. En la superficie, las serpientes significan una cosa, y, por debajo, otra cosa distinta. Para los inteligentes, para los iniciados, luz; para los no iniciados o los ignorantes, oscuridad, confusión, misterio.

Por una parte, los griegos juraban que Ptolomeo nunca jamás en su vida dijo una mentira. Por otra parte, Thot te advierte, Alumno-de-Thot, de que a los griegos les gusta jugar.

2.2
Los caminos de Horus

Ptolomeo entró en Egipto por segunda vez, pasando junto a Gaza y Rafia, a través del desierto y por las húmedas arenas de la playa, entre Gaza y Pelusio, para no ser engullido por las arenas movedizas y luego por los caminos de Horus, los caminos de la guerra, hasta el fuerte de la frontera, donde fue recibido por los griegos a quienes Alejandro había dejado allí antes de conquistar Egipto para él.

Sacrificó de inmediato unos toros completamente negros a Zeus, patrono de los viajeros, y a Poseidón, Señor del Terremoto, como ofrenda por haberle mantenido a salvo, merced a la gran bondad de los dioses.

Ptolomeo llevaba con él, por supuesto, un destacamento de tropas y, por supuesto, a su hermano, el fiel Menelao, y a sus tres hijos habidos con Thais, que apenas empezaban a caminar, y que sólo tenían a su niñera para que cuidase de ellos porque su madre no había querido ir con Ptolomeo a Egipto, lo mismo que Artakama, aquella mujer persa que fue su esposa, tampoco quiso recorrer el camino de Ecbatana, de modo que Ptolomeo carecía, por el momento, de una mujer que estuviese a su lado. Tenía cuarenta y cuatro años, estaba en lo mejor de su edad y en el punto álgido de su vida, en el cenit de su capacidad. Pero estaba cansado de andar, y dispuesto (más que dispuesto) a vivir la vida dulce de un sátrapa. Ya había vivido una buena cuota de penalidades, pero ahora, como decía Homero, «Zeus, hijo de Cronos, vertía sobre él un milagro de riquezas».

Ptolomeo volvió el rostro primero hacia Heliópolis, la Ciudad del Sol, donde el sumo sacerdote de Ra lo saludó, vestido con el traje de las constelaciones que sólo él podía llevar, con palabras que sonaban como palabras de bienvenida, pero que en realidad podían no significar nada, porque aquel orgulloso egipcio se negaba a dirigirse al griego en griego, y lo que decía en realidad sonó a Ptolomeo como piar de golondrinas..., otra lengua bárbara más. El intérprete de Ptolomeo hizo lo que pudo, acompañándose de signos con las manos, y los sacerdotes (algunos de ellos) sonrieron con sonrisas misteriosas mientras murmuraban palabras que significaban «sí, sí, que un asno copule con tu esposa y tus hijos», porque en aquel momento no todos los sacerdotes estaban dispuestos a mirar con amabilidad a aquel forastero.

Pero incluso allí, cuando sus pensamientos podían haber sido solamente pensamientos egipcios, a Ptolomeo le preocupaba también no tener hijos legítimos ni heredero legítimo, y pensaba día y noche qué mujer podía tomar como esposa.

Aunque hubiese sido bueno para Ptolomeo tomar una esposa entre los egipcios, una princesa egipcia, quizá –alguna pariente de Nektanebo, el último de los faraones nativos– y algunos decían que eso fue lo que ocurrió realmente, la verdad es que cuando Ptolomeo habló del tema de tomar una esposa semejante los sacerdotes de Egipto alzaron las manos y dijeron que no existía mujer semejante, porque Nektanebo no había dejado familia alguna.

Y aunque el matrimonio con alguna princesa egipcia habría dado a Ptolomeo mucha legitimidad para gobernar Egipto, él no lo deseaba en absoluto, sino que deseaba tomar esposa entre su propio pueblo. Entonces se sentía griego, griego por encima de todo, y no había pensado en diluir su sangre macedonia engendrando un hijo que fuese medio egipcio.

Ptolomeo iba cabalgando y el cuerpo de Alejandro viajaba con él y nunca se apartaba de su vista, y se dirigió hacia Mennefer, que los griegos insistían en llamar Menfis, la más antigua y más ilustre de la ciudades, la capital de los faraones.

Toda Menfis estaba en la calle para ver a Ptolomeo, que iba a gobernarlos en lugar de los persas, en lugar de Alejandro, y la bienvenida para un sátrapa era sólo un poco menos lucida que para un rey. Ante el gran Templo de Ptah, el dios creador de los egipcios, se encontraba el sumo sacerdote de Ptah, el sumo sacerdote de Menfis, cuyo título era Gran Jefe del Martillo, Señor de todos los Artesanos, y que llevaba la piel manchada de leopardo correspondiente a su alto cargo, y la cabeza afeitada como de costumbre, excepto el mechón lateral que llevaba como privilegio especial cayendo sobre la cabeza.

Anemhor (Anemhor el Viejo) era el nombre de aquel hombre, que había empezado su educación como escriba a los cinco años.

A los quince años, en tiempos de Nektanebo, entró al servicio de Ptah como sacerdote *wab*, sacerdote puro, que era el rango más bajo de la casta sacerdotal.

A los diecinueve se había convertido en padre del Dios, o sacerdote de segundo rango.

A los veinticinco fue ascendido a tercer profeta de Ptah.

A los treinta, a segundo profeta de Ptah.

A la edad de treinta y cinco, cuando los persas gobernaban las Dos Tierras, fue nombrado para el cargo de primer profeta o sirviente del Dios, como sumo sacerdote de Ptah, sumo sacerdote de Menfis, y ostentaría aquel cargo hasta el día de su muerte. Entonces Anemhor tenía cuarenta y siete años y era el hombre más sabio de todo Egipto.

El sumo sacerdote ostentaba muchos títulos. Era padre del Dios, y amado del Dios. Era profeta no sólo de Ptah, sino de su esposa, Sejmet, la diosa leona, y de su hijo Nefertum, el loto azul del cual sale el sol. Era profeta de la Ventana de las Apariciones y señor de los Secretos. También era profeta del Apis Viviente, el Toro Sagrado y director del Guardarropa. Era también supervisor de los Profetas de Todos los Dioses en el Egipto Alto y Bajo. Era señor de los Secretos del Cielo, la Tierra y el Averno, El Que Conoce los Secretos, El Que Ve Los Secretos de Ptah. No había sacerdote o escriba en todo Egipto ante quien debiese responder aquel hombre, porque él era el primero de todos ellos. Conocía todo el pasado, y tenía también la habilidad de predecir todo el futuro.

Quedó claro ante Ptolomeo aquel día que no había sacerdote más útil para él en todo Egipto que aquel hombre, porque no había nada que él no supiera: Anemhor era Thot, en todo.

Ptolomeo llamó a aquel hombre Manchas de Leopardo, por la vestidura de su cargo, que incluía la cabeza del propio leopardo colgando boca abajo de la cintura del hombre, con los ojos brillantes y los dientes desnudos.

En su primer encuentro hubo un poco de suspicacia, porque Ptolomeo se preguntaba qué querría verdaderamente de él el sumo sacerdote, si se proponía ser amigo suyo o si en realidad deseaba a Ptolomeo muerto y desaparecido. Aunque Anemhor hablaba griego hubo ciertas dificultades de comprensión, ya sea porque Ptolomeo hablaba demasiado rápido o porque Anemhor hablaba el griego tal y como se escribía, y no como se pronunciaba, y no hubo sonrisas. Para un griego sonreír, ay, es señal de sumisión. Los griegos piensan que el rostro de un hombre debe impresionar, no seducir, y el sumo sacerdote vio la cara adusta de Ptolomeo como señal de hostilidad, y no estaba seguro de si se proponía abolir el sacerdocio o apoyarlo. Anemhor sabía muy bien que para los griegos *reír* significa también 'engañar'. Vio los ojos desconfiados del extranjero, su mirada tensa, dura, prolongada, escudriñadora, la mirada de un soldado, la mirada de un hombre que tiene sangre en la espada y crimen en el corazón, la de un hombre cuyas manos no están limpias, un hombre que ha matado, sí, y se ha deleitado matando.

Habría que ganarse, por tanto, la sonrisa del griego.

Y Ptolomeo, ¿qué vio en el rostro de aquel sumo sacerdote? Se fijó en aquellos ojos oscuros. Miró aquel rostro moreno y no encontró en él nada que pudiera comprender. El señor de los Secretos no dejaba traslucir ningún secreto. Ptolomeo notó, sin embargo, la bondad de aquel hombre, y advirtió que su mirada no parpadeaba. Pensó que quizá se pudiese confiar en Anemhor.

Anemhor empezó entonces a hacer sus peticiones y a dar instrucciones: cómo debía proceder Ptolomeo, qué debía o no debía hacer, como si el sátrapa no fuese gobernador de todo

Egipto, sino un niño que no sabe nada. Pero es que en realidad Ptolomeo no sabía nada de nada. Ciertamente, comparado con el sumo sacerdote de Menfis, Ptolomeo no sabía nada. Nada.

Y en cuanto a lo de que el sumo sacerdote no sonriese, él conocía bien a Cleomenes el impostor, a Cleomenes el ladrón. Creyó que Ptolomeo podía sentir mucho más interés, como Cleomenes, en tomar lo que pudiese de Egipto que en devolverlo. Anemhor debía tener pruebas de que eso no sería así antes de permitirse lucir aquella sonrisa, la media sonrisa que era la costumbre de todos los sacerdotes de Egipto.

Anemhor se salió de su puesto y le dificultó algo las cosas a Ptolomeo. Algunas veces puso obstáculos en su camino, diciendo: «Debes hacer esto, o el pueblo de Egipto se levantará en rebelión contra ti». E incluso en su primera reunión, tan a menudo asomaron a sus labios las palabras «Si el sátrapa no hace esto y esto...» que Ptolomeo se cansó de escucharlo.

Al final de diez días de preguntas y respuestas, diez días de advertencias de lo que sería erróneo que hiciese Ptolomeo en Egipto, y cómo evitar que las cosas fuesen mal, el sumo sacerdote esbozó su misteriosa media sonrisa, que lo indicaba todo y nada al mismo tiempo..., esa sonrisa que, a su debido tiempo, Ptolomeo copiaría y aprendería a emular, la sonrisa del hombre que conoce todos los secretos del universo, los secretos de la Tierra y del Cielo, la sonrisa del hombre que ha visto a los dioses de Egipto cara a cara.

Ptolomeo se permitió devolver la sonrisa a aquel sumo sacerdote, que vio que no había malicia ni engaño en el carácter de aquel sátrapa, sino mucha bondad, mucha amabilidad. Y Anemhor pensó de corazón que podría hacer muchas cosas útiles por Egipto, si aquel griego iba a encargarse de todo.

Sin embargo, ¿por qué respetó Ptolomeo a aquel hombre? Pues porque Anemhor le mostró en aquellos primeros días que era un hombre poderoso, que podía hacer lo que desease.

El primer día de preguntas, Anemhor arrojó su bastón de mando ante Ptolomeo, tal como, según la tradición, solían hacer todos los sumos sacerdotes de Egipto, y su bastón se convirtió en una serpiente que empezó a retorcerse en el suelo de la residencia del sátrapa, una serpiente de verdad, que silbaba y mostraba los colmillos. Ptolomeo vaciló, como hubiese vacilado cualquier hombre, y se quedó asombrado, como se habrían asombrado muchos hombres, y Anemhor recogió la serpiente y la sujetó fuerte y ésta volvió a convertirse en un bastón.

Era en realidad un truco, un truco muy viejo, y muy fácil también. Los griegos, ciertamente, no sabían nada de serpientes, no sabían que, presionando con el pulgar en el lomo de una serpiente ésta se ve obligada a quedarse rígida, como un palo, ni tampoco sabían que cuando se suelta el pulgar, su parálisis concluye. No, Ptolomeo se maravilló, y todos los griegos se maravillaron, porque nunca habían visto una cosa semejante en Grecia, ni en ningún lugar adonde habían viajado con Alejandro, ni siquiera en la India.

Otra vez, Anemhor mostró que tenía el poder de convertir el río en sangre, y este truco fue mucho más ingenioso. Ptolomeo no sabía que cada año, cuando empezaba la inundación del Nilo, el río corría rojo por la tierra roja que venía del norte y flotaba hacia Menfis, ni tampoco sabía que al cabo de un día o dos el río volvería a ser verde.

Por encima de todo, Anemhor mostró su autoridad, porque tenía autoridad incluso sobre los egipcios que servían a Ptolomeo en su residencia, haciendo que se levantasen o se sentasen al unísono o hablasen con una sola voz en alabanza de Ptah, mientras que Ptolomeo no tenía poder alguno sobre aquéllos que no hablaban griego, excepto gritándoles palabras que ellos no comprendían o pegándoles en las plantas de los pies.

En Egipto se habla del Hombre Ideal. Éste se contenta con una humilde posición en la vida. Tiene pocas pertenencias. Es modesto, más que jactancioso. Se controla y habla de forma tranquila, es amable con todo el mundo. Es humilde ante los dioses. No es perfecto, porque sólo los dioses son perfectos. Carece de todas las características belicosas, y ante todo es un hombre de paz.

Anemhor era un hombre semejante, aunque su cargo era muy elevado, y poseía grandes riquezas. Sí, el Hombre Ideal de los egipcios era un hombre como Anemhor.

Aquellos primeros días, Anemhor también se desvivió por mostrar amabilidad a los pequeños hijos de Thais, realizando ante ellos sus trucos más vistosos. Cogió un escorpión muerto y lo tiró al suelo, para demostrar que estaba muerto, no sólo dormido. Luego untó aquel animal con eléboro blanco y el muerto se movió, se incorporó sobre sus cuatro patas y volvió a la vida, y echó a andar por la habitación, para el asombro de los hijos del sátrapa.

Después, Anemhor, eligiendo con mucho cuidado el día, anunció que usando unas palabras mágicas haría que cayese la lluvia, y efectivamente, en el cielo, azul como *sappheiros*, sin una sola nube a la vista, resonó un trueno y empezó a caer la lluvia, y Lagos, Leontiscos y Eirene recompensaron a Anemhor con sus sonrisas, y Ptolomeo aprendió que Anemhor tenía poder incluso sobre Zeus, Señor del Trueno.

El sumo sacerdote mostró al griego quién era el amo. Le demostró que el poder de un sumo sacerdote merecía el mayor de los respectos. Si Anemhor podía devolver la vida a seres muertos, desde luego, no había nada que aquel egipcio no pudiera conseguir.

Ptolomeo creía que Menfis significaba, por encima de todo, magia, y por aquella razón había llevado con él a aquella ciudad el cadáver de Alejandro. Y también, claro está, porque Alejandría no estaba completa, ni a salvo todavía de los piratas que venían del mar, para los cuales resultaría sencillo arrebatarle el cuerpo y devolvérselo a Perdicas, para que algún otro lugar disfrutase de la fortuna de Alejandro.

Sí, en Menfis parecían existir muchas posibilidades de que el sumo sacerdote despertase a Alejandro, igual que había despertado al escorpión muerto.

Anemhor accedió a emplear sus habilidades, y pronunció ante el rey los hechizos que podían sacarle de su sueño. Dijo muchas palabras a los oídos de Alejandro, y le habló hora tras hora, diciendo: «Si ha sido hechizado, esto le liberará...».

Pronunció los conjuros una y otra vez. A veces susurraba. A veces gritaba:

¡Despierta! ¡Despierta! ¡Oh, Alejandro! ¡Despierta!
Has llegado a ser tan completo como ningún dios...
Tu cabeza es Ra...
Tu rostro es Uepuauet...
Tu nariz es como el chacal...
Tus oídos son Isis y Neftis...
Tu lengua es Thot...
No hay miembro en ti que carezca de dios...
¡Despierta, Alejandro!

Porque, desde luego, no existía hombre que poseyese mayor habilidad con las manos o con la lengua que Anemhor. Era un gran mago, como el propio Thot.

Aun cuando tuviese el poder de resucitar escorpiones, y no era desconocido en Menfis el hecho de que los muertos despertasen, Anemhor no pudo devolver a Alejandro a la vida. Ni, a decir verdad, Ptolomeo o los griegos deseaban que lo hiciese porque nada temían más que a un hombre muerto que regresa al mundo de los vivos.

Alejandro parecía tranquilo, como si estuviera dormido para siempre. En cualquier caso, la verdad es que los hechizos para despertar a los muertos en la Otra Vida no tienen demasiada utilidad para despertar a un hombre muerto aquí, en la tierra, y era un ejercicio inútil.

Aun así, no dedicaron a Alejandro ningún rito funeral en Egipto, ninguno, porque, sencillamente, no podían creer que aquel hombre estuviese muerto.

2.3

El constructor de prisiones

Cuando Ptolomeo volvió a Egipto como sátrapa tenía cuarenta y cinco años, y habían pasado nueve desde la fundación de Alejandría.

Cuando abandonó Egipto, después de la conquista de Alejandro, no había nada que ver en Alejandría salvo unas chozas de pescadores y los restos de un gran puerto de los tiempos de los primeros faraones, que ahora se encontraba hundido bajo el mar.

Cleomenes de Naucratis recibió órdenes de Alejandro de construir allí una ciudad griega dividida en cuatro barrios llamados Alfa, Beta, Gama y Delta, por las primeras letras del alfabeto, con todas las cosas que una ciudad griega debía poseer, y de colocar los cimientos de una ciudad que se construiría toda de mármol blanco y piedra caliza, que brillaría al sol de Egipto y sería la envidia del mundo entero.

Alejandro había pedido miles de columnas corintias, que las calles principales estuvieran bordeadas por filas de columnatas, de modo que un hombre pudiese recorrer a pie Alejandría de un extremo al otro a la sombra, protegido del calor del sol.

Cleomenes inició los magníficos templos de Zeus, Apolo, Artemis y Poseidón, ordenando que enormes cantidades de tambores de columna de mármol blanco fuesen cargados en los buques en Paros y llevados a través del Gran Mar, y aquélla fue una de las hazañas de ingeniería más grandes jamás emprendidas.

Cleomenes también se hizo cargo de la responsabilidad de construir el Heptastadion, un dique de siete estadios de largo que cruzaba la bahía y unía la tierra firme con la isla de Faros.

Usó allí los mismos principios que en Tiro: hundió unos pilares en el lecho marino, vertió escombros en unas represas encofradas, y así consiguió honrar la tradición de Alejandro de hacer aquello que parecía imposible, construir en medio del mar. Cuando el Heptastadion estuvo acabado, con una carretera y un canal para el agua que corrían por su parte superior, Cleomenes empezó a pensar en el templo de Isis que debía adornar la isla de Faros, pero el Gran Faro en sí mismo era una maravilla en la que hasta entonces no se había pensado.

* * *

Mientras Alejandro se alejaba para conquistar Asia y el resto del mundo, Cleomenes se hizo cargo de todas las finanzas de Egipto. Cleomenes fue quien estableció la Casa de la Moneda y acuñó los tetradracmas de plata con la cabeza de Alejandro grabada, adornada con los cuernos de carnero de Zeus-Amón, su padre, y Alejandro se sintió muy complacido con aquellas monedas, y con Cleomenes también.

Sin la habilidad de Cleomenes, su energía, su devoción al deber y su entusiasmo por crear una ciudad que hiciese honor a su fundador, quizá no habría existido ninguna Alejandría que mirar ni ante la cual maravillarse cuando Ptolomeo regresó como sátrapa. En realidad, Ptolomeo tenía una enorme deuda de gratitud con aquel hombre, por todo lo que había hecho.

Ptolomeo recorrió a caballo junto a Cleomenes la calle llamada Canópica, porque conducía a la ciudad de Canopo, que se encontraba al este de Alejandría, en la costa, una ciudad dedicada al placer y al lujo y a la adoración de los dioses, y aquella calle era nada menos de un *pletron* de ancho, con lo cual podía usarse para las carreras de cuadrigas, y estaba pavimentada con piedras cortadas y bordeada de columnas desde la Puerta del Sol, al oeste, hasta la Puerta de la Luna, al este. Tenía unos treinta estadios de largo, con un canal de agua potable que fluía por el centro, y estatuas de Alejandro y Filipo, y todos los dioses de Grecia, desde Atenea a Zeus, y una estatua también del propio Cleomenes.

Cleomenes le mostró a Ptolomeo el ágora, el mercado, con tiendas que vendían todo tipo de peces marinos, peces de río y peces de agua fresca del lago llamado Mareotis, que se encontraba detrás de la ciudad, y todo tipo de carne y bebidas, y todas las cosas griegas necesarias para que los griegos fuesen felices, como olivas, miel, pan, musaka y vino.

Le mostró a Ptolomeo las enormes cisternas subterráneas que suministraban de agua potable y las fuentes de agua fresca, por las que también se podía hacer correr leche o vino. Le mostró los templos de Zeus y Apolo, Asclepios y Poseidón, el gimnasio griego, los baños públicos, el hipódromo para las carreras de caballos, el estadio para las competiciones atléticas, el *odeion* o sala del consejo municipal, el tesoro y la prisión: todos los elementos para la ciudad griega más perfecta, y ciertamente todas esas obras estaban empezadas, algunas a medio hacer, otras apenas llegaban a la altura de la rodilla, pero ninguna estaba acabada excepto la prisión.

Ptolomeo mostró los dientes. También sonreía con los ojos, sus ojos azules, y ordenó que los trabajos siguieran como hasta el momento, tal como Alejandro había ordenado. Vio que todas las obras que Cleomenes había emprendido eran de una calidad profesional inmejorable, que Alejandría sería la ciudad más bella de todas, y su corazón se llenó de orgullo.

Ptolomeo dio las gracias a Cleomenes por sus afanes, por su cuidadosa atención a todos los detalles, estrechó las manos de Cleomenes con las suyas y le besó en ambas mejillas, como si fuese amigo suyo.

Luego hizo que arrestasen a Cleomenes, que le cargaran de grilletes y le encerrasen en la prisión recién construida, acusado de múltiples crímenes contra el estado, porque había procurado sólo su enriquecimiento personal y se había apoderado de impuestos y rentas públicas como si no fuese simplemente el *hyparkhos* y administrador financiero, sino el propio monarca.

Ptolomeo había oído historias de las riquezas colosales amasadas por Cleomenes. Había oído decir que a los soldados se les había escatimado la mitad de su paga; que en tiempos de hambruna, Cleomenes había colocado todo el excedente de grano bajo su propio control y lo había vendido con gran provecho para sí mismo. Y lo peor de todo, había oído decir a Anemhor que Cleomenes había amenazado con cerrar todos los templos de Egipto si los sacerdotes no le pagaban lo que exigía a cambio de su protección.

Cleomenes, cargado de cadenas, fue llevado ante el sátrapa para responder a sus preguntas, y Ptolomeo no se contuvo a la hora de usar el *hippos* o potro con su prisionero para retorcerle los pulgares y doblarlos en dos, y obligarle a decir la verdad.

Con su falta de honestidad, aquel hombre había amasado una fortuna de ocho mil talentos. Su cuidado y atención hacia la nueva ciudad le habían ganado el reconocimiento como sátrapa en todo excepto en nombre, y el perdón de Alejandro, también, por los excesos cometidos en el desempeño de su cargo. Cleomenes pensaba de verdad que le nombrarían sátrapa de Egipto.

Pero el acuerdo de Babilonia convertía a Cleomenes en inferior a Ptolomeo, sujeto a las órdenes de Ptolomeo, y Ptolomeo tenía la intención de humillar a Cleomenes por su orgullo desmedido, al considerarlo rival, enemigo, un hombre a quien se debía castigar.

Era el propio Cleomenes, después de todo, quien había convertido sus buenas obras en malas. Era odiado por todos los hombres con quienes había tenido tratos en Egipto, y confesó su culpa, diciendo que todo era tal como Ptolomeo había oído decir.

La prisión de Alejandría se había construido, según el plano y las órdenes precisas de Cleomenes, con mármol de Paros, columnas corintias en el exterior y puertas de hierro, y cerrojos y cadenas de hierro también en el interior, de modo que ningún hombre, griego ni egipcio, pudiese escapar de ella. La prisión de Cleomenes era una prisión excelente, un edificio precioso, y Cleomenes de Naucratis fue su primer prisionero.

El día asignado para la ejecución de Cleomenes, Ptolomeo hizo que la colosal estatua de granito rosa de aquel criminal fuese derribada de su pedestal en la calle Canópica y reducida a polvo rosa, y obligó a Cleomenes a tragar todo el polvo rosa que pudo.

Cleomenes no residió durante mucho tiempo en aquella prisión, porque la orden de Ptolomeo fue que debía beber cicuta, y Ptolomeo observó mientras al *hyparchos* se le iban quedando los miembros fríos, la sangre se le congelaba, vomitaba el contenido de su estómago y moría sacudido por horribles convulsiones.

* * *

Ptolomeo entonces se preparó para la esperada invasión de Perdicas, y movilizó a todas sus tropas hacia los fuertes de la frontera de Egipto. Tomó todas las riquezas de Cleomenes para sí, para que aquella riqueza tan mal adquirida constituyese la base de su propia fortuna. Cuando le preguntaron por qué no se había limitado a quitarle a Cleomenes todas sus riquezas y llevarlo de vuelta a Macedonia o a ponerle una multa, Ptolomeo replicó que si liberaba a Cleomenes, éste se revolvería y se vengaría. Lo mejor para Cleomenes de Naucratis era ser un hombre muerto, porque los hombres muertos no causan problemas.

2.4
Bárbaros

A la llegada de Ptolomeo, Anemhor permaneció de pie junto al sátrapa en el balcón de audiencias de su gran templo de Ptah en Menfis, observando la interminable columna de soldados griegos que marchaban hacia su ciudad. Durante todo aquel día, Anemhor no oyó más que los pasos de las botas de los soldados, el repiqueteo de los arneses, el ruido de las carretas y carros, las órdenes que gritaban los oficiales, y la voz de los griegos que se alzaba como una sola voz, cantando el paian de batalla a Apolo y las canciones de marcha en alabanza de Atenea, diosa de la Guerra, Niké, diosa de la Victoria, y Zeus, señor del Trueno.

Anemhor contempló el crepúsculo y pensó en Ra, el dios Sol, en Anubis, señor del Averno, en Ptah, el dios creador, y las lágrimas cayeron por sus mejillas. Lágrimas de alivio, tal vez, al ver que Egipto no volvía al gobierno de los persas, o lágrimas de ira, porque volvían a hallarse bajo el gobierno extranjero..., como si ese gobierno extranjero no pudiese tener fin, como si los dioses de Egipto hubiesen abandonado realmente las Dos Tierras.

En Menfis, Ptolomeo habló con más tranquilidad con Anemhor, porque la verdad era que aquel hombre hablaba griego con la misma naturalidad con que chillan los cerdos, y aunque era conveniente para él fingir que no lo comprendía, había pocas cosas que no supiera acerca del lenguaje del invasor.

Ptolomeo le formuló muchas preguntas, pero lo que más le preguntaba era cómo podía ganarse la simpatía del pueblo y cómo hacerse cargo de la mejor forma posible del gobierno de Egipto.

Anemhor contó muchas cosas a Ptolomeo, pero no se lo contó todo. A Anemhor le preocupaban muchas cosas, pero sobre todo le preocupaba el pequeño Alejandro, el faraón niño, que seguía en Grecia con Perdicas, y el ausente Arrideo, que no había acudido tampoco a Egipto. A Anemhor le preocupaban porque era la presencia del faraón lo que garantizaba cuestiones tales como la crecida del Río.

–Si el Río no crece a su debido tiempo –le dijo a Ptolomeo–, habrá hambruna. Y si hay hambruna, habrá revueltas...

Ptolomeo supo entonces que la crecida del Nilo y la fertilidad de la tierra estaban ligadas a la persona del faraón, que era directamente responsable de la prosperidad de Egipto.

Anemhor le preguntaba:

–¿Cómo puede un faraón ausente hacer felices a los dioses y sofocar una crisis en Egipto? ¿Cómo puede actuar el faraón, si vive en Grecia? ¿Cómo puede ser útil un rey que no es más que un niño?

La idea de Anemhor era que Ptolomeo tendría que hacer todo lo que pudiera en nombre del faraón. Sería el sátrapa quien tendría que hacer el sacrificio al Toro Sagrado, Apis, y de ese modo dar a conocer su buena voluntad.

Ptolomeo hizo las ofrendas adecuadas. Ordenó la reparación de los templos de Uaset, la ciudad que los griegos llamaban Dióspolis Magna o Tebas la de las Cien Puertas, y apenas pudo comprobar qué era necesario hacer porque tenía muchos asuntos urgentes en Menfis.

–*Ginestho* –dijo–. Que así se haga.

Y conoció el poder de un sátrapa, entonces, y la emoción de ese poder, porque todo lo que desease aquel hombre sería realizado al instante, o al menos eso pensaba.

Ptolomeo representó el papel de visitante, y realizó la procesión de rigor, como visitante, para contemplar esos monumentos que los griegos dieron en llamar *piramides*, con su séquito de portadores de abanicos, conductores de camellos, mozos para los burros y sacerdotes ayudantes que contestarían o no todas sus preguntas; y Ptolomeo se sintió asombrado, como se asombran todos los hombres, por el resplandor de su revestimiento de piedra blanca, cegado por el sol que se reflejaba en las piedras y maravillado por la grandeza que era mayor que cualquier obra humana que jamás hubiese visto.

–¿Qué antigüedad tienen? –preguntó, como preguntan todos los hombres, y el sumo sacerdote alzó las manos, porque ésa era una pregunta imposible de contestar, y sólo se podía murmurar:

–Más antiguas que la memoria, excelencia; más antiguas que el tiempo –al menos, era una de aquellas cosas que Anemhor no deseaba contar al sátrapa, al que quizá no convenía decírselo todo.

A continuación preguntó por la Tercera Pirámide: ¿era cierto que aquel monumento se hallaba embrujado por una hermosa mujer desnuda que volvía locos a todos los hombres? ¿Era verdad? Y Anemhor dijo:

–Sí, excclencia.

Y Ptolomeo, muy interesado en las mujeres, en las mujeres desnudas, pero no quería volverse loco, pensó entonces que no valía la pena hacer el viaje para ver la pirámide, y los sacerdotes se sintieron complacidos. No tenían ningún deseo de que Ptolomeo conociese los secretos de Egipto. Él era el extranjero, el Perro Griego, y se lo miraba con sospecha. Cierto que era mejor que el persa, quizá, pero no formaba parte de Egipto. Y nunca formaría parte, ya se asegurarían de ello. Y, sí, había muchos hombres, muchos sacerdotes que, aunque le daban la bienvenida, se habrían sentido bastante felices (muy felices, en realidad) de verle marchar de nuevo.

Ptolomeo, sin embargo, recibió el educado aplauso del pueblo de la ciudad de Iunu, también llamada On, que los egipcios conocían como Heliópolis, Ciudad del Sol, y esa gente le arrojó flores, porque habían recibido instrucciones de hacerlo así, y mostraron un poco los dientes, y Ptolomeo, después de mirarlos, volvió a Menfis.

Su ejército, mientras tanto, marchaba río arriba, o requisaba barcos y subía río arriba con ellos, e incapaces de pronunciar ninguno de los nombres de las ciudades en egipcio, incapaces de recordar qué lugar era cada uno, e incapaces de comprender qué significaba cualquiera de aquellos nombres, inventaron, con el permiso de Ptolomeo, nombres propios, de modo que todas las ciudades de Egipto se convirtieron en *polis*: Krokodilópolis, Ciudad del Cocodrilo, por ejemplo; Herakleópolis, Ciudad de Heracles; Kinópolis, Ciudad de los Perros; Likópolis, Ciudad de los Lobos; Apolonópolis, Ciudad de Apolo; Hermópolis, Ciudad de Hermes, el Thot de los griegos, y así sucesivamente, de modo que los egipcios se convirtieron casi en extranjeros en su propia tierra. Para rebelarse contra la indignidad de aquellas cosas, ningún egipcio pronunciaría jamás el nombre de Alejandría, la ciudad del invasor griego, sino que insistirían con tozudez en llamarla Rhakotis, el Lugar del Edificio, aun después de acabada.

En cuanto al propio Anemhor, él meneaba la cabeza preguntándose cómo era posible que los egipcios no hubiesen luchado contra el griego y lo hubiesen expulsado de Egipto, en lugar de recibirlo como a un amigo querido, porque aquel Anemhor en realidad no era gran amigo de los griegos, sino que les dificultaba las cosas todo lo que podía.

Desde luego que se dio la bienvenida a Ptolomeo, a su manera, pero él seguía siendo un bárbaro a ojos de los egipcios, y su ejército, un ejército sucio, manchado de sangre, con las marcas de la violación y el asesinato en sus ropas. Pero por mucho que los egipcios lo desearan, rezaran a los dioses de Egipto y fingieran no comprender qué era lo que el griego decía o quería, lo cierto es que el griego no se iba. El griego nunca se iría a casa, porque prefería Egipto, donde, tal como le gustaba decir, había polvo de oro incluso en las calles, aunque ese polvo de oro fuese, lisa y llanamente, *arena*.

No, el griego estaba allí para quedarse, y aunque había cosas que no le gustaban nada de las Dos Tierras, las seguía amando.

Sí, a los soldados de Ptolomeo les gustaban la mayoría de las cosas que veían. Veían por primera vez aquella ave a la que llamaron *struthio* o avestruz, criada en las granjas reales de avestruces por sus plumas, y les gustaba cabalgarlas e incluso hacer carreras sentados a horcajadas encima de aquellas aves, y nadie levantaba un dedo para detenerlos. A los soldados griegos se les permitía disfrutar de aquellos placeres. Era fácil dejar a los hombres de Ptolomeo hacer lo que quisieran, porque resistirse hubiese supuesto que las espadas saliesen de sus vainas, y las espadas matarían a miles, como habían matado en Tiro, en Gaza y en un centenar de lugares más. Egipto había recibido ya una advertencia, lo que podía esperar si no sonreía a los griegos. Egipto sabía muy bien cuál sería el precio por no sonreír, por no dejar que Ptolomeo y los soldados de Ptolomeo hicieran lo que quisieran.

* * *

En realidad, Anemhor pensaba que la nueva ciudad de Alejandría era muy importante. Menfis no era un buen lugar para establccer a diez mil soldados griegos. Aparte de cualquier otra consideración, los griegos favorecían la práctica de la *aphrodisia*, hombre con hombre, actividad prohibida en Menfis por ser una impureza en aquella ciudad pura, la más pura de las ciudades puras. Y además, llevar a los dioses griegos a la muy ilustre ciudad de Menfis, la antigua capital religiosa de Egipto, donde todo está relacionado con Ptah del Bello Rostro, y la grandeza de Ptah, era algo completamente indigno. Ptolomeo debía tener una ciudad propia, donde los griegos pudiesen obrar a su antojo, una ciudad, si lo deseaban, que fuese impura, donde se permitieran todas las cosas, donde nada que un hombre pudiese imaginar estuviese prohibido, sin que los dioses de Egipto se ofendiesen por cada acto.

Anemhor, sí, instó a Ptolomeo a que pensase en Alejandría como su ciudad capital, una ciudad muy moderna, con su propio suministro de agua potable en lugar de tener que beber del río, como había que hacer en Menfis y en cualquier otro lugar de Egipto, con sus propios baños griegos, calientes y fríos, y todas las cosas griegas adecuadas, sí, una ciudad de la que los griegos se sintiesen orgullosos, que no oliese a viejo y a antigüedad, como Menfis, que no apestase a cloaca, a suciedad y a excrementos de camello. Sacar a los griegos de Menfis, sí, sería una cosa muy buena, muy inteligente, y en Menfis parecería que nada había cambiado, como si los egipcios todavía controlasen las Dos Tierras.

Sin embargo, la muy ilustre ciudad de Alejandría todavía no estaba concluida al gusto de Ptolomeo, no estaba aún dispuesta para ser la residencia del sátrapa, y Anemhor sólo podía animar y ayudar en todo lo que pudiera a los trabajadores egipcios, y rezó a Ptah y a todos los dioses de Egipto para ver el día en que la columna de soldados griegos marchasen hacia el norte, y dejasen Menfis en paz. A su vez, Ptolomeo alentaba también para que el programa de construcción siguiese adelante, enviando mensajes diarios de ánimo a los capataces de los trabajadores.

Por su parte, Anemhor preguntaba a menudo: «¿Qué tal va la construcción?», como si le complaciese que el sátrapa abandonase Menfis lo antes posible.

* * *

Anemhor, el sumo sacerdote de Menfis, era un hombre quebrantado, con el espíritu quebrantado, y sin embargo, era un hombre más fuerte que los demás, que tenía un poder sin límite. Decían que, como Thot, se había tragado las Dos Tierras, porque no había nada que no supiera acerca de Egipto.

Además de conocimientos y sabiduría, tenía mayores riquezas que ningún otro hombre en Egipto, después del rey. Tenía una casa en Menfis, y jardines, sirvientes y esclavos en cantidad, los carros más rápidos y caballos inigualables. Incluso poseía dos grandes barcos, con los que navegaba río arriba y río abajo para atender los asuntos de su sacerdocio.

En el pasado, aquel hombre habría sido director de los trabajos del rey, si no visir del rey, parte del gobierno de Egipto. Habría sido arquitecto del faraón, a cargo de la construcción y reparación de todos los templos. Pero los persas habían recortado su poder a la mitad. Anemhor ya no era visir de Egipto, y era como si le hubiesen negado el uso de su mano derecha. Bajo el gobierno de Alejandro, bajo la hiparquía de Cleomenes, Anemhor se contentaba con ser la mitad de un sumo sacerdote, con ser señor de la Casa de Oro, y supervisar la realización de todos los objetos de oro y metales preciosos.

Mantenía todos los títulos ligados al sacerdocio. Seguía siendo príncipe y noble de Egipto. No dejó de ser profeta de Horus de la Ventana de las Apariciones. No dejó de ser profeta del Apis Viviente, el Toro Sagrado de Menfis. Pero bajo Ptolomeo, Anemhor trató de recuperar sus plenos poderes. No se mantuvo apartado, sino que se acercó a él, buscando aconsejar a Ptolomeo en todos los asuntos. Al mismo tiempo, Ptolomeo puso el gobierno de Egipto en manos de sus propios ministros –griegos, hombres en los cuales tenía una confianza absoluta–, y Ptolomeo se proponía que los sacerdotes de Egipto se ocupasen sólo de los asuntos religiosos, y no dejar que se mezclasen en los asuntos estatales.

Pero Anemhor pretendía conseguir que Ptolomeo fuese incapaz de sobrevivir sin su ayuda.

Siempre habría tensiones sobre el poder de la casta sacerdotal, mientras la Casa de Ptolomeo gobernase Egipto: Ptolomeo siempre estaría preocupado pensando que los sacerdotes en general y el sumo sacerdote de Menfis en particular podían estar conspirando para derrocarlo.

Aparte de este hecho, Anemhor se ocupaba de los festivales de Menfis, del festival de Sokar, en el cual se transportaba el barco en torno al circuito de las murallas de la ciudad; y la visita de la estatua de Ptah a Hathor, Dama del Sicómoro, Hathor del Sur, cuando el dios tomaba el barco y navegaba río arriba. Sí, era su primera misión salvaguardar los templos, atender al bienestar de los dioses..., de todos los dioses.

De modo que Anemhor se aseguró de que Ptolomeo supiese que todos los asuntos relativos a los templos, ya fuesen grabados en la piedra, muebles o recipientes de oro, eran custodiados por la magia más poderosa. Y dijo:

–Cualquier hombre que alce su mano contra esos objetos, contra el templo mismo o contra alguno de los sacerdotes que se hallan en él, perecerá bajo la espada de Amón, perecerá por el fuego de Sejmet, la diosa leona.

Ptolomeo alzó las manos como diciendo: «No había pensado en..., ni siquiera se me había pasado por la imaginación...». Pero no dijo nada, pensando, más bien, en las cosas que debía y no debía hacer, en que Egipto parecía un gran botín, el gran regalo de los dioses de Grecia, pero en la práctica resultaba muy difícil de controlar. En realidad, dice Thot, Ptolomeo y su casa no iban a tenerlo nada fácil. Si habían pensado que la carga de gobernar Egipto sería ligera, se equivocaban.

Pero Anemhor vio en su corazón todas las cosas que Ptolomeo quería hacer. Tenía el poder de conocer los pensamientos secretos de Ptolomeo. Siempre había tenido espías en la residencia del sátrapa, sus escuchas en la ciudad inacabada, informándole de lo que allí sucedía.

Entonces, ¿acaso fue el propósito de Anemhor desde el principio labrar la ruina de la casa de Ptolomeo? ¿Dio aquel hombre su apoyo a los griegos solamente para ayudarles a construir una casa, una ciudad, un imperio, que seguramente caería?

Quizá fuese así. Quizá no. Desde luego, la magia de Anemhor era lo bastante poderosa para hacer lo que él quería con el destino de Ptolomeo. Entonces habría sido cuestión simplemente de esperar el derrumbamiento, esperar y esperar, porque el tiempo para los sacerdotes de Egipto no significa nada, nada en absoluto.

La residencia de Anemhor en Menfis era grande, y en sus jardines había higueras, palmeras datileras, sicómoros, parras y pérgolas, y estanques con peces ornamentales. No había otro jardín en todo Menfis mayor o más hermoso, aparte de los jardines del propio faraón. Anemhor tenía también a su amada esposa, a sus bellos hijos, uno de los cuales sería sumo sacerdote de Ptah después de que él hubiese ido a su tumba en el oeste, y sus hijas, que se casarían todas con algún sacerdote de alto rango.

El jardín era el paraíso de Anemhor, donde pasaba sus horas recreándose. Jugaba a las damas con sus hijos o escuchaba tocar el arpa, el laúd y la flauta a las mujeres de su familia. Allí las veía practicar las danzas que debían bailar ante el dios en su templo. Sus hijos más pequeños corrían entre las palmeras o salpicaban el agua en los estanques; hijos que serían sacerdotes, hijas que serían intérpretes de sistro en el templo, porque, efectivamente, toda la familia de Anemhor estaba dedicada al servicio de Ptah del Bello Rostro.

A pesar de su constante y elaborada preparación para la muerte, Anemhor siempre estaba alegre; a pesar de que Egipto de nuevo había sido entregado a manos de un forastero, su risa no resonaba menos, sino que seguía haciendo eco entre las palmeras y los sicómoros de su jardín.

Anemhor se dedicaba a sus asuntos, con los brazos cruzados bajo su manto de piel de leopardo con manchas. Cada día se bañaba tres veces en el lago sagrado de Ptah, de modo que era el más puro de los puros. Cada tres días se hacía afeitar el cuerpo de pies a cabeza, desde las cejas hasta el vello púbico. No había odio alguno en el corazón de aquel hombre. Siempre hacía lo que era bueno para Egipto, lo mejor para los dioses. No le disgustaba especialmente Ptolomeo, que le parecía un buen hombre..., todo lo bueno que puede ser un griego.

¿Hizo posible ese Anemhor que la Casa de Ptolomeo se destruyese a sí misma, para que el gobierno de los faraones nativos pudiese ser restaurado? ¿Lo hizo, Alumno-de-Thot? ¿Lo hizo?

Hay quien piensa que fue así.

Pero no, el sumo sacerdote de Ptah no se dejó abatir por los acontecimientos. Su sonrisa no floreció menos. Por el contrario, floreció más.

2.5
Sabiduría egipcia

El año que Ptolomeo llegó a Egipto como sátrapa, el niño llamado Anemhor, y también Esisout, y Nesisti, pero a quien se dirigían más bien como Eskedi, hijo mayor de Anemhor el Viejo, sumo sacerdote de Menfis, cumplió dieciséis años, y terminaron sus días en la escuela de escribas de Menfis. Como su padre, había iniciado sus estudios a la edad de cinco años, y durante los últimos meses de su instrucción estuvo a cargo de los establos de caballos de cría en Menfis, porque era un muchacho destinado a ejercer un alto cargo, y que, si los dioses lo permitían, debía suceder a su padre.

En sus primeros días en la escuela de escribas había aprendido el arte de leer, y todos los chicos de la clase leían los papiros en voz alta, al unísono.

Había progresado aprendiendo de memoria largos pasajes de la Sabiduría de Egipto, porque su padre valoraba mucho la capacidad de recordar. Era más importante recordar que pensar cosas nuevas. El escriba no necesitaba cosas nuevas, porque en el mundo del templo de Ptah todo debía seguir siendo como había sido siempre. En efecto, en Egipto, lo más maravilloso es que nada es nuevo, que cada cosa sigue siendo lo mismo que fue en el principio del mundo, la primera vez, cuando los dioses eran jóvenes.

Anemhor el Viejo animaba a su hijo diciéndole:

–Aprende a escribir, porque eso te dará más beneficios que ninguna otra cosa –y añadía–: El trabajo de la escuela te acompañará siempre, como las montañas.

Eskedi aprendió. Eskedi recordó. Antes de que pasara mucho tiempo había adquirido la habilidad de predecir el día en el que tendría lugar un terremoto. Podía predecir el fracaso de las cosechas y la aparición de enfermedades y epidemias.

Desde los cuatro años, su padre insistía a Eskedi en que pensara en Apis, el Toro Sagrado de Menfis, que era la Viva Imagen de Ptah. Y aunque no ostentaba todavía el cargo de guardián del Apis Viviente, pronto lo haría, y hasta su nombramiento, cada día iría a ver al toro para aprender el arte de predecir el futuro a partir de los movimientos y reacciones de aquella maravillosa bestia divina.

Si Apis meneaba el rabo, quería decir tal y tal cosa.

Si Apis se lamía el ollar izquierdo con su enorme lengua grisácea, significaba tal y cual.

Si se lamía a la vez ambos ollares, izquierdo y derecho, significaba otra cosa distinta.

Eskedi se convirtió en un maestro en los signos de Apis. Pronto fue nombrado escriba especial con la responsabilidad de alimentar a la madre de Apis, que, a partir de su muerte, se convertiría en vaca de Isis.

Eskedi aprendió a curar a los enfermos. Aprendió las propiedades de todas las plantas medicinales. Aprendió el arte de convocar la lluvia. Sería un escriba de la Casa de la Vida, un hombre a quien el pueblo de Egipto podría hacer todas las preguntas que desease y cuyas respuestas, podían estar seguros, les satisfaría.

Entonces, a los dieciséis años, aquel muchacho debía pasar los exámenes que todos los jóvenes escribas tenían que aprobar para acceder al sacerdocio de Egipto, y el examen era de gramática y escritura jeroglífica y hierática de Egipto, y conocimiento de los dioses, sus títulos, características e historia, y las múltiples complejidades del ritual del templo. Todas esas cosas resultaban difíciles, muy difíciles, pero en realidad no había nada que Eskedi no supiera ya, y tuvo éxito, y Anemhor el Viejo, su padre, se alegró.

A aquel buen estudiante, entonces, le quitaron la ropa y se bañó tres veces en el lago sagrado de Ptah. Le afeitaron con navajas de bronce de pies a cabeza, eliminando hasta el último pelo de su cuerpo, y su carne fue ungida con perfumes. Luego le revistieron con las ropas del cargo sacerdotal, y fue admitido en el horizonte del Cielo por primera vez.

Eskedi, sobrecogido al pensar en la majestad de Ptah, podía ahora acercarse al propio dios en su santuario, porque ya era, desde aquel momento, sacerdote *wab*, o sacerdote joven, y no había palabras que pudieran describir la alegría que inundaba su corazón ni la felicidad que sentían también su padre y su madre.

Eskedi disfrutaría de una vida libre de trabajos físicos. Tendría toda su vida las manos suaves y las ropas limpias de un escriba. Se bañaría en el lago sagrado tres veces al día. Los pensamientos de su corazón no se verían estorbados por los cansancios corporales. Eskedi era un muchacho que daría órdenes, comprobaría resultados, registraría datos, y otorgaría o retiraría su permiso. Sería un hombre muy bien preparado para tomar todas las decisiones sobre los templos de Egipto.

En la escuela de escribas de la Casa de la Vida, el joven Eskedi había aprendido la magia que formaba parte de los conocimientos de todo sacerdote. De vez en cuando, ese alumno olvidaba que lo más importante que debe aprender un escriba es el arte del autocontrol, el arte de controlar sus sentimientos, de modo que su maestro le recordaba:

–Permanece atento y escucha mis explicaciones. No olvides nada de lo que te voy a decir.

Y cuando Eskedi volvía a olvidar algo, el maestro le decía:

–El chico que escucha se convertirá en una persona distinguida.

Y decía también:

–Los oídos de un chico están en su espalda. Escucha cuando le pegan.

Cuando Eskedi no escuchaba, le pegaban, y aprendió aquella lección. No se portó tan mal como para tener que atarle las piernas para que no se pudiera escapar.

Por las mañanas copiaba textos llenos de sabiduría, como:

Haz el bien y prosperarás...
No mojes la pluma para herir a ningún hombre...
El Simio mora en la Casa de Jnum,
Su ojo rodea las Dos Tierras...
Cuando ve a uno que engaña con el dedo,
le arrebata su medio de vida con la crecida...

En el frío de la noche, Eskedi practicaba con sus condiscípulos la habilidad de cabalgar el cocodrilo, sentado a horcajadas en la espalda de *Cara del Miedo* en el lago sagrado, un deporte sin graves riesgos, porque la boca de aquella bestia era atada bien fuerte con una soga de papiro antes de que se permitiera a ningún chico acercarse al agua.

Cabalgar el cocodrilo... era la gran habilidad de Horus, el dios halcón. Si un chico podía hacerlo, no tendría miedo de nada.

Y sí, Eskedi, como su padre antes que él, era maestro también en el arte de montar el cocodrilo.

En el margen de su papiro, el muchacho escribió: «He dominado todas las artes mágicas. No hay nada en ellas que se me escape».

Cuando hubo dominado también el arte de traducir la escritura jeroglífica a escritura hierática, la tarea más difícil de todas las encomendadas a los escribas, anotó en el margen del papiro: «No hay nada en absoluto que Eskedi no sepa».

Aprendió que un hombre sabio preferirá siempre el silencio a la charla vacía. Aprendió cómo usar el nombre secreto de cada dios, para cambiar así el orden de las cosas.

Porque si Eskedi pronunciaba el nombre sagrado de Shu a orillas del río, el río se secaría. Y si pronunciaba el nombre sagrado de Shu en la tierra, la tierra ardería, presa del fuego.

Eskedi tenía tal poder sobre el cocodrilo que si aquella bestia atacaba al mago, el sur se convertiría en norte... sí, el mundo entero oscilaría.

Hacía mucho tiempo que había aprendido a escribir y pronunciar automáticamente el deseo formal de que el faraón tuviese «¡vida, prosperidad, salud!», cada vez que escribía o mencionaba la palabra faraón.

Eskedi era un escriba de dedos limpios. El conocimiento y la virtud eran inseparables. Ningún chico podía convertirse en escriba sin ambas cualidades, y su conducta era irreprochable.

Y por encima de todo, Eskedi aprendió el respeto debido a un padre.

«Haz una libación por tu padre y tu madre», escribió, «que descansan en el valle. No olvides el que queda fuera. Tu hijo actuará de igual modo por ti».

Pero, por el momento, el padre de Eskedi vivía: Anemhor el Viejo, Sumo Sacerdote de Ptah, el más sabio de todo Egipto. Anemhor el Viejo era en realidad Thot en todas las cosas, pero Eskedi, su hijo, no se hallaba lejos de su sabiduría. Escribió en el margen de su papiro: «Mira, soy un escriba excelente». Es normal que los jóvenes sean un poco jactanciosos. Pero lo que escribió Eskedi era la pura verdad.

2.6
Una lluvia de nueces e higos

Habiendo puesto sus manos en los ocho mil talentos del Tesoro de Egipto, Ptolomeo no vio razón alguna para contenerse a la hora de hacer gastos. Empezó a contratar, pues, a soldados a miles en todo el mundo griego, para poder resistir el ataque de Perdicas cuando éste llegase.

Un vasto número de tropas abandonó a sus comandantes militares y desertó para unirse al bando de Ptolomeo, por una parte porque tenía reputación de ser hombre justo, pero por otra parte también porque el salario que ofrecía era muchísimo mejor del que podían permitirse pagar otros sucesores. Soldados que nunca antes habían simpatizando con Ptolomeo se convirtieron en grandes amigos suyos entonces, de modo que Menfis se llenó de hombres de aspecto rudo que sólo hablaban los dialectos más ásperos del griego, y la ciudad estaba tan vacía de mujeres griegas que Ptolomeo se vio obligado a importar no sólo soldados, sino también barcos enteros de prostitutas, para alegrar a aquellos hombres y para preservar el honor de las mujeres egipcias de Menfis.

El propio Ptolomeo podía haber sido feliz en aquellos tiempos, porque tenía todo lo que un griego pudiese desear. Pero Ptolomeo no era feliz porque le preocupaba Perdicas y le preocupaba el futuro.

Ptolomeo sabía que no podía sobrevivir mucho tiempo sin aliados, y la verdad es que por aquel entonces no los tenía. Necesitaba a algún otro gobernante que le ayudase a resistirse a Perdicas y a los demás. Tenía gran necesidad de protegerse de Antígono Monoftalmo, el Tuerto, que podía invadir Egipto desde el este. También quería controlar Siria y Fenicia para poder mantener abiertas las rutas comerciales del incienso y la madera de cedro de Líbano, con la cual podría construir sus buques de guerra... porque no había madera para construir barcos en Egipto y, a decir verdad, no había madera en absoluto, aparte de la de acacia, que era inservible, y de la palmera.

Ptolomeo hizo todo lo que pensaba que habría hecho el propio Alejandro. No toleraría ninguna resistencia, y el mundo sabría que Ptolomeo, sátrapa de Egipto, obtendría lo que deseaba.

Sin embargo, justo entonces no tenía lo que deseaba, que era paz. A pesar de poseer Siria y Fenicia, dormía mal, porque le preocupaba Perdicas. Sabía que éste haría todo lo que estuviese en su poder para arrebatarle Egipto por la fuerza. Ptolomeo no sólo carecía de aliados, sino que también carecía de heredero legítimo, y seguía pensando que debía fundar una dinastía propia, para que la satrapía pasara a su hijo y al hijo de su hijo, y permaneciese siempre en la familia.

Ptolomeo envió embajadores entonces al viejo Antipatro, el hombre que había dejado en Macedonia Alejandro para que fuese regente mientras él salía a conquistar el mundo. El viejo Antipatro tenía la reputación de ser el más sabio de todos los gobernantes de su tiempo, un hombre que no rompía su palabra como hacían otros gobernantes, y que no trataba de hacer jugadas sucias a sus amigos.

Los embajadores sugirieron una gran alianza de auténtica y duradera amistad y total cooperación militar, y Antipatro expresó su interés. Ptolomeo sabía también que el viejo Antipatro tenía una hija llamada Eurídice, que podía ser usada para sellar el tratado a la manera consagrada por la tradición, convirtiéndose en esposa suya, así que rogó a los embajadores que hicieran unas discretas averiguaciones acerca de si tal enlace podría resultar agradable para él, y Antipatro expresó su interés por segunda vez.

A su debido tiempo se hizo pública la alianza entre Antipatro y Ptolomeo, y se volvió vinculante mediante el intercambio de los habituales regalos lujosos, signos visibles de amistad: Antipatro envió cuencos de oro de Sifnos y los mejores caballos de Tesalia y, como contrapartida, Ptolomeo envió caballos de carreras de

Cirene, carruajes con incrustaciones de ébano y marfil y un animal llamado cameleopardo, cuyo cuello inmensamente largo sobresalía de la jaula en la que viajó a Grecia, y atrajo a multitudes de curiosos.

Antipatro accedió a separarse de Eurídice, su hija, que por aquel entonces contaba con quince años de edad, y dijo a los embajadores de Ptolomeo que sus pechos eran de tres anchos de dedo de altura, como pequeñas calabazas, que su cabello era rubio y que estaba ya madura para el matrimonio. Si Eurídice tenía pensamientos propios acerca de aquel enlace, fueron pasados por alto, porque un padre sabía muy bien lo que era bueno para su hija. Un padre griego, decían, siempre sabía lo que es mejor, y fuera lo que fuese lo que eligiese hacer con ella, la hija debía aceptarlo.

Aun así, cuando Eurídice supo el destino que estaba preparado para ella, lloró. Era muy aniñada para su edad, y hubiera preferido quedarse en su hogar de Macedonia, con sus doncellas, y no tener que abandonar su pelota de cuero de colores, ni sus muñecas de barro cocido con los brazos sujetos con alambres ni sus días en el telar, y dijo que temía la idea de viajar hasta Egipto ella sola.

Antipatro escribió a Ptolomeo: «Nuestra hija no sabe nada de la vida. Ella ha crecido en las condiciones más resguardadas. Ha sido educada desde la niñez para ver lo menos posible, para no entender nada. Hará pocas preguntas...».

Ptolomeo se sintió satisfecho. No deseaba una mujer que metiera las narices en sus asuntos de estado. Escribió a su vez a Antipatro: «Eurídice, vuestra hija, no necesitará nada. Vivirá una vida de comodidades y lujos...». Y a su debido tiempo, los dos sátrapas hicieron el juramento habitual, con las palabras usuales: «Si permanezco fiel a mi juramento, que las mujeres den a luz a niños que se parezcan a sus padres. Si no, que las mujeres den a luz monstruos».

Eurídice entonces se preparó para su viaje por mar a Egipto, todavía temerosa, porque nunca en su vida había navegado por ningún mar ni subido en un barco, ni había puesto el pie jamás fuera del *gynaikeion* de Pella. Se le entregaron todo tipo de cosas necesarias para su equipaje, como los remedios para el mareo, los remedios para la indigestión, los remedios mágicos contra todo enemigo, real o imaginario, y ropajes y más ropajes de todos los colores del arco iris.

Eurídice contemplaba los preparativos con los ojos cada vez más abiertos, y la víspera de su despedida, su familia pasó toda la noche con ella, tratando de detener el tiempo, que es la manera griega de enviar a una novia a su destino. En medio de aquella fiesta de despedida, Eurídice estalló y dijo que en realidad no tenía ningún deseo de viajar tan lejos, a Egipto nada menos, ni deseo alguno de ser esposa de ningún hombre, ni madre de ningún hijo, sino que prefería seguir doncella y vivir en su casa, y derramó muchas lágrimas por el futuro desconocido que la aguardaba.

La madre de Eurídice, sin embargo, habló con firmeza:

–Todo está ya arreglado –dijo–. Tienes que ir a Egipto. Es la mayor oportunidad de toda tu vida, y debes aceptar o lo lamentarás para siempre. Ptolomeo es un hombre muy amable. No te va a comer...

El viejo Antipatro dijo también a su hija que ella era una parte muy importante de su alianza con Egipto. Estaba ayudando a mantener la paz. Y así, Eurídice no tuvo otra elección que hacer lo que se le había ordenado. En el matrimonio, la mujer griega no es más que un objeto que se intercambia entre hombres. Lo mismo podía haber sido una col o un asno, pensaba ella, por la alegría con que la estaban ofreciendo.

Pero Eurídice se portaría bien. No carecía por completo de encantos femeninos. Era muy diestra con el telar y la lira, y en general tenía buen carácter. Además, gozaba de una salud excelente, y tenía la garantía de Antipatro y sus físicos de que era apta para dar a luz tantos robustos hijos griegos como Ptolomeo deseara engendrar en ella.

Las lágrimas de la futura novia al final dejaron de caer y cesaron por fin sus gimoteos como respuesta a las duras órdenes de su madre. De todos modos, Eurídice les había causado tanta alarma con su nerviosismo por tener que viajar y navegar sola a Egipto, que enviaron con ella a una mujer mayor que había visto algo más de mundo, y esa mujer pasaba por ser su tía o, como algunos decían, su prima, y su nombre era Berenice, que significa Portadora de la Victoria.

La historia de esta supuesta tía Berenice era que se había casado de joven con un tal Filipo de Macedonia (no el rey, claro está), un hombre que no era de muy buena familia, ni tampoco poseía grandes distinciones personales, y del cual nadie sabía o decía una palabra, si estaba vivo o muerto, o si simplemente había abandonado a Berenice o si era tal monstruo que ella había tenido que dejarlo. En cualquier caso, Berenice ahora estaba sola en el mundo, si exceptuamos a sus dos hijos pequeños, un niño muy salvaje llamado Magas, a quien le gustaba mucho comer, y una niña tranquila y delgada llamada Antigone, y los dos niños se fueron con ella y Eurídice a Egipto.

Algunos se preguntan si Berenice no sería simplemente una prostituta que se había metido en problemas y a quien Eurídice quiso acoger bajo su ala. Pero nadie lo sabe a ciencia cierta. Lo que está claro es que aquella tía huía de alguien, y que algo malo había pasado en su vida, porque en todos los años que pasó en las tierras de Egipto, no dijo ni una sola palabra acerca de su difunto marido. Berenice entonces pudo empezar de nuevo. Vivió sólo por y para el presente, y borró su historia con tanta aplicación que nadie pudo decir ni una sola palabra de ella, excepto dar el nombre de aquel marido a quien ella misma no mencionaba nunca.

* * *

Eurídice y Berenice tomaron pues el barco hacia Egipto, y era invierno, la estación menos adecuada para navegar, cuando el mar está más alterado, y el capitán de la *trieres* sonrió lascivamente a la novia, diciendo:

–Te deseo suerte, *Kyria*, te diriges hacia un mar con verdaderos problemas –y se echó a reír–. No es el mar Libio, ni el mar Egeo, ni los bancos de arena sicilianos donde quizá tres barcos de cada treinta pueden evitar los naufragios... sino el mar del matrimonio –y soltó una carcajada, como si hubiese estado bebiendo–. En el matrimonio –gritó–, no se conoce ningún superviviente.

Y podría haber continuado de la misma forma, si la tía no hubiese demostrado que valía la pena gastarse el dinero en ella, cruzando la mejilla del hombre con una bofetada, porque no había duda de que aquélla era una mujer dura, que había sufrido mucho, y su propio matrimonio probablemente no había navegado tampoco por aguas calmas.

Pero por muy dura que fuese, cuando Berenice desembarcó en Egipto tenía un aspecto tan espantoso, ya fuera por la *nausiasis* o por el naufragio de su propio matrimonio y el consecuente derrumbe de sus emociones, que ningún hombre se habría dignado mirarla dos veces. Berenice no tenía posesión alguna, ni un solo óbolo en su bolsa, ni un espejo de prostituta, ni más ropas que las que llevaba puestas. La tía Berenice dependía enteramente de Eurídice, su sobrina, y estaba claro que Berenice necesitaba tantos cuidados como la propia Eurídice... de modo que aquellas dos mujeres de Macedonia con destino a una tierra extranjera, hicieron el solemne juramento de que se cuidarían con devoción la una a la otra en Egipto. Eurídice incluso prometió que le encontraría a su tía un nuevo marido para que la apoyara, un nuevo padre para sus hijos, pero, como no tenía la habilidad de prever el futuro, no tenía ni idea entonces de quién resultaría ser por fin ese hombre. Si hubiese sabido el marido que le depararía el destino, habría enviado sin duda a Berenice de vuelta a Grecia en aquel mismo momento, porque con toda seguridad llegaría el día en que Eurídice se maldeciría a sí misma por haber querido llevar a su tía a Egipto.

Porque lo cierto es que, de aquellas dos mujeres, la que estaba destinada a sobrevivir era Berenice.

* * *

El enlace de Ptolomeo con Eurídice fue celebrado en la luna llena de Gamelion, un mes consagrado a Hera, reina de los dioses de Grecia, y patrona del matrimonio, porque ése era el momento afortunado para celebrar un casamiento, o eso creían los griegos.

La residencia del sátrapa en Menfis estaba decorada para la ocasión con ramas de laurel y olivo, e iluminada por antorchas encendidas. La víspera del matrimonio, las mujeres de la familia de la novia, por derecho, tenían que haberse dirigido a la fuente pública para recoger el agua para el baño ritual de Eurídice. Pero como ella había llegado a Egipto sin su familia, fue la tía Berenice quien le llevó el agua, y ella bañó a su sobrina y le dijo palabras de consuelo, para calmar su nerviosismo.

Por la mañana Ptolomeo hizo su aparición, con unas guirnaldas de flores moradas y una corona de flores rojas en la cabeza, vestido con un quitón blanco nuevo y embadurnado de mirra de pies a cabeza. Por derecho, tenía que haber acudido junto con su familia y amigos a casa de la novia aquella misma tarde, ofrecer los sacrificios a los dioses y luego sentarse para celebrar el banquete con la familia de Eurídice. Pero la familia de Eurídice no se hallaba presente y ella no tenía casa a la que dirigirse, así que el sacrificio y el banquete se celebraron en la casa de Ptolomeo.

La novia griega, según la tradición, debía estar rodeada por sus amigos, pero Eurídice no tenía amigo alguno que la acompañara excepto Berenice, de modo que se sentaron solas las dos, mirando al frente. Eurídice iba vestida con hermosas telas, y Berenice había ungido su cuerpo con ungüentos preciosos y costosos perfumes vertidos gota a gota. Iba cubierta con un velo rojo sujeto por una diadema de flores moradas encima de la cabeza, y ambas mujeres estaban sentaban un poco apartadas de los amigos de Ptolomeo, que se quedaron mirando a aquellas dos macedonias a las que no conocían, comiendo olivas y compitiendo, como de costumbre, a ver quién escupía más lejos los huesos, de modo que Eurídice, que había empezado ya bastante nerviosa, ahora se sentía absolutamente incómoda, y las manos le temblaban, y todo su cuerpo se estremecía por temor a lo que le iba a ocurrir aquella noche.

Desde su desembarco en Alejandría y durante todo el viaje río arriba en barcaza hasta Menfis, Berenice había mantenido a Eurídice cubierta, según la costumbre griega, de modo que nadie en Egipto había visto el rostro de aquella mujer, y el mismísimo Ptolomeo todavía tenía que ver el rostro de su novia, porque aunque le había dado ya la bienvenida, todavía tenía que hablarle por segunda vez.

En lo posible, todo se hizo según las costumbres griegas. En el banquete comieron pastelillos de sésamo, el manjar propio de los banquetes nupciales griegos, símbolo de la fertilidad, mientras un niño griego desnudo ofrecía a los huéspedes pan griego y decía las palabras rituales griegas: «he impedido lo peor, he elegido lo mejor».

Pero durante toda la boda las manos de Eurídice no dejaron de temblar, y el temblor era tan intenso que sólo consiguió llevarse el pastelillo de sésamo a la boca con grandes dificultades, y sólo podía pensar: «He elegido lo peor, he elegido lo peor», y deseaba estar de vuelta en casa, en Pella, en el *gynantheon* con su madre y sus doncellas, y echaba de menos las muñecas que se había visto obligada a ofrecer al Templo de Artemis para marcar el fin de su niñez y el principio de su nueva vida como esposa... y aunque no lo deseaba, como madre también.

En su boda hubo bailes, por supuesto, porque era una boda griega. Ptolomeo bailó, con su habitual gracia elefantina, y todos los griegos bailaron y enseñaron los dientes, y hubo mucha diversión, y así siguió todo hasta que todo el mundo hubo bailado excepto Eurídice, y alguien gritó:

–¿No bailará para nosotros la esposa de Ptolomeo?

Eurídice, horrorizada, meneó la cabeza negativamente.

Pero ellos gritaron:

–¡Baila! ¡Baila! ¡Baila! ¡Baila! –y al final Eurídice tuvo que levantarse, y todavía temblaba.

Murmuró a Berenice:

–No puedo hacerlo...

Pero Berenice la empujó, diciéndole:

–Tienes que hacerlo.

Los griegos silbaban y gritaban. Llevaban todo el día bebiendo vino.

Eurídice se adelantó. Se rehízo un poco. Levantó las manos por encima de la cabeza. Dio una vuelta sobre sí misma, luego otra. Las flautas y la lira empezaron a sonar, y los *kitharistes* rasguearon sus instrumentos, pero la música iba muy rápida, demasiado rápida para que Eurídice pudiera seguir el ritmo, así que se detuvo.

Los hombres se quedaron callados, mirándola, y no enseñaron los dientes. Entonces empezó un lento batir de palmas. Eurídice bajó los brazos y huyó a la carrera de la habitación, seguida por las risas de los hombres. Las risas no eran nada amables, pero los griegos al fin se habían reído. Hasta Ptolomeo se rió, y luego envió a Berenice para que volviese a traer a la novia.

–No les hagas caso –dijo Berenice después–. No importa.

Sin embargo Eurídice no podía evitar advertirlo. Se sentía avergonzada de sí misma, y sabía que nadie olvidaría aquel fallo suyo. No era el mejor de los comienzos, precisamente.

Cuando la oscuridad cayó sobre Menfis, el padre de la novia, según la costumbre, tenía que haber entregado la novia al novio, pero el viejo Antipatro estaba muy lejos, en Macedonia, y por lo tanto fue Ptolomeo quien levantó el velo rojo del rostro de su esposa, ante el aplauso, sólo levemente decepcionado, de sus amigos allí reunidos.

El rostro de la esposa quedó descubierto por fin, cuando se intercambiaron los anillos de oro, y Ptolomeo comprendió que no había posibilidad de vuelta atrás, aunque en realidad no pensaba cambiar de idea, porque la alianza era de tal importancia para él que había llegado incluso a querer casarse con aquella mujer sin molestarse en comprobar qué aspecto tenía.

Y, ciertamente, Ptolomeo no se vio totalmente decepcionado por los rasgos faciales de Eurídice, pero se encontró pensando que aquella esposa que de algún modo había comprado y con la que había prometido casarse sin verla antes era una joven vulgar. Sí, carecía del encanto y la belleza de Thais de Atenas. Realmente, comparada con Thais, pensó, Eurídice no era nada, nada, una mujer a la que jamás habría mirado si el Destino y los requerimientos militares no lo hubiesen hecho absolutamente necesario.

Su comportamiento era tranquilo, pensó, aunque no se daba cuenta del temblor. «No sonríe demasiado», pensó, y una o dos veces captó en sus ojos la misma mirada que había visto una vez en los ojos de una loca. Pero de todos modos tomó a Eurídice por la mano temblorosa y la ayudó a subir al carro que los llevaría en procesión hasta su casa. Como estaban ya en casa de Ptolomeo, condujeron por las calles de Menfis en círculo y volvieron de nuevo a donde habían comenzado, y Eurídice todo el tiempo llevó el cedazo y la parrilla de bronce que eran los símbolos de los deberes domésticos de toda mujer griega, aunque, como esposa de un sátrapa, jamás tendría que realizarlos, ni una sola vez, porque su destino como mujer era ser servida en todo, hasta las uñas de las manos y los pies, y pasar el resto de su larga vida sin hacer nada.

No hubo procesión de parientes cantando que la siguiese con antorchas, y el padre del novio no llevó una corona de mirto para dar la bienvenida al carro, ni la madre del novio sujetó en alto una antorcha encendida, pero no parecía importar que se cambiase la costumbre griega en todas aquellas cosas, o incluso se ignorase. Ptolomeo dio la bienvenida a su esposa a la residencia él mismo, en persona, y sus amigos les arrojaron nueces e higos mientras pasaron por las puertas dobles de cedro y oro, de modo que a ella le escocía la cara y le salieron magulladuras azules y negras, y pensó que aquello era un mal augurio.

Una vez pasó el umbral, se le ofreció a Eurídice el pastel de boda de sésamo, un dátil y un membrillo, símbolos de fertilidad, y Ptolomeo la condujo de la mano a la cámara nupcial y cerró la puerta. Su hermano, Menelao, hacía guardia en el exterior, y los invitados a la boda cantaban himnos nupciales en voz alta, para alejar las malas influencias y para ahogar los gritos de la novia mientras Ptolomeo la tumbaba en el lecho y hacía lo que todo marido debe hacer en su noche de bodas.

Desde el principio a Eurídice aquello no le gustó, y como nunca antes había realizado aquel acto, no tenía ni idea de qué era lo que debía hacer, y parecía una de sus propias muñecas, con los miembros movibles, sí, pero fría, como hecha de barro cocido, rígida. No, Eurídice no excitaba a Ptolomeo como le había excitado Thais. No despertaba grandes pasiones. Mientras ella se mordía los labios y dejaba que Ptolomeo hiciera lo que tenía que hacer, con los ojos cerrados, apretaba la mandíbula de modo que no dejaba que la lengua de su marido penetrase entre sus dientes, porque él olía a vino, y la verdad es que ella no quería notar su saliva dentro de su boca; le daba un poco de asco aquel hombre que era casi tan viejo como su propio padre, cuarenta y seis años, mientras que ella apenas era una niña de quince.

Desde luego, Eurídice no era Thais, y no se comportaba como Thais. Eurídice nunca ejecutaría el *amphiplix*, envolviendo sus piernas en torno al cuerpo del hombre y apretándolo. Nunca cabalgaría a Ptolomeo en el lecho como un caballo ni tocaría su *rhombos* con la lengua. Ésas eran actividades muy poco adecuadas para una esposa y poco favorables también para la concepción. Eurídice no era la puta más famosa del mundo y, desde luego, se suponía que una esposa griega no tenía que excitar a un marido griego, ni permitirse realizar acrobacias de prostituta en el tálamo nupcial.

Cuando hacían el amor, Eurídice raramente sonreía. Nunca entonaba el canto del ruiseñor, como hacía Thais. Y nunca disfrutaba ni un solo momento de aquel acto. Su único deber era dar a luz herederos legítimos, hijos que fueran valientes, nobles, hijos griegos, el mayor de los cuales sería, seguramente, sátrapa después de su padre. El matrimonio de Eurídice era un matrimonio político, un matrimonio dinástico, un arreglo de negocios, y no tenía nada que ver con Eros, ni con el amor, y su corazón no se aceleraba cuando ella veía a Ptolomeo, ni entonces ni nunca, sino que más bien se llenaba de consternación.

Y en cuanto a Ptolomeo, se repetía a sí mismo: «Las hetairas son para el amor, las hetairas son para lo afrodisíaco; una esposa es para engendrar hijos legítimos». Sus noches con Eurídice serían siempre insulsas y mecánicas. Lo que importaba no era complacerla a ella, sino que pariese un hijo. Desde luego, Ptolomeo llamaba a su esposa paloma, pichón o patito, como debe hacer un marido griego, como hacían todos los maridos griegos, y le enviaba flores el día de su cumpleaños, y cosas así, pero seguía teniendo sus prostitutas, sus concubinas, a docenas, tal como había hecho antes de su matrimonio, muchas otras mujeres cada noche, de las cuales se suponía que Eurídice no debía saber nada, dirigidas todas por Lamia, su regordeta y linda Lamia, que tenía una casa llena de hermosas jovencitas griegas, ante las cuales Eurídice hacía la vista gorda.

De vez en cuando Ptolomeo miraba a Eurídice y pensaba en su hermano, Alexarco, el amante de la paz, que había fundado una comunidad junto al monte Athos, en Grecia, y la llamó Uranópolis, la Ciudad del Cielo, y se retiró allí, renunciando a lo que él llamaba el loco mundo de guerras y asedios y luchas sin fin... su loco hermano Alexarco, que había dejado de hablar griego e inventado un lenguaje propio, y se rumoreaba que se había identificado él mismo con el Sol o incluso con el dios Helios.

Dejar de hablar griego... bueno, era casi como convertirse en un bárbaro. Pero Ptolomeo apartó a Alexarco de sus pensamientos. Él se había casado con Eurídice, y no con su hermano, y la chica no mostraba señal alguna de locura por su parte.

Eurídice, sin embargo, no era como las otras muchachas. Su madre le había enseñado a ocultar los aspectos menos atractivos de su carácter, de modo que Ptolomeo no sabía, por ejemplo, que le gustaba comer tierra. No sabía que la propia Eurídice sabía hablar uranopolitano, y que este lenguaje era sencillamente el lenguaje de la niñez de los hijos del viejo Antipatro.

No, la locura de Eurídice sólo afloró más tarde.

* * *

En su matrimonio, pues, no había amor, porque ningún griego ama a su esposa. El amor lo reserva para sus concubinas. Enamorarse era tan malo casi como volverse loco, porque significaba una pérdida de control, y Ptolomeo no tenía ningún deseo, como cualquier otro hombre griego, de sentir las flechas de Eros. Su esposa era más bien como una nueva adquisición, y sentía hacia ella más o menos lo mismo que habría sentido si se hubiese comprado un par de sandalias nuevas.

A pesar de todo, Ptolomeo hizo lo que todo griego debe hacer al tomar esposa: formuló el hechizo para tener una esposa fiel y, como estaba en Egipto, buscó el hechizo egipcio, cortesía del sumo sacerdote de Ptah.

Modeló un cocodrilo con barro del río. Colocó este animal en un pequeño ataúd de plomo. Grabó el Nombre del Poder y el nombre de su esposa, Eurídice, en la tapa.

El cocodrilo, como dijo el sumo sacerdote, impediría que cualquier amante se acercase a ella, de modo que Eurídice tendría que ser fiel, fiel a aquel hombre que, desde luego, no la amaba y no la amaría nunca.

En cuanto a Ptolomeo, era tan libre como cualquier otro marido griego de perseguir a otras mujeres, o a hermosos muchachos, si quería, ya que aquélla era la conducta normal para los griegos, pero diferente, muy diferente, de la forma de actuar de los egipcios.

El egipcio respeta a su esposa como madre de sus hijos.

Para el egipcio, no hay nada más importante en el mundo que su esposa, su amada, su flor de loto.

Eurídice era inocente, intacta, pura. En realidad, era como un animal que se lleva al sacrificio, que debe ser perfecto, sin mácula. Eurídice hizo todo lo que se requería de ella. Hablaba sólo cuando le hablaban. Sus respuestas eran respetuosas. Tenía todos los motivos para no contemplar su nueva vida con alegría, sino con temor, porque Berenice, sin pensar, le había contado muchas historias horribles acerca de todo lo que puede ir mal para una mujer en el suplicio del parto.

Por una parte, Eurídice estaba llena de una especie de orgullo de ser nada menos que la esposa de un sátrapa, pero por otra parte sentía también una consternación espantosa. Temblaba a menudo. No sabía qué decir a su esposo. Lloraba a menudo por no estar en casa con su madre, en Macedonia.

Berenice hacía todo lo que podía y le daba su consejo, e incluso contrató a un bufón para que intentase hacer sonreír a Eurídice, pero el bufón dijo que aquél era el trabajo más duro de toda su vida, porque Eurídice en realidad no quería reír, y sus bromas sólo conseguían que Berenice y las demás doncellas chillasen y riesen, mientras Eurídice seguía con la cara totalmente seria. La verdad era que a lo mejor Eurídice no tenía sentido del humor y sufría de melancolía.

La tía Berenice era todo lo que tenía Eurídice, y así se lo confesó. Por la noche, cuando Ptolomeo no se acercaba a ella, y ella se despertaba en la oscuridad, aterrorizada por los escorpiones y las arañas venenosas y las serpientes y todas las criaturas reptantes que se arrastraban por el suelo de su habitación, ella corría hacia el lecho de Berenice, se acostaba a su lado y se apretaba a Berenice para que la consolara, y sollozaba por la pérdida de su vida tranquila, su antigua vida en Pella, en Macedonia.

La mañana del matrimonio del sátrapa, Anemhor el Viejo fue a ver a Ptolomeo luciendo su manto de leopardo, y le deseó lo mejor para el matrimonio, y le regaló un cuenco de alabastro de la más exquisita manufactura egipcia, una copa con dos asas, con algunas palabras grabadas en la escritura jeroglífica de los egipcios. Y cuando Ptolomeo le preguntó qué significaban aquellos dibujos, Anemhor el Viejo le dijo:

> Ama a tu esposa ardientemente,
> aliméntala y vístela.
> Los ungüentos fragantes son adecuados
> para su cuerpo.
> Hazla feliz todos los días.
> Ella es como un campo que proporciona beneficios
> a su propietario.

Ptolomeo sonrió con la mejor de sus sonrisas, mostrando los dientes y con chispas brillando en los ojos. Le dio a Anemhor las gracias efusivamente, e hizo que Eurídice viera también aquel cuenco de alabastro. Pero, ¿qué pensó Ptolomeo? Las palabras grabadas en el cuenco eran palabras de sabiduría egipcia, pero hicieron pensar a Ptolomeo en el arado de la tierra, un trabajo que había desempeñado en Eordaia de niño, antes incluso de ir a Pella con los pies descalzos. Y Ptolomeo pensó solamente en el trabajo de arar en el cual él mismo era el arado y el campo su esposa, Eurídice.

Sí, la verdad es que Eurídice no lo pasó demasiado bien en Egipto.

Al tercer año de la satrapía de Ptolomeo, hijo de Lagos, el hijo de Anemhor el Viejo, a quien llamaban Eskedi o Joven Manchas de Leopardo los griegos, entonces con diecinueve años de edad, se casó con una joven llamada Neferrenpet, un nombre que significa Bella como Isis, un nombre que los griegos, tozudamente, insistieron en cambiar por Rempnofris.

Neferrenpet era una joven muy bella, sí, un poco más joven que su esposo Eskedi. Pasaba los días criando a sus hijos, organizando la casa de aquel joven sacerdote y cumpliendo con sus deberes en el Templo de Ptah como música, sacerdotisa y una de las intérpretes de la sonaja sagrada o sistro, que mantenía alejados a todos los malos espíritus del dominio del dios.

A diferencia de la joven esposa griega del sátrapa, que apenas era mayor que ella, Neferrenpet sí sonreía. Neferrenpet era feliz. Eskedi amaba a su mujer ardientemente. Le regalaba ungüentos fragantes. La vestía y la alimentaba. La hacía feliz todos los días. Thot dice: qué diferente era el matrimonio de aquel marido y aquella mujer egipcios al extraño matrimonio del sátrapa griego, Ptolomeo, y la llorosa Eurídice...

* * *

El amor de Eskedi por Neferrenpet, su esposa, era tan cierto y real como había sido el amor de Anemhor el Viejo por la madre de Eskedi. El egipcio no se avergüenza de declarar el amor por su mujer. No retrocede horrorizado ante el amor como los griegos. De ningún modo.

Cuando Eskedi vio por primera vez a Neferrenpet, deseó de inmediato que fuese su esposa, y suplicó a Hathor, la diosa del Amor, que le concediese a aquella joven a la que había elegido. Sí, Hathor, la Vaca, la Dama del Amor y de la Alegría y de la Belleza, Hathor la Dorada.

Y a su vez, Neferrenpet rogaba a la diosa que la señalara como novia de su amado.

Día tras día, Eskedi enviaba a su novia flores de loto, que son símbolo del amor, una señal de su amor por ella.

También iba y se colocaba de pie bajo su ventana en Menfis y cantaba todas las canciones de amor de los egipcios:

> Su cabello es negro,
> más negro que la noche,
> más negro que la endrina.
> Rojos son sus labios,
> más rojos que las cuentas de jaspe,
> más rojos que los dátiles maduros,
> encantadores son sus pechos gemelos...

Había deleite en el corazón de Eskedi, el escriba. Los labios de su amada los comparaba con un capullo de loto, sus brazos, con las ramas curvadas de los árboles jóvenes:

> ¿Qué es lo que dice el granado?
> Mis semillas son como sus dientes,
> mi fruto es como sus pechos.

Realmente, la felicidad de Eskedi y Neferrenpet no conocía ningún límite.

Él llamaba a su esposa su Capullo de Loto, y eso era señal de su enorme afecto por ella. El marido egipcio no se pelea ni discute continuamente con su esposa, como hacen los griegos. De ninguna manera.

Ni, una vez casado con ella, deja de amarla, porque a menudo dice a su esposa poemas como éste:

> Inhalo el suave aliento
> que viene de tu boca...
> Contemplo tu belleza cada día.
> Es mi deseo
> oír tu encantadora voz
> como el suspiro del viento del norte...

Realmente, los pensamientos que Eskedi comunicaba a Neferrenpet no eran simples palabras vacías. Y cierto, Ptolomeo no decía poema alguno a su nueva esposa... no, ni una sola palabra. Ptolomeo era un guerrero, y sus pensamientos no eran de amor, sino de guerra.

2.7

Fiebre del pantano

Cada mañana Anemhor, el sumo sacerdote, se presentaba ante Ptolomeo en su residencia, vestido con la piel de leopardo manchada, y lo enredaba en el ritual de preguntas y respuestas.

–¿Cómo ha dormido el sátrapa? –preguntaba.

–Bien –decía Ptolomeo.

–¿Y la esposa del sátrapa?

–También bien –contestaba Ptolomeo.

–¿Y los tres hijos del sátrapa?

–También bien –decía Ptolomeo, como si lo supiera.

–¿Y Menelao, su hermano?

–Como una serpiente –aseguraba Ptolomeo.

–¿Y has tenido algún sueño? –preguntaba entonces Anemhor.

Y Ptolomeo le contaba su sueño, si lo recordaba, y Anemhor se ponía de pie y se quedaba pensando un rato, y le decía entonces cuál era el significado y la importancia del sueño, porque la interpretación de los sueños era un regalo especial de Anemhor. De modo que Ptolomeo sabía, o creía que sabía, lo que podía ocurrir quizás al día siguiente, y se le permitía ver el futuro.

Sátrapa y sumo sacerdote intercambiaban cortesías, pero Anemhor sabía que Ptolomeo no dormía bien. En todas las cámaras de la residencia del sátrapa, en suelos de tierra, en alfombrillas de papiro, en lechos improvisados, los griegos yacían medio despiertos toda la noche, sin moverse, bañados en sudor, o revolviéndose y agitados, escuchando los ejércitos de la noche: arañas y cucarachas, grillos y hormigas, todas las criaturas deslizantes e invisibles que surgen de las grietas de las paredes de adobes y se pegan y cosquillean y pican y muerden a los hombres, mujeres y niños griegos todas las horas de oscuridad, incluido Ptolomeo, de modo que es imposible dormir adecuadamente.

Menufert, Menufer, el Buen Lugar, a quien los griegos tenían que llamar Menfis porque no podían pronunciar ninguna palabra en la lengua de los egipcios. ¿Qué significaba Menfis para Ptolomeo?

Menfis era el equilibrio de las Dos Tierras, en el vértice del Delta. Allí, en la más reverenciada de las ciudades, el buen dios Ptah, y el Ojo del Sol, Hathor-Sejmet, reinaban de forma suprema, pero Ptolomeo no veía nada de aquello. Sólo veía el lago frente a la ciudad, y su palacio, que sobresalía en altura. Veía el ibis y la cigüeña sobre el lago sagrado, y veía el oro apilado en la casa del tesoro. El Templo de Ptah, el Templo de Isis, el Templo de Ra... todos eran lugares que le estaban prohibidos, y no significaban nada para él. Y en cuanto a los dioses de Egipto, no comprendía nada. Ni una sola palabra.

Lentamente, lentamente, Ptolomeo aprendió a llamar a los barrios y calles de la ciudad por su verdadero nombre. Aprendió quién era Ra, el dios del Sol, y quién era Horus, el Halcón. Aprendió que Isis, la Dama de los Muchos Nombres, es la mayor de todas las diosas. Mostró su rostro en los diferentes festivales de la ciudad, y enseñó un poco los dientes. Nunca olvidaría que era un forastero, un usurpador, y que las costumbres de Egipto no eran sus costumbres. Todo le resultaba extraño, pero aquel sátrapa era mejor que el sátrapa de los persas. Era mejor que Cleomenes.

El Perro Jónico, lo llamaba Anemhor, a veces, pero no a su cara ni con mala fe, porque no había malicia en el corazón de aquel sacerdote. Y aunque fuese el Perro Griego para algunos, Ptolomeo era amable en su corazón. No se complacía en lo desagradable.

Algunas mañanas, Anemhor no encontraba a Ptolomeo con buena salud, y le transmitía su preocupación, su genuina preocupación por el bienestar del sátrapa. Pero aquellas mañanas, aunque el sumo sacerdote se quedara de pie ante él, Ptolomeo no hablaba sino que miraba al hombre desde su silla, o desde su cama, y no veía la cara del hombre. Veía sólo un borrón con manchas de leopardo que revoloteaba ante él.

El primer signo de que la fiebre volvía era siempre la sensación de ansiedad que se apoderaba de él, sin saber por qué. Sí, pensaba, algún hombre me ha echado esa maldición, y la ansiedad era como un mal espíritu que entrase en su cuerpo. Sentía entonces el embotamiento, la debilidad de los cuatro miembros y los pies pesados como bloques de piedra. Todo le enfurecía, pero más que nada odiaba la luz, y las voces de las demás personas, y el olor de Menfis, a camellos, podredumbre y antigüedad mohosa, de pronto le parecía asqueroso.

Entonces empezaban los temblores, sentía un frío como el terrible y penetrante frío del Paropamiso, y la sacudida del frío le hacía jadear. Temblaba, se retorcía, y el temblor y las convulsiones parecían romperle en pedazos. Tratando de salvarse, empezaba a decir sus oraciones, a rogar a los dioses que le ayudasen, a todos los dioses de Grecia, uno tras otro: Zeus, Apolo, Asclepio... y luego a todos juntos, porque el miedo se apoderaba de él.

Por la noche, su ataque de fiebre se hacía más intenso sin avisar, y él sentía como si sus huesos estuviesen al rojo vivo, y yacía en un charco de su propio sudor, mareado, lleno de náuseas, exhausto, incapaz de mover un brazo o una pierna, y como le resultaba imposible dormir, se quedaba despierto y echado, mirando los lagartos verdes que caminaban por las paredes a la luz de la lámpara, y era como un hombre sin músculos, un hombre sin huesos, y después no podía leer despachos durante muchos días, porque las cartas se le emborronaban y oscilaban en los papiros como si las acunaran las olas del mar.

¿Qué podía hacer Anemhor, aquel gran físico, por Ptolomeo cuando éste sufría los ataques de fiebre, de frío, y los terribles sudores y temblores?

Anemhor simplemente levantaba las manos, porque, como era bien sabido, no había forma alguna de curar aquellos padecimientos.

Y las manchas de leopardo se emborronaban y giraban y desaparecían hasta la vez siguiente.

Y en cuanto a los griegos, al principio le dieron talismanes para que los llevara en el cuello y las muñecas, o para que los sujetara en la mano, porque las medicinas corrientes resultaban inútiles en casos como aquél.

De vez en cuando, a Ptolomeo le obligaban a tomar cosas como corazones de golondrina con miel.

También comió estiércol de golondrina.

Se comió una golondrina entera.

Se comió la piel de un áspid entera, en pequeños fragmentos, con una cantidad similar de pimienta, que, según se sabía, curaba a los partos. Pero todo eso tuvo poco efecto.

Ptolomeo se negó a intentar ni un solo remedio más de las que sugirieron los griegos. No pensaba comerse la carne de un cuervo, porque siempre le hacía pensar en la gran cantidad de ojos de hombres muertos que aquel pájaro había comido. En sus mejores momentos, cuando oía los graznidos de grajos y cuervos, temblaba, recordando. El sátrapa siempre había sentido horror de los cuervos.

Algunos días, sus físicos untaban en las plantas de sus pies el flujo de una mujer menstruando, un remedio que se suponía que funcionaba bien si lo hacía la propia mujer, sin conocimiento del paciente. Y de ese modo Eurídice, su mujer, se unió al tratamiento de su esposo.

A menudo, le frotaban el cuerpo con grasa de ranas hervidas en aceite en un lugar donde se cruzan dos caminos, después de quitar la carne del animal. Pero, realmente, ninguna de aquellas curas le hizo mejorar. Las fiebres siempre volvían, y cada vez parecía ser peor que la anterior.

¿Cuál era la causa de las fiebres de Ptolomeo? Los griegos decían que la causaba la bilis negra, y llamaban al estado mental de depresión que las acompañaba *melancholia*.

Anemhor era un visitante frecuente. Expresaba su simpatía por el sátrapa, a quien las fiebres palúdicas no daban un momento de paz. A veces le enviaba las mejores medicinas egipcias, que se suponía que hacían menos molesta la fiebre, pero repetía una y otra vez que ningún hombre tenía cura para ella. Y finalmente Anemhor, que no sufría por sí mismo, simplemente observó que el desagrado divino podía ser experimentado como enfermedad. Y enseñó un poco al sátrapa lo que debía hacer para encontrar la aprobación divina: «El sátrapa debe construir más templos» dijo. «Debe hacer más ofrendas a los dioses. Debe hacer más sacrificios...»

La siguiente vez que Anemhor mostró su rostro, las manchas de leopardo no se veían borrosas, porque la fiebre había abandonado a Ptolomeo, y éste vio que Anemhor llevaba en sus brazos el modelo en yeso de un *pylon* o puerta de entrada de un templo, y le preguntó si a Ptolomeo le gustaría hacer una contribución para construir aquel edificio en la ciudad de Apolonópolis, porque el antiguo *pylon* había caído en el último terremoto.

Ptolomeo, con gran debilidad en todos los miembros, asintió con la cabeza.

A la vez siguiente, Anemhor llevaba el modelo de una nueva capilla para Hermópolis, ciudad de Thot, y luego el modelo de la nueva galería subterránea que había proyectado para los ibis momificados, y luego el modelo de un templo completo para Horus en Apolonópolis, porque el viejo se estaba derrumbando.

Ptolomeo accedió a ayudar en el *pylon*, la galería subterránea para los ibis, por muy grande que fuese, y carísima, y en la capilla de Hermópolis también. Y en cuanto al nuevo templo de Horus, dijo que lo pensaría, que consultaría al *Dioiketes*, su ministro de finanzas, porque un templo entero completamente nuevo resultaría muy caro... demasiado dinero, dijo, para un simple sátrapa.

Anemhor inclinó la cabeza y las manchas de leopardo se retiraron de nuevo.

Ptolomeo, desde luego, estaba más interesado en el programa de construcción de Alejandría, donde su nuevo teatro griego, su nuevo *gymnasion* griego y su nueva ágora griega estaban destinados a hacer más glorioso el nombre y la casa de Ptolomeo, hijo de Lagos.

Anemhor, sin embargo, insistió. Él sabía que, al final, si seguía pidiendo, obtendría lo que deseaba. Creía que no había cosa alguna que no pudiera conseguir que Ptolomeo hiciera por él, si perseveraba. En realidad, Ptolomeo no estaba tan seguro en su satrapía como para poder decir que no al sumo sacerdote de Ptah en Menfis una y otra vez... aquel hombre, que era el Gran Jefe del Martillo, el controlador de todos los artesanos de Egipto, el hombre que alardeaba de que podía «hacer que el tiempo retrocediese», el hombre que podía convertir a un sátrapa en rey, en faraón y en dios viviente.

2.8
Comida de cocodrilo

Aunque Ptolomeo había arreglado su vida privada más o menos a su gusto, todavía se inquietaba por los asuntos externos. Desde luego Antipatro era su aliado, pero haber robado el cuerpo de Alejandro era, realmente, como invitar a Perdicas a que invadiese Egipto y se llevase el ataúd, si se atrevía.

Y Perdicas ahora avanzaba hacia Egipto con su ejército, porque quería gobernarlo todo por la fuerza, y porque deseaba darle una lección a Ptolomeo; pero sobre todo, porque deseaba mucho el talismán que representaba el cuerpo del rey muerto, que daba, según creían todos ellos, suerte a quienquiera que lo poseyese.

Perdicas atravesó Siria hasta Gaza, nada menos, y luego cruzó el desierto, a lo largo de los caminos de Horus, hacia Egipto, moviéndose muy rápido para ahorrar agua y comida, y los exploradores decían que su ejército era tan grande que no se podía derrotar en campo abierto.

Ptolomeo, todavía no dispuesto a emprender ningún tipo de batalla, expresó su alarma al sumo sacerdote de Menfis, temeroso de tener que movilizar la milicia nativa egipcia, de la cual sólo sabía que odiaba la guerra y que no luchaba demasiado bien, y que era muy probable que se diese la vuelta y huyese a la carrera del enemigo.

Anemhor sonrió misteriosamente, con aquella media sonrisa suya, esa sonrisa exasperante, y dijo:

–No hay que preocuparse por nada... Los dioses de Egipto protegerán las Dos Tierras del desastre... Ten fe –dijo–, fortalece tu corazón, aumenta el número de sacrificios.

Ptolomeo envió treinta pares de gansos a los dioses, elevó la suma otorgada a la construcción del templo y sacrificó media docena de bueyes, pero de todos modos hizo guarnecer sus fuertes de la frontera y los equipó con todo tipo de dispositivos bélicos griegos: catapultas mecánicas, máquinas para arrojar piedras, ingenios de sitio y las máquinas diseñadas para arrojar arena al rojo vivo, excrementos hirvientes y pernos metálicos con el nombre de Ptolomeo grabado en el astil.

Perdicas estableció su campamento de tiendas de cuero en el extremo oriental del delta, a la vista de la fortaleza de la frontera de Pelusio, y pasaron la noche en paz. Sin embargo, los exploradores y espías de Ptolomeo aprovecharon las horas de oscuridad para deslizarse junto a los guardias y ofrecer un soborno de un talento más por cada hombre, de modo que muchos valientes soldados mercenarios de Perdicas fueron tentados de desertar.

Agotado por el calor, el enemigo a continuación decidió marchar hacia el sur toda la noche a gran velocidad, y colocó sus tiendas de nuevo al otro lado del lugar llamado Fuerte de los Camellos. Al alba, Perdicas ordenó a su ejército que cruzase el río: los elefantes primero, luego los portadores de escudos, los que llevaban las escalas, la infantería y la caballería, pues quería tomar el fuerte él mismo.

Cuando Perdicas estaba a medio camino a través del Nilo, Ptolomeo y su ejército aparecieron en la distancia, y con muchos gritos y sonido de trompetas tomaron una posición defensiva en el fuerte. Sin inmutarse, Perdicas hizo instalar sus escalas y sus hombres subieron a las murallas como hormigas, y sus elefantes echaron abajo las empalizadas de madera y destrozaron los parapetos de adobe.

El propio Ptolomeo estaba de pie en la cima de las defensas, dirigiendo a sus hombres desde el frente, como debía hacer un general griego, y haciendo las cosas en todo igual que las habría hecho el propio Alejandro. Mostró el mayor de los corajes, arremetiendo contra la corriente de hombres armados, a muchos de los cuales echó al río, chocando estrepitosamente abajo. Sacó también los ojos del elefante que iba en primer lugar con su *sarissa*, y buscó el cuerpo del conductor indio sin tener en cuenta en absoluto su seguridad personal.

Cuando era ya demasiado tarde para ver lo que estaban haciendo, Perdicas abandonó el sitio y se retiró a pasar la noche, pero a la tarde siguiente reagrupó sus fuerzas y obligó a su ejército a desplazarse hacia el sur a toda marcha, hasta Menfis. Allí el río se divide en dos, formando una isla que, según vio Perdicas, era lo bastante grande para albergar su campamento, y allí pensó que establecería su cuartel general, porque su propósito en aquellos momentos era lanzar un gran ataque contra Ptolomeo en la llanura que había junto a las pirámides.

Perdicas, hijo de Orontes, era un soldado hábil y experimentado, un distinguido general de Alejandro, pero cometió un terrible error de juicio, porque no había modo alguno de atravesar el río allí más que vadeándolo, pero nadie puede nadar con una pesada armadura y con todas las armas necesarias para la batalla. Perdicas, sin embargo, sufría por el calor, y también del usual desarreglo intestinal que incomoda a todos los visitantes de Egipto. A causa de eso, quizá, olvidó todos los trucos astutos de Alejandro, como pasar un ejército a través de un río a flote rellenando de paja las tiendas de piel, o construyendo un puente con barcos o fijando entre sí un cierto número de balsas. Aunque, para ser justos con Perdicas, lo cierto es que allí no había ningún tipo de paja, ni madera para hacer balsas, ni tampoco barcos..., no, ni uno. A falta de cualquier idea mejor, él dio entonces la orden de vadear el río, que ya llegaba a la altura de la barbilla de un hombre, e iba creciendo cada vez más, porque era la temporada de la inundación.

Los hombres que fueron primero pasaron sin problemas, pero los elefantes removieron tanto barro de la orilla del río que quienes iban después tuvieron dificultades para poner los pies, y a causa de ello el resto de hombres no pudo cruzar el río. Ahora el problema era que los soldados de la otra orilla no eran suficientes para enfrentarse a Ptolomeo en batalla, y los que estaban todavía en esta orilla no podían cruzar para ayudarles.

¿Qué hizo Perdicas entonces? Pues hizo algo equivocado, tomó la decisión más estúpida de toda su vida: cambió su estrategia y ordenó a gritos y señales a los hombres que habían cruzado el río que lo vadearan de nuevo y volvieran.

Los mejores nadadores consiguieron pasar, pero arrojando todo su equipo. Los más débiles, los que no sabían nadar y los veteranos, sin embargo, se encontraron en un grave aprieto, y Perdicas se quedó en la orilla del río mirando las cabezas de sus hombres, cientos y miles de ellos, flotando en el agua, y cuando vio lo que estaba ocurriendo, escondió la cara entre las manos y se puso a sollozar.

Los pobres nadadores fueron arrastrados por la corriente. Los que no nadaban se hundieron y desaparecieron. Algunos fueron arrastrados a la orilla equivocada del río, y entregados por tanto en manos de Ptolomeo, pero mil hombres se ahogaron y otros mil tuvieron la mala fortuna de constituir el desayuno de los cocodrilos.

El ejército de Ptolomeo, apostado en la orilla oeste, reía y lanzaba vítores y hurras, y cantaba el paian de la victoria a Apolo, porque una batalla ganada sin tener que asestar ni un solo golpe es el mejor tipo de victoria.

Algunos dijeron que el sumo sacerdote de Menfis tuvo la presencia de ánimo suficiente para abrir las compuertas de un canal corriente arriba, para que el agua fluyese más profunda y más rápida, pero fuera cual fuese la verdad, el caso es que el sumo sacerdote tenía buenos motivos para sonreír, y el cocodrilo, considerado ya en Egipto un animal muy sagrado, fue reverenciado y adorado más que nunca a partir de entonces.

Ptolomeo pescó del Nilo todos los miembros seccionados que pudo encontrar, y les dio un entierro honorable, como era el deber de cualquier comandante griego. Toda aquella noche en el campamento de Perdicas resonaron las agudas lamentaciones por la pérdida de tantos hombres, tan buenos, y la rabia de los que vivían se dirigió contra la incompetencia de su general. Antes de que el sol se alzase, a la mañana siguiente, los oficiales de mayor graduación rodearon a Perdicas en su tienda y le apuñalaron hasta matarlo, y arrojaron su cadáver al Nilo, para que aquel hombre compartiese el mismo destino que sus tropas perdidas y se convirtiese en desayuno de los cocodrilos.

Cuando Ptolomeo oyó hablar del crimen mostró los dientes y dio un golpe en el aire con el puño. Al amanecer cruzó el río con su barcaza de sátrapa y se dirigió al campamento de su enemigo, rodeado de una fuerte guardia. Inspeccionó las reducidas filas de los macedonios, saludó a algunos viejos amigos con lágrimas y maldijo la maldad del cocodrilo y el sinsentido de la guerra de los amigos entre sí, realizada sólo para satisfacer la ambición y la codicia de los tiranos como Perdicas.

Ptolomeo lloró lágrimas de cocodrilo y luego pidió para su enemigo un desayuno completo griego a base de gachas, salchichas, pan y vino sin diluir, que era la primera comida completa que hacían desde que abandonaron Gaza. Cuando hubieron comido hasta hartarse, les ofreció el doble de su salario si luchaban por Egipto y por él. Hubo una pausa mientras pensaban, pero las manos se empezaron a alzar, una a una, hasta que todos los hombres se pusieron de pie y empezaron a vitorear a su nuevo comandante y a jurar eterna lealtad a Ptolomeo, y todos los hombres arrojaron al aire sus *kausia* o sombreros de fieltro para el sol.

De aquella forma, los lamentos se convirtieron en regocijo, y ningún hombre se regocijó más que Ptolomeo. A diferencia de su difunto enemigo, Ptolomeo disfrutaba de una buena reputación de generosidad y trato justo, y su corazón se alegró mucho a causa de aquel gran éxito.

En cuanto a Anemhor, sumo sacerdote de Ptah, Gran Jefe del Martillo, que conocía todo el pasado y todo el futuro, ¿qué pensaba entonces? Sabía lo que nadie más conocía: que ningún ejército extranjero pondría un pie en suelo egipcio durante ciento cincuenta años.

Anemhor no se permitió la indulgencia de mostrar los dientes, pero mantuvo todo el tiempo la misteriosa media sonrisa del hombre que es Thot en todas las cosas.

El gobierno del griego, pensó, sería bueno para Egipto. La llegada de aquel extranjero no era el desastre que podía haber sido. Y por tanto, estrechó la mano del sátrapa, mirándole a los ojos fijamente, inescrutable, y Ptolomeo sugirió, sin que se lo insinuaran, que hiciesen una ofrenda más al Templo de Ptah para dar las gracias a los dioses de Egipto en general por su ayuda, y a Sobek, el dios cocodrilo, en particular.

–Sobek –dijo el sumo sacerdote– es el policía del río. Si se come a un hombre, es sólo porque se lo merece de verdad. Sobek nunca se comería a aquellos que no se merecen la muerte. Un buen hombre nunca tiene nada que temer de un cocodrilo.

Sí, Ptolomeo hizo grandes regalos al sonriente dios cocodrilo, cuyos ojos siempre brillaban.

2.9
Nacimiento del Rayo

Con la euforia de la victoria, Ptolomeo, el marido, volvió a pensar en engendrar un heredero, porque aunque Lagos, su hijo mayor, era un hijo excelente, su padre pensaba que el hijo de Thais de Atenas no debía ser sátrapa de Egipto después de él. Un muchacho de tan bajo nacimiento no podía sucederle.

Entonces examinó los trabajos de Aristóteles, buscando la estación adecuada. Preguntó a sus adivinos cuáles eran las condiciones climatológicas más convenientes. Preguntó por el calendario egipcio de días afortunados y desafortunados.

Dio órdenes para que su esposa, Eurídice, comiese ternera asada; él mismo comió hojas de rúcula, afrodisíacas, y se ató el testículo izquierdo con una cuerda de papiro, según la costumbre de los griegos, para engendrar un varón, y se dispuso al trabajo.

Era la época más invernal que se da en Egipto; el viento soplaba del norte, y todos los presagios, desde el vuelo de las avefrías hasta el alineamiento del planeta rojo en los cielos, eran favorables, muy favorables, o al menos a Ptolomeo le habían hecho creer que era así.

* * *

La embarazada Eurídice pasó nueve meses de ansiosa espera enviando ofrendas al santuario de la deificada Helena de Troya en Pella, en Macedonia, porque así creía asegurarse la bendición de la diosa de la Belleza para el niño que llevaba en el vientre.

Por razones de seguridad, Eurídice se puso bajo la custodia de Artemisa la Doncella, diosa de la Caza, diosa de la Luna, Dama de las Cosas Salvajes, que era también patrona de los jóvenes amantes, y se sentaba día tras día a contemplar la estatua de Artemisa que se encontraba en el rincón de su habitación.

Eurídice se preocupó de hacer todo lo que debía, según el consejo de su tía Berenice. Comía una vez al mes los testículos de un gallito, para tener un hijo varón. Se guardó de levantar grandes pesos. No corrió ni saltó. Se frotó la carne con aceite de ibis y grasa de ganso, para evitar el aborto, haciendo que Berenice le frotase las partes de la espalda a las que ella misma no podía llegar, y habló sin parar del hijo perfecto, perfecto que le daba patadas dentro del vientre.

Al octavo mes, que se creía el momento más peligroso, se echó en la cama, vigilada sólo por eunucos negros, que le traían toda la comida que le apetecía: olivas negras, pasas, ciruelas, dátiles... todo frutas negras. Y mantenía junto a ella un saquito de tierra negra en una bolsa de piel de gacela, para de vez en cuando llevarse un pellizco a la boca.

El hijo de Eurídice fue, en efecto, un niño, y un niño muy hermoso, al que no podía darse otro nombre que Ptolomeo. Sin embargo nació de pie, el día más desafortunado de todo el calendario y además en medio de una tormenta, y hasta Eurídice supo que aquéllos eran los peores presagios. El nuevo Ptolomeo obtuvo de inmediato su apodo, porque empezaron a llamarlo Keraunos, que significa rayo, queriendo decir que era afortunado por un nacimiento marcado por la actividad de Zeus. Y desde luego el nombre iba bien, muy bien a aquel niño, porque significaba el poder de Zeus.

Sí, el sátrapa había decidido criar a aquel hijo, a pesar de los malos augurios, porque no era cuestión de abandonar, a la manera de los griegos, a un hijo legítimo. Ptolomeo no se fijó en el hecho de que los ojos de su hijo estaban demasiado juntos. Desdeñó, por el momento, el hecho indudable de que un niño nacido de pie debe vivir una vida poco ilustre y calamitosa, y en todo le deleitaba aquel hijo, excepto en una cosa: Ptolomeo Keraunos no tenía el cabello rubio de su padre, ni de su madre, sino el pelo oscuro de un extraño.

¿Cómo podían unos padres rubios engendrar a un hijo de cabello oscuro? Aquello era un misterio para todo el mundo, pero Berenice, que sabía desde hacía mucho tiempo que Eurídice comía tierra y que esa dieta negra debía influir en el color del pelo del niño, no dijo nada, nada. Así pues, ¿había proyectado Berenice aquel resultado? ¿Era aquel niño oscuro resultado de la intromisión de Berenice? Algunos, en los días posteriores, sospecharon que podía ser así.

Después del nacimiento, Eurídice observó los adecuados rituales griegos de purificación. Se bañó en agua de mar traída de Alejandría. Hizo que la salpicaran con la sangre de un cochinillo. Y la residencia del sátrapa fue fumigada de arriba abajo con incienso ardiente y azufre.

Antes de que Ptolomeo Keraunos, el Rayo, tuviese un mes de edad, el sátrapa pidió al sumo sacerdote de Menfis que realizara el horóscopo del niño, según las observaciones de los contempladores de estrellas egipcios, porque deseaba, como cualquier otro griego, y por encima de todas las cosas, conocer cuál sería el futuro.

Pero el horóscopo de Ptolomeo Keraunos era tan malo que Anemhor no se atrevió a decirle al sátrapa la verdad: que aquel niño había nacido no sólo desgraciado, sino tres veces desgraciado, que moriría prematuramente en un país extraño y que era su destino indudable alimentar a los perros.

* * *

La mala suerte de Ptolomeo el Rayo empezó de inmediato, porque la madre no quiso ni tocarle. Eurídice declinó la incomodidad de alimentarle con su propio pecho y se lo entregó a un aya, una mujer griega elegida por su buen carácter y por la buena calidad de su leche, cosas ambas que Ptolomeo y Eurídice confirmaron, porque la probaron ellos mismos.

Keraunos fue entonces atado a un tablero, con las piernas y los brazos vendados, según la costumbre de los griegos, y también la cabeza y el cuerpo, y las vendas estaban muy tirantes, para que creciera con los miembros bien rectos. Los padres entonces pasaron los siguientes sesenta días oyendo sin oír sus aullidos distantes, y el resultado de todo aquello fue que creció enfadado.

El ama de cría puso su marca en un contrato de dos años para amamantar al niño, y repitió en voz alta sus términos: «Juro dar a Ptolomeo la leche de mis dos pechos. Juro que no beberé vino. Juro que no acostaré a este niño en mi propio lecho...».

A Keraunos no se le negaba nada. Cuando lloraba, la niñera le cogía. Cuando tenía hambre, ella le metía el *tithos* en la boca. En todo se dejó a aquel niño que hiciese lo que quisiese, porque era el hijo y heredero de un sátrapa. Ella no le enseñó la diferencia entre lo que estaba bien y lo que estaba mal. No le enseñó a aquel niño absolutamente nada de lo que debía o no debía hacer. Y como resultado se murmuraba, al pasar los años, que Ptolomeo Keraunos era un malcriado por culpa de aquella niñera.

Desde la prisión de sus vendas, los gritos de aquel niño sonaban como el crujido de piñas de pino, cosa muy extraña, porque no había pinos en Menfis, ni uno, sólo las palmeras de Egipto que susurraban con la suave brisa del viento norte o se doblaban bajo las tormentas de arena que remolineaban en el desierto.

La niñera, sin embargo, sí que lo sabía.

–Tiene los pinos de Grecia en la sangre –murmuraba–, y al crecer se volverá salvaje, un gran guerrero.

Y como para probar que tenía razón el niño empezó a morderla, hasta que ella a su vez gritó también.

A medida que crecía, Keraunos empezó a hacer cosas peores que morder, de las cuales la niñera se quejaba al sátrapa, pero el sátrapa se limitaba a sonreír y no hacía nada. Tenía todos los asuntos de Egipto en su cabeza y no tenía tiempo para problemas familiares. Ser algo belicoso, de todos modos, era lo que se esperaba de Ptolomeo, y no permitiría que su hijo fuese de otro modo. No deseaba que Keraunos, al crecer, desease probarse las ropas de su madre. No quería que Keraunos se convirtiese en otro Alejandro, sino que debía ser un hombre correcto, interesado por la guerra, las maquinarias de asedio, el manejo de la espada, la violencia, porque Ptolomeo nunca olvidaría los sollozos de Alejandro sobre el cuerpo de Hefestión, una exhibición que fue una desgracia para Macedonia.

Desde luego, la niñera también quería que Keraunos fuese belicoso, y cuando empezaba a fruncir los labios y parecía que iba a llorar, la niñera griega le sacudía y le decía: «Heracles nunca llora». Y Keraunos sorbía por la nariz y controlaba sus emociones, y sus labios se mantenían firmes. Desde muy joven tuvo muchas ganas de parecerse a Heracles, guerrero y héroe. También quería ser un general tan grande como Alejandro. Desde sus primeros años siempre quiso también ser sátrapa de Egipto, como su muy ilustre padre.

Durante dos mil ciento noventa días y noches Ptolomeo Keraunos mamó la leche contaminada e impura de aquella niñera borracha, y con ella bebió, según decían, su mal carácter, y los padres lo averiguaron sólo cuando era demasiado tarde.

–Una prostituta –dijo Ptolomeo, cuando la encontraron besando al capitán de la guardia de la residencia–, no mejor que la cerda que se revuelca con sus cerditos –porque la habían encontrado también apretujándole mientras dormía, y también habían encontrado su suministro privado de vino, y de *booza*, la cerveza egipcia.

Eurídice, que no sabía cómo educar a un niño, apenas ponía los pies en aquella parte del *gineceo* destinada a la cría de los niños, y Ptolomeo se mantenía siempre en el lado de los hombres de la residencia.

De modo que echaron de Menfis a aquella niñera, sin pagarle los ciento sesenta dracmas de oro o los treinta y dos *kotyali* de aceite que le debían.

A decir verdad, hace bien, mucho bien, culpar a otras personas en lugar de a nosotros mismos.

Los rumores decían que la niñera expulsada dejó Egipto chillando de rabia, y que maldijo a aquel niño y a aquella Casa, hasta la duodécima generación. Sea cierto o falso, algunos dirían que la familia de Ptolomeo parecía vivir bajo la más terrible de las maldiciones. Otros veían las cosas de otra manera, y decían que la Casa de Ptolomeo fue bendecida por los dioses de Grecia en todas las cosas importantes, pues la riqueza y el poder era lo único que importaban. Pero, a decir verdad, a largo plazo, en la Casa de Ptolomeo faltó felicidad. Sí, parecía que la hubieran condenado para el resto del tiempo a la Infelicidad, pero por el momento... no sospechaban nada.

Ptolomeo Keraunos, en cuanto supo ponerse de pie, empezó a romper cosas: copas, vasijas de cerámica, sillas de ébano y marfil, objetos egipcios que sus padres no valoraban demasiado, de modo que no tomaron ninguna medida para impedírselo. Al principio posiblemente no rompía a propósito, pero nadie podía asegurar que a aquel niño no le deleitase el ruido de la loza que se deja caer sobre un suelo de mosaico, o que hacer añicos un cuenco no le diese placer.

En realidad, Keraunos al crecer se volvió tan violento que algunos pensaron que era casi la Imagen Viviente de Seth, el dios egipcio que personifica el desorden y el caos.

En cuanto pudo correr, Keraunos empezó a galopar por la residencia como un centauro en miniatura, y los amigos de su padre sonreían, porque éste debía suceder a su padre como sátrapa. Keraunos empezó a matar: moscas y escarabajos al principio, luego escorpiones y las cucarachas anaranjadas gigantes que encontraba en la residencia. Algunos alabaron a Keraunos por librar la casa de criaturas no deseadas que hacían mucho daño, pero a medida que el niño se fue haciendo mayor, el tamaño de sus víctimas fue creciendo con él. Cuando Keraunos estranguló a uno de los gatos de la residencia, su padre le golpeó, susurrando que si un solo egipcio se enteraba de lo que había hecho, estallaría una revolución en las Dos Tierras, porque el gato para los egipcios es el más sagrado de todos los animales.

Keraunos, desde luego, era lo bastante mayor para encogerse de hombros, pero no comprendía el sentido de lo que está mal. Nadie se había preocupado de enseñarle que el gato era sagrado. Había sido educado única y exclusivamente por griegos, lo aprendió todo sobre las costumbres griegas y los dioses griegos, y no se había permitido que las costumbres egipcias entrasen en sus pensamientos.

De ese modo se sembraron las semillas de los problemas, y Ptolomeo Keraunos siguió tal y como había empezado, sólo que, a medida que el tiempo pasaba, todo empeoró. El sátrapa no tenía un momento libre para sus hijos, a menos que llegase alguna gran fechoría a sus oídos, y entonces castigaba, o golpeaba, o caminaba arriba y abajo por el suelo de mosaico y alzaba la voz, de modo que Ptolomeo, el hijo, pronto identificó al padre con el castigo. Aquel niño raramente vio el lado amable de Ptolomeo, porque en realidad, desde el principio hubo una distancia entre el sátrapa y Keraunos que no podía hacer más que aumentar. Después de que empezara en serio la educación del niño, a la edad de trece años, Keraunos veía a su padre sólo cuando había hecho algo malo y tenía problemas. Su padre siempre le decía: «Haz todo lo posible para ser un buen chico, y reza a los dioses para que te den buena suerte».

Pero Keraunos no quería ser bueno. Pensaba que rezar era una pérdida de tiempo.

Aquellos que conocían a Ptolomeo el Rayo mejor que su padre miraban a aquel muchacho y meneaban la cabeza, diciendo que su maldad iría muy lejos.

Y sí, era lo que los horóscopos habían predicho en su nacimiento, y los horóscopos resultarían tener razón en todas sus profecías.

* * *

En cuanto a Eurídice, su madre, apenas conocía mejor al sátrapa, porque él vivía todos los días de su vida en la sala de audiencias, hablando con sus ministros o con Anemhor, o leyendo los despachos de sus agentes extranjeros. Comía o festejaba con sus generales y almirantes, siempre aparte de Eurídice, cuyo lugar era el *gynailleon,* con sus doncellas, y dormía, cuando dormía, en el *andron,* la parte masculina de la residencia, o con una de sus numerosas concubinas. Ptolomeo estaba demasiado ocupado con el gobierno de su satrapía para prestar alguna atención a las necesidades de su esposa.

A Eurídice la visitaba sólo para engendrar niños, como si no fuese más que una máquina de procrear. Y aunque no era desagradable con ella, era griego, se comportaba como un griego y trataba a su esposa como a una esposa griega: no escapaba una sola palabra de sus labios, sólo los gruñidos y suspiros que acompañaban el acto sexual. No, no se espera que un griego ame a su esposa, ni que le dirija palabras dulces, como hace un egipcio. Ptolomeo a veces recordaba llamar a su esposa pichón o paloma, pero era un soldado, acostumbrado a pasar su tiempo con los hombres. Sus pensamientos y conversaciones eran todos sobre armamento y útiles de asedio, de barcos de guerra, del suministro de grano o del equilibrio de poder y la balanza de pagos, y de la fortaleza o debilidad militar de los otros sucesores, cuestiones de las cuales Eurídice no sabía nada, de todos modos.

En realidad, Ptolomeo tenía pocas palabras que decir a cualquier mujer, y a su vez, Eurídice no sabía qué decir a su hombre. Cuando la necesidad exigía que ambos hablasen, Ptolomeo le enviaba un mensajero, y como Eurídice no tenía las habilidades de leer y escribir, Berenice le contaba lo que decía Ptolomeo. A su vez Eurídice mandaba un mensaje de vuelta con Berenice, que así empezó a tener más contacto con el sátrapa que su propia esposa.

En el *gynailleon,* Eurídice no se dedicaba a los trabajos de las mujeres de hilar y tejer, aunque era muy capaz de realizar bellos tapices y le habían enseñado a contemplar la aguja como su verdadera vida. No, ahora era la esposa de un sátrapa, y pensaba que estaba por encima de esas labores. Eran sus doncellas, dirigidas por Berenice, quienes trabajaban en el telar e hilaban, y tejían la lana y cosían los trajes, y la señora de la casa no hacía nada más que mirar y criticar. No, a Eurídice no se le había enseñado ni siquiera el *alpha beta.* No podía pasar su tiempo leyendo. Sólo conocía el duro trabajo de no hacer nada, y sus manos estaban vacías y se retorcían, no sabía qué hacer con ellas. Vivía una vida de forzosa ociosidad que se había autoimpuesto por razón de su orgullo.

Ciertamente, Eurídice no carecía de encantos, pero se estremecía cuando su marido la tocaba. A Ptolomeo le complacía la media sonrisa que ella esbozaba a veces. Le complacía su mirada modesta y sus ojos bajos, ojos negros como olivas, brillantes, pero, a decir verdad, aquel marido y aquella mujer no tenían nada que decirse el uno al otro. Ni una palabra.

Ocurrió que el hijo mayor de Eskedi, hijo de Anemhor el Viejo, y Neferrenpet, su esposa, nació más o menos al mismo tiempo que Ptolomeo Keraunos, y hubo gran regocijo en Menfis, porque el niño era nieto de Anemhor el Viejo.

Cuando nació aquel niño, las mujeres lo levantaron boca abajo por los tobillos, como era la costumbre, y le dijeron las palabras de las mujeres sabias acerca de su destino:

Si grita ni, vivirá;
si grita ba, morirá.

Aquel niño gritó *ni*, y no murió, sino que mamó del pecho de su madre y fue creciendo cada día, y desde luego el hijo de Neferrenpet no se encomendó a ningún ama de cría, sino que la madre alimentó por sí misma a su hijo, como todas las madres egipcias.

Llamaban a aquel hijo por diferentes nombres. Algunas veces le llamaban Nesqed, otras veces Nesisti, a veces Esisout, pero el nombre que usaban más a menudo era Padibastet.

Así que era Padibastet, y no dejaba de gritar *ni*, y cuando el padre hizo el horóscopo de su hijo, supo que su destino era vivir sesenta y seis años, cuatro meses y cinco días.

Pensó que era bastante. Era una buena vida. Ni demasiado larga, ni demasiado corta.

2.10
Medio millón de ibis

Ptolomeo había consultado mucho a los egipcios y, a su debido tiempo, le pareció tener el gobierno de Egipto bajo su control. Tenía sus propios sabios en todos los departamentos de gobierno: para los negocios del río, para los negocios de la ciudad, para los asuntos exteriores y, por supuesto, para los negocios de la guerra.

Cuando Ptolomeo preguntó a sus consejeros egipcios, a los sacerdotes, por la flota, inquiriendo cuántos barcos de guerra había y cuántos marineros, vio ante él un mar de rostros vacuos, como si los altos sacerdotes de Egipto no tuvieran que responder a preguntas semejantes.

Ptolomeo preguntó de nuevo en voz más alta, insistiendo: «¿Cuántos barcos?» Quizá, pensó, no le hubiesen comprendido bien, quizá no estuviera bien traducido. Pero no, los egipcios estaban allí sentados, silenciosos, todos en torno a él. Ptolomeo oía el parloteo de los babuinos, el piar de los pájaros enjaulados, el chillido de los *psittakoi* que había traído de la India...

Al final, el sumo sacerdote de Heliópolis le dijo:

–Excelencia, no hay flota. No hay barcos de guerra. No tenemos tradición de batallas en el mar...

Ptolomeo se rascó la cabeza por debajo de su *kausia.*

–Somos malos marinos –dijo el sumo sacerdote–. Los egipcios odiamos el mar –dijo–. No tenemos dios del mar, ni equivalente alguno de vuestro Poseidón.

Y le contó la verdad a Ptolomeo: que el egipcio prefiere quedarse en casa con su mujer y sus hijos, con los animales del campo, y no tiene necesidad alguna de ir lejos, excepto para comerciar.

–Los egipcios son marineros de río, excelencia –dijo el sumo sacerdote–. En realidad, el Gran Mar... no nos gusta mucho navegar por él...

Ptolomeo frunció el ceño, sin palabras, y luego cambió de tema, y mandó llamar a los almirantes y a los fabricantes griegos de barcos de guerra, con órdenes de venir a la carrera.

Durante un tiempo después, la falta de barcos de guerra egipcios fue causa de muchas bromas, y para Ptolomeo decir «enviar la flota» equivalía a decir «no hacer nada». En la residencia de Menfis, Ptolomeo y sus amigos griegos se reían en voz alta cuando un hombre hablaba de barcos de guerra egipcios.

El propio Ptolomeo «no hizo nada» a este respecto. Había heredado la mejor parte de la flota de Alejandro, y consiguió para Egipto una flota donde antes no había ninguna. Lucharía todas las batallas para la flota de Egipto. Ampliaría las fronteras de Egipto en todas las direcciones. Defendería la costa marítima de Egipto con la ferocidad de Sejmet, la diosa leona. Ptolomeo juró que lo haría.

Ciertamente, no era cosa buena que Ptolomeo no prometiera hacer todo aquello por Egipto. En realidad, aquel Ptolomeo sería el gran amigo de Egipto.

La flota de Ptolomeo era entonces de la mayor importancia y urgencia, porque su gran enemigo, Antígono Monoftalmo, tenía profundos conocimientos de navegación marítima, y su hijo, Demetrio Poliorcetes, el Sitiador de Ciudades, era un brillante patrón marinero, sin comparación en el diseño de barcos de guerra del tipo más moderno. Esos dos, padre e hijo, se habían propuesto igualar los barcos de Ptolomeo e incluso superarlos. Y entonces empezó la gran carrera por construir barcos mayores y mejores, galeras de guerra gigantescas con tres bancos de remos, algunos con doble casco, pero cada vez más y más largos, y con una tripulación cada vez mayor, hasta que algunos de esos barcos necesitaban más de mil hombres para gobernarlos.

Sí, poco después de que Ptolomeo llegase a Menfis, el Tuerto lanzó sus *hepteres*, un siete que hacía referencia a la longitud, no al número de bancos o de remos, porque desde luego un barco con siete bancos de remos, uno encima de otro, sería imposible de conducir, de ninguna manera.

En los siguientes diez años, Demetrio, el hijo, construiría un *okteres*, un barco de ocho, así como *enneres, dekkeres* y *hendekeres*: nueves, dieces y onces, y añadiría un *triskaidekeres*, un trece, a su flota, antes de que pasara mucho tiempo, barcos tan grandes que sólo se maniobraban con mucha dificultad en el agua, pero a pesar de ser lentos, tenían un gran poder, con un espolón muy pesado revestido de hierro en la proa que era muy útil para destrozar otros barcos y reducirlos a astillas.

* * *

De vez en cuando, Anemhor el Viejo pedía a Ptolomeo que realizase el viaje río arriba para ver el progreso de la construcción del templo que había accedido a financiar con los impuestos, y comprobar también qué más se podría hacer.

A Ptolomeo le disgustaba el calor que hacía río arriba, y pensar en hostilidades y enfermedades, pero fue en uno de sus barcos de remos más pequeños, y con él fue también un destacamento de soldados, los suficientes para protegerlo de cualquier levantamiento, pero no tantos como para intranquilizar a la población nativa.

En Krokodilópolis hizo las ofrendas adecuadas a Sobek, el dios cocodrilo. En Herakleópolis hizo sacrificios a Heracles. En Kinópolis hizo ofrendas al Perro, el Anubis de los egipcios, y siguió navegando, y el calor se hizo más intenso aún.

En Hermópolis vio que el ibis revoloteaba y se posaba por todas partes en la ciudad, hurgando en las tiendas de los carniceros, en busca de entrañas y carroña, y dejando sus marcas en todas y cada una de las calles. Algunos tachaban a los ibis de animales sucios y desagradables, que viven entre la basura y a quienes les gusta la basura, y que meten sus picos en todas partes, por muy repulsivas que sean. Pero el ibis es Thot, y la corporeización de Thot, ave sagrada, limpiadora de las calles, comedora de serpientes, y el ibis recibió las ofrendas de Ptolomeo.

Anemhor le dijo:

–Estas aves embalsamadas pueden transmitir las plegarias de los piadosos peregrinos que las han traído, que desean hacer sus peticiones al dios Thot, o darle las gracias por los favores que ya les ha concedido.

Ptolomeo no podía sino poner cara de disgusto.

–El ave –dijo Anemhor– proporciona acceso directo al dios.

Sí, preguntó por el ibis, y le dijeron que se criaban en el lago del faraón en Hermópolis, y a lo largo del dique de la ciudad que estaba consagrado a Thot, dios de los escribas, dios de la Sabiduría. Preguntó por los ibis: «¿Cuántos hay?» Y preguntó también: «¿Y por qué los matan?».

Y el sumo sacerdote de Thot, cuyo título es el Gran Uno de los Cinco, le dijo:

–Veintinueve ibis cada día, doscientos noventa ibis cada semana, ochocientos setenta ibis cada mes, diez mil cuatrocientos cuarenta ibis momificados cada año.

Y Ptolomeo le dijo:

–Muchos ibis. Pero, ¿por qué?

–Es una ofrenda a Thot –dijo el sumo sacerdote–. Thot, el Gran Dios.

En todo el tiempo que pasó Ptolomeo en Egipto, hasta su muerte, unos quinientos mil ibis fueron estrangulados, ahogados o destripados, y embalsamados y envueltos en millones de estadios de vendas del mejor lino, y amontonados en vasijas de arcilla en las galerías subterráneas de los ibis de Hermópolis, ciudad de Hermes, ciudad de Thot, que se extendía a lo largo de centenares de estadios bajo el desierto.

Ptolomeo aprendió mucho de los ibis en su visita a Hermópolis, aprendió que los intestinos de un solo ibis, si se extendiesen, medirían noventa y seis codos de largo.

–*Kataplektikos* –dijo. Asombroso. Y aspiró el hedor apestoso de las aves podridas, y pasó siete días con el estómago revuelto.

Siguieron viajando hacia Likópolis, la Ciudad del Lobo, y fue a Koptos, la Ciudad de Min, o Pan de los griegos, y a Dióspolis, la Tebas egipcia, que era la Ciudad de Amón, y a Hierakónpolis, la Ciudad del Halcón, Horus.

En Apolonópolis le dijeron que era costumbre que todos los ciudadanos comiesen la carne del cocodrilo, e incluso Ptolomeo comió filete de cocodrilo en la Ciudad de Apolo, dios de los Desembarcos Afortunados, e hizo un sacrificio a Apolo, que cuenta los granos de arena y toma la medida al mar... a Apolo, que con sus divinos conocimientos le dice a un hombre cuando está inseguro, cuando está ansioso, qué debe hacer; Apolo, el dios que conoce las reglas del complicado juego que los dioses de Grecia practican con los hombres; Apolo, el supremo *alexikakos* o evitador del mal.

Porque ningún griego puede dejar de creer en los oráculos de Apolo, ni siquiera el sátrapa Ptolomeo, y éste consultó al dios allí, comió cocodrilo en exceso y pasó diez días con el estómago revuelto.

Siguieron navegando, visitando las trece fortalezas que se encontraban entre Elefantina y Semna y el extremo sur de la Segunda Catarata, la gran caída, como la llamaban los griegos, fortalezas con nombres como Repeler a las Tribus, o Frenar los Desiertos, vastas estructuras con gruesos muros de adobe.

Ptolomeo recorrió incluso el País del Oro, navegando río arriba más allá de las palmeras datileras, más allá de las mimosas, de los plataneros con sus anchas hojas, de las adelfas y los limoneros, a la sombra de los cuales se escondían los escarabajos dorados que son la personificación del dios Jepri, el Escarabajo de Ra. Y con el intenso calor, enfermó.

Examinó la isla de Filai, donde los sacerdotes de Egipto tenían grandes planes para construir nuevos templos, muchos, muchos templos, pero donde, justo entonces, casi no había nada construido. Ptolomeo miró y pensó en el coste y dijo: «Más tarde, más tarde». Y entonces fue bajando río abajo en breves etapas, deteniéndose a visitar los templos de los egipcios, cada uno de ellos construido con piedra amarilla, cada uno de ellos cubierto con pinturas de alegres colores de los dioses de Egipto, y dondequiera que se detuvo, se le permitió mirar un poco más que desde los muros exteriores, poner su sandalia solamente en el primer pylon, el primer patio, y luego debía detenerse, y allí le invitaba el sumo sacerdote a hacer su ofrenda de muchos dracmas, cosa que hizo, de modo que aquel barco volvió mucho más ligero de lo que había partido. En todas las cosas debía hacer lo que siempre se había hecho, le dijeron. Debía seguir la costumbre, la tradición, porque todo en Egipto debe continuar siendo tal y como ha sido siempre. Se debe actuar como si no hubiese habido cambio alguno.

Ptolomeo aprendió, sí, que el tiempo total del viaje de toda la longitud de Egipto eran catorce días por río, sin detenerse, y que desde el Gran Mar, el mar Interior, el mar de Osiris a Tebas había exactamente tres mil seiscientos noventa y seis estadios. Ptolomeo siempre aprendía alguna cosa nueva, pero nunca se le permitía aprenderlo todo. De esa forma, los sumos sacerdotes querían mantener a aquel hombre, por muy sátrapa que fuese, bajo su dominio.

2.11
Dioses falsos y serpientes afortunadas

De vuelta a casa, en Menfis, Ptolomeo buscó el frescor de los almacenes de su residencia, donde, entre los cachivaches de los faraones dio con el gran *sarkophagos* de granito rosa de Syene, y Anemhor el Viejo le dijo que en realidad había sido construido para Naktoreb, a quien los griegos llamaban Nektanebo II, el último faraón de los egipcios, que fue derrocado por los odiados persas. Pero Nektanebo no fue enterrado en su *sarkophagos* porque no murió en Egipto, sino que huyó del país, o se le permitió huir.

Ptolomeo preguntó entonces a Anemhor: «¿Y dónde está ahora Nektanebo?».

El sumo sacerdote se encogió de hombros. Era una de aquellas preguntas que no tienen respuesta.

–¿Está muerto? ¿Está vivo? –inquiría Ptolomeo, preguntándose si aquel hombre podía reaparecer, si podía convertirse en enemigo suyo (otro enemigo más) y si Anemhor estaría trabajando para restituirlo.

El sumo sacerdote frunció los labios y miró a los ojos a Ptolomeo. Sabía y no sabía dónde se encontraba el rey de Egipto, que podía volver un día para sentarse de nuevo en el trono de sus antepasados.

–Un *sarkophagos* como éste –murmuró Ptolomeo– convendría a Alejandro. El ataúd de un faraón serviría como medida temporal...

Y Anemhor comprendió que no se le ocurría ninguna razón por la cual Ptolomeo no pudiera dejar que su amigo descansara en aquella caja de piedra, de modo que colocaron el ataúd dorado de Alejandro en el interior.

Thot, que conoce el futuro, sabe que miles de años después, aquel mismo *sarkophagos* de granito rosa fue usado como bebedero para los animales de carga, todo cubierto de jeroglíficos como estaba, con la escritura sagrada que debía haber preservado a Alejandro de todo mal en la Otra Vida. Y ¿adónde fue a parar Alejandro? El *sarkophagos* se «comió» la carne del rey que yacía en su interior, en aquel ataúd destinado a otro rey completamente distinto.

A menudo Ptolomeo pensaba: «Nada dura... vive al día». Aun el cuerpo de Alejandro, que era el talismán afortunado de la ciudad que ostentaba su nombre... hasta eso perdieron.

* * *

En aquellos días Alejandro traía suerte, era un hombre bendito por Tiqué, diosa de la Fortuna, tan afortunado que todos los griegos llevaban la imagen del hombre muerto sujeta a su manto, y la tocaban para que les diese buena suerte, decenas y centenares de veces cada día, porque los griegos estaban obsesionados con la suerte en aquellos tiempos, habiendo empezado ya a olvidar a su viejos dioses o, al menos, a pensar que les importaban menos.

El griego sospechaba que los dioses del Olimpo no le escuchaban, que los dioses estaban cansados de ayudar a los hombres y que realmente no eran demasiado útiles. A los griegos les gustaba convertir a un hombre, a un héroe como Alejandro, en dios.

Todos los años, año tras año, Ptolomeo celebraba el cumpleaños del difunto, o no tan difunto, Alejandro, marchando en solemne procesión con los griegos a la tumba en el borde del desierto, con el epónimo sacerdote de Alejandro, y los *Kanephoroi* o portadores de cestas, y las ofrendas adecuadas de miel, leche y vino sin diluir.

A pesar de las dudas de algunos hombres acerca de los dioses del Olimpo, Ptolomeo hacía demostraciones externas de piedad. A pesar de su preocupación por hacer felices a los sacerdotes de Egipto, no olvidaba tampoco la religión de los griegos.

Cuando el tiempo lo permitió, concedió su atención al diseño del Heröon de Alejandría, como afectuoso recuerdo del difunto Hefestión, hijo de Amintor, a quien el oráculo había prohibido ser adorado como dios (porque todo tiene sus límites) pero permitía que fuese adorado como héroe.

La estatua de Hefestión fue colocada al fin en el ágora, y Hefestión aparecía, por supuesto, desnudo, más joven que con la edad que tenía al morir, y un poco andrógino, de pie junto a la dorada estatua de Alejandro, también desnudo. Entre ambos se encontraba la estatua dorada de Tiqué, que había negado a aquellos dos hombres la fortuna de una vida larga, pero a cambio les había concedido el favor de la fama imperecedera.

Los griegos pensaban que era mejor vivir una vida breve pero llena de gloria que llegar a viejo con una vida miserable. Los que morían jóvenes permanecían siempre jóvenes, habían alcanzado la juventud eterna.

Ptolomeo había dado su palabra. Aunque le disgustaba mucho Hefestión, colocó la estatua de todos modos. Sin embargo, no animó el culto a Hefestión, aunque el número de visitantes a su santuario se mantenía e incluso aumentaba, como si fuese, después de todo, una especie de nuevo dios. Hefestión no sería olvidado en Alejandría, al menos aún no.

Ptolomeo era más fiel a la memoria inmortal de Alejandro. Visitaba regularmente el cadáver, hacía que levantasen la tapa de piedra del *sarkophagos* y luego la del ataúd dorado y miraba con atención la longitud del cabello del hombre y el estado de las uñas de sus dedos. Vertía una y otra vez la leche y la miel, la comida y la bebida para el alma del muerto en la Otra Vida de los griegos, o comida para los vivos, por si se despertaba durante la noche.

Ptolomeo se comportaba con aquel hombre como si estuviese todavía vivo, medio temeroso de que lo que hiciese en Egipto pudiera quedar sometido a su escrutinio cuando él volviese a la tierra de los vivos. Y en sus momentos de crisis, Ptolomeo se preguntaba siempre: «¿Qué habría hecho Alejandro?». La respuesta siempre era la misma: Alejandro habría mostrado ira, violencia, su salvajismo habitual. Habría tomado primero las vidas y luego hecho las preguntas. No habría mostrado misericordia alguna.

Siempre intentaba ser como Alejandro, pero también mostrando su amabilidad y su gentileza. Él no era un tirano sino un hombre con sentimientos, que se despertaba cada día al amanecer, la hora de enterrar a los muertos, con el rostro bañado en lágrimas, pensando en sus camaradas muertos: en los hombres que habían caído en Gaugamela, en los hombres que perecieron en el desierto, a quienes no había dicho: «Adiós, que te vaya bien aun en la tierra de Hades».

En Egipto no dejaron de ser griegos por vivir en un país extranjero. De ninguna manera. Se llevaron su condición de griegos con ellos, la mantuvieron viva, y Alejandría, la nueva ciudad, sería más griega que la propia Grecia.

* * *

Sin embargo, Ptolomeo empezó a pensar que un dios diferente podría ser una buena cosa, que sería bueno para griegos y egipcios conjuntamente, que podía unir a ambos pueblos y acabar con los disturbios, las revueltas y las pedradas. Quería que Egipto fuese una sola nación, no dos naciones con enfrentamientos inacabables, porque había veces en que los egipcios (incluso los pacíficos egipcios) arrojaban piedras a los griegos.

Para romper las hostilidades, a Ptolomeo se le ocurrió inventar un dios nuevo reuniendo fragmentos y partes de otros dioses: medio Osiris y medio Zeus, quizá. Un dios salvador, por ejemplo. Un dios curativo, un dios que inspirase confianza, en el que pudieran creer todos los hombres, porque, por una vez, aquel dios no tendría cabeza de animal, sino que sería todo humano, un auténtico hombre, así como un dios auténtico.

Pidió consejo. Pidió la opinión del sumo sacerdote de Ptah, y su idea encontró buena acogida en Anemhor, porque el nuevo dios sería como el Osorapis de los egipcios.

Llamaron al nuevo dios Serapis, y los egipcios Osorapis, y en realidad se parecía mucho al Zeus de los griegos, porque tenía una gran barba, y sin embargo los egipcios podían reconocer en él a su Osiris.

Al final olvidaron de quién había sido idea Serapis, diciendo, algunos, que había sido idea de Alejandro. Pero la mayoría de los hombres decían que había sido idea de Ptolomeo, trabajando junto con el sumo sacerdote de Sebenitos, Maneto, y con el griego llamado Hecataio de Abdera, y que entre todos ellos pensaron que aquel dios amable llevase barba, y que llevase encima de la cabeza el *modios*, una cesta alta y cilíndrica que era la medida de los cereales de Egipto.

Ptolomeo encargó entonces una estatua gigantesca criselefantina, una estatua toda de marfil y oro, a Briaxis, el más famoso de los escultores griegos, y le dio instrucciones muy precisas: que los ojos de Serapis debían ser piedras preciosas que brillasen en la oscuridad de su santuario, el gran templo nuevo que planeaba para Rhakotis, el barrio nativo de Alejandría, y que debía ser construido en una colina artificial, de modo que el templo de Serapis se pudiese ver desde lejos, como el Partenón de Atenas.

Serapis, entonces, era un falso dios que vivía en una falsa colina... un dios híbrido. ¿Creería la gente en Serapis? Ptolomeo se lo preguntaba. Pensaba que sí, porque Serapis era un buen invento, tan bueno como Zeus y como Osiris, si no mejor, porque estaba bajo control humano. Creyentes o no, al principio los griegos se arremolinaron en el Sarapieion de Alejandría, y también en su Templo de Menfis: los enfermos, los que padecían dolencias crónicas, los desengañados en el amor, los moribundos, las mujeres estériles, los lunáticos, los tullidos e incluso los impostores, que mostraban sus muñones y sus heridas supurantes y a cambio de una pequeña cantidad, se suponía que Serapis los curaba a todos.

Se hizo común la práctica de dormir toda la noche en el Sarapieion pues se creía que el dios se mostraba en una visión, y prescribía en sueños el tratamiento que se debía seguir, y en un par de casos por la mañana la curación era completa, mientras el dios fuese lo bastante misericordioso para inclinar sus oídos hacia el solicitante y mientras éste tuviese fe.

Ptolomeo sonreía, porque su falso dios parecía casi demasiado bueno para ser cierto.

Al parecer, Serapis tenía mucho éxito en Alejandría, pues allí se le trataba como un dios griego y contaba con un sacerdocio griego. Su templo era un templo griego, con columnas corintias y frontón en el tejado.

Fuera de Alejandría, Serapis no era tan popular. Los egipcios ya tenían dos mil dioses. Realmente, no necesitaban ningún otro. Pero fuera de Egipto Serapis encajaba mejor, y ahí encontraron la excusa para su indiferente recepción en Egipto, diciendo que estaba destinado a la exportación, más que al uso interno, y que era el dios patrón y embajador de todo el imperio de Ptolomeo. Serapis era en realidad el dios de los comerciantes extranjeros, de ahí la cesta de grano encima de la cabeza, y el gran guardián de todos los marineros.

* * *

Ptolomeo miró a su alrededor buscando qué otros dioses podía inventar y entonces se dio cuenta de que, más importante aún que Serapis, casi, existía el culto a la pequeña serpiente femenina doméstica, que los griegos llamaban *Agatos Daimon*, el Buen Espíritu, el Espíritu Afortunado, y Ptolomeo encontró así una nueva deidad cuyo propósito era mantener Alejandría a salvo de todos los peligros.

Ptolomeo volvió a sonreír.

Agatos Daimon apareció, pues, en mosaicos y grabados, enroscada en flores de amapola, entrelazada con el garrote de Heracles o envuelta en torno al tronco de la palmera. Pero casi siempre aparecía enroscada en torno al *kerukeion* o bastón de Hermes, el Thot de los griegos, Señor de los Libros y Príncipe de los Escribas.

La Serpiente Afortunada de Alejandría rondaba todas las casas, todas las calles. Como los alejandrinos no podían librarse de su presencia, la convirtieron también en diosa, pero una vez hecho esto, nadie quería que se fuese, porque la pequeña serpiente garantizaba la prosperidad de la metrópolis y todos sus habitantes. Agatos Daimon era una serpiente, además, que no causaba daño alguno. Era la serpiente de las serpientes, porque, cosa maravillosa, no era venenosa y nunca mordía a nadie.

Alejandría amó a Agatos Daimon, finalmente. Captó la imaginación de Alejandría hasta tal punto que construyeron para ella un templo propio, y la convirtieron en sacerdotisa. Y mejor aún, la Serpiente Afortunada correspondía con el egipcio Shai o dios del Destino, que también tenía forma de serpiente.

A las serpientes pequeñas las llamaron Thermouthis, y las supusieron mensajeras de Isis, la gran diosa de los egipcios, y Thermouthis fue la propia Isis, merecedora de los mayores honores y adoración, porque era la Serpiente *Afortunada* de Alejandría.

De esa forma al final Egipto y Grecia se entremezclaron en determinadas formas rituales, como la serpiente y el bastón, el uno entrelazado con la otra.

Fuese verdad o no, ellos pensaban que Alejandría era una ciudad afortunada, y la famosa suerte de Alejandría atrajo a más griegos a vivir allí, buscando siempre las riquezas que Zeus vertería sobre la cabeza de los griegos si iban a Egipto, donde incluso el polvo de las calles parecía oro.

Alejandría consiguió así, pues, su población. Ptolomeo vivió un tiempo más en Menfis, agobiado por los problemas, por guerras y rumores de guerra.

2.12
La guerra siria

Desde Triparadeisos, en Siria Superior, llegaron rumores de que la otra Eurídice, Adeia-Eurídice, la esposa y reina de Filipo Arrideo, se había metido en los asuntos de estado y estaba causando muchos problemas a pesar de los grandes esfuerzos de los guardianes, que habían tomado el lugar del difunto Perdicas a cargo de los restos del imperio de Alejandro. Y peor aún: los macedonios parecían estar recibiendo órdenes de Adeia-Eurídice, y la cosa se puso tan mal que los guardianes incluso dimitieron por culpa de ella, y los macedonios eligieron al viejo Antipatro como guardián en su lugar, con plenos poderes.

Cuando Antipatro llegó a Triparadeisos encontró que Adeia-Eurídice en realidad estaba tratando de agitar las cosas y volver a los macedonios también en contra de él, provocando gran desorden e inquietud en el ejército.

Antipatro convocó una asamblea general y puso fin al tumulto y los gritos hablando a la multitud y amedrentando por completo a Adeia-Eurídice, que todavía no tenía veinte años.

Le dijo a aquella muchacha que mantuviera la boca cerrada, que se quedara quieta, que dejara los temas de gobierno a los hombres y que dejase de meter la nariz en cosas que no comprendía, y siguió criticándola más y más hasta que ella estalló en lágrimas y salió de la reunión.

Entonces Antipatro distribuyó las satrapías de nuevo, pero Thot omitirá los detalles de este hecho por ser de menor importancia. Baste con decir que Ptolomeo se vio confirmado en su cargo, porque de todos modos y a aquellas alturas era imposible desplazarle de Egipto, que había mantenido firme hábilmente, como si fuese un botín de guerra.

* * *

Cuatro años después de la muerte de Alejandro, en el calor del verano, el viejo Antipatro yacía sudando en su propio lecho de muerte. Tenía ochenta y ocho años, y por encima de todas las cosas recordaba su amarga lucha con Olimpia, la madre de Alejandro, cuando ella mantenía la *prostasia*, y también su lucha con la tozuda Adeia-Eurídice, y dedicó sus últimas palabras de consejo a los macedonios para el futuro, las proféticas palabras de un moribundo, y lo que dijo fue: «Nunca debéis permitir a una mujer que ostente el primer lugar del reino». Porque su idea era que el gobierno, realmente, no era asunto de mujeres.

¿Y aceptaron acaso su consejo, los macedonios? Thot lo pregunta. ¿Tuvieron en cuenta esas palabras en Egipto? ¿Las tuvieron? No lo hicieron.

El mismo año de la muerte de Antipatro, su suegro, Ptolomeo marchó con su ejército fuera de Egipto, por la carretera de Horus, atravesó el desierto de Gaza e invadió Siria desde el Líbano hacia el sur, la región llamada *Koile-Siria* o Siria Hueca, porque allí no había nada más que un gran valle.

Habiendo derrotado a Perdicas, Ptolomeo veía Egipto como suyo por derecho, pero le seguían preocupando sus fronteras. En realidad, veía que tanto Fenicia como Koile-Siria le atacarían, y su idea era invadir Siria antes de que Siria le invadiese a él.

Un poco antes de esto, había tratado de «comprar» Koile-Siria a su gobernador griego, Laomedon de Amfipolis, ofreciéndole todo el oro que quisiera. Pero Laomedon envió a un mensajero a Ptolomeo para decirle que Siria «no estaba en venta» y que, como no le pertenecía a él personalmente, no estaba en posición de venderla.

Sin poder comprarla, pues, y al no estar dispuesto a esperar mucho más, Ptolomeo recurrió al hurto, y quiso robar Siria para sí. Después de todo, era un griego, y el robo era lo que se esperaba que hiciese un griego. De modo que dio la orden a Nikanor, uno de sus mejores generales, para que marchase a Fenicia.

El general Nikanor corrió desde Pelusio directo hacia Gaza, con la flota navegando a su lado, como de costumbre, con agua y raciones. Desde Gaza se dirigió hacia el norte, a Tiro, y luego a Sidón, y más hacia el norte aún. Hizo prisionero al sátrapa Laomedon, sometió la región que se le había ordenado que sometiera e instaló guarniciones egipcias en las ciudades de Fenicia y se aseguró su lealtad a Ptolomeo.

La corta campaña de Nikanor fue un gran éxito, y éste volvió a casa con sus tropas cantando la paian de la victoria a Apolo, el gran dios, y la ciudad de Menfis se volvió loca al recibirle, a pesar de que su ejército era un ejército griego, y su victoria estrictamente una victoria griega, pero se alegraban por haber protegido y ampliado las fronteras de Egipto.

Ptolomeo dio banquete tras banquete en honor del general Nikanor, a quien concedieron todas las recompensas posibles, como asientos gratuitos en el teatro de por vida, vastas extensiones de tierra en el Alto Egipto, el manto púrpura de los primeros amigos de Ptolomeo, y el sacrificio de toros negros a los dioses de Grecia siguió durante muchos días.

* * *

Al cabo de cinco años de haberse hecho cargo Ptolomeo de Egipto y haberse apoderado del territorio de Cirene, en el oeste, estalló allí una revuelta contra su autoridad. El buen pueblo de Cirene, la ciudad, atacó la ciudadela y estaban a punto de derrotar a la guarnición de Ptolomeo, cuando unos enviados de Alejandría les ordenaron que se detuvieran.

Pero, ¿qué hizo el pueblo de Cirene? Respondieron matando a los enviados, y continuaron atacando la ciudadela con renovado vigor.

Al escuchar lo que había ocurrido, Ptolomeo se enfureció, como habría hecho Alejandro, y envió a otro de sus generales, Agis, con un ejército de tierra apoyado por una flota de barcos de guerra bajo el mando de Epainetos, para aplastar aquella revuelta.

El general Agis tomó Cirene al asalto, ligó de manos y pies a los rebeldes y los envió a Menfis para que fueran castigados. Y Ptolomeo los castigó crucificando sus cuerpos en las playas de Alejandría, de la misma manera como Alejandro había castigado a aquellos que le desafiaron en el asedio de Tiro. Menfis, entonces, no se vio mancillada por el derramamiento de sangre, Cirene fue devuelta al gobierno de Ptolomeo y la paz volvió una vez más.

* * *

Fue más o menos por esa época cuando el famoso Seleuco huyó de Babilonia hacia Egipto y buscó refugio con Ptolomeo, porque conocía la amabilidad del corazón de aquel hombre, a pesar de las crucifixiones, y su amistoso tratamiento a todos aquellos que buscasen asilo en la capital, Menfis.

Seleuco resultó muy útil para Ptolomeo, que le puso al mando de la flota egipcia, y se convirtió en amigo íntimo de su familia, sobre todo de su joven hijo y heredero, Ptolomeo Keraunos, el famoso Rayo. Mientras tanto, el sumo sacerdote de Menfis sabía que el destino de Seleuco era morir por la mano de aquel niño, y sin embargo, el sumo sacerdote no dijo nada de aquello a nadie, sino que esperó y observó.

Ptolomeo se convirtió en gran amigo de Seleuco y más tarde éste ayudaría a Ptolomeo dirigiendo la batalla a su lado, por lo cual su recompensa fue ser instalado una vez más en un territorio perdido de Babilonia, como sátrapa.

La amistad, sin embargo, no siempre se paga con amabilidad, y aquel Seleuco, aunque era amigo, estaba destinado, junto con toda su casa, a ser el enemigo más acerbo de los descendientes de Ptolomeo, y a enzarzarse en batallas sin fin por las disputadas regiones de Siria y Palestina.

¿Qué aprendió Ptolomeo, como sátrapa, que pudiera transmitir a sus hijos y los hijos de sus hijos, que pudiera ser de la mayor utilidad para ellos? Thot lo pregunta. Que un gobernante no puede confiar en nadie, ni siquiera en los hombres que parecen ser sus mejores amigos.

–No confíes en un hermano –dijo Anemhor–. No confíes en un amigo –añadió, y aquélla era sabiduría egipcia. Porque hasta un sátrapa (especialmente un sátrapa) tiene muchos enemigos.

Algunos de la familia de Ptolomeo, al menos, aprendieron aquella lección. Otros no. Seleuco, ay, no lo hizo.

* * *

Y en cuanto a confiar en su hermano... Menelao, el hermano menor de Ptolomeo, todavía residía en Egipto, donde resultaba más o menos útil la mayor parte del tiempo, y demostraba ser leal, y sí, incluso digno de confianza, por encima de otros hombres.

Menelao hacía lo que se requería de él sin quejarse, y todo lo que hacía lo llevaba a cabo con la mayor habilidad de la que era capaz.

Pero Ptolomeo pensaba en rivales, en usurpadores, cada vez más a menudo, y llegó un día en que le pareció más seguro enviar a Menelao fuera de Egipto, donde no pudiera envenenar la comida de su hermano ni instigar alguna rebelión en su residencia. Y por tanto, Menelao partió como *strategos* o gobernador hacia Chipre, donde no podía conspirar para derrocarlo. En Chipre tenía todo lo mejor, como esclavos, mujeres, un palacio, y se le permitía hacer, dentro de lo razonable, más o menos lo que quería, mientras Chipre continuase suministrando a Egipto madera y cobre, porque la primera tarea de Menelao era salvaguardar el despacho regular de estos materiales tan valiosos hacia Egipto.

Recaudaba los impuestos de la isla y enviaba cargamentos de dracmas a casa, a su hermano. Un hombre de menos valía se lo habría quedado para sí, como había hecho Cleomenes, pero Menelao sabía muy bien que su hermano le atacaría si hacía tal cosa.

A Menelao le gustaba la vida pacífica y, desde luego, para él todo iba bien hasta que la isla fue invadida por Demetrio Poliorcetes, y Menelao cayó en desgracia. Pero por el momento la confianza entre ambos hermanos seguía siendo la misma de siempre. Y en cuanto al resto del mundo griego... había poca confianza, como se puede comprobar por lo que ocurrió a continuación en Macedonia.

2.13
Asuntos macedonios

Sólo seis años después de la proclamación de Filipo Arrideo como rey de Macedonia y de Egipto, éste era ya un hombre muerto, y su esposa, Adeia-Eurídice, cumplía el presagio de su mal fin.

Porque, ay, aquella reina no se contentaba con ser sólo una reina y sentarse en su trono sin hacer nada. Aquella mujer nunca había estado sin hacer nada. Tenía el espíritu de un hombre, siempre tenía que estar por ahí haciendo algo. Y ahora se le había metido en la cabeza incluso intentar gobernar a través de su manso marido, aliándose con Casandro, el hombre de quien los rumores decían que había envenenado a Alejandro. Adeia-Eurídice no podía dejar de interferir en los asuntos políticos, porque, después de todo, la habían educado para que se comportara así.

Adeia-Eurídice creía saber tanto de asuntos militares como Casandro, hijo de Antipatro. Creía saber más que Olimpia, la madre de Alejandro, de política exterior. Se consideraba igual a quienes tenían años y años de experiencia de cuidadoso gobierno, de declaraciones de guerra y de conquistas de otros reinos.

Así que despertó, como se podía prever, la ira de Olimpia, que estaba completamente decidida a que ni aquella joven ni su marido supusieran una amenaza para su nieto, el rey Alejandro, que sólo contaba seis años de edad.

En su exasperación, Olimpia declaró la guerra a su propio hijastro, Filipo Arrideo, y a su mujer, Adeia-Eurídice, y los dos ejércitos se reunieron en un lugar llamado Euia, en Macedonia, donde Adeia-Eurídice hizo su orgullosa aparición a caballo, vestida con la armadura completa de oro de un rey de Macedonia, y aulló el paian de la victoria a Apolo, y todas sus tropas le hicieron eco, gritando estrofas y antiestrofas, a medida que se encaminaban hacia la lucha.

Frente a ella, Olimpia cabalgó hacia la batalla al frente de su ejército, vestida con pieles de ciervo y acompañada por el resonar de los tambores de Dionisio, el dios del Frenesí, y estaba furiosa, muy furiosa.

Las dos reinas lanzaron el mismo grito de batalla, el terrible *Alalalalai* de Macedonia, con el cabello volando al viento, y de haberse acercado lo suficiente, seguramente se habrían peleado con uñas y dientes y se hubiesen arrancado el pelo y los ojos la una a la otra, porque no había dos mujeres que se odiasen como aquellas dos, Olimpia y Eurídice, que sobrepasaban todo el odio del mundo.

Sin embargo, en la batalla de Euia ocurrió una cosa absolutamente maravillosa. Las tropas de Macedonia vieron a Olimpia, su vieja reina, avanzando hacia la lucha. Oyeron el clamor de sus tambores y trompetas, y se sintieron sobrecogidos por su majestad, que era como la majestad de su hijo, Alejandro, y recordaron que ella era la viuda del rey Filipo, y como un solo hombre desertaron del bando de Adeia-Eurídice y se unieron al ejército de Olimpia, que, como resultado, venció.

A medida que sonaba el paian de la victoria, Olimpia colocó a su hijastro, Filipo Arrideo, y a su esposa Adeia-Eurídice bajo una fuerte guardia e hizo que los cargaran de cadenas como a un par de criminales, y dio órdenes de que se les encerrara en un espacio pequeño y sólo se les diera la comida necesaria para mantenerlos con vida, metiéndola por una estrecha abertura de la pared.

Ellos resistieron durante mucho tiempo aquel vergonzoso tratamiento, hasta que la conducta de Olimpia escandalizó tanto a los macedonios que éstos expresaron su piedad por el rey y la reina. Pero al final Olimpia se cansó de los lamentos, las peticiones y las delegaciones de cortesanos, y pagó a unos tracios para que apuñalaran a Filipo Arrideo y le mataran.

A lo largo de todo su cautiverio, Adeia-Eurídice no mostró ninguna señal de miedo, y por el contrario, envió un mensaje para decir que ella, Adeia-Eurídice, era la reina de Macedonia, y no Olimpia.

Como respuesta, Olimpia le envió tres objetos: primero, una daga; segundo, una tira de tela, y tercero, un cuenco lleno de cicuta, para que eligiera la forma de matarse, porque también a ella le había llegado el momento de morir.

Adeia-Eurídice no veía forma alguna de salir de aquel aprieto. Ningún hombre había acudido a rescatarla. Sus amigos la habían abandonado. Su marido el rey estaba muerto. Pero Adeia-Eurídice era la hija de un rey, y estaba decidida a morir con nobleza. Maldijo a Olimpia ante el mensajero que le traía la orden de suicidarse, y rogó que Olimpia recibiese el mismo tratamiento.

De modo que Adeia-Eurídice limpió las heridas del cuerpo de Filipo Arrideo y lo envolvió con un manto púrpura. No se colgaría con la cuerda. Tampoco moriría una muerte cobarde bebiendo la cicuta. Cogió su propio cinturón, regalo de su marido, y se colgó con él, según dicen, sin derramar una sola lágrima por su propio destino, y con el orgullo intacto. Y sólo tenía veinte años.

Casandro enterró los cadáveres y los honró con Juegos Funerarios, aunque ya de poco les sirvió todo aquello.

En cuanto a Olimpia, sólo le quedaban dos años de vida.

* * *

En Tebas, en Egipto, Ptolomeo construyó un santuario de granito rosa para Amón en nombre del rey Filipo Arrideo. Los relieves de los muros interiores mostraban a un faraón cuyos rasgos eran bastante regulares, y cuya lengua no colgaba fuera de su boca, haciendo ofrendas a un dios bajo un cielo azul salpicado de estrellas doradas.

En los muros exteriores de aquel santuario se veían relieves que mostraban la coronación de aquel hombre como faraón (un acontecimiento que, desde luego, nunca tuvo lugar) así como la bienvenida de Thot, y a la diosa Amunet que amamantaba al joven rey, aunque aquel hombre, cuando murió, tenía cuarenta y un años.

La protección de los dioses de Egipto no había servido de mucho a aquel faraón griego.

En aquel año, la tercera y desastrosa inundación de la ciudad de Rodas por el Gran Mar causó muchas pérdidas de vidas y destrucción de propiedades. Grandes tormentas de lluvia marcaron el principio de la estación primaveral, y cayó granizo que pesaba más de una *mina,* de modo que muchas de las casas se hundieron bajo aquel peso.

Tales acontecimientos siempre eran vistos como un mal presagio por los griegos, pero como de costumbre, más tarde vendrían cosas mucho peores que un crimen; les esperaban cosas mucho, mucho peores que esos granizos del tamaño de un huevo de avestruz.

2.14
Carreras de cocodrilos

En cuanto a la otra Eurídice, Ptolomeo, su marido, tenía presentes las palabras de Homero:

> Nunca seas demasiado amable con tu esposa.
> Nunca le muestres a tu esposa todo lo que tienes
> en tu mente.
> Dile lo menos que puedas.
> No hay que confiar en las mujeres.

En una familia griega, la violencia no es una cosa poco común. Una esposa puede esperar que le peguen si no hace lo que su esposo le dice, o por alguna impertinencia. Una hija, del mismo modo, puede recibir un bofetón de su padre por alguna palabra descuidada. Pero en realidad la familia de Ptolomeo no era así. No, tales cosas no ocurrían en Menfis.

La mayor parte del tiempo, sin embargo, Eurídice ni siquiera ponía un pie fuera de la residencia, por temor a los extranjeros. Ocuparse de la casa y el silencio era lo más conveniente para las mujeres griegas, y de la casa de Eurídice se ocupaban su mayordomo y un ejército de sirvientes y esclavos, de modo que a ella sólo le quedaba el silencio. Quizá le hubiesen podido permitir visitar a sus parientes, en otro barrio de la ciudad, pero ella no tenía parientes en Menfis ni en todo Egipto, aparte de su tía Berenice, que vivía bajo su mismo techo. En cuanto a pasear por las calles o subirse a un carro... ésos no eran pasatiempos adecuados para una esposa, pues sólo las putas salían por ahí y miraban por la ventana.

Así que Eurídice vivía lo que los griegos llamaban una *vida de tortuga*, atrapada en el interior de una concha que no se podía quitar y de la que no podía escapar. La tortuga es un atributo de Afrodita Urania, el símbolo de la domesticidad, y la vida de Eurídice era en realidad muy cerrada recluida y muy, muy lenta.

Sí, encontraba Egipto muy caluroso, más que todo lo imaginable. Sudaba constantemente, sufría de un incontrolable sudor, día y noche. O sudaba o se quedaba sentada temblando cuando bajaba la niebla de Menfis, y durante las tempestades y las tormentas de arena, volvía a temblar. El invierno lo pasaba intentando calentarse las manos en el brasero. Desde luego, Eurídice compartía con el sátrapa una vida de ilimitados lujos, y el aspecto más obvio de esos lujos era un suministro abundante de todo tipo de exquisiteces para comer. Pero a Eurídice no le gustaba comer. Picoteaba la comida como un pajarito, y luego apartaba el plato diciendo: «En Egipto hace demasiado calor para comer», y como consecuencia, se iba quedando cada vez más y más delgada.

Por otra parte, la tía Berenice se beneficiaba grandemente de la generosa mesa de Ptolomeo. Le encantaba comer los dátiles y plátanos, higos y melones que crecían en Egipto, y fue ganando peso y empezó a sonreír. Berenice era bastante libre, como doncella y asistente, de caminar por la ciudad de Menfis por cuenta de su señora, comprar vestidos y telas, y todos los artículos que la esposa del sátrapa pudiese necesitar. Porque, sí, la esposa del sátrapa era demasiado importante para poner un pie fuera de la puerta del *gynaikeion.* Eurídice tenía que permanecer escondida, excepto en ocasiones oficiales, como algún viaje río arriba en la barcaza de la satrapía.

Berenice también empezó entonces a cuidar su aspecto. Aprendió de nuevo el hábito de pintarse el rostro con blanco de plomo y rojo de labios, y atendió un poco su cabello, del cual antes apenas se preocupaba.

Berenice heredaba los vestidos desechados por su sobrina. Se iba recuperando, poco a poco, de las terribles experiencias de su pasado, fuesen éstas las que fuesen. Mientras antes había aparecido demacrada de rostro y de edad indeterminada, ignorada por todos los hombres, ahora que había recuperado algo de carne, volvía a florecer de nuevo su aspecto de hermosa mujer, y parecía, desde luego, como si sólo tuviese veintitantos años. Berenice era muy atractiva, tenía unos ojos que relampagueaban y ese exuberante y hermoso cabello rubio de las mujeres tracias. Los ojos de los hombres seguían su figura cuando ella caminaba por la residencia, y advirtieron que Berenice tenía una voz grave y muy agradable. Tampoco carecía por completo de educación y de virtudes, porque sabía leer y escribir, y era muy hábil tanto con el telar como con la lira y en la cocina. Antes de que pasara mucho tiempo Berenice había captado la atención del propio Ptolomeo, que estaba, no debemos olvidarlo nunca, *loco* por las mujeres, y empezó a ver en aquélla unos atractivos que su esposa, Eurídice, realmente no poseía.

* * *

Eurídice dio a Ptolomeo un niño cada año durante cinco años seguidos, de modo que apenas había alumbrado uno cuando ya se hinchaba con el siguiente: después de Keraunos tuvo dos hijos más, llamados Meleagro y Argaio, y tres hijas, a las que llamaron Teoxena, Lisandra y Ptolemais.

Cuando el sátrapa entró en el dormitorio después del nacimiento de la primera de esas hijas, Eurídice bajó los ojos, volvió la cara hacia la pared por la vergüenza y lloró las lágrimas de una esposa que ha fallado. Desde luego Ptolomeo habría deseado más hijos, cuantos más mejor, y en aquella ocasión le había dado algo que él no deseaba, pero de todos modos dijo unas palabras de consuelo.

–Una hija –dijo– no es en absoluto inútil. Hará un buen matrimonio. No la abandonaremos...

Porque pensaba menos en la pérdida de dinero que podía implicar el pago de la dote de aquella niña que en la brillante alianza que supondría casarla (a su debido tiempo) con algún gobernante extranjero, como consecuencia de lo cual él podría, quizá, dormir más tranquilo y preocuparse menos de la eterna amenaza de guerra.

Meleagro, Argaio, Teoxena, Lisandra y Ptolemais eran niños rubios, porque su madre había dejado de comer tierra por el momento. Los hijos crecerían y se convertirían en fuertes y valientes guerreros griegos: generales, quizá, en el ejército de su padre, al menos hasta que éste muriera, en cuyo caso su futuro sería menos seguro. En cuanto a las niñas, crecerían silenciosas, plácidas y con los ojos muy abiertos, y pálidas de rostro durante el resto de su vida, porque estaba prohibido a las niñas de tan alto rango salir al exterior, absolutamente impensable que pudieran caminar exponiéndose al sol de Egipto descubiertas. Sí, vivirían la vida de todas las niñas griegas de rango satrapal, detrás de las puertas cerradas y selladas y las ventanas cerradas del *gynaikeion*, ese mundo extraño y oscuro de las mujeres donde estaba incluso prohibido mirar a la calle. Pasarían los días sin hacer apenas nada, sólo bordando tapices, porque no necesitaban acarrear agua del pozo, eran demasiado importantes para pasar una mañana golpeando pulpos contra las rocas y nunca se acercarían al río para bañarse. Las niñas eran prisioneras en todo, excepto en nombre, vigiladas de cerca por eunucos negros de la tierra de Punt, hombres de la mitad de su altura, que caminaban con unas piernas muy cortas, hombres en miniatura que tenían la voz aguda de una mujer.

Las niñas disfrutarían también de sus pequeños placeres: tendrían sus monitos de compañía, perros que se les subieran al regazo, pájaros amarillos en jaulas de papiro. Las niñas no serían demasiado desgraciadas en la vida, y en contadas ocasiones incluso podrían navegar río arriba con el sátrapa hasta Apolonópolis, o incluso a Krokodilópolis, para ver cómo se alimentaba a los cocodrilos sagrados, y hablarían de esas salidas durante meses y meses después. Pero la mayor parte del tiempo nadie podría poner los ojos en las hijas de Ptolomeo, de modo que sólo atisbarlas momentáneamente podía causar cierta excitación a los griegos.

Los hijos legítimos más jóvenes de Ptolomeo eran mucho más tranquilos que Ptolomeo Keraunos. Meleagro era un chico del cual nadie tenía nada que decir, que parecía casi conocer el hechizo de la invisibilidad. El pronóstico de su horóscopo era que sería rey, aunque no fuera el hijo mayor de su padre. Nunca sería sátrapa, a menos que un desastre le ocurriese a su hermano, o a menos que algún prodigio hiciese caer a Keraunos del favor paterno. Ni loco ni genio militar, Meleagro era ignorado. Sobreviviría, como sobrevivía su madre, Eurídice, manteniéndose callado, sin atraer demasiada atención sobre sí.

En cuanto a su hermano más joven, Argaio... Era mucho más silencioso aún, de modo que en sus últimos años nadie podía decir ni una sola palabra de cómo había vivido o qué había hecho en su vida. Tal vez hubiese buenas razones para no saber nada de Argaio. Lo que ocurrió con ese hijo sólo Thot podría recordarlo, y Thot lloraría.

También había un cuarto hijo, tan callado que ni siquiera Thot tiene recuerdo alguno de su nombre. Existe incluso una duda en el corazón de Thot acerca de la existencia cierta de ese hijo, y es posible que muriese a edad muy temprana.

Ptolomeo tenía también, claro está, sus hijos e hijas bastardas, hijos de su cuerpo, así como bastardos de Thais, que vivían todos y recibían comida y educación bajo el techo del sátrapa. Pero éstos eran hijos e hijas de segunda, que, como posibles usurpadores de su satrapía, necesariamente debían vivir toda la vida con el temor del cuchillo de los asesinos o de una llamada en la oscuridad. Siempre debían pensar que había veneno en su musaka, o que podían ser asesinados mientras dormían, según la costumbre griega por la cual todos los aspirantes a la satrapía deben morir, para que el propio sátrapa pueda vivir.

Por el momento, sin embargo, todos aquellos hijos de Ptolomeo jugaban y luchaban juntos, aprendían el *alpha beta* a los pies del mismo tutor, y eran educados para que fuesen más griegos que los propios griegos de Grecia. Las niñas mejoraban sus habilidades en el tejido, costura, bordados y tapicería en el *gynaikeion*, del cual se sacaba a los niños de forma implacable a los siete años para que vivieran en el *andron*, con los hombres, donde se les enseñaba a ser guerreros, soldados y expertos jinetes, y en el *gymnasion*, donde empezaban a adquirir el famoso y perfecto físico griego, y los duros músculos de los atletas griegos.

El día de sus cumpleaños, el sumo sacerdote de Ptah enviaba a los hijos del sátrapa, tanto legítimos como ilegítimos, su regalo: un huevo de cocodrilo pintado para incubarlo al sol de Egipto. Su significado era, por una parte, un gesto genuino de buena voluntad hacia la casa de Ptolomeo y, por otra parte, la sincera esperanza de despertar una devoción real hacia Sobek, el ilustre, muy ilustre dios cocodrilo de los egipcios, a quien los griegos, que conseguían cambiar todos los nombres egipcios, llamaban Souchos.

Los noventa días desde la puesta del huevo hasta que estaba ya incubado eran contados con impaciencia y creciente excitación, a medida que los niños oían el golpeteo en el interior de la cáscara que significaba que al final podrían ayudar a la cría de cocodrilo a escapar a su prisión para entrar en el mundo de los vivos.

A Teoxena, Lisandra y Ptolemais les gustaba adornar las orejas de sus cocodrilos con pendientes de oro y les colocaban brazaletes de oro en torno a los cuatro tobillos escamosos, igual que hacían los sacerdotes del cocodrilo allí en Krokodilópolis. Las niñas adoraban los blancos dientes, las mandíbulas que chasqueaban y los brillantes ojos de las crías de cocodrilo, y los guardaban en el gran baño o los arrastraban por toda la residencia atados con una correa, alimentándolos diariamente con carne cruda de cerdo y pasteles de miel, y se reían al ver el terror de Eurídice.

Y en cuanto a los chicos, celebraban carreras de cocodrilos por los resonantes salones de la residencia y pasaban las sofocantes tardes de calor en Menfis discutiendo cuál de las criaturas era más rápida, más hermosa, más fiera o cuál había ganado más carreras.

Pero por muy amaestrados que crecieran aquellos animales, llegaba un día en que se consideraba que eran demasiado grandes para estar en una casa, demasiado temibles para mantenerlos en el interior, y debían ser enviados de vuelta al Templo de Sobek, para vivir en el lago sagrado que allí se encontraba, y entonces las chicas se enfurruñaban y los chicos golpeaban las puertas, hasta que se les prometía un nuevo huevo de cocodrilo para su siguiente cumpleaños, porque, en realidad, ningún cocodrilo duraba en la residencia un año entero, ya que Eurídice siempre se quejaba de que un cocodrilo de un codo de largo era demasiado grande para la comodidad doméstica.

¿Cuál era en realidad la intención de Anemhor? ¿Por qué había elegido aquel hombre llenar la casa del sátrapa de cocodrilos? Algunos creyeron saber el propósito real y dijeron que él era responsable de que parte del espíritu del cocodrilo se introdujese en aquellos niños, y quizá tuviesen razón. Fuera cual fuese el motivo, el orgullo y el mal carácter serían dos características que los Ptolomeos de las futuras generaciones poseerían en gran medida.

El sátrapa, sin embargo, quería que sus hijos tuviesen los mejores aspectos del carácter de Alejandro, y que no fuesen una enfermedad o una plaga, sino una fuerza curativa, una fuerza para el bien. Pero el sumo sacerdote, aquel Anemhor... ¿no había sembrado acaso las semillas de la discordia entre aquellos niños? ¿Lo habría hecho a propósito? Quizá. O quizá no. Thot se encoge de hombros. Por otra parte, todo el mundo sabe que los niños griegos no necesitan que se los anime demasiado para pelearse.

* * *

El mismo año que nació la hija menor de Ptolomeo y Eurídice, el sátrapa ordenó la fundación de una nueva ciudad en el Alto Egipto que estaba destinada a ser la Capital del Sur.

Ptolomeo tenía la opinión en aquel entonces de que no sería desmesurado llamar a su hija Ptolemais, por su propio nombre, y que los dioses de Grecia seguramente tampoco considerarían un exceso de orgullo llamar a la nueva ciudad también Ptolemais.

En cualquier caso, pidió la aprobación de los dioses primero, y el Oráculo de Zeus-Amón no puso objeción alguna, y de ese modo, la niña fue llamada Ptolemais, y la ciudad también fue llamada Ptolemais, y la ciudad se encontraba cerca de Diópolis, la Tebas de los egipcios, que era la capital religiosa del sur, un lugar repleto de sacerdotes egipcios.

Sin embargo, Ptolemais sería una ciudad enteramente griega, como Alejandría, la capital del sur del comercio con el Alto Egipto y la Tierra de Punt, y el país de las especias, Arabia. Iba a ser una ciudad gobernada por griegos, con templos griegos, un consejo griego, teatro griego, ágora, hipódromo y todo lo demás, y habitada por griegos en el corazón de aquel país de rostros negros.

Era una ciudad mucho más sofocante que la propia Menfis, un lugar donde las tormentas de arena eran más peligrosas, pero allí era también donde Ptolomeo podía enviar a los hombres de los que deseaba librarse, y donde los griegos podrían quejarse de que se estaban friendo vivos.

El oráculo aseguró que Ptolemais, la ciudad, sería un lugar realmente afortunado, a pesar del calor. En cuanto a Ptolemais, la hija del sátrapa, el oráculo hablaba sólo de ella con los términos más vagos y los horóscopos no pudieron proporcionar a Ptolomeo ninguna predicción segura sobre su futuro, pues se limitaron a alzar las manos diciendo que los dioses no parecían querer que se conociese el destino de aquella criatura.

Sólo Thot lo sabe: igual que el destino de Eurídice era desgraciado, el destino de su hija menor sería desgraciado también. La desventurada Ptolemais... su futuro no albergaba para ella más que lágrimas y espera, aunque durante los primeros dieciocho años de su vida tuvo la fortuna de no saber ni una sola palabra de lo que los dioses tenían reservado para ella.

2.15

Portadora de la Victoria

La tía Berenice, la viuda macedonia... su tarea había consistido en proteger a Eurídice de las atenciones de su marido, cuando éstas no eran bienvenidas. Cuando Eurídice tenía dolor de cabeza, de estómago, desarreglos intestinales o estaba en sus días del mes, era Berenice quien se lo decía a Ptolomeo y quien presentaba las excusas por Eurídice.

Cuando Eurídice estaba embarazada de su sexto y (tal como resultó luego) último hijo, el sátrapa llamó a su lecho a la propia Berenice. Desde luego, ella era mayor que su sobrina, pero no mucho mayor, y también era mucho más guapa que su esposa, tenía los pechos más grandes y él le dijo que era *kallipygous*, que lo que más le gustaba era la amplitud de su parte posterior. Berenice le hacía recordar a Ptolomeo a Thais, y empezó a pensar que Berenice quizá fuese a fin de cuentas una esposa mejor para él.

Por el momento, sin embargo, Berenice sólo era su concubina, y al cabo de unos cuantos meses de la curiosa desaparición de Berenice del *gynaikeion* durante las horas más oscuras de la noche, Eurídice observó que Ptolomeo había dejado por completo de fingir y llamarla pichón y patito, y que ya no la llamaba nunca Polycharidos, es decir, Queridísima. De hecho, había dejado de usar con ella todos aquellos términos cariñosos, que quizá nunca hubiese usado con sinceridad, ya desde el primer día.

Eurídice se preguntaba, inocentemente, qué habría hecho ella mal, qué podía haber hecho para merecer tal tratamiento. Pero la verdad es que ella no había hecho nada malo. Simplemente, había continuado siendo ella misma. Lo único que había ocurrido era que Ptolomeo había empezado a preferir a Berenice y que estaba empezando a olvidarse de su esposa.

Algunos días Eurídice, sintiendo verdadero pánico, enviaba a Berenice al ágora a comprar el último estilo de *sminduridia*, los zapatos de mujer que estaban de moda. Le pedía también los últimos modelos de *peplos* de Clitemnestra, de color escarlata, y se levantaba el dobladillo inferior para mostrar los tobillos cuando Ptolomeo estaba cerca. Pero Ptolomeo no se daba cuenta. Apenas miraba a su mujer, y no se fijaba en que llevaba ropa diferente.

De vez en cuando, Eurídice rompía las normas que confinaban a las mujeres al *gynaikeion*, se vestía con sus mejores galas y preguntaba el camino desde el *gynaikeion* hasta la sala de audiencias, y se atrevía incluso a dirigirse a su marido para consultarle algún tema doméstico importante. Le tocaba la manga de la túnica o daba unos golpecitos en el brazo de su silla con el abanico, pero Ptolomeo parecía sordo a todo lo que ella pudiese decir acerca de esclavos, sirvientes de la cocina, eunucos, monitos, loros o el tamaño de los cocodrilos domésticos, y miraba a lo lejos, con los pensamientos absortos en los asuntos egipcios, cuestiones de importancia internacional.

Cuando Eurídice tiraba con fuerza de la manga del *himation* de su marido, él la miraba como si no recordase quién era aquella mujer... como si, en realidad, no tuviese nada que ver con él. Y entonces daba unas palmadas o hacía una seña hacia los guardias macedonios, y éstos conducían a Eurídice suavemente hacia fuera.

¿Y cuál era la verdad? Pues la verdad es que Ptolomeo reservaba ahora sus palabras afectuosas para la tía de su esposa. Era a Berenice a quien llamaba ahora su Polycharidos, su Queridísima, su Dulcísima. Era Berenice quien llenaba sus pensamientos, y a Berenice era a quien mandaba llamar en medio de la noche cuando la presión de los asuntos de Estado apremiaba tanto su espíritu que no podía dormir. Y Berenice iba a él sin quejarse nunca, sin enfadarse por la hora que era. Berenice caminaba rápidamente por los enormes salones de la residencia oficial. Berenice «corría» incluso, y su cabello flotaba tras ella, y no se detenía ni siquiera a ponerse los zapatos.

Eurídice no veía nada. No sospechaba nada, porque estaba dormida y roncando. Por la mañana, a veces, se sentía sorprendida al ver que el lecho de Berenice estaba vacío, pero Berenice a menudo se levantaba temprano para visitar el mercado de Menfis y comprar todo tipo de cosas ricas con que tentar a Eurídice a desayunar. Eurídice no sabía nada de lo que estaba ocurriendo. Ni una sola palabra.

Eurídice nunca soñó que Ptolomeo pudiese desear tener *aphrodisia* con su tía, pero eso era lo que estaba ocurriendo. Cuando Eurídice por fin lo averiguó, corrió por todo el *gynaikeion* gritando y arrancándose mechones de pelo, se golpeó los pechos con los puños y aulló como un lobo del desierto, como si alguien hubiese muerto, y en realidad ese alguien era ella misma.

Thot menea la cabeza, consternado. Lo que había conseguido Eurídice llevando a su tía a Egipto era algo parecido a cometer un lento suicidio.

Y en cuanto al enamoramiento de Ptolomeo... Estaba en contra de todos los escrúpulos griegos, porque los griegos sostienen que enamorarse es casi tan malo como volverse loco. Pero Ptolomeo no tenía esperanza. Las flechas del Niño Eros se habían clavado con fuerza en su carne, y le mantenían despierto toda la noche, y distraían sus pensamientos de los negocios durante el día, porque en realidad no podía pensar en otra cosa que no fuese Berenice y los pechos de Berenice, que eran como dos grandes melones rosados, en sus generosas carnes y en el brillo dulce y chispeante de sus ojos azules.

Pensaba en su nombre, Berenice, que significa Portadora de la Victoria, y tenía la sensación de que Berenice era afortunada, afortunada, afortunada.

A medida que la estrella de Berenice se elevaba (volaba incluso), la de Eurídice iba cayendo. Se decía a sí misma que estaba cansada del sátrapa, que él era viejo, que ella nunca le había amado, y pensaba en el hecho de que tenía más de cincuenta años y de que su peso la oprimía, y que no le gustaban ninguna de esas cosas. Que Ptolomeo apenas acudiese a su lecho era, en realidad, un alivio, y sin embargo, al mismo tiempo, a Eurídice le importaba mucho, y había veces en que pensaba que sí, que sí, que quizás amase a aquel hombre que era su marido y el padre de sus seis hijos, después de todo.

Cuando le dijeron la verdad, que Ptolomeo estaba enamorado de su tía Berenice, Eurídice chilló un poco más, pero cuando se calmó, pensó que aquel amor a ella no la afectaba demasiado, porque ahora, por fin, la dejarían en paz, y que su hijo mayor, Ptolomeo Keraunos, seguiría siendo heredero de su padre. Nada había cambiado. Las cosas podían seguir igual que antes.

Una vez Eurídice sintió que se apoderaba de ella el deseo de envenenar a su tía, pero apartó ese pensamiento al instante, porque no podía pensar seriamente en matar a su tía, a su amada tía, porque un crimen en la familia traería consecuencias espantosas, horribles, que ella no deseaba de ningún modo atraer sobre su cabeza, como verse durante el resto de su vida perseguida por el fantasma de la mujer muerta. Y por tanto no podía hacerlo y no lo hizo.

Eurídice se dijo que podía soportar la humillación de ser ignorada por su marido mientras mantuviese el título y la posición de primera esposa del sátrapa. Y entonces se propuso ponerse bella, obtener para sí la radiante belleza de Berenice, y se embadurnó la cara con blanco de plomo, y con colorete, y se hizo cosas raras en el pelo para atraer la atención del sátrapa, peinándolo muy alto y tiñéndolo de azul o de verde o de rojo. Pero Eurídice acabó teniendo un aspecto ridículo, y sus esfuerzos llegaron demasiado tarde. Berenice tenía la belleza de la madurez. Eurídice había sido una muchacha vulgar, y todos sus esfuerzos con los cosméticos no consiguieron convertirla más que en una mujer vulgar, aunque no tenía ni treinta años de edad.

Desesperada, Eurídice probó las hierbas griegas que se supone que devuelven el amor perdido. Incluso se acercó sigilosamente a tocar a Ptolomeo con la hierba mágica llamada *anakampseros* mientras éste dormía. Pero la verdad es que Ptolomeo nunca había amado a su mujer. No había brasa moribunda a la que se pudiese devolver la vida: la llama de amor por Eurídice nunca había ardido.

* * *

Todo podía haber ido muy bien entonces, pero la tía Berenice empezó a engordar por la cintura y llegó el día en que ni los vestidos sueltos que llevaba pudieron ocultar su preñez.

Eurídice chilló mucho más que nunca cuando vio el vientre hinchado de su tía, y la verdad en crudo de lo que había estado ocurriendo se manifestó ante ella. Lloró en privado y le reprochó a Berenice que fuese una puta y una concubina, pero en público, cuando tenía la oportunidad de mostrarse, se mostraba impertérrita. Porque no era cuestión de que su hijo el Rayo perdiese su lugar como hijo favorito y heredero de Ptolomeo. Como Berenice no estaba casada, su niño sólo sería un hijo bastardo, sin ningún derecho al alto cargo de su padre. Y si resultaba ser una niña, pues podían dejarla abandonada. Sí, se tranquilizó Eurídice, el embarazo de su tía Berenice no era sino un accidente, y su propia posición estaba segura.

En realidad, Eurídice no temía por su futuro ni por el futuro de su hijo tampoco hasta que Ptolomeo sembró la discordia diciéndole que pensaba casarse con su tía Berenice y entonces... entonces la sensación de seguridad pareció convertirse en cristal y caer sobre el suelo de piedras y hacerse añicos.

La víspera de la boda de Berenice con Ptolomeo, cuando la verdad todavía no había penetrado en ella, Eurídice oyó por casualidad a sus propias doncellas comentar: «Es un enlace de amor verdadero», y las palabras se clavaron en su cuerpo como si las hubieran lanzado las flechas de Eros. Le costó recuperar el aliento, y cuando las mujeres, más tarde, le preguntaron cómo se encontraba, no supo qué decir, porque realmente no se había dado cuenta de que se había desmayado por la conmoción.

Pero entonces, ¿qué ocurrió? El viejo Antipatro, el padre de Eurídice, había muerto sólo unos pocos años después de su matrimonio, y por tanto la gran alianza se había esfumado. No existía ninguna razón política por la que Ptolomeo tuviese que tomarse ningún interés por el bienestar de su esposa Eurídice, o de sus hijos incluso, aparte el hecho de que también eran hijos suyos. Aun así, no había pensado en divorciarse de Eurídice. Lo único que quería hacer era tomar una segunda esposa, algo no demasiado inusual para un sátrapa de los griegos, porque esos hombres tenían tal poder y tan alta opinión de su propia valía que pensaban que podían hacer lo que se les antojara. En realidad, ningún hombre sobre la tierra tenía más poder que un sátrapa, y no había nadie en el mundo que pudiera decirle a Ptolomeo lo que debía o no debía hacer, aparte, quizá, del rey de Egipto, que casualmente era Alejandro, sólo un niño, y que, en cualquier caso, tenía su residencia muy lejos, en Grecia.

Cuando llegó la luna llena, en el mes de Gamelion, el momento en que las pupilas de los ojos de los gatos se ensanchan, Ptolomeo y Berenice celebraron su matrimonio, y todo se hizo con gran pompa y ceremonia, muchísima más que en el enlace con Eurídice. En el banquete de bodas, el propio Ptolomeo cantó la canción del cuervo de los griegos, y también la canción de la golondrina, y los miembros de su casa arrojaron nueces e higos a Berenice mientras ella pasaba por la puerta de la residencia, pero no tan fuerte como para dañarle la cara o los brazos, y Berenice no dejó de sonreír ni un solo momento.

En el banquete, los hombres pidieron a Berenice que bailase, igual que los hombres de todas las bodas griegas piden a la novia que baile.

Berenice se puso de pie al momento, y las flautas y la lira y los *kitharistes* empezaron a entonar una lenta melodía, y Berenice se movió lentamente también a su compás, con los brazos por encima de la cabeza, o los brazos tendidos a los lados, y los pies moviéndose arriba y abajo. A medida que la música se hizo más y más rápida, los brazos de Berenice empezaron a ondular por encima de su cabeza, y empezó a dar palmadas, y repiqueteaba con los pies cada vez más y más rápido, y la música se hizo más veloz aún, y los hombres silbaron y vitorearon, y dieron palmadas al ritmo de la música, y al principio Berenice lo hacía bien, pero al final bailaba brillantemente. Los hombres gritaron que Berenice era maravillosa, que era seguramente la encarnación viva de Terpsicore, que Berenice era una diosa.

Berenice bailaba y sonreía, con el rostro enrojecido, como una langosta sobre unos carbones al rojo vivo.

Y Berenice era, realmente, una diosa.

En cuanto a Eurídice, no honró aquella feliz ocasión con su presencia, sino que alegó que eran sus días del mes de nuevo, y se encerró en una habitación para planchar ropa en una parte remota del edificio y aulló de rabia y de celos, alzando la voz como un chacal del desierto.

Cuando se encontraba sola, circunstancia que se daba a menudo, o cuando creía que no la oían, Eurídice empezaba a hablar una vez más a sí misma en uranopolitano, el lenguaje inventado por su hermano loco, Alexarco.

Aquello quizá fuese bastante inofensivo, pero por aquel entonces también volvió Eurídice a su antiguo hábito de comer tierra, y sus doncellas empezaron a preocuparse seriamente por su salud mental.

Con aquella nueva situación, sin embargo, no habría conflicto alguno. Berenice y Eurídice no sólo eran parientes, sino en realidad muy buenas amigas, y desde luego era un tributo a las habilidades diplomáticas de Ptolomeo que se las arreglase para no convertir a esas dos mujeres de inmediato en las enemigas más acerbas, sino que vivieran contentas (más o menos contentas) bajo el mismo techo y en el mismo *gynaikeion.*

¿Sentía Ptolomeo algo de culpabilidad por lo que le había hecho a su esposa, a cuyo padre había hecho la solemne promesa de que la cuidaría, ocurriera lo que ocurriese, todos los días de su vida? Quizá. Pero lo cierto es que no la había repudiado. Al menos, todavía no. El caso es que, para justificar sus acciones, Ptolomeo a veces murmuraba: «En realidad, Eurídice no estaba demasiado adaptada para soportar el calor del verano de Egipto». Y el hecho es que hablaba ya de su primera esposa en pasado, en aoristo, como si ya no existiera.

A veces decía: «En realidad, Eurídice no podía librarse del olor de sudor que la impregnaba día y noche».

Era una excusa. Era una razón entre otras muchas razones, pero la razón principal era la certeza de su amor, su verdadero y gran amor, su auténtico, cierto e irresistible amor por Berenice.

Mientras yacía en su lecho satrapal junto a Berenice, murmuraba a su oído: «En realidad, Eurídice era como una paloma, sin nada de cerebro...». Y era algo extraño, pero cierto, que a menudo estornudase en medio de la frase cuando decía algo así, como si el propio Zeus confirmase la verdad de su afirmación.

* * *

Sí, el espíritu de Eurídice se iba hundiendo, y en cambio era la hora del florecimiento de Berenice, y desde el principio de su segundo matrimonio, ella decidió que iba a hacer lo que quisiera, y que nadie debía decirle qué hacer o qué no hacer, porque había hallado, a decir verdad, una nueva y enorme determinación.

Berenice sabía muy bien cómo funcionaba la casa del sátrapa, y cómo manipularlo todo para su ventaja. En la parte más fresca del día ella se dirigía hacia los aposentos de los sirvientes para asegurarse de que todo se arreglase como era debido: pan, vino, cerveza, carne, agua, barrido, pulido... todo debía hacerse bien. Berenice se hizo cargo, y los esclavos, de vez en cuando, temblaban bajo el látigo de su iracunda lengua. De pronto, Berenice se había convertido en una persona poderosa, cuya palabra era ley, y sus dos hijos, Magas y Antigone, ya no eran niños de origen desconocido, sino los hijastros del sátrapa, que debían ser tratados con un cierto respeto.

Si el silencio había sido la contraseña de Berenice en el pasado, mediante la palabra llegó a una situación completamente distinta en la vida. Mientras Eurídice había permanecido muda en presencia del sátrapa, casi asustada de decir una sola palabra, y se mordía los labios cuando él se acercaba a su lecho, o hablaba de trivialidades, de vestidos, de joyas o de lo que valían sus nuevos zapatos, la lengua de Berenice era el secreto de su éxito, porque ella era muy capaz de ponerse al mismo nivel que el sátrapa, y le encantaba hablar con él durante horas de temas militares, de los diferentes diseños de los barcos de guerra, de las maquinarias de asedio y del arte de minar las ciudadelas enemigas, y conocía perfectamente la historia de Alejandro. La verdad era que Filipo, su anterior marido, era un oficial del ejército, de modo que había pocas cosas que Berenice no supiera de la guerra. Sus consejos y su sentido común eran lo que deseaba Ptolomeo, y empezó incluso a pedirle su opinión sobre los temas de Estado de mayor trascendencia.

Así, Berenice empezó a hacerse indispensable. En realidad era una mujer muy inteligente, y muy consciente de lo que estaba haciendo. Berenice quería el poder. Quería tener hijos con el sátrapa para fortalecer su poder sobre él. Y quería también que «su» hijo (el hijo que tendría y que aún no había nacido) fuese sátrapa después de Ptolomeo, porque en realidad, miraba a los tres hijos de Eurídice y pensaba que eran unos inútiles, y que ninguno de ellos sería un buen gobernante para Egipto.

Berenice estaba segura de que un hijo suyo sería un sátrapa excelente, y, ¿por qué no?, pensaba, también faraón de Egipto. Desde luego, ella se había colocado ahora en una situación de lo más ventajosa. Lo único que tenía que hacer era dar a luz un hijo varón. Pero eso era lo que le iba a costar más dificultades a Berenice en toda su vida.

* * *

Mientras la tía Berenice iba engordando cada vez más y más, sus hijos florecían también: Magas, un muchacho no mucho mayor que Ptolomeo Keraunos, era bueno en la lucha, un adversario interesante en los juegos de dados y tabas, y resultó ser lo más cercano a un amigo que tuvo nunca Ptolomeo el Rayo.

En cuanto a Antigone, tejía e hilaba al lado de las hijas del sátrapa, Teoxena, Lisandra y Ptolemais, llevando la vida de tortuga del *gynaikeion*, intentando no mirar por la ventana. Aprendió a comportarse como la hija de una mujer que podía convertirse, si el dedo dorado de Tiqué, la diosa de la Fortuna, no la abandonaba, en reina de Egipto. Aprendió la conducta requerida a una joven que un día se casaría con algún príncipe de alto rango, porque igual que tenía ambición para sí misma, la madre también tenía ambiciones para sus hijos.

Eurídice estaba todavía bastante segura de que ella era la madre del siguiente sátrapa, pero a los ojos de Ptolomeo, su nueva esposa era la más importante. Su segunda esposa era ahora la primera, y la mujer más poderosa de todo Egipto.

La propia Berenice estaba segura de ello. Su horóscopo ya le había dicho lo que iba a venir: «Esposa y madre de reyes», dijo, y aunque tales cosas estaban fuera del alcance de las mujeres corrientes, Berenice no era una mujer corriente. Ella era Berenice, Portadora de la Victoria, y sentía que incluso lo imposible podía tener lugar.

2.16
La hija con garras

Berenice, en su gran ansiedad por darle el mejor de los hijos a Ptolomeo, aunque ella no le había contado ni una palabra de sus secretos pensamientos, tomó durante treinta días y treinta noches estiércol de halcón diluido en vino y miel, según la costumbre de los egipcios. Durante el embarazo Berenice no ansió la dieta de tierra negra, sino albaricoques, limones y plátanos, e incluso masticaba pétalos de flores amarillas, e hizo que las paredes de su habitación estuviesen pintadas como el sol. Porque soñaba con un niño que no fuese oscuro como Ptolomeo el Rayo, sino rubio y guapo como Apolo, que pudiera ser Hijo del Sol, faraón de Egipto. Y realmente, no era descabellado desear tal cosa.

Poco después de que empezasen los dolores del parto, Berenice fue conducida en una litera al templo del nuevo dios Serapis, en Menfis, para que pasara la noche allí, para poder disfrutar de las bendiciones y animar el culto del dios que había sido inventado por su propio marido.

Y desde luego, los perros del templo fueron a lamerle las partes íntimas, y las serpientes del templo fueron a lamerle los oídos, pero aunque Berenice se sentía afortunada y juró que había tenido una visión del dios barbado en la madrugada, confesó a Ptolomeo que no había visto nada, nada en absoluto... que había tenido mucho frío durmiendo en el Templo de Serapis, y que tenía muy mala opinión de un dios que no podía ni siquiera aparecerse en persona.

Cuando empezaron los gritos de Berenice, cuatro de sus doncellas la sacudieron para que el niño saliera, mientras, como todas las madres griegas, ella jadeaba y pronunciaba sus plegarias a Artemisa y a Ilitía, las diosas de los dolores del parto, y aspiraba pimienta para estornudar. Como todas las mujeres griegas que estaban en su situación, masticó también carne de lobo. Chilló y aulló, pero los ruidos que produjo quedaron ahogados por las mujeres que golpeaban cazos y sartenes, y al fin parió a una criatura de ojos azules y de un codo de largo, cuyo pelo realmente no era oscuro sino claro, rubio como el oro.

Cuando Ptolomeo entró en la cámara de Berenice por primera vez después del acontecimiento, ella volvió el rostro hacia la pared llena de vergüenza, porque aquel hijo había resultado ser una hija... de rostro claro, desde luego, pero una hija, y nacida además en un día muy adverso para el nacimiento de una niña, de lo más desfavorable.

Berenice, a consecuencia de todo ello, pensaba que Ptolomeo diría que dejasen morir a la niña, y lloró y gimió y se disculpó por su incapacidad de complacer a su señor.

Pero Ptolomeo le cogió ambas manos.

–Una hija –dijo– es un gran tesoro. Una niña resultará de lo más útil para alguna futura alianza en años futuros...

Aunque la verdad es que ya tenía cinco hijas, y sólo cuatro hijos, y que no se sintió complacido, porque el nacimiento de niñas nunca es más que una desgracia y un desastre para un hombre griego. Pero apretó los dientes y ordenó que la niña fuese vendada, para que al menos creciese con los miembros rectos, y dijo: «Se llamará Arsinoe, como mi propia madre».

Atada a una tabla los primeros sesenta días de su vida, eso sólo podía significar que Arsinoe crecería como una niña enojada, y sí, la verdad es que creció orgullosa, no muy diferente de su madre, una niña que arañaba y clavaba las garras como una leona; una muchacha que no se detenía ante nada para obtener lo que quería, ni siquiera derramar sangre de su propia familia. Porque, en realidad, aquélla fue la joven ilustre y muy ilustre que al crecer se convertiría en Arsinoe Beta, la famosa reina, y no sólo el cabello sino todo el futuro que tenía ante ella, en aquel entonces, parecía dorado.

* * *

Anemhor, sumo sacerdote de Ptah, cuando visitó a aquella hija por primera vez, insistió:

–Debéis escupir en su boca para darle buena suerte, larga vida –y sonrió con su media sonrisa a ambos padres.

Ptolomeo dudaba. Por una parte, cualquier hija necesitaba toda la suerte que se le pudiera dar; por otra parte, no era costumbre griega escupir en la boca de un bebé, y así lo dijo.

Pero Anemhor replicó:

–Ahora sois egipcios. Escupir es una costumbre egipcia... da buena suerte, mucha suerte.

De modo que Ptolomeo escupió, pensando: «¡Qué asqueroso!», pensando que difícilmente podía dar suerte hacer una cosa tan grosera, y que *nunca* se convertiría en un egipcio.

Arsinoe Beta necesitaría en realidad toda la suerte del mundo, porque el sumo sacerdote había hecho ya su horóscopo y era malo, de lo peor que podía ser, porque decía que ni disfrutaría de una larga vida ni de buena suerte, sino que estaba destinada a pasar un tiempo desastroso e infeliz en la tierra; que haría un matrimonio desventurado con su propio hermano y que conocería horrores, muchos horrores, el tipo de horrores que hacen que a uno se le pongan los pelos de punta.

En cuanto a Berenice, le preocupaba si habría hecho lo correcto, después de todo. Había dejado que le lamieran las orejas las serpientes en honor a Dionisos, dios del Frenesí. Había hecho un sacrificio a Agatos Daimon, la serpiente guardián de la nueva ciudad de su esposo, Alejandría. Incluso había mirado muchas imágenes de serpientes a lo largo de todo su embarazo, pensando que le daría buena suerte.

Tantas serpientes, tantas serpientes... quizás era de esperar que algo de la serpiente se hubiese contagiado a aquella hija, Arsinoe Beta. Como si la serpiente formase parte de su psique.

Pobre Berenice. Había sufrido mucho en el pasado, tanto que no era capaz de hablar de ello. Su idea ahora era que había sido demasiado buena toda su vida, y su esperanza era que aquella nueva hija suya creciese fuerte, como Berenice era ahora, y no como una mujer débil que siempre aceptase hacer lo que se le decía. Porque en realidad no deseaba que Arsinoe Beta fuese otra Eurídice, inútil para todo excepto para tener hijos. Pensaba que una mujer debía hacer algo más con su vida que aquello. Y por tanto, Berenice se decidió en aquel preciso momento a educar a su hija para que pensara que el odio es mejor que el amor.

–Créeme –le diría a Arsinoe Beta, y a menudo–, demasiada amabilidad es el mejor camino hacia la destrucción.

Y habiendo visto lo que había hecho la nodriza con Ptolomeo Keraunos, Berenice asombró a sus doncellas alimentando a su hija ella misma, de modo que no hubiese duda alguna acerca de la formación de su carácter.

Tan pronto como Arsinoe Beta empezó a comer alimentos sólidos, que primero masticaba Berenice y luego le introducía en la boca como hacen los pájaros, Berenice empezó a pensar en su siguiente hijo, en su gran deseo de ser madre de un hijo del sátrapa, y empezó a acosarle para que se atase el testículo izquierdo una vez más con el papiro y le puso a trabajar.

Cuando Berenice sufrió el primer aborto, los físicos griegos echaron la culpa a las flores, y ella hizo que eliminaran los gladiolos de su habitación, y todas las flores de la familia de los gladiolos fueron arrancadas de los jardines de la residencia y quemadas en un gran fuego.

De todos modos, aunque Berenice sospechaba de las flores, supo en su corazón que la razón de sus problemas era, con mucha mayor probabilidad, la magia de Eurídice.

Cuando Berenice sufrió un segundo aborto, sus físicos griegos echaron la culpa a los espejos de sus problemas, y ella hizo que eliminaran todos los espejos del *gynaikeion*.

Aun así, parte de ella quería echarle la culpa a Eurídice, y veía mentalmente a su sobrina pinchando agujas en una muñeca de cera con su propia imagen, porque, después de todo, era lo que Berenice le habia enseñado a hacer a Eurídice, para entretenerse durante su viaje a Egipto, haciéndole aprender de memoria las palabras de poder que se deben decir ante una muñeca semejante, y todo había formado parte del entrenamiento que había recibido Eurídice para cuidarse en una tierra extranjera.

¿Cuál era la verdad? ¿Se imaginaba acaso Berenice tales cosas? Thot observa ahora el estado mental de esa Eurídice, esa mujer rechazada por su esposo. ¿No era acaso una mujer amargada? ¿No estaría, en realidad, buscando su venganza?

Eurídice, después de todo, era una mujer que no tenía nada que hacer salvo dar vueltas a las cosas. Pasaba los días, todos los días, sentada en una silla abanicándose para aliviar el calor sofocante. Pero Eurídice, la niña sumisa y dócil, estaba cambiando. Había descubierto el placer de comer, y comía para consolarse en su desgracia. Empezó a decir: «Comer es el único placer que me queda». Había empezado su vida de casada como cualquier otra jovencita, pero ahora se había puesto gruesa, y no era por otro embarazo, porque su marido ya no la visitaba, sino por comer demasiado. También empezaba a reírse de una forma extraña, con una risa que estallaba a veces sin motivo.

–Como la risa de una idiota –le decía Berenice a su marido–, como la risa de una loca.

Eurídice pasaba la mañana sentada en su silla, aventándose con un abanico en la mano izquierda y metiéndose una oliva tras otra en la boca con la derecha. De vez en cuando se incorporaba para mirar por la ventana, tratando de ver lo que podía de la vida que llenaba la calle, abajo, sin caer en la vulgaridad de ser vista, y de vez en cuando escupía los huesos por la ventana, y se divertía intentando acertar a los que pasaban por debajo y se reía con su risa de loca.

A lo largo de la tarde, sus sirvientes nubios pasaban con los pies descalzos llevándole a Eurídice la bandeja dorada cargada con esas pequeñeces de dulces que la mantenían hasta la hora de la cena.

Thot dice que el aburrimiento abre el apetito, de modo que Eurídice engordó más aún y empezo a reírse con aquella risa loca más a menudo. Pero no era completamente infeliz. Tenía todo lo que deseaba, cualquier cosa que pidiese... excepto el amor y la atención del hombre que era su marido. Porque Ptolomeo apenas visitaba a su esposa, excepto quizá para recriminarla por el díscolo Ptolomeo Keraunos. Pero Eurídice no sabía qué hacer con aquel hijo al que apenas veía, que después de los siete años tenía prohibido entrar a las habitaciones de las mujeres, así que levantaba las manos y lanzaba una risita, como diciendo que aquel chico no tenía solución, e incluso entonces tenía la boca llena con una docena de dátiles, de modo que sus palabras quedaban ahogadas.

A Ptolomeo le gustaban las mujeres con las elegantes curvas de una estatua griega, no los rollos de grasa que tenía ahora Eurídice, que temblaban cuando ella caminaba, como la *argurotrophima*, la golosina plateada, que comían cuando era el cumpleaños de alguien, y que tanto les divertía por la forma que tenía de temblar en su plato de oro.

* * *

A partir de la muerte de su padre, el Viejo Antipatro, su padre, Eurídice tomó posesión de una enorme cantidad de dinero propio. Seguía teniendo sus joyas, sus piedras costosas, y nadie podía arrebatárselas. Le gustaba hacer observaciones sobre su testamento, como si estuviese planeando abandonar esta vida o como si quisiera ejercer algún poder relativo a herencias o legados, pero sus hijos eran demasiado jóvenes para comprender ni la muerte ni el dinero, y si ella pensaba obligarlos a portarse mejor amenazándolos con cambiar su testamento, no tuvo ningún éxito, porque los hijos de Eurídice continuaron peleándose igual que antes.

Eurídice no se daba cuenta de que una vez muerto Antipatro, la alianza firmada con su matrimonio no tenía ningún sentido, y que su propia importancia se había evaporado de la noche a la mañana, como la nieve enviada desde Siria para enfriar el vino de su marido. El tratado de paz estaba acabado, acabado, y ella era simplemente una más entre otras muchas mujeres, de las cuales Berenice era la primera.

¿Pensó Ptolomeo en divorciarse de Eurídice? Pues no, no lo hizo. ¿Pensaba desterrarla de Menfis? En absoluto. Por el momento, no hizo nada. Siempre era más fácil no hacer nada. Y Eurídice seguía siendo la madre de Ptolomeo Keraunos, el joven que sería sátrapa después de él, y así la situación entre las dos mujeres siguió siendo la misma de antes, por el momento.

Berenice continuaba tomando cada día estiércol de halcón y vino con miel, tratando de engendrar el hijo propio que sería un sátrapa mucho mejor que el Keraunos de Eurídice. Pero pasó ocho largos años tragando estiércol de halcón y vino de miel antes de tener éxito. Sí, el sátrapa se ató la tira de papiro dos mil novecientas veinte noches antes de que volviese la suerte de Berenice.

Durante ese tiempo, Berenice dio a luz varios niños, pero todos ellos nacieron muertos o murieron al cabo de pocas horas. Berenice sentía que había fracasado por completo, y cuando dio a luz al primer niño deforme, que tuvo que ser abandonado, su marido pensó en las palabras de Aristóteles: «Los niños siempre se parecen a sus padres. Los padres antinaturales siempre tendrán hijos antinaturales». Y se preguntó qué habría hecho él para enfurecer a los dioses. Ni él ni Berenice tenían ningún rasgo antinatural. No deberían haber tenido otra cosa que niños perfectos. Pero ninguno de los niños de Berenice conseguía vivir. Sólo la hija, Arsinoe Beta, sobrevivió, y el hermano más joven con quien estaba destinada a casarse, los dioses de Grecia, al parecer, se negaban a permitir que naciese.

Eurídice expresó su pena y su preocupación, y vertió muchas lágrimas con Berenice en su tiempo de desgracia, pero no podía evitar una sensación de triunfo, porque la tía Berenice no había conseguido darle al sátrapa un hijo vivo, mientras que ella, Eurídice, tenía cuatro hijos saludables, y en privado se reía, porque su tía era ya demasiado vieja para engendrar más niños.

Detrás de la puerta cerrada de sus dependencias privadas, donde nadie entraba más que ella misma, Eurídice había pasado una noche moldeando la imagen de la tía Berenice con cera, y realmente había apuñalado la muñeca de la tía con siete clavos de plomo: uno en cada una de las orejas rosadas de Berenice, un clavo en cada uno de sus azules ojos, uno en su boca, otro en la parte superior de su cabeza, otro entre sus pechos colgantes y uno más hundido en su *bolba*, bien hondo, en su útero estéril.

Cuando Berenice se quejó de dolores (en la cabeza, en los oídos y en los ojos, en el pecho), sus físicos, tanto griegos como egipcios, dijeron que los problemas los causaba un desequilibrio de los humores, y le proporcionaron pociones y cataplasmas preparadas con los intestinos del cocodrilo.

Pero ningún remedio mejoraba la salud de Berenice: no podía haber ningún cambio hasta que Eurídice no quitase los clavos de plomo de aquella muñeca de cera, liberando a Berenice de su sujeción, porque Berenice estaba ligada, embrujada por el terrible poder del embrujo mágico de Eurídice.

Desde luego, Berenice tenía sus sospechas. Sólo había una persona en todo Egipto, pensaba, que se pudiese tomar la molestia de pronunciar el conjuro de ligamiento. Pero aunque registró las cámaras privadas de su sobrina, Berenice no encontró ninguna muñeca de cera, ni señal alguna de que Eurídice no fuese leal con ella, porque la muñeca de cera estaba enterrada bien hondo en el muro de adobes, donde nadie, nadie podía encontrarla.

Y en cuanto a los niños muertos, Berenice los enterró, uno a uno, vendados no por el nacimiento, sino por la muerte, según la sugerencia del sumo sacerdote de Ptah, dentro de un ataúd dorado de un codo de largo, y formaban una fila de muñecas doradas en la *nekropolis* del maravilloso nuevo dios Serapis, que la había desengañado una y otra vez.

Berenice los llevó ella misma, en sus propios brazos, hasta el altiplano en el desierto frente a Menfis, y para cada uno se procuró un juguete infantil como un cocodrilo de madera con la mandíbula movible y los ojos pintados y sonrientes, o un leopardo de madera con el rabo movible, objetos que sus hijos no habían vivido suficiente para disfrutar, y Berenice lloraba, aunque era una mujer dura.

En público, Eurídice también vertía lágrimas; en privado, se reía.

Berenice envió las ofrendas más lujosas a los templos de todos los dioses y diosas de los griegos, e incluso a algunos de los dioses de los egipcios, pero las ofrendas mejores las reservaba para Serapis, el dios que había soñado su marido, en cuyos poderes todavía no creía demasiado, pero esperando un milagro.

Ptolomeo no estaba demasiado preocupado, por su parte: él ya tenía cuatro hijos de sus propias entrañas. Tenía su heredero a la satrapía, y no encontraba defecto en Ptolomeo Keraunos que pudiese impedir que ese hijo suyo, el mayor de sus hijos legítimos, la niña de sus ojos, le sucediera.

Más bien al contrario: Ptolomeo pensaba que el Rayo sería un estupendo sátrapa para Egipto, y cuidaba de educarle, en lo que podía, para el camino que debía seguir.

2.17
Más guerras sirias

Al preguntarle Anemhor si no le gustaría un día dejar de ser un sátrapa y convertirse en faraón, Ptolomeo se echó a reír, porque no había pensado en hacer semejante cosa. Por una parte, estaría el *kudos*, el poder, y delicias tales como volar por el cielo en alas de un torbellino y convertirse en una de las Estrellas Inmortales después de su muerte; pero por otra parte pensaba en el «hubris», en el orgullo desmedido. Sí, pensaba en las palabras de Homero sobre este asunto: «¡Piensa, piensa, y encógete! Nunca te creas igual a un dios». Ptolomeo todavía temía demasiado a los dioses de Grecia para precaverse de la locura que podían enviar a un hombre que fuese culpable del pecado de orgullo.

Y por eso dijo a Anemhor:

–La extravagancia es peligrosa. El hubris seguramente será castigado por el Cielo.

Le dijo a Anemhor que estaba bastante contento con ser sátrapa. «Una satrapía basta para cualquier hombre», dijo. No deseaba ser rey. No tenía intención alguna de convertirse en dios. Y, desde luego, tener al niño ausente Alejandro como rey le bastaba.

Pero no bastaba para Anemhor. Egipto necesitaba un faraón que viviese en Egipto. Tener sólo un sátrapa no bastaba.

Aunque no le entusiasmaba tentar a los dioses, Ptolomeo empezó a poner su propio rostro en las monedas, los dracmas, tetradracmas y octodracmas de bronce y oro con los cuales pagaba a sus soldados y sus mercenarios, y en el reverso estampó su insignia, el águila de Zeus, que descansaba encima del rayo, símbolo del enorme poder de Zeus.

¿Y eso por qué? Porque el águila es el único pájaro al que nunca toca ni mata el rayo. El águila es el rey de las aves, que duerme sobre el cetro de Zeus. Como siempre, Ptolomeo copiaba a Alejandro, cuyo estandarte era un águila montada en una pértiga, con una serpiente sujeta entre sus garras.

Águilas, rayos... símbolos que hablaban de poder. Y en la lucha por el liderazgo de las tierras que una vez habían formado el imperio de Alejandro, Antígono Monoftalmo empezó a parecer ahora el enemigo común de todos los demás sucesores, que empezaron a formar alianzas especiales los unos con los otros, para unirse contra el Tuerto y arrebatarle su poder.

El octavo año de la satrapía de Ptolomeo, el Tuerto bajó desde Macedonia con su ejército para invadir Fenicia y Siria, que justo entonces eran posesión de Ptolomeo, y ante el Tuerto, Ptolomeo encontró que era más sabio retirarse, porque no estaba preparado para la lucha.

En Egipto, entonces, se decía que habría guerra, y llegó el *prostagma* del sátrapa a las mujeres de Menfis y de todo Egipto de que no se cortaran el cabello y se lo dejaran largo, para poderselo retorcer en gruesas trenzas como cuerdas, las cuerdas que dispararían catapultas y mecanismos de arrojar pernos, ingenios de asedio y máquinas de guerra, y así ayudarían a conseguir una poderosa victoria para Ptolomeo.

Aquel mismo año se declaró la guerra, y el ejército de tierra del Tuerto triunfaba allá donde pasaba, aunque su flota de doscientos cuarenta barcos de guerra no tuvo éxito. El Tuerto, como Alejandro, encontró que debía reducir la ciudad de Tiro, pero a pesar de las hostilidades de aquel hombre, Ptolomeo no hizo esfuerzo alguno para resistir a su ejército, sino que simplemente guarneció las ciudades principales. Joppa y Gaza cayeron fácilmente en manos de Antígono el Tuerto, pero Tiro resistió otro asedio más, esta vez manteniéndose durante cuatrocientos cincuenta días.

Ptolomeo suspiraba y gruñía al contemplar el mapa de papiro de Siria y Palestina con clavos de bronce metidos en él para mostrar lo que era suyo y lo que no lo era, y dónde estaba su ejército y dónde estaba el del Tuerto. El corazón de Ptolomeo no estaba en aquella guerra. Le interesaba mucho más la paz, porque tenía cincuenta y dos años y estaba cansado de luchar, harto de perder el tesoro público de Egipto en batallas sin fin.

Sin embargo, antes de que acabase el año Ptolomeo se vio obligado a salir y reunirse con Antígono en Ekregma, en las fronteras de Egipto y Palestina, para acordar el intercambio o pago de rescate por prisioneros de guerra. No hacía mucho tiempo, aquellos dos hombres eran camaradas de armas, y buenos amigos. No había odio personal entre ellos. Se abrazaron en la reunión, y mostraron los dientes, y hablaron de los tiempos pasados.

Al año siguiente, y a pesar de la amistad, el Tuerto tomó Tiro para sí, y se rió mucho al pensar en la aflicción de su amigo.

Ahora venía una guerra tras otra, y en el corazón de Egipto, Ptolomeo perdía los nervios y gritaba que la lucha por Siria parecía que iba a durar diez años. Porque ahora no sólo estaba enfrentado a Antígono el Tuerto, sino también a su hijo Demetrio, el chico a quien llamaban Poliorcetes o Sitiador de Ciudades, y que tenía bajo su mando a un inmenso ejército y cuarenta y tres elefantes de guerra.

Ptolomeo no tenía ni un solo elefante, porque había aprendido de Alejandro a despreciar aquella bestia por ser poco fiable, ya que aunque a veces hacía lo que se le decía y cargaba, también era posible que diese media vuelta y pisoteara a los hombres de su propio ejército.

El undécimo año de su satrapía, Ptolomeo salió con mil ochocientos soldados y cuatro mil tropas de caballería de Menfis a Pelusio y las fronteras de Egipto (macedonios y soldados contratados en toda Grecia y Asia, así como un contingente de nativos egipcios como vivanderos y porteadores) y plantó sus tiendas en Gaza, no lejos de donde su nuevo enemigo, Demetrio Poliorcetes, le esperaba.

Los amigos de este Demetrio le habían advertido seriamente que no pensase en enfrentarse a un general tan grande como Ptolomeo, pero Demetrio no hizo caso y se preparó para una gran batalla, a la cual se lanzó sin esperar los consejos tácticos de su padre y sólo con una vaga orden de hacer lo que pudiese para mantener Siria bajo el control de Antígono. Demetrio tenía veintidós años, y aunque seguramente era una gran promesa, tenía poca experiencia de la guerra, y ninguna experiencia de alto mando. Además, ahora se enfrentaba a Ptolomeo y Seleuco, dos de los mejores generales de su tiempo, que habían seguido a Alejandro nada menos que hasta la India, y que, hasta el momento, permanecían imbatidos.

Demetrio era un joven muy guapo, de asombrosa altura, como un joven dios, decían, un joven Apolo... tan hermoso, realmente, que tanto hombres como mujeres le seguían por las calles para contemplar su belleza casi divina. Su armadura de plata relampagueaba al sol, e inspiraba adoración a sus tropas, y su gentileza y buenos modales le habían ganado la devoción de todo el mundo y evocaban al propio Alejandro.

Pero Thot dice: la belleza no gana las grandes batallas.

* * *

Entre los pasajeros que habían ido a contemplar la guerra se encontraba toda la familia y la servidumbre de Ptolomeo: sus dos esposas y los diez hijos, niñas incluidas. Porque la idea de Platón es que «los niños deberían ver al guerra», el trabajo para el cual están destinados, y con ese pensamiento en el corazón, Ptolomeo puso a su familia a lomos de caballos, delante o detrás de expertos jinetes, de modo que, si amenazaba algún peligro, pudieran escapar rápidamente.

Llevar a los niños a la batalla no era nada nuevo, porque los niños regios del faraón Ramsés II, por ejemplo, habían contemplado la batalla de Kadesh en Siria, varios siglos antes.

Allí, por tanto, estaban Lagos, Leontiskos y Eirene, y Ptolomeo Keraunos, que contaba nueve años, y sus tres hermanas menores, Teoxena, Lisandra y Ptolemais, de seis, cinco y cuatro años, todos contemplando la falange de Ptolomeo en acción. Y Magas y Antigone también estaban presentes, y a Arsinoe Beta, de cuatro años, la llevaron también, para que contemplara la poderosa victoria de su padre.

Se alzó entonces el gran grito de batalla, y el chillido de las tropas y el resonar de las trompetas, y el estrépito de *sarissa* sobre *sarissa*, espada contra espada, siguió oyéndose desde el amanecer hasta la hora de perfumarse la boca, y una nube de polvo se elevaba en el aire, y la sangre salpicaba toda la llanura.

Berenice animaba a las tropas de su marido para que avanzaran, chillándoles palabras de aliento. Y en cuanto a Eurídice, temblaba, y no gritaba por Ptolomeo ni por Egipto. No dejó de temblar ni un solo momento, y no pudo ni siquiera mirar el estrépito de la guerra, sino que mantuvo los ojos bien cerrados.

De todos los hijos de Ptolomeo, fueron Keraunos y Arsinoe Beta quienes sacaron más provecho de aquella salida a ver la guerra. En años posteriores, Arsinoe Beta en persona tendría el control del Ministerio de la Guerra, pero sus conocimientos de estrategia, táctica y diplomacia empezaron allí, en la batalla de Gaza.

Siempre decía que aquél era su primer recuerdo, y que nunca la olvidaría: Arsinoe se deleitó con el ruido, el caos, la violencia, y fue la primera vez que vio sangre. «La guerra –decía– es algo maravilloso», y no dejó de hablar de aquella guerra durante años, después.

¿Qué vio, pues, Arsinoe Beta en Gaza? Vio a Ptolomeo y Seleuco frente a aquel Demetrio Poliorcetes, un simple muchacho, con sus elefantes y sus diecisiete mil soldados alineados para la lucha, con los cascos bien pulidos a propósito para cegar al enemigo. ¿Y qué ocurrió? Que Ptolomeo hizo, como siempre, lo que habría hecho Alejandro, porque la forma de actuar de Alejandro era la mejor, y resultó que su espíritu los acompañaba en aquella ocasión.

El terror que despertaban los elefantes que barritaban entre las tropas de Ptolomeo era enorme, pero Ptolomeo hizo arrojar objetos punzantes entre las bestias para detener su carga, y de algún modo los veteranos consiguieron animar a los novatos y la falange avanzó, y ningún hombre dejó de gritar el *Alalalalai*, y el polvo se alzó en al aire, y las arenas de Gaza se tiñeron de rojo por la sangre. Muchos hombres quedaron heridos y muchos murieron, pero al final Ptolomeo capturó a los cuarenta y tres elefantes de guerra y tomó ocho mil prisioneros, y la caballería de Demetrio, llena de pánico, huyó.

Demetrio no sólo perdió sus elefantes y su caballería, sino también su tienda de cuero, su dinero y sus pertenencias personales (todo lo que tenía) y fue una terrible derrota para aquel joven, de cuyo ejército de diecisiete mil hombres cinco mil yacían muertos en el campo de batalla. Tres de cada cuatro de los prisioneros de guerra cambiaron de bando en el mismo momento de la lucha por Ptolomeo, porque eran mercenarios contratados que no luchaban por lealtad, sino por dinero. A esos hombres Ptolomeo los dejó establecerse en Egipto pero cortándoles el pulgar de la mano derecha, para que nunca más volvieran a empuñar la espada o el arco contra él.

De esa forma, la ciudad de Gaza cayó en manos de Ptolomeo.

Y en cuanto al propio Demetrio, huyó también, pero Ptolomeo mostró la más extraordinaria buena voluntad devolviéndole el dinero y los efectos perdidos a su enemigo, y enviándole también un mensaje muy educado para felicitarle por su valor... reacción nunca vista en una batalla de un griego contra otro. Sí, fue un final muy caballeroso para una lucha que realmente no tenía nada que ver con el odio ciego, que no era una lucha a vida o muerte, sino un simple tema de honor y poder, una lucha sobre cómo solucionar una disputa fronteriza.

Demetrio quedó complacido por el generoso gesto de Ptolomeo, pero al mismo tiempo rezaba para no tener que pasar demasiado tiempo en deuda con Ptolomeo, y pronunció un juramento solemne ante los dioses de Grecia de tomar venganza.

Demetrio no se vio abatido por la derrota, en absoluto, sino que más bien se comportó como un general experimentado que ya conoce los giros y vueltas de la fortuna. Empezó de inmediato a alistar nuevas tropas y a reunir armas, y dedicó toda su energía a adiestrar a su ejército para la siguiente batalla, que, juró ante Zeus, ganaría.

El propio Ptolomeo regresó fue a casa a la cabeza de sus tropas, y cuando marcharon por Menfis, triunfantes, cantando el paian de la victoria a Apolo, la ciudad se volvió loca de alegría una vez más.

Los doce cestos de mimbre con pulgares de la mano derecha Ptolomeo los dedicó a Sejmet, la diosa leona de Menfis, Dama del Lino Rojo Brillante, que respira fuego contra los enemigos de Egipto, y los sacerdotes y sumos sacerdotes de Egipto enviaron a Ptolomeo sus felicitaciones más sinceras.

* * *

Ptolomeo se sentía complacido de volver a ocupar toda Palestina y Siria. Por donde pasaba se mostraba generoso, cortés, amable, todo lo contrario de un tirano, porque lo que deseaba por encima de todo era ser un jefe popular en Egipto. Quería ser un sátrapa popular. Por todas partes repartía buena voluntad y justicia. Era un gobernante justo, amado por todos aquellos que servían con él.

A Seleuco, el anterior sátrapa de Babilonia e hijo de Antíoco, que había sido su compañero comandante en Gaza, lo reinstauró de nuevo en su antigua satrapía, con el pleno apoyo de Egipto. Pero aquél fue un acto de buena voluntad que la Casa de Ptolomeo lamentaría después, porque la Casa de Seleuco raramente mostró buena voluntad hacia ellos a lo largo de los trescientos años que siguieron.

Poco después de aquello, Ptolomeo envió a Killes, uno de sus generales, a través del desierto con una gran fuerza y órdenes de sacar a Demetrio Poliorcetes de Siria.

Demetrio estaba preparado y lanzó un ataque sorpresa, derrotó de forma aplastante a las tropas de Killes, se apoderó de su campamento, capturó a sus oficiales y tomó setecientos prisioneros y una gran cantidad de tesoros. Esto, por supuesto, deleitó a Demetrio, pero no por las cosas y las personas de las que se había apoderado, sino por lo que podía devolver. E hizo el mismo gesto que había hecho Ptolomeo, cargó a Killes y sus camaradas de regalos y envió a todos los prisioneros de vuelta a Egipto sin cortarle el pulgar a ninguno.

Por tanto, intervino poco odio en las guerras de Siria. Era casi como si aquellos sátrapas estuvieran jugando entre ellos, aunque la pérdida de vidas no era un motivo de risa. Aun así, eran tiempos en que la guerra no se tomaba demasiado en serio. La guerra no siempre se llevaría a cabo de una manera tan civilizada.

¿Y cuál fue el resultado de la derrota de Ptolomeo, aparte de que sus tropas volviesen a casa a Menfis en silencio total? Pues ese, precisamente, porque habiendo ganado Siria y Palestina por segunda vez, se veía obligado a retirarse de Siria y Palestina por segunda vez, y por primera vez en su vida conocía la derrota, y la derrota no le gustó nada.

Ptolomeo sacrificó bueyes a todos los dioses de Grecia y a muchos de los dioses de Egipto, también. Derramó lágrimas, aunque no en público, y tampoco durante demasiado tiempo. Cuando llegó el momento adecuado juró también: «Por Zeus, por Pan, por todos los dioses, me vengaré».

Aquel mismo año, Ptolomeo hizo las paces con Antígono el Tuerto y los demás generales macedonios (Casandro, gobernador de Macedonia, y Lisímaco, gobernador de Tracia), y Ptolomeo accedió, con el corazón dolorido, a abandonar todas sus pretensiones sobre Fenicia y Siria.

Sin embargo, no hizo las paces con Seleuco de Siria, y al cabo de poco tiempo la guerra estalló de nuevo, como antes, cuando su antiguo amigo se convirtió en enemigo.

Ptolomeo se concentró en fortalecer su poder en el mar, encargando la construcción de centenares de barcos de guerra. Aunque había perdido Siria y Fenicia, todavía le quedaba la isla de Chipre, que era de la mayor importancia en términos estratégicos.

Aunque seguía luchando, Ptolomeo suspiraba a menudo y decía que estaba cansado de la guerra, asqueado de la guerra y sus horrores. Y en este tema, los egipcios estaban de acuerdo con él. A los egipcios les desagrada el derramamiento de sangre. Odian la destrucción de la pacífica vida familiar que causa la batalla.

Ptolomeo había visto ya demasiadas luchas inútiles, y paseaba por la residencia citando a sus consejeros las sabias palabras de Bias de Priene: «Consigue tus objetivos no mediante la fuerza, sino mediante la persuasión».

A los enemigos de Ptolomeo les gustaba decir que esa tendencia a retirarse en cuanto podía era una prueba de estupidez... de su cobardía como hombre. Pero Ptolomeo no era ningún cobarde. Para él, no luchar era la acción más sabia.

También estaba cansado de luchar con su esposa Eurídice, que le exigía cada vez más asignaciones, y que se había vuelto extrañamente tozuda y enérgica al reclamar lo que consideraba que eran sus derechos de esposa.

Ahora pensaba en ella como «la esposa desafortunada», porque no parecía haberle traído otra cosa que mala suerte y derrotas.

Sí, pensaba que Berenice, cuyo nombre, no hay que olvidarlo nunca, significa Portadora de la Victoria, podía cambiar su suerte, y darle fortuna, y entonces fue cuando le arrebató el título de primera esposa a Eurídice y se lo dio a Berenice, su tía.

Y tenía razón. Berenice en realidad resultaría ser su esposa afortunada.

2.18
Ciudad de Peces

Todos aquellos años (los once años que llevaba en Egipto) Ptolomeo sufría debido al calor. En verano, cuando el calor era peor, asignaba más recolectores de caracoles, más machacadores de caracoles, para que elaborasen más preparado contra la insolación, un remedio que contenía caracoles machacados e incienso.

Ptolomeo había leído el tratado de Teofrastro, *Sobre el sudor*, y su continuación, *Sobre el mareo*, y buscaba formas nuevas de contener el sudor que brotaba a mares de todos los griegos en Egipto, pero sobre todo de sí mismo.

Encargaba regularmente el ungüento de trementina que detenía o disimulaba el rancio olor de las axilas, y cargamentos enteros del polvo de rosas que se suponía que secaba al instante el olor de un hombre. Ninguna de esas cosas, sin embargo, servía demasiado, de modo que Ptolomeo pensó de nuevo en convertir Alejandría en su cuartel general, porque le parecía que era una ciudad más soportable, en cuanto a temperatura y clima, y llegaban noticias del norte de que la nueva residencia satrapal estaba casi a punto para ser habitada.

Ptolomeo hizo sus planes y dio órdenes para que se pintaran en los muros escenas de Homero, y decidió los últimos detalles decorativos. Mientras tanto, su ejército continuaba preparándose para la invasión de Egipto por los enemigos de Ptolomeo, y haciendo la instrucción en la llanura arenosa frente a Menfis, bajo el sol abrasador, con huevo de avestruz embadurnado en el rostro para evitar las quemaduras solares, ningún hombre se quitaba su *kausia* o sombrero excepto para secarse la frente con él, o para agitarlo por encima de la cabeza para vitorear al sátrapa en su progreso por el río, arriba y abajo.

Ptolomeo dormía mal. El intenso calor, el silbido de los insectos que picaban, los rebuznos de los asnos, los ladridos de los chacales, la responsabilidad de los asuntos de Estado que pesaban sobre su ánimo... todas esas cosas le impedían un sueño adecuado. Y cuando se dormía, tenía sueños extraños, y se despertaba chillando, como si los persas estuviesen encima de él, o le despertaba un gallo que se había posado en el alféizar de su ventana, o un ibis que picoteaba en los postigos con su largo pico.

Ptolomeo hizo uso entonces de los remedios griegos para el insomnio: un puerro envuelto en un paño negro, colocado bajo la almohada, o comer carne de ruiseñor antes de retirarse a dormir. Pero casi siempre se quedaba despierto, preocupado no tanto por el presente como por el pasado, que no podía olvidar, y el futuro: pensaba en lo que había salido mal y lo que podía ir mal a continuación.

Ptolomeo, sí, estaba cansado, pero más que físicamente cansado. Estaba harto de Menfis, después de diez años sin un solo soplo de viento excepto las remolineantes tormentas de arena, y sin otra agua que las aguas del Nilo, en las cuales los nativos se bañaban y lavaban su ropa, y al cual arrojaban sus excrementos, y en el que, en la estación cálida, el agua se secaba hasta convertirse en un simple hilillo.

Como todos los griegos, Ptolomeo prefería vivir cerca del mar. Además, ahora deseaba tener un control más directo sobre el comercio de Egipto con Grecia, que florecería mediante el gran puerto de Alejandría.

Menfis, en realidad, apestaba, según decía él, a momias, porque el aire de la *nekropolis* no era aire fresco. Sí, Menfis, era un lugar de muerte, con la pestilencia de la muerte y el regusto de la muerte, y Ptolomeo estaba completamente harto de muerte.

La residencia estaba llena de cachivaches faraónicos acumulados a lo largo de tres mil años, trastos dorados que a Ptolomeo no le servían para nada, pero que no podía tirar ni apartar de la vista: habitaciones llenas de muebles dorados, y ataúdes dorados, y cajas ceremoniales de ébano y marfil, objetos que nunca volvería a usar nadie, pero que formaban parte de la herencia del faraón y no se podían tocar.

En realidad, había demasiados ecos del pasado en Menfis. Ptolomeo quería una casa sin ecos del pasado, y por eso decidió trasladarse al norte.

* * *

La propia Alejandría, que llevaba veinte años en construcción, no era ya un pueblecito de pescadores, sino una hermosa ciudad griega de la mayor magnificencia, y Ptolomeo anhelaba vivir allí.

Su nueva residencia era un enorme palacio blanco de mármol de Paros que brillaba al sol, protegido por unos altos muros blancos, con guardias, puestos de vigías, almenas y protección a toda prueba de asaltos, fueran por mar o por tierra. El sistema de desagües era perfecto. El suministro de agua potable subterránea, en gigantescas cisternas, nunca se acabaría. Y por encima de todo, la ciudad estaba alineada para que la dulce brisa del nordeste soplase directamente por la calle Canópica hasta las ventanas abiertas del sátrapa.

Ptolomeo se trasladó, pues, llevándose con él las mejores piezas del mobiliario dorado de Menfis, río abajo, a Alejandría, y mientras iba flotando con sus posesiones domésticas hacia el mar, la gente de Egipto le saludaba y salmodiaba desde la orilla del río, o le cantaba la canción de bienvenida al sátrapa.

Con Ptolomeo iba también el talismán perfectamente conservado, todavía durmiendo en su ataúd de oro, debajo de una máscara de oro de factura egipcia incomparablemente bella, escoltada por una multitud que aullaba el lamento funeral para un faraón, porque Ptolomeo se llevaba con él el desafortunado objeto que era el cadáver viviente de Alejandro: todo el camino por el Nilo lloraron con el lamento por un rey muerto, y aquello hizo temblar a Ptolomeo, a pesar del calor.

Se llevó a Alejandro a descansar en la parte más ruidosa de la nueva ciudad, en el cruce entre la calle Canópica y la calle del Soma o Cuerpo, de modo que los coches y carretas y carros de carreras y los burros que rebuznaban y la gente que se peleaba consiguieran, si era posible, despertar a Alejandro, que llevaba durmiendo tres mil seiscientas cincuenta noches. Y todo ello a pesar del bando griego que prohibía enterrar a cualquier muerto dentro de los muros de la ciudad.

Por encima de todo, la verdadera razón para abandonar Menfis era la gran pasión que sentía Ptolomeo por el pescado. El problema de Menfis era que el pescado de mar siempre se estropeaba cuando llegaba allí, y el salazón no puede sustituir al pescado fresco. Alejandría, pues, significaba un suministro ininterrumpido de pescado tanto de río como de mar y del lago Mareotis, que se encontraba detrás de la ciudad. Pescado fresco. A Ptolomeo se le hacía la boca agua con sólo pensarlo.

Pronto averiguó, sin embargo, que en Alejandría todo parecía saber a pescado. Y todo olía también a pescado, y el hedor del pescado podrido flotaba en el aire, o se dispersaba desde el puerto por toda la calle Canópica y entraba por las ventanas de la residencia. A Eurídice, que se desplazó al norte no sin protestas, hasta los dátiles le sabían a pescado, la carne le sabía a pescado, y el pescado le sabía... a Ptolomeo. Pero Berenice no se quejó. El olor a pescado no importaba comparado con lo que ahora había conseguido para sí, que era el poder sobre una ciudad entera, donde no había sacerdotes egipcios a los que complacer. En Alejandría podría hacer lo que le diera la gana.

Ptolomeo, por tanto, cambió el hedor de Menfis por el hedor de Alejandría. Pero le consolaba que hacía mucho menos calor, y parecía posible que en la nueva ciudad durmiese mejor.

Había pensado dejar Menfis a los sacerdotes de Egipto, aunque no escapó del sumo sacerdote de Ptah con tanta facilidad, porque el resultado del traslado de Ptolomeo fue que Anemhor pasó el resto de su vida navegando con su barco entre Menfis y Alejandría para servir al sátrapa y darle sus sabios consejos, de modo que aquel hombre nunca parecía estar en el lugar adecuado ni en el momento adecuado, sino siempre en el río.

A pesar de todos los inconvenientes de sus viajes, sin embargo, la media sonrisa del sumo sacerdote nunca abandonaba su rostro, porque era un hombre que tenía un absoluto autocontrol. Un escriba no muestra jamás mal humor. Y en cualquier caso, todo lo que se hiciese por el bien de Egipto no desagradaba a aquel hombre.

* * *

Ptolomeo y su familia amaron y odiaron Alejandría de inmediato, como habían amado y odiado Macedonia, porque eran personas que nunca serían plenamente felices, estuvieran donde estuviesen. Era su destino, realmente, encontrar problemas en todas partes, y dondequiera que se encontraran, deseaban estar en otro lugar. Cuando estaban en Grecia, ansiaban abandonar Grecia, pero en cuanto la dejaban, ya sentían añoranza del hogar. Tal es la paradoja de los griegos, tal era el origen de su eterno descontento.

Compáralos si lo deseas, lector, con la familia de Anemhor, sumo sacerdote de Ptah, que era feliz allí donde se encontraba, e hiciera lo que hiciese, porque el servicio a los dioses de Egipto es felicidad, y el oficio de un escriba le produce gran satisfacción. Thot jura que esa es la verdad.

El propio Ptolomeo se sentía mucho más cómodo viviendo en Alejandría. Sudaba un poco menos, pero ahora estaba menos preocupado por el calor que por la humedad, y echaba de menos el bello invierno egipcio de Menfis. Pero no había hecho ningún juramento de no volver a poner sus sandalias en Menfis: iría allí cuando los negocios requiriesen su presencia. Volvería. Mientras tanto, en Alejandría, al principio de la primavera, violentas tormentas sacudían los postigos del nuevo palacio y los hacían resonar toda la noche, de modo que Ptolomeo yacía sin poder dormir, pensando en el pasado y tratando de recordar cómo olvidar.

Después de un bello mes de Farmuti siguió el verano. Una humedad mefítica se elevaba cada noche del mar, empapando todas las cosas secas de la residencia, y él empezaba a temblar, y a estornudar, y aquello significaba el regreso de la fiebre, y sufría sus agonías hasta que le abandonaba.

Y entonces las mil palmeras plantadas por Cleomenes en el centro de la calle Canópica restallaban al viento y perturbaban el sueño del sátrapa, y él amenazó con cortarlas, diciendo que, de todos modos, no podían tener árboles egipcios en una ciudad griega, pero Berenice le convenció de que no lo hiciera y las palmeras siguieron chasqueando y chasqueando en la suave brisa del norte que venía de Egipto cargada del aroma a limones de Grecia (o al menos eso decían) y siguió yaciendo despierto a partir de entonces.

Y en cuanto al resto de la ciudad, Alejandría se llenó de gente de todo el mundo griego, gentes que demostraron enseguida ser inestables, imprevisibles, dadas a los disturbios y alentadas por el mínimo rumor, movidas por la más trivial de las causas a reunirse y gritar bajo las ventanas del sátrapa protestando por algún agravio imaginario. En los espectáculos públicos, las carreras de caballos en el hipódromo, las carreras a pie en el *stadion*, y el gran teatro griego que dominaba la bahía, la multitud enloquecía. Lo peor de todo eran las carreras de carros, cuando la multitud enloquecía por completo, se arrancaba la ropa y se la lanzaba a caballos y aurigas. Esa gente era capaz incluso de sacar la espada por una carrera de burros.

Thot pregunta: ¿qué motivo existía para todo aquello? Sí, Alejandría era una ciudad de gran lujo. Sus ciudadanos eran griegos, en su mayor parte, o sirios, hombres de Cirene, inmigrantes de Chipre o de Palestina y Fenicia. Algunos eran criminales que huían del arresto y una crucifixión segura, pero la mayoría se habían establecido como mercenarios. Habían venido a Egipto entre todo el mundo de habla griega en busca de buenos tiempos, tiempos mejores. Pensaban que dejaban atrás las penalidades y la pobreza. De modo que cuando los buenos tiempos no se veían venir, no eran posibles o por algún motivo se les negaban, se volvían violentos.

Desde el principio, el propio Ptolomeo describió Alejandría como la ciudad donde cualquier hombre podría hacer lo que quisiera. Iba a ser una ciudad sin normas, una ciudad enteramente dedicada al placer, una ciudad donde ninguna cosa que un hombre pudiese imaginar le estaría prohibida.

Pero resultó que semejante anuncio era una forma infalible de convocar todo tipo de problemas, ya que sólo podía atraer a grandes cantidades de ciudadanos de un tipo equivocado.

Resultaba que Alejandría no era una ciudad sin «leyes», desde luego, y cuando estos inmigrantes averiguaban que había límites a su famosa libertad, límites a la licencia, se sentían engañados. No tenía que haber sido una sorpresa para nadie, y menos que nadie para Ptolomeo, que esa gente mostrase su descontento mediante tumultos y revueltas, y echando abajo las estatuas de sus gobernantes. Los alejandrinos se habían separado de sus raíces. Muchos de ellos habían dejado sus familias atrás para iniciar una nueva vida. Había demasiados hombres y muy pocas mujeres, de modo que era una ciudad con muchas putas, atraídas por los rumores de negocios rápidos. Así empezó la ciudad de Alejandría, y así continuó. Nadie, decían entonces, podía confundirla con un lugar feliz.

Así quiere explicar Thot la naturaleza imprevisible de esa ciudad, la volubilidad, la anarquía, el ímpetu, el desafortunado carácter moral de los alejandrinos. Sí, y menea la cabeza porque se avecinan cosas terribles, terribles.

2.19
El beso de asas

Mientras el sátrapa estaba por ahí luchando sus batallas en Siria o pensando en pescados, o río arriba para atender negocios oficiales, sus niños permanecían bajo el cuidado y control de sus madres o sus tutores o se las arreglaban solos, y en el mejor de los casos Ptolomeo se mostraba, a causa de la presión de su trabajo, un poco distante. El resultado fue que sus hábitos de vida se formaron sin que el sátrapa vigilase lo que estaba ocurriendo. Nunca compartió la comida con sus hijos: comía con sus consejeros griegos, con sus generales griegos, con sus almirantes griegos, y con los comandantes de su ejército o con el sumo sacerdote de Menfis. Tampoco dormía en la misma parte de la nueva residencia que sus hijos. No, en realidad pasaban días e incluso meses sin que esos niños viesen siquiera a su padre, excepto un vistazo mientras iba de patio en patio entre una procesión de funcionarios, o recibiendo a embajadores de algún país lejano.

No debes pensar, lector, que Ptolomeo se había «olvidado» de sus hijos. Quizá se mostraba distante, pero siempre hacía que le enviasen informes de sus progresos, sabía de su buena (y mala) conducta y nunca olvidaba el cumpleaños de cualquier hijo, fuese legítimo o ilegítimo.

Para su quinto cumpleaños, el sátrapa envió a su hijo Keraunos una espada de madera sin filo, como para mostrarle el camino que debía seguir, y Keraunos luchó desde un extremo de la residencia al otro, peleándose con los guardias en fingidos combates, aprendiendo de ellos los golpes adecuados: cómo parar y cómo atacar, cómo desarmar al enemigo, cómo enviar la espada dando vueltas en el aire y volverla a coger de nuevo mientras caía sin hacerse daño.

El sátrapa estaba muy complacido con los progresos de Keraunos, y aprobaba a ese niño como heredero suyo. Al mismo tiempo, sin embargo, dondequiera que estaba aquel niño siempre había problemas, casi como si fuese la encarnación misma del Desorden. Keraunos, o Rayo... desde luego, era uno de los títulos del propio Zeus, y el rayo era su firma personal. Keraunos ya se parecía mucho al mismo rayo, y se esforzaba por hacer honor a su apodo.

Cuando Anemhor estaba en Alejandría procuraba enviar a buscar a aquel niño, decirle palabras amables, vigilar sus progresos, porque era el niño que debía ser sátrapa después de su padre, y le llevaba regalos a Keraunos, fuese su cumpleaños o no: perros de buena raza, con los que Keraunos se deleitaba, monos de la tierra de Punt o, lo mejor de todo, un cachorro de leopardo cuyas manchas hacían juego exactamente con la piel de leopardo que llevaba el propio Anemhor, y que Keraunos llevó por toda la residencia con una correa, lo cargó en brazos e incluso lo hizo dormir en su cama, hasta que creció y se hizo demasiado grande para todo eso. Anemhor conocía la creencia griega de que para un niño cuyo llanto era como piñas de pino, el futuro no auguraba más que cosas malas, y meneaba la cabeza, porque veía que en torno a Keraunos el Rayo todavía empeoraría más.

* * *

En cuanto el Rayo tuvo siete años lo sacaron del *gynaikeion,* se le prohibió volver allí y a partir de entonces vivió con los hombres. Al mismo tiempo le pusieron a lomos de un poni y le enseñaron a cabalgar, porque los niños macedonios deben crecer locos por los caballos, y porque, en realidad, no se puede empezar a cabalgar demasiado joven.

Keraunos aprendió a hacer andar y parar un caballo. Saltaba muros y zanjas, y a menudo volaba por encima de la cabeza del caballo. Al cabo se le permitió ir al trote y al galope y, aunque notaba como si su montura se le fuera a escapar de debajo del cuerpo, se comportó como un digno hijo de su padre, como si hubiese nacido a lomos de caballo. No tenía miedo y le encantaban los caballos, y el sátrapa se enorgulleció mucho de sus progresos.

Antes de los diez años, Keraunos podía realizar todos los trucos a caballo: caracoleos, corvetas, cabriolas, vueltas y piruetas. Hacer una pirueta es lo más difícil, porque conseguir que un caballo se dé la vuelta en el sitio, más rápido de lo que aprecia el ojo, puede hacer que se pierda el equilibrio. Ese movimiento es importante, sin embargo, porque un caballo en la batalla debe oponerse a los ataques desde todos los frentes, y necesita un jinete con nervios de acero y una montura que le obedezca totalmente. Keraunos, en realidad, tenía los nervios de acero. Tenía poco tiempo para aprender de los libros, pero era muy bueno en las proezas físicas, y decían que era un guerrero nato, un caballista nato. Algunos murmuraban, incluso, que era un loco por naturaleza, también.

Al amanecer, antes de que hiciese demasiado calor, las tropas montadas de Ptolomeo dirigían sus caballos desde los establos que estaban junto a los barracones, que se encontraban al lado de la residencia de Ptolomeo, y galopaban a lo largo de las playas del este o el oeste de Alejandría, o en torno a las costas del lago Mareotis, o hacia el desierto, hacia Taposiris, cabalgando tan lejos por las arenas que si el caballo de un hombre le fallaba, éste moría de sed antes de poder volver caminando.

Ptolomeo Keraunos, aunque era muy joven, cabalgaba con ellos, porque su futuro se encontraba en el ejército macedonio, en la batalla, en la defensa de Egipto y su imperio.

Desde pequeño, Ptolomeo Keraunos fue estimulado por Berenice a mostrar su afecto por su joven medio hermana, Arsinoe Beta, besándola con el beso de los griegos llamado *khutra*, en el cual cada uno sujeta las orejas del otro usándolas como asas. Al principio el beso era inocente, una señal de auténtica ternura, y la hermana cogía las orejas del hermano a su vez, y le besaba en los labios con una dulzura que hacía sonreír a Berenice..., ¿preveía ya entonces, quizá, que su hija se acabaría casando con su medio hermano? ¿Era éste el plan de Berenice, aun en aquellos momentos tan tempranos? ¿Ya entonces conspiraba ella para que su hija tuviese el poder en Egipto? Quizá.

A medida que se hicieron mayores, sin embargo, Keraunos besaba a la hermana con el mismo beso, pero le tiraba muy fuerte de las orejas, de modo que ella chillaba y él a veces incluso llegaba a morderla, a veces jugando, a veces no, con una ferocidad que sobresaltaba a Arsinoe y hacía que le abofeteara. Keraunos, sin embargo, le llevaba cuatro años, y era más fuerte, y el beso, el mordisco y la bofetada se convertían en una lucha, en la cual las manos de Arsinoe Beta volaban hacia el oscuro y rizado cabello de Keraunos, del que tiraba con fuerza, y acababan gritándose insultos el uno al otro: «¡Cara de ibis!», «¡Cara de hipopótamo!», y al final tenía que separarlos cualquier pariente lo bastante atrevido para meterse entre los dos.

De ese modo, hermano y hermana a veces cambiaban el amor fraternal por odio.

Thot dice: ésa será la norma del futuro.

2.20
Desafortunada mujer

En Grecia, mientras tanto, el odio seguía su curso como siempre, y aquella desagraciada mujer, Olimpia, madre de Alejandro, seguía pasando a cuchillo a sus enemigos, uno tras otro, pero cuando Casandro oyó hablar del asesinato de Filipo Arrideo y el suicidio de Adeia-Eurídice, su rabia no conoció límites, y declaró la guerra a Olimpia, y su intención era no mostrar con ella ninguna misericordia.

Cuando Olimpia oyó lo que estaba a punto de ocurrir, dejó a Aristanos, el devoto guardaespaldas de Alejandro, a cargo de sus tropas, y se fue a Pydna, una ciudad de la costa nordeste de Grecia, llevándose con ella no sólo a sus doncellas, sino también al joven rey Alejandro, su nieto, de diez años de edad, y a Deidameia, la jovencita ya prometida en matrimonio a él, y también a Roxana, la viuda de Alejandro, y se hizo fuerte en el interior de la ciudadela.

Casandro asedió Pydna, bloqueó el puerto para cortar todos los suministros y se propuso esperar a que Olimpia se muriese de hambre. El asedio de Pydna duró doscientos setenta días, y al final, los soldados de Olimpia se habían comido todos los animales, incluidos caballos y mulas, que se encontraban en el interior de las murallas, y se decía que incluso habían empezado a matarse unos a otros.

La propia Olimpia se vio obligada a alimentar sus elefantes de guerra con serrín, y ella misma incluso se decía que había comido la carne de los elefantes que morían, y, aunque parece bastante improbable, se dice que también se comió los cadáveres de sus propias damas de compañía.

Se resistió a Casandro hasta que no pudo soportar el hedor y la pestilencia, y entonces intentó escapar por mar, porque era una mujer de gran voluntad que jamás admitía la derrota.

Casandro, sin embargo, fue advertido por algún desertor de lo que Olimpia se proponía hacer, y se apoderó de las rápidas *trieres* con las que planeaba hacerse a la mar. Y así, al fin, Olimpia tuvo que rendirse, y Casandro juró solemnemente salvaguardar su seguridad personal, pero hizo que la acusaran los amigos y parientes de aquéllos a quienes ella había mandado matar ante la Asamblea Nacional de los macedonios.

Casandro sabía cuál sería el resultado si la propia Olimpia defendía su caso en persona: los macedonios seguramente se sentirían conmovidos por las lágrimas, al ver a aquella vieja reina, la madre de su gran general, y le otorgarían el perdón. Y por tanto, Casandro se encargó personalmente de su muerte.

Primero envió una partida de doscientos soldados a matar a la reina en su palacio, pero ella se enfrentó a ellos con toda su majestad como reina de los macedonios, de modo que aquellos hombres se avergonzaron de sí mismos, se volvieron en redondo y se alejaron, murmurando que no podían matar a la viuda del rey Filipo, a la madre de Alejandro, aunque hubiese cometido actos equivocados.

Casandro a continuación envió a los parientes de la gente que Olimpia había asesinado, y éstos no se vieron conmovidos por las lágrimas ni por la real presencia, ni se arredraron ante el recuerdo de su hijo asesino, ni se sintieron afectados por la gloriosa historia de Macedonia, y la apuñalaron hasta la muerte.

Una historia distinta dice que Olimpia fue apedreada hasta morir, que era la forma tradicional de ejecutar a los criminales en Macedonia.

Nadie, sin embargo, discutía el hecho de su muerte, y que su cuerpo fue abandonado y no enterrado. Sus hermosos ojos fueron picoteados por los cuervos. Los perros salvajes lamieron los pechos que habían amamantado al amo de medio mundo. Las moscas de Pydna se regalaron con su carne.

Tal fue el fin de Olimpia, que según se dice fue una de las mujeres más ponzoñosas que jamás existió... al menos, hasta que una mujer de la casa de Ptolomeo tomó su lugar.

* * *

¿Y el resto de la familia de Alejandro? Todo aquel tiempo su viuda, Roxana, había sobrevivido. Y tenía la reputación de ser la mujer más hermosa de toda Asia, sólo después de la esposa de Darío, rey de Persia, y todavía era muy hermosa, porque sólo tenía quince años cuando se casó, y por entonces contaba sólo con treinta y uno, y era una mujer que, de no haberse casado con el rey que más problemas causó en el mundo, habría vivido hasta una edad venerable en su Bactria nativa. Pero no era eso lo que el destino tenía planeado para ella.

No, Roxana, la Pequeña Estrella, no brillaría durante mucho tiempo más.

Su hijo, el rey Alejandro, todavía estaba en Grecia con su madre, y Casandro, el hombre que había matado a casi todos los demás miembros de la familia de Alejandro, eligió aquel momento para volver su atención hacia la misma Roxana.

Casandro envió al niño rey y a su madre, como prisioneros virtuales, a la ciudadela de Anfípolis, donde los mantuvo bajo estrecha vigilancia. El invierno era frío, tan frío que los soldados llevaban gorros de piel de zorro, y Roxana y Alejandro temblaban, y se los alimentaba con anguilas del río Strymon y poca cosa más. El frío los hizo enfermar, y Casandro, por lo que parece, apenas ofrecía asistencia médica.

El niño Alejandro no había conocido a su gran padre, pero ya era lo bastante mayor para comprender por qué ocurrían las cosas de aquella manera. Había estudiado griego con un tutor, pero en Anfípolis no había lecciones, porque el plan de Casandro era que sus prisioneros pronto no tuviesen necesidad de hablar lengua alguna.

La existencia de aquel niño perturbaba a Casandro. Pensaba en mandar matarlo, en quitarlo de en medio, y a su madre también, pero posponía aquel hecho. No torturó ni maltrató a aquellos dos seres, pero los mantuvo encerrados y privados de libertad y comodidades. Le pareció bien que se dijera que tenía en su poder al hijo de Alejandro, que tenía al rey bajo su control.

Fue en aquel momento cuando Roxana dedicó las últimas posesiones que le quedaban, un collar de oro y un *rhyton* de oro también a Atenea, pero aunque hacía sus ofrendas y dedicaba sus plegarias a los dioses de Grecia, éstos fueron sordos a sus súplicas, y no se apresuraron a ir a rescatarla.

Roxana, a su vez, también había sido celosa. Enviando una carta falsa había engañado a Stateira, otra de las esposas de Alejandro, para que la visitara, y había asesinado a aquella mujer, y también a su hermana, con una bebida de bienvenida preparada con cicuta, y la historia dice que había arrojado los cuerpos por un pozo, luego lo había rellenado de tierra y había bailado encima. Entonces, el trato que Roxana había infligido a los demás era el trato que ella misma acabaría recibiendo.

Después de pasar doce meses en su prisión, Casandro envió a Roxana un cuenco de vino mezclado con cicuta. Roxana lo sospechó por el olor que desprendía, como de ratón, pero no había bebido nada aquel día y tenía mucha sed. Y así fue como la cicuta llenó a madre e hijo de pequeñas manchas rojas, y heló sus cuerpos y congeló su sangre, y murieron entre arcadas y horribles convulsiones.

Casandro encendió la pira funeraria con su propia mano, y tuvo la humorada de enterrar al rey y su madre adecuadamente, en una tumba real. Los huesos de Roxana se habían colocado en el *larnax*, como de costumbre, con un espejo de mano de plata, regalo de su difunto marido. Los del joven Alejandro se coronaron con una diadema de hojas de roble hecha de oro que debía ser colocada en la tumba de todos los reyes de Macedonia. Aunque tales regalos, la verdad, de poco les sirvieron.

En Egipto, los únicos recuerdos de ese faraón que nunca había puesto un pie en su reino, pero era conocido como Rahaaabsetepenmen o Aleksantres eran una colosal cabeza de granito rosa de Syene que llevaba la doble corona, y que fue encargada para la ciudad de Alejandría, y una avenida de cuarenta esfinges que flanqueaban el camino al Sarapieion, cada una con los rasgos sonrientes del joven rey. Los jeroglíficos describieron a aquel Alejandro de la manera tradicional, como Horus el Joven, Señor de las Coronas, Señor del Mundo Entero, Rey del Alto y Bajo Egipto, Delicia del corazón de Amón, Amado del Sol, Alejandro, Vivo para Siempre.

Pero Alejandro, Vivo para Siempre, estaba muerto, y no había vivido lo bastante para celebrar su décimo tercer cumpleaños.

* * *

De esa forma Casandro, el más despiadado de los hijos del viejo Antipatro, atrajo la desgracia hacia su familia, que se negaba a tener ninguna relación con él.

Su hermana, Eurídice, esposa de Ptolomeo, se dedicó a partir de entonces a las buenas obras, para compensar y expulsar el mal. Convirtió en un deber y un placer defender a los inocentes, y ayudó a muchas jóvenes pobres de Alejandría a casarse a su costa, proporcionándoles dote. No pronunciaba nunca el nombre de su hermano Casandro, e invocaba el hechizo del olvido, para no soñar más con las cosas espantosas que él había hecho.

Ahora, Casandro tenía la sangre de la mayor parte de la familia de Alejandro en sus manos, y sin embargo seguía vivo, y ningún fantasma le acosaba. Pero los oráculos predecían que no moriría feliz tampoco, y que se hincharía, lleno de agua, y que los gusanos anidarían en su carne viva. Este horror tardaría veinte años en suceder, pero el oráculo siempre tiene razón.

* * *

No quedaba, por tanto, ningún varón de la familia de Alejandro, ningún rey que gobernase sobre Egipto, y sólo un miembro de su casa seguía con vida: su hermana Cleopatra, en tiempos esposa del rey Alejandro de Epeiro, pero ahora dos veces viuda.

La vida de esa mujer había sido muy poco afortunada, porque en su boda fue asesinado su padre, Filipo de Macedonia, contando ella sólo dieciocho años. Ahora ya no era joven, tenía cuarenta y seis años, y casi se le había terminado la edad de engendrar hijos.

Sin embargo, desde la muerte de su hermano, la ex reina Cleopatra había atraído a muchos pretendientes, todos deseosos de unirse a la gloria de Alejandro, porque aquella Cleopatra era la última oportunidad de alianza dinástica con la sangre real de Macedonia.

Cleopatra, la primera de muchas mujeres con el mismo nombre (y Thot dice, lector, que no debes confundir a esta mujer con la más famosa de todas las Cleopatras, la séptima, que vendrá mucho, mucho más tarde), recibió a todos los mensajeros con palabras altaneras, y aunque escuchó todas las propuestas de matrimonio, las rechazó también todas.

Cleopatra no se casaba, y vivía por entonces en Sardis, en Lidia, rodeada de traiciones y conspiraciones y protegida sólo por su extraordinaria fuerza de voluntad. Por turnos, todos y cada uno de los sucesores habían pretendido su mano: Perdicas, el viejo Antipatro, Antígono el Tuerto... todos habían querido casarse con ella. Incluso Casandro le había hecho una oferta, aunque ella nunca habría aceptado casarse con el hombre que se suponía que era el asesino de su hermano.

El atractivo de Cleopatra era el que se asociaba con el nombre de su hermano, y quizá no fueran ya sus encantos físicos los que hacían que los hombres la buscaran con tanta diligencia, pero entonces fue cuando Ptolomeo empezó a fantasear y verse como marido de Cleopatra, y ese aspirante a novio tenía entonces cincuenta y nueve años.

A Cleopatra no todo le iba bien, pues sus enemigos se acercaban, y entonces ella miró a su alrededor, temiendo por su seguridad, buscando un aliado y protector, y pensó que un matrimonio seguro sería la respuesta a sus problemas.

Cuando Ptolomeo envió su primer mensajero para pedirle a Cleopatra que se convirtiera en su esposa, ella no quiso saber nada, sabiendo muy bien que él no la cortejaba a ella, sino el *kudos* que obtendría al casarse con la hermana de Alejandro. Pero cuando oyó decir que Casandro había matado a su sobrino, de doce años, y que luego, poco después, mató a su medio hermano Heracles, y también a su madre, Barsine, se sintió muy asustada. Envió embajadores a Ptolomeo para preparar el matrimonio, porque recordaba que era un hombre amable, justo y generoso, y también ocurría que era el más rico de todos los sucesores. De todos los sátrapas, Ptolomeo era el hombre que deseaba Cleopatra, y le envió palabra de que estaba a punto de abandonar Sadis y navegar hacia Alejandría, y Ptolomeo se dispuso a darle la bienvenida.

Mientras se arreglaban estas cosas, Cleopatra fue puesta bajo arresto domiciliario súbitamente por orden de Antígono el Tuerto, y fue el Tuerto quien envió una noche a algunas mujeres a visitar a Cleopatra, y lo siguiente que se supo de ella fue que se había encontrado su cuerpo en el suelo de su dormitorio en medio de un charco de sangre pegajosa.

Durante muchos días Ptolomeo fue arriba y abajo por su sala de audiencias. Durante muchas horas miró el mar, manteniendo una estrecha vigilancia de la gran bahía, envió a preguntar cuántos barcos se habían hundido y qué barcos llegaban, pero no llegó noticia alguna de Sardis, ni barco alguno, y al final no hubo festividades, ni cuarta boda para Ptolomeo, porque la novia estaba muerta.

Las noticias de la muerte de Cleopatra hicieron que Eurídice y Berenice sintieran un gran alivio. De hecho, ambas gritaron encantadas.

Todos los aspirantes legítimos al trono de Alejandro habían muerto ya, y al parecer no quedaba obstáculo alguno para la creación de soberanías independientes para sus sucesores. Así, al cabo de veinte años de la muerte de Alejandro, todos los miembros de su casa habían sido brutalmente asesinados, un total de diez personas, la mayor parte mujeres y niños.

Sin rey que gobernase Egipto, se abría el camino para que el sátrapa Ptolomeo se convirtiese en rey, si lo deseaba. Pero Ptolomeo era un hombre modesto. No tenía deseo alguno de atraer los celos de los dioses sobre su cabeza. Y cuando el sumo sacerdote le preguntó si le complacería ser faraón, Ptolomeo meneó la cabeza y dijo:

–No, no pienso hacer tal cosa.

2.21
Ptolomeo Micros

En aquel año de tantas muertes, también ocurrió un nacimiento notable: el del segundo hijo de Berenice y Ptolomeo, después de ocho años intentándolo.

¿Cuántos bebés muertos había llevado Berenice a la *nekropolis*? Había perdido la cuenta. Cinco quizá, o seis. Pero había mucha peste y fiebre en Egipto, y no se esperaba que nadie viviese más de treinta años, de modo que siempre era una especie de milagro vivir más allá de la infancia, y una ocasión de grandes ofrendas a los dioses.

Berenice, al final, había recurrido a los remedios egipcios sugeridos por los sacerdotes de Sejmet, la diosa leona de Menfis, como pasar a rastras siete veces hacia atrás y hacia delante bajo el vientre de un camello. Otra vez se le requirió que caminase siete veces en torno a la gran pirámide de Khufu o Keops, como las mujeres estériles de Egipto, con la idea de que seguramente aquello la ayudaría a ser madre otra vez. Pero aquella caminata no había tenido éxito tampoco, y sólo sirvió para dejarla exhausta y furiosa.

Para que funcione un remedio egipcio es necesario, claro está, *creer* también que funciona, pero Berenice no creía en realidad. Era griega, de Grecia, más griega que nadie, y a decir verdad odiaba todo lo egipcio, los dátiles y los camellos, las palmeras y las tormentas de arena, las serpientes y los escorpiones, y se despreciaba a sí misma por haber hecho caso de una medicina egipcia que con ella no funcionaba.

Al fin, el verano del décimo quinto año de la satrapía de Ptolomeo, cuando muchos de los griegos abandonaban Alejandría para ir a las islas templadas del mar Egeo, huyendo de las cegadoras nubes de polvo calizo en las calles y el calor sofocante, Ptolomeo y Berenice fueron a Kos, isla de las lechugas, donde el calor era menos intenso, moderado por frescas brisas. Porque Kos era más saludable que Egipto, y también tenía la mejor escuela médica del mundo griego, y un templo a Asclepios, famoso por curar los desarreglos femeninos. En Kos había abundancia de verdor, y tranquilidad, y médicos griegos que comprendían los problemas de Berenice.

En Kos le hicieron tomar cocimientos de nervios de riñón e incienso con vino, para restaurar la fertilidad perdida por la brujería. Berenice probó muchas medicinas, pero al fin se curó comiendo un ojo de hiena con regaliz y eneldo, que garantizaba la concepción al cabo de siete noches de tomarlo. Y el sátrapa mismo se prestó, con el testículo izquierdo atado una vez más con la tira de papiro, con la creencia segura de que haciéndolo se convertiría en padre de un nuevo hijo.

Con el frescor de la mañana, Berenice paseaba por la terraza del templo para presenciar cómo se alimentaba a las serpientes sagradas. Con el frescor de la noche, caminaba por los bosquecillos sagrados de cipreses y contemplaba el mar azul como *sappheiros*, hacia Cnido y Halicarnaso, y creía que Asclepio, el dios de la salud, estaba con ella.

Al mismo tiempo, Ptolomeo buscaba la cura para sus ataques de frío y de calor, las fiebres repetitivas que le habían perturbado desde que abandonó Grecia. Ptolomeo también sufrió la cura llamada incubación en el Templo de Asclepio, en la cual se le hizo comer grasa de león y aceite de rosas, y se tendió a dormir en el santuario del dios, donde las serpientes sagradas fueron a lamerle las orejas, y donde, al fin, el dios debía de aparecer y tocarle, con lo cual las fiebres repetidas habrían pasado. Pero Ptolomeo no vio a ningún dios. No durmió en el Templo de Asclepio mejor de lo que dormía en Alejandría, y ninguna de las supuestas curas que le proporcionaron en Kos tuvo el menor efecto sobre sus ataques febriles. Se quedó algunas semanas más, sin embargo, enviando mensajeros de ida y vuelta a Egipto, gobernando por poderes, a través del *Dioiketes* y su ejército de funcionarios, y nadie sospechó siquiera que el sátrapa no estaba en casa, porque en Menfis les habían dicho que dijeran que estaba en Alejandría, y en Alejandría, que había subido a Menfis.

Al final Ptolomeo volvió a Egipto, dejando a Berenice al cuidado de Asclepio, sus perros santos y sus serpientes sagradas, y en el mes de Famenot siguiente, cuando las amapolas estaban floreciendo en Kos, y con un vientre a reventar, ella experimentó de nuevo los dolores de parto.

Berenice respiró hondo, tal como le decían, y aguantó hasta el vigésimo día del mes, que era el mejor día posible, aunque en realidad ningún día era desfavorable para el nacimiento de un niño. Pero el niño nacido el día veinte del mes, decían, sería un hombre sabio. El hijo de Berenice era un niño y ella gritó dando las gracias a Artemisa por ello y por su cabello rubio, que era la marca de un auténtico hijo de Macedonia, y le dedicó a Asclepio un par de orejas de oro macizo, tan grandes que se podía dormir encima de ellas, como ofrenda de gracias al dios por haber escuchado sus plegarias.

El décimo día de su vida, aquel hijo de Ptolomeo hijo de Lagos recibió su nombre, tal como previamente habían discutido sus padres. O, de hecho, no discutieron, porque sólo podía llevar un nombre: Ptolomeo, el Guerrero. Éste era el Ptolomeo hijo de Ptolomeo que fue conocido en la historia como Ptolomeo Filadelfo, El Que Ama A Su Hermana, pero ese título no se impuso hasta muchos, muchos años después. Al principio, como era el último hijo y el más joven, el *metakhoiron* o más pequeño de la camada, le llamaron simplemente Micros, Pequeño, para distinguirle de todos los demás de su familia que llevaban aquel nombre ilustre y muy ilustre.

* * *

Berenice amamantó personalmente a Micros, habiéndose tomado en serio las sabias palabras de sus físicos griegos: no hay que emplear a una nodriza si es posible, sino alimentar a los hijos una misma, por muy mujer del sátrapa que fuese. Porque no se sabía, realmente, qué malas cualidades podía transmitir una nodriza junto con la leche destinada a otro niño, que no era de rango satrapal, y Berenice no tenía ningún deseo de que su amado hijo se alimentase con leche destinada a un niño muerto.

Berenice, esa madre tan decidida a salirse con la suya, se negó no sólo a tener nodriza, sino también a las vendas.

Dijo que Ptolomeo Micros no sería atado a una tabla con los miembros vendados durante los sesenta primeros días de su vida, y que no deseaba que su hijo creciese con mal genio, como su medio hermano Ptolomeo Keraunos, del cual se decía a menudo que habían sido los vendajes los que le habían enfurecido de por vida. Ésa, en cualquier caso, fue la razón por la que Micros creció con las piernas torcidas.

Berenice tampoco permitió que Micros fuese alimentado con ratones hervidos para evitar la incontinencia.

–Si moja la cama –dijo–, pues que la moje. El hijo de un sátrapa no comerá ratones hervidos.

Berenice, en realidad, era una mujer muy poderosa, con unas opiniones propias muy singulares, que de ningún modo temía expresar, y cualquier físico, griego o egipcio, que se propusiera decirle que estaba equivocada notaba la afilada navaja de su lengua.

El sátrapa también reconocía el poder de su mujer. Pero era aquella fuerza lo que le gustaba de ella. Era una mujer que sabía lo que quería. No se callaba, como Eurídice. No tenía miedo de decirle lo que pensaba de su gobierno de Egipto. Y de vez en cuando, hasta Ptolomeo encontraba que debía hacer exactamente lo que Berenice le decía.

A su debido tiempo Berenice se dirigió a Egipto con su nuevo hijo, y el cuadragésimo día después del nacimiento, el sátrapa realizó las oportunas celebraciones griegas en su residencia de Alejandría. Los días de dudas e incertidumbres habían acabado. Ptolomeo Micros vivía. Sería educado y no abandonado. Era miembro de la familia, y tenía el mismo cabello dorado que su padre, un cabello como el sol, y no se parecía a su medio hermano, Ptolomeo el Rayo (quien, por supuesto, era oscuro), como se podía imaginar.

Berenice, que había estado sin hogar, sin amor, sin amigos, en realidad era una intrigante, una soñadora, que no se detenía ante nada para seguir su propio camino. ¿Cómo educó, pues, a aquellos dos hijos suyos? A la hija mayor que tuvo con Ptolomeo,

Arsinoe Beta, la chica que debió ser un chico, la había educado para que fuese dura como un hombre, no débil y femenina, e incluso deseó ahogarle sus sentimientos femeninos.

Desde luego, en un principio, Berenice le enseñó a Arsinoe Beta cómo hacer las cosas habituales de las chicas: trabajar en el telar, coser y bordar, tocar la lira..., esas tareas sin las cuales ninguna chica podría soportar el aburrimiento de vivir en el *gynaikeion*, porque era el trabajo lo que ayudaba a las mujeres griegas a sobrellevar sus vidas recluidas, el trabajo interminable, llevado a cabo en la semioscuridad de aquellas habitaciones en las cuales ningún hombre debía poner jamás su sandalia, aparte de los eunucos, medio hombres, que las custodiaban.

Pero cuando Arsinoe Beta hubo llegado a su séptimo cumpleaños, empezó a recibir la educación completa de un chico también. Para empezar, aprendió el *alpha beta*, y el arte de leer y escribir en griego. Aprendió matemáticas sencillas y geometría, y luego matemáticas más complicadas. Aprendió todas las artes de la guerra: táctica, estrategia, diplomacia e incluso el entrenamiento con las armas para que supiese defenderse muy bien a sí misma, como si su destino fuese convertirse en una auténtica amazona, como aquella desdichada Adeia-Eurídice, la esposa de Filipo Arrideo.

Sí, ésa era exactamente la idea de Berenice: que su hija podía necesitar todas aquellas habilidades si se iba a convertir en esposa de algún gran gobernante. La propia Berenice había sobrevivido haciéndose dura, suprimiendo sus sentimientos femeninos, siguiendo su camino para ser verdaderamente como un hombre.

Y lo más importante de todo, Arsinoe Beta tenía absolutamente prohibido ser como Eurídice: como una paloma, sin cerebro, completamente femenina y absolutamente inútil para su marido en todo salvo en la concepción de niños. Porque Eurídice había sido hija de un sátrapa, pero se la educó para que confiara en esclavos y sirvientes para todo lo que necesitara. Eurídice era una mujer que apenas sabía ponerse el *peplos* sin ayuda. No sabía cuál era su mano izquierda y cuál su derecha, y no digamos ya nada de llevar la casa de su esposo. No, la pobre Eurídice era incapaz de cuidarse, y mucho menos de cuidar a otras personas. Y, ¿qué le había ocurrido? Pues que había acabado siendo una esposa rechazada. Era un fracaso total, sin esperanza alguna, y sus hijos, según la opinión de Berenice, serían también sucesivos fracasos.

Arsinoe Beta tuvo que prometer que intentaría ser dura. Que intentaría ser como un hombre. Que intentaría ser el hijo que Berenice no había tenido. Cuando nació Ptolomeo Micros, Arsinoe Beta tenía ya nueve años, y era demasiado tarde para volver a ser femenina: el daño estaba hecho.

* * *

Al principio, el plan de Berenice funcionó. Arsinoe Beta luchaba casi igual de bien que sus medio hermanos con la espada corta, e incluso era un ejemplo de ferocidad para ellos. Saltaba con pesos y arrojaba el *diskos* y la jabalina tan bien como cualquiera de los hijos de Eurídice. Pero aunque Arsinoe Beta deseaba ser como un chico, tener un corazón de piedra, un corazón de hierro, que no sintiera nada y no se dejara conmover por los sentimientos, como se conmovían los corazones de las demás mujeres, no podía tener éxito en aquello que deseaba con tanto ahínco.

Porque el destino de aquella muchacha era enamorarse con tanta intensidad que apenas supiera lo que estaba haciendo, y con las consecuencias más trágicas. Aunque hizo todo lo posible por sofocar su naturaleza femenina, Arsinoe no pudo desterrar sus sentimientos femeninos, iguales a los de cualquier otra mujer. Lloraba, sí... por supuesto que lo hacía. Tenía instintos maternales, ¿cómo no iba a tenerlos? Se preocupaba por lo que les pasaba a sus niños. Sí, aunque Arsinoe Beta era dura, a pesar de sí misma, no fue lo bastante dura.

¿Qué dice el dios de la Sabiduría? Thot dice: realmente, no puedes convertir a una mujer en un hombre. Thot dice: no puedes frenar el amor de una mujer.

Y en cuanto al hijo, Ptolomeo Micros... Berenice le enseñaba a no ser como Ptolomeo Keraunos, diciendo:

–No seas tan guerrero. No quieras luchar siempre, porque así es como se comportan los bárbaros...

Esa madre animaba a los tutores de su hijo a que le enseñaran ciencias, drama, poesía (cosas de la mente) y se burlaba de la obsesión por hacer la instrucción con la falange y aprender la mejor manera de matar a un hombre. Keraunos había crecido, pensaba, amando la guerra más de lo que debía amarla un muchacho, y por tanto intentaba restablecer el equilibrio y enseñar a Micros a interesarse por la paz, como su padre.

Micros, por tanto, creció un poco blando, y su tendencia natural, en cualquier caso, era la pereza y la inactividad, y su instinto natural era pensar, más que usar el cuerpo y ser violento. Era más estudioso que su medio hermano, de modo que, realmente, tenía pocos temas de los que hablar con los generales y almirantes de las fuerzas de su padre.

Thot pregunta: ¿lo había planeado Berenice todo de esa forma? ¿Tener una hija que fuera más bien como un hombre: activa, guerrera, con buena cabeza para las matemáticas y las altas finanzas, y para la guerra, y un hijo que era más bien como una mujer, pasivo, pensador, más interesado en la paz que en la guerra? ¿Era todo aquello obra del poder de Berenice? Por el momento Thot no tiene la respuesta. Quizá, dice, quizá.

Thot se reserva sus respuestas para más tarde. El plan de Berenice no se cumpliría hasta al cabo de muchos años, y ella no viviría para disfrutarlo. Pero cuando tuviese lugar el matrimonio de aquellos dos hijos suyos entre sí, unos veinte años más adelante, sí, el triunfo de la tía Berenice sobre Eurídice, la sobrina, sería completo.

Así, al menos, aparecía el futuro ante Anemhor, sumo sacerdote de Ptah, cuando éste miraba en su cuenco de agua con aceite en la superficie, y no le disgustaba lo que veía allí, aunque apenas podía creer que lo que veía se convirtiese en realidad.

* * *

El mismo año que nació Ptolomeo Micros, un ejército comandado por el joven hijastro del sátrapa, Magas, hijo de Berenice y del misterioso Filipo, recuperó el territorio perdido de Cirene para Egipto.

Ptolomeo mostró los dientes y como recompensa convirtió a Magas, que sólo tenía dieciocho o diecinueve años, en gobernador de Cirene, adonde su madre podía, de vez en cuando, viajar para visitar a su hijo, llevándose con ella camellos cargados de ricos comestibles de Alejandría.

Al principio Magas se sintió un poco extrañado por verse enviado fuera de Egipto, y preguntó:

–¿Por qué no puedo pasar el tiempo en Alejandría? ¿Por qué no puedo ser soldado en el ejército de mi padrastro?

Pero Magas no tenía la capacidad de ver el futuro, como otros.

El problema era que Magas podía ponerse celoso de Ptolomeo Keraunos, el heredero. Porque Berenice sabía muy bien que en el momento en que muriese su marido, y se diese a Keraunos el poder de un sátrapa en Egipto, su hijo Magas sería hombre muerto, porque representaba una amenaza a la seguridad y podía causar problemas, ya que podía derrocar a Keraunos y tomar el poder para sí.

Era poco probable, quizá, dado que Keraunos apenas tenía catorce años, pero Ptolomeo se acercaba ya a los sesenta. El sátrapa podía morir en cualquier momento, y debía pensar en el futuro o en lo que podía ocurrir cuando él ya no estuviera.

Magas, por tanto, se fue muy feliz a Cirene. Era un joven muy recto, a quien preocupaba la forma correcta de hacer todas las cosas. No olvidaba que había vivido en Egipto por la buena voluntad de su padrastro, o que si hacía cualquier cosa equivocada en Cirene sería desterrado y se le enviaría de vuelta a Macedonia, donde no tenía ni amigos ni parientes. No olvidaba que si representaba la mínima amenaza a la estabilidad de Egipto, sería asesinado rápidamente. En Cirene, Magas podía hacer, dentro de lo razonable, lo que quisiera. Se veía honrado por la confianza de Ptolomeo, y agradecido por el apoyo de su madre.

A Magas le gustaba comer, y en Cirene, famosa por su buena cocina, fue engordando. Por el momento no tomó esposa. Tenía las habituales concubinas y muchachos para divertirse. Le quedaba mucho tiempo para casarse y engendrar un heredero. Mientras tanto, se ocupaba disfrutando de los placeres y el gobierno de su provincia.

El horóscopo de Magas había previsto que sería rey y padre de una hija famosa. Desde la Cirenaica, famosa por sus caballos, por su pescado fresco y por sus bellos carruajes, el futuro del joven Magas parecía brillante.

2.22
Ladrón de libros

Al acabar la estación navegable aquel año, cuando Ptolomeo Micros tenía ya un año, Ptolomeo el sátrapa hizo al fin las paces con Casandro, hermano de Eurídice, su esposa, y retiró la flota egipcia a Alejandría, diciendo:

–Realmente, nadie en su sano juicio querría hacer la guerra en invierno.

Un año después de esto, el famoso Demetrio de Falero (Thot dice, lector, que no lo confundas con Demetrio Poliorcetes, que es otro hombre muy distinto) se vio obligado a huir de Atenas, donde había sido poco menos que gobernante, al aproximarse precisamente ese Poliorcetes. Y Demetrio de Falero buscó asilo con Ptolomeo en Alejandría.

Este Demetrio le daría a Ptolomeo la idea de fundar un gran Museion, un Templo de las Musas, y la Gran Biblioteca de Alejandría también se supone que fue idea suya. Algunos decían incluso que el gran faro no fue idea de Alejandro, sino de Demetrio de Falero. De modo que, en cualquier caso, fue una figura muy importante, antes incluso de poner los pies en Egipto, y Ptolomeo, que era un hombre amable, justo y generoso, se tomó la molestia de darle la bienvenida.

Porque Demetrio de Falero era sabio, listo, astuto, por encima de todos los demás hombres, y lleno de ideas brillantes. Y Ptolomeo sintió que podía resultarle muy útil, tan útil que concedió al momento a aquel exiliado dependencias propias en la residencia, y esclavos y sirvientes, y secretarios, y tres comidas al día e incluso un salario, a cambio de que le proporcionase nuevas ideas, y le concedió que, a cualquier hora del día o de la noche, el oído del sátrapa estuviese dispuesto a escuchar lo que tenía que decir.

Al cabo de diez días de su llegada, Demetrio había soñado con una docena de maravillosos proyectos destinados a hacer famoso a Ptolomeo y a su casa en todo el mundo griego, y el primero de ellos fue la idea de una biblioteca que tendría una copia de todos y cada uno de los libros del mundo. Y como demostración de lo maravilloso que era ser sátrapa, y del poder que poseía un sátrapa, en cuanto nació el pensamiento éste empezó a ponerse en práctica. Sí, Ptolomeo accedió a tener aquella biblioteca por la mañana y por la tarde los libreros ya habían recibido instrucciones, se habían dictado normas para los lectores y se había enviado un *prostagma* diciendo que todos los libros de la ciudad debían ser llevados a Demetrio para que los examinara, con vistas a adquirirlos para la biblioteca..., es decir, que aquéllos que poseyesen papiros se veían más o menos obligados a «regalarlos» a la nueva fundación. De modo que a algunos les dio la impresión de que Ptolomeo iniciaba su biblioteca «robando» libros de todos los estudiosos de Egipto, y lo mejor de todo es que la biblioteca no iba a costarle a Ptolomeo ni un solo hemióbolo. Lo único que necesitaba eran las estanterías para albergar los pergaminos, y un edificio que albergase los estantes. El edificio ya existía, porque era una parte no usada de la residencia, y de ese modo se abrió la biblioteca al momento.

Demetrio de Falero, graduado del Liceo de Aristóteles, era famoso no sólo por su inteligencia, sino también por teñirse el cabello negro de amarillo, y por su costumbre de embadurnarse el rostro con cosméticos de mujer para parecer más joven de lo que era. Le gustaban tanto las mujeres elegantes como los chicos guapos, los banquetes tanto como la filosofía, y aunque la filosofía era su primer interés, también le gustaba mucho emborracharse, y tenía la misma sed por el vino sin diluir que el mismo Ptolomeo.

* * *

La otra cosa importante de la que se responsabilizó Demetrio de Falero fue de instar a Ptolomeo a que pusiese los ojos en el tratado titulado *Sobre la realeza*, y hacerle pensar en convertirse él mismo en rey, porque Demetrio pensaba que eso era lo que debía hacer Ptolomeo.

Sí, fue Demetrio quien sembró la semilla, diciendo: «No hay razón por la cual no puedas ser rey». Compartía la idea de Anemhor de que un faraón residente traería la calma a Egipto, y lo liberaría de revueltas.

Ptolomeo empezó a leer entonces, por la noche, cuando no podía dormir, y soñó con un glorioso futuro para sus descendientes, y todo aquello fue obra de Demetrio, el de la lengua bien dotada, aquel hombre con las mejillas enrojecidas como una mujer, que se hacía servir por jovencitos desnudos, y cuya mayor contribución a la fama, cuando vivía en Atenas, fue la invención de un gigantesco caracol mecánico que dejaba un rastro de baba alcohólica por la calle tras él.

En el trabajo de Aristóteles *Sobre la realeza*, Ptolomeo leyó que un reino es resistente, y que difícilmente sufrirá la destrucción. Si un reino cae, puede ser por dos razones: el rey ha tratado de controlar más de lo que le corresponde, o bien se ha producido una pelea entre su familia.

Lo más importante, según decía Aristóteles, era que la familia real no disputase, que los hijos no luchasen entre sí, que la reina no luchase con sus hijos y que el rey no luchase con sus hijas.

Ptolomeo se rió mientras leía aquello. ¿Cómo, en nombre de Zeus, era posible evitar que una familia griega no se pelease? Porque su familia parecía pasarse el día entero y un día tras otro peleando. Peleaban por todo y por nada. Se peleaban porque eran griegos, porque a los griegos les encanta pelearse, y se les da bien pelearse. Y se peleaban también con todas las demás familias de Egipto. Durante las comidas, el sonido de las voces que se elevaban, furiosas, se oía siempre desde el comedor del sátrapa, porque los griegos parecía que siempre estaban furiosos, parecía que siempre estaban discutiendo, aunque no fuera así.

Los Ptolomeos... ¡hasta su propio nombre significaba guerreros!

Thot lo sabe: aquella familia pelearía durante trescientos años. Y bajo aquel primer Ptolomeo las peleas apenas habían empezado. Thot lo jura: las peleas, tal como predijo Aristóteles, acarrearían su perdición.

* * *

Ptolomeo, sin embargo, siguió leyendo, y sus ojos no podían abandonar las páginas. Después de leer, discutió con Demetrio sobre el arte de reinar, y cómo ser rey.

Demetrio dio a Ptolomeo muchos consejos sabios. Le dijo que pensara en las posibles causas de los fracasos. El heredero al trono, por ejemplo, podía ser un hombre a quien costase respetar. Aunque el poder que tuviese aquel hombre fuese real, y no el de un tirano, podía abusar de su posición.

El fin de la realeza estaría marcado, dijo Demetrio, porque cuando los súbditos de un rey dejan de consentir, el rey ya no es rey, pero un tirano sigue siendo un tirano, aunque sus súbditos no le quieran. Por razones como aquélla, dijo Demetrio, se destruían las monarquías.

¿Qué quería entonces Ptolomeo? Quería que su casa reinase en Egipto para siempre. Así que le preguntó a Demetrio cómo sería posible aquello.

Y Demetrio le dijo que el camino se encontraba en la educación.

–Tres cosas hay de la mayor importancia –dijo–. En primer lugar, debes enseñar al heredero a ser rey. En segundo lugar, debes enseñar al rey a no ser un tirano. Y en tercer lugar, debes enseñar al heredero el arte del autocontrol.

Ptolomeo prestaba mucha atención.

–El tutor del heredero –continuó Demetrio– es el hombre más importante de la residencia, más importante aún que el propio rey, porque el tutor representa el futuro, la supervivencia de la dinastía, incluso.

Ptolomeo veía que Demetrio decía palabras de gran sabiduría. Pero también veía que quizás era ya demasiado tarde para que a un chico como Ptolomeo Keraunos se le pudiesen enseñar esas cosas. Keraunos ya tenía su propia manera de ser.

El propio Demetrio tenía sus propias ideas acerca de la casa de Ptolomeo. En su tratado *Sobre la Fortuna*, Demetrio profetizaba que, igual que los macedonios, que eran casi unos bárbaros desconocidos sólo cincuenta años antes, habían derrocado el imperio de Persia, a su debido tiempo los macedonios serían derrotados por la Fortuna, y tendrían que ceder su jefatura a otro poder. Demetrio se refirió entonces al reino de Macedonia, pero en su corazón pensaba lo mismo del gobierno de los macedonios en Egipto. Al principio de aquella dinastía, pues, Demetrio, el más sabio de los griegos, ya veía cómo terminaría.

Decirle tales cosas a Ptolomeo, sin embargo, habría sido poner a prueba en exceso el valor de su vida. Y por lo tanto Demetrio se mordió la lengua, esa lengua tan bien dotada, y se guardó lo que realmente pensaba para sí.

Pero cuando bebía demasiado Demetrio hablaba, y decía la verdad:

–La Fortuna ha prestado a la casa de Ptolomeo sus bendiciones... hasta que decida tratarlos de una forma distinta.

Y en cuanto a Thot... Thot dice que un hombre no tiene que ser tan sabio como Demetrio de Falero para saber que todo, algún día, llega a su fin. Excepto, por supuesto, el propio Thot, y los dioses de Egipto, que son dioses verdaderos.

Y en cuanto a Ptolomeo, empezó a creer que podía hacer que el gobierno de los griegos sobre Egipto durase para siempre.

2.23
La batalla por Chipre

La primavera del año en el cual Egipto celebraba el sexagésimo primer cumpleaños de Ptolomeo, hijo de Lagos, Antígono el Tuerto dispuso que su hijo Demetrio Poliorcetes, que tenía entonces veintinueve años y estaba en el apogeo de su poder, se hiciese cargo de una gran campaña contra Ptolomeo, cuyo objetivo era arrebatarle la isla de Chipre, todavía gobernada por el hermano menor de Ptolomeo, Menelao, un hombre que, según creían algunos, no era un *strategos* demasiado bueno.

Demetrio, por supuesto, debía obedecer las órdenes de su padre, aunque hubiese preferido seguir haciendo lo que estaba haciendo, que era una campaña por la liberación de Grecia de Macedonia, pues creía que era una noble causa. Pero el Tuerto quería que acabase la guerra con Ptolomeo lo antes posible.

Demetrio intentó, en primer lugar, sobornar a Cleonides, general de Ptolomeo, pero el hombre se negó a aceptar un solo dracma, y por tanto Demetrio se hizo a la mar hacia Chipre con sus quince mil soldados, sus cuatro mil caballos, sus ciento diez *trieres* muy marineras y sus cincuenta y tres buques de transporte lo suficientemente resistentes para llevar el peso de la caballería, infantería y centenares de ingenios de guerra, lanzadores de pernos y catapultas que Demetrio debía llevar consigo adondequiera que iba.

Demetrio desembarcó y colocó sus tiendas en la costa nordeste de la isla, y luego trasladó sus tropas tierra adentro para atacar la ciudad de Salamina, la fortaleza de Menelao.

Cogieron al hombre casi por sorpresa, pero éste reunió el mayor ejército que pudo y marchó con doce mil hombres y ochocientos caballos a la salida de Salamina, para enfrentarse con su enemigo. Siguió una breve pero feroz batalla en la cual los hombres de Menelao se vieron sobrepasados y perseguidos hasta el interior de las murallas de la ciudad por Demetrio, y allí Menelao se atrincheró lo mejor que pudo y envió un mensaje urgente a Ptolomeo, en Egipto, de que mil hombres de sus tropas estaban muertas y tres mil habían sido hechos prisioneros.

Menelao puso muchas excusas, y escribió: «En realidad, apenas tuvimos una hora para prepararnos para la batalla...», y pidió ayuda a su hermano, diciendo que sus intereses en la isla se hallaban en grave peligro.

Algunos dijeron que Menelao, de hecho, había perdido nada menos que la mitad de su ejército, que se había retirado a la ciudadela en completo desorden, pero entonces demostró su valor y preparó todos los ingenios de asedio y cualquier cosa que pudiera ser arrojada a Demetrio como proyectil por las murallas de la ciudad, y apostó soldados en las almenas e hizo los mayores esfuerzos que pudo por defender Salamina contra el asedio.

Demetrio envió a sus hombres a construir arietes, y construyó también la famosa torre de asedio llamada Helépolis o Destructora de Ciudades, que tenía noventa codos de alto y nueve pisos, y estaba llena de catapultas e ingenios de guerra que podían arrojar rocas de tres talentos de peso, y necesitaba llevar a doscientos hombres en su interior para manejar los mecanismos.

Esta gran arma de Demetrio rodó hasta las murallas de la ciudad y disparó sobre ella lluvias de grandes piedras de modo que las almenas de Salamina quedaron prácticamente destruidas. Pero aunque Demetrio golpeaba los muros, los hombres de

Menelao resistían con tanta habilidad que durante algunos días la batalla no se decidió. Ambos bandos sufrieron reveses y graves heridas, y cuando al fin parecía que Salamina iba a ser tomada al asalto, Demetrio dio la orden de retirarse hasta el amanecer, porque estaba demasiado oscuro para que un hombre viese siquiera su propia mano delante de la cara.

Menelao, temiendo que Salamina se perdiera a menos que emprendiese alguna acción desesperada, rogó a los dioses de la Hélade y tuvo la idea de arrojar hacia Helépolis durante las horas de oscuridad todas las maderas que pudo encontrar, y luego flechas incendiarias a las maderas, de modo que Helépolis ardió por completo.

Demetrio dormía mientras destruían su maravillosa máquina, y aunque se puso furioso, no se desanimó, porque pensaba que Menelao no era el más astuto de los comandantes y pronto sería derrotado.

* * *

Cuando el heraldo llevó las noticias a Ptolomeo, éste navegó hacia Chipre con diez mil soldados de infantería y su gran flota de ciento cincuenta barcos de guerra y doscientos transportes. También llevó consigo a Ptolomeo Keraunos, de quince años, a Arsinoe Beta, de nueve, a nueve niños más y a todas sus esposas y concubinas para que contemplasen su gran victoria.

Echó el ancla en Pafos, en el otro extremo de Chipre, y luego fue costeando hasta Kition, desde donde envió un mensaje: «Ptolomeo saluda a Demetrio. Sal de mi isla antes de que te machaque y te haga papilla».

Demetrio respondió: «Demetrio saluda a Ptolomeo. Soy invencible, y tú eres quien quedará reducido a polvo».

Demetrio hizo la generosa oferta de permitir a Ptolomeo que se retirase de Chipre si entregaba las ciudades de Sikia y Corinto. Pero Ptolomeo se negó a retirarse de lo que era propiedad suya, y dijo que no entregaría nada sin defenderlo. No había otra elección, pues, que luchar, y la batalla que siguió fue llamada batalla naval de Salamina, en Chipre. Fue de la mayor importancia para todos los gobernantes del mundo griego, porque el premio para el que ganase no sólo era Chipre, sino también Siria y el dominio total de todos sus rivales.

La noche antes de esa lucha, Ptolomeo soñó que bebía cerveza tibia, y eso significaba pérdida de propiedad, pero pensó que en Egipto la cerveza siempre estaba tibia, y no hizo caso de lo que le dijeron los oneiroscopistas. Les preguntó a sus almirantes, sin embargo, qué pensaban que debía hacer, porque el sátrapa era un hombre de tierra adentro y no se encontraba a gusto en absoluto a bordo de un barco en alta mar. De modo que Ptolomeo envió tropas a Menelao por tierra, y al propio Menelao le dio órdenes de que saliese en un barco del puerto de Salamina, si podía, con los sesenta buques de guerra que tenía cuando la batalla estaba en todo su apogeo, porque su plan era que Menelao cayese sobre la flota de Demetrio desde atrás y sembrase la confusión realizando la famosa maniobra que los griegos llamaban *diekplous* o navegar a través. Ptolomeo pensaba que si los refuerzos de Menelao aparecían a tiempo, seguramente ganaría aquella batalla.

De algún modo, sin embargo, Demetrio sospechó cuál era la estrategia de Ptolomeo y colocó diez de sus barcos de guerra para que bloqueasen el canal de salida del puerto, que era muy estrecho, de modo que los barcos de Menelao quedasen atrapados dentro. Demetrio entonces se hizo a la mar con ciento ochenta *trieres* o naves trirremes, entre ellas diez *hexeres,* o naves de seis, y siete *hepteres,* o naves de siete, unos buques mucho más grandes que cualquiera de los usados en batalla, con dispositivos para arrojar proyectiles montados en la proa y catapultas capaces de arrojar pernos de más de tres palmos de largo, y Demetrio sonreía, porque sabía que iba a derrotar a Ptolomeo y hacerlo papilla.

Mientras Ptolomeo se dirigía a Salamina a toda velocidad a cubierto de la oscuridad, Demetrio se quedaba esperándole.

Ptolomeo pensaba que podía tomar la mejor posición antes de que su enemigo estuviera dispuesto, pero con las primeras luces vio que la flota de Demetrio estaba cerca, fondeada en orden de batalla, y sus ánimos recibieron un fuerte sobresalto.

¿Qué ocurrió? Demetrio dio una paliza a Ptolomeo, tal como había prometido, porque Menelao no consiguió llegar a tiempo para salvarle, y Ptolomeo, habiendo perdido todos sus buques excepto ocho, se vio obligado a huir. Los soldados de Ptolomeo luchaban por mantenerse a flote en el agua a centenares, mientras veían cómo sus barcos ardían sobre las aguas. Las trompetas de guerra de Demetrio resonaron, y sus hombres lanzaron vítores y exclamaciones y lanzaron improperios como «Hemos jodido al enemigo», mientras contemplaban cómo los cuerpos se iban hundiendo y desapareciendo de la vista uno por uno, para servir de comida a los peces y a las innumerables criaturas del fondo marino.

Demetrio había ganado una brillante victoria, haciendo trizas la flota egipcia. Había hundido sesenta y dos barcos de Ptolomeo y capturado ciento setenta, y convertido esa acción en la derrota más humillante de toda la vida de Ptolomeo. Y lo peor de todo es que le había derrotado un hombre que tenía la mitad de sus años.

Ptolomeo se olvidó de sí mismo en aquella ocasión hasta el punto de entrar en cólera, y maldijo a su inútil hermano, porque parecía que todo lo que Menelao había hecho en su vida se había convertido en un desastre. Y entonces se desprendió del talismán del geco que debía haberle proporcionado la victoria en la batalla, diciendo que era *inútil,* tan inútil como su hermano Menelao.

Y en cuanto a Demetrio, perdió solamente veinte barcos, todos los cuales pudieron ser reparados y puestos de nuevo en servicio casi de la noche a la mañana. Y la ciudad de Salamina y la isla de Chipre a partir de entonces pertenecieron a Demetrio Poliorcetes, Antígono el Tuerto y Macedonia, y no a Ptolomeo y Egipto.

* * *

Casi tan mala como la pérdida de Chipre fue la desaparición del séquito de Ptolomeo: sus amigos, concubinas y todos sus hijos, que habían quedado, para su seguridad, en los barcos de transporte que navegaban detrás de la flota, como espectadores. Ptolomeo temía que todos ellos hubiesen caído o bien en las manos de Demetrio o bien en el mar, y no sabía todavía qué había sido de ellos, pero temía lo peor, temía haberlo perdido absolutamente todo, incluido su heredero y el futuro de su dinastía.

El trato habitual de los griegos para los prisioneros de guerra era mutilarlos, o bien cortándoles las orejas y los labios, o bien marcándolos al fuego y vendiéndolos como esclavos por una bonita suma de dinero. Pero Demetrio mostró una vez más que era generoso en la victoria. Enterró con honores a los enemigos muertos que pudo pescar del mar, y dejó libres a los prisioneros sin pedir el pago de rescate alguno. Entre ellos se encontraba el joven Leontiskos, hijo de Ptolomeo y Thais, en servicio activo por primera vez, y muchos de los mejores oficiales de Ptolomeo. Demetrio podía haberles cortado el pulgar de la mano derecha, o haberlos vendido a todos para que se convirtieran en esclavos eunucos, pero devolvió a sus prisioneros sin pedir ni un solo dracma.

Demetrio devolvió también a Ptolomeo sus esposas y concubinas, entre las cuales se encontraba Lamia, la famosa prostituta, cuya belleza sin par había declinado ya, y que, según imaginaba Ptolomeo, resultaría una carne demasiado avejentada y decaída para deleitar a un joven como Demetrio, que podía conseguir a las mujeres más hermosas del mundo, pero en realidad constituyó un triunfo personal de aquel hombre devolver a casa a Lamia después de hacer pleno uso de sus servicios.

Después de todo, aquél había sido el estribillo constante de los hombres de Ptolomeo: «Hemos jodido al enemigo», y así Demetrio se tomó la venganza más dulce haciendo a Lamia lo que los marineros de Ptolomeo habían amenazado con hacerle a él.

Pero Ptolomeo estaba dispuesto a llamar a Demetrio *kalokagathos*, un completo caballero, porque no puso un solo dedo encima de Berenice, y la devolvió sana y salva y con su legendaria y afilada lengua intacta, que usó de inmediato para reprender al propio Ptolomeo por su estupidez. Thot lo sabe: ella tenía razón.

Ptolomeo hizo ante los dioses de Grecia el solemne juramento de que recuperaría Chipre, que le pertenecía legítimamente, aunque fuera lo último que hiciera, y aunque el Oráculo de Zeus-Amón en Libia dijese que le costaría diez años conseguirlo.

Por su parte, Demetrio se sorprendió al ver que las tropas de Ptolomeo capturadas se negaban a cambiar de bando y luchar por él, algo casi insólito. Pero había buenas razones para que los hombres de Ptolomeo permaneciesen leales a él.

Ptolomeo había establecido a aquellos soldados contratados en pequeñas parcelas de terreno en el distrito del Lago de Egipto, que se encontraba a un corto trayecto por el río de Menfis, dándoles la sensación de que participaban en su satrapía. De esa manera se había asegurado la lealtad de unos hombres famosos por su deslealtad. A causa de estas concesiones de tierras, lucharían de nuevo por Ptolomeo. Porque Ptolomeo era el más amable y generoso de los amos, un *kalokagathos*, a su vez.

Y en cuanto a los once niños de Ptolomeo, se mordieron la lengua y no osaron hablar de la derrota de su padre, pero no olvidaron su aventura ni la terrible *nausiasis*. Arsinoe Beta, de nueve años, había permanecido de pie en la proa de su barco vomitando por encima de la borda pero con los ojos bien abiertos, sin perderse nada. Era su primera *naumachia*, y la emoción que le produjo la recordaría para el resto de su vida como una gran lección de cómo no ganar.

Su hermana Ptolemais, de doce años entonces, recordaba también aquel día porque había visto en la distancia a un hombre de extraordinaria belleza y heroísmo que jugaría un papel muy significativo en su futuro, el hombre que estaba destinado a ser su marido: el propio Demetrio Poliorcetes.

Y en cuanto a su media hermana Eirene, hija de Thais de Atenas, la mayor de todas las hijas de Ptolomeo, como resultado de la batalla marina de Salamina también obtuvo un marido, y a diferencia de Ptolemais, lo consiguió en seguida.

Después de Salamina, Demetrio Poliorcetes se convirtió en amo de todo Chipre, y derrocó a todos los reyes de ciudades que habían gobernado allí antes que él, de modo que esos hombres se vieron obligados a retirarse. Uno de ellos, Eunosto, hijo de Pasikrates, que había sido rey de Soloi, en Chipre, huyó a Egipto, donde para su buena fortuna acabaría casándose con Eirene, hija de Ptolomeo.

Demetrio celebró aquella gran victoria suya acuñando unos tetradracmas de oro que mostraban a Niqué, la diosa alada de la victoria, de pie en la popa de su buque insignia. Niqué había sido buena, muy buena con Demetrio, y éste le dedicó grandes ofrendas. Antígono, su padre, se regocijó al oír el éxito de su hijo, y asumió con la importancia que ello representaba la diadema de rey, y empezó a llamarse a sí mismo con el título y nombre de *Basileus*, o rey, y a comportarse como un rey, y fue el primero de los sucesores en hacer tal cosa.

En cuanto al propio Ptolomeo, volvió a Egipto con el espíritu muy decaído, pensando que el poder marítimo ptolomeico se había terminado para siempre. Había luchado durante dieciséis años para mantener bajo su mando Palestina, Siria y Chipre, y ahora todo aquel gran imperio suyo había desaparecido. Lo único que podía llamar suyo era el propio Egipto, y el territorio de la Cirenaica, al oeste.

Sin embargo, no se sintió abatido por mucho tiempo. Hizo un solemne juramento ante los dioses de Grecia e hizo también, como siempre, lo que pensaba que Alejandro habría hecho en las mismas circunstancias: reunió sus fuerzas y se preparó otra vez para luchar por aquello que creía que era suyo por derecho.

2.24
El taumaturgo

Y en cuanto al otro Demetrio (el de Falero), se había hecho aún más famoso por aquel entonces a causa del dios Serapis. Serapis, a quien la gente de Alejandría había olvidado últimamente, porque la verdad es que el nuevo dios era un híbrido un poco extraño, casi idéntico a Zeus, que ya tenía su propio templo y su propio culto por todas partes en la ciudad.

En el nuevo y gran Templo de Serapis, en Alejandría, se erguía la gigantesca estatua de culto del dios, con el rostro azul, barbudo, benigno, con sus ojos de gema brillando en la oscuridad. Su rostro era suave, misterioso, majestuoso, adecuado para un dios del Mundo Subterráneo, y en su cabeza sobresalía el cesto de cereales que simbolizaba el granero que era Egipto.

La estatua y el Templo de Serapis realmente sobrecogían, pero hasta que no hubiese milagros, un nuevo dios resultaba inútil, porque la gente sólo iba a contemplarle por curiosidad y luego se iba. Poca gente se quedaba a pedir favores a aquel dios, porque no concedía ninguno. Nadie dejaba ni un solo óbolo para Serapis, que no tenía reputación alguna excepto su enorme tamaño.

¿Y qué hizo entonces Ptolomeo? Pues habló con Demetrio de Falero, el griego más sabio de todo Egipto, y le preguntó qué se podría hacer con el nuevo dios, que estaba empezando a resultar un gran fracaso.

Por primera vez en su vida, Demetrio no supo qué decir. Intentó hablar pero no acudía ninguna palabra a su boca, y acabó alzando las manos, y Ptolomeo pensó en retirarle los esclavos y el salario y enviarle de vuelta a donde había venido.

Mientras Ptolomeo intentaba pensar en alguna forma de hacer popular a Serapis, Demetrio, sin previo aviso, se quedó ciego de pronto, e hizo que su esclavo le condujese por el brazo a través del ágora para consultar a su físico.

Demetrio estuvo sumido en la oscuridad en pleno día durante un mes entero, y daba lástima mirarlo, porque su esclavo le conducía de un lado a otro, buscando curación. Dejó de comer. Su rostro se volvió demacrado. Se caía y se lastimaba los miembros, y por tanto iba cubierto de cortes y magulladuras.

Demetrio acudió a todos los físicos de la ciudad. Tomó un remedio hecho con los dos ojos de un cerdo, un colirio, plomo rojo y miel silvestre inyectado en los oídos, que se suponía era una cura instantánea para la ceguera. Nada funcionó.

Probó entonces una loción de mirra seca en leche agria.

Probó también un emplasto de cebolla en polvo.

Sollozaba y exclamaba:

–¡Es mejor no vivir que vivir ciego!

El propio Ptolomeo le envió su médico privado, que intentó con Demetrio incluso el infame ungüento hecho con excrementos de cocodrilo. Pero Demetrio continuaba viendo sólo la oscuridad total, y decía que se había resignado a vivir en las sombras para el resto de su vida.

Entonces un día fue, siguiendo un impulso propio, a pasar la noche en el Templo de Serapis, donde rezó al dios, y procuró que todos los hombres que conocía pusieran su confianza en Serapis y pidieran su curación.

Por la mañana hubo una conmoción en el barrio nativo, Rhakotis, donde estaba el Sarapieion, y se congregó una multitud de gente, y Demetrio apareció de pie en las escaleras del templo, sonriendo y demostrando que ahora ya veía perfectamente bien. Y se quedó allí gritando a pleno pulmón y diciendo que Serapis le había hablado durante la noche. Dijo que había recuperado la vista, y lo primero que vio fue la estatua de Serapis que inclinaba la cabeza hacia él. Aullaba: «¡Es el Señor Serapis quien ha curado mi ceguera!».

A partir de aquel día, la multitud nunca abandonó el templo. Los enfermos iban a dormir al santuario de Serapis a cientos, y dedicaban miembros artificiales de oro y de plata a cambio de sus curas milagrosas, y dejaban ofrendas para el dios que les había devuelto su integridad de nuevo.

Para los alejandrinos, entonces, el falso dios se convirtió en un dios verdadero, y los gritos de «¡Milagro!» resonaban cada mañana por las columnatas de la calle Canópica, y se extendían por toda la ciudad ya despierta.

Algunos susurraban que Demetrio nunca había estado ciego en realidad, sino que se había curado de su oscuridad mediante la negra oscuridad de su propio engaño. Pero Demetrio no veía razón alguna para que un dios falso no obrase un falso milagro. Ésa había sido la razón por la que se había inventado a Serapis: para que hubiese al menos un dios que estuviese bajo control humano.

Anemhor el Viejo no dijo nada de la falsedad de Demetrio, excepto sospecharla, y preverla, porque todos los griegos eran unos mentirosos. Pero la gente de Alejandría se lo creyó. Está en la naturaleza de los griegos creer en milagros.

Ptolomeo, sin embargo, estaba sorprendido. Lo que no podía comprender era que las curas efectuadas por Serapis fuesen curas reales, y que la fe de los enfermos fuese una fe auténtica. Era como si su dios inventado se hubiese convertido en un dios real, y Ptolomeo casi empezó a creer en la realidad del propio Serapis.

Entonces se veía a menudo moverse la estatua, y saludar con la cabeza a sus adoradores, como un dios auténtico, el más auténtico de los dioses, que derramase lágrimas auténticas de devoción por los creyentes.

Los habitantes de Egipto no sabían que Serapis era una artimaña, un engaño, una invención de Ptolomeo, y que uno de los propósitos de aquel nuevo dios era hacer que le ofrendaran su dinero.

Al propio Ptolomeo, el éxito de su dios le hacía mostrar los dientes y frotarse las manos al pensar en el dinero que iba a hacer, y en su cámara privada se reía hasta que las lágrimas le caían por las mejillas al pensarlo.

Y en cuanto a Thot... Thot sabe que no hay mentira como las mentiras de los griegos, que no hay mentiroso como un griego.

* * *

El siguiente milagro que tuvo lugar en Alejandría, según dijeron algunos, fue el matrimonio de Eirene, hija de Thais, que ya tenía más de dieciocho años y por lo tanto estaba madura para convertirse en esposa.

Eunosto, el que fue rey de Soloi en Chipre, fue el elegido como marido de aquella joven, y se decía que fue él quien se acercó a la residencia de Ptolomeo preguntando con qué mujer se podía casar, y que para recompensar la lealtad que le había mostrado aquel hombre, Ptolomeo accedió a su propuesta.

Aunque fuese hija bastarda, Eirene no se iba a ver privada de marido. Eirene podía casarse con un rey, porque era tan buena como cualquier otra joven, y el hecho de que su rey hubiese sido rey de menos de una mitad de isla, y que ya no fuese rey, no le restaba emoción al asunto. En absoluto: Eirene estaba segura, como Ptolomeo y como Eunosto, de que «en cuestión de meses», Demetrio Poliorcetes sería derrotado y Chipre volvería a ser posesión de Ptolomeo, y Eunosto podría volver a ser rey, y entonces Eirene sería su reina.

En privado, Ptolomeo dijo a Berenice:

–En realidad, una hija nacida fuera del matrimonio tiene suerte de encontrar un marido cualquiera, y no digamos un marido que sea rey.

Ptolomeo se sintió muy complacido al ver que su hija se casaba, aunque por el momento debía vivir bajo su propio techo. Porque, ciertamente, Eirene le recordaba a Ptolomeo a su madre. Tenía la misma voz ronca que Thais, la misma piel aceitunada, el mismo cabello rubio, la misma belleza sin par.

Ptolomeo no deseaba por aquel entonces que nada le recordase a Thais, de cuyo destino y presente no sabía nada, ni siquiera si estaba viva o muerta. Había despedido a aquella mujer, y todas las riquezas de Egipto, todos los hermosos palacios, la gloria de ser sátrapa, todas las concubinas, incluso el amor de Berenice... nada de todo aquello podía compensar la pérdida de Thais, la prostituta, y en el corazón de aquel sátrapa había un gran vacío, la añoranza de aquel tiempo suyo que había perdido, y habría deseado desandar sus pasos y volver al punto en que había tomado el camino equivocado.

Al final habría preferido volver a Macedonia, a su vida corriente en las colinas de Eordaia, a la vida sencilla de un campesino griego, a vigilar sus rebaños de ovejas y de cabras, a una vida sin complicaciones ni preocupaciones de Estado ni obligaciones de guerra; una vida en la que no se viese obligado siempre a prepararse para la batalla, o a dormir con una daga bajo la almohada por miedo a que sus antiguos amigos y parientes le asesinasen de madrugada y le quitaran todo lo que era suyo, incluso su satrapía.

Pero Ptolomeo había elegido vivir de aquella manera, o su destino había elegido por él, y debía hacerlo lo mejor posible. No podía volver atrás, sino que debía seguir, y aunque sabía que era imposible, deseaba olvidar a Thais y el pasado y no pensar tampoco en el futuro, cosa que también era imposible, sino vivir para el momento presente, por el placer del «ahora».

¿Y Eirene? ¿Qué fue de Eirene y Eunosto? ¿Vivieron en Alejandría para siempre? ¿Volvieron a Chipre como rey y reina? Pues en realidad el matrimonio de Eirene era lo último que sabría de ella la historia.

Thot pregunta: ¿no se olvidarían también Ptolomeo y su casa de Eirene? ¿De la reina Eirene? ¿Quién, en los años venideros, podría decir una sola palabra de lo que ocurrió con ella? ¿Cuántos descendientes tuvo, y quiénes fueron? ¿Cuál fue el destino y la historia de aquella bellísima joven?

En Egipto nadie sabía ni una sola palabra de ella. En Egipto nadie tenía absolutamente nada que decir de ella.

Y eso fue lo que ocurrió con la hija habida fuera del matrimonio de la mujer más hermosa del mundo: su destino fue el mismo que el de su madre, ser olvidada.

2.25
El asedio de Rodas

La pérdida de Chipre fue un golpe terrible para Ptolomeo, pero lo sucederían más golpes, porque al cabo de un año, Antígono el Tuerto dio órdenes de invadir el propio Egipto.

El Tuerto se hizo cargo personalmente de esta expedición, y dirigió por sí mismo el ejército de tierra, a pesar de tener casi ochenta años. Se llevó consigo ochenta mil soldados de infantería, ocho mil de caballería y ochenta elefantes. Su flota de ciento cincuenta barcos de guerra iba bajo el mando de su hijo Demetrio, que alardeaba diciendo que había dado una buena paliza a Ptolomeo en el mar, y que ahora le daría otra en tierra.

Mientras se estaba preparando todo el equipo, uno de los amigos del Tuerto tuvo un sueño en el cual veía al Tuerto disputando una carrera a pie en el *stadion* con sus ocho mil soldados, pero a partir de la mitad de la carrera se volvía débil, jadeaba y sólo conseguía acabarla a duras penas.

Pero aunque ese amigo le contó su sueño al Tuerto, y el Intérprete de Sueños dijo que aquello no podía significar otra cosa que el advenimiento de un desastre, el Tuerto aseguró que la predicción del futuro mediante los sueños era una tontería sin sentido y se negó a darse por aludido.

El Tuerto fue advertido también por los pilotos, hombres que sabían de lo que hablaban, del mal tiempo que se avecinaba. Pero Antígono era un hombre que, una vez había decidido algo, nunca lo dejaba sin concluir, y le disgustaba mucho seguir consejos ajenos. En eso se parecía bastante a Alejandro, y además sentía que aquélla podía ser su última oportunidad de darle una lección a Ptolomeo, y hacer trizas a su enemigo. Y dijo:

–Si puedo derrotar a Ptolomeo, hijo de Lagos, moriré feliz.

Antígono el Tuerto salió entonces de la ciudad de Gaza con una gran caravana de camellos cargados de grano y comida para sus bestias de carga, esperando ganar una magnífica victoria y conquistar Egipto para sí, y alardeaba de que los dioses de Grecia veían con gran favor a Antígono Monoftalmo.

Pero los dioses de Grecia siempre oyen a los fanfarrones. A los dioses no les gusta el orgullo desmedido, y todo lo que le podía salir mal al Tuerto, le salió mal.

En primer lugar, había reunido todas aquellas tropas en Gaza, pero eran tantos que no podían hacer nada con demasiada velocidad, ni obrar furtivamente, de modo que Ptolomeo se enteró de que llegaban y lo supo todo acerca de ellos. Después, y más grave, el Tuerto había elegido la estación del año equivocada, porque se retrasó hasta que se establecieron las Pléyades, momento en el cual el tiempo, con toda seguridad, empeoraba.

El plan del Tuerto era atacar a Ptolomeo en cuanto pudiera después de la derrota de Salamina, mientras su flota todavía se estaba recuperando, mientras sus tropas todavía estaban bajas de moral, curando sus heridas y tratando de recuperar su forma física para el combate. Ptolomeo había perdido muchos barcos, eso es verdad, y recuperar plenamente sus fuerzas le iba a costar algo de tiempo, porque las cuadernas para los barcos debían traerlas desde el Líbano, y costaba meses talar la madera y transportarla, y todo se hacía mil veces más difícil por el hecho de que Palestina ya no era propiedad suya.

Mientras, el Tuerto marchaba a través del desierto y Demetrio navegaba junto con su flota. Pero, como decían los hombres sabios: «Zeus, que siempre vigila, tuvo entonces el capricho de hacer que Demetrio lo pasara mal», porque envió unos vientos huracanados y unas enormes olas que hicieron trizas las pesadas *trieres* de Demetrio sobre la rocosa costa de Rafia.

Cuando padre e hijo llegaron al fin a la boca Pelusia del Nilo, vieron que Ptolomeo había bloqueado la entrada con barcos para que su enemigo no pudiese pasar, y las tropas del Tuerto se encontraron con el propio Ptolomeo, fondeado en su barcaza satrapal de oro, ofreciendo parcelas de tierra a los bravos soldados que quisieran cambiar de bando y luchar por Egipto, y gritando los detalles de su soborno a través de un altavoz de oro. Pensaba pagar la enorme suma de dos minas a los soldados, y nada menos que un talento a cada oficial que desertara de su campo.

El Tuerto lanzó una contraproclama, diciendo que cualquier soldado suyo que se atreviese a desertar y unirse a Ptolomeo sería castigado con la muerte por tortura, le cortarían las orejas, le arrancarían las uñas y tal y cual, y rezaba a los dioses para que el destino de la armada de Perdicas no fuera caer sobre su ejército también, porque ya veía que Ptolomeo había llevado consigo la mitad de los cocodrilos de Egipto.

Demetrio hizo pasar a la flota más allá de la boca Pelusia, buscando algún lugar donde desembarcar más al oeste, junto a Alejandría, pero fue atacado por los hombres de Ptolomeo. Y entonces, tal como se decía, el propio Zeus planeó un nuevo desastre para Demetrio, porque una segunda tempestad marina hizo naufragar sus mayores barcos de guerra en Canopo, de manera que se vio obligado a dar la vuelta y unirse a su padre en el campamento al este de Pelusio. El Tuerto se retiró entonces hasta Gaza, avergonzado y derrotado, sin haber conseguido nada, pero juró por todos los dioses de Grecia, que no habían levantado un solo dedo para ayudarle, que volvería.

Ptolomeo colgó su espada y su escudo en el templo de Apolo, en Alejandría, y les dijo a sus hijos que ya podían ganar las batallas por él en el futuro, porque estaba cansado de la guerra y de la locura de la guerra, y quería dedicar el resto de sus días a la paz. Hizo repetidas ofrendas de agradecimiento a Zeus y los dioses griegos, pero no olvidó tampoco a Serapis ni a Thot, y celebró con sus generales y almirantes lujosos banquetes de victoria, y les otorgó muchos y valiosos regalos de plata y de oro.

* * *

Antígono no volvió en persona a Egipto al año siguiente, sino que envió a Demetrio para que asediara la isla neutral de Rodas. Su propósito era perjudicar a Ptolomeo de todas las formas posibles, pero aquella vez buscó una forma de hacerlo menos directa, causando daño a sus intereses comerciales y privándole de los alimentos sofisticados de Grecia, porque sabía que el viejo Ptolomeo no podría soportar vivir sin sus comodidades.

El propio Ptolomeo no entendía por qué Demetrio se había metido en tantos problemas y decidido hacer aquello. Pero la respuesta no era difícil de averiguar. La isla y la ciudad de Rodas era una gran amiga y aliada de Ptolomeo, y tenía una larga tradición de comercio con Egipto. Había sido una astuta idea de Demetrio interrumpir los suministros de Grecia para perjudicar a su enemigo, porque sabía que si el gran mercado y los bancos de Rodas se cerraban, todo el comercio egipcio y levantino se detendría a su vez, porque todos los bienes pasaban por Rodas o dependían de ella. Ptolomeo se quedó despierto toda la noche, preocupado. De día empezaba a sudar cuando pensaba en aquello, y no podía parar de pensarlo, porque significaba, de entrada, que no habría especias en Egipto, y que faltaría el incienso. Y aquello era terrible, porque sin incienso, ningún griego podría adorar a sus dioses, ni ningún egipcio tampoco.

La sonrisa de Demetrio, pues, era amplia cuando alistó a los enemigos de Rodas (los piratas) y más amplia aún cuando, con un ejército de cuarenta mil hombres y cuatrocientos barcos de guerra, atacó la ciudad de Rodas, que consistía en una fortaleza muy resistente circundada por triples murallas y fosos, con un lado que daba al mar.

* * *

Los rodenses tomaron la precaución de guardar en el interior de aquellas murallas todo lo que estaba fuera, en los campos, como el grano, ganado, ovejas y cabras, y almacenaron carne y bebidas para preparar un sitio, reforzaron las murallas y se aprestaron a defender su ciudad.

También enviaron mensajes con una petición urgente de ayuda a Ptolomeo, el hombre que, según decían, podía salvarlos, si es que eso era posible, porque temían mucho la reputación de Demetrio Poliorcetes, habiendo oído cómo había bombardeado la ciudad de Salamina.

Al principio, Demetrio intentó atacar Rodas por sorpresa desde tierra, pero por alguna curiosa razón no se preocupó de cerrar el puerto, de modo que Ptolomeo pudo mandar suministros desde el mar, ya que por aquel entonces su flota estaba plenamente reparada. Una vez hecha la entrega, el propio Ptolomeo se apoderó de unos bienes enviados a Demetrio por una de sus esposas: ricas vestiduras púrpura, vajilla de plata y cosas semejantes, unos lujos que sólo podían resultar útiles para un sátrapa.

Cuando Demetrio intentó tomar el puerto no lo consiguió, y cambió entonces su estrategia y se concentró una vez más en el ataque por tierra, construyendo una Helépolis mucho mayor y mejor, de cien codos de altura, desde la cual lanzaba flechas, rocas y arena caliente y todo tipo de proyectiles terribles.

La torre rodaba sobre cuatro grandes ruedas de roble, y hacía tanto ruido que despertaba el terror y el deleite al mismo tiempo en todos los hombres que la contemplaban, porque aquella potente máquina de guerra iba dirigida por tres mil cuatrocientos hombres, mil de ellos empujándola desde dentro.

Demetrio construyó también un ariete que se balanceaba hacia delante y hacia atrás dentro de un marco para golpear las murallas de Rodas, y otros arietes de ciento veinte codos de largo, forrados de hierro y montados sobre unos rodillos, propulsados por mil hombres. Pero Rodas demostró que era capaz de resistir los ataques de Demetrio, que, a pesar de su sobrenombre, no hacía demasiados progresos. Lanzó unas rocas más grandes que nunca, aceite hirviendo, flechas en llamas, excrementos humanos y barriles de alquitrán hirviendo durante un año entero, día y noche, sin cesar, pero apenas consiguió arañar las murallas de aquella gran y orgullosa ciudad de Rodas, cuya gente se desvivía por mantenerlo fuera. No, Demetrio no consiguió incendiar Rodas, ni los túneles excavados por sus ingenieros consiguieron minarla. Tampoco consiguió que Rodas se muriese de hambre y se rindiera, porque sus aliados, Casandro y Lisímaco, enviaron diez mil medidas de cebada, cuarenta mil medidas de trigo y enormes cantidades de lentejas.

Ptolomeo envió mil quinientos soldados y varios barcos cargados de comida: dátiles, higos, melones, pastel de pichón, así como trescientas mil medidas de grano, judías, guisantes y lentejas, y muchas ánforas de la cerveza de los egipcios, que se llamaba *booza*.

Los rodenses no podían esconder su admiración por la heroica escala a la que trabajaba Demetrio, por muy terrible que resultase para ellos, y observaban embobados, e incluso aplaudían, sus flotas de galeras erizadas de remos, *pentekaidekeres* y *hekkaidekeres*, naves de quince y dieciséis, mientras pasaban, manejadas por miles de remeros, todos cantando para mantener el ritmo. Pero resistieron a aquel hombre hasta que su padre le envió una paloma mensajera con órdenes de volver a casa, a Macedonia. Demetrio se mostró entonces muy ansioso por encontrar algún medio de abandonar aquel sitio sin quedar mal, pero el Tuerto le ordenó que llegase a un acuerdo y firmase un tratado de paz antes de irse, y le dijo que debía partir de inmediato.

Muy aliviados, los rodenses firmaron el papiro de inmediato, y cuando la flota de Demetrio se alejó por el puerto enloquecieron en las murallas, lanzando vítores y silbidos y cantando obscenas canciones sobre Demetrio Poliorcetes, el Sitiador de Ciudades, cuyo asedio a Rodas fue un célebre fracaso.

Aquella última expedición de Demetrio fue, por tanto, una enorme pérdida de tiempo y energías para todo el mundo. Para Ptolomeo, sin embargo, lo más importante fue que el comercio con Egipto quedó restaurado, y que una vez más pudo tener especias en sus cocinas e incienso en sus templos para complacer el olfato de los dioses, tanto griegos como egipcios, porque por encima de todas las cosas era bueno mantener contentos a los dioses.

2.26
La apoteosis de Ptolomeo

Tales fueron los cálidos sentimientos del pueblo de Rodas hacia los sátrapas que los habían ayudado en sus dificultades que, unánimemente, decidieron erigir imágenes de oro de Lisímaco y Casandro en la ciudad. Pero pensaron también que una estatua de oro macizo no bastaría para demostrar la enorme, enorme deuda de gratitud de Rodas con Ptolomeo. Por tanto, enviaron embajadores hasta un lugar tan lejano como el Oráculo de Zeus-Amón, en Libia, para preguntarle si por fortuna les sería lícito honrar a Ptolomeo como dios.

La última vez que se le había planteado a Zeus-Amón una pregunta semejante, relativa a la apoteosis de Hefestión, el oráculo había rechazado tal pretensión. Pero aquella vez, para sorpresa de todo el mundo, incluyendo a los rodenses, que quizás habían hecho la pregunta esperando que la respuesta fuese «no», y que simplemente querían hacer un gesto, el oráculo concedió el permiso para que Ptolomeo fuese honrado como dios, y así debía hacerse.

Rodas tuvo que construir, por tanto, un lujoso templo de mármol dedicado a Ptolomeo de Egipto, y lo rodearon con un recinto sagrado con columnatas de mármol de un estadio de largo. Llamaron a aquel santuario Ptolemaieion, y en él ofrecían diariamente sacrificios de sangre a Ptolomeo, el dios, cantaban himnos a Ptolomeo el dios y hacían ofrendas de brazos de oro y orejas de plata y otras partes del cuerpo realizadas con metales preciosos, en la esperanza de que Ptolomeo, el dios, los curase de sus problemas médicos, cosa que hacía.

Los rodenses recompensaron también a Ptolomeo con un título griego muy prestigioso: *Soter*, que significaba Salvador, porque había salvado (aunque no él solo) la isla y la ciudad de Rodas. Decían que debía ser conocido y llamado con este título en Egipto, y ése fue, según le pareció a Ptolomeo, el mayor honor, porque Soter era un título que debía compartir con el propio Zeus, y sería Ptolomeo Soter durante el resto de su vida y, en realidad, para siempre, para el resto de los tiempos.

Algunos hombres se dedicaron a reírse de ese título, pues lo veían como un gesto del mayor sarcasmo, y remarcaban el hecho de que Ptolomeo en realidad no había enviado mucha ayuda a Rodas, o al menos no toda la que podía haber enviado, y que en realidad no había mandado ni los suficientes soldados ni la suficiente comida, y que en cambio había enviado el espantoso *booza*, que había conseguido que todos los hombres de Rodas eructasen sin parar durante quince meses.

Otros recordaban que el título de Soter fue concedido a Ptolomeo no por Rodas, sino por los ciudadanos de Alejandría, que eran muy buenos poniendo títulos sarcásticos, para recalcar el hecho de que Ptolomeo nunca en toda su vida había salvado a nadie de nada, porque realmente prefería la retirada al ataque, la paz a la guerra, quedarse en casa en lugar de ir al extranjero, sentarse en lugar de estar de pie, y dormir a estar despierto, y que en realidad lo que mejor se le daba a aquel hombre era no hacer absolutamente nada.

Thot dice: esto último quizá fuese un poco injusto.

Viniese de donde viniese el título, y fuese sinceramente otorgado o no, Ptolomeo lo aceptó con la mayor efusión. Le preocupaba, por supuesto, haberse apropiado de uno de los títulos de Zeus, el mayor de los dioses griegos, pero eso no le preocupó demasiado tiempo. Para estar bien seguro, había continuado realizando el sacrificio griego todos aquellos años. Y en cualquier caso, no pensaba desertar de sus dioses mientras le mostrasen algún signo de que estaban de su parte. Hacer otra cosa hubiese sido invitar al desastre.

Todas las noches, por lo tanto, Ptolomeo Soter, sátrapa de Egipto, dedicaba su tercera copa de vino a Zeus Soter (Salvador), como había hecho siempre. Beber la tercera copa de aquella manera era el símbolo de la Buena Suerte, la Buena Fortuna. La tercera copa, la tercera vez, siempre era la afortunada. Ahora, la tercera copa parecía implicar también a la casa de Ptolomeo, y, por extraño que pueda parecer, ser llamado Ptolomeo Soter también parecía afortunado.

Era, pensó, como dedicarse un solemne brindis a sí mismo.

* * *

En Rodas reconstruyeron el destrozado teatro griego, las dañadas murallas de la ciudad, y repararon todo lo que se había roto, de modo que la reputación de Rodas de ser la ciudad más bella del mundo griego (después de Alejandría) quedó restaurada.

Una vez ya acabado el sitio, los rodenses pidieron educadamente recibir como regalo alguna de las máquinas de guerra de Demetrio como recuerdo de su poder, y de su propio valor al resistirse a ellas, pues querían dedicar aquellas máquinas en sus templos.

Una historia diferente dice que Demetrio, simplemente, se dejó su Helépolis cuando se fue, por ser demasiado poco afortunada para usarla en conflictos futuros y demasiado grande para transportarla, y que dejó órdenes de que las máquinas de guerra fuesen vendidas como chatarra, y los beneficios se dedicaran a erigir una estatua conmemorativa del asedio a Rodas.

Fuera cual fuese la verdad, el caso es que se erigió una gigantesca estatua de bronce de Helios, el dios del Sol de los griegos, que era el protector de la isla, y ése fue el famoso Coloso de Rodas, una de las siete maravillas del mundo ya para toda la posteridad. A los rodenses les gustaba alardear de que el Coloso sería famoso hasta el fin de los tiempos, y que seguiría en pie siempre. Les costó doce años erigirlo, y al parecer estaba de pie a horcajadas (o justamente encima) de la entrada del puerto, brillando al sol, resplandeciendo y cegando a marineros y gente de tierra por un igual, absolutamente inútil.

Los cínicos se mofaban y decían que el Coloso no podía durar siempre, porque ninguna de las obras de los hombres dura eternamente, y tenían razón, porque el Coloso cayó debido a un terremoto cuando no habían pasado ni cincuenta años.

Ptolomeo no tenía demasiada buena opinión de aquella estatua, que no tenía nada que ver con él ni le afectaba. Por su parte, planeaba ya un monumento mucho más maravilloso, el famoso Faro de Alejandría, en las rocas a la entrada del gran puerto de su capital. Ptolomeo también alardeaba de que aquel faro, construido siguiendo principios filosóficos y científicos, nunca caería, porque reposaría sobre unos cimientos a prueba de terremotos. Pero de lo que más alardeaba, sin embargo, era de que, a diferencia del Coloso de Rodas, el faro salvaría vidas, sería un Soter en sí mismo, y resultaría útil. Y en esto, al menos, tenía razón.

* * *

Cuando llegó la noticia a Ptolomeo de que Antígono de Macedonia y su hijo Demetrio Poliorcetes también se habían otorgado a sí mismos el título de *Basileus*, o rey, Ptolomeo empezó a pensar que ya era hora de hacer él lo mismo.

Poco después, Lisímaco empezó a hacerse llamar no sátrapa, sino rey de Tracia, y el resto de los sucesores hicieron lo mismo, así que Ptolomeo no podía hacer otra cosa que imitarlos para no verse excluido ni quedarse atrás en gloria. Le preocupaba, por supuesto, el hubris, pero Ptolomeo se preocupaba por todo, y al final lanzó el *prostagma* y se hizo. Empezó a sentarse en su silla de una manera mucho más regia, tal como había hecho Alejandro, y la silla se convirtió en trono, y a semejanza de un actor que viste los ropajes de un monarca y, a causa de ello, de inmediato se convierte en rey, cambió todos los aspectos de su conducta: su forma de caminar, su habla y sus modales.

Berenice, como consecuencia, pudo llamarse a sí misma *Basilissa* o reina. Y hubo algunos que dijeron que se veía a Berenice cada vez más y más hinchada, grandiosa, orgullosa, altiva y majestuosa, más reina que la propia Olimpia, madre de Alejandro, más que la esposa de Darío, rey de Persia, y que sobrepasaba incluso a la difunta reina de Naktoreb, el último faraón nativo, porque ella estaba dispuesta a convertirse en la reina más «regia» que había tenido jamás Egipto. El corazón de Berenice se hinchó tanto que dejó de tener en cuenta a las diosas. Los cortesanos la halagaban, diciendo que Hera y Atenea, Artemisa y Afrodita, todas esas diosas, no eran nada comparadas con su belleza.

Ptolomeo se reía. Le decía a su mujer que no olvidase a Gerana, la reina de los pigmeos, que se ensorbebeció tanto y tanto que alardeaba de ser más bella que las diosas, de modo que Hera la convirtió en una grulla, un ave muy fea.

Ptolomeo, desde luego, era un rey griego, no rey y faraón de Egipto, pero el sumo sacerdote de Ptah observó con cierta satisfacción el aspecto egipcio del título de Ptolomeo de Soter, por Horus, el dios halcón, hijo de Osiris e Isis, que era el Harpócrates de los griegos. Horus mismo había sido un Salvador, un Soter también. Era muy adecuado que Ptolomeo usara un título semejante, pero tenía que adoptar también los títulos y dignidad de faraón y acceder a ser el Horus Viviente, Horus el Salvador, un dios vivo para los egipcios, así como lo era para los griegos.

Si Ptolomeo hacía tal cosa, le dijo Anemhor, el terrible vacío que existía en el corazón de la sociedad egipcia, causado por la falta de un faraón, llegaría a su fin. Sí, la incertidumbre acerca de la crecida del Nilo se eliminaría, y la fertilidad de las Dos Tierras quedaría garantizada. Si Ptolomeo aceptaba ser faraón, todo lo que había ido mal en Egipto durante todo aquel tiempo iría bien.

Desde luego, ser nombrado rey y ser un dios compensaba, de alguna forma, la derrota de Ptolomeo en Salamina, y le ayudaba a no pensar en ello, pero por el momento no estaba seguro de querer ser faraón.

–Yo soy griego –dijo–, no egipcio.

Y pidió algo de tiempo para poner en orden sus pensamientos acerca de un tema de tanta importancia.

La moral de Ptolomeo era baja. Claro que nunca había llamado derrota a una derrota, sino siempre «mala fortuna». Pero pensaba que Tiqué, la diosa de la Fortuna, tuvo que mirarle mal en la batalla de Salamina, y se preguntaba qué habría hecho para merecer tal tratamiento por su parte. ¿Había sido menos griego de lo necesario? ¿Había olvidado hacer los necesarios sacrificios griegos? ¿Se pondrían mucho peor las cosas si se convertía en egipcio, faraón de los egipcios? La fortuna le había fallado, le había abandonado en sus momentos de mayor necesidad, y le preocupaba el hubris. Le preocupaba haber mostrado ya demasiado orgullo.

* * *

Fuese un dios vivo o no, como para probar que sus dudas no estaban del todo injustificadas, ocurrieron más desgracias a Ptolomeo. En la batalla de Kos fue tan humillado que esa acción quedó sin registrar ni siquiera en los anales de Thot, y la fecha de esa batalla quedó para siempre dudosa.

En la batalla marítima de Andros, Ptolomeo fue derrotado una vez más, y ordenó que toda referencia a esta *naumachia* fuese borrada del diario oficial de la corte.

Cuando volvió a Egipto después de todas esas desgracias encontró a Anemhor, el sumo sacerdote de Menfis, esperándole en el muelle, como siempre, para saludarle. Estaba de pie con su traje de piel de leopardo, su cabeza calva brillando al sol, y miró directamente a los ojos de Ptolomeo, como si pudiera leer lo que había ocurrido antes siquiera de que Ptolomeo pudiese decirle una sola palabra.

Pero, por supuesto, el sumo sacerdote lo sabía todo. Se le daba bien penetrar a Ptolomeo con sus oscuros ojos, mirando,

mirando, y Ptolomeo, en tal ocasión, fue incapaz de devolverle la mirada, y apartó la vista, avergonzado. Y se maldijo a sí mismo por haber tirado el talismán del geco.

–La desaprobación de los dioses –murmuró Anemhor– puede mostrarse a menudo mediante el fracaso de las empresas militares...

Ptolomeo frunció el ceño y levantó las manos como diciendo que en realidad él sabía muy poco de los dioses de Egipto, cosa que era cierta.

–El fracaso –siguió Anemhor, tranquilamente– puede ser una señal de la ira de los dioses...

Ptolomeo frunció los labios y golpeó una mosca con su matamoscas de cuero, y Anemhor pensó que si el matamoscas de aquel hombre tuviese unas tiras alternas de oro y *sappheiros,* ganaría las batallas, y pensó de nuevo que Egipto carecía aún de faraón.

–En realidad –dijo Anemhor–, Ptolomeo debería construir más templos...

Ptolomeo aspiró aire y lo expelió. Sintió una opresión en la boca del estómago. Sintió deseos de golpear al sumo sacerdote de Ptah, el Gran Jefe del Martillo, en la mandíbula, y Anemhor, que sabía todas las cosas, supo lo que pensaba Ptolomeo.

–En realidad –dijo Anemhor–, Ptolomeo debería hacer más ofrendas a los dioses de Egipto...

Ptolomeo respiró con fuerza varias veces, sabiendo lo que diría aquel hombre a continuación.

Sí, sabía muy bien que, fuera lo que fuese, le costaría una fortuna, otra fortuna, pero lo que Anemhor le aconsejaba normalmente era lo mejor. En lo más hondo de su ser sabía que Anemhor le daba consejos sabios. Y por eso Ptolomeo accedió a dotar más templos egipcios, más trabajos públicos en el delta, más ayudas para las ciudades egipcias río arriba, y se convirtió en un benefactor aún más generoso para Egipto.

«El egipcio», pensaba, «aprecia con rapidez las señales de lo divino en todas las cosas». Si un hombre ganaba batallas o no las ganaba, todo estaba en manos de los dioses. Aquella vez le habían retirado sus favores. De nuevo. La solución a sus dificultades era bastante obvia. La única forma de derrotar a los enemigos de Egipto era otorgando a los dioses de Egipto las más extravagantes sumas de dinero. Y a eso fue a lo que accedió Ptolomeo entonces.

A su vez, el sumo sacerdote contempló a aquel hombre con mucho más favor aún. Ahora ya era un rey griego, que gobernaba a los griegos de Egipto. Pero seguramente, pensó Anemhor, al cabo de poco tiempo accedería a ser rey de Egipto.

2.27
Nada en demasía

En Menfis, el gran tema sobre los sacerdotes de Egipto era si coronarían o no a aquel sátrapa de los griegos, a aquel forastero, a aquel perro griego que no era de sangre real, a aquel Ptolomeo o Ptlumis o Ptolemio como faraón.

Algunos preguntaban: «¿Cómo podemos coronar a un extranjero que está sucio ritualmente?». Y otros preguntaban: «¿Cómo podemos coronar a un griego, que es culpable de cometer actos impuros con otros machos?».

Aun así, Anemhor, sumo sacerdote de Ptah, insistía en que incluso un griego, si se sometía a la adecuada purificación ritual, podía ser tan puro como el más puro de los sacerdotes egipcios. Habló largo y tendido acerca de las cosas buenas que ya había hecho Ptolomeo por Egipto como sátrapa. Señaló que incluso Alejandro había llevado la corona. Además, dijo que según su opinión Ptolomeo era inocente de actos impuros.

–No es como los otros griegos –dijo–, sino que prefiere a las mujeres.

Y al fin, los sacerdotes decidieron que apoyarían las propuestas de Anemhor.

El propio Ptolomeo todavía dudaba, preocupado, como de costumbre, y diciéndose a sí mismo: «No te consideres nunca igual a un dios».

Pero al mismo tiempo se decía a sí mismo: «No hay nada que un Ptolomeo no pueda conseguir». Y pensaba en las palabras de Homero: «Los dioses, después de todo, no pueden hacer nada».

Cuando Anemhor vino una vez más y le miró hondo a los ojos, dijo:

–El faraón es la encarnación del nexo entre el mundo de los hombres y el mundo de los dioses.

Ptolomeo le devolvió la mirada, pensando que el griego de aquel hombre no era demasiado correcto.

–El rey –dijo Anemhor– es la piedra angular de la sociedad egipcia. Él mantiene unidas todas las cosas.

Ptolomeo le miraba intentando no parpadear y pensando: «Los dioses auténticos no parpadean».

–La tarea del rey –continuó Anemhor– es hacer que el mundo funcione. Hace que el sol salga, que el sol se ponga.

Ptolomeo se retorcía el manto en los hombros, pensando: «¿Cómo puede ser tal cosa?».

Pero Anemhor siguió diciendo:

–La tarea del rey es hacer que el río aumente y descienda, que el grano crezca en los campos... Todas esas cosas sólo se pueden conseguir mediante los rituales adecuados en el templo.

Una mosca se posó entonces en la nariz del sátrapa y se quedó allí, moviendo las patitas.

–Egipto no debe seguir demasiado tiempo sin faraón –advirtió Anemhor.

De pronto, Ptolomeo se sacudió la mosca.

–Sin rey, el río no crecerá –insistía Anemhor–. Y si el río no crece, habrá revueltas en Egipto. Sin faraón, el caos y el desorden volverán...

Ptolomeo parpadeó a pesar de sí mismo. Dijo que era feliz siendo sátrapa. Tenía todo lo que deseaba. Dijo que no necesitaba ser rey de los egipcios. Realmente, no deseaba elevarse a sí mismo tan por encima de los demás hombres que sus actos pudiesen parecer una afrenta a los dioses de Grecia. Realmente, no quería ganarse el castigo de los dioses convirtiéndose en dios de Egipto.

Anemhor le rogó que accediese a ser faraón, y Ptolomeo vio incluso lágrimas en sus negros ojos, pero aun así, no era capaz de decidirse. Se quedó despierto toda la noche pensando en lo que representaría llevar el rabo de toro en todo momento, colgando entre las nalgas; llevar la Doble Corona del Alto y Bajo Egipto y ser el Horus Viviente, el Halcón de Oro.

Y mandó a decir a Anemhor que aún no estaba preparado, que no estaba seguro, que necesitaba más tiempo para pensar.

* * *

Berenice, su esposa, pensaba de otro modo. Berenice sí que sabía lo que quería, lo que debía hacer Ptolomeo, y empezó a acosarle y a hablarle de los ingresos obtenidos de los pueblos de río arriba, cuyos impuestos se podían desviar para el mantenimiento de su guardarropía. Por encima de todos los demás, fue Berenice quien instó a su marido a aceptar la corona y convertirse en faraón. Ella pensaba en el ilimitado suministro de oro que sería suyo si pasaba a ser reina de Egipto, y pensaba también en el hecho de que Eurídice no sería reina de Egipto.

Sí, Berenice deseaba mucho ser la Dama de las Dos Tierras: era Ptolomeo quien dudaba, pensando en la responsabilidad; pensando en el gran aumento de trabajo. Pensaba en las ya interminables colas de solicitantes con quejas, y que debía escuchar a todos y cada uno de ellos, y pronunciarse sobre cada una de las quejas. Y pensó en diez años, quizá veinte años más sin hacer otra cosa que resolver peticiones. Como si ya no tuviese bastantes problemas.

Ser un monarca, pensaba, era como poner grilletes de oro en sus muñecas y tobillos. Era meterse por su propia voluntad en una prisión con puertas de oro. No habría salida posible de esa prisión, y su encarcelamiento no tendría fin, excepto en la muerte.

Berenice soñaba con la gloria una y otra vez. Se veía vestida con la tiara del buitre, y con unos pendientes de oro cuajados de costosas piedras preciosas. Ansiaba mostrarse vestida de Isis, la Gran Diosa, o vestida como Hathor, Dama de Turquesa, y llevar el tocado con cuernos de vaca. Decía que le «encantaría» ser una diosa viviente. Y sentía también gran curiosidad por agitar el *seistron*, la sonaja sagrada, y ver el interior de los templos de los egipcios, donde, como griega, siempre había tenido prohibido poner siquiera la sandalia.

Berenice, aunque era muy inteligente, no lograba comprender lo que significaban aquellas cosas grandes y misteriosas, pero tampoco Ptolomeo. Ninguno de los griegos era plenamente consciente de la carga que podía recaer sobre el hombre que se convirtiese en rey de los egipcios. Aun así, al final fueron los pensamientos de Berenice los que empezaron a decantar el corazón de su marido.

Berenice, ay, pensaba en lo que ella tendría si Ptolomeo se convertía en faraón, y pensaba poco en los deberes que él adquiriría. Ella no pensaba, entonces, en los meses sin fin de ansiedad que pasaría Ptolomeo cuando cualquier cosa en Egipto fuese mal: la crecida baja, una sequía, hambre en la tierra y revolución, todo de inmediato, todas ellas cosas que, si ocurrían (es decir, cuando ocurriesen) serían culpa del faraón, y responsabilidad del faraón.

Desde luego, aquel hombre y su mujer no sabían qué era lo que se les pedía que aceptasen para ellos y para sus hijos y los hijos de sus hijos, hasta la décima generación. Porque, en realidad, una vez que fueran reyes de Egipto debían serlo para siempre y hasta el fin de los tiempos. Justo entonces, al principio, Berenice estaba muy emocionada, como un niño en un festival, pensando en el dinero, en las joyas y en todas las cosas buenas que caerían sobre ellos como una ducha de oro procedentes del propio Zeus, y Berenice se reía al pensar que Ptolomeo pudiera decir que no y tener que volver quizás a Grecia algún día y convertirse en un ciudadano corriente de nuevo.

Berenice no pensaba que cuando algo cae sobre la cabeza de un hombre, puede hacerle daño. Ella no pensaba que llevar una carga durante largo tiempo puede resultar duro al final. No, ella pensaba que la carga de la realeza sería ligera.

Por tanto, le apremiaba y por la noche le daba la lata para que hiciese lo que ella quería, y de día no hablaba de otra cosa que no fuese ser reina, ser la gran esposa real, y cuando pensaba que no la oían, reía a carcajadas al pensar en lo que iba a ser: *La Dama de las Dos Tierras, la Señora de la Felicidad.*

* * *

La siguiente vez que Anemhor el Viejo fue a hablar de Ptolomeo acerca del gran tema de la corona, Ptolomeo formuló de nuevo sus preocupaciones.

–Ser visto como igual a los dioses –dijo– es para un griego el crimen que con más seguridad atrae la venganza divina.

Anemhor se encogió de hombros como diciendo: «Eso no es nada».

–Los griegos lo llaman hubris –dijo Ptolomeo–, insolencia.

Anemhor se aclaró la garganta, como diciendo: «En realidad, no hay que preocuparse de eso».

–Escucha lo que dice Píndaro –dijo Ptolomeo–. Dice: «No te esfuerces por ser un dios. Las cosas de los mortales corresponden mejor a la mortalidad».

Y le habló a Anemhor de «nada en demasía», de «moderación en todas las cosas» y de «nada en exceso», como si Anemhor no conociese ya toda la supuesta sabiduría de los griegos.

Anemhor frunció los labios. Recordó a Ptolomeo que en lo concerniente a los griegos, él ya era un dios. Anemhor le recordó que los demás sucesores se hacían llamar todos reyes: Seleuco en Siria, Lisímaco en Tracia, Antígono en Macedonia. Eran todos ellos *Basileus*. Hasta Ptolomeo se hacía llamar *Basileus*, que significaba, más o menos, rey. ¿Qué diferencia podía representar simplemente hacerse llamar rey de Egipto también?

Poco a poco, Anemhor y Berenice fueron convenciendo a Ptolomeo para que adoptara su forma de pensar. Quizá después de todo, pensaba, él debería abandonar el traje griego y en su lugar vestir la doble corona, la corona roja y la corona blanca de Egipto, o el tocado de tela de rayas rojas y blancas llamado *nemes*, el rabo de toro y las sandalias doradas del faraón.

Ser un faraón era lo último que le quedaba por conseguir, porque ya tenía todo lo demás.

Pero aún no se atrevía a pronunciar la palabra.

Thot sabe lo que estás pensando, lector. Estás impaciente. Quieres que Ptolomeo se decida rápidamente, que se amolde a ser faraón. Abandona tus quejas, lector. Thot dice que ponerse una corona es algo muy pesado. Debes dar a Ptolomeo tiempo para pensar. Su decisión afectará a toda su dinastía. No habrá vuelta atrás. Volver la página y volver la página. Nunca antes en la historia de Egipto se oyó hablar de una historia semejante.

2.28
Dioses griegos

A Anemhor, hacía mucho tiempo que Ptolomeo le había dicho: «Mi casa es tu casa». Y Anemhor y los sacerdotes de Menfis tenían, por supuesto, el privilegio de entrar en la residencia de Ptolomeo por delante incluso de todas las órdenes de sacerdotes egipcios de todos los templos del Alto y Bajo Egipto.

Anemhor, como sumo sacerdote de Ptah, no tenía que quedarse de pie haciendo cola, sino que iba directamente a hablar con Ptolomeo a cualquier hora del día o de la noche. Porque era Anemhor por encima de todo quien mantenía el orden entre el sacerdocio de Egipto, y los sacerdotes eran los que, a su vez, mantenían a la gente calmada y manejable.

Anemhor ayudaba mucho a Ptolomeo. Sin Anemhor, Ptolomeo no habría sabido qué hacer. Sin ese sacerdote, Ptolomeo habría estado tan indefenso como un niño vendado.

Río arriba, el sumo sacerdote de Tebas no era tan amigo de Ptolomeo. No sonreía cuando acudía a la presencia del sátrapa, porque no le gustaban los griegos y los trataba con frialdad, con hostilidad. Tebas siempre hizo lo que pudo para minar la posición de aquel extranjero.

Anemhor de Menfis, sin embargo, le otorgaba su mejor ayuda, su mayor apoyo al griego. Veía que Ptolomeo hacía muchas cosas buenas para Egipto, que Ptolomeo era amigo de Egipto, que estaba dispuesto a luchar las batallas de Egipto aunque no siempre las ganase.

Sí, Anemhor hizo que en la estatua suya que se encontraba en el Templo de Ptah se inscribiera lo siguiente: «Me consultó el gobernador de Egipto, porque él me quería y conocía mis intenciones».

Cuando Anemhor se colocaba de pie ante Ptolomeo y le miraba a los azules ojos, se preguntaba todavía cómo era aquel hombre. Cuando Anemhor muriera, su hijo seguiría ostentando su alto cargo, si los dioses lo deseaban, y el hijo de su hijo después. Había ya cuarenta y ocho generaciones de sumos sacerdotes de Ptah en la familia de aquel hombre antes que él; mil doscientos años de sumos sacerdotes de Ptah, y el corazón de Anemhor se hinchaba de orgullo al pensarlo. Y sin embargo, su corazón se encogía también cuando pensaba que todavía podía servir a un faraón que no fuese egipcio, que podía realizar los rituales del templo en lugar del griego, de aquel perro jónico, de aquel hombre sin circuncidar, sucio, impuro, cuya gente imitaba a Seth y yacía macho con macho como un hombre yace con una mujer, para profanación de Menfis y gran ofensa a sus dioses.

A veces incluso el amistoso Anemhor veía a los griegos como Tifonianos, como seguidores de Seth, que era el enemigo de Horus, el enemigo de la luz, el mal hecho carne.

No, no todos en Egipto daban la bienvenida al griego con amplias sonrisas, aunque, desde luego, el griego era más bienvenido que el persa. No, tan pronto como llegó el griego hubo algunos que consultaron los horóscopos e hicieron sus predicciones de cuánto costaría que el griego fuese expulsado del trono del Egipto y se restaurase el gobierno de un faraón nativo.

En aquella época se redactó un escrito que se llamaba El Oráculo del Alfarero, que decía que los griegos se destruirían a sí mismos porque eran seguidores de Tifon, seguidores de Seth. Y el oráculo predecía que incluso la Agatos Daimon abandonaría la ciudad de Alejandría y emigraría a Menfis, la temerosa de los dioses. Alejandría quedaría desierta y el extranjero se desvanecería como las hojas de los árboles en otoño.

Sí, la profecía era que la ilustre ciudad de Alejandría llegaría a convertirse de nuevo en un lugar donde los pescadores secarían sus redes, lo que había sido antes de la llegada de Alejandro.

Y hubo tiempos en que parecía que Anemhor era el único hombre de todo Egipto dispuesto a ayudar a Ptolomeo; el único hombre que quería que aquel griego fuese faraón.

* * *

Inducido por Berenice, Ptolomeo empezó entonces a hacer llamar a Anemhor para preguntarle cosas egipcias que no comprendía.

–¿Qué es un faraón? –le preguntó.

Anemhor alzó las manos. ¿Por dónde empezar?

–El faraón es el que hace que las cosas se multipliquen –dijo.

Ptolomeo asintió con la cabeza.

–El faraón es el que sabe cómo dar –explicó–. El faraón es dios, es el hijo de los dioses. Es Ra, cuya presencia visible es el disco, y vive para siempre.

Ptolomeo clavó la mirada en aquellos ojos oscuros, ojos quc no traicionaban nada de lo que Anemhor estaba pensando.

–Cuando el faraón se sienta en el trono de Horus, es el hijo de los dioses. Sentado en su trono, con Horus el Halcón volando por encima de su cabeza, el faraón es Horus.

Ptolomeo pareció darse por satisfecho. Parecía que había comprendido. Pero hizo más preguntas.

–¿Y cuál es el deber del faraón? –preguntó.

–El faraón –respondió Anemhor– es responsable de la destrucción de los enemigos de Egipto. Debe mantener, imponer o restaurar el Maat.

E hizo una pausa, sabiendo cuál sería la siguiente pregunta.

–¿Qué es el Maat? –preguntó Ptolomeo, y no era la primera vez que lo hacía. No comprendía el Maat.

–El Maat –dijo Anemhor– es justicia. Es equilibrio. Es la cosa más importante. Es trabajo del faraón apartar todo lo que se oponga al Maat... es decir, el caos, el desorden.

Ptolomeo asintió, comprendió, pidió a Anemhor que continuase.

–El faraón es el dueño absoluto del Sol. Bajo el Sol, es el único propietario de la tierra de Egipto, que le ha sido legada por Horus, hijo de Osiris.

Ptolomeo se toqueteó de nuevo el manto.

–A su vez, el faraón confía el cuidado de la tierra a los templos. Asegura la protección de su gente mediante su relación con los dioses. A cambio, la gente de Egipto le entrega al faraón su obediencia, su homenaje y su trabajo.

–Entonces, ¿cómo es un buen faraón? –preguntó Ptolomeo.

–El buen faraón –dijo Anemhor– gobernará su rebaño como un pastor cuidadoso, con mano firme pero justa. El buen faraón no tolerará la insurrección.

–¿Y el mal faraón? –preguntó Ptolomeo.

–Un mal faraón –dijo Anemhor– es el enemigo de los dioses. Es el hombre que trae consigo el caos.

Anemhor sabía, y lo sabía también el propio Ptolomeo, qué tipo de faraón resultaría él. Después de todo, los sacerdotes de Egipto le habían «invitado» a ser su rey y su dios.

Justo entonces Ptolomeo se vio tentado a decir: sí sí, sí, sin hacer ninguna otra pregunta más. Porque pensaba: ¿qué otro griego en la historia de los griegos, aparte de Alejandro, había sido faraón? Ser faraón de Egipto, ¿no era lo más grande que hubiese hecho jamás griego alguno?

2.29
El Toro Sagrado

Mientras Ptolomeo dudaba todavía acerca de si adoptar o no el título de faraón, y ser coronado, nació el último de los hijos de Berenice. Ella lloró una vez más de vergüenza por haber alumbrado otra niña, sollozando y diciendo que los dioses la habían abandonado, y exclamando que era inútil, que era un fracaso, y rogó a Ptolomeo que abandonase a aquella niña.

Pero él le dijo: «No hay que avergonzarse de una hija; una hija es igual que un hijo», y aunque aquella niña era fea y enfermiza, y aunque los médicos menearon la cabeza y dijeron que no viviría, Ptolomeo no dejó que se abandonara a aquella hija, sino que le dio el nombre de Filotera, y dijo que, tuviese el aspecto que tuviese, la hija de un sátrapa podía casarse con un gran príncipe y formar parte de alguna alianza que podía significar la paz en el mundo durante un tiempo más.

Y aunque el destino de Filotera, de hecho, fue no tener nunca marido, también lo era convertirse en diosa.

Y ocurrió que los tres hijos de Berenice estuvieron destinados a contarse entre los dioses, así como también lo estuvo la propia Berenice.

Dentro de la residencia, los hijos de Ptolomeo llamaban a su padre *Pappas*, y se sabía que, de vez en cuando, jugaba a algún juego de pelota con sus hijos, mantenía corteses conversaciones con ellos y les prodigaba alguna muestra de afecto. En sus dependencias privadas, Ptolomeo relajaba la guardia y se le oía reír, y era el viejo Ptolomeo que siempre había sido: amable, cariñoso, como cualquier otro padre griego.

Pero Ptolomeo empezó a cambiar. La carga de los asuntos públicos ya pesaba sobre sus hombros. Fuera de la residencia aparecía severo, y no mostraba sus sentimientos, excepto quizá su ira ante alguna información extranjera. En público se comportaba con indiferencia hacia todos, incluso a su mujer Berenice, y a sus hijos, tanto legítimos como ilegítimos, los ignoraba por completo.

En público, las hijas de un sátrapa debían caminar con pasos medidos y los ojos bajos, y nunca debían correr. Sólo en privado aquellas niñas podían reír y cotillear, contar acertijos o hacer bromas. En privado, sí, parecían felices, casi como cualquier otra familia. Pero la atmósfera de normalidad era posible sólo cuando se escudaban de las miradas públicas. Entre extraños, aquellas niñas mantenían una especie de reserva impenetrable.

¿Y qué le estaba ocurriendo a aquella familia griega, a aquella familia normal? Estaban a punto de convertirse en una familia real, porque, desde luego, sólo era cuestión de tiempo, ahora, que se convirtieran en príncipes y princesas de Egipto, hijos e hijas de un dios viviente.

Algunos días, Ptolomeo se olvidaba de la carga creciente, miraba por las ventanas y exclamaba: «Espesa cae la nieve», y llevaba a sus hijos corriendo a verla, porque ellos sólo podían imaginar la maravilla que era que cayeran del cielo gris plumas heladas de ganso.

Cuando Ptolomeo gastaba tales bromas, sus hijos sonreían y le daban palmadas suavemente en los hombros por engañarlos.

Los hijos se acercaban más a su padre mediante las danzas griegas que debían bailar en los festivales griegos, cuando según la costumbre de los griegos, debían mostrar los dientes y cantar, y pasar los brazos en torno al cuello de los demás, y ponerse de pie en fila y levantar y bajar los pies siguiendo el baile como cualquier otra familia griega, equivocándose en los pasos. El padre entonces les enseñaba la forma correcta de hacerlo, y ellos copiaban su baile elefantino, y a todos les brillaban los ojos, y parecía que todo iba bien.

Pero el sátrapa, en realidad, se comportaba cada vez más como un hombre que vive un sueño. Incluso en privado se reía y bromeaba cada vez menos. Ya casi había dejado de ser el feliz Ptolomeo de su pasado, y se había replegado sobre sí mismo, mostrando casi siempre la media sonrisa del sumo sacerdote, como si estuviese pensando en convertirse en faraón. Porque, ¿cómo podía convertirse en Hijo del Sol y seguir siendo el mismo?

Thot dice la verdad: los hijos de Ptolomeo sufrían. Apenas hablaba con ellos. Aquellos niños pasaban más tiempo con niñeras y guardaespaldas que con su padre y su madre, y no, los padres no se daban cuenta de lo que estaba pasando. Lentamente, sus hijos se convirtieron para ellos en extraños que moraban en un mundo construido por ellos mismos. Sí, ciertamente, eran niños que tenían todo aquello que deseaban, todo lo que pedían, pero les faltaba la única cosa de la que disfruta todo niño egipcio: el afecto de sus padres.

No, los niños de Ptolomeo no vivirían ya unas vidas normales. Habían recorrido hasta la mitad el camino que conduce a la realeza sin ser conscientes de ello. Niños perdidos, ya nunca más volverían a ser los mismos.

Mientras Ptolomeo viviera y respirase, todos esos niños estarían a salvo, pero cuanto más se acercase él a la ancianidad, mayor sería el peligro que correrían sus vidas. Cuando Ptolomeo muriese, su heredero se aseguraría de que sus hermanos y hermanas muriesen y sólo lograse sobrevivir él. Mientras tanto vivirían unas vidas extrañas y remotas, aparte de la realidad, griegos en un país extranjero, niños desconcertados por lo que estaba pasando.

Sí, su padre estaba a punto de convertirse en halcón.

Sí, su madre estaba a punto de vestir la tiara del buitre por primera vez en la frente.

Sí, su padre, ese griego, ese griego normal y corriente, del pueblo, a partir de entonces sería llevado a todas partes por ocho hombres, porque, como un dios real, sus pies nunca más podrían volver a tocar el suelo.

* * *

Para Ptolomeo, el pasado era, según dijo, de poco interés. Su propio pasado deseaba olvidarlo, aunque no podía. Lo que le importaba siempre, decía, era el día de hoy. Pero por aquel entonces, de vez en cuando, hacía una pregunta sobre la historia de las Dos Tierras, y encontraba que nadie, griego o egipcio, tenía respuestas. Y cuando preguntaba por una historia de Egipto que se pudiese leer en su propia lengua, encontraba, por supuesto, que no existía tal cosa, y que no había libro alguno sobre ese tema excepto los trabajos de Herodoto y Halicarnaso, el griego a quien muchos llamaban Padre de la Historia, pero muchos más preferían llamar Padre de la Mentira.

Ptolomeo tenía entonces el súbito deseo y la añoranza de conocer los nombres y las personalidades de los faraones que habían existido antes. De pronto, quería saberlo todo de las pirámides, y de la Gran Esfinge de Menfis, y cuándo se había construido. Pero a pesar de todas sus preguntas, todos los sacerdotes y sumos sacerdotes de Egipto seguían alzando las manos, fingiendo que nadie tenía la respuesta a tales misterios. Y por tanto, Ptolomeo hizo que el sumo sacerdote de Menfis buscase a algún hombre en Egipto que pudiese escribir el libro de la historia de Egipto, que según pensaba, sería un libro adecuado para conservarlo en su Gran Biblioteca de Alejandría, y el hombre que le fue enviado fue Maneto de Sebenitos, el sumo sacerdote de Heliópolis, que hablaba y escribía griego tan bien como el mejor de los griegos, y Ptolomeo dio la orden a Maneto de empezar a escribir.

Este Maneto era muy instruido en temas históricos. Tenía los archivos de la Casa de la Vida, en el gran Templo de Ra en Heliópolis, a su disposición. En la lengua egipcia, su nombre era Mer-en-Tehuti, el Bienamado de Thot, y era Thot mismo quien supervisaba la escritura de su libro de historia.

Maneto escribía con rapidez, porque al sátrapa no le gustaba esperar.

Maneto no escribió, sin embargo, todo lo que podía haber escrito sobre Egipto. Desde luego, daba la sensación de tener un gran dominio. Recopiló sus materiales en la biblioteca de los sacerdotes de Ra. Enumeró los nombres de trescientos reyes de Egipto. Pero al mismo tiempo que escribía cosas que eran ciertas, también llenó sus papiros con seductoras historias que pensó que harían sonreír a Ptolomeo, y no reveló al griego toda la verdad acerca de las Dos Tierras.

Maneto repitió el cuento de Menes, el primer rey de Egipto, que reinó sesenta y dos años y luego fue devorado por los hipopótamos.

Copió también la historia del rey Neferkeres, que gobernó veinticinco años, incluyendo un período de once días en que el río fluyó lleno de miel.

En el pasado no tan distante, dos griegos, Platón y Eudoxo, habían pasado nada menos que treinta años viviendo con los sacerdotes de Heliópolis, aprendiendo de ellos y pensando en extraerles sus más preciados secretos. Pero habían tenido poco éxito, y al final, Platón escribió: «El bárbaro oculta muchas cosas».

De la verdadera historia de Egipto, de hecho, Maneto no reveló demasiado. Su objetivo era hacer que Ptolomeo pensase que sabía todo lo que había que saber de su reino, pero dejarle en la oscuridad sobre temas de gran importancia. De ese modo, los secretos de Egipto seguían siendo secretos.

Así luchaban algunos de los egipcios contra el usurpador, pensando que llegaría el día en que el Perro Griego no se sentase ya más en el asiento del Horus Viviente, el Halcón de Oro. A Ptolomeo lo veían como un simple visitante. Pronto volvería a casa, a Grecia, seguramente. Pronto se restituiría a Egipto su legítimo rey. Pronto, pensaban, un faraón nativo gobernaría de nuevo en Mennufer.

Pensamientos de Thot: para los griegos el pasado distante es oscuro, no importa. Su historia está repleta de cosas trágicas y monstruosas. Cuentan historias absurdas, cómo las hermanas de Faetón se convirtieron en álamos; cómo se encontró Dafne convertida en laurel.

Desde luego, más de la mitad de esas historias son ficciones. ¿Y qué piensa de ello el egipcio? Piensa que sólo de la verdad obtiene provecho el lector. Sin la verdad, no queda más que una historia vacía.

Lo más importante para un egipcio es la Verdad de Thot.

Más pensamientos de Thot, pues: en Egipto se odiaba a los persas por muchos motivos, pero sobre todo porque su rey, Cambises, asesinó al Toro Sagrado, el Apis de Menfis. Sí, aquel Cambises entró en el Templo de Ptah y se burló de la imagen del dios, diciendo que Ptah no era más que un enano.

Cambises era culpable también de abrir y romper ataúdes en Menfis, buscando joyas de oro, y su recuerdo era odioso para todos los sacerdotes a causa de ello.

Aquel Cambises había dicho: «Cuando crezca, pondré todo Egipto patas arriba». Y lo hizo.

Sobre todo, Egipto odiaba al persa porque había cogido a los jóvenes más bellos de Egipto y los había convertido en eunucos. Los cabestros, los llamó, y se rió de su desgracia. Y las más hermosas jóvenes egipcias fueron entregadas al rey persa para que se convirtieran en concubinas suyas.

En realidad, el persa era más odiado que ningún otro enemigo de Egipto, más que cualquier otro pueblo sobre la tierra.

Algunos de los egipcios, en realidad, odiaban a Ptolomeo también, pero en general, por donde pasaba era recibido con aplausos educados y bombardeado con flores, como un héroe. Porque ciertamente aquel sátrapa había sido popular entre el ejército de Macedonia, y ahora creía que también era popular entre el pueblo de Egipto. A diferencia de Cambises, tenía mucho cuidado de visitar a menudo al buey Apis, y de hacer patente su reverencia a ese dios.

Anemhor le decía a menudo: «Apis... no hay nada en todo Egipto que importe más».

En aquella época Anemhor apremiaba de nuevo a Ptolomeo e insistía en que debía tomar las coronas, y que debía acceder a convertirse en rey y faraón de Egipto, pero Ptolomeo todavía dudaba, y decía que no estaba seguro.

Anemhor no sabía qué hacer para cambiar el corazón del sátrapa y que hiciese lo que él quería, porque, después de todo, sólo era lo mejor para las Dos Tierras, pero al final tuvo la idea de decirle a Ptolomeo: «¿Por qué no le preguntas a Apis qué opina?».

De modo que Ptolomeo fue a plantear su cuestión, tratando al Apis como un oráculo de su propio futuro. Día tras día fue en persona al lugar donde estaba Apis, en la parte sur del gran templo de Ptah, para conocerle mejor.

Apis se había hecho viejo y pasaba la mayor parte de sus días echado, masticando hierba o durmiendo. Apis era pesado, con grandes paletillas musculosas, la Imagen Viviente de Ptah, y Ptolomeo le contemplaba.

Vio que la lengua de Apis se lamía el orificio nasal izquierdo y luego el derecho. Vio que Apis levantaba la pata derecha para rascarse el vientre. Vio que Apis retorcía las orejas y movía el rabo para espantar a las moscas. Contempló todos los augurios y le preguntó a Anemhor por el significado de todas las cosas que hacía Apis, hasta que Ptolomeo supo casi tanto del Toro Sagrado de los egipcios como el propio sumo sacerdote de Menfis, porque en ese asunto Anemhor no le ocultó nada. Desde luego, no era necesario que se ocultasen los secretos del Toro Sagrado al hombre que debía ser faraón.

Y Anemhor sabía más de Apis y de la historia de Apis que cualquier otro hombre en Egipto, que cualquier hombre vivo. Anemhor había servido y adorado a Apis desde que era un niño de cinco años. No recordaba ningún momento en toda su vida en que no hubiese venido a hablar con Apis. Sí, Anemhor el Viejo amaba a Apis, el Toro Sagrado, y *amor* no es una palabra demasiado fuerte para expresar lo que sentía.

Pero en ningún momento durante todas aquellas visitas de Ptolomeo (y fue a ver a Apis todos los días, un día tras otro) hubo ningún signo relativo a si el sátrapa debía o no debía convertirse en rey de Egipto, de modo que, al final, Ptolomeo se vio obligado a preguntarle directamente a Apis, a entablar un proceso con el Oráculo de Apis, y aproximarse al buey en su establo, entrar en él y hablarle a la peluda oreja.

Ptolomeo se preparó según las estrictas órdenes de Anemhor el Viejo. Se bañó siete veces. Se puso *natron* bajo la lengua, de modo que la lengua le cosquilleaba. Se puso unas ropas inmaculadas de lino blanco. Y luego se dirigió al establo de Apis, habiendo ayunado, por supuesto, desde el día anterior, de modo que le rugían las tripas.

En la oscuridad del establo, Ptolomeo susurró las palabras a los oídos del buey, y Apis estaba levantado, y Ptolomeo notó su cálido aliento, oyó sus suspiros, y Apis miró al sátrapa y luego desvió la vista. Ptolomeo sujetó los largos cuernos y puso una mano en el flanco de Apis, y Apis estaba caliente, y su pellejo era suave al tacto. Y Ptolomeo aspiró el suave olor del toro, y le volvió a repetir su pregunta, por si acaso. Entonces se cubrió ambas orejas con la dos manos y salió fuera del recinto del toro, hacia la luz del sol.

Las primeras palabras que Ptolomeo oyese cuando se quitase las manos de los oídos serían la respuesta del dios a su pregunta, y esas palabras saldrían de las bocas de los niños egipcios que jugaban en aquel lugar de Menfis, al sur de la gran muralla del templo, donde había una planicie arenosa.

¿Qué fue lo que oyó Ptolomeo? ¿Qué palabras podían pronunciar aquellos niños, se preguntaba, aquellos niños que jugaban con una pelota de cuero? Desde luego, oyese lo que oyese Ptolomeo, no lo iba a entender. Desde luego, fuesen cuales fuesen las palabras pronunciadas, tendría que traducírselas el sumo sacerdote. Por ese mismo motivo Anemhor se encontraba con él.

Ptolomeo dio un paso hacia el sol, al aire abierto. Entonces se apartó las manos de los oídos y escuchó. Oyó el mugido de Apis tras él. Oyó las trompetas de sus propios soldados que hacían la instrucción en el campo que había a una cierta distancia.

Oyó el alboroto de los egipcios en su mercado, el arrullo de los pichones y el cotorreo de los simios de Thot, pero no oyó nada que pareciese una palabra en ninguna lengua.

Miró a Anemhor, y Anemhor miró a los chicos egipcios que daban patadas a su pelota de cuero arriba y abajo por la planicie arenosa, cuando la pelota pasó entre dos marcas que había en el suelo, que significaban la victoria de un equipo sobre sus compañeros y rivales; y el paso de la pelota por aquella línea, que significaba marcar un punto, dio como resultado que los jugadores lanzaron una gran aclamación: «Tiu, tiu, tiiiiiiu, tiu, tiu, tiu», y para Ptolomeo aquello sonaba como los gorjeos de las golondrinas, estridente, como cualquier otra lengua bárbara; pero en realidad quería decir «sí».

Y el chico que había golpeado la pelota, sin darse cuenta de la presencia del sátrapa detrás de él, sin darse cuenta de lo que dependía de sus palabras, dijo: «Soy el rey, seré el rey, el rey, el rey».

Y Anemhor tradujo las palabras al griego, y ésta fue la respuesta para Ptolomeo: «Seré el rey». Y entonces dijo que sí, que aceptaría la corona; que sí, sería faraón; que sí, vestiría el tocado *nemes* de tela a rayas rojas y blancas, y el rabo de toro, y sí, se sentiría muy honrado de subir en el carro de electrum del faraón, aunque era griego, y hacer todo lo que el sumo sacerdote de Ptah, y todos los sacerdotes de Egipto, querían que hiciese.

Y entonces miró a los ojos de Anemhor el Viejo. Los ojos de aquel hombre brillaban, y Ptolomeo vio que la media sonrisa (la tímida, misteriosa media sonrisa del sumo sacerdote) se hacía más y más amplia, y se extendía por su rostro, hasta que aquel hombre ostentó una sonrisa mayor que ninguna sonrisa que Ptolomeo había visto nunca, porque el sumo sacerdote de Ptah, el Amo de los Secretos del Lugar Secreto, tenía al fin lo que quería: Egipto a salvo, Egipto firme, el futuro de Egipto asegurado, y a Ptolomeo el griego completa y totalmente bajo control egipcio.

Anemhor volvió a pie con Ptolomeo a su residencia, junto al establo de Apis, para saludar a su dios, cuyo dulce olor le hizo pensar en su niñez en Eordaia, con los animales dentro de la casa.

Hicieron una pausa para mirar una vez más al gran toro, que meneó la cabeza hacia Ptolomeo y le miró a los ojos como diciendo que en realidad quería que Ptolomeo fuese el faraón. Y Apis mugió tres veces, y dio unas coces con la pata delantera, y movió el rabo, y mugió tres veces más, y fue justo entonces cuando Ptolomeo empezó a «amar» a Apis, la Imagen Viviente del propio Ptah.

2.30
Comedores de esmeraldas

El primer día después de que se emitiera el *prostagma* de que Ptolomeo se convertiría en faraón y ya no sería sátrapa, su vida cambió para siempre, y todo lo que había sido igual en el pasado, a partir de entonces fue distinto.

Cuando se alzó el sol, apareció una fila de enanos de pie en el exterior de la puerta de su habitación, esperando, porque eran los esclavos enanos que habían asistido al último faraón nativo, aquel Nektanebo II, hacía unos cuarenta años, o al menos decían que lo eran, o eran los hijos o nietos de los enanos reales. Y decían que era su deber encargarse del cuidado del cuerpo del faraón, como antes.

Y Ptolomeo no tuvo otra elección que entregarles su cuerpo, y ser el faraón que era ya.

Unas manos enanas le obligaron a sentarse en su silla. El cuidador de la peluca del faraón trajo la peluca, que era de pelo de jirafa, y la colocó en la cabeza de Ptolomeo, y ajustó la parte posterior y los costados.

El cuidador del pie derecho del faraón masajeó el pie derecho de Ptolomeo, y su hermano gemelo idéntico hizo lo mismo con el pie izquierdo.

El cuidador del guardarropa del faraón entregó a Ptolomeo sus ropas del día, la falda *chendjyt* o taparrabos del faraón, cuya blancura era mayor que la de ninguna otra cosa que Ptolomeo hubiese visto en su vida, y cuyos pliegues eran más rectos y perfectos que ningún otro pliegue en el mundo.

El cuidador de las sandalias del faraón metió los pies de Ptolomeo en las sandalias de oro que tenían las imágenes de sus enemigos en las dos suelas, de modo que los redujese a polvo con cada paso que diese.

El cuidador de las joyas del faraón le trajo también entonces el collar de oro y todas las piedras costosas (cornalina, *sappheiros* y amatistas) que estaban preparados en forma de cabeza de buitre, y encima también llevaban el Ojo de Horus, que debía vestir aquella mañana, y aquel collar era una cosa que Ptolomeo no había sabido antes que existiera, y mucho menos se le había permitido mirarlo, pero ahora que él era faraón, muchas cosas que habían estado ocultas salieron a la luz.

Arpistas y cantantes enanos tocaron y cantaron la música adecuada, que debía tocarse mientras se preparaba al faraón para que se enfrentase al nuevo día.

Y así siguió todo. Desde luego, Ptolomeo habría preferido hacer todas aquellas cosas él mismo, como había hecho siempre, pero era el faraón, y aquella mañana entregó su cuerpo a los sirvientes de su cuerpo, como si su propia carne ya no fuera suya, como si él ya no fuese su propio dueño, sino un prisionero del estado. Sí, atravesó su mente la idea de que había sometido su vida también a aquella nación, y en efecto, a continuación el cuidador del brazalete del faraón se lo trajo, y era un brazalete de oro, pesado, con piedras muy costosas engarzadas, y era muy pesado, mucho, lo más pesado que se había visto obligado a llevar en toda su vida, excepto el peto de bronce en la batalla... pesado, sí, como para obligarle a pensar en todos los momentos del día en el hecho de que él era faraón, y nunca debía olvidarlo.

Un prisionero en una jaula de oro, eso es lo que era, y nunca le dejarían libre.

* * *

Y, ¿qué hizo aquel hombre, ahora que ya era faraón? Empezó de inmediato a acuñar una serie de monedas de oro con denominación griega: dracmas, tetradracmas y octodracmas, óbolos y hemióbolos, con su propia efigie en una cara, llevando puesta la diadema de rey griego y en el reverso Alejandro cabalgando en un carro tirado por elefantes.

Toda Alejandría se preguntaba si aquel hombre de ojos saltones y cejas muy pobladas y cara de preocupación, cuya barbilla parecía hacer contacto con la frente, era el Ptolomeo a quien conocían y amaban. Toda Alejandría se preguntaba si Alejandro había conducido alguna vez un carro tirado por un elefante, y decidieron que no. Pero tales cosas eran de poca importancia. Lo que importaba ahora no era la tosquedad del arte del grabador, sino el hecho de que eran monedas con el nombre de PTOLOMEO, que mostraban el rostro de Ptolomeo con la palabra mágica: BASILEUS, rey. Lo que importaba era que, aunque había aceptado ser un rey egipcio, el hecho de que era griego también se veía reforzado, y no se olvidaba. Lo que importaba era que el nombre y el rostro de Ptolomeo estaban en manos de todos los hombres, en los dedos de todos los hombres, en los labios de todos los hombres, así que los griegos nunca olvidarían la deuda que tenían con él.

Pero, ¿cómo debía comportarse, ahora que era rey, un auténtico rey? Se lo preguntó a Demetrio de Falero, que le envió los rollos de papiro que contenían los tratados griegos *Sobre la realeza* para que los estudiara, diciendo que Ptolomeo podía encontrar en ellos el consejo que sus cortesanos no se atrevían a darle a la cara.

Ptolomeo leyó más tarde por la noche, a la luz de una vacilante lámpara de aceite:

> Un rey debe ser rey, no tirano...
>
> Un tirano es lo peor que puede ser un rey...
>
> El objetivo de un tirano es su propio placer; el de un rey, su deber...
>
> Un tirano se agarra al dinero; un rey no se agarra a otra cosa que al honor...

> El ejército de un tirano está formado por soldados contratados, extranjeros; el ejército de un rey debe estar compuesto por sus propios ciudadanos...
>
> Un tirano no confía ni siquiera en su propia gente: les quita las armas, maltrata a los pobres, no hace nada que no sea para su propio provecho...
>
> El tirano cree que los libros son peligrosos, porque estimulan la imaginación, y no desea que la gente use la imaginación. No, prefiere que hagan lo que él les dice...
>
> Un tirano emplea espías y siembra riñas. Empobrece a sus súbditos, los mantiene ocupados en grandes obras, como la construcción de inútiles monumentos...
>
> Un tirano siempre está dispuesto a ir a una guerra, para que su gente nunca esté ociosa, y para que siempre necesiten un líder como él mismo...

Y así sucesivamente. Ptolomeo se preocupó un poco por el tema de los soldados contratados. Pensó en el Coloso de Rodas, en las pirámides... pero realmente no existía peligro alguno de que Ptolomeo se convirtiese en un tirano. Había llegado a ser rey por su superior virtud, por sus hazañas de valor. Todo iría bien en Egipto, a menos que llegase un Ptolomeo que no fuese un hombre bueno, de virtud superior, que no hubiese realizado hazañas de valor. Entonces, quizá, habría problemas en Egipto.

Ptolomeo absorbió la gran lección de ese tratado. Pasó por su mente que su hijo Keraunos era el tipo de chico que podía convertirse en un tirano, pero apartó aquel pensamiento de inmediato. Realmente, era demasiado pronto para pensar en la sucesión.

* * *

Después de tomar la decisión de ser faraón, Anemhor fue a menudo a ver a Ptolomeo para que éste supiese algo más de las creencias de los egipcios, de la Otra Vida, del Campo de Juncos y de pesar el corazón del muerto en la balanza contra la Pluma de Maat, la Pluma de la Verdad. Anemhor lo explicaba y Ptolomeo se quedaba perplejo, como si no comprendiera ni una sola palabra, y Anemhor casi pensaba que Ptolomeo se sentía inclinado a reír, aunque su rostro seguía serio, que no creía en ningún dios con cabeza de ibis más de lo que creía en los dioses de su propio país.

Ptolomeo, pensaba Anemhor, no creía en las cosas del corazón, las cosas del espíritu, sino que era un guerrero; el deseo de su corazón era sólo matar.

Pero no, en realidad Anemhor estaba equivocado, porque el deseo más ardiente de Ptolomeo era tener paz.

En cuanto a Berenice, le planteó a Anemhor muchas preguntas sobre sí misma, acerca de su nueva vida.

–¿Cuál es el vestido adecuado para una diosa en vida? –preguntó.

Y Anemhor le respondió:

–Una diosa debe vestir de rojo.

De modo que Berenice tuvo que vestir de rojo, aunque pensaba que el rojo era, para los griegos, el color de la muerte.

Después preguntó:

–¿Qué comida es la más adecuada para una diosa?

Porque alguien que quería meter cizaña le había dicho que los dioses de Egipto vivían sólo de una dieta de incienso y piedras preciosas, y nada más.

–¿Cómo podré vivir de incienso y perfumes y del dulce aliento del viento del norte, y de joyas? –preguntó, preocupada.

Pero Anemhor la tranquilizó. Era verdad que un plato de *smaragdoi*, esmeraldas, podía sustentar a Berenice durante un cierto tiempo, pero su lado humano (el estómago) se contentaría con la misma comida que tomaba antes de ser diosa. Anemhor le dijo que podía continuar comiendo olivas y dátiles, pan y pescado, y todas las comidas griegas.

–Una reina –dijo– sólo come esmeraldas cuando vuela al cielo.

La divinidad, por tanto, llevaba consigo sus propias dificultades.

«Pero, ¿cómo ser un dios?», pensaban. «¿Cómo ser medio divino?» ¿Y qué significaba todo aquello, si en realidad significaba algo?

Fueron necesarias muchas lecciones por parte de Anemhor y una gran atención al detalle del ritual.

–Un dios –dijo Anemhor– no debe correr, excepto en el Festival de Sed, que es su aniversario, cuando debe correr el Toro Sagrado, Apis.

Porque, desde luego, un dios no se puede mover de la misma forma que un mortal. En absoluto. De modo que Ptolomeo y Berenice, y todos los hijos de Ptolomeo también, debían aprender cómo caminar, y tomar lecciones de Anemhor, que se divirtió un rato haciendo que aquella familia real caminase arriba y abajo por el Salón de Audiencias vacío, practicando el paso de los dioses.

Anemhor no sonrió, ni una sola vez. Ni la sombra de una sonrisa pasó por su rostro.

* * *

La nueva residencia de Ptolomeo en Alejandría se convirtió entonces en la residencia del faraón, guardada por unos perros de dientes afilados. Sus ventanas daban al norte, para dejar entrar sólo la luz y el aire que se requería. No había ventanas hacia el lado oeste, ni hacia el lado sur, para mantener fuera las asfixiantes tormentas de arena que volaban desde el desierto en primavera, pero la arena de todos modos se metía dentro, de modo que de vez en cuando todos los objetos de aquella residencia, supuestamente a prueba de arena, se cubrían de un polvo espeso, y costaba meses a los esclavos eliminarlo barriendo, y entonces la tormenta de arena soplaba desde el desierto una vez más.

Ningún hombre entraba en aquel palacio sin que lo supiera el *Dioiketes* o visir o el rey Ptolomeo, y sus puertas estaban decoradas con imágenes de los enemigos de Egipto arrodillados y ligados, con las manos atadas a la espalda, de modo que no supusiesen amenaza alguna para la estabilidad de las Dos Tierras.

Ptolomeo dormía ahora en un lecho de madera dorada, y los cuatro postes de su cama eran cascos de toro, porque Ptolomeo era ahora él mismo *Toro Fuerte*. Dormía en el lecho del faraón. Soñaba los sueños del faraón. Se veía protegido por la magia poderosa del faraón, y todos los insectos que picaban estaban embrujados para mantenerse fuera de su dorada carne mediante el más poderoso de los hechizos egipcios.

Aquella residencia era la Casa de Millones de Años, a pesar de ser de planta griega, griega en su diseño, y llena de sirvientes griegos. Pero ahora se había convertido también en una residencia egipcia. Ptolomeo estaba contento. Tenía sus hijos, sus herederos, de su cuerpo. Tenía todo lo que deseaba. No le preocupaba nada. No, absolutamente nada.

En cuanto podía y lo veía conveniente, Ptolomeo se preocupaba por observar las costumbres de los egipcios, y era costumbre en las residencias reales, cuando moría algún perro, que todos los miembros de la casa se afeitasen el cuerpo entero y le guardasen luto. Sacaron de la residencia entonces todos los vinos finos, el grano, todos los comestibles, y la despensa del rey fue reabastecida de nuevo.

Ptolomeo amaba sus perros: sus perros guardianes, sus sabuesos para cazar. Cuando su propio perro se fue de este mundo, Ptolomeo derramó una lágrima e hizo que el animal fuese enterrado con un gran hueso de buey cerca del hocico para que se despertase en el Otro Mundo de los perros con aquello que más le gustaba. Todos los griegos amaban sus perros. Hasta Berenice tenía sus perritos, que se sentaban en su regazo en el *gynaikeion*. Desde luego, en aquel momento, todas las cosas en la vida de aquel faraón griego eran perfectas. Lo más desafortunado de aquellos griegos, sin embargo, es que en realidad encontraban muy difícil amarse los unos a los otros.

TERCERA PARTE

Faraón

3.1.
Vivir para siempre

La coronación del rey Ptolomeo estaba programada para el amanecer, de modo que él se levantó como el sol naciente, en toda su gloria, entre la batahola de los babuinos de Thot, y aquel gran día, el primer día de su glorioso reinado, asumió todos los títulos de los faraones de los tiempos pasados:

Fue Horus, el Joven.
Fue el Señor de las Coronas.
Fue el Señor del Mundo Entero.
Fue el Elegido de Ra.
Fue el Bienamado de Amón.
Fue el Rey del Alto y del Bajo Egipto.
Fue Hijo del Sol, Hijo de Ra, Ptolomeo, Vivo para Siempre.

Para los habitantes de Egipto, que ni entonces ni nunca pudieron conformar sus lenguas a la pronunciación de los sonidos que formaban la palabra Ptolomeo, fue *Ptlumis*, y así salmodiaban la deformación de su nombre mediante un canto rítmico que se prolongó todo el primer día de su reinado. Lo salmodiaban de aquel modo también dondequiera que iba, y durante el resto de su vida, porque, por encima de todo, Ptolomeo era popular, tan popular que los sacerdotes de Egipto dijeron que de hecho era faraón desde la muerte de Alejandro, y que el inicio de su reinado debía contarse, por lo tanto, de forma retrospectiva.

A pesar de convertirse en Horus el Joven, Ptolomeo cumplía sesenta y dos años por entonces, y si se hubiese dejado crecer el pelo de la cabeza, así como la barba bajo el mentón, ambos habrían sido blancos.

Berenice, su reina, su gran esposa real, se decía que tenía cuarenta y tres años, y era su nombre el que se cantaba por todas partes y se alababa, porque el nombre de Eurídice, la esposa de segundo rango, no se pronunciaba en ninguna parte, excepto para decir que ella no tenía el título de reina, ni los privilegios ni la atención de una reina, porque era una esposa más, sólo ligeramente superior a las concubinas, alguien a quien se podía desdeñar y olvidar.

Aun así, el príncipe Ptolomeo Keraunos era contemplado en todo Egipto como heredero de su padre. Tenía dieciséis años y caminaba detrás de su padre en todas las procesiones egipcias, llevando el tirabuzón de Horus, que es símbolo de juventud, y el resto de la cabeza afeitada, como un egipcio. Llevaba también unas sandalias egipcias, y un taparrabos egipcio, y un collar con el halcón y el buitre con toda clase de caras y augustas piedras engastadas, y odiaba profundamente todo aquello.

Keraunos deseaba ser rey más que nada en este mundo, pero albergaba en su corazón la idea de que sería un rey griego, un rey de Macedonia, no un rey egipcio. «Sí –pensaba–, clausuraré todos los templos, sacaré a todos los egipcios de esta tierra.»

¿Y cómo se sentía la familia de Ptolomeo, ahora que era la familia real? Se sentían muy extraños, y no sabían cómo comportarse, ni qué era lo que debían o no debían hacer, ahora que se les había apartado de todos los niños normales.

El propio Ptolomeo enviaba a buscar a menudo al sumo sacerdote de Menfis para preguntarle: «¿Qué tocado debo ponerme? ¿Qué vestiduras?». O para saber si aquel día estaba destinado a vestir el tocado de tela a rayas llamado *nemes* u otro. Y si aquel día debía aparecer con ropa griega o egipcia. Porque le parecía entonces que, se vistiese como se vistiese, ofendería o bien a los griegos o a los egipcios, y había veces en que levantaba las manos desesperado, sin saber cómo proceder y qué hacer.

Anemhor, su amigo, como de costumbre, le tranquilizaba. Era él quien le traía el rabo de toro que Ptolomeo debía llevar sujeto en la parte posterior de su cinturón en todo momento, como símbolo de su poder. Fue él quien enseñó a Ptolomeo cómo atarse la falsa barba trenzada de faraón debajo de la barbilla, que debía llevar siempre que mostrase su rostro en público. Fue él también quien le explicó el significado del brazalete enjoyado con el ojo de *udjat*, llamado Ojo de Horus, y que estaba hecho de oro macizo y *sappheiros*.

–El ojo y la ceja humanos –dijo el Sumo Sacerdote– significan piedad filial. Es un amuleto muy poderoso contra todas las enfermedades, que incluso devuelve la vida a los muertos.

Y mientras le abrochaba el brazalete a la muñeca, Ptolomeo volvió a ser consciente de su gran peso, y de lo que aquello significaba: el brazalete de faraón, que debía llevar en todo momento, día y noche.

De tal modo Anemhor ayudaba a Ptolomeo a ser rey de Egipto. Arregló también muchas cosas, para que Ptolomeo siempre dependiese de Anemhor para buscar ayuda, información y explicaciones. Anemhor, a menudo, se encontraba junto a Ptolomeo, escuchando, observando y supervisando. No había nada que no consiguiese ver aquel hombre: el sumo sacerdote era los ojos del faraón, y los oídos del faraón.

Hiciese lo que hiciese Ptolomeo en Egipto, aquel sumo sacerdote lo escribía con todo detalle. Todos los viajes río arriba y río abajo quedaron registrados. Todos los desayunos que tomó quedaron consignados en el libro llamado *Anales de Thot*.

En realidad no había cosa alguna que Ptolomeo hiciera o intentara hacer que aquel sumo sacerdote no supiera. No dejaba de apuntar nada. No olvidaba nada.

* * *

Para la coronación Doble, Anemhor buscó el día y la hora de mejor augurio de aquel año, el décimo octavo de la satrapía de Ptolomeo.

Desde la noche anterior le habían hecho ayunar, y sus labios se curvaron ya en la serena e inmutable media sonrisa del faraón.

Desde luego, habría preferido no sufrir aquel vacío en el estómago que no experimentaba desde el desierto de Gedrosia, pero había prometido hacer en todo lo que su amigo le pedía. Apartó sus pensamientos de la comida escuchando a la multitud egipcia que salmodiaba y no dejó de gritar su nombre a lo largo de toda aquella noche.

Antes del amanecer, según las exigencias del ritual de coronación, el sumo sacerdote de Ptah le ayudó a realizar una sucesión de baños rituales y purificaciones con aceite, y a eliminar todo el pelo de su cabeza y hasta el último pelo de su cuerpo, desde las cejas hasta el vello púbico, hasta que aquel hombre, que ya no era sátrapa, no estaba de pie ante los sacerdotes con las navajas desnudo como un pavo desplumado, excepto los talismanes griegos que se había negado a dejarse quitar por hombre o dios alguno, sino que era el hombre más puro de los puros, el más puro de Egipto, con el *natron* cosquilleando en la punta de su lengua, de modo que fuese tan puro por dentro como por fuera.

Con la cabeza desnuda y los pies descalzos, Ptolomeo se vistió solamente con una falda *chendjyt* de un blanco inmaculado y el taparrabos de faraón. Aspiró aire. Lo expulsó, lenta, muy lentamente, y su estómago aleteó como una mariposa, porque era un hombre mortal, y aquel día iba a convertirse en Horus Viviente, Halcón de Dios, un dios caminando sobre la tierra, un dios en vida... y tenía hambre.

La procesión del faraón salió por las puertas dobles de la residencia de Menfis. Ptolomeo iba sentado en un trono portátil ornamentado con leones y esfinges, y el trono iba montado sobre unas pértigas, de modo que se balanceaba de un lado a otro encima de los hombros de los generales de su ejército. Iba escoltado por los sacerdotes y escribas de Egipto a miles, por su guardia de soldados, su banda de trompeteros, tamborileros y flautistas, y por los portadores de abanicos de plumas de avestruz de color púrpura y oro que protegían su carne del sol abrasador, y las multitudes a través de las cuales iba pasando no dejaban de salmodiar *Ptlumis, Ptlumis, Ptlumis*, con una sola voz, y el ritmo de aquel grito era como el latido de su corazón, y su corazón latía con fuerza e intensidad.

Aunque era griego, iba rodeado de egipcios, y no vio aquel día otro rostro griego que el de su esposa. La esposa a la que llevaban en andas tras él era Berenice, y aquél fue su día de gloria, más de lo que había conocido nunca, nunca.

Delante de Ptolomeo iba andando el sacerdote egipcio llamado el cantor, que llevaba los Libros de Thot, que contenían los himnos de los dioses, y todas las órdenes relacionadas con la vida del faraón.

Detrás del cantor iba el *Horoskopos* o Sacerdote del Horóscopo, que llevaba el reloj de arena y la rama de palma que eran símbolos de la astronomía, porque era el hombre que tenía una relación más íntima con los Libros de Thot astronómicos, de estrellas y eclipses, y decía también la última palabra acerca de la salida del sol y de la luna.

Detrás del *Horoskopos* iba el *Hierogrammateus*, o escriba sagrado, que llevaba unas plumas en la cabeza y las manos cargadas de material de escritura, porque el deber de aquel hombre era comprender y explicar los jeroglíficos, la escritura sagrada de los egipcios.

Detrás del *Hierogrammateus* iba el *Stolistes*, el sacerdote cuyo deber eran los sacrificios y las plegarias, y las procesiones y las festividades sagradas. Y a continuación desfilaba una larga procesión de sacerdotes, todos ellos con la cabeza afeitada y vestidos con túnicas y sandalias blancas, de cuyos títulos y funciones se había hablado a Ptolomeo pero que todavía le resultaban demasiado extraños, aun después de llevar dieciocho años viviendo en Egipto, y que eran:

Los Guardianes de las Puertas del Gran Mar.
El *Galaktophoros* o Cargador de Leche.
El Profeta de la Serpiente Ureo.
La Boca de Dios.

El Hombre de Anubis.
El Superior de las Vestimentas Divinas.
El Porteador de los Cocodrilos.
El Jefe de los Cerveceros de Min de Koptos.
El Portador de Cestas.
El Guardián de los Ibis.
El Escriba del Sello Divino.
El Escriba de los Memorándums.
El Señor de la Necrópolis.
El Servidor de la Corona Blanca.
El Servidor de la Corona Roja.
El Sacerdote de los Niños Muertos de Apis.
El Cuidador de Bastet el Gato.
El Guardián en jefe del Halcón Sagrado.
El Señor de los Monos.
Los Oídos del Rey del Bajo Egipto.
Los Ojos del Rey del Alto Egipto.
El Señor de los Secretos de Isis.
El Pasto de las Vacas de Min de Koptos.
El Encargado de las Concubinas Reales.
El Guardián de los Perros Sagrados.
El Sacerdote del Río.
El Profeta de la Diosa Maat.
El Guardián del Tesoro de Horus de Behdet.
El Servidor de la Diosa de Oro.
El Jefe de los Rebaños.
El Controlador de las Tierras Reales.
El Amo de las Serpientes Divinas...

En realidad, si Thot tuviera que escribir el título de todos y cada uno de esos sacerdotes, la lista de Thot llenaría el libro entero.

Delante de Ptolomeo iba el propio Anemhor, el sumo sacerdote de Ptah, director de todos los trabajos, que presidía todas las cosas sagradas, y la gran ceremonia de coronación del faraón, y mientras iba andando quemaba incienso ante Ptolomeo, de modo que el humo que producía se elevaba hasta su nariz y purificaba incluso su corazón y sus pulmones.

Si a Ptolomeo le hubiese quedado algún pelo en la nuca, se le habría erizado por completo. Era plenamente consciente de que tenía la carne de gallina, y sus partes íntimas le picaban por el afeitado con navajas de bronce, pero no debía rascarse. Se mordió los labios ante el estornudo que se avecinaba, provocado por el incienso que se le metía en la nariz, pero luego se dejó ir y estornudó tres veces, cosa que para un griego significaba Buena Suerte, la bendición de Tiqué y la aprobación de Zeus.

A continuación, veintidós sacerdotes llevaban la gran imagen dorada de Amón-Ra, el gran dios, en su litera de oro, y detrás de Amón-Ra iban miles de sacerdotes más vestidos de blanco, y las calvas cabezas brillaban a la luz del sol.

Delante de Amón-Ra iba el Toro Sagrado, protector del faraón en su coronación, el propio Apis, conducido mediante una soga y llevando su corona, que era el disco dorado y brillante del Sol, y protegido del sol por un palio color púrpura y oro. De vez en cuando Apis dejaba escapar un mugido, y su voz hacía eco en Menfis y la multitud aplaudía, porque era la Imagen Viviente de Ptah, del mismo modo que Ptolomeo, el faraón, era la Imagen Viviente de Horus, el Halcón de Dios.

Sí, Ptolomeo había visto algo parecido a aquella marcha hacia la coronación con Alejandro, pero entonces se había fijado poco en los bárbaros, porque se sentía mucho más ansioso por saciar su inmensa sed. Ahora las cosas eran distintas, y ya no se encontraba entre bárbaros. El olor del incienso flotaba en el aire, nubes de humo, y Ptolomeo veía y no veía a la multitud, oía y no oía el clamor de su nombre que gritaban sin cesar. El dios estaba con él, casi como una presencia tangible, y a pesar del calor, los escalofríos recorrían su espalda.

Cuando Ptolomeo entró en el primer patio del Templo de Ptah, sólo los sacerdotes de mayor rango iban con él, nadie más, porque primero iba la parte secreta de la ceremonia, y mientras iban andando hacia él, vio que bandadas de aves blancas remontaban el vuelo, liberadas desde las cuatro esquinas de la tierra para proclamarle faraón.

Tres sacerdotes se colocaron frente a él, llevando las máscaras de los dioses: Anubis, el dios-perro de cara negra, que es faraón del Mundo Inferior; el dios creador Atum, con rostro humano, primera y última fuente de poder faraónico, llevando la doble corona de Egipto y la falsa barba trenzada; y Horus, el dios Halcón, con su pico curvo y su alta corona de plumas y los ojos negros y penetrantes. Los tres condujeron a Ptolomeo de la mano, sin decirle ni una sola palabra, hacia el Pylon o puerta principal del Templo, y realizaron el primer rito de entronización en el vestíbulo lleno de columnas que allí había.

Ptolomeo puso los pies en un estanque poco hondo y los dioses vertieron sobre su carne el agua sagrada que llevaba la vida divina mediante unos aguamaniles de oro, de modo que su cuerpo cambiase y fuese merecedor de mostrarse ante los dioses.

Los enmascarados lo condujeron a continuación a la sala del júbilo, flanqueada por hileras de gigantescas columnas talladas en forma de brotes de papiro, y allí contempló los rostros de Nejbet, la diosa buitre, y Uadyet, la diosa cobra, y los rostros de Neit, Señora del Arco y Gobernadora de las Flechas, e Isis, Dama de los Muchos Nombres, e incluso el rostro de Thot, el Ibis, Grande, Grande, Grande, Tres Veces Grande, porque ésos son los principales dioses de Egipto.

Colocaron sus manos sobre Ptolomeo y asintieron con la cabeza, y le entregaron la figura del Anj, que es el símbolo de la vida, y lo sujetó entre sus manos, y las manos le temblaban.

Con palabras que no comprendía le prometieron que su reinado sería largo y glorioso, que disfrutaría de tranquilidad y victoria segura contra sus enemigos.

Para Ptolomeo, entonces, ya no habría más desgracia.

Cuando entró en la Capilla del Sur, Uadyet, la diosa serpiente, abrazó a Ptolomeo con su capuchón de cobra levantado, y fue recibido como heredero del trono de Egipto. Y entonces Anemhor fue hacia él, lentamente, muy tieso, y el anciano sacerdote levantó una por una las seis coronas y las colocó en la cabeza de aquel Elegido de Amón, permitiéndole tomar sobre sus hombros los poderes y deberes y la carga del faraón.

En primer lugar, la corona doble de Nejbet y Uadyet, buitre y cobra, que era mitad roja y mitad blanca, y la corona de las Dos Tierras cuyo nombre era Pasejemti, Las Dos Poderosas, a quienes los griegos llamaban Pschent, y las dos juntas representaban la corona del Sur, o la Dama del Terror, y la corona del Norte, o la Dama de los Hechizos, y estas dos juntas representaban la doble corona que era conocida como la Dama del Poder, o la Dama de las Llamas. La corona fue colocada encima de la cabeza de Ptolomeo el Griego, el usurpador, y éste la notó a la vez pesada y ligera. Cuando el gran Osiris se puso esa corona generó tanto calor que se sintió desfallecer. Ahora, a su vez, Ptolomeo sintió también el calor y se le debilitaron las piernas, y notó el poder de la cobra, que le protegería siempre: la cobra, cuyos párpados nunca se cierran.

Anemhor coronó a aquel rey también con la cinta del pelo de Seshed, y con la corona emplumada Atef de Ra, y con la diadema de las Dos Plumas. Por último, llegó la corona Jepresh, la corona de Guerra Azul de cuero, que Ptolomeo llevaría más a menudo, su casco de guerra.

A continuación el Ka, el doble real, descendió bajo aquel rey como una corriente de luz desde el dios del Sol, Ra, su padre, y el Ka tomó la forma de un halcón vivo.

Entonces Anemhor ungió a Ptolomeo con aceites fragantes, de modo que abandonó aquella capilla pegajoso y dulzón, y llevaba la corona de Guerra Azul en la cabeza y el rabo de toro colgando por detrás de su cinturón, y en la muñeca izquierda llevaba atado un protector para el brazo de arquero, hecho de cuero, con las palabras, en jeroglífico: «Que Toda la Protección de la Vida le Espere». En la vaina de su daga de oro iba escrito: «El Buen Dios, Poseedor de un Brazo Fuerte, PTOLEMAIOS, Recibe Vida». Y en su cinturón llevaba los jeroglíficos que decían: «El Buen Dios PTOLEMAIOS, Recibe Vida para siempre, como Ra».

En los pies llevaba colocadas las sandalias doradas del faraón, y caminó con ellas hasta el umbral del Tercer Pylon, hasta el santuario tallado de un bloque macizo de granito rosa de Siene, y se arrodilló allí, de espaldas al dios Amón, y notó que la mano del dios le tocaba la nuca al confirmar sobre su cabeza el Jepresh que le daba el dominio de todo el circuito del Sol.

Volvió a notar escalofríos por la espalda y sintió, sí, la majestad de aquel dios, Amón, el Viento Escondido, y el dios fue real para él, real.

Entonces dieron a Ptolomeo los cinco grandes nombres que los escribas de la Casa de la Vida en Menfis habían elegido para el faraón, y esos nombres eran los siguientes: primero, su nombre de Horus, que describía al nuevo rey, y su nombre de Horus era Grande en Fortaleza; segundo, su nombre de las Dos Damas, que expresaba su doble naturaleza como imagen del buitre y de la cobra, Nejbet y Uadyet, las diosas guardianas de Egipto, y su nombre de las Dos Damas era Poderoso Conquistador, Virtuoso Gobernante; tercero, su nombre del Horus Dorado, que era el principio de la bondad y la vida eterna prevaleciendo sobre el mal, y su nombre del Horus Dorado era Fuerte Gobernante Sobre la Tierra Entera; cuarto, su nombre del Trono, porque era la encarnación terrestre de la vitalidad y la energía dinámica del dios, y su nombre del Trono era Setepenrameriamen: Amado de Ra, Elegido Primero de Amón, Rey del Alto y el Bajo Egipto; quinto, su nombre solar, su nombre de nacimiento, y su nombre de nacimiento era, por supuesto, Ptolomeo, precedido por el augusto título de Hijo del Sol. Su propio nombre, que oía salmodiado débilmente por la gente que estaba fuera, porque entonces se encontraba en el mismísimo centro del Templo de Ptah.

Ptolomeo cogió entonces los dos cetros del gran dios Osiris, el *heqat* o cayado del Rey del Sur y el *nekakha* o mayal del Rey del Norte, hechos de bandas alternas de oro y *sappheiros*, y las dos manos le temblaban al recogerlos.

Volvió al pasillo central del templo. Entró en el santuario de la barcaza del Sol. Pasó por el salón de las ofrendas. Entró en el santuario de los santuarios de Ptah de Menfis, Ptah del Bello Rostro. Por primera vez iba a realizar el oficio sagrado como sacerdote de todos los sacerdotes, para quien hasta los más altos sacerdotes de Egipto no eran sino humildes ayudantes, y esto debía realizarlo a solas, siguiendo las órdenes estrictas de Anemhor.

Primero encendió la antorcha y rompió el sello de arcilla del santuario. Descorrió los pesados cerrojos. Miró de hito en hito al resplandeciente dios de oro, cuya estatua estaba decorada con joyas de arriba abajo, y cuyo gorro, muy ajustado, era de cristal de color azul. Miró durante largo rato aquellos ojos negros y brillantes, pensando en todo y en nada, y se postró ante aquel dios lleno de temor y reverencia, y besó la tierra, y las lágrimas fluyeron de sus ojos, y eran lágrimas de orgullo y de alivio. Mojó entonces el dedo meñique de su mano derecha en el ungüento y ungió el Bello Rostro de Ptah con él. Dejó las bandejas de comida ante la estatua del dios. Selló las dobles puertas del santuario con arcilla. Salió de nuevo del santuario, borrando sus huellas con una escoba, para que la santidad del dominio de Ptah permaneciese sin violar, apagó la antorcha y dejó al dios en la oscuridad.

Ptolomeo, con ser el gran general Ptolomeo, el de las Grandes Matanzas, temblaba sin cesar, como le pasó cuando mató al primer hombre.

Ya se había llevado a cabo la parte secreta de la coronación, y ahora Ptolomeo podía mostrarse ante su pueblo, y los sacerdotes enmascarados, Cara de Perro, Cara de Ibis, Cara de Halcón, realizaron una vez más, aquella vez a la luz del día, las mismas ceremonias.

Y así siguió todo, hora tras hora de ceremonial, hasta que al final Ptolomeo dejó el templo del Gran Pylon e hizo su aparición montado en el carro de oro y electro que pertenecía al faraón, y fue conduciendo a lo largo del camino de la procesión, donde se había entregado a su pueblo comida y bebida desde el amanecer, y todos entonaban alabanzas, porque el rey restauraría la antigua prosperidad de Egipto. Y él lo hizo todo tal como debía hacerse, hasta la habitual amnistía para los presos de las mazmorras. Menfis no había conocido regocijo semejante desde antes de la llegada de los persas.

* * *

Cuando aquel faraón bajó de su carro y entró en la residencia, era incapaz de pronunciar una sola palabra. A pesar de las instrucciones de Anemhor, había comprendido poca cosa de lo que significaban aquellos rituales interminables. No sabía lo que había hecho. Lo único que sabía era que los dioses de Egipto parecían ser muy poderosos, y que removían su corazón dentro del pecho.

Era Ptolomeo, Vivo para Siempre. Había renacido, y casi se lo creía, pero entonces, por encima de todo, lo que sentía era hambre. Después del festín de la coronación, en el cual no dejó un solo momento, ni siquiera cuando comía, de sonreír con la serena y misteriosa sonrisa del faraón, no podía dormir. Era un dios viviente. Era el Hijo del Sol. Era Horus el Halcón hecho carne. La luz del cielo moraba en él. Sus súbditos le adorarían, y sus enemigos le temerían. Era omnisciente. Era perfecto. No podía equivocarse, ni entonces ni nunca. Era tanto un dios como un mortal, tanto humano como divino, y medio asustado por haber hecho lo que había hecho: temía el hubris, temía haber ofendido a los dioses de Grecia, y temía lo que pudiese ocurrir a continuación.

Y al mismo tiempo había disfrutado de cada momento sobrecogedor. Ptolomeo sería un buen faraón, pensaba Anemhor, y Anemhor tenía razón.

Fuera, junto a la residencia, la gente cantaba:

> Han llegado los buenos tiempos...
> Un señor ha surgido en las Dos Tierras...
> La crecida se elevará muy alta...
> Los días serán largos...

El reino del hombre-dios Ptlumis es absoluto
e incontestable, según los libros rituales...

El egipcio cantaba siempre aquellas palabras cuando alguien era coronado faraón, fuese egipcio o extranjero, porque ésa era la costumbre. Las crónicas profanas veían las cosas de una forma distinta. El poder del faraón era acechado por múltiples trampas. Ningún faraón se libraba nunca de las intrigas, complots, conspiraciones de hombres con cuchillos en la noche. Pero por el momento, parecía a Ptolomeo y al sumo sacerdote de Ptah que todo iría bien, y por el momento, la gente de Menfis y de todo Egipto continuó cantando y bailando hasta altas horas de la noche.

* * *

Río arriba y río abajo se erigieron estatuas a aquel Ptolomeo como faraón, llevando el tocado *nemes* y la falsa barba trenzada del faraón. La cobra y el buitre, sus protectores, se alojaban en su frente. El cuerpo de aquel rey fue modelado con anchos hombros y un pecho y unos brazos musculosos, para expresar su fuerza y su poder sobrehumanos. En realidad, Ptolomeo no tenía más músculos que cualquier hombre corriente, porque en Egipto no había ejercitado en absoluto su cuerpo. En piedra, sin embargo, quedó moldeado en una eterna juventud, sonriendo con la misma sonrisa sutil de todos los faraones que le habían precedido.

En aquellas estatuas Ptolomeo tenía adelantado el pie izquierdo. Parecía impaciente. Y parecía un poco complacido. Pero en realidad ahora se pasaba el día entero sentado en su trono de oro, escuchando ruegos. El trono en el que se sentaba tenía forma de cubo, con un respaldo que le llegaba a los hombros, y por encima de ese respaldo estaba Horus, el Halcón de Oro, envolviendo la cabeza de Ptolomeo con sus alas. Los pies del trono eran las garras del león. Los brazos eran Nekbet, el Buitre, y Uadyet, la Cobra, diosas con las alas extendidas para su protección, y el trono era muy duro, y no blando, como la silla en la que se sentaba cuando era sátrapa.

Durante algunos meses Ptolomeo vistió complacido el traje de faraón, y casi se olvidó del *khlamys, khiton, himation, kausia, petasos, krepides,* toda su indumentaria griega: manto, túnica, manto grueso, casco de fieltro para el sol, sombrero de viaje, botas atadas de soldado... que había abandonado desde el día de su coronación. En su aspecto, aquel rey daba toda la sensación de ser el faraón. Caminaba como el faraón. Sonreía como el faraón. Incluso pedía la comida propia de un faraón, en lugar de las olivas, el queso y el pan griegos que antes comía. Algunos días no comía otra cosa que judías egipcias, dátiles egipcios, pasteles de pichón, plátanos y leche de camello, y ni siquiera pensaba en el pescado, que, como sacerdote de Egipto, se suponía que no probaba, diciendo que no haría nada que le distinguiera de sus súbditos.

–De modo que incluso debo pensar como un egipcio –decía.

No convencía a todo el mundo el cambio de vida de aquel hombre. Anemhor sabía que aquel griego no sería capaz de dejar de comer pescado durante mucho tiempo. Anemhor, amigo de Ptolomeo, gran amigo, a veces pensaba, en lo más íntimo y recóndito de sus pensamientos: «El que es griego, siempre volverá a ser griego...». Y la verdad es que, a pesar de su sonrisa, detrás de su impenetrable reserva, aquel sumo sacerdote seguía manteniendo todavía sus sospechas hacia el extranjero.

A veces, en algunos momentos, Anemhor tenía que decirse a sí mismo que conocía el futuro y que, Ptolomeo y su casa, Ptolomeo y los griegos, después de todo, no durarían para siempre.

3.2
La gran esposa real

Fue a Berenice, a la tía Berenice, por supuesto, y no a Eurídice, a quien coronaron reina en Menfis, con la corona de reina de plumas de avestruz y los dos grandes cuernos de Hathor, la diosa vaca, la de Oro, la Dama de la Turquesa, y con el gran disco de plata de la Luna. No fue Eurídice, sino Berenice quien tomó para sí los múltiples títulos de Heredera, Grande en el Palacio, Bella de Rostro, Adornada con las Dobles Plumas, Dotada con Favores, Señora de la Felicidad, gran esposa real del rey, Dama de las Dos Tierras, Aquélla que al Oír su Voz el Rey se Alegra, Su Amada. Fue Berenice, cuyo nombre griego los egipcios transformaron en *Barenikat*, y fue a Berenice a quien se gritaba en las calles: «Que viva para siempre».

De la otra esposa de Ptolomeo nadie decía nada, nadie cantaba nada. No, ni una sola sílaba, porque Eurídice no era la Señora de la Felicidad, sino más bien la Señora de la Desgracia.

De la noche a la mañana, Berenice cambió. Adoptó la postura de una reina, como si hubiese nacido para ello. Poseía, igual que desde hacía mucho tiempo, sus esclavas y doncellas. Poseía la libertad de las grandes residencias: el enorme e intrincado laberinto de salas de audiencia, patios, columnatas, pabellones, cuartos infantiles, cocinas, despensas, dependencias privadas, terrazas y jardines que daban al río y a la ciudad de Menfis o, en Alejandría, al Gran Puerto y el Gran Mar que estaba más allá. Todo aquello eran los dominios de Berenice; allí, ella lo supervisaba todo, desde la preparación de la comida del faraón hasta la contratación de barrenderos para los suelos y mozos de cuadra para los caballos. Berenice se negaba a permanecer sentada y ociosa. Tomó bajo su control ambas casas, y aquello fue una buena cosa.

A pesar del cambio que había producido en ella la realeza, seguía siendo la misma Berenice de siempre. Se seguía quitando la piel muerta del rostro con el antiguo remedio griego que consistía en aceite de rábanos. Seguía usando la cura para la piel que consistía en patas de langostas, hormigas maceradas, excrementos de ratón y sangre de buitre, todo ello bien machacado con sebo de cabra. Desde luego, no abandonó en absoluto los hábitos cotidianos de una mujer noble griega, pero su rostro resplandecía con un brillo nuevo que no era sino el reflejo del de su esposo, el Hijo del Sol, y se ocupaba de sus asuntos cargada con tantas joyas de la reina de Egipto como podía llevar: oro, cornalina, calcedonia, esmeraldas, *sappheiros* y todo tipo de augustas y costosas piedras.

Berenice vestía el ajustado traje blanco como una funda, el traje casi transparente de reina de Egipto, o bien el vestido rojo de diosa. Sobre la cabeza llevaba la tiara del buitre, que ninguna otra mujer en Egipto podía llevar, con la cabeza y el pico del buitre levantados por encima de su frente, y las alas del buitre envolviéndole las orejas, y la cola del buitre colgando por la parte posterior de su cuello. Los lóbulos de las orejas de Berenice se alargaron por el gran peso de los pendientes de oro que insistía en llevar. De vez en cuando, Berenice tenía ocasión de ponerse la altísima corona de plumas de reina, y su litera era conducida entonces por las calles de Menfis sobre los hombros de unos hombres fuertes del Templo de Ptah, para ir allí a sacudir el sistro de oro, el sonajero de Isis, la Dama de los Muchos Nombres. El propósito de aquella actividad era disipar la ira de Hathor, la diosa vaca, y por tanto era algo de mucha importancia para el bienestar de Egipto, y hacerlo constituía un gran deleite para Berenice.

Sí, ella aprendió los ritmos como de serpiente, la hipnótica música de las mujeres del templo que forzaba la mirada del dios Sol, Ra, hacia el Rey, su marido, Ptolomeo, Vivo para Siempre, Bienamado de Amón, Hijo del Sol.

Ella misma, Berenice, no temía al Sol; nunca se había contentado con esconderse en la sombra del *gynaikeion*, sino que era conducida por toda la ciudad viendo qué era lo que había que hacer, y qué era lo que no había que hacer, y todo ello se lo hacía saber a Ptolomeo, y él no ignoraba su voz, sino que tomaba nota de todo. En realidad, Ptolomeo hacía casi todo lo que Berenice le pedía que hiciera. Incluso accedió, según la petición de Berenice, a establecer una fábrica de perfumes bajo la dirección y control de ella, que serviría a propósitos útiles y aumentaría los ingresos reales. La fábrica de perfumes era estupenda, y daba a Berenice una buena excusa para hacer experimentos con polvos y ungüentos. También era la cobertura perfecta para sus experimentos de reina con todo tipo de venenos. El veneno era la especialidad de Berenice. Berenice, por tanto, estaba muy, muy ocupada.

No, era Eurídice, la esposa descartada, la que se pasaba todo el día sentada en el *gynaikeion*, llevando la vida de la tortuga, sin hacer nada. Algunos días, Eurídice lloraba con lágrimas de desesperanza que sólo una esposa abandonada puede verter. Otros días tramaba los hechizos del despecho, destinados a robarle a su rival todo lo que tenía, y su magia era una magia amarga que había aprendido de la propia Berenice.

En aquel tiempo, Eurídice guardaba el silencio melancólico de una mujer poseída por Dionisos, la mirada rígida de una ménade medio loca. Sus ojos adoptaban, a veces, una mirada salvaje, como si el horror de la pérdida o la naturaleza desesperada de su posición la estuviese conduciendo cerca de la locura. Entonces le dio por enroscar la serpiente doméstica de Alejandría, la Agatos Daimon que se suponía que daba suerte, en su alborotado cabello, y se ponía serpientes en el lecho, para tener suerte, para tener consuelo, y las dejaba que se deslizaran por su cuerpo caliente y le lamieran las orejas. Permitía que sus lenguas aleteantes tocasen incluso su propia lengua, como había medio deseado que Ptolomeo tocase su lengua. Pero las serpientes le dieron poca suerte. Sí, Eurídice abandonó su aspecto entonces, se lavaba poco y dejó de comer regularmente. Había buenos motivos para que Ptolomeo no pusiese nunca sus sandalias de oro en el umbral de las dependencias de Eurídice.

Mientras antes era Berenice la que tenía un aspecto demacrado, delgado, enfermo, más viejo de lo que correspondía a su edad, ahora le tocaba el turno a Eurídice, y era como si ambas hubiesen intercambiado sus lugares: a medida que una ascendía, caía la otra, y aquél era un hecho que tendría unas consecuencias muy duraderas para Egipto.

* * *

Allá donde iba Ptolomeo llevaba consigo el estrado de madera de acacia forrada de oro que podía ser montado y desmontado a voluntad, y el propósito del cual era proteger al rey y la reina durante las ceremonias al aire libre del sol abrasador de Egipto. Y ahora, mientras Ptolomeo viajaba río arriba, era Berenice quien iba con él, y Eurídice en cambio quedaba atrás.

Una vez al año, Ptolomeo y Berenice adoptaban los papeles de Zeus, Dios del Trueno y del Cielo Brillante, y Hera, su esposa y hermana, y representaban el drama griego llamado la *Theogamia* o Boda de los Dioses. El matrimonio de Zeus y su esposa era notable por sus discusiones y peleas, pero el matrimonio de Ptolomeo y su esposa Berenice en todas partes se creía todo lo perfecto que se podía imaginar, y bendito con toda la suerte del mundo.

Ptolomeo nunca había jugado a Zeus y Hera con Eurídice. El matrimonio con ella le parecía ahora muy lejos de la perfección, y sus hijos, muy lejos de ser hijos perfectos, porque nunca habían dejado de pelearse. En realidad, Eurídice nunca le había parecido una diosa a Ptolomeo, y su esposa menor siempre había carecido por completo de dotes para el teatro.

Pero, ¿qué sería de Eurídice? Eso era lo que a ella le preocupaba. ¿La expulsaría Ptolomeo de su residencia? ¿La desterraría? ¿Cómo podría ella evitar que sucediese tal cosa? No lo sabía. No lo sabía, y se mordía las uñas hasta hacerse sangre de la preocupación.

En cuanto a Berenice, en realidad no albergaba mala voluntad hacia su sobrina. En absoluto. Berenice tenía mucho que agradecerle a Eurídice. Berenice no tenía temores, ninguno, porque ya había realizado los hechizos necesarios para neutralizar toda magia hostil, y estaba protegida contra cualquier ataque. Berenice estaba a salvo, muy a salvo, en brazos de su faraón, y no tenía nada que temer.

Al principio, eso es cierto, las dos esposas vivían en paz, pero fue imposible que al cabo no surgieran algunas diferencias de opinión. Pasó el tiempo y empezaron a luchar con palabras. Pasó más tiempo y Eurídice la atacaba con las uñas, y de vez en cuando con los puños incluso, y todo porque el faraón no había tenido el sentido común de mantener sólo una esposa, sino que tenía dos, derrochando los privilegios de la monarquía sobre una y negándoselos a la otra.

Anemhor mostró su preocupación ante las peligrosas relaciones establecidas entre tía y sobrina, pero en privado pensaba que aquélla era una familia viciada, dividida entre sí. La familia de Ptolomeo siempre sería como la tripulación de una galera con remos. Para moverla, todos los remeros deben tirar a la vez. Si no es así, el buque empieza a dar vueltas en círculo y no va a ninguna parte. La familia de Ptolomeo no remaba a la vez. Su buque estaba destinado a encallar. Era, en realidad, un buque que ya tenía vías de agua, y que acabaría por hundirse.

Anemhor sabía esas cosas. El naufragio, desde luego, no llegaría de inmediato, pero habría un naufragio al final. El mar que tenían ante ellos estaba muy alborotado.

3.3.
Manchas de leopardo

Tanto en Alejandría como en Menfis la aurora llegaba con el ladrido de los perros de palacio, el clamor de palomas y pollos y el parloteo de los monos de Thot en adoración de Ra. Pero si Ptolomeo esperaba escapar a Anemhor viviendo en Alejandría, estaba equivocado, porque muchas mañanas allí donde estaba Ptolomeo estaba también Anemhor, vestido con su habitual manto de piel de leopardo, en alguna misión de la mayor trascendencia por el bienestar de Egipto, o amonestando a Ptolomeo por algo que no hacía bien. Desde luego, por un lado estaba el placer y el deleite de ser faraón, pero por otra parte existía un costado oscuro, ese asunto tan peligroso de ser rey y hombre de poder, que significaba que había algunos que sólo albergaban hacia él mala voluntad.

Una vez, Anemhor apareció y dijo:

–Los fluidos corporales de un dios contienen toda su divina esencia y su poder creativo.

Ptolomeo le miró, preguntándose: «¿Y ahora, qué? ¿Qué será lo siguiente?».

–Cuando escupe –continuó Anemhor–, cuando expulsa agua, cuando sopla por la nariz, o quizá cuando vierte algunas lágrimas...

Ptolomeo frunció el ceño.

–Todos los fluidos corporales del faraón deben ser conservados para siempre –prosiguió Anemhor–, o eliminados con el mayor de los cuidados.

Ptolomeo le miró, desconcertado.

–En el pasado –dijo Anemhor–, hubo faraones contra los que se ejerció magia recogiendo los recortes de las uñas de sus pies, o incluso sus cabellos...

Ptolomeo se rascó la cabeza que cada día le afeitaban muy bien, para que pudiese llevar la Corona Azul de la Guerra.

–En la historia del Nombre Secreto de Ra –insistió el sacerdote–, la saliva del dios del Sol fue usada para envenenarle...

Ptolomeo estaba sentado en su trono de ébano y marfil, preguntándose si se conservarían realmente en Menfis los excrementos de todos los faraones, etiquetados y ordenados en estantes por orden cronológico... Desde luego, Menfis olía tan mal que podía ser cierto... Mil años de excrementos de faraones mantenidos para la posteridad, para siempre...

Si Ptolomeo no hubiese sido el propio faraón, se habría echado a reír a carcajadas al pensar en aquello. Pero entonces se quedó pensativo. ¿Debía desdeñar al sumo sacerdote y sus absurdas exigencias, y hacer que sus excrementos fuesen arrojados en el mismo sitio que todos los demás, al río, que era el agua para beber de todo Egipto?

Pero no preguntó nada. No quería conocer aquellos secretos. Anemhor, aunque era un forjador de maravillas... podía ocuparse de los efluvios reales si lo deseaba, hasta el día en que, quizá, se demostrase que eran útiles.

Sí, Anemhor sabía que el excremento de un enemigo era una gran recompensa, precisamente lo que se requería para hacer magia contra un hombre, y que debían ser preservados por si un día se requerían para hacer magia en contra de aquel faraón.

Anemhor hizo una reverencia y besó el suelo, y las manchas de leopardo de su traje salieron de la cámara, y entonces Ptolomeo se permitió reír por aquel tema tan serio. Pero Anemhor sólo pensaba en aquellas sabias palabras: comparado con el egipcio, el griego era un niño; el griego no sabía nada, no entendía nada. Anemhor sonrió con su habitual media sonrisa, pero no se permitió el lujo de echarse a reír. Un sacerdote de Egipto no debía reír demasiado; el servicio de los dioses era un asunto demasiado serio para reír, así que cruzó los brazos bajo las manchas de leopardo y se dirigió a realizar sus tareas pensando, pensando...

* * *

Anemhor siempre volvía, y antes de pasado un mes desde la coronación, le llegó a Ptolomeo la más reciente de sus peticiones:

–La tradición –dijo– dicta que el faraón entregue gansos, pichones, cisnes, patos y aves cebadas a sus cortesanos egipcios. ¿Seguirá su majestad la costumbre?

Ptolomeo pensó en los gastos. Siempre se mostraba dispuesto a seguir las tradiciones, porque hacer lo contrario podría incitar al desorden, el caos y el desastre.

–Es lo más sensato –dijo Anemhor.

Desde luego, Ptolomeo no intentó siquiera resistirse, y ordenó la distribución de las aves. Ordenó también que toda la comida que sobrase de las residencias fuese enviada a los cortesanos, o a los sacerdotes de Ka, para ser colocada en las mesas de ofrendas para los muertos.

Pensó en las palabras de Periandro de Corinto: «Sigue las viejas leyes, pero come pescado fresco». Cambiar por cambiar no era cosa buena. Todo debía hacerse tal y como se había hecho hasta entonces en Egipto. Y pensó de nuevo en el pescado, en el pescado, aunque se suponía que ya no debía comerlo. Le invadió el ansia, y cuando Anemhor partió en barca de nuevo hacia Menfis, Ptolomeo envió recado al ágora para comprar pescado, y se deleitó con el rojo salmonete. Su abstención de pescado había durado en total treinta días. Pero Anemhor... Anemhor, pensó, no tenía por qué saberlo nunca.

Al segundo mes, Anemhor vino con nuevas peticiones, diciendo:

–El faraón Ramsés regalaba sesenta gansos a los templos de Egipto cada día de su reinado...

Ptolomeo le miró pero no dijo una sola palabra.

–Ramsés daba mil ochocientos veinte gansos a los templos cada mes –continuó Anemhor.

Ptolomeo pensó en lo mucho que le costaría todo aquello.

–Ramsés daba veintiún mil novecientos treinta y cinco gansos cada año –dijo Anemhor.

Ptolomeo levantó la carne por el lugar donde antes había tenido las cejas.

–Son muchos gansos –objetó.

–Sí, muchísimos –asintió el sumo sacerdote–. En total, seiscientos ochenta mil gansos para las ofrendas divinas.

Ptolomeo bajó las comisuras de la boca.

–Todos los faraones antes y después hicieron lo mismo.

Y Ptolomeo vio una vez más que no habría paz si él no hacía lo mismo, y puso su sello en el *prostagma*, de modo que fueran enviados sesenta gansos a los templos cada día del año, durante todos los años que reinase. Y los criadores de gansos incubaban más huevos, criaban y cebaban más gansos, y las barcazas de gansos navegaban río arriba y río abajo una vez más, con su carga de mil ochocientos veintisiete gansos cada mes, tal como se había hecho siempre, aunque llevaba sin hacerse desde los tiempos de Naktoreb.

Y así ocurrió que la casa de Ptolomeo mantuvo las entregas de los gansos a los templos sin interrupción durante diez generaciones.

En Menfis, el Horoskopos calculaba que el número de gansos entregados por el rey Ptolomeo y sus sucesores sería de seis millones cuatrocientos noventa mil quinientos gansos exactamente. Pero no dijo nada de semejante cifra, pensando que nadie la creería posible. Trescientos años de Ptolomeos parecían muchísimos, demasiados para su comodidad. Y el propio Horoskopos dudaba de que su previsión en este tema fuese correcta.

* * *

Aquellos primeros meses la pregunta que más a menudo asomaba a los labios de Ptolomeo era: «¿Cómo ser faraón?». A menudo, en cuanto Anemhor regresaba a Menfis, Ptolomeo le enviaba un mensaje con alguna pregunta que significaba que Anemhor tenía que embarcarse de inmediato hacia el norte de nuevo. Pero Anemhor le ofrecía toda su sabiduría, porque en su interés estaba ayudar a Ptolomeo en todo lo que pudiese, ya que un faraón estable significaba un Egipto estable.

–Cuidado con los súbditos que son unos don nadie –le decía Anemhor–, porque conspirarán a tus espaldas.

En otra ocasión le dijo:

–No confíes en ningún hermano, ni siquiera en Menelao, hijo de Lagos.

Ptolomeo asintió, sabiendo muy bien a qué se refería. El inútil Menelao no recibiría nunca más ningún mando importante.

En una tercera ocasión, Anemhor le aconsejó:

–No tengas ningún amigo. No intimes con nadie, no vale la pena.

Ptolomeo supo que un rey no puede tener amigos. Veía a sus consejeros, a sus ministros, a los esclavos que cuidaban su cuerpo, a los miembros de su familia, pero aprendió a no confiar en nadie en absoluto. Había aprendido a estar siempre en guardia contra el veneno, y tenía su propio catador, su *Progeustes*, igual que él mismo fue una vez catador de Alejandro.

Ni siquiera la gran esposa real disfrutaba de su confianza total. Ni siquiera Berenice tenía conocimiento de sus pensamientos más secretos, porque realmente no era costumbre griega hablar mucho con la propia esposa, por muy útil que le resultase Berenice para tantear sus nuevas ideas. Y así, él no le contaba lo que pensaba. Y en cuanto a Eurídice, apenas hablaba con ella.

Algunas veces volvía a pensar: «Procura no ser un Zeus... a los hombres mortales corresponden objetivos mortales», pero la verdad es que ya había ignorado aquella advertencia. Era demasiado tarde para echarse atrás. Emprendiese la acción que emprendiese en aquellos momentos, los Hados harían con él lo que deseasen. Y encontraba un cierto consuelo en decirse, para sí: «Un dios no necesita amigos... un dios es autosuficiente...».

Concentraba sus pensamientos en ser un buen rey. Había sido elegido, había nacido de los dioses para proseguir su trabajo en la tierra. Era el Omnisciente. Era la fuente de toda vida. Controlaba todas las cosas. Era el Hijo del Sol.

Lo creía y no lo creía, y cuando se despertaba por la noche, sudando por el calor o con un ataque de fiebre, sentía miedo por lo que había hecho, y no comprendía nada de todo aquello (nada, ni una sola palabra), y pensaba que sólo la muerte o la revolución podían liberarle de las cargas de su deber.

Ptolomeo no podía hacer nada sino continuar por el camino que había iniciado, pero, ¡ay!, el camino era largo, y difícil.

También debía continuar, por tanto, la instrucción de Anemhor, y Ptolomeo iba cayendo cada vez más en deuda con ese hombre, cada vez más y más bajo su control.

–El primer deber de un faraón –decía Anemhor– es mantener la comunicación con los dioses, para poder salvaguardar la victoria, la prosperidad, el orden, la paz...

Ptolomeo miraba la calva cabeza, la mosca que se había posado en ella flexionando las patas.

–Es decir –continuaba Anemhor–, que debes llevar a cabo el ritual. El ritual es lo más importante... –y tan absorto se hallaba en su explicación que ni siquiera parecía notar la mosca.

–La riqueza de Egipto –decía– depende de las acciones del faraón. Si no haces tal y cual cosa, a continuación bajará el Nilo, habrá hambruna en la tierra y revueltas en el Alto Egipto.

Se trataba, sencillamente, de evitar el caos.

–A continuación, después del ritual –prosiguió Anemhor–, lo más importante es ofrecer Maat a los dioses. Sólo el faraón puede hacer tal cosa.

Ptolomeo ahogó un bostezo. Le dijo a Anemhor lo que había comprendido:

–Sí –dijo–, Maat es la corrección, la justeza, la ley, el orden. Maat es el orden universal, el equilibrio cósmico, la verdad... –pero aún seguía confiando más en Tiqué, la diosa de la Buena Suerte. Le consolaba saber que el faraón estaba protegido por el Halcón, Horus, cuyos dos ojos son el Sol y la Luna, y cuyo plumaje moteado es el cielo estrellado, y pensó en las dos puertas de la ciudad de Alejandría, que se llamaban Puerta del Sol y Puerta de la Luna, como si toda Alejandría no fuese sino un reflejo en la tierra del estado de los asuntos celestiales, igual que todo Egipto era un reflejo de los cielos.

El Halcón extendería sus alas para proteger a Ptolomeo, y todo iría bien; el sumo sacerdote de Menfis, su gran amigo (quizá su único amigo) se lo había prometido.

* * *

Así empezó la extraña y nueva vida de Ptolomeo. Los seis sirvientes enanos del cuerpo del faraón le seguían incluso a Alejandría para continuar su única función en la vida que era presentar a Ptolomeo la ropa del día, cortarle y pulirle las uñas y prepararle el baño y secarle después.

Ptolomeo se acostumbró a no hacer nada por sí mismo, a ser servido día y noche. Le habría gustado, desde luego, de vez en cuando, poder lavarse y secarse él mismo las manos, afeitarse él solo la barba, bañarse sin ayuda, todas aquellas cosas que hacía solo con mucha mayor rapidez, pero no podía dejar de ser faraón. Tenía que ser faraón en todo, no sólo un griego que fingía ser faraón, que jugaba a faraón.

Realmente él era el dios, Vivo para Siempre; debía ser el dios.

A veces tenía ganas de gritar, agobiado por la lentitud de aquel vestirse y desvestirse y por la obligación de dejar que las manos de unos extraños llevasen a cabo hasta sus abluciones más íntimas. Sin embargo, él lo había elegido así. No tenía motivos para quejarse. Era un prisionero voluntario. Después de su muerte seguiría siendo faraón, y volaría al cielo en alas de Thot, el ibis. Ni siquiera en la Vida Eterna, como Estrella Imperecedera, podría dejar de ser faraón.

Cada vez que el sumo sacerdote de Ptah, o el sumo sacerdote de Ra en Heliópolis, o el sumo sacerdote de Amón en Tebas, acudían a Alejandría, le llevaban a Ptolomeo esfinges de piedra, obeliscos, estatuas de granito de los faraones de la antigüedad, con los cuales adornaba su nueva ciudad. Y todos esos regalos se los hacían con un propósito determinado, para que la ciudad griega se hiciese lo más egipcia posible. No se podía rechazar un regalo sin causar una ofensa. El regalo significaba que Ptolomeo debía preguntar: «¿Qué puede hacer el faraón por ti, a cambio?».

Y Anemhor, o cualquiera que fuese el sumo sacerdote en cuestión, podría decir entonces: «Un nuevo templo en Letópolis», o «Reconstruir el santuario de Licópolis», o «Más ofrendas para el dios de Filai». Y Ptolomeo tendría que acceder a ayudar.

Si le hubiesen dejado, Ptolomeo habría preferido una ciudad en la que no hubiese más que cosas griegas, pero la línea de obeliscos egipcios pronto se extendió a lo largo de la calle Canópica, colosales estatuas de Ramsés y Amenofis y Amenhotep adornaron el Gran Puerto, y las calles empezaron a tener columnas con lotos así como columnas dóricas y jónicas, y estatuas de Anubis, el Perro, protector contra el mal de ojo, en cada esquina. Alejandría llegaría a amar a Anubis, faraón del Mundo Subterráneo.

Los regalos también le llegaban en Año Nuevo, y el día del cumpleaños del faraón, y el día de su coronación, y el cumpleaños de la reina, porque había muchos días en los que era indicado un regalo. Y había regalos también como prenda de buena voluntad: estatuillas doradas de Sejmet, la leona, y de Ptah, y de Horus, el Halcón, y joyas, cosas bonitas que dejaban a Berenice boquiabierta de sorpresa.

Ptolomeo, creyendo que el sumo sacerdote de Ptah era su amigo, le contaba sus pensamientos más íntimos y secretos, y le pedía opinión acerca de todas las dificultades, y llegó a depender de su apoyo mucho más de lo que había dependido de ningún otro hombre en Egipto, mucho más que de cualquier griego. Realmente, Ptolomeo no habría durado ni treinta días como faraón sin la ayuda de Anemhor.

Eso era lo que quería Anemhor, conocer los secretos del griego. Porque el hombre que conoce los secretos de su amigo tiene poder, mucho poder.

Bajo el sumo sacerdote, la egiptización de Ptolomeo y su casa comenzó en serio, y se realizó con tal habilidad que ellos casi no lo notaron. Desde luego, Ptolomeo no olvidaba su carácter griego, ni tampoco abandonó sus hábitos de vida griegos, ni dejó de hablar griego, porque ningún conquistador se molesta en aprender la lengua de una nación sometida. Pero Ptolomeo empezó también a adoptar algunos hábitos egipcios, al principio como en broma, luego mucho más en serio.

Pasaba el tiempo y hasta los peticionarios griegos empezaron a copiar las costumbres nativas al solicitar una audiencia, escondiendo los rostros al entrar en la divina presencia del faraón, para no quedar cegados por la luz de su rostro. Porque para los egipcios Ptolomeo era Ra, el dios del Sol, y ningún hombre podía acercarse a él sin protección, porque si miraba mucho rato al dios sin su permiso, su corazón empezaría a arder en el pecho, le llenaría el fuego y moriría.

Cuando se notaba el rumor de un terremoto, el propio Ptolomeo murmuraba: «Es el cadáver de Osiris, que se remueve», y no lo decía en broma, sino que toqueteaba el talismán contra los terremotos que colgaba en torno a su cuello, así como el pesado collar de Horus del faraón.

Ptolomeo y Berenice se complacían en reírse, a veces, de la omnipresencia de los dioses de Egipto, que veían y oían todo lo que un hombre hacía y decía. Les divertía saber que el propio Ptolomeo, como dios, tenía setenta y siete ojos y setenta y siete orejas, y habían sonsacado tantos secretos a Anemhor que Berenice pensaba que ya sabían todo lo que debían saber sobre sus dioses.

Al principio, pues, todas las cosas egipcias hacían reír a los griegos hasta que se les saltaban las lágrimas, pero en seguida Ptolomeo dejó de reírse.

Pobre de aquél de sus hijos, entonces, que se riese en la procesión del Sagrado Halcón en Apolonópolis.

Pobre del príncipe o princesa que sonriese durante los veintinueve días de ritos funerales por Hesis, el Toro Sagrado de Heliópolis.

Pobre también del cortesano que arrugase su nariz griega ante el hedor de algún ibis mal momificado.

Ptolomeo empezó a hablar pronto y sin sorpresa del Carnero de Amón, del Simio de Toth, del Cocodrilo de Sobek, todos ellos encarnaciones de lo divino. No pasó mucho tiempo antes de que incluso Ptolomeo llegase a pensar que era bastante natural que los dioses caminasen por Menfis a cuatro patas, o que se posasen encima de los tejados.

Desde luego, Ptolomeo deseaba aprender, aunque los dioses de Egipto eran demasiado complicados para que los comprendiese hasta un egipcio, pero a veces complacía a Ptolomeo buscar a Anemhor el Viejo y hacerle una pregunta que dejase al gran hombre con la boca abierta y sin que surgiera ni una sola palabra de ella... conseguir que Anemhor dijese: «Ningún hombre viviente tiene la respuesta a tal pregunta».

Aquello, según pensaba Ptolomeo, ponía en su lugar al sumo sacerdote. Conseguía que Anemhor se diese cuenta, según pensaba Ptolomeo, de quién era el amo.

Para Anemhor, sin embargo, no era tanto un tema de no saber como de negarse a contestar. Anemhor no había olvidado las palabras de Platón, el griego, de que comparados con los egipcios, los griegos eran como niños.

Y los griegos, aunque aparentemente rendían pleitesía a Osiris y Horus, en el fondo seguían conservando su visión griega del mundo, sin tener a ningún dios en gran estima, ni siquiera a los propios dioses de la Hélade.

Incluso después de su coronación Ptolomeo le murmuraba a Berenice en mitad de la noche, cuando los asuntos egipcios le mantenían despierto: «La forma griega de hacer las cosas siempre es la mejor». Y Berenice, por supuesto, estaba de acuerdo.

3.4
Las flechas de Eros

El año de la coronación de su padre, Ptolomeo Keraunos, el Rayo, alcanzó la edad de dieciséis años, dijo adiós a la niñez y colgó su pelota de cuero y otros juguetes en el Templo de Hermes de las Aladas Sandalias, en la calle Canópica, en Alejandría, como recuerdo de una niñez bien guiada.

Y todo eso estaba muy bien, era la costumbre griega, pero el hecho es que la niñez de Keraunos no había estado bien guiada, porque se le había permitido crecer salvaje y hacer en todo lo que le apetecía.

Cuando brotó el primer vello junto al *rhombos* de su juventud y una sombra oscura empezó a extenderse por su labio superior, Ptolomeo Soter ordenó la primera de las tres grandes celebraciones para la *Anakleteria* o Llegada de la Edad de su hijo mayor legítimo, que estaba destinado, por supuesto, a ser su heredero al trono de Egipto.

Así, el futuro de Keraunos estaba ya decidido, y el sumo sacerdote de Ptah pensó en asegurarlo aún más al regalarle, a su Llegada de la Edad, el collar egipcio llamado *Baraka*, o Portador de Suerte, que debería llevar durante el resto de su vida, haciéndole todavía más afortunado. Aquel año, también Anemhor se encargó de enseñar a aquel joven algo sobre los dioses de Egipto, para que al menos supiera reconocer los nombres y las caras de Anubis, Hathor, Sobek, Ptah y conocer un poco sus atributos, y prepararle para el oficio que le esperaba, y el faraón estuvo de acuerdo en que tales enseñanzas serían algo bueno.

Anemhor llegó pues a Alejandría y se estableció allí por temporadas para hablar a Keraunos de Thot y de la Vida Eterna, y de cómo a la entrada en el otro mundo, el corazón de cada hombre muerto debe ser pesado en la balanza contra la pluma de Maat, la diosa de la Corrección y la Verdad.

Pero Keraunos no estaba muy interesado en la corrección ni en la verdad, y ni siquiera quería pensar en su muerte. Se le había inducido a creer que, al ser el próximo rey, Ptolomeo viviría para siempre, y pensaba que no necesitaba la instrucción de Anemhor.

Lo que dijo Anemhor, sin embargo, fue:

–No creas que todo será olvidado el Día del Juicio. No confíes en una larga vida, porque los dioses ven nuestra vida como una sola hora.

Keraunos lanzó una risita. Sabía que le quedaban al menos setenta años de vida.

–Después de su muerte –continuó Anemhor–, el hombre continúa existiendo, y cada uno de sus actos, buenos y malos, se van acumulando a su lado...

Keraunos jugueteaba con su *khiton* y miraba hacia la puerta de la habitación en la que se encontraban.

–El hombre que llega sin pecado ante los jueces de los muertos –siguió Anemhor– caminará en libertad con los señores de la eternidad...

Keraunos se reía disimuladamente. Ésas eran creencias bárbaras. En cuanto a la eternidad, Keraunos pensaba sólo en el hedor de la putrefacción de las galerías de ibis de Menfis, que llevaba el viento día tras día a través de las ventanas de la residencia de su padre, el rey. Pensaba realmente que no había nada más que la putrefacción. Y dijo:

–No quiero saber nada de Thot.

Anemhor citó entonces a Keraunos la sabiduría de Egipto:

–El mal que le ocurre a un idiota, se lo acarrean su vientre y su falo.

Pero Keraunos se rió en voz alta, bufó al escuchar las tonterías de Anemhor y se juró hacer todo lo posible por mantenerse alejado del camino del sumo sacerdote, si podía.

* * *

En su siguiente audiencia con el rey Ptolomeo, Anemhor volvió a mencionar la sabiduría de Egipto:

–Mejor una estatua de piedra que un hijo tonto –dijo.

Y también:

–Un idiota en una casa es como llevar ropas finas en una bodega de vino.

Y también:

–Si un tonto tiene poder, todo lo que le ocurre es malo.

Ptolomeo miró a Anemhor y dejó de sonreír con la sempiterna sonrisa del faraón. No había necesidad de que Anemhor le dijese de quién hablaba, y durante algunas horas su sonrisa no volvió.

Anemhor hizo todo lo que pudo para educar a Keraunos dc la forma en que debía, diciéndole:

–Cuando vivas como un poderoso, que la ira de tu corazón sea pequeña.

Pero Keraunos se limitaba a mirarle como si no supiera de qué le estaba hablando. La ira del corazón de Ptolomeo Keraunos nunca sería pequeña. Haría honor a su nombre en todas las cosas.

Anemhor perseveró en sus lecciones, pero llegó el día en que Keraunos incluso gritó al sumo sacerdote de Ptah, Amo de los Secretos, tal y como Anemhor sabía ya que haría, porque había probado a aquel chico, habiendo oído lo que se decía de aquel hijo del rey: que se enfurecía con rapidez, que una ira amarga se alojaba siempre en su nariz.

La conducta de Keraunos, por tanto, no mejoró nada durante la instrucción de Anemhor, sino que más bien empeoró. Empezó a correr por la residencia de Alejandría cogiendo los gatos del rabo y haciéndolos girar arriba y abajo en el aire, a veces con gran violencia, y se reía con una extraña risa de hiena que parecía la risa de un maníaco.

Anemhor, cuando le contaron lo que pasaba, le dijo:

–El gato se adora en todas partes, en las Dos Tierras. Si tratas mal la criatura sagrada de Bastet, la diosa gata, el pueblo de Egipto te tratará mal también a ti.

Porque la verdad es que si un solo egipcio hubiese visto lo que hacía Keraunos, habría habido una revolución, y quizás hasta hubiese acabado la casa de Ptolomeo antes de haber empezado siquiera.

Anemhor dijo:

–Si matas el gato, la gente de Egipto te matará a ti.

Pero Keraunos se reía más aún y continuaba, siempre que podía, agarrando los gatos de esa manera, y también mató un gato, porque necesitaba la sangre de un gato negro para el hechizo que le permitiría entorpecer los carros de los demás chicos en las carreras y ganar él.

Anemhor meneaba la cabeza. Era como si Keraunos se hubiese propuesto ser el mejor en fechorías, como si hubiese decidido cometer maldades en todo lo que hiciese, como si estuviese tratando de evitar la *Moderación en todas las cosas* de los griegos y por el contrario se hubiese dedicado al exceso. Y a Anemhor le dio realmente la sensación de que Keraunos iba a terminar como la polilla que vuela hacia la llama de la vela, porque nadie tenía control sobre él, y ni siquiera él parecía tener control sobre sí mismo. Y la última persona que intentaba controlar a su hijo era el padre, que estaba demasiado ocupado siendo faraón de Egipto y además amaba a su hijo hasta la ceguera, porque era su heredero y tenía el aspecto de un excelente guerrero, que no temería beber un cuenco entero de vino sin diluir. Un hijo así era un verdadero orgullo para un padre macedonio.

Sí, el faraón, en cierto modo, estaba ciego, porque sólo podía traer problemas llamar a su hijo «Rayo», que era uno de los atributos del propio Zeus. Era un acto más de terrible hubris, y el padre tenía que habérselo pensado muy bien antes de llamar a su hijo Keraunos.

La medio hermana de Keraunos, Arsinoe Beta, con la cual estaba ligado su destino, se comportaba como una niñita, que es lo que era. Lloraba y mostraba toda la blandura de una mujer, dejando que sus sentimientos fluyeran libremente ante la muerte de cualquier animal de compañía: su loro escarlata, al que había enseñado a decir unas cuantas palabras de griego, o su perrito faldero griego, que venía corriendo cuando ella lo llamaba, o cuando uno de los gatos de palacio a los que más cariño tenía fue estrangulado por Ptolomeo Keraunos, su hermano.

Cuando Arsinoe lloraba, su madre, Berenice, le regañaba y le decía:

–La mayoría de las mujeres son blandas, inútiles, incapaces de defenderse. La mayoría de las mujeres no son luchadoras. Pero tú, Arsinoe, tú no puedes ser como ninguna otra mujer. Debes endurecerte. Debes ser fuerte. Debes mostrarle al mundo que una mujer puede ser tan buena como un hombre...

Y eso es lo que hizo Arsinoe Beta. Se entrenó para ser dura, como el hierro, como los clavos.

Desde el principio Arsinoe hablaba con toda libertad con sus hermanos, se sentaba en la misma habitación que ellos y jugaba a juegos violentos sin ser vigilada siempre por su niñera, y todo eso era muy distinto de la forma griega normal de comportarse, que era que las niñas estuviesen separadas de los niños, y fue obra de Berenice. Fue Berenice quien dijo:

–Mi hija Arsinoe no debe ser una prisionera en el *gynaikeion*. Confiamos en que se comportará como una hija bien educada. No hay por qué espiarla día y noche.

No, para Arsinoe Beta fue fácil hacer lo que quería dentro de los límites de la residencia, fuera en Menfis o en Alejandría, y obtuvo también lo que quiso en cuestiones de educación, porque pidió que le enseñaran lo mismo que estaban enseñando a los chicos, como matemáticas y geometría, y táctica y estrategia, y todas las artes y ciencias de la guerra, y se hizo muy dura... mucho más dura que las chicas griegas normales. Sí, era bueno ser tan fuerte, tan dura como los clavos. Era bueno estar hecha de hierro, hasta que un imán pasó a su lado y ella se sintió atraída. Porque eso era lo que el destino tenía reservado a Arsinoe Beta.

Creció rápidamente y leyó muchos libros, y llegó un día en que dejó de ser una niña, y su padre pensó que la hija de Berenice era lista, lista como un hombre; que era tan buena como un hijo... si no mejor.

Esas hijas suyas... Ptolomeo las miraba intensamente a medida que iban creciendo, y calculaba, por la suave hinchazón de sus pechos, que estaba llegando ya el momento de los compromisos matrimoniales. Tenía los nombres de sus hijas escritos en una tira de papiro, y caminaba arriba y abajo por la habitación, pensando qué unión podría darle la mejor de las alianzas.

A su debido tiempo envió embajadores a los padres de los hijos que tenía en mente como posibles yernos, con una lista de preguntas:

–Si el rey Ptolomeo sugiriese tal y tal, ¿Su Majestad estaría de acuerdo en...?

Calculó que le quedaban seis hijas de las que debía librarse, hizo una lista de sus nombres y se preguntó qué se le podría ofrecer a cambio de cada una, en forma de tratados de paz y alianzas para la guerra. Eran: Teoxena, Ptolemais y Lisandra, las tres hijas de Eurídice; Arsinoe Beta y Filotera, las dos hijas de Berenice, y Antigone, su hijastra.

La hija mayor, Teoxena, ya estaba madura para el matrimonio... y aunque la menor, Filotera, aún no había florecido, Ptolomeo pensaba que no era demasiado pronto para hacer planes.

En cuanto a los matrimonios, lo principal en los pensamientos del faraón era la cuestión de la alianza que debía ir unida a la boda de una hija, porque el matrimonio era, antes que nada, una cuestión de política.

Lo segundo en importancia era la dote, y qué cantidad sería la mínima que tendría que pagar, porque aunque ahora era egipcio, sólo era egipcio en la superficie. Por debajo seguía siendo griego, siempre griego.

Lo último en importancia eran los sentimientos de la hija en cuestión, que haría lo que le dijeran o se llevaría una paliza.

No había que pasar por alto el hecho de que el matrimonio con una de las hijas del rey Ptolomeo, aunque fuese una hija extramatrimonial, debía contemplarse como el máximo honor para la familia del novio.

En un momento dado Ptolomeo puso por escrito sus pensamientos, haciendo casar la lista de sus hijas con la lista de los maridos elegibles, reyes en lo posible, o hijos de reyes, de habla griega y con países enteros bajo su mando y su control:

Teoxena podía casarse con Agatocles de Siracusa.

Antigone podía casarse con Pirro, rey de Epeiro.

Lisandra podía casarse con Alejandro, el hijo de Casandro.

Arsinoe Beta podía casarse con Lisímaco, rey de Tracia.

Ptolemais podía casarse incluso con el gran enemigo de Ptolomeo, Demetrio Poliorcetes, Sitiador de Ciudades, y por tanto llevar a cabo la mejor de todas las cosas buenas: una paz duradera y el fin de toda guerra en el mundo griego.

Las hijas, cuando supieron lo que se planeaba para ellas, no se sintieron felices. Sólo pensaban en lo odioso que era que las mandaran lejos, porque ninguna de ellas quería vivir en otro lugar que no fuese Egipto, y en Egipto, en ningún lugar que no fuese Alejandría, que era la ciudad más bella del mundo. Y las hijas se enfurruñaron un poquito, pero no dijeron nada para que no les pegasen por hacer comentarios descarados. Desde luego, ninguna de aquellas muchachas sabría absolutamente nada de su futuro marido, y las mantendrían en la ignorancia total de lo que las esperaba.

¿Y qué pasaría entonces con el matrimonio de su hijo y heredero? ¿Qué pensaba el faraón de aquello? Si iba a ser heredero de su padre, Keraunos por propio derecho no podía tomar esposa hasta que heredase el reino, para obtener la mejor de las alianzas, y para que así sus hijos naciesen ya con la púrpura, como hijos del rey. De todos modos, había que planear el matrimonio de Keraunos antes, no fuese que al llegar la hora, no se encontrase ninguna esposa adecuada y la mejor alianza posible recayese en otro monarca.

Pero sucedió que aquel hijo se rebeló abiertamente contra su padre, porque dijo que él elegiría a su propia esposa cuando llegase el momento y no antes, y que su padre no podría elegir por él.

Keraunos mostraba gran interés por las mujeres. Tenía a su entera disposición los mejores burdeles de Alejandría, las mujeres de la ciudad, las mujeres de la noche, y ya corrían leyendas sobre sus hazañas en cuanto a resistencia, que hacían sonreír a su padre, porque en este asunto, aquel joven era digno hijo de su padre.

No, Keraunos no preocupaba mucho a Ptolomeo. Quería que fuese un verdadero griego, un auténtico macedonio. Estar loco por las mujeres era algo normal, no una causa de preocupación. Era mejor que estar loco por los hombres, como Alejandro. Keraunos, pensaba Ptolomeo, crecería. Keraunos se volvería sensato. Tenía fe en Keraunos, su heredero, que mostraba mucho interés en las luchas y peleas, en los preparativos para la guerra, y todos aquellos signos eran buenos. Ptolomeo deseaba por encima de todo que a su heredero le gustase la guerra. ¿No era por eso, acaso, que él mismo había recibido el nombre de Ptolemaios?

Lo que no sabía Ptolomeo, sin embargo, era que el Rayo también empezaba a mostrar un interés excesivo por el cuerpo de su media hermana, la princesa Arsinoe Beta, que era cuatro años menor que él, y cuyos pechos todavía no habían alcanzado la altura de tres dedos pero se iban hinchando como membrillos que van madurando para la cosecha.

* * *

Cuando su padre tomó la corona de Egipto, la gente empezó a llamar a Arsinoe Beta y sus hermanas *Basilissa*, es decir, princesa. Ella tenía once o doce años de edad. Cuando cumplió los catorce años, los esclavos de la residencia y las doncellas del *gynaikeion* empezaron a llamarla con el título de *Kyria*, la palabra griega que significa «señora».

Todos los ojos estaban puestos en aquella bella hija de Berenice, preguntándose a qué gran rey se entregaría en matrimonio. Y el propio Ptolomeo continuaba observando a su hija con ojos agudos, midiendo la hinchazón de sus pechos, que eran como dos hogazas de pan redondas que se iban hinchando en el horno que era Egipto, porque cuando sus pechos crecieran hasta la altura de tres dedos, ya estaría madura para un marido, y se podría sellar la alianza.

En cuanto a Berenice, protegía a su hija con bastante cuidado en aquel tiempo, sabiendo que el impulso hacia la *aphrodisia* es mucho más fuerte cuando se inicia, consciente de la gran necesidad de que una joven griega mantuviese intacta su virginidad.

Ptolomeo observaba, por tanto, y Berenice vigilaba, pensando en el matrimonio político con algún hombre de gran linaje y carácter tranquilo, un hombre de familia satrapal, quizá, que se hubiese hecho merecedor del título de rey. Pero aunque sus padres vigilaban, no vigilaban lo bastante. No veían que Arsinoe Beta pasaba mucho tiempo con su medio hermano, el príncipe Ptolomeo Keraunos. No se dieron cuenta de que lo impensable estaba a punto de suceder bajo su propio techo, ante sus mismísimas narices.

En apariencia, las relaciones entre Ptolomeo Keraunos y Arsinoe Beta parecían bastante inocentes. Eran niños que jugaban juntos, intercambiando cada día, cada hora, los insultos que intercambian todos los hermanos y hermanas, peleándose por trivialidades como ver cuál de los dos tenía el mayor número de guisantes en un plato o metiendo arañas en la cama del otro. Disfrutaban de la turbulenta niñez de todos los niños griegos, con voces que se alzan llenas de ira desde la mañana hasta la noche por cualquier pequeñez, haciendo siempre una montaña de un grano de arena.

Berenice escuchaba, a veces, los agudos gritos, pero les daba poca importancia. Atribuía tales peleas al calor, y al hecho de que los griegos siempre tienen que discutir y pelearse. Y no, no hizo movimiento alguno para separar a Arsinoe y Keraunos, sin pensar jamás que pudiese ocurrir el horror de horrores.

La princesa Arsinoe Beta creció un poco más y se convirtió en una bellísima joven. Tenía los ojos resplandecientes. El cabello rubio lo llevaba largo, para poder cortárselo cuando hubiese guerra y entretejerlo para formar las fuertes sogas con las que se dispararían las catapultas de su padre y las máquinas de asedio, porque estaba decidida a representar su papel en la victoria de Egipto. No había olvidado la desgracia de su padre en Salamina y Chipre, y era una chica muy guerrera, porque había leído todos los textos que se podían encontrar sobre tácticas, estrategia, navegación en el mar e historia de la guerra. Realmente, no había nada que Arsinoe Beta no supiera acerca de la guerra griega, de los mercados militares de Grecia, donde se podía contratar un ejército entero de soldados. Sabía cuánto había que pagar a cada hombre, y exactamente cuántos soldados se podían dirigir para asegurarse su lealtad. Había interrogado a su padre estrechamente acerca de las campañas de Alejandro, y su padre se sentía orgulloso, muy orgulloso de ella.

Arsinoe Beta vivía casi exclusivamente para la guerra, y se proponía, cuando tuviese oportunidad, cabalgar hacia la batalla y luchar igual que había hecho Adeia-Eurídice, la reina de Filipo Arrideo.

Los ojos de aquella enérgica joven eran de un azul maravilloso, como el *sappheiros*, del mismo azul que hacía pensar a los extranjeros en el Mal de Ojo y tocar sus talismanes de la Buena Suerte cuando los veían, y es posible que en realidad Arsinoe Beta produjese mal de ojo, o fuese su víctima, porque todo lo que hizo en la vida pareció estar tocado por la mala suerte.

Aquellos ojos azules suyos se posaban de vez en cuando en su medio hermano, Ptolomeo Keraunos, y se encontraban con la mirada de él, y los ojos del uno se clavaban en el otro e intentaban mantener la mirada, como hacen todos los niños. Pero ambos jugaban mucho a este juego, y a veces parecía que no podían apartar la vista porque sus ojos estaban unidos, como si les hubiesen herido las flechas del Niño, del propio Eros.

Desde luego, mirar a los ojos de otra persona es lo más peligroso que se puede hacer, en cualquier ocasión, pero el efecto que tuvo en Arsinoe y Keraunos fue atraerlos mucho más, y lo que ocurrió después fue que la lengua del Rayo salió y vibró, como la de un lagarto, y besó a su hermana en los labios, y luego introdujo la lengua en la boca de ella cuando nadie miraba, y su lengua era suave y los labios del muchacho estaban calientes.

Al principio aquellos besos eran cortos, rápidos, pero luego aquellos niños grandes no sólo se quedaban unidos por la mirada sino también por los labios, copiando la conducta de sus mayores, y Ptolomeo Keraunos apenas paraba para tomar aliento.

Arsinoe Beta dijo:

–¿Qué estás haciendo, sátiro, metiéndome las manos debajo del peplos?

Keraunos no escuchó una sola palabra de sus protestas, sino que siguió haciendo lo que deseaba.

–¿Por qué tiemblas? –le dijo él entonces, riendo–. Qué tímida eres...

–Por Pan –exclamó ella–, me desvanezco, aparta tus manos...

Pero Keraunos no lo hizo, no, no apartó sus manos de la carne de ella.

Arsinoe Beta... ¿no era acaso tan culpable como su medio hermano? Al principio se resistió, sabiendo que lo que él intentaba hacer estaba prohibido, y decía en voz baja: «Nuestro padre hará que te corten la nariz y las orejas con su afilado cuchillo, e incluso te arrancará tus partes más íntimas para dárselas a comer crudas a los perros, por lo que has intentado hacer».

Pero Keraunos se rió de los miedos de ella, no hizo caso de lo que decía y se le echó encima una vez más, jadeando, como un sátiro cogiendo uvas. Hasta que Arsinoe, pensando una vez más lo que estaba haciendo, se separó del abrazo y corrió hacia el *gynaikeion,* con la cara muy roja. Y desde luego, no iba acompañada por su doncella. Sus padres no sentían la necesidad de hacer que la vigilasen todo el día, como si fuese a cometer algún crimen, y confiaban en ella, sin soñar siquiera que le pudiese ocurrir ningún daño dentro de los muros de palacio.

Sí, de la manera más fácil los besos de Keraunos se convirtieron en un hábito cada vez que la encontraba a solas, y sus besos eran cálidos, ardientes como brasas, y a Arsinoe Beta le parecía que aquellos besos los iban a incendiar a ambos.

¿Qué había ocurrido pues? ¿Acaso había llegado sin ser visto el Niño, Eros, al palacio del rey Ptolomeo, tramando sus travesuras, como de costumbre, como un tábano que se propone picar a las vacas que pastan? ¿Había empuñado Eros su arco y tomado una nueva flecha de su carcaj? ¿Había corrido Eros por el umbral, sin ser advertido, y agazapado a los pies de Ptolomeo Keraunos, había apoyado la ranura de la flecha en la cuerda, tensado el arco todo lo que le permitían sus manos, y herido a Arsinoe? ¿Había huido Eros corriendo y riendo, dejando su dora-

da flecha bien hundida en el pecho de Arsinoe Beta, ardiente como el fuego? Desde luego, todo eso había tenido lugar. Arsinoe no podía dejar de mirar a su hermano, y el fuego del amor se abría paso en su corazón, y sus suaves mejillas pasaban del rosa al blanco y del blanco al rosa, y ella no sabía qué hacer consigo misma, ante tal confusión.

Sí, Arsinoe Beta se enamoró de su propio hermano, y él mostraba todos los signos de haberse enamorado también de ella, a su vez.

«Eros», dicen los griegos, «siempre anda suelto, y ningún hombre puede escapar a sus flechas... ni tampoco ninguna mujer.»

3.5.
Equilibrio y desequilibrio

Hasta que cumplió los siete años, el más joven de los hijos de Ptolomeo, Ptolomeo Micros, vivió en el *gynaikeion* con las mujeres, mimado y consentido. Cuando tenía hambre le daban de comer cosas dulces, como dátiles e higos. Cuando se hacía daño, le besaban hasta que dejaba de llorar. Cuando tuvo la edad suficiente para saber quién era Heracles, aprendió que «Heracles nunca llora», y cómo contener las lágrimas.

Aprendió que el objetivo de las mujeres es dar consuelo. Le gustaban los perfumes de Siria que llenaban las habitaciones de las mujeres, y aspiraba hondo aquel perfume cuando le llevaban a través de las dobles puertas de cedro y oro, junto a los guardianes eunucos negros, hasta el lugar de las mujeres, donde aves de plumaje escarlata de la India se balanceaban dentro de unas jaulas de mimbre, y lanzaban chillidos en griego, porque a algunas de ellas les habían enseñado a decir nada menos que *Ptolemaios*.

A los siete años, Ptolomeo Micros fue apartado del cuidado de las mujeres, como todos los niños griegos, y enviado a vivir al *andron*, la parte masculina de la residencia, donde dormía con los hombres, rodeado por las armaduras de bronce, los petos brillantes, las grebas y los cascos de bronce con blancas plumas de avestruz, en un lugar donde no se hablaba de tapices, sino de guerra, y donde no había perfumes de Siria, sino sólo el hedor del sudor y de los sobacos de los hombres, como de cabra. Al principio, Ptolomeo hubiera deseado volver a la calma y el perfume, el roce de las faldas, el sonido reconfortante del telar, pero no se podía volver atrás. El lugar donde vivían las mujeres estaba ya prohibido para él, y el chico que corría a las faldas de su madre buscando protección recibía burlas inmisericordes. Ahora, a Micros lo cuidaba el *paidotribes*, el entrenador de niños, que le hacía correr y saltar tanto si quería como si no, y cuya tarea era convertir a los niños en guerreros y héroes en el campo de batalla.

Micros creció, pasó de los ocho años a los diez, y entonces ya poseía unos músculos pectorales bien definidos y unas curvas ilíacas pronunciadas, como cualquier chico griego, y arrojaba pesas, hacía carreras a pie, lanzaba *diskos* y jabalinas y no quedaba el último en ninguna competición. Poco a poco, las habitaciones de las mujeres fueron desapareciendo de sus pensamientos. Por entonces sólo soñaba con el día en que se convirtiera en *ephebos*, y pusiera en práctica la teoría de la guerra, y pudiese usar su espada corta no contra un saco relleno de paja, sino afilada y contra los enemigos de su padre.

Sin embargo, el destino de Micros no era ser un gran soldado. Los hombres pronto hablarían de la pereza de aquel Ptolomeo, de su gloriosa, voluptuosa pereza, y a medida que se fue haciendo mayor creció su interés en el arte de la paz y no en el de la guerra, *como su padre*.

Micros apenas ponía los ojos en Berenice, su madre, a menos que ella le buscase, quizá para regalarle por su cumpleaños alguna ropa tejida por ella misma con tela púrpura e hilo de oro. Berenice se apartaba de Micros porque es lo que debe hacer una madre griega, porque es mejor para el hijo crecer bajo la influencia de los hombres, y no de las mujeres, e imitar a su padre, en lugar de a su madre.

¿Amaba aquella madre a su hijo, Ptolomeo Micros? Quizá sí, quizá no. ¿Cómo puede saber Thot semejante cosa? De todos modos, si había algún afecto en una familia griega, existía entre madre e hija, no entre madre e hijo. Desde luego, un padre griego casi siempre ama a sus hijos, y el rey Ptolomeo no era distinto de los demás. Por supuesto que amaba al Rayo, que era casi una copia idéntica de sí mismo. Pero, ¿cuál era la verdad? La verdad era que amaba mucho más a Ptolomeo Micros, porque era el hijo más joven, y porque era hijo de su gran amor por Berenice. Sí, y por eso Micros le tenía comiendo de su mano, por muy faraón que fuese, y le hacía reír un poco, mientras que los otros hijos se atenían siempre al ceremonial y sentían algo de temor ante su padre como divinidad, y mantenían la distancia.

No, no resultaba tan obvio que Ptolomeo amase a sus hijas. Llegaría con toda seguridad el día en que debería decir adiós a una hija, y mandarla lejos, a alguna corte extranjera, y arrojarla en brazos de algún hombre a quien seguramente ella no habría visto antes, que podía tratarla con amabilidad o tal vez no, solamente para que alguna alianza llegase a buen término. Y desde luego, no era ésa la forma en que se comportaba un padre egipcio.

Ptolomeo intentó, por tanto, no sentirse demasiado apegado a sus hijas, y las mantuvo a distancia, pensando en los gastos de la dote, pensando en que eran la viva imagen de sus madres, pensando en que antes de que pasara mucho tiempo, le apetecería deslizar los dedos por debajo de sus *peplos*, y que la *aphrodisia* con las hijas propias era una afrenta grotesca a los dioses de la Hélade, y aunque vigilaba la hinchazón de sus pechos, intentaba también no mirar, no verse tentado; pero a pesar de sí mismo, no podía dejar de comprobar que los pechos tuviesen tres dedos de alto, y no podía dejar de pensar que los pechos de sus hijas eran redondos como rosadas manzanas, maduras para cogerlas...

No conocía bien a sus hijas. No hablaba con ellas a menudo, porque estaba cargado con el peso de los asuntos de Estado. Conocía mejor a sus hijos.

* * *

La educación de Ptolomeo Micros empezó en serio a los pies del *grammatikos*, el profesor griego de letras, que enseñó a aquel niño a sujetar la pluma de junco y a ir desde la alfa hasta la omega. Y Micros, como era un buen chico, se aprendió de memoria las máximas de todos los hombres sabios de Grecia, desde la *Moderación en todas las cosas* hasta *Piensa lo que estás haciendo,* antes de los ocho años. Se sabía también de memoria los nombres y las características de todos los dioses de Grecia, y ni un solo nombre de los dos mil dioses de Egipto, no, ni uno, ni siquiera el nombre de Thot. Aprendió a rasguear la lira y a cantar, porque, como decía su tutor: «Sin música, un hombre debe ser contemplado como un bárbaro total».

Micros corría, entonces, cuando tenía que hacerlo, y tenía los músculos adecuados en los lugares adecuados, pero a decir verdad, le disgustaba el ejercicio físico. A menudo, Micros se quejaba y decía: «Hace demasiado calor para correr», y le pegaban por decir eso. Micros tenía la piel clara, y se quemaba fácilmente con el sol de Egipto. Al cabo de un tiempo se le dio permiso para no ejercitarse desnudo en el *gymnasion* con los demás jóvenes, y al final se le dio permiso para no ejercitarse en absoluto, y todo ello debido a la influencia de Berenice, su madre, que conseguía lo que deseaba en todas las cosas. Sí, el destino de aquel muchacho era ponerse gordo, y como era hijo de un rey se salió con la suya y se convirtió en un príncipe gordo, que comía demasiados dátiles y demasiados dulces.

Micros era, entre toda su familia, el que más veía a Arsinoe Beta, que era hermana suya de padre y madre, y a menudo era ella quien ejercía de niñera, porque ya tenía ocho o nueve años cuando él nació. Micros prefería la compañía de las mujeres. Cuando se convirtió en hombre, aquel muchacho se rodeó de muchas mujeres, deleitándose con su carne (como su padre), y con todas aquellas cosas que un hombre puede hacer con una mujer y, en realidad, rechazaba por completo ese tipo de amor por el que son famosos los griegos, el amor de los hombres por los muchachos, y de los hombres por los hombres, porque encontraba absolutamente asqueroso el hedor como a cabra del *andron*.

Para Ptolomeo Micros, pues, existían tres cosas: la comida (y al Hades con eso de «Nada en exceso»), las mujeres (y al Hades con el *kinaidoi*) y la ociosidad. Micros sería famoso por ser perezoso, por no hacer nada. Estaba destinado a ser uno de los hombres más ociosos que vivió jamás.

Y sin embargo, también se haría famoso por su riqueza, su gloria y su extravagancia.

Pero todo aquello estaba todavía en el futuro. Pasarían años antes de que su gloriosa ociosidad empezase, y mientras tanto tenía que ejercitarse con la *sarissa* en la falange, y cabalgar con las tropas montadas, y aprender geometría, y escribir poesía con el estilo de los mejores poetas de Grecia. Aunque aprendía mucho, Micros siempre fue un inútil para las matemáticas, un inútil para las artes teóricas de la guerra, y si algo aprendió es que toda su vida tendría que confiar en otra persona para que le llevase las cuentas, las finanzas, los impuestos y la balanza de pagos, y las pérdidas y los beneficios, y la economía a la hora de contratar un gran ejército, porque cuando aquel muchacho miraba una página con números escritos, parecía que la cabeza le daba vueltas, y cuando pensaba en sumas y restas, los signos matemáticos de los papiros se confundían todos en un solo borrón negro y confuso.

Si Micros aprendió una cosa importante de niño fue que su hermana mayor, Arsinoe Beta, poseía justamente las habilidades matemáticas y financieras de las que él carecía.

Aunque no tuvo que pensar en tal hecho durante más de veinte años, no olvidó nunca que su hermana era la mejor a la hora de hacer cálculos. Arsinoe Beta era mucho mejor incluso que el *Dioiketes* de su padre el faraón a la hora de captar los errores de los ingresos tributarios de todo Egipto, que se incluían en un centenar de rollos de papiros. Y cosa más notable aún: a aquella joven le interesaba mucho leer las páginas de cálculos, todas y cada una de ellas, desde el principio hasta el fin.

Micros, pues, si tenía algún talento era para las palabras, y no para los números. Arsinoe Beta tenía talento para los números. Y Ptolomeo Keraunos, de todos los hijos del faraón, era ya famoso por no tener talento alguno, excepto el de matar. A Keraunos se le daba muy bien matar.

Y en cuanto a la medio hermana de los dos, Lisandra, hija de Eurídice, era una muchacha de bello rostro, y que creció con un carácter muy afable. No tenía la decisión feroz de Arsinoe Beta, ni era tan lista como ella, ni tampoco estaba tan ansiosa de que la trataran como a un chico.

No, Lisandra no atraía la atención sobre sí misma. Tenía la habilidad de las mujeres con la aguja. Era feliz en la penumbra del *gynaikeion*, y solamente deseaba que se le permitiera, cuando llegase el momento, parir a sus hijos en paz y ser una buena esposa griega para algún buen marido griego, quienquiera que éste fuese. Lisandra, a diferencia de Arsinoe Beta, no deseaba ser reina de alguna tierra extranjera, ni tener gran poder en sus manos. Era modesta, sin pretensiones, como Eurídice, su madre, pero carecía también de la vena de locura que corría en la familia de Casandro. Lisandra cumplía con sus devociones hacia los dioses de Grecia y siempre hacía las ofrendas adecuadas, las plegarias adecuadas, los sacrificios adecuados. En el alma de Lisandra no había ni exceso de amor ni exceso de odio. Ni comía demasiado ni demasiado poco, sino que llevaba una vida de perfecto equilibrio, eso que tanto les gusta a los griegos, mientas que, si Thot debe decir la verdad (y debe hacerlo), la vida de Arsinoe Beta estaba bastante desequilibrada. Y la vida de Keraunos también estaba desequilibrada, y también la vida de Eurídice.

Lo que sabía Anemhor, pero desconocían Ptolomeo Soter y Lisandra, era que el destino de Lisandra, su destino inevitable, era casarse dos veces, y que ambos matrimonios acabasen en desastre, si no en la más terrible de todas las tragedias griegas.

3.6
Aphrodisia

Después de haber besado a Arsinoe Beta, su medio hermana, Ptolomeo Keraunos quería, por supuesto, algo más que besos, y en la gran residencia de mármol blanco de su padre, que dormía las tardes de mucho calor, y estaba bastante desierta cuando los carros corrían en el hipódromo, Keraunos y Arsinoe podían quejarse de que tenían dolor de cabeza, o de que tenían mal los intestinos, y quedarse en casa. No era inusual que los hijos de Ptolomeo se encontrasen jadeando en las bodegas que había debajo de la residencia a causa del gran calor que reinaba en Egipto, y allí una cosa condujo a la otra hasta que Arsinoe Beta, que era una joven virgen y casta, acabó yaciendo con su medio hermano en secreto y cometió lo que, para los griegos, es el crimen de los crímenes.

¿Y Thot? Pues se encoge de hombros. Para los egipcios, un incesto semejante no era en realidad un horror excesivo, nada fuera de lo corriente, y en las familias de los faraones incluso era lo habitual. Pero claro, los griegos tenían una idea diferente al respecto. Para los griegos hacer aquello significaba atraer la ira de los dioses de Grecia, de todos ellos, desde Apolo hasta Zeus, y problemas, muchísimos problemas

¿Qué ocurrió, por tanto? Pues allí estaban, en la gran bodega donde se almacenaba el vino, miles de ánforas de vino, y Keraunos apretaba las uñas contra la carne de su hermana, en torno a su cintura, y le decía que le cortaría las orejas si no hacía lo que él deseaba. Y Arsinoe Beta no tuvo otra elección que obedecer a aquel loco, porque desde luego ella sabía que lo habría hecho, y su cuchillo le apretaba la garganta, como si fuera a matarla.

Pero la besaba, con un sonoro beso, en un acto sin sentido, porque para los griegos un beso no es un signo de amor. «Húmedo», pensaba ella. «Desagradable», pensaba también, y que le había dolido, y que su hermano olía a vino.

Y entonces él introdujo su *rhombos* en las partes íntimas de ella, y empujó y empujó, chorreando sudor, y jadeando como un perro todo el rato, y al final lanzó un grito, sin pensar que alguien podía oírle, y se desplomó encima de ella, estando ambos en el suelo, en el polvo. Y sus ropas quedaron manchadas de tierra y había sangre y todo estaba pegajoso.

–Esto no significa nada –susurró él–, nada –pero no la miraba a los ojos, y sonreía sólo con la boca.

–Mientras decidamos que no significa nada –repuso ella. Pero sabía que sí, que significaba algo. Tener *aphrodisia* con un hermano no era algo sin importancia, y ella sabía, en lo más hondo de su corazón, que los dioses no habrían dejado de saberlo, aunque el momento fuese justo después del almuerzo de los dioses, cuando todos están durmiendo excepto Pan.

Pero Pan era el más peligroso de todos los dioses griegos, y si algún dios los había visto, sería Pan, Pan, el de las patas de cabra, más peligroso aún después del almuerzo, en la hora más calurosa del día.

–No se lo cuentes a nadie –murmuró él, apretándole la garganta–, no hables con nadie ni una palabra de esto –susurró, retorciendo sus pechos maduros con ambas manos, y clavándole las uñas en la carne de tal modo que le hacía daño–. Jura que no se lo dirás a nadie –le instó.

–Lo juro –respondió ella–, por Zeus y por todos los dioses, lo juro.

Y entonces la dejó ir y le hizo cosquillas, de modo que ella se rió un poco.

–Juro sobre la lápida de nuestra abuela –susurró Keraunos– que no tengo intención de causarte ningún mal...

Pero ella pensaba que él mentía como un cretense, y sabía que deseaba hacerle todo el daño del mundo, y que lo que más le gustaba, en realidad, era odiar. Y la verdad es que ninguno de aquellos jóvenes había conocido a sus abuelas, ni sabía si tenían lápidas o no. Los Ptolomeos eran una familia carente de antepasados, porque Ptolomeo Soter había borrado por completo su pasado, igual que Berenice, su esposa, había borrado el suyo. Y allí estaban, en una nueva tierra, empezando de nuevo, y era como rascar por completo una tablilla de cera y volver a empezar.

No, nada significaba nada para los miembros de aquella familia excepto la hora presente, el hoy, el ahora, la sensación del momento que pasa, y extraer el mayor placer posible de éste. De ahí aquella *aphrodisia* con su propia hermana, a pesar de las graves prohibiciones que establecían los griegos sobre aquel hecho, y a pesar de saber muy bien que lo que habían hecho aquella tarde era un poco como matar a la propia madre, lo peor que podía hacer un griego.

Keraunos, sin embargo, era un joven que no sabía distinguir lo que era la maldad, y alardeó de ello con sus amigos, diciendo que era sencillo, y que era fácil, y que no había nada malo en realidad en hacer lo que él había hecho, y que lo que su hermana tenía entre los muslos no era más que un agujero. Y cuando los compañeros de Keraunos sugirieron que la *aphrodisia* con su propia hermana podía ser una afrenta a los dioses de Grecia, una conducta altamente desaconsejable para cualquier griego, Keraunos se rió como una hiena.

–Los dioses lo hacen –exclamó–. Los persas lo hacen –añadió–. Los pájaros lo hacen. Realmente, no hay nada malo en la *aphrodisia* con la propia hermana –y mentía, diciendo que, en cualquier caso, ella también había querido hacerlo, que le había rogado que lo hiciese, y fanfarroneaba, diciendo–: No existe mujer en toda Alejandría más caliente que mi hermana –como si pensase en cedérsela a sus amigos para el mismo fin y convertirla en una prostituta.

Los compañeros de Keraunos sonrieron pero no rieron con él. Después de todo, él tenía mucho interés en las chicas a una edad en que los demás chicos de la ciudad sólo tenían tiempo para estar con otros chicos. La atmósfera electrizante del *gymnasion*, donde los chicos corrían desnudos, saltaban desnudos, luchaban desnudos y pulían su bronceada carne hasta obtener la perfección griega, hasta que tenían un aspecto semejante al de las esculturas del famoso Praxíteles, como jóvenes dioses, y se enamoraban de la belleza varonil de los demás... nada de todo aquello tenía demasiado atractivo para Ptolomeo Keraunos, cuyo padre se había asegurado de que su hijo no fuese educado para convertirse en un *kinaidos*, sino que obtuviese deleite de las mujeres, de las mujeres de pechos llenos, como melones maduros, y del higo maduro que todas las mujeres esconden entre sus piernas. Sí, Ptolomeo Soter había enseñado a Keraunos lo que debía hacer con una mujer en cuanto tuvo la edad suficiente para hacer lo que debe hacer un hombre. Soter quería que Keraunos fuese un hombre, no un medio hombre como Alejandro y Hefestión. De modo que, en cierto sentido, lo que había ocurrido era culpa totalmente del propio Ptolomeo Soter.

Desde luego, Keraunos no había necesitado que le empujasen demasiado, pero ahora, ¿qué estaba haciendo? Estaba sembrando su avena loca no sólo en la residencia de su padre, sino dentro de los confines de su propia familia, en el lecho de su propia hermana, y en realidad no le importaban las consecuencias, porque había pocas cosas que le preocupasen de verdad.

Sí, todo aquello formaba parte de la lección que había aprendido de su padre, las normas de la Escuela Cirenaica de Filosofía, que sostenía que un hombre debía vivir para el disfrute de la hora que pasa, y dejar que el pasado y el futuro se preocupasen de sí mismos.

–Lo que importa –decía Keraunos– es el ahora, el hoy. –Y no era sino el eco de las palabras de su padre, porque el hijo era como el padre.

¿Y Thot? Thot no es seguidor de la Escuela Cirenaica. Thot cree que el pasado es de la mayor importancia. No se puede dejar atrás el pasado. No se puede olvidar el pasado. Y el propio Ptolomeo Soter, aunque negase el pasado, y dijese que el pasado estaba olvidado, ido... mentía, como buen griego que era, porque en realidad no estaba olvidado. Le habría gustado olvidarlo, pero no podía olvidar. Nadie podía pasar todo lo que había pasado Ptolomeo Soter y olvidarlo. En absoluto. Aquel hombre recordaba todos los momentos, hasta el último detalle. Thot dice: Sí, en realidad, para el egipcio, el pasado es supremo. Los conocimientos de los jeroglíficos llevan a los sacerdotes al pasado, a un mundo olvidado hace mucho tiempo, cuya sabiduría heredada es la palabra final. El sacerdote que aprecia la escritura vive en una tierra de sombras. Para el mundo del hoy, no tiene ningún significado vital. Vive en el pasado. Se pierde en el ayer.

* * *

Aquella gran princesa, Arsinoe Beta, aprendió muy rápidamente cómo colocar las piernas como una prostituta, y cómo envolver las piernas desnudas en torno a la espalda de su hermano, y apretar, formando lo que los griegos llaman el *amphiplix.* En toda su vida, Arsinoe Beta sólo conocería un amor tan potente como el amor que sentía entonces por su medio hermano. Se deleitaba entonces con la carne caliente de Ptolomeo el Rayo, y de las consecuencias de su acto prohibido, que tanta repercusión tendrían, ambos eran entonces poco conscientes.

A Arsinoe Beta, desde luego, se le habían dado todo tipo de indicaciones acerca de lo que se podía o no se podía hacer en lo que concierne al *aphrodisia.* Su aya la había prevenido contándole la historia del caballo y la doncella, porque es la advertencia que debe hacer siempre el aya a sus pupilas para procurar que la chica siga siendo una *parthena.* Y la historia que le contó fue la de una joven que perdió la virginidad antes de que llegase el momento de casarse con su marido, y que fue emparedada con un caballo en una casa de algún lugar remoto, de modo que nadie pudiese oír sus gritos, y abandonada allí.

–¿Y qué ocurrió con esa chica? –preguntó Arsinoe.

–Pues verás –respondió el aya–, el caballo acabó tan hambriento que se comió viva a la chica.

Y Arsinoe Beta, que por encima de todo era una joven inteligente, se rió a carcajadas y dijo:

–Pero, ¿cómo se iba a comer un caballo a la chica? Los caballos no comen carne, sólo hierba.

Y el aya la abofeteó, y le dio unos azotes con una zapatilla, y la persiguió chillando por todo el *gynaikeion* por pasarse de lista.

Pero a Arsinoe le preocupaba mucho qué podía ser de ella si los descubrían, y realmente, tenía motivos para preocuparse. A veces fingía pelearse con su hermano, que empezaba a deslizarse por los pasillos y patios de la residencia en mitad de la noche para buscarla, pero a menudo se prestaba de buen grado a aparejarse con él, encontrando formas de escapar del *gynaikeion* para reunirse con él en secreto.

La primera vez que Keraunos se volvió tan osado que incluso trepó al tejado de la residencia y se deslizó en el *gynaikeion* por la ventana de su hermana, y le puso la caliente mano encima de la boca en la oscuridad para evitar que gritase, Arsinoe luchó de verdad, porque la había cogido por sorpresa, pero después ni siquiera se molestaba en cerrar los postigos, de modo que él podía llegar a ella a cualquier hora de la noche, según le apeteciese, y los guardias de palacio, al ver a Keraunos, simplemente le guiñaban un ojo, porque aquel chico era amigo de todos los soldados y porque era Ptolomeo Keraunos, el maravilloso muchacho que sería faraón, así que él continuó haciéndolo, pensando en todo momento que vivía una vida mágica y que sería siempre afortunado.

Arsinoe Beta se decía que no podía evitar que Keraunos hiciese lo que estaba haciendo, aunque quisiera, y la verdad es que añoraba las visitas de su hermano.

Y Ptolomeo Keraunos... ¿sentía acaso algún remordimiento por lo que estaba haciendo? Desde luego, sabía que la *aphrodisia* con una hermana estaba prohibida. Sabía que era algo impensable, una grave afrenta a los dioses de la Hélade. Pero la verdad es que no se preocupaba demasiado. Le habían educado para no temer demasiado a los dioses. Le habían educado para no temer nada. Keraunos iba a ser un gran guerrero, un poderoso faraón de Egipto. Era tremendamente intrépido, no tenía miedo de hombre o dios alguno, ni de ninguna cosa en este mundo.

Y además, Keraunos sabía lo suficiente de teología griega para ver que lo que él hacía con Arsinoe Beta no era distinto de lo que el gran dios Zeus hacía con su hermana Hera. Además, era lo que hacían los antiguos reyes de Egipto, que llegaban incluso a casarse con sus propias hermanas. ¿Qué había de malo, pues, en lo que él hacía? Nada. Y así, si hubiese tenido alguna duda, justificaba sus actos ante sí mismo.

Arsinoe se dejaba influir, quizá, por los argumentos de su hermano, pero al mismo tiempo temía que los descubriesen, y le aterrorizaba que su padre los hiciese matar a los dos en el acto.

Pero la *aphrodisia* siguió, y siguió, durante meses, y Arsinoe Beta se quedaba despierta por las noches esperando que la sombra de su hermano cayese sobre su lecho. Cuando se dormía, tenía sueños terribles de que se la comía viva un caballo que había vivido toda la vida no de hierba, sino de carne, y la cara del caballo era la cara de su hermano, y él, con sus cascos de caballo, coceaba su cuerpo en la oscuridad.

Y cuando veía a Keraunos al día siguiente, le llamaba sigilosamente y le mostraba las marcas de arañazos que tenía en los pechos, y las marcas rojas que tenía en el cuello, y decía palabras como:

–Mi madre te golpeará como a un pulpo por lo que me has hecho.

Keraunos se reía de nuevo y le arañaba la carne con las uñas.

* * *

Cuando Arsinoe Beta, una mañana, vomitó el desayuno en el suelo del *gynaikeion*, quedó claro para su aya qué era lo que había que hacer a continuación.

Primero, hizo que Arsinoe Beta no comiese otra cosa que dátiles egipcios. El resultado fue un violento desarreglo intestinal.

A continuación, hizo que soportara un baño de agua caliente. El resultado fue la inundación del suelo del *gynaikeion.*

En tercer lugar, hizo que Arsinoe bebiese unos tragos de vino de eléboro, con el único resultado de su embriaguez.

En cuarto lugar, hizo que Arsinoe comiese ajo, y luego uvas egipcias, y luego excrementos de buitre, pero ninguno de los remedios del aya, griego ni egipcio, puso fin a la hinchazón de su vientre. Entonces el aya huyó de palacio, porque la verdad era que había fracasado a la hora de proteger a su pupila, y no había tenido conocimiento de lo que estaba ocurriendo. ¿Cómo había podido un chico trepar al *gynaikeion* por la noche y abandonarlo antes de la primera luz durante meses sin que el aya, que todo lo veía, lo averiguase?

El vientre de Arsinoe se fue hinchando, y aunque ella se puso a dar saltos, el único resultado fue que la invadió el mal humor, y llegó un momento en que no pudo ocultar más su silueta a sus hermanas, ni a Berenice, su madre, y se vio obligada a decirle la verdad: que el hijo de Eurídice, Ptolomeo Keraunos, le había arrebatado la *parthena* contra su voluntad y que la había dejado embarazada, y que había estado comiendo tierra y había intentado detener aquel embarazo comiendo excrementos de cocodrilo.

La reacción de Berenice fue chillar y aullar. Chilló a su hija y la golpeó en brazos y piernas con las manos, con el abanico de madera de acacia dorada y también con los puños, y le dio patadas y puñetazos hasta que Arsinoe Beta quedó llena de moretones, y los gritos y chillidos de Berenice, por muy reina de Egipto que fuese, resonaron en toda la residencia mientras arrastraba a la llorosa Arsinoe Beta ante su padre el faraón.

Cuando vio a Ptolomeo Keraunos, el padre de su hijo, merodeando a lo lejos, Arsinoe le gritó:

–¡Date prisa y ponte los zapatos, porque mi madre ha averiguado lo que has hecho y ha jurado que se pondrá tus testículos como pendientes!

Keraunos ya imaginaba que algo iba mal, porque había soñado que se comía aquello que salía de su propio ano, y eso era malo, muy malo, porque significaba un cambio radical en la vida de un hombre.

Keraunos, pues, se preparó para lo peor.

* * *

Ptolomeo Soter iba y venía por el mosaico de delfines pensando:

–Zeus y Hera lo hicieron. Desde luego, los persas e incluso los egipcios lo hicieron.

¿Por qué estaba tan mal entonces tener *aphrodisia* con la propia hermana? ¿Por qué, se preguntaba, se ponía él tan furioso y su esposa chillaba tanto?

La respuesta era que el incesto no estaba bien. Es lo único que no debe hacer jamás un hombre si es un verdadero griego. En Grecia decían que el hijo de tal unión nacería con cola de cerdo, y Ptolomeo no deseaba la desgracia de un nieto con cola de cerdo. Ni tampoco consentiría en que sus hijas griegas comiesen excrementos de buitre, fuese cual fuese el motivo. No, su ira estaba plenamente justificada.

Se hizo esperar a Ptolomeo Keraunos fuera de los aposentos del faraón durante horas y horas, mientras éste acababa de bañarse y daba instrucciones al *Dioiketes*, y mientras ponía su sello en montañas de papiros. Ptolomeo Soter sabía que su hijo no podría soportar ni una sola mañana las obligaciones del faraón, y no digamos el resto de su vida oyendo peticiones. Hizo esperar a Keraunos a propósito, hasta el final de su día de trabajo, y por entonces el muchacho estaba empapado en sudor y al límite de su aguante, casi a punto de verter lágrimas de rabia, porque los guardias tenían órdenes de no dejarle ir y debía permanecer de pie junto a la puerta, sediento y hambriento, esperando, esperando, con su padre allí a la vista, en la distancia, ignorándole.

Cuando el rey Ptolomeo al final hizo llamar a Keraunos a su lado, sus ojos relampagueaban y su mandíbula estaba apretada, y casi era incapaz de mirar a aquel hijo suyo, del desagrado que sentía. Pero Keraunos ahora afectaba indiferencia, mirando el suelo y su mareante dibujo de tritones y criaturas marinas, y el techo forrado de cedro y oro, y las sandalias de oro de su padre, y casi esperaba que su padre ordenase que le diesen azotes en las plantas de los pies, que era el castigo para los esclavos deshonrados, mucho más temido porque quizá no volvieran a caminar nunca más después de sufrirlo.

Su majestad en aquella ocasión era como la leona Sejmet en el momento de su mayor rabia. Ptolomeo Soter casi relampagueaba de ira, y su corazón le apremiaba a golpear a aquel hijo y arrojarlo al suelo, porque había atraído la vergüenza a la casa de su padre.

No era la primera vez que Keraunos oía gritar a su padre, pero al oírlo entonces sintió su corazón atado como un antílope, y Ptolomeo Keraunos, que no sentía miedo ante nada, tembló un poco. Se quedó de pie ante su padre, apretando los puños y soltándolos luego, con el sudor bajando por su espalda a chorros, de modo que el *khiton* se le pegaba a la piel.

Acusado de aquel crimen, Keraunos mostró los dientes, y se rió en la propia cara de su padre, cosa que hizo que éste le gritara más fuerte aún. Los ojos de su majestad relampagueaban como la pantera del sur a punto de saltar sobre su presa.

–Dime la verdad –exclamó–, ¿has hecho lo que nos han dicho que hiciste?

Y como Keraunos dijo que no, agitó la mano y los guardias trajeron a la cámara de su majestad a veinte testigos que juraron, uno tras otro, que habían oído y visto al príncipe Ptolomeo Keraunos hacer lo que él decía que no había hecho, en momentos y lugares en los que él pensaba que no era visto.

Keraunos se mordió fuerte la lengua para no deshonrarse echándose a llorar, y sólo dijo:

–Haré un gran juramento de que nunca subí a su lecho ni estuve con ella tal como suele hacer la humanidad entre hombres y mujeres.

Su majestad dijo entonces:

–Zeus debilita a los orgullosos –y añadió –: Tú eres tu propio enemigo –y también–: Como una espada de dos filos, que la maldición de tu padre te expulse de esta tierra.

Sólo entonces se le ocurrió a Keraunos que un padre griego podía apartar a su hijo de la casa, y también de su herencia, sólo si era culpable de algún crimen como el incesto o matar a un hermano. Keraunos se había olvidado de sí mismo. No había pensado que la maldición de su padre pudiese caer sobre él. En realidad, pensaba que no podía pasar nada malo.

Al final, tartamudeando, contó parte de la verdad:

–Yo estaba ciego –dijo–, escuché sólo la persuasión de mi corazón. No soy malo del todo. Arsinoe y yo estábamos solos mucho tiempo... Uno siempre debe encontrar formas para entretenerse... Cuando todo el mundo se iba a las carreras, nosotros encontrábamos alguna excusa...

El rostro de su majestad parecía más negro aún. No veía esperanza alguna para su hijo. Keraunos,.. realmente, su destino sería mucho peor que el de un zorro despellejado.

¿Qué haría su majestad con aquel hijo? Sólo pronunció una palabra: *Ataxia*, indisciplina, y Ptolomeo fue conducido al exterior por los guardias para que le azotasen con varillas.

Pero, ¿qué iba a hacer después? ¿Debía cortar la nariz y las orejas del muchacho y mandarlo como convicto a Rhinokolura? ¿Debía convertir a Keraunos en eunuco por aquel crimen? ¿Debía apartar completamente al muchacho de Egipto? ¿O bien debía ser misericordioso y perdonarlo?

Su majestad quiso decir: «Aunque eres nuestro hijo, a partir de ahora te trataremos como a un enemigo». Pero no pudo pronunciar aquellas palabras.

Quiso decir: «Si veo que ese chico muere y se dirige al Hades, podré decir que mi corazón ha olvidado su sufrimiento». Pero la verdad es que amaba a aquel hijo que era su heredero, y no tenía estómago para desterrarlo de la corte, a aquel joven que debía ser faraón después de él.

A Ptolomeo Soter le preocupaban muchas cosas, pero sobre todo le preocupaban las Furias, y dijo a Berenice:

–Las Furias vendrán a mi casa para siempre. Cantarán al frenesí que lo ha iniciado todo, lanzando sus maldiciones sobre el chico que ha mancillado el lecho de su hermana –y aunque Berenice se burló de aquellos pensamientos, ambos sabían que sería así, y Thot sabe que es cierto.

No, no había razón alguna para el perdón o la reconciliación. Keraunos era culpable, culpable de una conducta del mayor deshonor. El chico había sembrado las semillas de graves preocupaciones para el resto de su familia.

Pero al mismo tiempo, Ptolomeo Soter pensaba: «¿Qué dice la *Ilíada* de Homero? Que no debes tener un corazón que no perdone».

Pensamiento de Thot: No estaba en la naturaleza de los griegos perdonar a nadie por nada. Un griego siempre prefiere la venganza.

Cuando los guardias de palacio trajeron de nuevo a Keraunos después de sus azotes, éste se mostraba alterado, pero desafiante.

–La cualidad que más necesita un rey –dijo su majestad– es la ataraxia: la calma, el equilibrio.

Keraunos escupió en el suelo. Él no poseía calma alguna. No conocía el significado del equilibrio. Ni tampoco tenía cargo alguno de conciencia por haber hecho lo que le había hecho a su hermana. No sentía culpa. No pidió perdón.

Y así, al final, su majestad ordenó el castigo griego tradicional, y Keraunos fue despojado de sus ropas. Le afeitaron el pelo de la cabeza para que pareciese un esclavo, y se avergonzase de mostrar su rostro en público durante un mes.

Cuando quemaron su vello púbico con una antorcha, Keraunos, que nunca lloraba, empezó a aullar. Lanzó terribles juramentos. Luchó. Su cara se volvió roja como la grana, pero unas manos fuertes le sujetaban.

Cuando hincaron el rábano en las partes íntimas de aquel chico, él chilló, porque el rábano crece muy grande en Egipto, e hizo uso de la maldición más funesta que conocía contra el rey, y la maldición fue pronunciada y todo quedó hecho, porque no existe vuelta atrás en la maldición de un hijo hacia su padre.

Su majestad esperaba que Keraunos aprendiese la lección. Prefirió no escuchar la maldición, pensando que lo que siempre había dicho aquel muchacho eran tonterías y naderías.

Y ahora, ¿qué iba a hacer con Keraunos? No le obligaría a embarcar en ningún barco hacia alguna tierra extranjera. No, Keraunos sólo conseguiría crear problemas a Egipto desde el exterior. Sería mejor mantener a Keraunos donde pudiera ver lo que estaba haciendo. Y por el momento, su majestad confinó a su hijo en la residencia, y dejó que las cosas siguieran como estaban. Era pronto, pensó, pronto para decidirse acerca de la sucesión del trono.

Y en cuanto a Anemhor, sumo sacerdote de Menfis, le dijo a Ptolomeo Keraunos:

–Tienes suerte de que te dejen vivir.

Y aquella vez Keraunos no se rió de él.

* * *

Cuando la reina Berenice conoció toda la historia de lo que su hija Arsinoe Beta había estado haciendo, corrió por las dependencias privadas gritando, y se arrancó el pelo y los ornamentos como si alguien hubiese muerto.

–Si mi hija ya no es *parthena* –gritaba–, ¿quién querrá casarse con ella?

Porque estaba fuera de sí, sin saber qué hacer con la desflorada Arsinoe Beta.

–Según la ley –le dijo el rey Ptolomeo a su hija–, deberías ser vendida como esclava, afeitarte la cabeza y marcarte la frente con la marca de tu profunda desgracia...

Y Arsinoe lloraba, porque la habían educado para creer que pasaría la vida como reina de algún país lejano.

–En realidad –le decía su padre–, una joven que tiene *aphrodisia* antes de casarse, debería morir...

Y Arsinoe lloraba más fuerte aún, porque había pensado vivir más de quince años.

–Los dos miembros del matrimonio griego –decía su padre– deben ser impolutos.

Pero Arsinoe ya no era impoluta. Ya no sería una *parthena*, sino una *pseudoparthena*, una virgen fingida, y lloró por la pérdida de aquello que no se le podía devolver.

Y en cuanto a Berenice, abofeteaba a su hija y le decía:

–¿Qué elevado y poderoso príncipe te querrá ahora? ¿Qué hombre te tomará ahora que has perdido la cosa más preciosa que tiene una muchacha? –gritaba Berenice–. ¿En qué estabas pensando cuando has permitido que tu hermano hiciese una cosa semejante?

Arsinoe estaba de pie ante sus padres con la cabeza baja, y en su aflicción recordaba lo que le había dicho Keraunos antes de que se descubriera todo:

–Dile que fue el dios quien lo hizo...

De modo que al principio intentó explicar que había sido fecundada por medios divinos y no humanos. Empezó a hablar de la aparición de un dios en su cámara durante la siesta, del pesado aleteo de sus alas, del suave aliento que provenía de su boca. Pero su padre resopló al oír aquel absurdo, y cuando ella vio la cara que ponía, no pudo seguir hablando.

–Todo eso no son más que tonterías –dijo su padre–. Odio como el Hades a una muchacha que alberga una cosa en la mente y dice otra.

Y entonces Arsinoe Beta volvió a llorar y dijo:

–Juro por las ninfas del lago que nunca pedí a mi hermano que hiciese lo que hizo... Lo juro por las aguas de la laguna Estigia –y aquél era el juramento más solemne e inviolable que podía hacer ninguna joven, y Ptolomeo deseó ser misericordioso con ella, porque no era más que una niña y creía más en la culpabilidad de Ptolomeo Keraunos.

Berenice sostenía que no sería adecuado matar a aquella hija suya, fuese cual fuese el crimen que hubiese cometido, y sugirió que el castigo de los castigos, el que más cuadraría al crimen de los crímenes, era el caballo y la doncella.

Cuando Berenice dijo lo que pensaba, Arsinoe Beta volvió a echarse a llorar, y se agarró a las rodillas de su padre, suplicando.

–Sí, en realidad –dijo Ptolomeo–, la única solución es encerrarte en una casa con un caballo y sin comida, y que el caballo se coma tu carne. Es lo único que mereces.

Arsinoe gimió. Echó la culpa a Keraunos y dijo que la había amenazado con matarla si se lo contaba a alguien. Juró que ella no era culpable de ningún crimen. Dijo que todo era culpa de Keraunos, que la había tomado por la fuerza, contra su voluntad, mientras ella dormía, y le colocó la mano sobre la boca, para que ella no gritara. Así, Arsinoe Beta intentaba salvar su piel.

Al final, el rey Ptolomeo se apiadó de su hija, diciendo:

–Para evitar el deshonor público, después de todo, no tenemos por qué recurrir a un castigo legal. Quizá podamos enviarte lejos de Egipto, a Lisimaquia, en el Helesponto. Quizá podamos convencer a Lisímaco de que te tome como esposa.

–¿Quién es Lisímaco? –preguntó Arsinoe, como si no lo supiera ya.

–Es el rey de Tracia –dijo Ptolomeo.

Y así, Arsinoe Beta escapó a la muerte por primera vez, porque su padre no tuvo entereza para matarla.

–La venganza está en manos de los dioses –dijo él–. Puede que te traten con amabilidad o puede que no.

Como la humillación pública era inimaginable, Arsinoe Beta sería humillada en privado. Porque lo que entonces ella no sabía era que el matrimonio con el rey Lisímaco de Tracia en sí mismo sería un castigo suficiente. Ella aprendería la lección, y casi la mayor parte del castigo era pensar que nunca volvería a poner los ojos en Alejandría otra vez, sino que estaría para siempre en el exilio.

Antes de que se pudiera celebrar su matrimonio, los cirujanos griegos del rey Ptolomeo trajeron aquel instrumento de bronce llamado *ambleterion,* el objetivo del cual era destruir al niño no nacido en el interior del útero de la madre, y sacaron por medio de cuerdas y ganchos una criatura deforme, y los alaridos de la muchacha fueron ahogados por las doncellas golpeando los cacharros de cocina y cantando a voz en grito. Una vez hecho esto, las propias doncellas se pusieron a trabajar en el cuerpo de Arsinoe Beta para devolverle una vez más la *parthena.*

Algunos pensaban que Arsinoe Beta se merecía todo lo que le estaba ocurriendo, pero sólo el horoscopista y el sumo sacerdote de Ptah sabían la verdad: que en el futuro de aquella princesa no habría más que sufrimientos, y que los dioses no serían en absoluto amables con ella.

Ptolomeo Soter envió recado a Lisímaco para que se llevara a cabo el matrimonio que había planeado para Arsinoe Beta, y apartó los problemas familiares de sus pensamientos y volvió a preocuparse de Siria.

3.7.
Moderación

La gran prudencia de Ptolomeo Soter en los temas militares, según decían algunos, restaba méritos a su grandeza como general. Decían que era culpable de no hacer esfuerzo alguno para recuperar la perdida isla de Chipre. Decían que tampoco se molestó en absoluto en desafiar el dominio de Demetrio Poliorcetes del mar, porque cuando Demetrio navegó con su flota desde Rodas hacia aguas griegas, ¿qué hizo Ptolomeo? No hizo nada, nada, hasta que su alianza con Casandro y Lisímaco y Seleuco le hizo pensar que podía recuperar Palestina e incluso Siria.

Ptolomeo tampoco hizo nada en los tres años que siguieron al sitio de Rodas, sólo disfrutó de su título de Soter, y se convirtió en faraón. Para Ptolomeo, ser faraón ya bastaba. No deseaba nada más aparte de la supervivencia de su dinastía una vez él muriese.

No, Ptolomeo estaba cansado de la guerra, harto de correr riesgos, y siempre le horrorizaba la estúpida pérdida de vidas de la guerra. Simplemente quería que le dejasen solo, envejecer sin tener que mirar a la muerte a la cara antes de hora. Decía que ya había matado a bastantes hombres, y se sentía agotado por sus malos sueños, que eran inacabables.

De modo que Ptolomeo dedicó un gallo de oro macizo a Ares, dios de la guerra, y colgó su espada y su escudo en el templo de Ares, en la calle Canópica, y anunció que se retiraba de la lucha, porque ya tenía sesenta y cinco años de edad.

Más de una vez Ptolomeo se había llamado a sí mismo simplemente el Macedonio, en lugar de rey de Egipto. Era el estilo griego adecuado. Demostraba hasta qué punto le desagradaba la fanfarronería. Era mucho mejor la modestia, que no atraía a la cabeza de ningún hombre los celos de los dioses.

Algunos se mofaban de la manera en que el rey se retiraba siempre que podía, incluso después de una victoria, y decían que una retirada no mostraba otra cosa que falta de confianza en sus propias habilidades. Pero las retiradas no eran las de un cobarde, porque Ptolomeo no era un cobarde.

–Moderación en todas las cosas –decía Ptolomeo–. Nada en exceso, sobre todo matanzas.

Y por eso sobre todo le alababan por su sabiduría.

A pesar de su eterno deseo de retirarse, sin embargo, la espada de Ptolomeo no colgó mucho tiempo en el templo de Ares. Al cabo de dos años del asedio a Rodas, otros tres sucesores (Casandro, Lisímaco y Seleuco) habían pedido a Ptolomeo que se uniese a ellos en su campaña para destruir el poder de Antígono el Tuerto para siempre, y Ptolomeo se encontró de nuevo con la espada en la mano.

Entonces Casandro combatió a Demetrio, y Lisímaco se apoderó de la mayor parte de Jonia. Mientras tanto, Ptolomeo marchaba con sus tropas hacia Palestina y recuperaba todas las ciudades de Koile-Siria una tras otra, y asedió Sidón.

Si Ptolomeo había perdido su gusto por la guerra, lo que ocurrió a continuación se lo devolvió, porque tuvo la previsión de entrar a la ciudad de Hierosolyma el día del *sabbat* de los hebreos, cuando la ley prohibía a cualquier hebreo coger la espada para luchar, aunque fuese en defensa propia, el más santo de los días, porque aquella guerra era un trabajo, y así Ptolomeo, que no se veía obligado a respetar una ley semejante, tomó Hierosolyma bajo su mando y control, y con muchos vítores y risas, porque los hebreos sólo podían quedarse allí de pie mirando, con la boca abierta, ante el atrevimiento de aquel griego.

Esa circunstancia, tan maravillosa para Ptolomeo, pero no tanto para el pueblo de Hierosolyma, permitió a los sabios griegos señalar la lección que se debía aprender: «Nunca recurras a los sueños y supersticiones excepto cuando todos los recursos humanos hayan fallado».

Ptolomeo deportó a un gran número de prisioneros de guerra a Egipto, y cuando se vio obligado a evacuar Hierosolyma, tuvo mucho cuidado de derruir las murallas de la ciudad, de modo que el Tuerto no pudiera hacer uso de ella como fortaleza.

Mientras Ptolomeo estaba acampado en Sidón, se enteró del rumor de que el Tuerto había derrotado a Lisímaco y Seleuco en una gran batalla por tierra, y no vio razón alguna para pensar que la historia no fuese cierta, porque sabía que el Tuerto estaba de camino hacia Siria.

¿Y qué hizo entonces Ptolomeo? Firmó una tregua de cuatro meses con el buen pueblo de Sidón, aseguró las ciudades que había capturado mediante guarniciones, y se dirigió hacia Menfis con sus tropas.

En cuanto Ptolomeo hubo llegado de nuevo a Egipto, oyó que el rumor de batalla era falso, que no se había librado ninguna batalla y que sus aliados no estaban derrotados. Ptolomeo, por tanto, perdió su gran oportunidad de ampliar las fronteras del imperio de Egipto por el norte, porque cuando sus aliados hicieron el asentamiento final después de la batalla que siguió, la batalla de Ipsos, no se preocuparon de consultar la opinión de Ptolomeo, a quien consideraron un personaje inútil y poco fiable porque había roto los términos de su alianza al irse a casa demasiado temprano.

* * *

La gran batalla de Ipsos, en Frigia, llegó el quinto año del reinado de Ptolomeo, cuando el propio Antígono el Tuerto, ahora de ochenta y un años de edad, con el cabello blanco, doblado por la edad, apenas sin vista y duro de oído, fue cabalgando a la batalla, junto con su hijo Demetrio Poliorcetes, contra la coalición de cuatro reyes: Seleuco, Lisímaco, Casandro y Ptolomeo, sólo que Ptolomeo no se molestó, como decían, en aparecer para luchar.

Aquella batalla fue conocida como la Batalla de los Reyes. Había ochenta mil soldados a pie y diez mil a caballo en cada lado, de modo que las tropas estaban casi igualadas. El propio Tuerto fue herido por las jabalinas, lanzas y piedras, y murió en el campo de batalla, de modo que Demetrio accedió a su reino y después se embarcó hacia Chipre, que todavía le pertenecía.

Ptolomeo no tomó parte en aquella batalla, sino que, como a aquéllos que no eran sus amigos les gustaba decir, se escondió en Egipto, esperando aprovechar el resultado de la lucha. Y tuvo mucho cuidado de fortificarse contra la amenaza del avance de Seleuco, poniéndose en términos muy amistosos con Lisímaco de Tracia. Su plan era firmar la paz con ese rey y sellarla haciendo que Arsinoe Beta se casara con él.

Aunque Lisímaco estaba ya felizmente casado con una esposa persa llamada Amastris, Ptolomeo sugirió que sería un mejor arreglo que despidiera a su esposa y se casara con Arsinoe Beta, la hija mayor de Berenice, que era una jovencita muy bella de quince años de edad, ya madura para el matrimonio, y recomendó calurosamente la hermosura de sus pechos, que eran rosados y llenos como dos melocotones jugosos.

Al final llegó palabra de Lisímaco, y éste dijo que sí.

Arsinoe Beta, por tanto, iba a ser entregada por razones políticas, y con aquel arreglo, extraordinariamente conveniente, se mantendría alejada de la maldad de su medio hermano.

Mientras tanto, el otro supuesto aliado de Ptolomeo, Seleuco, se había acercado ahora a Demetrio Poliorcetes, que, aunque era un fugitivo sin reino, tenía el control total del Gran Mar, incluyendo Chipre y muchas de las islas menores, y la mayoría de las ciudades costeras de Cilicia.

Ptolomeo entonces tuvo que ir a buscar nuevos amigos, y llegó tan lejos que incluso escribió una carta al advenedizo Agatocles, que era el tirano de Siracusa, en Sicilia, y le ofreció en matrimonio la mano de la princesa Teoxena, hija de Eurídice, a cambio de otra alianza de paz.

Agatocles de Siracusa era un viejo frío en busca de una esposa joven y caliente, que era justamente lo que Ptolomeo le prometía, recomendándole el dulce carácter de Teoxena, y Agatocles dijo que sí a la propuesta de Ptolomeo.

Y Ptolomeo se frotaba las manos y sonreía mucho, porque estaba consiguiendo todo lo que quería.

* * *

En el pacto que se estableció antes de la batalla de Ipsos, el territorio de Koile-Siria había sido marcado y garantizado a Ptolomeo para una posible victoria. Pero los reyes que llevaron a cabo la lucha efectiva en Ipsos creyeron que, como Ptolomeo no se había molestado en asomar al cara en el campo de batalla, no tenía derecho a obtener recompensa alguna, de modo que Seleuco y Lisímaco unieron toda Koile-Siria al imperio de Seleuco.

Ptolomeo, como se podía esperar, se negó a reconocer ese nuevo arreglo, alegando que Koile-Siria era suya por derecho, y diciendo que había sido engañado por los rumores, y que si no había aparecido en el campo de batalla, no era por culpa suya. Pero Seleuco se negó a respetar el acuerdo original como vinculante, y se negó también a tener nada que ver con Ptolomeo, que se suponía que era amigo suyo, y por tanto éste se convirtió en enemigo.

Lejos de retirarle de la guerra, por tanto, todo este escándalo despertó en Ptolomeo un nuevo vigor, y dio órdenes de marchar con su ejército hacia Koile-Siria por cuarta vez. Cuando Seleuco llegó con sus ejércitos e intentó apoderarse de Koile-Siria, encontró a Ptolomeo ya en su posesión, y con Koile-Siria otra vez bajo su mando.

Y así siguieron las cosas. Ptolomeo juró de nuevo, una vez más, una más, que no tomaría parte en ninguna guerra más contra los reyes rivales, porque estaba completamente harto de la guerra, y de las pérdidas de la guerra, y de no ser capaz de vivir tranquilo bajo su propio techo, y juró que en el futuro sus generales se harían cargo siempre de la guerra. Y dedicó de nuevo un gallito de oro macizo, y colgó su armadura de bronce, por quinta vez, en el Templo de Ares, y envió una consulta al Oráculo de Zeus-Amón, en Libia, diciendo que estaría muy complacido de saber qué le deparaba el futuro, y que esperaba llegar al final de todas las luchas, al final absoluto de la guerra.

Pero el Oráculo de Zeus-Amón dijo la verdad a Ptolomeo, tal como había sido siempre, y siempre sería: que las disputas sobre la propiedad de Siria y el gobierno de Siria se recrudecerían entre los de la Casa de Ptolomeo y los de la Casa de Seleuco por generaciones y generaciones y generaciones, y que la disputa sobreviviría tanto a la poderosa casa de Ptolomeo como a la de Seleuco. Y el pronunciamiento final de Zeus-Amón sobre este asunto, aunque nadie lo creía posible, es que el mundo lucharía por Siria y Palestina y Koile-Siria y Líbano y todos los países de ese rincón del mundo por siempre.

Al final de la guerra siria, y antes de que se iniciase una nueva guerra siria, Ptolomeo dio la bienvenida a unos treinta mil hebreos que se instalaron en Egipto. Eran comerciantes, granjeros, jardineros, artesanos, albañiles, constructores de barcos, hombres con habilidades que se necesitaban mucho en Alejandría, que tenía mucho espacio para construir, ya que ésa era una situación que, según Aristóteles, no debía soportarse en ninguna ciudad.

A los hebreos de Alejandría se les prometió su propio barrio en la ciudad, llamado Delta, en el sector noroeste, junto a la residencia real. Se les consintió e incluso animó a que mantuvieran sus propias costumbres y adorasen a su propio dios de la manera que acostumbraban, en sus propias sinagogas.

Y los hebreos se sintieron contentos, aparte de expresar su desaprobación por las estatuas en las calles, que eran estatuas griegas del rey Ptolomeo, de Alejandro y de otros héroes, en parte porque su religión les prohibía las imágenes esculpidas, pero también en parte porque se sentían ofendidos por la desnudez de las estatuas al estilo griego. Algunas noches, a cubierto de la oscuridad, las estatuas se vieron revestidas con colgaduras de tela por alguna persona o personas desconocidas, aunque se sospechaba que hebreas. Y esto siguió y siguió hasta que se aceptó que no existiera estatua alguna en el barrio de Delta, a causa de la sensibilidad hebrea, y al final los hebreos declararon que eran completamente felices.

Ptolomeo les dijo a los nuevos habitantes que era su amigo, a diferencia del antiguo faraón, que había expulsado a los hebreos a Palestina de nuevo, y ellos accedieron a quedarse en Egipto, donde serían muy útiles al rey Ptolomeo prestándole enormes cantidades de dinero.

A su debido tiempo, los hebreos incluso se olvidaron del hebreo que hablaban, pues se convirtieron en hablantes de griego. Comerciaban con maíz y con barcos, y ayudaron a Ptolomeo a financiar sus proyectos de construcción de templos y obras públicas como el canal que debía unir el Gran Mar con el mar Rojo.

No pasó mucho tiempo antes de que los hebreos dijesen que se sentían muy complacidos de considerar a Ptolomeo incluso como un amigo.

Y Ptolomeo decía siempre:

–Queremos que todo el mundo sea feliz. Somos felices de que seáis felices viviendo con nosotros en Egipto.

Fue la primera y quizá la única ocasión de verdadera felicidad en toda la historia de Alejandría. El resto del tiempo sólo hubo luchas, maldades y motes desagradables, y luego, a medida que los años se convirtieron en siglos, habría revueltas y tumultos y se derramaría sangre en las calles, se derramaría incluso en palacio.

Alejandría empezó bien, pero fue empeorando sin cesar. Y en cabeza iba la familia de Ptolomeo, de la cual muchas personas podrían decir exactamente lo mismo.

Pero todavía no. Al principio, todo estaba lleno de promesas, y todos los miembros de la Casa de Ptolomeo sonreían, o fingían sonreír, aparte, quizá, de Eurídice. Y justo entonces nadie era más feliz que el propio Ptolomeo, a pesar de no dormir, a pesar de las moscas que le mordían la carne, a pesar de las tensiones entre griegos y egipcios, él seguía diciendo que era feliz.

* * *

El mismo año de la batalla de Ipsos, como si, por muy feliz que fuera, Ptolomeo no tuviese bastantes problemas, el Toro Sagrado, Apis, hijo de la Vaca Ta-nt-Aset II, murió de viejo, y todo Egipto se puso de duelo. Río arriba y río abajo las mujeres se embadurnaron la carne de barro y se golpearon los senos con los puños y lloraron. En Menfis, el sumo sacerdote estaba muy preocupado porque no sabía cómo recaudar el dinero suficiente para pagar el elaborado ritual de embalsamamiento del toro, así que fue a ver a Ptolomeo y le insistió en que era costumbre que el faraón hiciese una generosa contribución a los gastos del entierro.

Ptolomeo miró con dureza a Anemhor.

–¿Cuánto dinero? –le preguntó.

Anemhor se quedó callado un momento, mirando al suelo.

–¿Mil dracmas? –dijo Ptolomeo.

Anemhor meneó la cabeza.

–¿Mil quinientos? –preguntó Ptolomeo.

Anemhor no dijo nada.

–¿Dos mil dracmas? –dijo Ptolomeo, incrédulo.

Pero Anemhor replicó:

–Dracmas no, majestad, talentos.

Y Ptolomeo dijo entonces:

–¿Dos talentos? –que eran doce mil dracmas, una suma imposible, pensaba él

Anemhor adoptó una expresión afligida.

–Mucho dinero –respondió–, mucho, mucho dinero, muchos talentos.

–¿Cinco talentos? –preguntó Ptolomeo, desesperado, sabiendo que no deseaba pagar ni siquiera la primera cifra que había indicado.

Pero Anemhor siguió meneando la cabeza.

Y así siguieron hasta que llegaron a la cifra de cincuenta talentos, y Ptolomeo sintió una especie de hueco en la boca del estómago, porque iba a parecer que su tesoro había sido víctima de unos ladrones. Pero sonrió, porque amaba al toro Apis, y llamó «préstamo» a los cincuenta talentos, para que Anemhor no pensase que era un derecho, sino simplemente una concesión.

De todos modos, la rapidez con la que Ptolomeo se movió para asegurar los gastos fue vista como buena cosa, tal como Ptolomeo pretendía: así se veía que habría más concesiones, más préstamos, más regalos, más favores adicionales de aquel rey. Él no había hecho como el persa, que había mostrado desprecio por Apis asesinándolo. En modo alguno: Ptolomeo era un gran amigo de Apis. Sólo esperaba y rezaba para que el nuevo toro no muriese joven.

La momificación de Apis siguió, pues, con sus patas delanteras bien vendadas sobresaliendo por delante, y sus largos cuernos dorados sobresaliendo por encima de las vendas, y arrastraron a Apis encima de un gran trineo hasta la bóveda de enterramiento de los toros sagrados que se encuentra en la orilla oeste del río, en el borde del desierto de Libia, mientras todo Egipto sollozaba y se lamentaba, y los ritos funerarios por Apis duraron veintinueve días.

Después llegó la búsqueda rigurosa del nuevo toro de Apis que debía tomar el lugar del viejo. Río arriba, río abajo, costó mes tras mes de búsqueda, hasta que encontraron el ternero negro con las marcas blancas adecuadas en la testuz, que eran veintinueve marcas de Apis en total, y aquél fue el Toro de la Vaca Ta-nt-Merwer, y Anemhor, sumo sacerdote de Ptah, instaló aquel toro en el establo del recinto de Ptah en Menfis, y lo coronó con la corona de Apis, tal como había coronado al propio Ptolomeo como faraón, y los horoscopistas predijeron que el reino de Apis duraría veintidós años, y que el rey Ptolomeo no moriría antes que él.

Esto divirtió al rey Ptolomeo, que calculó que si eso era cierto, él mismo viviría hasta la casi inaudita edad de ochenta y ocho años.

Y lo cierto es que Ptolomeo no murió joven, porque los horoscopistas siempre tenían razón.

3.8
La alianza tracia

Cinco años después de que Ptolomeo tomase la corona, se confirmó su gran alianza con el rey Lisímaco de Tracia, el camarada que había servido con él a las órdenes de Alejandro y que había sido primero su amigo, luego su enemigo y que ahora era amigo suyo una vez más.

Lisímaco accedió de buen grado a repudiar a la que entonces era su esposa, su segunda esposa, Amastris, con quien se había casado el año anterior, para poder tomar en su lecho a Arsinoe Beta, aquella joven hija, de sólo dieciséis años, de su aliado naval, la deliciosa y encantadora muchacha, la bella entre todas las bellas y muy inteligente Arsinoe Beta, después de la desgracia y la vergüenza de la *aphrodisia* con su medio hermano, de todo lo cual, por supuesto, Lisímaco de Tracia no sabía nada.

Sí, los embajadores habían navegado arriba y abajo entre Alejandría y Lisimaquia por el Helesponto, alabando el largo cabello rubio de la joven, que era amarillo como el sol, como el oro, que era su mayor gloria, y Ptolomeo juró por Zeus, por Helios y por todos los demás dioses de Grecia permanecer fiel al acuerdo. Juró que los amigos de Lisímaco serían sus amigos, y los enemigos de Lisímaco sus enemigos, y juró: «Que mis asuntos prosperen si mantengo el juramento, y si lo rompo, lo contrario». Y Lisímaco juró lo mismo.

El juramento se haría permanente y vinculante mediante la entrega de Arsinoe Beta, cuyas grandes virtudes proclamaba Ptolomeo como cualquier griego, sin tener en cuenta la verdad, para sacarla de su casa y sellar el acuerdo lo antes posible. Pero ocurría que todo lo que Ptolomeo decía a Lisímaco de aquella joven, incluyendo la belleza y la inteligencia, era cierto.

Ptolomeo, sin embargo, no le dijo nada a su hija de la edad que tenía su futuro marido, nada personal acerca de él, fuera lo que fuese, sino que le dio solamente la información política, como si todo pensamiento de cómo sería o no aquel hombre, de si su compañía era o no agradable o si resultaba placentero o no contemplarlo o hablar con él fuese irrelevante. Lo único que importaba era la alianza y el hecho de que Lisímaco era un rey, y eso, por tanto, era lo único que debía importar a Arsinoe Beta.

No, ella no se iba a casar por amor. De ningún modo: ella se casaba por la estabilidad de Egipto y su imperio, y por obtener la paz en tiempos difíciles. Su matrimonio no era una cuestión de amor, sino de engendrar hijos legítimos. Todo pensamiento de amor era, en cualquier caso, una locura, y casarse por amor no era otra cosa que buscar problemas. Ninguna esposa griega esperaba demasiado afecto. Era más probable, en efecto, que recibiese golpes y palizas de su marido que besos. Tal es la costumbre de los griegos, que alardean de que no son bárbaros, pero los egipcios cuando se casaban con su esposa eran muy distintos.

Cuando llegó el día feliz en que Ptolomeo Soter envió fuera a su hija, toda la familia se quedó despierta toda la noche para despedirla, como era la costumbre griega, comiendo tordos asados, olivas y musaka, y bebiendo vinos finos del Mareotis, e intentando que el tiempo se detuviera. Y la celebración fue sólo un poco más apagada de lo normal, debido al asunto de Keraunos, que ahora Ptolomeo fingía que no había ocurrido nunca, y era buen ejemplo de su capacidad para olvidar el pasado y pensar sólo en el ahora, en el momento presente. Ptolomeo vertió una o dos lágrimas cuando abrazó a su hija, porque era la costumbre, pero en realidad, no se sentía triste por librarse de su hija, que había estado a punto de arruinar su casa. No, a cambio de separarse de ella, obtendría lo que más deseaba en el mundo entero: paz, y un suministro ininterrumpido de bienes lujosos del Helesponto, como pescado salado, especias, guisantes de Bizancio, alfombras púrpura, jóvenes esclavas con los ojos como la endrina... una lista inacabable de delicias tracias.

Por su parte, Arsinoe Beta consideraba el hecho de ser enviada a Tracia como un paquete de dátiles con bastante indiferencia, simulando no preocuparse mucho de lo que fuese de ella. No había olvidado que su matrimonio era un castigo, aunque entonces no podía comprender, por nada del mundo, qué forma podría adoptar ese castigo, porque partir para convertirse en reina de Tracia le parecía más bien una maravillosa recompensa, y desde luego que al final habría tenido que casarse con alguien, aunque hubiese cometido el error que fuese.

Berenice tuvo mucho cuidado de inculcar a Arsinoe Beta que debía acceder a todos los deseos de su esposo, y hacer lo que él le pidiera, y le dijo: «Ningún marido soportará a una mujer que no haga lo que él quiere».

Berenice le advirtió de que debía mostrarse deseosa, fuesen cuales fuesen sus sentimientos personales, y la instó a que se hiciera indispensable, o de lo contrario Lisímaco la devolvería a casa de su padre marcada de por vida como la joven que no había conseguido complacer a su esposo en el lecho conyugal.

Y señaló el ejemplo de Amastris, la anterior esposa de Lisímaco, que fue reemplazada rápidamente cuando se consideró necesario.

Arsinoe Beta esbozó su mejor sonrisa de hierro. Había aprendido todo lo que había que saber del *aphrodisia* con su propio hermano, y pensaba en ambos sudando sobre su lecho de madera dorada y bajo las mosquiteras hechas de viejas redes de pesca, que era la única forma que conocían los griegos de mantenerse a salvo de las picaduras, y notaba una punzada de pesar por haber perdido aquel pasado, pero las lecciones recibidas de su hermano, como luego resultó, no habían sido una pérdida de tiempo total.

Arsinoe Beta, pues, estaba dispuesta. La restauración de su *parthena* perdida no era algo que escapara al ingenio de sus doncellas, que le habían confeccionado un himen nuevo de goma procedente del país de Punt, que incluso producía un sonido agradable al pulsarlo, como algún instrumento musical bárbaro.

Arsinoe Beta navegó hacia Tracia con dos doncellas propias y su enorme dote de cosas hermosas, más lujosas de las que ningún griego había otorgado nunca a una hija suya, o al menos eso se decía: esclavos, ébano, marfil, joyas, especias, ungüentos y, por supuesto, oro en barras, oro en pepitas y oro también en forma de monedas, saco tras saco de octodracmas y decadracmas, todos con la marca de la cara de su padre, desvaída por el uso. Ella se llevó también a su físico personal, Dion, un eunuco muy sabio que iba a actuar como *apokrisiarios* o secretario suyo, y también a dar los mejores consejos sobre los padecimientos de las mujeres, el embarazo, el parto y las dolencias infantiles, como era lo apropiado. Y lo más importante de todo: Dion ayudaría a Arsinoe a escapar de Tracia si todo se desmoronaba allí, o cuando todo ocurriese, porque en Lisimaquia, como en la mayoría de las ciudades de la época, las cosas eran inciertas, y ningún hombre podía asegurar que un rey, aun tan poderoso como Lisímaco, no fuese derrocado de su trono por algún revolucionario o usurpador o alguna tribu salvaje tracia, o por la invasión de los bárbaros de las tierras del norte, o a lo mejor al cabo de un mes era envenenado por algún miembro de su propia y amadísima familia.

Lo último que hizo Arsinoe Beta en Egipto fue dedicar sus muñecas de barro con los miembros movibles en el templo de Artemisa, en la calle Canópica, y lloró al decir adiós a su niñez, pero también rezó alguna plegaria extra a Artemisa, La Que Empuña el Arco y las Flechas del Poder, para que le diese fuerza en la prueba que se avecinaba.

La entrega de las muñecas marcaba el final de la niñez de Arsinoe Beta, y casi el final de su feminidad. Aparte de la desagradable necesidad de dar a luz hijos y herederos, su vida a partir de entonces estaría dedicada a los asuntos de los hombres: la guerra y el gobierno, la negociación de alianzas, el equilibrio de poder en Europa y Asia y su apego al poder, ya fuera mediante el derramamiento de sangre o tramando la desaparición de parientes en la madrugada, o mediante el asesinato a sangre fría a plena luz del día. Y, desde luego, Arsinoe Beta realizaría todas esas cosas mejor que ningún hombre, y el rey Ptolomeo, su padre, estaría orgulloso de ella.

Al mismo tiempo que se hacía casi como un hombre, Arsinoe Beta necesitaba mucho seguir siendo la mujer que era, y había empaquetado pues con ella las pinturas del rostro, sus aceites para mantener la piel suave, su plétora de velos y vestidos de mil colores, las sandalias de oro, los tapices que nunca acabaría. La caja de las joyas de Arsinoe Beta, princesa de Egipto, estaba llena de magníficos brazaletes egipcios, tobilleras, cinturones y anillos con escarabajos, todos de oro y con costosísimas piedras incrustadas, y en el fondo de la caja, debajo de las joyas, se encontraba su daga de bronce con la empuñadura de oro, con esmeraldas y rubíes, turquesas y cornalinas incrustadas, que era el regalo de despedida de su madre, Berenice, que le dijo: «Nunca se sabe cuándo puedes tener que usarla».

El artículo más importante de su equipaje, sin embargo, era una sustancia negra y terrosa y un polvo gris envueltos en un trapo aceitado y bien atados con cuerdas de papiro, que eran venenos... venenos lo bastante poderosos para eliminar a medio ejército.

–Por si tienes necesidad de ellos –le había dicho Berenice, que sabía todo lo que había que saber de venenos y envenenamientos, porque también aquello era regalo de Berenice.

Y Arsinoe Beta, realmente, tendría necesidad de ello.

Antes de que Arsinoe abordase la *trieres*, Berenice le dio el último de sus sabios consejos: cómo escapar de Tracia en el caso de que hubiese una revuelta, cuando la esposa de un rey no tiene que hacer otra cosa que salvar su propio pellejo, y así, le dijo:

–La clave para un matrimonio afortunado es la disposición de la esposa para estar de acuerdo sin cuestionar el gobierno de su esposo, independientemente de sus cualidades o defectos.

Arsinoe asintió con la cabeza, como diciendo que había comprendido, aunque tenía ideas propias al respecto.

–Una esposa –continuó Berenice– no tiene sentimientos propios... Se adapta siempre al estado de ánimo de su marido. Cuando él está alegre, ella también está alegre, y está triste si él se muestra triste... No reirá nunca cuando él esté de mal humor, ni tampoco se enfurruñará cuando él se ría.

Arsinoe dijo que haría lo que pudiera, aunque seguramente habría pocos motivos de risa en Lisimaquia.

–El matrimonio –siguió Berenice– tiene un solo objetivo: dar herederos al trono.

Pero ella pasaba por alto el hecho de que Lisímaco ya tenía su heredero, aunque Arsinoe también tenía al respecto algunas ideas propias.

Al no poder presenciar el matrimonio de la princesa Arsinoe Beta, su familia cantó la canción del cuervo de los griegos en el muelle de Alejandría, para que ella quisiera a Lisímaco y le fuese fiel mientras ambos viviesen.

Pero la verdad era que Arsinoe Beta era una joven con la mente de un hombre, y que sabía que ningún hombre amaba ni era fiel durante mucho tiempo.

En el último momento ella se negó a embarcar en el barquito de aspecto tan frágil hacia Tracia, pues había oído historias de los temblores de tierra que ocurrían allí. Pero su padre le prometió rezar plegarias a Poseidón, Señor del Terremoto. Arsinoe Beta lanzó una última, larga y lasciva mirada a su medio hermano, El Rayo, que estaba de pie allí cerca con aire enfurruñado. Ella amaba y odiaba a Keraunos en igual medida, y no sabía bajo qué circunstancias podía volver a verle otra vez. Pero Keraunos sí que lo sabía. Se lo había preguntado al oráculo y éste había respondido: «Muchacho, no será la última vez que veas a tu hermana».

En cuanto a Anemhor el viejo, lo único que dijo a la princesa fue:

–Aquellos que beben del río volverán a beber de él de nuevo –como si supiera que Arsinoe Beta estaba destinada a regresar. Porque es verdad, ella siempre había bebido agua del río, y nada más.

Ptolomeo Soter hizo el sacrificio adecuado de un toro negro a los dioses del Mar, y sonó la trompeta, y la *trieres* se movió, con los remos arriba y luego abajo en orden perfecto como las alas de alguna gaviota gigante. Los remeros entonaron las canciones del mar, tarareando con una sola voz para mantener el ritmo, y Arsinoe Beta no miró atrás, miraba hacia delante, pensando en Tracia, pensando, pensando.

Había tomado la cura del lagarto verde contra el mareo, y las cenizas de caracoles con semillas de ortigas y miel, que le prometían un viaje sin problemas, pero antes siquiera de que el barco pasara junto a la Roca Escarpada, que se encuentra en la boca del Gran Puerto de Alejandría, ya tenía la cara verdosa.

Poco acostumbrada al agua, como la mayoría de las mujeres griegas, y temiendo ahogarse, Arsinoe Beta murmuraba las plegarias a Poseidón, dios del Mar Furioso, rogándole una travesía calma, y pensaba por qué estaba haciendo lo que hacía: no por sí misma, en absoluto, sino por el mayor bien y gloria de Egipto, y por la paz, y porque era el deseo y la orden de su padre.

La familia vio alejarse las *trieres* hacia el mar, tan ligeras y rápidas que ni siquiera el halcón, el ser volador más rápido, podía haber mantenido el mismo ritmo que ellas, hasta que se convirtieron en un simple puntito negro en el horizonte y Ptolomeo y Berenice suspiraron con alivio por el feliz final de un principio tan difícil. Pero resultó que no era aquélla la última vez que se iba a oír hablar en Egipto de la gran princesa, que se comparó, por su temperamento, incluso con Sejmet, la diosa leona. En realidad, Arsinoe estaba poseída por una dureza de lengua y una dureza de corazón tal que sus padres no se sintieron del todo descontentos al ver cómo se alejaba.

Agitando su *kausia* como despedida a su hermana se encontraba Ptolomeo Micros, su hermano pequeño, que entonces tenía nueve años. Arsinoe Beta era casi lo suficientemente mayor para ser madre de aquel niño, y en aquel niño había vertido todos los sentimientos maternales que poseía, tratándole como a una de sus muñecas de barro, vistiéndolo y desvistiéndolo, mangoneándolo y obligándolo a hacer lo que ella le decía. Y claro, cuando Arsinoe Beta chasqueaba los dedos, Micros saltaba.

Micros agitaba el sombrero y se secó una lágrima que rodaba por su mejilla. Casi había amado a aquella hermana suya, que era hermana de padre y madre, su hermana mayor, pero no tenía ni idea entonces de que su destino sería casarse con ella.

Cuando Ptolomeo Micros viese de nuevo a Arsinoe Beta tendría veintinueve años de edad y estaría casado con otra mujer, y la propia Arsinoe estaría cerca de la cuarentena, y con su vida arruinada. Pero después de tanto tiempo, Micros todavía la amaría por ser la única persona en su vida que le había mostrado amabilidad.

Y también tendría todos los motivos del mundo para odiarla.

Ptolomeo Soter nunca volvería a ver el rostro de Arsinoe, y en lo más íntimo de su corazón lo sabía. Durante largo rato su fuerte voz quedó estrangulada, y sus ojos anegados en lágrimas, y quizá fuesen lágrimas de pesar, por no haber conocido demasiado bien a aquella jovencita.

Si Arsinoe Beta hubiese tenido el poder de ver el futuro, se habría sentido encantada de elegir el castigo del caballo y la doncella, en lugar de embarcarse para ser reina de Tracia. Porque Thot dice la verdad cuando asegura que en algunos aspectos su destino sería peor, mucho peor que ser devorada viva por un caballo hambriento.

Si las lágrimas mojaban las suaves mejillas de Arsinoe Beta cuando ésta abandonó Egipto no eran por la pérdida de su vida familiar, ni por perder de vista la ilustre y muy ilustre ciudad de Alejandría. No, ella lloraba, en realidad, porque nunca volvería a ver a su medio hermano, Ptolomeo Keraunos, el hermano a quien había amado más que a un hermano y a quien había odiado más que a ningún enemigo. Y entonces sintió un poco de pena por sí misma.

Las últimas palabras que le murmuró a Keraunos, cuyo rostro no se le había permitido ver desde el asunto del rábano, fueron: «No te escribiré... no volveremos a vernos».

Ella estaba segura de ello como de nada en este mundo, pero al final resultó que estaba equivocada. Sí que volvería a ver los negros y chispeantes ojos de Ptolomeo el Rayo.

Keraunos tenía diecinueve años cuando su hermana embarcó, y a ella le pareció que ese día era más semejante que nunca a los dioses.

Quince años, veinte años pasarían antes de que volviese a verle, pero no, ni Keraunos ni Egipto habían visto por última vez a Arsinoe Beta, aunque por el momento ella hizo lo que pudo por olvidarlos a ambos, por olvidar el pasado y recrearse en la sensación del momento presente, igual que su padre, contemplando a los delfines que hacían carreras con las *trieres* en el mar resplandeciente.

3.9

Micros el Pacífico

Más o menos al mismo tiempo que Arsinoe Beta partía para Tracia, el rey Ptolomeo nombró al famoso Estratón de Lampsaco tutor de su hijo menor, Ptolomeo Micros.

Estratón era autor de muchos libros, incluyendo el interesante *Sobre el reinado*, el importante *Sobre la justicia* y el esencial *Sobre la cría de animales.* Sus escritos sobre física y cosmología le habían valido el sobrenombre del Físico, y su gran teoría era que toda vida, todo ser vivo, debe ser explicado por causas naturales, y que los seres vivos no tienen nada que ver con los dioses de Grecia ni con ningún otro dios.

Thot, por supuesto, sabe que eso no es cierto, pero fue Estratón quien despertó en Micros su curiosidad científica, porque Micros mostraría toda su vida una gran pasión por el conocimiento científico y por los proyectos de ingeniería. Lo que más le gustaba eran las cosas nuevas, las cosas diferentes, y le complacía pensar que iba abriendo camino hacia el futuro.

A medida que aumentaba la inclinación de Micros hacia el estudio, su interés por los asuntos militares iba disminuyendo. Su padre era un hombre duro, endurecido por el entrenamiento militar, pero Micros sería blando. A pesar de su nombre, nunca se sentiría inclinado hacia la guerra.

¿Quién tenía la culpa de haber creado a aquel hijo que no tenía tiempo para la guerra, y que no deseaba tampoco ensanchar las fronteras de Egipto, un chico cuyo mayor deleite era sentarse en una silla y leer un libro?

Algunos decían que fue la madre, la reina Berenice, que dedicaba sus días entonces a la fábrica de perfumes, a las sedas de la isla de Kos y a las joyas, y a organizar lujosos entretenimientos teatrales, o exóticas y caras procesiones por la calle Canópica.

Otros decían que Estratón de Lampsaco, el tutor, era el culpable. Estratón, que civilizó tanto a su alumno que éste perdió por completo el deseo macedonio de luchar contra sus enemigos, y prefería a cambio sentarse en casa pensando en ciencia, en diseños de mosaicos, en la teoría del placer, y desperdiciaba sus días hablando de *ideas*, como si fuese a convertirse en un segundo Aristóteles, en lugar de un segundo Alejandro, y total, ¿para qué?

Para los macedonios, un hombre inactivo, un heredero poco dado a la guerra, era un desastre. El único heredero posible para Egipto era el heredero correcto, el hijo mayor de Ptolomeo Soter, Ptolomeo el Rayo, un chico que al menos tenía el valor de coger la espada y luchar por su país.

Pero Micros... Micros no quería batallar ni siquiera contra las gigantescas cucarachas color naranja que infestaban la residencia. Le ponía nervioso incluso matar una araña o una mosca. Temía encontrar serpientes en su lecho, y con razón, porque las serpientes las colocaba allí la mano de su hermano mayor, Ptolomeo Keraunos.

El rey Ptolomeo perseveró en la educación de su hijo, su hijo menor, y el rumor decía que había pagado la suma fenomenal de ochenta talentos nada menos a Estratón para que enseñara a Micros ciencia y matemáticas, aunque Micros no era demasiado bueno con los números. El coste de la educación de aquel joven, pues, era igual al salario anual de mil novecientos setenta y dos soldados de infantería exactamente, o una décima parte de un faro. Thot lo jura.

Ptolomeo aseguraba que Estratón era el hombre más inteligente del mundo, y que valía cada dracma que se le pagaba, y ocurrió que, tal y como revela Thot, aquél fue un dinero bien gastado, la mejor inversión que Ptolomeo Soter podría haber hecho posiblemente en el futuro de su dinastía.

Porque Micros era listo, tan listo como su hermana, Arsinoe Beta, y aquéllos a quienes les gustaba susurrar acerca del futuro ya susurraban que Ptolomeo Micros era el futuro, el inicio. Algunas personas de la corte del rey Ptolomeo incluso murmuraban que un joven como Ptolomeo Keraunos no haría ningún bien a Egipto, porque iba un poco retrasado en sus lecciones, incluso era un poco estúpido, como su madre, Eurídice.

En realidad, a los hijos de Eurídice no les iba demasiado bien, y la siguiente en comprobarlo fue Teoxena.

* * *

Al mismo tiempo que Arsinoe Beta era enviada a Tracia, Ptolomeo Soter casó a Teoxena, hija de Eurídice, con Agatocles, el tirano de Siracusa.

La historia de Agatocles decía que había sido un joven de extraordinaria belleza y de humilde origen, hijo de un alfarero, y que se había hecho rico vendiendo su cuerpo, permitiendo a un gran número de hombres que se regodearan en su lujuria según el hábito de los griegos. Pero cuando llegó a la madurez, asombró a sus clientes cambiando su comercio de los hombres a las mujeres, y se hizo más rico aún estableciéndose como pirata y robando todos los barcos que encontró en el Gran Mar.

Si Ptolomeo sabía algo de todo esto (¿y cómo es posible que no lo supiera?) no dijo ni una sola palabra a Teoxena, a quien sólo le contaron las historias de Agatocles el héroe, y su poderosa victoria contra los cartagineses. El turbio pasado de Agatocles estaba muerto y enterrado, y ahora era un hombre de gran poder, muy respetado por su habilidad militar, y se hacía llamar a sí mismo rey de Sicilia.

Teoxena tenía entonces unos quince años de edad y estaba madura para el matrimonio, con los pechos no como dos grandes melones, sino más bien pequeños, y se alegraba de hacer algo con su vida que no fuese una vista de la ciudad de Alejandría tejida con hilos de oro y púrpura.

Ptolomeo le contó a su hija muchas cosas de Agatocles, un hombre a quien en realidad no conocía, y mucho también de Sicilia, un lugar donde, de hecho, nunca había estado, y también muchas cosas de la gran ciudadela de Eurialos en Siracusa, donde viviría, y de aquella isla completamente seca con su incesante cotorrear de cigarras, de modo que Teoxena casi estaba impaciente por abandonar Egipto.

Al mismo tiempo que animaba a Teoxena, su padre le daba también sus sabios consejos y su más solemne advertencia para su nueva vida en Sicilia, el nuevo mundo, rico, joven y generoso.

–Sófocles dice –explicaba– que el silencio es gran mérito en una mujer –porque tenía en mente el hecho de que a Agatocles le gustaban los muchachos, y a veces a aquella hija suya le costaba no decir nada.

–Hablar –siguió Ptolomeo– es un asunto de hombres. Una esposa debe mantenerse en sus aposentos, con su trabajo, el telar y el huso.

Y si Teoxena había pensado en decir adiós a los tapices, estaba equivocada, pero se prometió: «Me mantendré callada como un bloque de piedra».

Ptolomeo le contó todo lo que debía saber, cómo comportarse bien, todo excepto el hecho de que su marido era ya un hombre viejo, de sesenta y un años, porque sabía que si le decía aquello a Teoxena, seguramente se negaría en redondo a ir a Sicilia.

Cuando llegó el día que debía ser el último de Teoxena en Egipto, la familia se sentó a comer dátiles y olivas y tordos asados, y a beber los pesados vinos del Mareotis, y quitaron el agua de la *klepsydra,* intentando parar el paso del tiempo. A la mañana siguiente, temprano, Teoxena se tomó el remedio contra el mareo del lagarto verde y subió a bordo de la *trieres* con su enorme dote almacenada en su interior, y cada decadracma de su dote llevaba la benigna cara de su padre, el *Basileus Ptolemaios* que había negociado su venta.

A pesar del lagarto verde Teoxena se mareó, y desembarcó en la isla de Sicilia con la cara un poco verdosa todavía, y con manchas de vómito en su manto de viaje. Cuando puso los ojos en el rostro del hombre que iba a ser su marido, se asombró al ver que parecía mayor que su padre, pero recordó las palabras de Ptolomeo acerca de lo que debía hacer, y que su matrimonio era para el mayor bien de Egipto, y por la paz en el mundo griego. Sabía que no debía hablar de alfarería, y que no debía hablar de muchachos guapos, y se mordió la lengua en ocasiones, porque la alfarería y los muchachos, los dos grandes secretos de Agatocles, eran las únicas cosas de las que en realidad quería saber algo. Ella sabía cómo untar aceite en el *rhombos* de Agatocles en su noche de bodas. Sabía que no debía cabalgarlo como un caballo bajo ningún concepto, con la mujer encima, y que no debía ejecutar nunca el *amphiplix*, por mucho que se lo rogaran, y desde luego no asomarse nunca a ninguna ventana, porque sólo una puta cabalga a un hombre como un caballo, sólo una puta hace el *amphiplix* y sólo las putas se asoman a las ventanas, y Teoxena no iba a ser ninguna puta, sino una esposa y reina.

Desde luego, Teoxena sabía cómo convertir su matrimonio en el éxito que no había sido el matrimonio de su madre, Eurídice. Y fue Berenice, su tía abuela, quien le dio las órdenes más terminantes y las advertencias más severas, cuando Eurídice no las escuchaba.

Berenice explicó a Teoxena que Siracusa estaba sólo a seis o siete días en barco de Alejandría, con buen viento, y que si algo le iba mal en Sicilia, debía volver a casa de inmediato. Le dijo cómo debía realizar su huida de Agatocles, si las cosas se ponían feas entre ellos, y le aconsejó también que cuidase mucho sus modales, pero también que luchase contra Agatocles con los puños, si era necesario. No debía soportar ningún maltrato. Nunca debía olvidar que era hija de la casa de Ptolomeo, hija de un rey.

–Detrás de cada piedra –decía Berenice–, anida un escorpión.

¿Qué fue lo que no le contaron a Teoxena antes de que partiera? Le dijeron poca cosa de la naturaleza política de su matrimonio, que no era más que un soborno o recompensa para Agatocles a cambio de haber ayudado a Ptolomeo a recuperar su control sobre el territorio de Cirene después del desastre que fue la revuelta de Ofela, hacía unos cinco años, y salvaguardar así su suministro de grano.

Antes de dejar Alejandría, Teoxena tuvo el sentido común de pedir consejo al oráculo para averiguar qué le deparaba el futuro. Envió su pregunta a Zeus-Amón en Libia, e incluso al gran Oráculo de Dodona, en Tesprocia, pero se sorprendió al saber lo mismo de todos los oráculos: que su matrimonio sólo duraría doce años, ni un día más.

Teoxena había esperado encontrar un marido que le durase para siempre, pero no se sintió abatida del todo. Doce años, pensó, podía ser suficiente, y si odiaba a aquel Agatocles... entonces sólo tendría veintiocho años de edad cuando el matrimonio llegase a su fin, y tendría tiempo para buscar a otro marido nuevo, tener más hijos y emprender una nueva vida... si los doce años de matrimonio no concluían con su propia muerte. Teoxena se dijo a sí misma que no debía pensar en el futuro, sino seguir el ejemplo de Ptolomeo Soter, su padre, y vivir al día, para el momento, y no preocuparse en absoluto.

En lo más íntimo de su corazón, Ptolomeo pensaba que Teoxena tendría suerte si su matrimonio duraba doce días, no digamos ya doce años, dado el gusto de Agatocles por los jóvenes ardientes sicilianos con suaves nalgas, pero deseaba para su hija todas las bendiciones de Tiqué, diosa de la Buena Fortuna, y no quería preocupar a Teoxena diciéndole que aquel Agatocles era famoso no sólo por su victoria sobre Cartago, sino también por su mal genio, su perversa crueldad y su violencia cuando había bebido. Le dijo a Teoxena todo lo que tenía que saber sobre el grano, sin embargo, porque era la obligación ineludible de Teoxena salvaguardar el suministro de grano de Sicilia. Una hija no es un desastre. Una hija, por encima de todo, era un bien útil.

Y así Teoxena partió para no volver nunca más a Egipto, o eso pensaba al menos su familia, porque doce años era un matrimonio largo, y seguramente los oráculos de su futuro debían de estar equivocados.

***

En Sicilia, Teoxena disfrutaba de las olivas, naranjas y limones que le enviaban de los fértiles montes de Aetne. Calculaba que la famosa montaña humeante, a siete mil doscientos setenta y cuatro codos de alto exactamente, era veinticuatro veces mayor que la Gran Pirámide de Menfis, y le divertía ver que tenía exactamente la misma forma.

Al principio, le preocupaba que la montaña pudiese escupir fuego en el cielo, pero los siracusanos la tranquilizaron diciéndole que Aetne no había hecho erupción desde hacía cien años, y que estaba muy segura morando a su sombra.

Teoxena llegó a acostumbrarse al cabello plateado y al rostro hondamente surcado de arrugas de su esposo. Era la tercera esposa del tirano, que ya tenía un hijo y heredero, pero, como Agatocles se decía a sí mismo, «a la tercera va la vencida». Su marido nunca dirigió una palabra agria a su nueva esposa, y su mal carácter no apareció nunca. Agatocles había dejado de admitir muchachos en su lecho hacía muchos años, o al menos eso se decía. Lo de que bebía mucho era un mito. Sólo tenía ojos para la princesa Teoxena, la hermosa hija del rey Ptolomeo, y para gran sorpresa de todo el mundo en Alejandría, Teoxena les escribió y les dijo que estaba muy enamorada de su esposo de sesenta y un años, porque se parecía bastante a su propio padre y sabía exactamente cómo había que tratarla.

El principio del famoso matrimonio desventurado de Teoxena, por tanto, resultó ser el mayor de los éxitos.

3.10
El hijastro

Cuando la veloz *trieres* de Arsinoe Beta fondeó en Lisimaquia, la multitud que se había reunido para saludarla estalló en canciones y aplausos hacia la joven que iba a ser su reina, y su rostro atrajo todas las miradas, porque se negó a ir velada, como era la costumbre griega, pensando que era mejor hacer desde el principio lo que le diera la gana.

Arsinoe examinó la fila de oficiales buscando a su marido, alguien que pareciese un rey, y sus ojos se posaron al principio y de inmediato en la figura de un joven de unos diecinueve años que iba vestido para una ceremonia matrimonial, con un *khiton* blanco, y llevaba una corona de hojas de roble doradas en la cabeza. Sus miembros relucían como el bronce por la luz del sol, y aquel joven le pareció a Arsinoe Beta más bello que ningún hombre que hubiese conocido antes, bello como los dioses, más bello incluso que su hermano Keraunos, e imaginó que aquel joven debía de ser el rey Lisímaco, con quien iba a casarse, y en aquel preciso instante se sintió herida por las flechas doradas del Niño, Eros, y se enamoró.

A Eros, sin embargo, siempre le gusta hacer travesuras, y fue el *Dioiketes*, o primer ministro de Lisímaco, quien condujo a Arsinoe Beta por el brazo hacia un hombre distinto que se encontraba de pie allí cerca, vestido con ropa blanca, con guirnaldas de flores rojas y embadurnado de mirra, y éste dijo ser Lisímaco de Tracia, y levantó la mano para que ella la tomara, con la *dexiosis* de los griegos. Pero la mano de Arsinoe Beta no se levantó para tomar la mano de aquel hombre. Ni su rostro se iluminó con una sonrisa. Ni su corazón dio un salto, porque el rostro de aquel Lisímaco estaba profundamente surcado por las arrugas, y lleno de cicatrices de batalla, y tenía una larga barba blanca, y el cabello blanco, y era un viejo (viejo, viejo) y el primer pensamiento de Arsinoe Beta era que la habían engañado, sí, engañada, y que aquél era, en realidad, su castigo por la *aphrodisia* con su propio hermano.

No, Ptolomeo, su padre, no le había dicho ni una sola palabra de la edad o el aspecto de su marido. Ptolomeo Soter era griego, astuto como todos los griegos, y sabía muy bien que si le decía a Arsinoe que su Lisímaco era viejo, que tenía más de sesenta años, y que tenía cicatrices en todo su cuerpo, y que era un cascarrabias, notorio por su tacañería y lo bastante viejo para ser su abuelo, ella habría armado un escándalo por su viaje a Tracia y se habría negado a ir allí, y su alianza habría sido imposible.

Arsinoe Beta tembló entonces, pero cuando se recuperó un poco, preguntó al *Dioiketes* quién, entonces, era el joven, el guapo joven con la corona de hojas de roble doradas en la cabeza. Y obtuvo la respuesta, la terrible respuesta, de que era el príncipe Agatocles, hijo del rey, que era el heredero del trono de Tracia.

Los escalofríos recorrieron la espalda de Arsinoe Beta entonces, y comprendió el primero de los muchos horrores que la esperaban en su estancia en Tracia, porque el joven de quien, sin dudarlo, se había enamorado a primera vista era el hombre que, tuviera ella la edad que tuviera, no iba a ser su marido sino su hijastro.

¿Qué hizo Arsinoe Beta? ¿Qué podía hacer cualquier muchacha en tales circunstancias, sino tomar la mano del anciano, todavía tendida para la *dexiosis*, y cogerla entre las suyas? Y sí, encontró aquella mano fría, arrugada, callosa, como la carne de un lagarto egipcio, pero se esforzó por pronunciar palabras de cortesía en réplica a su bienvenida. Y aunque tiraba de su mano para recuperar su posesión, a causa del disgusto que le producía el contacto de aquel viejo, Lisímaco la sujetaba y no la dejaba ir, porque la verdad es que, por muy griego que fuese, por muy viejo que fuese, por muy loco que estuviera, el rey se había enamorado de la belleza de aquella joven en cuanto sus ojos se posaron en aquel rostro, y así resultó que Eros tuvo un día muy ajetreado.

Cuando al fin Lisímaco la soltó, Arsinoe Beta fue presentada a Agatocles, su hijo, y ella le tendió la mano para la *dexiosis*, tal como le habían enseñado, y la mano que estrechó entonces era suave, caliente, viva, como las manos de su hermano Keraunos, y un escalofrío recorrió la espalda de Arsinoe Beta mientras sostenía y estrechaba aquella mano. Miró los ojos brillantes, azules como *sappheiros*, miró y no podía dejar de mirar, y su rostro se incendió, y no supo dónde ponerse, ante tal confusión.

Pero recordó las palabras de Berenice justo a tiempo, y decidió hacer las cosas lo mejor que pudiera, porque desde luego en aquel momento no podía cambiarlas, ya que la alianza y la paz estaban selladas y eran vinculantes, y ella, Arsinoe Beta, era la cola fuerte y dura que debía unirlas.

El matrimonio de Arsinoe Beta con Lisímaco tuvo lugar aquel mismo día, y el sacrificio de centenares de bueyes negros con los cuernos dorados que se realizó como ofrenda a los dioses de Grecia fue lujoso, muy lujoso, sobrepasando todo lo que ella había visto incluso en Egipto.

Arsinoe Beta sentía como si se estuviera sacrificando ella misma también. Notaba como si gran parte de sí misma hubiese muerto, como si fuese su propia sangre la que salpicaba el altar, su propio cuello el que era cortado por el hacha, su propia voz la que aullaba, y no las voces de los toros sacrificados, y sintió que se le debilitaban las rodillas, como si fuera a desmayarse. En tal estado Arsinoe Beta no podía bailar, y cuando los cortesanos de Lisímaco gritaron que se levantara y se moviera al son de la lira y el arpa, se negó.

–Nos hemos herido el tobillo al salir de la *trieres* –dijo, y anduvo cojeando un par de días después, hasta que olvidó las palabras que había dicho.

Y durante las ceremonias que la unían a aquel viejo rey, aquel día, ella no pudo apartar los ojos de la carne dorada del joven Agatocles, que no era más que dos o tres años mayor que ella misma, y que, según le habían dicho, no tenía esposa, y no estaba comprometido para el matrimonio tampoco, y el corazón de hierro de Arsinoe Beta, ahora derretido y al rojo vivo, golpeaba alto y fuerte con aquel nuevo amor suyo que ya era, de nuevo, tan prohibido como imposible.

Durante el viaje a Tracia, Arsinoe Beta había sido incapaz de dejar de pensar en su hermano, a pesar de las palabras de despedida de Berenice de que debía olvidarlo:

–No dejes que penetre demasiado en tu alma –le había dicho–. No pienses demasiado en él –le decía, como si comprendiera quizá lo que estaba sintiendo Arsinoe. Pero mientras ella estaba en la mar sentía que nunca dejaría de amar a Keraunos.

Ahora, sin embargo, en Tracia, lo había olvidado, y su corazón latía con unos latidos extraños, que no había conocido ni siquiera en los brazos de su hermano.

¡Ay! Thot menea la cabeza y llora por esos jóvenes, porque la semilla de la espantosa tragedia de aquella Arsinoe Beta estaba ya sembrada, y la semilla crecería. La semilla no dejaría de crecer.

Cuando Arsinoe Beta se retiró a su cámara real aquella noche, y los cantos de la canción del cuervo y la canción de la golondrina y el epitalamio se hubieron acabado, y los invitados a la boda se hubieron cansado de echarle nueces e higos sin madurar, que le hicieron moretones en la carne, y ella se quedó por primera vez a solas con el rey, su marido, empezó a conocer su carácter.

Lisímaco era un macedonio de Pella, compañero de armas de su padre, y antiguo guardaespaldas de Alejandro. De joven había sido bastante guapo, pero esa belleza había desaparecido ya. Tenía la voz dura, apasionada, la de un hombre con un gran apetito por la comida, la bebida y la *aphrodisia.* Era bastante amable, pero no dejaba de tocarla. En realidad, a Arsinoe Beta le satisfacía bastante su marido en todas las cosas excepto en una, la que más importaba: el hecho de que fuera un hombre anciano. Para ella el deleite no estaba en los ancianos, sino en los jóvenes, y aunque Lisímaco recibiera honores divinos, su aspecto no era como el de los dioses.

Lisímaco aburría a Arsinoe con las mismas historias acerca de Alejandro que contaba su padre, aunque con menos exageraciones. Pero el consuelo de Arsinoe era la riqueza de su esposo, porque toda la Tracia era provincia suya, y gobernaba todas las tierras de Asia que se encontraban al norte de las montañas

Tauros. Ella pensaba en su gran poder y sus riquezas, y realmente, no tenía otra elección que aguantar a aquel anciano, si podía, por el bien de la alianza con Egipto.

En cuanto a la reputación de tacaño de Lisímaco, desde el principio de su matrimonio mostró el amor por su mujer abrumándola con regalos de oro y joyas.

Ella era muy cautelosa con aquel anciano fuerte, que según decían había introducido el puño en el gaznate de un león y le había arrancado la lengua. Decidió jugar a ser la esposa fiel, por el momento. Tenía buen cuidado de no molestar a nadie, rezaba tres veces al día a Afrodita, La Que Trae Felicidad a los Casados, para que hubiese algún cambio en sus circunstancias, como por ejemplo la súbita muerte de su marido.

Aunque la verdad era que Arsinoe Beta había sido completamente desflorada por su propio hermano, se le había permitido preservar la ilusión de virginidad, y le dijo a Lisímaco:

–Nadie me ha tocado... Sigo siendo la *parthena* que era en casa...

Y su marido no notó nada fuera de lo común con el himen de goma de la tierra de Punt, y el momento de la ansiedad de ella pasó. Lisímaco era frío como un pez, y le disgustaba, porque ahora ella sólo podía pensar en cómo hacía aquellas cosas Ptolomeo Keraunos, y cómo podía hacerlas el príncipe Agatocles, de forma tan diferente a su padre.

Ella pensaba en las palabras de Ptolomeo: «¿No es la más dulce de las risas reírnos de nuestros enemigos?»

Ahora, el enemigo de su padre iba a ser amigo de la hija.

* * *

La hija de Lisímaco *no* iba a hacerse amiga de Arsinoe Beta. En el palacio de Lisimaquia, Arsinoe Beta averiguó que debía compartir el *gynaikeion* con las mujeres de Lisímaco: con otra Arsinoe, que era hija suya y de la difunta Nikaia, y con una segunda niña que vivia bajo la oscura sombra de un mal horóscopo, y con esas dos jóvenes Arsinoe Beta debía comportarse como una madrastra, aunque sólo tenía siete u ocho años más que ellas. Tal estado de cosas no era el mejor de los principios. Habiendo dos Arsinoes en el mismo *gynaikeion*, era difícil no confundir a la una con la otra. Sus buenas relaciones no se veían favorecidas por el hecho de que las cartas dirigidas a una eran abiertas y leídas por la otra, de modo que la hijastra leía las dulces palabras dirigidas por el padre a su joven esposa, y la madrastra leía las dulces palabras de los jóvenes nobles de Tracia, que ya buscaban la mano de la joven Arsinoe en matrimonio.

Y peor aún: Lisímaco decidió que pondría fin a la confusión llamando a Arsinoe, su hija, Arsinoe *Alfa*, y Arsinoe, hija de Ptolomeo, debía ser conocida como Arsinoe *Beta*. Esto no gustó en absoluto a Arsinoe Beta, cuya idea era que la esposa y reina de Lisímaco debía tener precedencia sobre la hija, y que realmente era ella misma quien merecía el nombre de Arsinoe *Alfa*.

Pero Lisímaco no quiso escuchar sus quejas, su palabra era ley, y Arsinoe Beta se quedó para el resto de su vida y, en realidad, para la posteridad.

Arsinoe Alfa ya era una joven encantadora, de buen carácter y muy hermosa, tan hermosa como bello era su hermano Agatocles, y se decía de ella que seguramente un día se convertiría en esposa de algún gran monarca griego.

Ahora bien, en Grecia existía la antigua costumbre de que una madrastra no debía estar en buenas relaciones con sus hijastros. Había una larga historia de madrastras griegas crueles o malvadas, y como aquellas dos Arsinoes no tuvieron un buen comienzo, parecía que Arsinoe Beta iba a seguir la antigua tradición y ser horrible.

Pero la verdad pura y simple es que Arsinoe Beta no estaba de acuerdo con Arsinoe Alfa en nada, y uno de los motivos de la tensión era que ambas debían compartir obligatoriamente el *gynaikeion*. Y como Lisímaco, debido a su gran tacañería, envió de vuelta a las doncellas de Arsinoe Beta a Egipto, ella tenía que compartir las doncellas de Arsinoe Alfa, cuyas formas de actuar le eran muy extrañas y hablaban entre ellas en un espeso dialecto tracio que Arsinoe Beta no entendía.

A Arsinoe Beta le molestaba mucho la presencia de Arsinoe Alfa en las habitaciones de las mujeres, pensando que una reina de Tracia debía tener dependencias espaciosas para ella sola, y no verse obligada a compartir nada con nadie, y tenía que habérselas también con un puñado de esclavas tracias que balbuceaban también en el dialecto antes mencionado, y esto sólo conseguía hacer pensar a Arsinoe Beta que decían cosas desagradables sobre ella.

A causa de estos arreglos, las dos Arsinoes empezaron bastante mal, y siguieron peor, y no pasaron muchos días antes de que se oyese la voz de Arsinoe Beta desde las ventanas de las mujeres, gritando llena de rabia, y los insultos salieron de sus labios, y fue bastante descortés con sus hijastras, llamándolas «cara de ibis» y «cara de hipopótamo», tal como se había dirigido a su hermano Keraunos, pero entre todos aquellos insultos y peleas que sólo eran por naderías, la otra Arsinoe, Arsinoe Alfa, y su hermana nunca dijeron una mala palabra a su madrastra, sino que continuaron sonriendo y oponiendo palabras dulces a sus palabras de ira, y no podían comprender por qué a Arsinoe Beta le disgustaban tanto ellas y todo lo que hacían.

Arsinoe Alfa, sin embargo, pensaba que la verdad era que simplemente a su madrastra le gustaba armar pelea, y que aquella chica debía haberse dedicado en realidad a la guerra, y debían haberla puesto como ministro de guerra de toda Tracia, porque nunca paraba de hablar de batallas, y en realidad era la mujer más agresiva y ponzoñosa que había visto en su vida, y a la que le gustaba encontrar faltas y motivos de queja en absolutamente todas las cosas.

Arsinoe Beta veía que la capital de su esposo no era realmente lo que había esperado. Lisimaquia se había fundado sólo hacía ocho años, y no era, de ningún modo, una ciudad espléndida como Alejandría, sino que más bien estaba en construcción. Las calles estaban mal pavimentadas, sin columnas griegas de ningún tipo, y sembradas de excrementos de animales. Los templos de Apolo y Zeus y todos los demás dioses estaban sólo a medio construir, y sin tejado. Y en cuanto al llamado «palacio» de Lisímaco, los muros no tenían bellas pinturas de escenas de la *Odisea* y la *Ilíada*, sus suelos carecían de mosaicos de delfines y tritones, y muchas, muchas habitaciones seguían abiertas al cielo y sin techo, de modo que el agua de la lluvia formaba charcos y los pájaros, pichones, palomas, cuervos y demás se metían en casa, cosa que no era el mejor de los augurios. El palacio de Lisímaco no era en absoluto la moderna y bien provista residencia que habían prometido a Arsinoe Beta.

Ella mostró su descontento ante la falta de cualquier comodidad civilizada. Se quejó a Lisímaco incluso de los tracios, entre los cuales se reclutaban a sus esclavas, y que parecían ser un pueblo guerrero y primitivo, resistente a la cultura griega. Lisímaco ni la escuchó.

De vez en cuando, el aire en Lisimaquia se volvía frío y caía una avalancha de plumas blancas del cielo que hacían que las mulas resbalaran por las calles. Arsinoe conoció entonces el milagro de la nieve y el misterio del hielo, y se quejó también del frío intenso, igual que se había quejado del terrible calor de Egipto. Pero Lisímaco se rió de ella, diciendo que ningún rey tenía poder sobre el tiempo.

Cuando incluso el agua de las ánforas del interior de palacio se volvió sólida, Arsinoe afirmó, convencida, que había sido enviada al país de los bárbaros, y que se le debía permitir volver a casa, a Alejandría. Viviendo allí en Tracia le parecía, en realidad, haber sido emparedada en algún lugar remoto y haber sido olvidada por todos. Tiritaba y odiaba a Tracia, a Lisímaco y a toda su familia, aparte del bello Agatocles, pero sobre todo se odiaba a sí misma, y rogaba a los dioses de la Hélade que la liberasen de un tormento que le parecía peor que el Hades.

Pero ocurrió que las plegarias de Arsinoe Beta no llegaron a oídos de los dioses, y tuvo que conformarse a su suerte, porque cuando preguntó al gran Oráculo de Klaros qué ocurriría a continuación, éste le dijo: «Quédate donde estás y aguanta». Y por tanto, eso fue lo que hizo.

Al final, Arsinoe Beta llegó a acostumbrarse a Tracia y su clima, y encontró que incluso le gustaba su marido. Dejó de quejarse y empezó a verlo todo con ojos nuevos. Todo lo que era erróneo, todo lo que le desagradaba, todo lo que estaba sin terminar, lo veía ahora como un desafío, y se decidió a hacer lo que pudiera para arreglar lo que estaba mal. Tuvo mucho cuidado de no enfrentarse a su esposo y trabajar con él, y apoyar con firmeza todas las empresas que él llevaba a cabo, apartarse de sus propias preocupaciones y entablar conversaciones con él, y escuchar lo que él decía como respuesta, de modo que al cabo de un corto espacio de tiempo, él empezó a apreciar su inteligencia y confiar en su ayuda e incluso en su juicio.

Después de todo, era lo que Berenice le había aconsejado que hiciera.

Dando gracias por aquella esposa suya, que no era persa, y que no se resistía a sus abrazos nocturnos, Lisímaco empezó a entregar a aquella joven grandes sumas de oro para financiar su guardarropa y satisfacer su súbita e insaciable exigencia de joyas. Mujer de negocios desde el principio, consciente de los méritos de las matemáticas y de que ella se encontraba en realidad en el camino real hacia la geometría y la perfección, Arsinoe Beta decidió hacer que el viejo pagase por cada favor concedido, y jugó a la tigresa, y el enamorado y viejo Lisímaco hizo todo lo que Arsinoe Beta le dijo que hiciese, incluso en cuanto a los asuntos de Tracia, de modo que todo empezó a estar bajo el absoluto control de aquella mujer.

Porque Lisímaco admiraba tanto el espíritu de Arsinoe Beta que le dio permiso hasta para estar presente en los Consejos de Estado. Ella, después de todo, sabía leer y escribir, a diferencia de las dos primeras mujeres de Lisímaco. Tenía una vista de águila para los números. Conocía todas las medidas que se debían adoptar en una crisis de suministro de alimentos, una crisis del ejército, una crisis entre los esclavos de palacio. Sabía también cómo se debía administrar un ejército, y cómo sofocar una revuelta con gran velocidad. Lo sabía todo de la contratación de soldados en los mercados de mercenarios del Peloponeso. Realmente, no había nada que aquella joven no supiera del mantenimiento de una flota de *triereis* de gran velocidad.

A Arsinoe Beta le habían enseñado el arte de la supervivencia como esposa de un gran monarca, y no fue devuelta a casa por sus quejas, sino que sobrevivió, de modo que los regalos del agradecido rey de Tracia no cesaban. Llegó a poseer enormes riquezas propias.

Era Berenice quien había enseñado a su hija todos sus secretos, y le había enseñado tan bien que Arsinoe Beta era capaz de abrirse camino y obtener una posición de gran poder, de la cual no pudiera ser desalojada fácilmente.

Por encima de cualquier otra cosa, Lisímaco confiaba tanto en su esposa que cuando debía viajar más allá de las fronteras de su reino (para buscar alianzas con otros reinos, quizá, o si debía partir para luchar en una guerra), no era su *Dioiketes* quien se quedaba a cargo del gran sello del Estado, ni tampoco el jefe de los servicios armados, ni tampoco su hijo y heredero, el príncipe Agatocles, sino la propia reina Arsinoe Beta.

No, la esposa no decepcionó a su marido en nada, ni una sola vez, nunca.

* * *

El rey Lisímaco había enterrado por un motivo u otro a quince de sus hijos. Cuando Arsinoe Beta dio a luz a tres saludables hijos en otros tantos años, rápidamente otorgó a su esposa los feudos de tres grandes ciudades, como señal de su profundo reconocimiento.

Así que ella obtuvo Éfeso para su propio disfrute con el nacimiento de su primer hijo varón, a quien insistió en poner el nombre de Ptolomeo, como su padre. Esa ciudad la había planificado el propio Lisímaco, pero ahora era la ciudad de Arsinoe, y podía usarla como quisiera. Quizá, le dijo él, pudiera usar los ingresos y tributos anuales que producía el lugar para comprarse zapatos nuevos. Pero Arsinoe lanzó una de sus secas risas. Ella prefería ahorrar aquellos ingresos para su propia casa del tesoro. Ya tenía suficientes zapatos. No le interesaba adquirir más, y solamente pedía que la ciudad fuese rebautizada como Arsinoea en su honor, así que se hizo como ella pedía.

Éfeso-Arsinoea era una ciudad construida encima de un pantano, y por tanto sometida a epidemias de la enfermedad de los temblores, de modo que, a decir verdad, ella no estalló precisamente un gozo salvaje por ser su propietaria. Cuando la visitó, los mosquitos le picaron tanto que casi se la comieron viva, y se vio obligada a dormir (aunque en un lecho de oro) bajo unas redes de pescadores, que eran la única manera conocida entonces de mantener a raya los insectos.

Sin embargo, había cosas que compensaban todas las picaduras de insecto, y no era la menor de ellas que pudiese acuñar monedas para su ciudad que llevaban en un lado su cara, con los ojos redondos y el rostro alargado y serio estampado en oro, un tributo que ni siquiera Berenice disfrutaba en Egipto.

En el ágora de Arsinoea, una estatua de mayor tamaño que el real de Arsinoe Beta resplandecía entre los puestos de los carniceros y pescadores desde la cúspide de una columna jónica dorada, y la estatua misma era de oro macizo, que brillaba en los días en que el sol decidía mostrarse.

Lisímaco regaló a su esposa otras cuatro ciudades que antes fueron propiedad de su esposa Amastris: la ciudad llamada Amastris, Tlos, Heracleia Pontica y también la ciudad de Casandrea, en el Quersoneso. Tales cosas compensaban en cierto modo el hecho de estar casada con un viejo con largos cabellos blancos, y había veces en que ella incluso se olvidaba por completo de Alejandría y Egipto y el Rayo que había dejado a sus espaldas.

Día tras día, Arsinoe Beta se levantaba con el insoportable hedor de pescado procedente del Helesponto. Casi en cada comida se le presentaba un nuevo plato de pescado. No había otra perspectiva desde el palacio de Lisímaco que la vista de la vacía bahía de Lisimaquia y el maloliente Helesponto, con sus barcos de pesca y sus pescadores, y la ocasional vista de la flota de su marido realizando sus maniobras en el agua. Antes de que pasara mucho tiempo, Arsinoe empezó a odiar los peces.

Odiaba también el asqueroso hedor que desprendía su marido, que se le contagiaba en las noches pegajosas, aquel olor de anciano del que había desaparecido ya el calor de la juventud, y cuyos ojos, antes brillantes, la miraban ahora con todo el aspecto de un pez frío y muerto.

De todos modos, como para compensar sus carencias físicas, Lisímaco le regalaba casi cada día oro en forma de anillos, collares y pendientes, en los cuales las figuras de Afrodita o Eros tenían un orgulloso lugar, y Eros ostentaba siempre el *iunx* o rueda mágica, que era un amuleto de amor destinado a despertar el deseo: objetos de exquisita manufactura que eran prendas de su amor por ella.

La verdad, sin embargo, era que Arsinoe Beta estaba tan ocupada con pensamientos y asuntos de hombres que no obtenía deleite alguno con las joyas de oro, sino que pensaba solamente en su valor monetario, y las escondía en sus cámaras privadas para el día en que pudiera conseguir los deseos de su corazón y abandonar Tracia y a aquel apestoso marido para siempre. Eros, pues, no despertó el amor de Arsinoe por Lisímaco a cambio del suyo. En absoluto. Ella sólo podía encontrar en su interior amor por su hijo, el hermoso Agatocles.

Una y otra vez le llegaban los regalos de Lisímaco: abanicos de oro, cetros de oro, brazaletes y tobilleras de oro, a menudo con la figura de Ares, dios de la Guerra, o Atenea, diosa de Todas las Artes. Casi todo lo que pertenecía a aquella joven estaba hecho de oro. Todos los presentes que recibía eran de oro macizo, o chapados en oro, o con joyas incrustadas o engarzadas, como si su marido fuese el mismísimo Midas.

Llegaría un tiempo en que Arsinoe Beta y toda la casa de Ptolomeo se sintiese hastiada de oro, cansada de riquezas, harta de aquel inacabable exceso, pero todavía no.

Oro. Por aquel entonces, Arsinoe Beta nunca tenía suficiente.

3.11
Rumores de felicidad

Habiéndose encargado ya de tres de sus seis hijas, y disfrutando casi por primera vez de la idea de una paz ininterrumpida, como resultado de sus alianzas, Ptolomeo volvió a dedicar sus pensamientos al arte de la paz con gran celo.

¿Qué debía hacer, pensaba, ahora que no tenía la necesidad de pensar siempre en la guerra?

Y en el corazón de Ptolomeo surgió en aquel momento una gran idea, que fue fundar un gran Templo de las Musas o *Museion*, que sería un palacio del pensamiento, un lugar poderoso de donde surgirían ideas nuevas, como contrapartida griega a la Casa de la Vida de los egipcios, que formaba parte de cada uno de los templos egipcios.

El propio Ptolomeo, ¿era acaso un hombre de grandes ideas? Pues no. Si era verdad que había sido alumno del gran Aristóteles, éste no había conseguido transmitirle un gran amor por la filosofía. A Ptolomeo le desagradaba el pensamiento abstracto. Prefería pensar en cosas concretas.

Su único gran pensamiento abstracto había sido la gloria que se consigue mediante la victoria en la batalla, una cosa que ya había logrado. Ptolomeo, en realidad, tenía toda la gloria que cualquier ser humano pudiese desear. Y sin embargo, habiendo obtenido esa gloria, tenía la sensación de que le faltaba algo en la lista de sus logros. Quizá fuese el recuerdo de Grecia, de Macedonia, de su hogar, y el sentimiento de que se hallaba en el lugar equivocado. O quizá, volviendo a lo anterior, era la idea de que su glorioso nombre no muriese sino que fuese recordado en Egipto para siempre.

Una solución era hacer que Alejandría fuese más griega que la mismísima Grecia y, por tanto, Ptolomeo hizo construir más columnas corintias, más teatros griegos, más templos, y envió despachos solicitando que vinieran más inmigrantes griegos para poblar aquella gran ciudad griega. Duplicó el número de barcos griegos que traían a Egipto ánforas llenas de vino griego, olivas griegas, quesos griegos de Macedonia.

Envió también un gran número de invitaciones a los hombres griegos de gran sabiduría, rogándoles que acudieran y residieran en Alejandría: hombres como Menandro, Estilpón de Megara, Estratón y Teofrasto, hombres que tendrían nuevas y maravillosas ideas griegas y harían famosa a Alejandría por su sabiduría griega. «Venid pronto», escribió. «Venid y pensad para Ptolomeo de Egipto...»

Y les ofrecía tantos dracmas que a aquellos estudiosos griegos les resultó difícil desdeñar su invitación.

Algunos hombres insistieron una vez más en que el Museion no fue idea de Ptolomeo, sino del brillante Demetrio de Falero, pero aunque no la hubiera tenido él, Ptolomeo pronto hizo suya aquella idea: una fundación en la cual los estudiosos griegos persiguieran el conocimiento y la civilización griegas, y estudiasen poesía griega, tragedia griega y comedia griega, para la mayor gloria del nombre de Ptolomeo.

Primero llegaron los planos de las edificaciones, al estilo griego, con frontones, patios y columnas griegas y una avenida pública con asientos donde los griegos podían tener conversaciones griegas, y un comedor comunitario donde los hombres de ciencia podían comer olivas griegas, queso griego y pan al estilo griego, y pensar, pensar sin cesar, sin verse perturbados por el tráfico de los carros y el rebuzno de los asnos en las calles, y donde no habría ni una sola esfinge ni columna lotiforme a la vista. Sí, sería un palacio del pensamiento creativo, o de la polémica creativa. Porque de esos debates, pensaba Ptolomeo, saldría algo bueno, seguro, ya que lo que mejor se les da a los griegos es precisamente discutir.

Algunos de los estudiosos de Ptolomeo llegaron a Alejandría por voluntad propia. A otros, Ptolomeo los halagó hasta tal punto que vinieron agradecidos por tanta atención. A otros los sacó furtivamente de las cortes de otros sucesores, de Pérgamo, de Macedonia, de Babilonia. Y se reía, porque ninguno de sus rivales tenía nada que se pudiese comparar a aquella nueva idea que había tenido. Se celebraron debidamente las ceremonias y sacrificios fundacionales, tanto animales como humanos, y el Templo de las Musas se inauguró por fin. Empezaron a fluir las ideas, y los estudiosos disfrutaron de alojamiento gratuito, salarios generosos e independencia intelectual (porque Ptolomeo no era un tirano, desde luego) y comida gratis, y asientos gratis en el teatro. A aquellos hombres se les proporcionó todo, todo lo necesario, sin cargo alguno, porque un estudioso no debe tener preocupaciones de naturaleza práctica que distraigan su mente de la elaboración de nuevas ideas.

Ptolomeo expresó entonces su deleite. Todo en el Museion era maravilloso, maravilloso y completamente griego.

Sí, Thot pregunta: ¿qué ideas tuvieron esos estudiosos griegos, los más sabios de todos los griegos, que trabajaban tanto en su pensamiento profesional, con todos los gastos pagados, en aquel Museion?

Al cabo de un mes Ptolomeo mandó a hacerles la pregunta, y la respuesta fue, al cabo: «No hay ninguna idea todavía. Ninguna idea significativa... Ninguna que valga la pena mencionar...». Ptolomeo, dijeron, debía esperar un poco más. Ptolomeo, dijeron, debía tener paciencia.

Mientras, los estudiosos discutían por el orden en el que se iban a sentar para cenar, discutían sobre quién debía tener cada habitación para dormir, sobre cuál de ellos debía hablar menos, sobre el orden en el que debían acudir, cuando fuesen convocados, ante su majestad.

Y así, mientras las discusiones iban en aumento, el Museion empezó a ser conocido por algunos como «La Pajarera», debido a los penetrantes graznidos que emergían de él, y porque las discusiones hacían mucho ruido, pero eran absurdas, porque la inacabable discusión de los sabios nunca llevaba a ninguna parte.

* * *

La Gran Biblioteca de Alejandría y el Museion al fin acabarían por ser excelentes instituciones, famosas para la posteridad, pero todas ellas empalidecían en comparación con el mayor de los proyectos de Ptolomeo: el Gran Faro de Alejandría.

¿Fue idea de Ptolomeo también? Quizá. Algunos lo creían así. Otros juraban que sólo Alejandro pudo haber pensado en una construcción tan grandiosa y tremenda, que fue el propio Alejandro quien vio que lo necesario para evitar que los barcos se estrellasen contra las rocas al entrar en el Gran Puerto de Alejandría era un gran faro.

Otros, los más aduladores, aseguraban que la primera idea del faro fue de Ptolomeo Soter, y otros más decían que fue Demetrio de Falero quien pensó en ello, porque en realidad a él se le ocurrió casi todo lo demás.

Fuese quien fuese el primero que pensó en el faro, no existe duda alguna de quién lo pagó: fue Sostratos, hijo de Dexífanes, quien lo pagó, y el nombre de Sostratos aparecería en grandes letras de plomo en un costado del faro, tan grandes que quizá la verdadera idea del faro fuese también idea de Sostratos.

Sostratos de Cnido era un hombre de enormes riquezas e influencia en Egipto, procedente de una familia que tenía carros de cuatro caballos, lujo que sólo los hombres más ricos podían permitirse. Se había hecho rico construyendo muchos barcos, tanto de guerra como mercantes, que navegaban río arriba y río abajo. Se enriqueció mucho más debido a la competencia de construcción de barcos entre los sucesores, en la cual Ptolomeo quiso superar a sus vecinos soñando con barcos cada vez más y más grandes, que necesitaban cientos y miles de remeros.

Los barcos de Sostratos a menudo se estrellaban contra las rocas al llegar a Alejandría, de modo que Sostratos era quien más se beneficiaría del faro. No perdía nada financiando aquel edificio, y en cambio ganaba muchísimo con su existencia. También era el propietario del Banco de Alejandría, de modo que concordaba a la perfección que pagase el faro de su propio peculio.

Desde luego, a Sostratos no le apasionaba la idea de pagar, porque como todos los ricos, prefería conservar su dinero a buen recaudo, pero era el único hombre en todo Egipto, aparte del propio Ptolomeo, que tenía los ochocientos talentos, o sea, cuatro millones ochocientos mil dracmas exactamente que los estudiosos del Museion, probando por primera vez su utilidad, calcularon que costaría la gigantesca estructura de tres plantas de altura que dominaría toda la ciudad y el puerto y sería recordada por los hombres de todas las épocas como una de las maravillas del mundo, mientras éste durase.

Sostratos esperaba que Ptolomeo dijese: «Egipto lo pagará». Había pensado que el faro sería financiado con los beneficios procedentes del aceite de oliva, de las últimas guerras sirias o del monopolio de Ptolomeo en la manufactura de papiros. Pero no, se sintió decepcionado. Se sintió obligado a regalar el faro a Ptolomeo como señal de su estima por el rey, como acto de homenaje a su majestad, y casi habría jurado que veía a Ptolomeo reírse de él por haber aceptado.

A pesar de ello, a Sostratos de Cnido le quedaban aún muchos dracmas. Su recompensa sería hacerse famoso para siempre, porque la fama del hombre que construyese tal maravilla sería una fama casi equivalente a la fama de un faraón.

No era lo que pretendía Sostratos en un principio, sin embargo, y siempre se dijo que la conmoción de gastar ochocientos talentos hizo que el cabello de Sostratos de Cnido se volviese blanco de la noche a la mañana, y que cada vez que su vista se posaba en el puerto, se ponía enfermo al pensar en el coste.

El faro se empezó de inmediato, porque lo bueno de ser rey y faraón y dios viviente era que cualquier idea que tenía Ptolomeo podía ponerse en práctica en cuanto se le ocurría. «*Ginestho*», dijo, «hagámoslo». Se colocaron unos cimientos a prueba de terremotos. Se declaró la guerra al mar rugiente. Las prisiones de Egipto se vaciaron, y cuadrillas de esclavos, carpinteros y albañiles empezaron a trabajar con esfuerzo, a pleno sol, a cientos y a miles. Algunos se burlaban, y decían que antes de que se pudiese encender la luz, el Gran Faro caería en el mar, pero se realizaron los adecuados sacrificios humanos, y se sacrificaron también toros negros como el azabache, con los cuernos dorados, y la primera piedra fue al fin colocada en posición por la mano del propio Ptolomeo.

El Heptastadion se convirtió en una procesión constante de burros y mulas, carros y carretas que llevaban piedras, escombros, andamios, mortero y todos los ingredientes necesarios para construir el más bello de todos los faros. Murió un primer albañil estrellado contra las rocas, y Ptolomeo se encogió de hombros y dijo:

–Todo lo que sucede es voluntad de los dioses.

A pesar del gran número de hombres trabajando en la obra, pasarían veinte años o más antes de que el faro quedase acabado y la gran luz pusiese fin a la oscuridad nocturna de la ciudad de Alejandría. El propio Ptolomeo temía no vivir para verlo, pero siempre animaba a sus trabajadores diciéndoles:

–Valdrá la pena esperar para verlo...

Y entonces sonreía y enseñaba los dientes, con aquella sonrisa suya antigua que era dos veces mayor que la media sonrisa de faraón de Egipto, más bien una sonrisa griega, como si hubiese olvidado por un momento las obligaciones y el deber, y pensase simplemente como piensa un griego, orgulloso de haber hecho algo mayor y mejor que cualquier otro hombre.

* * *

En aquella época más o menos el rey Ptolomeo puso su sello real de aprobación a un programa de conferencias públicas en el Museion, y ocurrió que la mayor multitud la congregó Hegesias de Cirene, un filósofo de la Escuela Cirenaica, cuyo tema era «la felicidad».

Corrieron rumores de que aquel Hegesias había hallado el verdadero secreto de la felicidad o al menos que iba a dar alguna pista erudita sobre la naturaleza de la felicidad, mediante la cual quizá se pudiese mejorar la felicidad de toda Alejandría. Pero el propio Hegesias no era un hombre feliz, y no dijo nada acerca de la felicidad, y sólo pudo hablar de ideas desafortunadas. El resultado fue que se ganó el sobrenombre de «Hegesias el Pesimista», porque, según dijo, «La felicidad es imposible». Dijo que el hombre sabio no debería empeñarse en ser feliz, sino simplemente en evitar la aflicción.

–La felicidad no se encuentra en ninguna parte –dijo–, y menos que en ninguna en la ciudad de Alejandría –y todos le aplaudieron cuando oyeron aquellas palabras, como si estuviesen de acuerdo con él.

Entre el público había muchos hombres jóvenes que pasaban el tiempo preparando hechizos con excremento de cocodrilo, como era la costumbre entre los egipcios, para obligar a alguna joven, o incluso a algún joven, a ceder a sus avances. También oyeron a Hegesias muchos que desesperaban de prosperar bajo el rey Ptolomeo, cuyo nivel de impuestos sobre todas las mercancías era tan elevado que era duro para todos, excepto para algunos como Sostratos, hacerse rico.

Por tanto, había mucha infelicidad en la ciudad, pero no pasó mucho tiempo desde la charla de Hegesias cuando llegó la primera víctima de la felicidad: un joven llamado Andrónico, que se arrojó desde su *trieres* al puerto de Eunosto, el Puerto de los Felices Regresos, dejando una nota que decía: «Sólo un hombre muerto es un hombre feliz».

Siguieron más muertes. Algunos no se cayeron, sino que se tiraron deliberadamente del primer e inacabado piso del faro, y se reventaron los sesos en las rocas de la isla del faro. Los cuerpos fueron arrojados por la marea a las playas del este y el oeste de Alejandría, con las caras medio comidas por los peces. Otros se adentraron en el río con rocas atadas al cuello, y se convirtieron, según la idea egipcia, en dioses al instante.

Para los griegos, que odian la cobardía más que ninguna otra cosa, el suicidio es la forma más extrema de cobardía posible. Un griego tiene que ser valiente, un guerrero, no un cobarde.

Pero Hegesias seguía dando su curso sobre pesimismo práctico, con tal éxito que decían que había descendido la cantidad de Felicidad en todo Egipto. Entonces empezaron a darle empujones, y silbarle, y arrojarle fruta podrida cuando caminaba por el ágora, y le llamaban Hegesias *Peisithanatos*, el que Persuade para la Muerte.

Al final se daban tantos suicidios que Ptolomeo suspendió las clases de Hegesias y le desterró de Egipto con deshonor. Para intentar equilibrar de nuevo la balanza, Ptolomeo declaró días festivos extras y dijo: «No hay nada malo en ser feliz». Pero al mismo tiempo que lo decía, Ptolomeo sabía, como sabe todo griego, que trae mala suerte ser demasiado feliz. Tener demasiado éxito es tentar al Destino, porque los dioses de Grecia siempre están celosos del hombre feliz o afortunado.

Todo ello, por supuesto, presuponía que los dioses tenían una opinión, pero había hombres en Alejandría que pensaban que los dioses de Grecia contaban muy poco. Entre ellos el principal era Teodoro, que enseñaba que no había dioses, que todo el panteón griego no era más que una mentira y un mito. A pesar de que el nombre de aquel hombre significaba Regalo de Dios, Teodoro se ganó el sobrenombre del Ateo, y estuvo de acuerdo con Estratón de Lampsaco en que todo lo que ocurre tiene un motivo físico, y que ningún dios tiene nada que ver en absoluto con ello.

Teodoro, sin embargo, no fue desterrado por sus enseñanzas ni apartado de la corte de Ptolomeo. Prueba, quizá, de que ni siquiera al propio Ptolomeo le importaban demasiado los dioses de su propio país.

Una vez que Hegesias dejó la ciudad, cesó al menos la avalancha de suicidios y el nivel de felicidad en Alejandría, si es que había alguna, volvió a ser normal.

Ptolomeo dijo que era feliz. Se cree que dijo:

–Somos muy felices. Nuestra familia es una familia feliz. –Y decía esto una y otra vez, adondequiera que iba, y con quienquiera que hablaba–. Queremos que todo el mundo sea feliz –insistía–. No existe razón alguna para la infelicidad –repetía–. Todo se hace para bien.

Pero resultó que lo que deparaba el futuro a su propia familia no era la felicidad, sino más bien la infelicidad, en aquella ocasión para Ptolemais, la hija más joven de Eurídice.

3.12
Al modo griego

Ptolomeo se asomó a la Ventana de las Apariciones en Menfis, pensando en lo que haría durante aquel año de paz, si es que al fin se podía dar la paz en el mundo griego, porque ahora sólo quedaba un bando que le era hostil y éste era el de Demetrio Poliorcetes, su antiguo enemigo. ¿Cómo conseguir hacer las paces con Demetrio, cuyo mayor deleite era la guerra, y la prolongación de la guerra, y pelear por el simple gusto de pelear?

Fue una carta de Seleuco de Siria la que le recordó su antiguo plan para tramar un matrimonio entre una de las hijas de Ptolomeo y Demetrio, y ocurrió que le quedaba una hija que ya estaba madura para el matrimonio, y era Ptolemais. Ptolomeo la miraba una y otra vez, pensando en sus dos pechos bajo el *peplos*, creciendo como dos pastelitos redondos de miel en el horno que era su residencia. Si se podía sellar tal alianza, pensaba, quizá tuvieran paz para siempre.

Ptolomeo envió por tanto a sus embajadores con órdenes de sugerir una alianza de paz que se realizaría mediante el matrimonio con Ptolemais, y Demetrio, dijeron, mostró algún interés, aunque no dejó de pulir su armadura mientras celebraban la entrevista. La propia Ptolemais dejó bien claro a su padre que sería feliz, muy feliz, con aquel arreglo, si éste significaba la paz y la mayor gloria de Egipto, y, por supuesto, de la casa de Ptolomeo, porque había oído hablar de Demetrio y pensaba incluso que le había visto una vez en acción. Y por tanto se prepararon los papiros y se despacharon para su firma allí donde se hallaba acampado Demetrio con sus máquinas de guerra, sus lanzadores de pernos y sus catapultas, y su última Helépolis, y sus arietes y sus millares de soldados, y parecía que se iba a sellar la alianza.

Por una razón u otra, sin embargo (aunque Thot sabe muy bien por qué), aquel poderoso Demetrio, que se creía a sí mismo casi igual a los dioses en sabiduría, declaró entonces que no estaba realmente preparado para casarse con Ptolemais, quizá porque ya tenía dos esposas más y un hijo mayor, que heredaría su reino, llamado Antígono Gónatas, o Patizambo, y consiguió escabullirse y no dar un día concreto, ni el mes, ni el año siquiera en que se sentiría complacido con que tuviese lugar aquel nuevo matrimonio.

Tenía que ganar algunas batallas, dijo Demetrio, y cosas que arreglar, y el hecho era que, justo entonces, aunque tenía el dominio y control del Gran Mar, no tenía reino alguno a su nombre, y debía conseguir un reino para sí, antes de comprometerse a tomar otra mujer.

Para compensar el retraso y hacer bien patente la seriedad de sus intenciones, Demetrio envió a un joven compañero, Pirro, ex rey de Epeiro, de la Grecia continental, como rehén a Egipto. Y lo más curioso de todo es que Pirro (cuyo nombre, debido al llamativo color de su cabello, significaba «pelirrojo») tuvo un éxito tremendo en Egipto, porque era mucho más guapo, bien educado y encantador que ninguno de los cortesanos de Alejandría, y se hizo amigo no sólo del docto Micros, sino del insoportable y difícil Keraunos, que permanecía en la corte de su padre esperando a ver qué sería de él, porque su padre no se decidía a desterrarle.

Pirro era amigo de todo el mundo, e incluso se hizo amigo personal del propio Ptolomeo Soter, que admiraba a Pirro por su buen carácter y por el hecho de que realmente no le importaba que le ganasen a los dados o a las tabas, o a las damas, o a ningún juego, y también porque no tenía miedo alguno de hacer reír a Ptolomeo, y le gustaba hacer bromas, y porque tenía la cosa más rara que se haya visto jamás en un griego: un excelente sentido del humor.

Pirro también gozaba de gran favor con la reina Berenice, que le trataba casi como a un hijo más, y llegó a tal nivel en la apreciación real que cuando se sugirió que sería un marido muy adecuado para Antigone, hija de Berenice, ella dio su consentimiento con gran generosidad, y Pirro y Antigone se comprometieron.

Los términos y condiciones del contrato de matrimonio eran, por supuesto, que Pirro debía cambiar su lealtad de Demetrio Poliorcetes a Ptolomeo, porque no existía posibilidad alguna de que Pirro se casase con una hijastra de Ptolomeo y continuase apoyando al mismo tiempo al gran enemigo de Ptolomeo.

Así empezó la alianza entre Ptolomeo y Pirro, a quien se declaró libre y ya no rehén de nadie, y se concedió una dote de gran valor para mantener a Antigone con el estilo correspondiente a una esposa que era princesa de Egipto en todo menos en nombre.

Y resultó que Antigone ya era madre y llevaba diez años en la tumba cuando su media hermana Ptolemais consiguió unirse al famoso y escurridizo Demetrio Poliorcetes.

* * *

Antigone se casó, por tanto, y se fue a vivir a Epeiro como reina, y a Pirro se le restituyó su reino, pero Ptolemais seguía sin estar casada con nadie. Ptolemais se quedó en su casa de Alejandría, esperando, y dedicó sus días a tejer tapices y a coser el ajuar que necesitaría como esposa de un marido real. Juró que había visto al más hermoso de los hombres una sola vez, años atrás, cuando tenía diez años, en la batalla naval de Salamina, en Chipre, y aunque sólo le había visto en la distancia, y había nubes bajas, y los fuegos ardían sobre el agua, y había humo, y mala mar, Demetrio le había parecido, según decía Ptolemais, un hombre que tenía todo lo que una joven puede desear en cuanto a inteligencia y belleza, el tipo de hombre con el que una joven como Ptolemais soñaría. Pero aunque el nombre de aquel hombre ahora llenaba todas las horas de sueño de Ptolemais, y estaba en sus labios de sol a sol, de modo que sus doncellas empezaron a cansarse de oírla hablar de aquel hombre a quien no conocía, Ptolemais, en realidad, había olvidado hacía mucho tiempo qué aspecto tenía.

Pasaron doce meses completos, durante los cuales Ptolemais no dejó de sonreír, pero Demetrio no envió a buscar a su prometida, y aunque a ella le enviaban dos veces al día la lista de los barcos extranjeros que llegaban al Gran Puerto, no había barco alguno que le trajese noticias de Demetrio.

Mientras, Ptolemais guardaba sus pertenencias en un baúl de viaje, en previsión del día que tuviese que navegar hacia Grecia para convertirse en esposa de aquel hombre. Ptolemais esperaba con paciencia, y luego con impaciencia. Pero cuando al final, desesperada, envió una consulta al Oráculo de Zeus-Amón en Libia para saber cuántos días debía esperar todavía, el oráculo le contestó con una sola palabra, sí, una sola: «Años».

* * *

De vez en cuando llegaba una carta de Siracusa en Sicilia hablando del feliz matrimonio de Teoxena y su tirano marido. Agatocles, según contaba ella, daba todos los signos de amarla con ternura, y Teoxena decía que a su vez adoraba a Agatocles. La carrera del tirano como *kinaidos* habitual parecía haber terminado, y al cabo de dos años de partir, Teoxena informó del nacimiento de dos hermosos hijos, llamados Arcagatos y Agatarcos, que crecerían, según pensaba ella, y compartirían el gobierno de Siracusa entre ellos, si no toda la isla de Sicilia.

Algunos señalaban que el éxito del matrimonio de Teoxena se debía a que en Alejandría había recibido la educación de un chico, porque no había pasado la niñez sin hacer nada más que coser y tejer, sino que, como todas las hijas de Soter, se había sentado a los pies de los tutores de sus hermanos y había aprendido mucho de estrategia y táctica y cómo defender una ciudad contra un asedio, mientras los chicos bostezaban y aplastaban las cucarachas color naranja, o soñaban con *aphrodisia.* Como resultado, Teoxena también pensaba como un hombre. Lo sabía prácticamente todo acerca de la guerra, acerca de contratar soldados, de alianzas y de manufacturas de armas y armaduras. Ese tipo de esposa sería de la mayor utilidad para un hombre como el tirano de Siracusa, y quizá los conocimientos militares de la joven eran el motivo de que su matrimonio floreciese.

En el intenso calor de Sicilia, Teoxena encontró que era mucho más cómodo llevar el cabello corto, como un muchacho. De modo que se dejó crecer el cabello hasta que lo tuvo muy largo y entonces se lo hizo cortar, para tejerlo y formar las resistentes cuerdas que disparaban las máquinas de asedio de su marido, y al hacerlo dio un gran ejemplo a las mujeres de Siracusa, que hicieron otro tanto.

Teoxena no tenía la carne redondeada como la mayoría de las mujeres griegas, porque comía como un pajarillo, y era delgada como un galgo. En resumen, Teoxena era en gran medida como un chico, y quizá por eso Agatocles la quería tanto, y por eso su matrimonio fue un gran éxito. Pero al mismo tiempo, aunque Teoxena estaba encantada, también se sentía preocupada, porque el oráculo al que consultó le dijo que su matrimonio estaba destinado a durar solamente doce años.

Teoxena había recibido una completa instrucción en matemáticas, y calculó el número exacto de días y noches que restaban de su vida en Sicilia, y el número de días resultó de cuatro mil trescientos ochenta.

Rascó ese número de rayitas en la pared de su dormitorio y fue tachando los días y las noches a medida que pasaban, viviendo el momento mientras podía, según los principios de su real padre, pero pensando siempre en el futuro... su futuro, que estaba destinado a terminar mucho antes de lo que ella hubiese deseado. Y mientras tanto, no le dijo una sola palabra a Agatocles, el tirano, de lo que le había revelado el oráculo, por si la despedía, y le dijo que las rayitas de las paredes eran simplemente el cálculo del calendario anual según los egipcios.

* * *

Seis años después de la batalla de Ipsos, Ptolomeo recuperó el control de la isla de Chipre, que llevaba diez años bajo el gobierno de Antígono el Tuerto, y hubo gran regocijo en Alejandría.

Este hecho tan notable ocurrió mediante la derrota de las fuerzas del famoso Demetrio Poliorcetes, hijo del Tuerto, en cuya batalla la defensa contra el rey Ptolomeo fue dirigida con gran energía por la valiente Fila, esposa de Demetrio. Esta Fila era hija del viejo Antipatro, y hermana por tanto de la primera esposa de Ptolomeo, Eurídice, es decir, cuñada suya, y fue ella quien se vio obligada a izar la bandera blanca de la rendición en Salamina con su propia mano.

Una vez más, Ptolomeo correspondió a la caballerosa conducta que había mostrado Demetrio diez años antes y envió a Fila y sus hijos a casa en Pella, en Macedonia, cargados de regalos y de todas las cosas bellas de Egipto, a pesar de que íntimamente pensaba que le habría encantado cortar a pedacitos a Demetrio y a toda su familia. Pero no, la amabilidad de Ptolomeo fue la que ganó.

–No somos bárbaros –dijo–. No cortamos las orejas a la gente, ni la nariz, como hacen los bárbaros. Estas gentes fueron nuestros amigos antes... Quizá vuelvan a serlo en el futuro... Fila, después de todo, es la hermana de nuestra esposa...

Eurídice, recluida en casa en Alejandría, intentaba desesperadamente no decantarse a favor de Fila, su hermana, ni de Demetrio, su cuñado, ni siquiera de su marido. No, Eurídice se esforzaba mucho por desinteresarse del resultado de la guerra con Chipre, y de lo que hiciera o no su marido en ella. A decir verdad, no le preocupaba en absoluto si Ptolomeo ganaba o perdía Chipre, y quizás ése era el mayor problema que tenía aquella mujer: no le preocupaba nada, en realidad, mientras que Berenice se preocupaba por todo lo que preocupaba a Ptolomeo, y le apoyaba en todas sus dificultades.

Ptolomeo sabía, sin embargo, en lo más profundo de su corazón, lo que pensaba Eurídice de verdad, y qué partido era el que apoyaba en la batalla por Chipre. Y ésa era una razón más para rechazar a aquella esposa que en sus más íntimos y secretos pensamientos rogaba a Zeus y a todos los dioses de la Hélade por la derrota de su propio marido. Y tenía razón. Eurídice quería que Ptolomeo conociera la derrota, para darle una lección por haberse casado con Berenice, su «tía», prefiriéndola a ella.

* * *

Cuando se celebró el octavo aniversario de la coronación de Ptolomeo Soter, con gran procesión de sacerdotes y un desfile del ejército entero por las calles de Menfis, y pan gratis y *booza* para los nativos, y se oía el cántico de *Ptlumis, Ptlumis, Ptlumis* en las calles, llevaba ya dos años Demetrio Poliorcetes sin mandar a buscar a Ptolemais para que se convirtiera en esposa suya, y todavía quería hacer la guerra con su padre.

Ptolemais, por aquel entonces, ya no era una muchachita, sino una mujer joven, con los pechos como sandías maduras y de varios dedos más de altura que los tres dedos reglamentarios, y estaba madura y más que madura para el matrimonio, que sin embargo no tenía lugar. En los días abrasadores y sin aire de

Menfis, o en los días fríos y grises del invierno, pero sobre todo cuando la tormenta de arena se abatía sobre Egipto como una gigantesca manta amarilla, la desesperación se apoderaba de aquella hija de Ptolomeo y las lágrimas fluían por su rostro, y lloriqueaba y gemía diciendo que Demetrio nunca enviaría a buscarla, que había sido engañada y que si no se casaba pronto, se colgaría con su propio cinturón, porque no podía soportar esperarle mucho tiempo más.

Las doncellas de Ptolemais hacían lo que podían para consolarla, y apremiaban a Eurídice, su madre, para que le pidiera a Berenice que le pidiera a Ptolomeo que enviase su *trieres* más rápida a Demetrio para averiguar si en realidad pensaba convertir a aquella mujer en esposa suya, si sus intenciones eran totalmente honorables. Al final llegó la respuesta de que sí, desde luego, él deseaba casarse con Ptolemais, pero que ella debía esperar un poco más, y preguntó qué edad tenía ella, y una descripción de su aspecto, como si se hubiese olvidado por completo de todo lo relacionado con ella.

Y de ese modo Ptolemais, la prometida, volvió a su costura y a contar los días desperdiciados de su vida, y empezó a marcar unas rayas en las paredes de su habitación y a contar los días que Demetrio la tenía esperando.

* * *

Mientras su hermana Arsinoe Beta navegaba hacia Tracia, Ptolomeo Keraunos permanecía todavía en Egipto, ni desheredado ni habiendo recuperado todo el favor de su padre, y ambas partes se vigilaban intensamente, como dos perros que se han peleado, y se preguntaban si debían pelearse de nuevo o no y, en realidad, aguardaban a ver qué ocurría. Y Ptolomeo esperaba y observaba, y esperaba, a ver si el carácter de su hijo cambiaba y mejoraba o empeoraba.

Keraunos pulía su armadura y afilaba su espada, pero aparte de su entrenamiento diario con los ejércitos de Egipto en la arenosa llanura junto a Menfis, o sus cabalgaduras con las tropas montadas a lo largo de las playas de Alejandría y, por supuesto, sus ejercicios físicos en el *gymnasion*, que mantenían su cuerpo como una estatua griega, no tenía ninguna otra ocupación. Ptolomeo Keraunos, de hecho, no tenía nada que hacer salvo esperar que su real padre muriese, para poder ser rey en su lugar.

¿Y acaso mejoró algo mientras tanto el carácter de Keraunos? No, en absoluto. Llegaban noticias de diversas atrocidades, y el rey Ptolomeo las escuchaba y no decía nada, y seguía observando, vigilando y observando. Ir a cualquier lugar cercano a las pirámides de Menfis después de oscurecer era un acto de provocación, que atraería con toda seguridad hacia el intruso la ira de los faraones muertos. Un hombre con sentido común evitaría las tumbas por la noche, cuando los espíritus de los muertos caminan y salen a disfrutar el aire fresco. Pero a Ptolomeo Keraunos, el Rayo, le deleitaba y le complacía galopar con su caballo en torno a las pirámides después de oscurecer, lanzando el grito de batalla de Macedonia. Y cuando se cansaba de galopar, paraba e irrumpía en las tumbas de los sacerdotes de Menfis que yacían bajo la meseta desértica, mirando a ver qué podía robar allí.

El sumo sacerdote de Menfis advirtió a Keraunos que no lo hiciese, pero Keraunos era un joven a quien le gustaba desoír las advertencias. Pensaba bajar a las tumbas si le apetecía, y buscar tesoros. Realmente, no le gustaba nada hacer lo que le decían.

Las palabras de Thot no son ningún secreto: «Aquél que viole una tumba, acabará con el cuello roto como el cuello de un pájaro».

Aun así, a pesar de los muchos errores que cometía Keraunos, todavía no había perdido su lugar en el favor de su padre. Ni siquiera entonces le era negado nada de lo que pedía aquel joven. A pesar de sus defectos, era admirado y contemplado por su fortaleza física y su belleza. Ni siquiera para su padre Ptolomeo Keraunos podía hacer nada malo. Seguía estando marcado entre todos los hijos de Soter como el muchacho que debía ser faraón.

3.13
Amor y locura

Ptolemais, hija del rey Ptolomeo, celebró su vigésimo quinto cumpleaños sin sonrisas, porque ya habían pasado, según sus cálculos, mil cuatrocientos sesenta días desde su compromiso con Demetrio, el Sitiador, y éste aún no había enviado a buscarla para convertirla en su esposa.

La desesperación de Ptolemais se hizo mucho peor aún, si cabe, y se le ocurrió que a su edad, muchas mujeres habían dado a luz ya a nueve o diez hijos, y habían bajado al Hades desde hacía largo tiempo.

Empezó a realizar el sacrificio diario de un ganso a Afrodita, la que Trae la Felicidad a los Desposados, y de alguna forma consiguió mantener viva su esperanza. Hacía uso regular del remedio para la piel perfecta hecho a base de cebollas egipcias y nabos salvajes, para asegurarse, por mucho que esperase a su marido, tener todavía un aspecto joven, aunque ya no lo fuera. Pensó también que su pelo se volvería gris antes de convertirse en esposa y madre, y de vez en cuando se ponía tan furiosa que rompía los platos en el suelo de mosaico.

* * *

Después de cuatro años de matrimonio, Teoxena calculó que no le quedaban más que dos mil novecientos veinte días de vida junto a su esposo, y seguía sin saber si la que estaba destinada a morir era ella o su tirano, o si sencillamente él se cansaría de ella al cabo de doce años y se divorciaría. Pero Teoxena tenía demasiado sentido común para preguntarle a Agatocles si le gustaba ella o no, por si él decía que *no* y la hacía abandonar Sicilia de inmediato.

¿Y qué hacía Teoxena? Pues no podía hacer otra cosa que ir tachando los días que le quedaban, uno tras otro, e intentar olvidar que el fin de su matrimonio estaba ya predestinado. Teoxena hizo todo lo posible por vivir el presente, el ahora, según la filosofía de su padre, y fingir que el futuro no existía.

* * *

Si Ptolemais y Teoxena parecían haber atraído sobre su cabeza toda la mala suerte del mundo, ¿qué podríamos decir de Arsinoe Beta, su media hermana, en Tracia? ¿Qué noticias llegaban de Lisimaquia?

De vez en cuando, Arsinoe Beta acercaba su pluma de junco al papiro y escribía a Egipto. Tres veces escribió para relatarles el nacimiento de un hijo sano; tres veces hubo gran regocijo en Alejandría por el nacimiento de otro nuevo nieto del rey Ptolomeo, y las noticias eran buenas, pero la verdad, que nunca contó a su familia de Egipto, es que no todo iba bien en la vida de Arsinoe Beta.

Sí, el verdadero problema de Arsinoe Beta era Agatocles, el otro Agatocles, el príncipe de Tracia. Arsinoe Beta estaba todavía en llamas. Arsinoe Beta ardía de amor por Agatocles, y le ponía los ojos lánguidos, y le dirigía miradas ardientes a aquel joven todos los días, un día tras otro.

En sus momentos de ocio, sentada en la semioscuridad del *gynaikeion*, Arsinoe Beta escribía en su tableta de cera algunas palabras como éstas:

Amo a Agatocles
Contemplo a Agatocles
Estoy loca por Agatocles

Notaba que ardía hasta convertirse en cenizas por amor hacia aquel joven, y sin embargo, no podía contarle a nadie todo aquello. Y en cuanto al propio Agatocles, en aquel momento no tenía ni idea de que su madrastra albergase aquellos sentimientos hacia él, y raramente hablaba más de dos palabras seguidas con Arsinoe Beta, excepto para saludarla cuando pasaba junto a ella por los pasillos del palacio de su padre.

Pero cuando tuvieron ocasión de hablar, Arsinoe Beta empezó a dirigirse a Agatocles con voz suave, pensando en hacerle saber sus sentimientos hacia el hombre a quien consideraba su amante. ¿Qué hizo entonces Agatocles? Pareció no darse por aludido.

Agatocles, con su rubio cabello, sus ojos azules como *sappheiros*, sus fuertes tendones y sus anchos hombros, con aquel pecho varonil y aquella belleza imposible... todo aquello empezó a volver loca a Arsinoe Beta, porque aquel muchacho estaba en el apogeo de su poderío físico, y en realidad su carne dorada parecía fundirse bajo la ardiente mirada de su madrastra, que se sentía anonadada por la belleza de aquel cuerpo y por la dulzura y la nobleza de su carácter, pensando que el joven era bello como los dioses, como un joven Apolo.

Arsinoe Beta estaba enamorada. ¿Qué podía hacer? Sabía, desde luego, que los requerimientos griegos para cualquier actividad eran que existiera un equilibrio sano, pero ella había perdido su equilibrio. El amor era locura, Arsinoe Beta no estaba en su sano juicio, y las cosas iban a empeorar aún más para ella.

¿Qué podía hacer? La única respuesta a sus preocupaciones era olvidar (o intentar olvidar, al menos) a Agatocles enfrascándose en los asuntos de Estado, dejando los asuntos del corazón, porque sólo cuando ella dedicaba sus pensamientos a la guerra, a la defensa, a la construcción de buques de guerra, a la contratación de soldados o al aprovisionamiento de los ejércitos de Tracia podía dar alguna pausa a sus lujuriosos pensamientos acerca de su hijastro.

Aun así, Arsinoe Beta no podía ahogar su pasión, y su preocupación no cesó, y siguió sin saber qué hacer con todo aquello. Esa mujer, la más fuerte de las mujeres, sufría en silencio, y en silencio vertía grandes ríos de lágrimas femeninas, y mientras tanto, Agatocles el Hermoso no sabía nada de todo aquello, nada de lo que ella sentía por él.

Cierto es que en Lisimaquia, en el Helesponto, Arsinoe Beta tenía todas las cosas buenas que pudiese desear. Lo único que faltaba a la reina de Tracia era precisamente lo único que no podía tener: amor... un amor correspondido en un grado igual al que ella profesaba, y el amor de su marido, el rey Lisímaco, que sí amaba a su mujer, no servía, porque ella no podía amarle a cambio.

Ah, sí, el amor era lo único que deseaba verdaderamente Arsinoe Beta, y lo único que nunca tuvo.

Seis años después de que Arsinoe Beta navegase hacia Tracia, y cuando ya era madre de tres hijos, Lisímaco envió a Agatocles, su hijo y heredero, a las tierras del norte con un ejército y con órdenes de derrotar a aquella feroz tribu denominada de los getas, cuyo líder era Dromicaite, y que luchaban completamente desnudos y con un collar de oro al cuello, y con el cabello completamente erizado como púas. «Como unos sátiros», como decían los griegos.

Agatocles tenía entonces unos veinticuatro años, y era su primera campaña militar con mando absoluto. Su ejército desfiló por las calles de Lisimaquia, ya hermosamente pavimentadas, y fue saludado con vítores a su paso por el pueblo, que confiaba en una rápida y gloriosa victoria sobre los bárbaros. La propia Arsinoe Beta contempló a Agatocles que se alejaba galopando hacia la batalla a la cabeza de sus tropas desde su alta ventana, y cuando sus doncellas le preguntaron qué le pasaba, por qué estaba tan angustiada, ella dijo:

–No, no lloro, es que se me ha metido polvo en el ojo, el polvo de las botas de los soldados que marchan...

Pero Arsinoe Beta pensaba en realidad: «¿Cuándo volveré a ver a Agatocles?». Y notaba el corazón endurecido en el pecho, como un trozo de plomo.

A continuación hubo un largo silencio desde la zona de guerra, la usual falta de noticias del frente, y a lo largo de muchos días, la incertidumbre hizo que Arsinoe Beta casi dejase de comer cualquier otra cosa que no fuesen las uñas, y se arrancaba mechones de su famoso y bello cabello rubio, y se despertaba lanzando alaridos de madrugada, porque había visto los buitres dando vueltas en torno a Agatocles en sueños.

Al final, el heraldo de costumbre, ensangrentado y lleno de vendajes, llegó tambaleándose a Lisimaquia desde la dirección del río Istros, donde se suponía que había partido el ejército de Agatocles, y trajo la noticia de que el príncipe había sido derrotado en la batalla contra los bárbaros, y hecho prisionero de guerra por aquel mismísimo Dromicaite a quien se había enviado a sojuzgar, y que se pedía un rescate de miles de talentos por la cabeza del joven, una cantidad igual al producto nacional bruto del reino de Tracia durante diez años.

Arsinoe Beta, no demasiado masculina en esos momentos, corrió a sus dependencias privadas para morder su almohada y así ahogar el ruido espantoso de sus sollozos, porque pensaba que ya no volvería a ver nunca más a Agatocles.

Pero aunque ofreció los sacrificios más descabellados a los dioses de Grecia, e hizo todo lo que estaba en su poder para convencer a Lisímaco de que pagase el rescate, el avaro rey se negó a entregar ni un solo hemióbolo a los getas, y le dijo a su esposa que sus sacrificios eran, así como una pérdida de dinero, una pérdida de tiempo, porque los dioses de Grecia habían dejado de ser útiles hacía muchos años.

Pasaron setecientos treinta días, durante los cuales los getas enviaron cada vez unos requerimientos más insistentes para que se les pagara el dinero del rescate, pero Lisímaco dijo que no sabía cómo recaudar una cantidad tan astronómica y que Tracia realmente no se podía permitir el rescate de Agatocles.

Si Arsinoe Beta se hubiese podido resignar allí, en aquel mismo momento, al hecho de perder a Agatocles, uno de sus propios hijos podría haber sido rey de Tracia después de la muerte de su marido, y la historia del mundo habría sido distinta, pero Arsinoe Beta no pensaba en aquellos momentos en nada más que en Agatocles, y rogó a Lisímaco que enviase el dinero, o al menos algún pago a cuenta, o al menos que hiciese algo, y le chilló y suplicó, ofreciéndose incluso a poner una cuarta parte del rescate de su propio bolsillo, porque sólo pensar en perder de vista a Agatocles, prisionero para siempre, o en Agatocles muerto, era más de lo que podía soportar, a pesar de su corazón de hierro.

Sólo cuando, después de mucho enfurruñamiento y tozudez, al fin retiró sus favores en el lecho y no permitió que Lisímaco se le acercase durante treinta noches seguidas, consiguió que el rey accediera a enfrentarse en persona, aunque era ya anciano, a los bárbaros, y se dirigió a través del río Istros con un gran ejército proponiéndose dar a los getas una lección que nunca olvidasen.

Pero fueron los getas los que dieron la lección a Lisímaco, porque le cogieron prisionero también, de modo que sufrió el mismo destino que su hijo y se convirtió en rehén personal de Dromicaite, un hombre a quien Lisímaco despreciaba y había desdeñado en el pasado como primitivo, feroz y carente totalmente de las habilidades militares de un griego, porque Dromicaite era un hombre que se vestía con pieles, nada menos, y merecía todo su desprecio.

En Lisimaquia, Arsinoe Beta tuvo ocasión entonces de chillar un poco más, pero se había quedado ella sola a cargo del reino de su marido, de modo que al menos podía hacer algo para rescatar a su familia. Aun así, las cosas pintaban mal, muy mal para Arsinoe Beta, porque todo el ejército de Tracia había sido capturado junto con el rey.

Arsinoe Beta pensaba que tal cadena de desastres no habría ocurrido si ella misma se hubiese hallado presente. Despachó mensajeros, enviados, embajadores, exploradores y espías. Clavó unas chinchetas de bronce en los mapas para ver dónde podían encontrarse prisioneros su marido y su hijastro, y estaba a punto de salir en persona y recorrer el camino hacia el norte, y Thot sabe que habría tenido éxito a la hora de recuperar a los prisioneros, porque aquella reina era astuta como un zorro, y taimada como una raposa.

¿Qué ocurrió, entonces? Los salvajes desnudos clamaban que Lisímaco y su hijo debían ser conducidos ante ellos y recibir su castigo, es decir, la muerte, pero Dromicaite los sorprendió a todos invitando a padre e hijo a un espléndido festín, y en lugar de matarlos, los trató con exagerada cortesía. Y Dromicaite dijo que no, que no iba a permitir que el viejo Lisímaco tuviese el control del territorio que deseaba, ni entonces ni nunca, y envió a aquellos dos prisioneros de vuelta a casa a Lisimaquia humillados y habiendo quedado como unos idiotas.

La liberación del rey de Tracia se convino sólo cuando Arsinoe Beta prometió pagar el rescate por Agatocles y formar una alianza con los getas que se llevaría a cabo mediante el matrimonio del propio Dromicaite con la hija menor de Lisímaco. Desde luego, dar en matrimonio a una hija del rey de Tracia a un bárbaro era una desgracia terrible para su casa, pero Lisímaco no podía hacer otra cosa que acceder, y Arsinoe Beta se sintió muy complacida de librarse de una de las mujeres de Lisímaco, que se amontonaban en su *gynaikeion* y se metían en su camino. Arsinoe Beta, que en otras circunstancias habría condenado la idea de un matrimonio bárbaro, dio su consentimiento, apremiando a su marido a que aceptase todas las condiciones, porque eso significaría que podría tener a su amado Agatocles en un lugar donde poder contemplar su rostro.

Sí, en ausencia de su marido, en el territorio que se encontraba más allá del río Istros, fue Arsinoe Beta quien se encargó de todas las tareas de Estado en Tracia. Mientras él seguía prisionero entre los bárbaros, Arsinoe Beta probó la sensación de tener poder por primera vez, y vio que le encantaba el poder, y se propuso no soltarlo nunca.

Llegó el momento en que Agatocles entró a caballo en la ciudad de Lisimaquia con su padre junto a él, trayendo regalos de los getas y sin un solo rasguño en su cuerpo, y mucho más guapo aún si cabía que antes, de modo que cuando Arsinoe Beta le vio sano y salvo se le doblaron las rodillas y cayó desmayada, y en lugar de amarle menos por no haberle visto, le amó más incluso.

Creyendo que Agatocles se había salvado de una muerte cierta debido a sus incesantes plegarias y sacrificios a los dioses, Arsinoe Beta hizo la ofrenda de dos gigantescas orejas de bronce, cada una de seis codos de alto, al templo de Artemisa, hija de Apolo, por haberla escuchado.

Desde su vuelta Lisímaco parecía más envejecido que antes, pero los regalos a su esposa por haber cuidado tan bien el reino mientras él se hallaba ausente fueron espléndidos, muy espléndidos, todos de oro, testimoniando una vez más el alto concepto que tenía de su joven esposa, y también su amor por ella, que ella era más incapaz que nunca de corresponder. De hecho, Arsinoe no sentía absolutamente nada por aquel marido más que disgusto.

¿Y qué fue de la desventurada hija de Lisímaco que debía ser sacrificada a los bárbaros por la causa de la paz? Fue enviada al otro lado del río Istros para cumplir el juramento de su padre, que éste no se atrevió a romper, porque sabía que si no entregaba a aquella joven, sufriría la invasión y la anexión de toda Tracia por aquella tribu salvaje, y había dado su palabra acerca de su hija, que ahora abandonaba el hogar con muchas lágrimas y se dirigía hacia la frontera norte de Tracia. Su rostro nunca volvió a ser visto en la sociedad civilizada.

A todos los efectos, aquella hija había muerto, era una de las desaparecidas, de aquéllas cuyo nombre no volvía a ser pronunciado por su familia, aunque a veces derramasen lágrimas en privado por ella, porque no sabían qué espantoso destino podía haberle correspondido.

Sin embargo, las lágrimas de aquella joven se secaron rápidamente y se fue casi feliz con los getas, diciendo que la vida con los bárbaros sería mejor y mucho más pacífica que la vida que había pasado bajo el mismo techo que la serpiente de Arsinoe Beta.

Y así fue como Arsinoe Beta se libró de una de sus hijastras, que fue tan completamente olvidada después de aquello que la historia de Tracia no guarda ni siquiera el recuerdo de su nombre.

3.14
La madrastra

La vida de Arsinoe Beta como reina de Tracia no carecía, en realidad, de momentos agradables. Tenía todas las joyas y objetos de oro que deseaba, y riquezas más allá de todo lo imaginable, y tres guapos hijos propios a los que amaba como aman todas las madres griegas a sus hijos, es decir, bastante, pero no demasiado.

La única gran preocupación que alteraba el espíritu de Arsinoe Beta era el tema de Agatocles, pero en ocasiones se contentaba con mirar la carne del joven y casi tenía bastante con eso, a veces, para satisfacer su terrible anhelo.

Aquella existencia normal y más o menos pacífica de Arsinoe Beta, sin embargo, iba a cambiar a peor, porque se aproximaba el espantoso día en que su propia media hermana, la princesa Lisandra, hija del rey Ptolomeo y de Eurídice, bajaría de una rápida *trieres* procedente de Alejandría y convertiría el amor de su hermana en un odio amargo que traería el desastre y la mayor de las ruinas sobre la casa de Lisímaco.

* * *

¿Cuál era la historia de aquella Lisandra? Más o menos al mismo tiempo que Arsinoe Beta se casaba con Lisímaco, la muchacha se había casado con Alejandro, hijo de Casandro, un joven de quince años que también era primo suyo. ¡Fijaos! Lisandra se encontró casada con un marido joven, y fue la desgraciada Arsinoe Beta quien tuvo que casarse con el viejo.

Alejandro, sin embargo, era el hijo menor, de modo que no tenía demasiadas esperanzas de heredar el trono de Macedonia, pero su madre, Tesalónica, hija de Filipo de Macedonia, era una mujer que se complacía en que su palabra se convirtiese en ley y, cuando Casandro murió, y luego también su hijo, el rey Filipo, sólo cuatro meses después, Tesalónica insistió en que los dos hijos restantes gobernasen conjuntamente Macedonia, porque le desagradaba el hijo mayor, Antipatro, que tenía unos diecisiete años entonces, mientras que Alejandro, el menor, era su favorito.

Lo primero que pensó Ptolomeo fue que un niño-rey ya era malo, pero que dos niños gobernando juntos era meterse en graves problemas, porque nunca estarían de acuerdo en nada. No, les faltaría la previsión y los conocimientos militares de los hombres adultos, y carecerían también de la sabiduría que dan los años. Atraerían a usurpadores e invasores extranjeros, que se aprovecharían con toda seguridad de las ventajas de la confusión. Ptolomeo pensaba que la guerra era segura, y sin embargo, según el nuevo orden de cosas, la princesa Lisandra, su hija, sería reina de media Macedonia, y ésa era una alianza que Ptolomeo no podía dejar pasar sin aprovecharla bien.

Lisandra fue enviada por tanto a Grecia y casada con el joven Alejandro, y con respecto a los dos niños-reyes, los temores de Ptolomeo resultaron totalmente justificados. Al principio estuvieron de acuerdo en dividir Macedonia por la mitad, que Antipatro gobernase el este y Alejandro, el oeste. Sus vecinos se regocijaron enormemente, porque aquella partición del reino fue vista como una invitación a cualquier posible pretendiente al trono para interferir en los asuntos de Macedonia. Lisímaco, Demetrio Poliorcetes y Pirro de Epeiro (todos ellos vecinos de Macedonia) se ilusionaron mucho ante la idea de anexionarse una gran tajada del nuevo territorio, y efectivamente, los dos jóvenes reyes, que, como todo el mundo pronosticaba, no estaban de acuerdo ni en el más nimio de los temas, empezaron de inmediato a pelearse ferozmente, y a parecer, por tanto, un enemigo fácil de batir en una batalla.

El joven Antipatro pronto se cansó de su autoritaria madre, que no podía evitar mezclarse constantemente en los asuntos de Estado, y la hizo matar a sangre fría, y luego expulsó a su hermano Alejandro de Pella, que era la capital.

Alejandro, aterrorizado ante la idea de perder su mitad de Macedonia, lleno de pánico, envió mensajeros tanto a Pirro como a Demetrio rogando su urgente ayuda militar. Pirro fue el primero en aparecer, y se apropió de una gran extensión de territorio, como dijo él mismo, como compensación por sus servicios, habiendo dejado a un lado, por el momento, sus modales caballerosos.

Demetrio partió también con un gran ejército y con sus habituales máquinas de guerra, torres de asedio y miles de pernos de hierro para sus catapultas, cada una de ellas con su temido nombre grabado, pero asustó a Alejandro por su poder y su fenomenal reputación militar, y llegaron hasta el muchacho escabrosos informes de que las tropas de Demetrio saqueaban, incendiaban y violaban a medida que se acercaban a su cuartel general.

Alejandro era demasiado joven. No tenía experiencia de guerra, y poca experiencia diplomática, y adoraba con locura a su hermosa esposa Lisandra, pero aunque hubiese podido hacerlo no escuchó sus sabios consejos, porque era una mujer, y había escuchado ya demasiado los consejos de su madre. Se reunió con Demetrio como huésped suyo honrado en la ciudad de Dión, pero las primeras palabras que dijo a Demetrio fueron que ya no necesitaba más su ayuda.

Demetrio no se dio la vuelta y se marchó como si tal cosa. Había oído rumores de que existía un complot para asesinarlo en el banquete de bienvenida que pensaba darle Alejandro, pero Demetrio no hizo nada excepto ordenar a sus soldados que se colocasen en todas las paredes de la sala de banquetes armados como si fuesen a la batalla. Y esto alarmó mucho más aún a Alejandro, porque los hombres de Demetrio sobrepasaban en número a sus propias tropas.

El banquete pasó sin problemas, pero Demetrio siguió sin hacer lo que Alejandro quería, es decir, irse. La segunda noche, Alejandro aceptó la amable invitación de Demetrio a otro banquete, y en medio del festín, Demetrio de repente se levantó de su asiento y salió de la sala. Alejandro, preguntándose qué podía haber pasado, le siguió. Pero cuando Demetrio traspasó la puerta dijo a los hombres de su guardia: «Matad al hombre que viene detrás de mí», y Alejandro fue hombre muerto al instante, yaciendo en un charco formado por su propia sangre.

Los alaridos de Lisandra hicieron eco en todo el campamento de su marido, pero de alguna forma, ella consiguió escapar hacia la corte del rey Ptolomeo, en Egipto. Así acabó el breve matrimonio de Lisandra, que ahora era una viuda en busca de nuevo marido.

Lisandra ya había estado casada. Era como si estuviese muerta, y encontró poca simpatía en Alejandría, porque una hija casada se supone que no debe volver a casa de su padre al cabo de menos de un año. Pocas personas derramaron lágrimas por Lisandra, que de todos modos no se suponía que albergaba sentimientos propios hacia su marido. Todo aquel espectáculo arrancándose el pelo, arañándose las mejillas, los gemidos, el golpearse el pecho con los puños... era simplemente la costumbre griega, que no significaba nada en absoluto, y sus sentimientos no tenían que ver nada con aquello.

Lisandra, sin embargo, contrariamente a la costumbre griega, sí había amado a Alejandro, y sentía ahora como si le hubiesen arrancado el corazón del pecho los cuchillos de los carniceros. Al mismo tiempo, había sido educada en la escuela de las mujeres duras, le habían enseñado que una joven no puede mostrar jamás sus sentimientos, sino que debe guardárselos y acallarlos.

Mientras Lisandra empezaba de nuevo su tapiz del Faro de Alejandría con hilos de púrpura y oro, su padre envió embajadores a los hombres que podían desear tomar a aquella joven por esposa, pero resultó que el único marido que quedaba y que tenía un rango adecuado y carecía de esposa era el príncipe Agatocles, el joven hijo del rey Lisímaco de Tracia que, según se creía universalmente, era el hombre más bello que vivía sobre la tierra.

Se firmaron los papiros, pues, y se establecieron todos los términos y condiciones y cláusulas de revisión, y Lisandra fue enviada a Tracia como un saco de nueces, a Lisimaquia, en el Helesponto, donde su desventurada historia matrimonial continuaría su terrible curso.

* * *

Porque aquel segundo matrimonio de la princesa Lisandra estaba condenado a acabar en un desastre tan espantoso como el primero, si no peor, y el problema que existía tras él era el siguiente: las dos medio hermanas, Arsinoe Beta y Lisandra, según el nuevo arreglo, acabarían viviendo en la misma corte, bajo el mismo techo, compartiendo el mismo *gynaikeion*, casadas con dos maridos, uno joven y otro viejo, que además eran padre e hijo.

Lisandra había accedido, como era su deber, a viajar a Tracia para convertirse en «nuera de su propia hermana menor», y ése era un estado de cosas que cualquier hombre que valiese dos dracmas podía prever que estaba destinado a provocar todos los problemas del mundo.

¿Cómo, en nombre de Zeus, se había permitido que ocurriese una cosa semejante? Los horoscopistas y adivinos de Alejandría menearon la cabeza y le dieron a Ptolomeo Soter sus más severas advertencias y predicciones, porque en el catálogo de posibles estupideces, aquélla era seguramente una de las más estúpidas que cualquier padre podía hacer con una hija, y quizá la cosa más estúpida que hizo Ptolomeo en toda su larga vida. Pero Ptolomeo permaneció imperturbable. No había mostrado su rostro en el *gynaikeion* de Alejandría desde hacía años, porque no quería ver a Eurídice. No había oído cómo discutían Arsinoe Beta y Lisandra. Nunca había visto que Arsinoe Beta era una leona con las garras dispuestas. Ptolomeo conocía muy poco a aquellas hijas suyas, y no supo ver en absoluto lo que ocurriría. Después de todo, era un hombre a quien le gustaba vivir sólo para el momento. Sólo pensaba en su alianza, su doble alianza con Lisímaco, en el hecho de que cuando muriese el viejo Lisímaco, una hija suya seguiría siendo reina de Tracia, y tendría poder e influencia en Tracia. Ptolomeo Soter era un buen hombre, amable, generoso, famoso por su justicia, pero realmente, no pensaba demasiado en el futuro.

Cuando la princesa Lisandra salió de la rápida *trieres* pues, en Lisimaquia, su hermana menor, la reina de Tracia, Arsinoe Beta, la abrazó con falsas sonrisas y lágrimas de cocodrilo, pensando que aquel día, el día del matrimonio de Lisandra con Agatocles, era el peor día de toda su vida.

Pero, ¿qué podía hacer Arsinoe Beta, aparte de cometer un crimen? Se veía impotente para impedir aquel matrimonio, porque Lisímaco no le había preguntado qué pensaba de un asunto que era privado, que concernía sólo a la familia de él. Y en cualquier caso, Lisandra sería una buena reina, y tenía la misma edad que Agatocles: el matrimonio era un acuerdo perfecto, y no veía razón alguna para consultar a Arsinoe Beta acerca de él.

Así, Lisandra conoció al rey Lisímaco, que era su cuñado y sería su suegro, y realizó la *dexiosis*, y estrechó también la mano del príncipe Agatocles, que iba a ser su marido, y también a su bella hermana, la princesa Arsinoe Alfa, y a los demás miembros de la Casa Real de Tracia, sobre todo a los tres niños indómitos que eran los hijos de Arsinoe Beta, el príncipe Ptolomeo, el príncipe Filipo y el príncipe Lisímaco Micros, de los cuales era ya medio tía, y aquellos niños, que tenían una edad de unos seis, cinco y cuatro años, la saludaron y sonrieron, y todos tenían el aspecto de ser una gran familia feliz... aunque, Thot lo sabe bien, la realidad era muy distinta.

El matrimonio de Agatocles y Lisandra se celebró con la mayor pompa y riqueza, y con procesiones, danzas y un sacrificio de un centenar de bueyes, y todo el populacho de Lisimaquia lo festejó también hasta el amanecer, porque Lisandra era la joven que sería la próxima reina de Tracia.

Lisandra estaba encantada al ver que su nuevo marido era joven, y que en realidad era de una belleza más allá de todo lo imaginable, y encantador también, y amable, y generoso... de hecho, era el marido perfecto, y los dos se sintieron al instante heridos por las flechas doradas del niño Eros, y a diferencia de la mayoría de los maridos y mujeres griegos, se dedicaron el uno al otro desde el principio.

¿Y Arsinoe Beta, la reina actual? Ella no sonreía, no mostraba los dientes. No le brillaban los ojos, ni se regocijaba, ni se unía a las danzas y los festejos de aquella boda. Arsinoe Beta no podía hacer otra cosa que fruncir el ceño, de modo que Lisímaco acabó preguntándole qué le pasaba, y ella le respondió:

–No me encuentro bien... siento un dolor...

Ah, pobre Arsinoe Beta... ¿quién no albergará hacia esa mujer, esa mujer desdichada, algún sentimiento de simpatía? Porque se encontró de pronto siendo la suegra de su propia hermana mayor. Y durante un tiempo las dos hermanas empezaron a llamarse *madre* e *hija,* y se rieron un poco ante aquella curiosa situación. Pero no todo iba bien en el *gynaikeion,* donde la hermana menor y suegra, Arsinoe Beta, esperaba sin discusión que su hermana mayor y nuera, Lisandra, hiciese exactamente lo que ella le decía, mientras que en realidad Lisandra pensaba que las cosas debían ser justo al contrario, tal como habían sido en Alejandría, donde ella intentaba decirle a Arsinoe Beta, la verdad sin demasiado éxito, lo que debía o no debía hacer.

A la primera oportunidad, pues, Arsinoe Beta quiso mangonear a Lisandra en todos los asuntos relativos a las estancias de las mujeres, acerca de la comida, de la ropa y de dónde debía o no debía colocar sus zapatos y cosas así, de modo que de inmediato empezó a haber graves problemas entre ellas. De hecho, se organizó tal escándalo y griterío que la otra Arsinoe, Arsinoe Alfa, salió corriendo del *gynaikeion* chillando también, para ir a refugiarse con su padre, y gritó que no podía soportar estar con las dos hermanas egipcias ni un momento más.

Pero, ¿por qué se peleaban tanto las dos hermanas? ¿Por qué?

La raíz de la tragedia de Tracia era que Arsinoe Beta amaba locamente al marido de Lisandra. Hasta el momento, más o menos había sido capaz de esconder sus sentimientos, pero ahora que tenía a su propia medio hermana compartiendo la habitación y el lecho del hermoso Agatocles, y que se encontraba a su hermana besando a aquel hombre en los labios, y veía a su hermana acariciar la carne bronceada de Agatocles bajo su túnica, y veía a su hermana mirarse en el brillante azul de los ojos de Agatocles con amor, auténtico amor, y veía que aquel amor era correspondido, y pensaba que su hermana tendría el deleite y el placer de engendrar a los hijos de Agatocles... Todo aquello de repente era más de lo que podía soportar Arsinoe Beta, y realmente pensaba que se iba a volver loca por el deseo frustrado, ya que debía mantener todo aquello en secreto, y no contárselo a nadie, porque no había nadie en Lisimaquia, ni siquiera una doncella, a quien pudiera explicar sus más íntimos pensamientos y sus secretos más privados, y debía fingir que el amor de Agatocles por Lisandra no significaba nada para ella, nada, y que no podía preocuparle menos todo lo que ocurría.

Todo aquello lo empeoraba mil veces el hecho de que Lisímaco, su marido, envejecía con gran rapidez, y estaba más encorvado, más frágil, más anciano y cascarrabias que nunca. Y aunque continuaba prodigando sus regalos de oro y todas las joyas de Tracia a aquella joven, nada de todo aquello podía ocultar la tortura de contemplar desde que salía el sol hasta que se ponía a su hermana sonriente, con los ojos brillantes por su amor hacia Agatocles, mientras que ella, Arsinoe Beta, tenía que soportar el terrible matrimonio con aquel hombre viejo y frío, durmiendo cada noche sola en su cama, o entre los brazos de su marchito rey.

Por esos motivos se desataron unos terribles celos y un odio espantoso en el palacio del rey Lisímaco de Tracia, y a decir verdad, no se sabía de nada semejante en todo el mundo griego desde las horribles historias de Agamenón y Clitemnestra y la casa de los Átridas. No, la tragedia de la casa de Ptolomeo sería peor, mucho peor que aquella, y la sangre la empaparía a lo largo de diez generaciones.

Algunos días después de la boda, Arsinoe Beta se retiró pronto a su aposento privado, en el cual se la oía aullar como la hiena, como el chacal del desierto, y una noche llegó incluso a destrozar todo el mobiliario dorado de su dormitorio, y rompió también en el suelo de mosaico todos los costosos cuencos de cristal, las vasijas de cerámica y todas las cosas que encontró, y estuvo a punto incluso de hacer añicos el contenido de su baúl de joyas, cosas demasiado valiosas para destruirlas.

Desahogó así su rabia hasta que quedó exhausta, y luego se oyó un largo silencio procedente de su habitación, durante el cual las doncellas se resistían a acercarse a ella, por temor a que las mordiese. Pero Arsinoe Beta ya se había calmado. Se rehízo y su rabia se volvió subterránea. Mostró su rostro en público y caminó por el palacio de su marido llevando sus sandalias doradas y sus joyas de oro como siempre, como si nada hubiese cambiado, e incluso se la vio sonreír a pesar de todo.

Lisandra floreció en Tracia, y se convirtió en una mujer sana, con una vida plena y un matrimonio feliz, aunque las estrellas que gobernaban su final eran malas, muy malas, de modo que era mejor que Lisandra no lo supiera.

Por otra parte, la buena salud de Arsinoe Beta (frustrada, infeliz, desgraciada por encima de cualquier otra mujer con su destino) no duraría demasiado.

Cuando los hombres que pescaban en el Helesponto hallaban en sus redes un esturión, se adornaban ellos mismos y su barco con guirnaldas de flores y se dirigían en procesión con ese pescado, el mejor de todos, hacia palacio, porque los esturiones, que eran sagrados en Grecia, debían ser conducidos a la mesa real así, precedidos por un gaitero.

Arsinoe Beta palmoteó como todos los demás al ver aquel enorme pez, pero empezó a tramar sus hechizos, unos terribles hechizos griegos que había aprendido sobre el regazo de su madre, y rogó a Artemisa que una espina de pescado se alojase en la esbelta garganta de su bella hermana y que se atragantase y muriese. Deseó que ocurriese.

Pero Lisandra por azar había adivinado cómo iban a ir las cosas con su hermana, su venenosa hermana, y había realizado a su vez por anticipado el hechizo que hace que cualquier hechizo se vuelva contra aquél que lo ha pronunciado, de modo que todo aquello que Arsinoe Beta desease que le ocurriera a Lisandra, le ocurriría a ella.

Y además era Lisandra quien mostraba todas las señales de la buena salud, y Arsinoe Beta quien empezó a caer enferma más a menudo de lo normal, de modo que se despertaron sus sospechas, quizá debido a su misteriosa enfermedad, sus extraños vómitos casi diarios, sus raros problemas con el funcionamiento del estómago, porque aquella mujer cada vez se parecía más a la serpiente con su veneno.

Lisímaco seguía regalando a su esposa casi diariamente joyas y oro, pero su regalo más frecuente eran las serpientes doradas, porque la serpiente era un perfecto ornamento para enroscarlo en torno al dedo de una mujer, sus tobillos y sus brazos, y para el cinturón que rodeaba su cintura, de modo que la carne de Arsinoe Beta estaba, por casualidad, decorada muy a menudo con una serpiente u otra. En realidad, ese atributo cuadraba mucho a aquella mujer, que tenía en su interior, cuando se la provocaba, la capacidad de escupir fuego como la cobra de los egipcios; una mujer que tenía, como reina, el poder de cortar el aliento de un hombre con una sola palabra, o incluso agitando una sola vez su enjoyada mano.

Ella no lo sabía, desde luego, pero llegaría el día en que Arsinoe Beta tendría el deleite y el placer incluso de llevar la serpiente en su propia frente.

3.15
Los sofocos de Arsinoe

El vigésimo año del reino de Ptolomeo Soter, la segunda fase del gran faro se declaró ya completa, con el acabado del piso octogonal que se alzaba sobre la maciza base cuadrada, y todo ello realizado con caliza numulítica blanca que brillaba y resplandecía al sol, como el propio hijo del Sol, como el Ra de los egipcios.

Ptolomeo ordenó que se llevasen a cabo las celebraciones adecuadas para aplacar a los dioses y que no se sintiesen celosos de su monumento: el sacrificio de cien cabezas de ganado con los cuernos dorados, banquetes públicos en honor de Poseidón, señor del Mar Enfurecido, y Zeus, Padre de los Dioses y de los Hombres. Alejandría aplaudía mientras el propio Ptolomeo condescendió a posar su dorada sandalia en la escalera en espiral y subir por el interior del faro para ver los progresos por sí mismo y animar a los trabajadores, y para contemplar también la maravillosa vista de su ciudad capital. Y miró, y vio, y se maravilló, y se sintió muy satisfecho.

Ptolomeo se felicitaba: ningún monarca había soñado jamás con algo a tan gran escala, ni siquiera Alejandro. Ningún hombre había construido jamás un edificio que resultara más útil.

Sin vanagloriarse, Ptolomeo escribió con su propia mano las noticias del faro, para que sus hijas, que vivían en países lejanos lo conocieran y, al saberlo, se sintieran orgullosas de su padre y de Alejandría, su ciudad, que ninguna de ellas, por supuesto, volvería a ver jamás. Y cuando Teoxena, en Sicilia, leyó las palabras de su padre, le escribió a su vez alabando sus maravillosas obras. También lo hizo así Lisandra, la esposa de Agatocles. Pero Arsinoe Beta... Ella arrugó el papiro de su padre e hizo una bola con él, porque no podía soportar leer acerca de la felicidad de su familia en casa, y lo arrojó al brasero sin leerlo.

Los problemas de Arsinoe Beta no habían terminado aún; en realidad, no habían hecho más que empezar.

* * *

A medida que Lisímaco iba envejeciendo, su esposa, aunque muy preocupada por su enfermedad, era la que tomaba las decisiones más importantes acerca de Tracia. Nadie dudaba de las habilidades de Arsinoe Beta, ni planteó cuestión alguna acerca de su sabio juicio, porque siempre había demostrado estar en lo cierto.

También se hizo cargo ella misma de la educación de sus tres hijos, y sólo a regañadientes confió su educación al mejor de los tutores griegos. No carecía de instintos maternales, desde luego, y aunque los hombres se quejasen de su frío y duro corazón, encontró en él la calidez suficiente en lo que se refería a sus hijos, aunque no era nunca excesiva. Y también en lo referente al príncipe Agatocles su corazón, que se suponía de hierro, se fundía por completo, y ella seguía al rojo vivo por el deseo que sentía de él. Aquel corazón de hierro, aquel corazón frío como una piedra... quizá fuese un mito, un fingimiento, una manera de conseguir para sí misma mucho más poder e influencia de los que ya tenía, porque, desde luego, en el mundo masculino que era el reino de Tracia, debía mostrarse muy dura.

Durante años, Arsinoe Beta no había hecho nada con respecto a su deseo por Agatocles, simplemente alimentarlo, o reprimirlo, demasiado asustada por lo que podría ser de ella si alguien lo averiguaba. Pero a medida que el tiempo pasaba, y seguía pasando, la conducta de Arsinoe Beta fue cambiando. Cuando llegó a Tracia era sólo una niña de quince años. Tenía solamente veinte o veintiuno cuando Lisandra llegó a la corte, pero ahora ya sentía más confianza en sí misma.

A medida que Lisímaco se iba haciendo cada vez más viejo, acudía cada vez menos a menudo al dormitorio de su esposa, y ella ansiaba cada vez más el abrazo del joven Agatocles, que tenía casi la misma edad que ella.

Arsinoe Beta pensó mucho, durante mucho tiempo. ¿Qué podía hacer? ¿Tendría que pasarse toda la vida sin hacer nada acerca de aquel amor suyo, aquel gran amor? A medida que ella misma se había ido haciendo mayor, había empezado a pensar que podía convencer a Agatocles de que correspondiera los sentimientos que ella tenía por él, y esa idea la atormentaba tanto en las horas de insomnio que llegó un momento en que sintió que realmente no tenía nada que perder, porque si no le decía pronto a Agatocles lo que sentía por él, seguramente moriría debido al dolor que le producía su amor imposible.

También empezó a pensar que cuando Lisímaco muriese, Agatocles, como nuevo rey, podía desterrarla de Tracia. Temía que asesinara a sus tres hijos, que suponían una amenaza para su estabilidad, como posibles usurpadores de su trono, y ella no los había educado para que fuesen blandos, sino duros, duros, como intentaba ser ella misma: chicos que serían hombres, grandes guerreros, generales, si no reyes por derecho propio. Veía que si deseaba que algún día Agatocles la convirtiera en esposa suya y a su hijo mayor en heredero suyo, debía actuar sin demora.

En primer lugar, se aseguró de cruzarse con Agatocles a menudo.

A continuación empezó a hacerle sugerencias impropias, ofreciéndose a besar a Agatocles en los labios, diciendo que le gustaría mucho meterle la lengua en la boca, porque estaba cansada de su viejo y frío marido.

Agatocles se sorprendió, pero sonrió con aquella sonrisa irresistible suya, que hacía que Arsinoe Beta vacilara, como si no sólo su corazón, sino también sus rodillas se estuviesen fundiendo, y le dijo que prefería no besarla.

Cuando Arsinoe Beta llegó incluso tan lejos que se levantó las faldas de su *peplos* y le mostró a Agatocles su *bolba,* como las mujeres de Menfis en la inauguración del nuevo toro de Apis, él se volvió en redondo y se alejó de ella sin decir una sola palabra.

La conducta de la reina Arsinoe, por aquel entonces, era muy parecida a la de una prostituta, y sin embargo seguía siendo la reina de Tracia. Todas sus sugerencias lujuriosas, sin embargo, fueron rechazadas por Agatocles de la manera más educada, diciendo que él realmente no tenía ninguna intención de convertir a su madrastra en concubina suya.

Cada vez que Arsinoe Beta posaba los ojos en el príncipe se sentía desfalleciente y enferma. Por la noche, yacía despierta durante horas en su lecho de oro batido, pensando en Agatocles y en su piel dorada. Cuando se dormía, en sueños veía la carne desnuda de Agatocles, que la besaba en los labios, y le metía la lengua en la boca, e introducía su *rhombos* en sus partes más íntimas, y hacía todo lo que se había negado a hacer durante el día.

En sueños veía también la figura de su medio hermana Lisandra, que ya estaba muerta y era conducida dentro de su ataúd en procesión hacia su pira funeraria, y siempre el rostro de Lisandra acababa devorado por las llamas. Entonces Arsinoe veía los ritos matrimoniales de ella y Agatocles, ambos coronados con flores color escarlata, y mientras pasaban, cogidos de la mano, sonrientes, a través de las puertas de cedro del palacio, los ciudadanos de Lisimaquia les arrojaban higos y nueces que cortaban como cuchillos, y pesaban como piedras, y le herían la carne y la hacían sangrar, y entonces se despertaba gimiendo.

Durante siete años, ochenta y cuatro meses o dos mil quinientos cincuenta y cinco días y noches, Arsinoe Beta deseó a aquel joven, su hijastro y yerno, sin decirle que le amaba. Ahora, al fin, había empezado a hacer todo lo que estaba en su mano para que trepara a su elevado lecho y tomara de ella su placer, mientras seguía casado con su propia hermana.

* * *

Más o menos en aquella época, como si la historia de las dos casas no se hubiese complicado ya lo suficiente, a Ptolomeo Soter se le metió en la cabeza reforzar aún más su gran amistad y alianza con Lisímaco de Tracia con un tercer matrimonio, y aventuró la propuesta, a través de los habituales embajadores, de que a su hijo menor, el príncipe Ptolomeo Micros, que entonces tenía diecinueve o veinte años, le fuese concedido el placer de tomar como esposa a la hija de Lisímaco, Arsinoe, a quien llamaban Arsinoe Alfa para distinguirla de Arsinoe Beta, que, por supuesto, era la reina de Lisímaco.

La Arsinoe en cuestión era hija de la primera esposa de Lisímaco, Nikaia, y entonces tenía unos dieciséis años. Era la elegante y hermosa hermana del guapo Agatocles, ya madura para el matrimonio, con los pechos, como observó su padre, hinchándose como dos bayas maduras de madroño, y grandes, de modo que si Ptolomeo Micros se parecía en algo a su padre, se sentiría más que satisfecho.

Pensamiento de Thot: como resultado de este matrimonio, Arsinoe Beta se convertiría en suegra, o madrastra política, de su propio hermano de padre y madre, aunque vivirían ambos en cortes diferentes, en países diferentes, y nunca se volverían a ver el uno al otro; pero nadie en Tracia o Egipto dedicó un solo pensamiento a aquello, porque las familias de todos los sucesores que se habían convertido en reyes estaban tan unidas por matrimonios y parentescos tan enrevesados que al final ningún hombre hubiera sido capaz de desentrañar las ramas de los árboles genealógicos, sólo Thot, y hubiese resultado completamente imposible, incluso para el dios, establecer con claridad cuáles eran las relaciones entre ellos.

Sin embargo, al viajar a Egipto, la princesa Arsinoe Alfa podría escapar a la claustrofóbica atmósfera del *gynaikeion* de Lisimaquia, y dejar de convivir año tras año con el mal humor de Arsinoe Beta, su madrastra. De modo que Arsinoe Alfa estaba más que deseosa de convertirse en esposa de Ptolomeo Micros. En realidad, le rogó a su padre que la dejara ir a vivir a Egipto, porque había oído decir a la propia Arsinoe Beta que Micros era amable, generoso, de buen carácter, sensato, guapo, más rico de lo que cualquier mujer pudiese soñar y joven, y Arsinoe Beta, en un momento de sinceridad, le confesó que estar casada con un joven marido como él era el sueño de toda mujer, y Arsinoe Alfa vio, entonces, el tormento que debía de representar para su madrastra estar casada con un viejo como Lisímaco.

Arsinoe Alfa se echó a la mar, pues, en una veloz *trieres*, hacia Alejandría, y se casó con la mayor pompa y ceremonia, porque su marido era el hijo del hombre más rico del mundo, y la otra Arsinoe se quedó, por supuesto, al otro lado del Gran Mar, como si cada nación tuviese como rehén a una Arsinoe, como prenda del buen comportamiento de la otra nación, y todas las partes estuviesen contentas con semejante arreglo.

Arsinoe Alfa era feliz porque había escapado de Arsinoe Beta.

Arsinoe Beta era feliz porque se había librado de la otra hija de Lisímaco.

Lisímaco era feliz porque había reforzado todavía más su alianza con Egipto.

Ptolomeo Soter era feliz porque tenía a la vista la siguiente generación de su dinastía.

Y Micros era feliz porque le habían asegurado que su mujer era bella de rostro, de buen carácter, de pechos plenos y bien redondeada por la parte trasera o *kallipygous*, como solía decir Micros, que era como le gustaban a él las mujeres.

El único que no mostró placer alguno fue Ptolomeo Keraunos, el primogénito legítimo de su padre, que todavía no tenía mujer, y que, aunque debía de tener ya unos treinta y dos años de edad, no había engendrado todavía un heredero de su cuerpo, que pudiera ser contemplado como tercera generación de la casa de Ptolomeo, y solamente había tenido bastardos de las putas de la ciudad de Alejandría, algunos de los cuales ni siquiera eran blancos de piel, sino negros.

De Arsinoe Alfa decían los embajadores: «De rostro es como una diosa», y Ptolomeo Micros no se sintió decepcionado, porque había tenido buen cuidado de escribir a su hermana y hacerle prometer por Zeus y Pan y Poseidón juntos que Arsinoe Alfa era en realidad la bella mujer que decían esos informes.

Con la esposa de Micros llegó a Egipto también, como parte de su dote, un regalo de buena voluntad de Lisímaco a Ptolomeo Soter, encerrado en una jaula de madera y cargado con cadenas de hierro, y que debía ser manejado con el mayor de los cuidados. Cuando Ptolomeo Soter hizo que abriesen la jaula, encontró que en su interior viajaba un oso blanco del jardín de animales, una criatura tan rara que se creía que era el único ejemplar de su especie que existía en el mundo, y por tanto se consideró un regalo adecuado para el rey de Egipto.

Fue Ptolomeo Micros, sin embargo, quien más se deleitó con aquel obsequio, porque le encantaban todos los animales que se salían de lo corriente (los exóticos, los raros) y durante un tiempo fue cada día a visitar el animal, para oírlo rugir, y valoró el oso blanco, a decir verdad, casi tanto como valoraba a su esposa.

Al principio de su matrimonio todo iba bien y la princesa Arsinoe Alfa se quedó encinta dentro del mismo año. Ella pasó los primeros meses en Egipto deleitándose con todas las novedades, encantada con su esposo y aliviada al no ver toda su vida controlada por Arsinoe Beta, su madrastra. No le importaba el calor, ni las tormentas de arena, ni el chasquido de las palmeras. Se llevaba muy bien con Eurídice, e incluso con Berenice, su suegra, también, y pasaba los días felizmente en el *gynaikeion* con Eurídice, porque también le encantaba escupir los huesos de las olivas por la ventana para dar en la cabeza de los que pasaban por debajo, algo que Arsinoe Beta jamás, jamás habría permitido en Tracia.

Desde luego, Arsinoe Alfa también sufrió en Egipto una cierta desatención, pero en realidad no había esperado nada diferente. De hecho estaba encantada de que por una vez la dejaran en paz, la ignoraran, porque había sufrido en silencio la intimidación y los insultos de Arsinoe Beta durante muchos años, y ahora, gracias a no sé qué milagro de los dioses, se las había arreglado para alejarse de ella, así que decía: «Realmente, es como si me hubiesen liberado de una prisión». Por supuesto, no le decía tales cosas a Berenice, que al fin y al cabo era la madre de Arsinoe Beta, sino sólo a Eurídice, que se reía como una loca al oír semejante cosa.

Arsinoe Alfa se ocupó en Egipto de cosas de mujeres: tapices, tejido, labores. Como no había disfrutado del lujo de una educación de hombre, no pasaba las horas al lado de su marido, dándole consejos sobre temas militares, que eran un misterio para ella. Y como no se le había dado el placer y el deleite de aprender el *alpha beta*, ni siquiera sabía leer los mensajes que su esposo le enviaba. No resultaría útil a su marido en ningún aspecto salvo a la hora de dar a luz sus hijos, pero Micros no quería de su esposa nada más que eso, y Micros era feliz, mucho más que feliz.

Mientras, Arsinoe Alfa rendía culto a los dioses de Grecia, para tener buena suerte, y para alumbrar bellos hijos, que fueran felices también, y que tuviesen la enorme fortuna de ser reyes de Egipto.

Arsinoe Alfa conocía quizá mejor que ninguna otra persona en Egipto el verdadero carácter de Arsinoe Beta. Había soportado durante cuatro mil trescientos ochenta días la voluntad de hierro de aquella mujer y su mal carácter, viviendo en las mismas estancias que ella, en la misma habitación que ella, y a decir verdad, pensaba en la otra Arsinoe con el mismo horror que en las serpientes.

Para Arsinoe Alfa, Arsinoe Beta era la Reina Serpiente, y era feliz, muy feliz, de pensar que nunca, nunca jamás volvería a ver a aquella terrible mujer.

3.16
El pájaro enjaulado

Cuando habían pasado ya ocho años del perfecto matrimonio siciliano de Teoxena, calculó que sólo le quedaban mil cuatrocientos sesenta días, pero ella no mostraba señal alguna de mala salud, y no veía tampoco indicio alguno de padecimiento en la persona de su marido, el tirano, que continuaba afectuoso, generoso y encantado con todo lo que hacía Teoxena. Sus dos hijos tenían ya siete y seis años de edad, y Teoxena procuró que aprendiesen las letras y que no descuidasen las lecciones de matemáticas, para que Arcagatos y Agatarcos fuesen unos tiranos muy valiosos en lugar de su padre.

Si Teoxena florecía, a pesar de que su destino era inexorable, ¿qué era de Ptolemais, que ya llevaba ocho años esperando que Demetrio Poliorcetes llegase y se la llevase para casarse con él, y que no tenía hijos que la consolasen en su ancianidad? Ptolemais había cosido más trajes para aquel hombre de los que podría llevar el resto de su vida: túnicas rematadas con hilo de oro, por ejemplo, por docenas, pero entonces estaba ocupada con una enorme telaraña de tejido púrpura que se convertiría en un doble manto para Demetrio.

De vez en cuando, Ptolemais enviaba algunas de esas cosas a Demetrio como regalo, esperando recordarle su existencia y hacerle pensar en la obligación que tenía con ella, pero ni siquiera el manto púrpura con los signos del Zodíaco, el Sol, la Luna y las estrellas bordados, que le costó seis años de costura, consiguió que Demetrio Poliorcetes fijase el día de su boda con Ptolemais.

Mientras tanto, Ptolemais se entretenía tocando la lira, pero sus melodías eran tristes, porque en lo más profundo de su corazón temía que Demetrio nunca la llamara para convertirla en esposa suya, y que estaba destinada a permanecer virgen para siempre.

Envió sus consultas a todos los oráculos del mundo griego, incluso el gran Oráculo de Zeus-Amón en Libia, pero todos le devolvieron la misma respuesta: que su futuro era malo, muy malo, pero sin decirle por qué.

* * *

Eurídice, la madre de Ptolemais, no era mucho más feliz que su hija. Algunas tardes, el calor de Menfis era tan intenso y el aire tan asfixiante y tan cargado con el hedor a muerte que soplaba desde las ventanas de la *nekropolis* de babuinos e ibis momificados, que Eurídice se arrancaba el *peplos* y el cinturón y corría por el *gynaikeion* desnuda, chillando toda clase de barbaridades sobre Ptolomeo, su marido, a quien nunca veía pero odiaba, odiaba de manera sobrehumana, porque no era capaz de refrescarse, y todo era culpa de Ptolomeo.

En los mejores momentos, Eurídice todavía se complacía dando portazos y rompiendo vajilla en los suelos de mosaico sin venir a cuento.

Algunos días, les gritaba insultos a sus esclavas negras, que no entendían ni una palabra de griego y pensaban que ella estaba poseída por algún mal espíritu.

Eurídice vivía aquella extraña y ociosa vida, sin ninguna actividad útil que ocupase su tiempo. «¿Para qué sirve Eurídice?», se preguntaba a sí misma, pero la respuesta era que no servía para nada. Ya había tenido a sus hijos. No sabía leer. No escribía cartas.

La única pasión de Eurídice era Ptolomeo, el marido que nunca se acercaba a ella, a quien creía que amaba, ahora que lo había perdido.

A Eurídice le habría gustado también ser amada por sus hijos, pero les gritó demasiado a menudo, de modo que se habían cansado ya de su mal carácter y creían que estaba un poco loca.

Por encima de todo quería estar en Grecia... en Macedonia, en Pella. Decía abiertamente que ya desde el principio no quiso venir a Egipto, y que ahora se sentía atrapada, una prisionera, un pájaro enjaulado, añorando su libertad. Eurídice era prisionera de su esposo. Sí, lo único que necesitaba era que la dejaran libre, vivir su propia vida a su manera, porque desde luego, Ptolomeo ya no la necesitaba más.

Algunos días Eurídice lloraba. Pero al final pensó en pedir a Ptolomeo que le permitiera abandonar Egipto y establecer su residencia en alguna ciudad de Jonia, Mileto quizá, donde el calor fuese menos brutal, donde no lo asustaran serpientes y escorpiones, donde pudiese pasear por las calles sin suscitar la desaprobación de nadie, donde pudiese mirar por las ventanas sin que la llamaran puta.

Y Ptolomeo... pues Ptolomeo habría accedido a dejarla marchar, porque en realidad no lo deseaba ningún mal a aquella mujer, y desde luego, no le servía para nada en Egipto.

Pero Eurídice tenía miedo de pedírselo. Tenía miedo de lo desconocido. Tenía miedo del futuro. Y por eso, al menos de momento, Eurídice se quedó donde estaba, y siguió sudando por el calor, como siempre.

3.17
Las mandíbulas del tirano

Cuando llegó el undécimo aniversario del perfecto matrimonio de Teoxena, ella sabía que sólo le quedaban trescientos sesenta y cinco días de felicidad, y empezó a aterrorizarse, y a rezar y hacer sacrificios a todos los dioses, pero aún seguía sin saber qué podía ser lo que llevase a su fin su feliz vida en Sicilia.

Pero el duodécimo año, el anciano tirano, su marido, empezó a sufrir dolor en las mandíbulas e incluso pidió la opinión de sus físicos, hombres en los que no confiaba por temor a que le envenenasen, aunque en realidad Agatocles no confiaba en hombre alguno. A causa de ello, correspondió a Teoxena, la devota esposa, la tarea de llevar a Agatocles los remedios que sus hombres de medicina le recomendaban, y mezclarlos con sus propias manos, porque Agatocles no confiaba en nadie más para hacer tal cosa, y probar primero sus medicinas, para demostrarle que no había riesgo alguno de envenenamiento.

Cuando habían pasado once años y un mes, cuando quedaban trescientos treinta días, Teoxena le dijo a Agatocles que probase el dentífrico hecho con carne de ballena.

Cuando habían pasado once años y dos meses, y quedaban trescientos días, hizo que se raspara las encías con la cola de un pez raya, cosa que se suponía beneficiosa.

Cuando habían pasado once años y tres meses, y quedaban doscientos setenta días, le llevó ranas enteras para que se las atara encima de las mandíbulas, como talismán.

Cuando Teoxena vio que su matrimonio había durado once años y seis meses y no le quedaban sino ciento ochenta días, vertió arañas machacadas con aceite de rosas en el oído de su marido.

Ninguno de esos remedios tuvo el menor efecto, y Agatocles se quejaba de un terrible y chirriante dolor en los huesos de sus mandíbulas.

Buscó curas más desesperadas, llegando incluso a pasar un mes entero todas las noches en el Templo de Asclepio, dios de la Salud, en la esperanza de algún milagro, pero Asclepio no escuchó al tirano de Siracusa.

Cuando sólo quedaban sesenta días, Teoxena vertió en los oídos de su esposo lombrices hervidas en aceite.

Cuando quedaban treinta días, le había administrado ya al tirano todos los remedios conocidos para los dolores en los dientes, pero el dolor era peor si cabe. Agatocles no dormía por las noches debido al dolor, y en el silencio de la madrugada sus quejidos se oían en todos los rincones de la Ciudadela de Eurialo.

Cuando Teoxena se encontraba sola lloraba, porque sabía ahora, por fin, lo que estaba a punto de suceder, y porque no sabía cómo ayudar a su esposo. Catorce días antes del duodécimo aniversario de su matrimonio, los médicos de Agatocles alzaron las manos y murmuraron que no se podía hacer ya nada más por el tirano de Siracusa, que sin duda iba a morir pronto.

Teoxena había amado con locura a aquel tirano suyo, al cruel Agatocles, que era muy amable con ella, pero que siempre se había complacido en castigar a un hombre mediante el asesinato de toda su familia, y a quien le gustaba calcular el número exacto de habitantes de una ciudad masacrando a toda su población, desde los más jóvenes hacia arriba. Teoxena amaba a aquel hombre por sí mismo, y hacía la vista gorda a su lado más oscuro, igual que hacía la vista gorda a los muchachos sicilianos que le visitaban en sus dependencias, esos muchachos calientes como erotes y que hacían con su marido cosas que ninguna esposa puede hacer ni soñar siquiera con hacer... muchachos cuyos ojos brillaban como las estrellas, y cuya piel olivácea era suave como un melocotón.

Teoxena había dado a aquel hombre dos guapos hijos, que no estaban destinados, ay, a sucederle como tiranos. Le gustaba la ciudadela que había sido su hogar. Disfrutaba de la vida de esposa de tirano, con sus joyas, su oro y todas las piedras preciosas imaginables, y esclavos, y lacayos, y todas las cosas lujosas que pudiera desear o apetecer, y con todos sus deseos complacidos al instante.

Pero el hijo mayor y el nieto de Agatocles ya estaban peleándose para ver cuál de los dos sería tirano en su lugar, y ambos aseguraban que eran el sucesor legítimo, como si el viejo ya hubiese muerto.

Algunos suponían que Agatocles era víctima de algún veneno de acción lenta, otros creían que su problema era un cáncer de mandíbula. Fuera lo que fuese lo que le pasaba a aquel hombre, no encontró alivio alguno en su agonía, sino que permaneció día tras día en el lecho de oro batido con un trapo metido entre los dientes, quejándose.

Agatocles se estaba muriendo, y lo sabía, pero no sabía lo que sería de Siracusa cuando él se fuese al Hades, y sentía un gran temor por Teoxena y sus hijos, en la agitación que seguramente seguiría a su muerte. Había vivido mediante el asesinato indiscriminado, castigando a muchos por el crimen de uno solo, y se había forjado así muchísimos enemigos, de los cuales, pensaba, su familia no recibiría misericordia alguna. Agatocles estaba seguro de que en cuanto dejase escapar su último aliento, Teoxena y sus hijos serían pasados a cuchillo.

Tomó entonces la decisión de enviar a Teoxena con sus hijos y todo su tesoro, más magnífico que el de ningún otro rey (aparte de Ptolomeo) de vuelta a casa, con su padre, en Egipto, donde ella se encontraría a salvo.

Teoxena continuó cuidando a Agatocles como antes, y rogó que no la separaran del hombre a quien amaba. Dijo que al casarse había aceptado no sólo compartir su buena suerte, sino también la mala. Había esperado, dijo, cuando llegase el momento, llevar a cabo con gran afecto los últimos oficios en su funeral, aquello que sólo una esposa puede hacer, y que, de eso estaba segura, nadie más se preocuparía por hacer, si ella se iba.

Agatocles, sin embargo, sabía que fuera quien fuese el hombre que le sucediera, se convertiría en acerbo enemigo de su esposa, así que le gritó y la golpeó con sus puños, y arrojó al suelo todas las cosas que pudo coger en su lecho de moribundo (almohadas, bandejas, copas, su bastón de oro para caminar), diciendo que ella debía huir mientras todavía pudiera.

Teoxena gimió entonces, diciendo:

–¿Y qué será del suministro de grano a Egipto, si me envías a casa?

Pero Agatocles se limitó a decir:

–Si valoras tu vida, debes obedecer nuestro deseo sin cuestionarlo.

Teoxena rogó entonces a Atenea, hija de Zeus, diciéndole que todavía podía salvar a Agatocles del Hades, pero la diosa no respondió a sus plegarias, y así Teoxena se preparó para zarpar.

Exactamente doce años después de que la princesa Teoxena viese por primera vez a Agatocles, tirano de Siracusa, su matrimonio, tal como le había sido pronosticado por todos los oráculos del mundo griego, llegó a su fin.

Abandonó la isla vertiendo muchas lágrimas. Sus hijos lloraban también por su padre moribundo, y el padre lloraba por sus hijos desterrados, unos niños cuyo futuro sería, incluso en Egipto, incierto en extremo.

La *trieres* salió del puerto, mientras los remeros tarareaban las canciones que los hacían remar al unísono. Teoxena no sabía qué iba a hacer (ni entonces ni nunca) sin el marido al que amaba, y sintió como si su corazón hubiese sido roto en dos en su pecho, y alzó la voz, lamentándose.

No mucho después de que Teoxena llegase a casa, a Alejandría, llegaron noticias de la muerte del tirano de Siracusa, tal como decían, de *gomphalgia* o dolor de dientes, y Sicilia fue invadida por Cartago, y allí todo cayó en la mayor de las confusiones.

Agatocles tenía setenta y dos años a su muerte; Teoxena, la viuda, que debía seguir viviendo, apenas veintiocho.

Sí, la princesa Teoxena había partido de Alejandría doce años antes entre el sonido de las trompetas y con guirnaldas de rosas. Sabía que su matrimonio sería breve, pero volver a casa de su padre, aunque fuese con la dote restablecida y aun aumentada enormemente... seguía siendo una desgracia, y lo peor que le podía ocurrir a cualquier mujer. El fracaso de su matrimonio, desde luego, no era culpa de Teoxena, pero ella se culpaba a sí misma, y también se lo recriminaba a Tiqué, la diosa de la Fortuna, en particular. «Voluble Tiqué», pensaba, rabiando contra su destino, y lloró durante días sin fin, de modo que sus doncellas acabaron por temer que se volviera tan loca como su madre.

El rey Ptolomeo dio la bienvenida a aquella hija en su residencia, pero la verdad era que tenerla allí de vuelta no era nada conveniente. Había pensado que no volvería a ver ni oír hablar nunca de Teoxena, y no tenía ningún nuevo marido preparado con el cual casarla. Una esposa de segunda mano siempre era mucho más difícil de colocar que una de primera mano, aunque fuese hija de un rey, aunque tal esposa sólo tuviese veintiocho años de edad.

Pero la verdad es que todo había cambiado en Alejandría desde que Teoxena abandonase su hogar, porque desde que el faraón había desterrado a su madre de su lecho, decidió ignorar a sus hijos todo lo que pudo.

Habían pasado doce años, y en la residencia vio caras nuevas, mujeres que no conocían a la princesa Teoxena, que le expresaron educadamente su simpatía, pero para las cuales era una desconocida, una recién llegada, con hábitos de vida distintos como tiranesa de Siracusa, porque esperaba que la gente hiciese de inmediato todo lo que ella les pedía, y le gustaban unas comidas muy raras y exóticas, y nadie comprendía su dolor por haber perdido a aquel marido tan anciano (un hombre, además, de reputación dudosa) y pensaban que Teoxena estaba un poco loca.

La cuestión, por tanto, estaba en boca de todo el mundo: «¿Qué iba a ser de Teoxena? ¿Con quién se podría casar?». Y también estaba el problema de qué hacer con sus dos hijos en una familia que ya tenía demasiados varones para resultar cómodo, y todos ellos pensando en la sucesión al trono de Egipto. Todos eran conscientes de que, en el momento en que Ptolomeo Soter muriese, su heredero, fuese quien fuese, pasaría a cuchillo a todos y cada uno de sus parientes masculinos, porque ésa era la única forma de que sobreviviese un heredero al trono. Era una cuestión de matar o que te maten.

Tal era la encantadora costumbre de los griegos.

Por el momento, pues, Teoxena se sentía insegura, y su posición y su futuro eran inciertos, y Ptolomeo no sabía muy bien qué hacer con ella.

En cualquier caso, no podía hacer nada hasta que las lágrimas de Teoxena se secasen, y por el momento ella seguía llorando.

3.18
Las cuatro mil setecientas cuarenta y cinco noches

Lejos de firmar su tratado de paz con Demetrio Poliorcetes, en el decimoséptimo año de su reinado y el septuagésimo noveno de su edad, Ptolomeo Soter se vio obligado de nuevo a ir a la guerra con su futuro yerno. Fue el mismo año que sus aliados, el viejo Seleuco de Siria y el viejo Lisímaco de Tracia, lanzaron sus expediciones contra Asia, y hubo una campaña masiva, mayor que ninguna de las que se habían organizado desde los tiempos de Alejandro.

A medida que las flotas se disponían para partir, los tres reyes formaron una alianza contra Demetrio, y enviaron mensajeros al exiliado Pirro de Epeiro, que quería volver a recuperar el imperio que una vez gobernó su padre, y le pidieron que atacase Macedonia como maniobra de señuelo, para que Demetrio tuviera que librar batallas en varios frentes a la vez, y antes de que estuviese preparado para luchar... porque aunque Demetrio había montado ya las quillas de quinientos buques de guerra de los más modernos, ninguno de los buques estaba todavía preparado para ser botado.

Pero aquel mismo año Demetrio lanzó su *hekkaidekeres* o dieciséis, un barco gigantesco, que, alardeaba, sería la mayor galera de remo construida jamás.

El propio Ptolomeo navegó hacia Grecia con su flota, y se llevó con él a la mayor parte de su familia: Ptolomeo Keraunos, que tenía treinta y dos años; Ptolomeo Micros, de veinte, que era la primera vez que veía acción; incluso Berenice y las chicas que todavía quedaban en casa fueron a Grecia, y también los nietos, siguiendo la idea de Platón de que es bueno que los niños vean la guerra. La guerra era, para aquella familia, un asunto familiar. Y Ptolomeo incluso bromeaba que la guerra era el negocio de su familia, porque de nuevo iba a luchar contra el hombre que iba a ser su yerno, y que entonces todavía estaba casado con Fila, hermana de la esposa de Ptolomeo, Eurídice.

Y Thot pregunta, entonces: ¿qué ocurrió? Lisímaco invadió Macedonia, atravesando la frontera desde Tracia; Pirro invadió Macedonia, atravesando la frontera desde Epeiro, y ambos ejércitos arrasaron la campiña, quemando campo tras campo de trigo maduro mientras avanzaban, de modo que las casas de todos los hombres acabaron en llamas, y una enorme nube de humo negro se alzó sobre la tierra, y Macedonia acabó ardiendo de punta a punta.

Demetrio, alarmado, dejó a su hijo Antígono Gónatas, el Patizambo, a cargo de Grecia, y corrió a enfrentarse con Lisímaco y así liberar Macedonia. De camino, un mensajero le avisó de que Pirro había tomado la ciudad de Verroia, y las noticias de aquel gran desastre se extendieron entre las filas de los macedonios con tan devastador efecto que todos, como un solo hombre, se sentaron en el suelo, con la cabeza entre las manos, y sollozaron. Cuando se recuperaron un poco, empezaron a entonar cánticos rebeldes contra Demetrio, su comandante, de modo que al final éste perdió completamente el control de su ejército, porque los hombres se negaron a permanecer con él una sola hora más, se volvieron en redondo, dijeron que se iban a casa y desertaron, todos ellos, al campamento de Lisímaco.

Demetrio vio que sus tropas no necesitaban ya sus servicios. ¿Qué podía hacer él? No se desanimó. Simplemente, se quitó su diadema de realeza y sus ropas regias (el manto de oro que era obra de Ptolemais, los borceguíes de fieltro púrpura) y se los cambió por un manto sencillo de basta tela gris y las botas atadas de un soldado corriente. Se manchó la cara con barro y se escapó del campamento militar, dejando todo el vistoso equipo de rey tras él, como un actor que ha interpretado un papel de rey se quita el traje al final del drama.

Para Demetrio, en realidad, el drama casi había concluido.

Se refugió en la ciudad de Casandrea, en el Quersoneso tracio, no lejos de Pella, donde su esposa Fila, hija de Antipatro y hermana de Eurídice, se sintió incapaz de soportar la idea de que su famoso marido se viera reducido al estado de ciudadano privado, y ya no fuese rey, ni héroe, ni dios, y ella misma, ¡ay!, tampoco fuese reina ya, y tomó veneno y murió entre horribles convulsiones, vomitando sus propios intestinos de la manera más desagradable.

¿Y Demetrio? Demetrio se encogió de hombros. Tenía asuntos más importantes que atender que unos ritos funerarios. Había otras mujeres en el mundo. La mayoría de los griegos sentían poca cosa por sus esposas. Quizás ahora, pensó, pudiese casarse con la riquísima, riquísima Ptolemais, hija de Ptolomeo. El caso es que anunció que estaba harto de luchar sólo para aumentar su poder y su lujosa forma de vida, y se unió al bando de su enemigo Pirro de Epeiro, aquel *Pelirrojo* cuya mujer era, por supuesto, Antigone, la hija de la reina Berenice de Egipto.

Poco después de esto, Demetrio Poliorcetes se dirigió hacia la ciudad de Mileto. Le faltaba una esposa, un reino y dinero, y ahora podía serle conveniente, pensó, hacer las paces con Ptolomeo y sellar esta paz casándose con su hija. Sí, Demetrio acercó su roja pluma al papiro y puso fecha para el matrimonio, concluyendo así el compromiso de Ptolemais, el compromiso más largo de la historia del mundo.

Ptolemais tenía entonces treinta y tres años. Había pasado gran parte de los cuatro mil setecientos cuarenta y cinco días de su compromiso bordando el tapiz más grande que se había visto jamás en Alejandría, y que era una vista panorámica de la Vida y Aventuras de Demetrio, el Sitiador de Ciudades, dejando sólo sin incluir su derrota o *desgracia*, a manos de su padre, Ptolomeo, y la desgracia de Ptolomeo a manos de Demetrio en Salamina y Chipre, y éste fue el presente de boda que hizo a su esposo, aquel esposo suyo tan tardío.

Ptolemais había esperado muchos días, y cuando su padre le leyó aquel papiro, saltó de alegría y perdió el control de sí misma y chilló. Cuando volvió en sí, Ptolemais envió una consulta, como era su costumbre habitual, al Oráculo de Zeus-Amón, en Libia, para averiguar si su futuro seguía siendo malo, muy malo. Y la alivió mucho escuchar que el oráculo decía que sería la más feliz de las mujeres, y la madre del niño más guapo que viviría jamás. Entonces se vio reír a Ptolemais por primera vez en trece años.

Sí, Ptolemais siguió sonriendo, a pesar de que su esposo era un rey sin reino, y había perdido todas sus posesiones personales, todo lo que poseía, y no tenía siquiera un techo sobre su cabeza, y a pesar de que estaba en Mileto sin medios siquiera para navegar hasta Alejandría, y que en ningún caso se acercaría allí, a menos que Ptolomeo se retractase de su palabra, de modo que Ptolemais debía viajar por el Gran Mar para casarse, igual que todas sus hermanas.

Pero no, a Ptolemais no le preocupaban todos esos inconvenientes. Tenía riquezas propias. Tenía una sustanciosa dote como hija del rey Ptolomeo. Era rica en esclavas, en joyas, en decadracmas, una de las mujeres más ricas del mundo, e iría a donde fuese para casarse con su Demetrio.

Pero lo que el Oráculo de Zeus-Amón no le dijo a Ptolemais es que su destino era ser la más feliz de las mujeres... sólo durante un mes. Y Ptolemais, que había alcanzado el dudoso honor de establecer el récord del compromiso más largo de todos los tiempos, estaba destinada a ostentar también (al menos durante un cierto tiempo) el récord del matrimonio más breve.

Todo el mundo decía que Ptolemais había sido más paciente de lo que exigía el buen sentido. Una mujer de menor valía habría abandonado sus esperanzas y habría solicitado casarse con otro hombre. Pero Ptolemais siempre había dicho: «El único hombre con el que me puedo casar es Demetrio Poliorcetes».

Al final, pues, aquella joven ya demasiado crecida pudo dedicar sus muñecas de barro con sus miembros movibles fijos con alambres al Templo de Artemisa, en la calle Canópica, junto con su guardarropa de *peploi* comidos por las polillas. Al fin dejaba su larguísima niñez tras ella. Al fin era capaz de ir con la cabeza bien alta, y por primera vez desde que alguien lo recordaba, pasó un día entero sin derramar lágrimas.

Eurídice y Ptolemais navegaron a su debido tiempo hacia Mileto, donde la madre encargó miles de rosas rosa y narcisos blancos para el ritual del matrimonio, porque Ptolemais era, después de todo, hija de un rey, y no podía casarse sin exhibir la adecuada dosis de extravagancia.

Cuando Demetrio Poliorcetes apareció al fin, y Ptolemais le tendió la mano derecha con la *dexiosis* de los griegos, ella le dijo:

–Aquí hay, de hecho, cuatro mil setecientos cuarenta y cinco narcisos blancos y cuatro mil setecientas cuarenta y cinco rosas rosa... un narciso y una rosa por cada día perdido, por cada noche solitaria que he pasado esperándote...

Y Demetrio, abrumado por el perfume de las flores, tuvo la humorada de decir que sentía todas sus preocupaciones, que sentía haberla hecho infeliz, que sentía llegar trece años tarde; pero Ptolemais le dijo que le perdonaba de todos modos, que había valido la pena esperar.

Porque se sentía muy complacida al ver que su marido todavía era joven, que aún no tenía los cincuenta años. Se sintió muy aliviada al ver que su matrimonio se iba a celebrar al fin, después de que aquel hombre fuese detrás de tantas otras mujeres y, compensando el tiempo perdido, se sintió muy aliviada también al saber que se había quedado embarazada la misma noche de bodas, porque sentía mucho temor de que fuera demasiado tarde para que ella pudiese engendrar hijos con ningún hombre.

El Sitiador tenía treinta y siete años cuando se comprometió, con el cabello color de fuego pálido, y su cuerpo era como la famosa estatua de Hermes de Praxíteles, tan bello que tanto hombres como mujeres le seguían por la calle. Ahora su cabello ya encanecía en las sienes. Su rostro estaba hondamente marcado por las arrugas de la preocupación, y su carne ostentaba las lívidas cicatrices de muchas batallas, pero sólo por delante, porque era un hombre que jamás, en toda su vida, volvió la espalda a enemigo alguno, porque era valiente (como Heracles, como Aquiles) y la multitud de griegos que le seguían era sólo algo menor ahora de lo que había sido durante sus años de mayor fama.

En cuanto a Ptolemais, se parecía ya muy poco a la jovencita de diecinueve que le habían descrito a Demetrio los embajadores de su padre trece años antes. Su ánimo se había desgastado mucho por la espera interminable. Antes alabada por su placidez, Ptolemais era ahora más bien dada al mal genio, y había días de mucho calor en los que mostraba algo de la locura de Eurídice, su madre. Sin embargo, ahora Ptolemais ya podía empezar a ser una esposa.

* * *

Demetrio y Ptolemais habían disfrutado solamente, en efecto, de treinta días de su vida de casados cuando el marido dijo una mañana que debía volver al trabajo, a su guerra inacabada, porque tenía la mayor necesidad de recuperar, si podía, el reino de Macedonia, que le correspondía, y alimentar su incesante sed de verter sangre humana. Cuando partió, las lágrimas salieron una vez más de los ojos de Ptolemais, porque no sabía cuándo volvería a ella su perfecto marido, o si volvería. Pero levantó la cabeza. No se mordió las uñas, y su vientre fue creciendo cada día más con el hijo y heredero del Sitiador de Ciudades.

Nueve meses después de su matrimonio (ocho de los cuales pasó en su acostumbrada soledad) Ptolemais dio a luz al hijo que sería famoso en todas las épocas como Demetrio Ho Kalos, Demetrio el Bello, el hombre más guapo que existió jamás. El destino de ese niño era llegar a un final desafortunado, y su principio tampoco fue demasiado maravilloso, porque nunca vio el rostro del hombre que era su padre.

El ejército de Demetrio Poliorcetes justo entonces contaba con mil cien soldados de infantería y un número sin especificar de caballería, y resulta asombroso que aquel hombre consiguiera resurgir de la nada y tomar parte una vez más en el gran drama de los acontecimientos públicos. Pero aunque hizo, como siempre, todos los esfuerzos que pudo, Demetrio quedó atrapado en Cilicia dentro del mismo año y se vio obligado a rendirse al viejo Seleuco, rey de Siria.

Seleuco, dicen, encerró a Demetrio en una jaula de mimbre como si fuese un animal salvaje, y aunque en diversas ocasiones permitió a Demetrio que fuera a cazar, bajo una fuerte guardia, también le dio libertad total para beber todo el vino que quisiera. De hecho, Seleuco dio al prisionero tanto vino, y una hospitalidad tan generosa, que al cabo de dos años, El Sitiador de Ciudades, todavía en su jaula, y rugiendo como un animal, bebió hasta la muerte.

Demetrio tenía entonces cincuenta y cinco años. Sus restos fueron enviados a casa a su acongojado padre, Antígono Monoftalmo, el Tuerto, que les dedicó los ritos funerarios más honorables, porque aquel hijo suyo había sido un gran hombre, un general excelente, y la pérdida de su vida fue un golpe terrible para Macedonia.

Ptolemais creía que ya había esperado bastante a aquel hombre suyo, pero después de casarse con él, se encontró esperando de nuevo un poco más. No llegaba noticia alguna a Ptolemais del Quersoneso sirio acerca de su marido, ni del estado de su salud, ni de la posibilidad de su liberación del cautiverio. No llegó a Ptolemais una sola palabra sobre Demetrio hasta que tuvo noticias de que había muerto.

Cuando se lo dijeron a Ptolemais, ésta se arrancó las ropas y se golpeó el pecho con los puños y se embadurnó el cuerpo con el negro barro de Mileto, y se echó cenizas sobre la cabeza, y aulló, como debía hacer toda viuda griega. A diferencia del dolor de la mayoría de esposas griegas, sin embargo, que era fingido, porque nunca habían conocido las flechas de Eros, el Niño, la pena de Ptolemais era auténtica, porque su amor era también auténtico, y los sentimientos reprimidos de trece años de espera por aquel hombre fluyeron desbordados, y gritó, y bramó, y rugió, y rompió los muebles, y no supo dónde ponerse, o qué hacer, pensando que sólo deseaba morir.

Sus doncellas la abrazaban, vertiendo lágrimas y diciendo:

–No dejes que pese demasiado sobre tu alma... No pienses demasiado en él...

Pero Ptolemais no podía dejar de pensar en aquel hombre, porque se había pasado media vida esperándole. Sentía como si le hubiesen arrancado a mordiscos el corazón del pecho, y las lágrimas no dejaron de fluir de sus ojos durante cuarenta días, de modo que estuvo a punto de romper el récord no sólo del compromiso más largo y el matrimonio más breve, sino también del mayor número de días llorando sin parar.

Las doncellas, temiendo por su mente, le decían: «Ya te encontraremos otro marido», pero Ptolemais meneaba la cabeza. No deseaba a ningún otro hombre que no fuese Poliorcetes. Siempre hubo un solo hombre en sus pensamientos, no había sitio para otro. No, la dulce y tranquila naturaleza y la cálida y firme carne de El Sitiador nunca podrían ser reemplazadas.

Desde luego que Ptolemais recibió muchas propuestas de matrimonio, pero rechazó a todos los pretendientes, diciendo que ya había tenido bastante de las veleidosas manías de los hombres, y se puso el *peplos* negro de las ancianas, aunque sólo tenía treinta y cinco o treinta y seis años.

La verdad del asunto era que Ptolemais estaba más que satisfecha con el fantasma de Demetrio Poliorcetes, que empezó a aparecer en su dormitorio de madrugada.

Ninguna otra mujer vio jamás aquel fantasma, pero Ptolemais juraba siempre que su difunto marido tenía la costumbre de sentarse a los pies de su cama, con el cabello todo alborotado y las ropas ensangrentadas y desgarradas, y la carne tan delgada que los huesos se transparentaban por ella, y oliendo muchísimo a licor.

Cuando las doncellas escucharon a Ptolemais hablar del fantasma sintieron un escalofrío y ofrecieron más plegarias a los dioses de la Hélade, y enviaron a los médicos para que hablaran con ella. Pero Ptolemais insistía mucho, diciendo que Demetrio quería besarla, como había hecho siempre, metiéndole la lengua en la boca, y que también quería hacerle esas cosas que tanto gustan a los hombres.

El gran peso de la carne de Demetrio presionando contra su cuerpo era prueba suficiente de que decía la verdad, y tenía los moretones y marcas purpúreas de sus mordiscos claramente en el cuello. Era un hecho bastante conocido que los hombres griegos que morían antes de los años que les correspondían volvían a acosar a los vivos, hasta que llegaban al menos a la edad adecuada a la que se suponía que debían morir.

Ptolemais, pues, contaba con disfrutar unos veinte años más al menos de visitas nocturnas de su fantasma, «siete mil trescientas noches», como ella decía, y la complacía mucho ver que el número de noches que podría disfrutar de su compañía era mucho mayor que el número de noches que le había esperado mientras vivía.

De día, Ptolemais era dada a sufrir extraños arrebatos y gritos. De noche, sin embargo, los ojos de Ptolemais brillaban con un brillo curioso, y disfrutaba, sí, de una cierta felicidad, porque aquel fantasma era posesión suya exclusiva, y sabía con toda seguridad que el fantasma era algo que nada ni nadie en el mundo, ni la propia Muerte, ni el propio Hades, podía arrebatarle, y que tendría a Demetrio Poliorcetes con ella para siempre jamás.

Ptolemais se quedó a vivir, pues, en Mileto, con los amigos de su difunto esposo, y rogaba a Eurídice, su madre, que viajara a visitarla, y Eurídice iba y venía entre Egipto y Jonia, y se quedaba con su hija por períodos cada vez más largos, y era un alivio para la casa de Ptolomeo en Egipto que hiciera tal cosa.

Ptolemais tenía su fantasma, que permanecía con ella, y nada más excepto su único hijo, Demetrio Kalos. A todos los efectos, el niño fue educado en Pella, en la corte de su abuelo por parte paterna, es decir, en la casa de Antígono el Tuerto, donde recibió la educación griega propia de un príncipe de Macedonia. Y Thot supone que cuando Ptolemais perdió la razón por completo (¿cómo no iba a hacerlo?), el niño fue retirado de su cuidado y control por los parientes de su padre.

En el mundo griego, una madre vale muy poco sin su marido. Nadie podía decir en justicia cuál iba a ser el destino de Ptolemais después de aquello. Sí, el mundo estaba lleno en aquella época de historias inconclusas, de gente que se cuenta entre los Desaparecidos. Ptolemais, princesa de Egipto, que a veces se había llamado a sí misma *Basilissa,* o ex reina de Macedonia, fue una de ellas.

Sí, Ptolemais sería recordada solamente como la madre del hombre más bello del mundo, cuyo paso por éste no sería olvidado, con toda seguridad. Quizá Ptolemais podría haber encontrado en el hecho de ser recordada por algo un cierto consuelo para su vida, completamente arruinada.

3.19
Corazón bello

Thot pregunta de nuevo: ¿no hubo entre todos los matrimonios de los hijos de Ptolomeo Soter un ejemplo de felicidad como la felicidad de los egipcios? Y la respuesta es: sí, realmente hubo uno, el matrimonio de Ptolomeo Micros y Arsinoe Alfa fue un matrimonio feliz, muy feliz.

Micros se había casado sin ver antes a su esposa, eso es verdad, basándose sólo en los informes de los embajadores de su madre, y en la promesa de su hermana, y en las órdenes de su padre, porque así era como hacían las cosas los griegos: simplemente, aquel hijo no tenía elección a la hora de tomar esposa, ni aquél ni ningún hijo griego. Pero todo fue bien entre marido y mujer. No importaba que Arsinoe Alfa no fuese tan inteligente como Arsinoe Beta, que podía manejar guerras y ejércitos de soldados y conocía la respuesta a todos los problemas, fueran ajenos o domésticos. No, Arsinoe Beta se encontraba a miles de estadios de distancia, casada con otro hombre y, por lo que concernía a Ptolomeo Micros, como si estuviera muerta.

No, Micros no pensó en Arsinoe Beta durante años, salvo para escuchar, de vez en cuando, las historias de su esposa sobre su extraño comportamiento en Tracia. Su hermana no escribía cartas a Egipto. No preocupaba a Micros lo más mínimo.

Al cabo de unos meses de su propio matrimonio, a la princesa Arsinoe Alfa se le empezó a hinchar el vientre por el embarazo, y pasó por su corazón la idea de que aquel hijo suyo algún día sería faraón de Egipto, porque Ptolomeo Keraunos parecía estar lejos del favor de su padre, y porque vio de inmediato que el rey Ptolomeo hablaba mucho más con Micros, conversando sobre los libros de la Gran Biblioteca, y de cómo mantener alejados los escorpiones de los pergaminos, y acerca del gran

Museion, y de cómo evitar que las pequeñas serpientes treparan por la ropa de cama de los estudiosos, y acerca del Gran Faro, y (a pesar de que a Micros no le interesaba) del ejército, y de la flota de buques de guerra, mientras que al parecer no hablaba con Keraunos de ninguna de esas cosas, y apenas conversaba educadamente con Keraunos.

Arsinoe Alfa fue engordando más. Evitaba mirar cosas feas, en la creencia de que lo que miraba podía afectar el carácter de su hijo. No sentía ninguna hostilidad por las cosas egipcias, y cuando el sumo sacerdote de Ptah le llevó el ancho collar con muchas vueltas de cuentas y tres cabezas de Horus, Arsinoe Alfa se sintió muy complacida de llevarlo, porque Horus, el Halcón, la protegería contra todas las fuerzas del mal.

El nacimiento del hijo de Arsinoe Alfa tuvo lugar a la manera egipcia, con la madre arrodillada sobre dos grandes ladrillos en una improvisada tienda de vegetación que se colocó en el tejado de la residencia de Menfis, y era la primera vez que se realizaban las cosas de manera distinta a la costumbre de los griegos, porque aquel niño sería el primer nieto del faraón por línea directa.

Los egipcios decían que había tres clases de nacimientos. Al tipo normal lo llamaban *hotep*. Al difícil lo llamaban *bened*. Al más largo de todos, con muchos gritos y mucho esfuerzo y problemas, lo llamaban *wedef*. El parto de Arsinoe Alfa fue del tipo *wedef*, como si su príncipe no quisiera ver la luz del día. Pero la comadrona aceleró el proceso quemando resina de terebinto junto al vientre de la madre, y las mujeres le masajearon el abdomen con polvo de azafrán disuelto en cerveza, y luego con polvo de mármol disuelto en vinagre, para aliviar sus dolores.

El hijo de Arsinoe fue, por supuesto, un varón, porque los padres habían tomado todas las medidas necesarias, como atarse el testículo izquierdo el padre, Ptolomeo Micros, y beber grandes tragos de excrementos de halcón disueltos en vino de miel, y Arsinoe llevaba siempre la pluma de buitre bajo los pies, mientras yacía en el lecho.

Aquel ilustre y muy ilustre hijo fue el primer Ptolomeo que nació desde que Ptolomeo Soter adoptó la corona de Egipto, y quizá por ese motivo Anemhor el Viejo tuvo mucho cuidado de trazar con su propia mano el horóscopo de aquel niño, porque el día que nació debía determinar todo su destino, y todos los días de su futuro.

Anemhor el Viejo explicó cómo funcionaban esas cosas:

–Un niño nacido el noveno día de Faofi –dijo– vivirá hasta la vejez... Un niño nacido el veintitrés de Faofi será devorado por un cocodrilo... Un niño nacido el veintitrés de Thot no vivirá... Y así sucesivamente.

Pero ocurrió que aquel niño nació precisamente el día más afortunado. Anemhor el Viejo se aseguró de ello, contando los días retrospectivamente y diciéndoles a los padres los días que podían o no podían tener *aphrodisia*.

Y llamaron al niño, por supuesto, Ptolomeo. Desde el principio, Anemhor el Viejo hizo ciertas demandas que nunca antes se habían hecho. Insistió, por ejemplo, en que se conservase la placenta, diciendo:

–Es el hermano gemelo del recién nacido, que debe ir con él toda su vida, como un fantasma.

Ptolomeo Micros, el padre, puso mala cara, como diciendo: «Qué asqueroso», como haría cualquier griego.

Anemhor el Viejo pareció no notarlo, y continuó:

–El Ka es un descendiente de la placenta.

Micros pareció algo más contento, porque sabía lo que era el *Ka*, el doble que tenía todo hombre, el Espíritu Doble.

–El destino de la placenta –dijo Anemhor– afectará al futuro del niño. Si se destruye, su futuro será dañado también. Debemos mantener, por tanto, ese objeto con el mayor cuidado.

Y por tanto envolvieron la placenta en un trozo de tela y aquel objeto ensangrentado fue llevado en un estandarte dondequiera que fue, durante el resto de su vida. Micros aceptó todas las curiosas peticiones de Anemhor el Viejo. En privado, pensaba: «Obsceno». Y en privado se quejaba al rey Ptolomeo:

–Somos helenos –murmuraba–, no egipcios... Seguro que no practican estos ritos asquerosos en la Hélade, ¿verdad?

El faraón se encogía de hombros y sonreía con su media sonrisa.

–Ahora todos somos egipcios –decía–. Cuando estás entre los monos, debes hacer lo mismo que ellos –y enseñaba los dientes, como si fuera una broma.

La costumbre griega es quemar la placenta en el fuego y observar con cuidado el número de chasquidos que emite al quemarse, porque eso permite al padre predecir el futuro de su hijo. Pero los griegos de Egipto ya no eran verdaderos griegos, su situación ya no era una «circunstancia normal», y a partir de aquel nacimiento, los Ptolomeos harían muchas más cosas según las costumbres egipcias.

De vez en cuando, Micros expresaba a su padre el temor de que lo que había hecho estuviese en contra de las costumbres griegas, y decía que sentía temor, mucho temor, de incumplir las tradiciones. Pero el rey Ptolomeo, como de costumbre, tranquilizó a Micros.

–Todo irá bien –le dijo–. Todo esto será para bien.

Y sonrió, y pasó el brazo por encima del hombro del joven para animarle.

Y así la familia de Ptolomeo Soter se adentró un poco más en la oscuridad, por un camino que desconocían, y para ellos no había ya vuelta atrás. Poco a poco iban quemando los puentes y debían continuar avanzando.

Aquel nuevo Ptolomeo, al que llamarían Ptolomeo Euergetes, no sufrió el destino de su tío El Rayo, porque su nodriza tuvo que jurar ante Zeus y Poseidón que alimentaría a aquel príncipe con su propia leche pura y sin mácula. Juró por Zeus y por Poseidón que cuidaría adecuadamente de ella misma y del niño a su cargo. Juró no mancillar nunca su salud bebiendo vino o *booza.* Transmitiría su buen carácter al niño junto con su buena leche, y le alimentaría a lo largo de seis años, según la costumbre de los egipcios.

Después de aquello, una vez realizado el trabajo de aquella *Agatha Gala*, o Buena Leche, Ptolomeo sería amamantado por las diosas de Egipto: por Sejmet, la leona; por Hathor, la Vaca de Oro, y por Isis, la de los Muchos Nombres. Bebería no sólo la leche de las diosas, sino también la vida divina de ellas.

Desde luego, todo se haría bien con aquel nuevo Ptolomeo, hijo de Ptolomeo Micros, el nieto del Horus Viviente, Ptolomeo Soter. Los dioses le vigilarían y sería llamado Benefactor, Dador de Bienes Excelsos para Egipto.

Ptolomeo Micros y Arsinoe Alfa realizaron las adecuadas celebraciones griegas por el nacimiento de su hijo, y el futuro de la casa de Ptolomeo parecía lleno de promesas, lleno de todas las cosas buenas, tal como les dijo el sumo sacerdote.

Porque el horoscopista predijo que aquel niño viviría sesenta y tres años, cuatro meses y tres días. En realidad, todos los oráculos que consultaron los griegos y todas las profecías presagiaban la perfección y un glorioso futuro.

Pero Thot, que lo sabe todo, sabe que incluso el matrimonio perfecto de Micros y Arsinoe Alfa estaba destinado a acabar antes de tiempo, y desastrosamente.

Los egipcios, por otra parte, salieron mejor parados.

* * *

El decimoquinto año del reinado de Ptolomeo Soter, el nieto de Anemhor el Viejo, Padibastet, también llamado Nesisti, y también Esisout, como Eskedi su padre, tomó esposa en Menfis, de nombre Nefersobek, que los griegos, con su tozudez de costumbre, llamaban Nefersouchos, y cuyo nombre significaba Bello es el Cocodrilo.

Porque aquella Nefersobek venía de una ciudad llamada por los griegos Krokodilópolis, y su padre era el sumo sacerdote de Sobek, el dios cocodrilo. Y Nefersobek había sido educada desde sus primeros años para honrar y adorar a los cocodrilos que vivían allí, en el lago sagrado. Ella había adornado con sus propias manos las orejas y los tobillos de los animales sagrados con brazaletes y anillos de oro, y a menudo estaba presente cuando alimentaban los cocodrilos con carne de cerdo y los mejores vinos de Egipto, uniéndose al culto de esta criatura como encarnación del dios.

A pesar de vivir tan cerca del Rostro del Miedo, el carácter de Nefersobek no se agrió. Su temperamento no era maligno, como el del cocodrilo. Todo lo contrario: ella tenía un carácter muy dulce. Era una mujer muy bella, y en el Templo de Ptah, en Menfis, se deleitaba dirigiendo a las tocadoras de *seistron*, el sonajero sagrado que mantenía alejados los malos espíritus, algo importantísimo para poder celebrar el ritual de Ptah, el Bello de Rostro.

Nefersobek, realmente, sonreía desde el amanecer hasta el ocaso, y su marido Padibastet sonreía también con ella, y el amor que se profesaban el uno al otro era lo más hermoso de todo Menfis.

Y ocurrió que durante el año decimosexto del reinado de Ptolomeo, al tercer día del tercer mes de Peret, el tercer mes de la estación del surgimiento, nació un niño llamado Anemhor el Joven, o Anemhor II, que era el primer hijo nacido a Padibastet, que era Padibastet I, y Nefersobek.

Aunque Padibastet sólo era por aquel entonces un joven sacerdote que tenía veinte años de edad, y ostentaba el humilde cargo de profeta del Santuario de Ramsés II, en el Templo de Ptah, su destino era suceder a su abuelo, Anemhor el Viejo, como sumo sacerdote.

Y Thot dice: aquel niño había nacido para ser el Gran Señor del Martillo, y desde el día de su nacimiento se vio elevado entre los Más Puros, entrenado para aquel gran oficio, educado para amar a los dioses de Egipto, a todos y cada uno de ellos, pero por encima de todo a Ptah, el dios creador.

Su bisabuelo, Anemhor el Viejo, que tenía entonces más de ochenta años de edad, trazó el horóscopo de aquel niño con su propia mano, para que se supiera el número de días que viviría sobre la tierra, y se sintió muy complacido al averiguar, antes del día de su propia partida hacia el oeste, que su bisnieto viviría setenta y dos años, un mes y veintitrés días.

La dinastía de sumos sacerdotes de Ptah de Menfis, pues, tenía su futuro plenamente asegurado, igual que el futuro de la casa de Ptolomeo era seguro. En realidad, la previsión de los horoscopistas para ambas casas era que durarían exactamente lo mismo, y que llegarían a su fin ambas el mismo día.

Pero en aquellos momentos, la idea de que cualquiera de las dos casas pudiera llegar a su final parecía algo impensable.

Anemhor el Joven sería padre de tres hijos. Sería Señor de los Secretos en el Lugar Secreto, y sus días estarían llenos de paz, y no se verían alterados por ningún horror. Aquel niño iba a nacer más o menos al mismo tiempo que el nuevo Ptolomeo, el hijo primogénito de Ptolomeo Micros y Arsinoe Alfa, que sería Ptolomeo Euergetes. Se conocerían ambos desde la niñez, un griego y un egipcio, y no habría hostilidad entre ellos, sino que serían amigos. Sus padres se conocían y se respetaban mutuamente. Entre los dos lograrían grandes cosas para Ptah y para Egipto.

Anemhor el Viejo, aunque supiera el número de días de su vida (que lo sabía) y el día exacto en que su vida en la tierra debía concluir, ¿sentía acaso que esas cosas perturbaban su corazón? No, no era así. De ningún modo. Porque el egipcio no ve la muerte más que como un cambio de residencia. Mira la muerte con tranquilidad, no con temor como los griegos.

¿Le preocupaba a Anemhor ir tachando los días que le quedaban para partir hacia el Oeste? No. Todo estaba en manos de los dioses. La muerte realmente no preocupaba a la gente de Egipto: toda su vida se estaban preparando para ella. Los egipcios son animosos con respecto a la muerte. Anubis, Señor del Mundo Inferior, dios de la casa del embalsamamiento, es su amigo de confianza, su guía en la Otra Vida.

Fajaron al nuevo Ptolomeo de acuerdo con la costumbre de los griegos. El nuevo Anemhor no fue fajado, porque los egipcios no vendan a sus niños como si ya estuviesen muertos, sino que más bien piensan que los miembros del niño deben dejarse crecer libres y sin restricción alguna. Y como dijo Eskedi, el abuelo: «Ya habrá tiempo más adelante para ponerle vendas».

Ptolomeo Micros enseñaría a su hijo que, como griego auténtico, debía aprender a mentir para sobrevivir. Pero Padibastet enseñó a Anemhor el Joven que un egipcio debe decir siempre la verdad, y su adiestramiento en todo tipo de saberes empezó en cuanto el niño fue capaz de comprender, porque su padre le leía al hijo en voz alta de los libros eruditos:

–Que tu ira sea pequeña, tu corazón amplio, y entonces tu corazón será hermoso.

Y sí, antes incluso de eso, casi las primeras palabras que oyó aquel niño en su vida fueron palabras sabias:

> ¿De qué sirve ir vestido con tus mejores galas
> si mientes al aparecer ante el dios?

O bien:

> La cerámica disfrazada como si fuera oro
> cuando llega el día se convierte en plomo.

Padibastet enseñaría a Anemhor el Joven, aquel hijo que llegaría a ser sumo sacerdote de Ptah (si el dios lo permitía) igual que sus antepasados, que habían sido sumos sacerdotes antes que él, las virtudes del autocontrol, la moderación, la amabilidad y la generosidad, y también la justicia y la veracidad. Esas virtudes debía aplicarlas a todos los hombres y todas las mujeres. Padibastet no enseñaría nunca a su hijo los valores marciales. No, ni uno solo. Padibastet no le daría a su hijo una espada de madera como juguete, porque su hijo no sería un hombre de guerra como Ptolomeo (como todos los Ptolomeos), sino un hombre cuya vida entera estaría dedicada a la paz.

El aprendizaje sacerdotal de aquel niño empezaría antes incluso de que tuviese los cinco años de edad. Aprendería cosas de todos los dioses. Aprendería el arte de la predicción. Aprendería las artes de la magia y la medicina.

Padibastet, su padre, sería él mismo Señor de los Secretos. Ya conocía todas las cosas que habían ocurrido en el pasado, todo lo que iba a ocurrir en el futuro. Sabía cuáles eran los pensamientos de un hombre, aunque no dijese nada. Sabía qué era lo que iba a hacer a continuación cada hombre, sin abrir siquiera la boca. Un hombre tal sería un amigo muy poderoso para el rey Ptolomeo y su hijo, y también para su nieto. Y el nuevo hijo sería educado hasta que se convirtiera en una perfecta copia de su padre, igual que su padre era una copia del suyo antes que él, de modo que pudiera vestir la piel de leopardo cuando llegase el día en que Padibastet se dirigiera al Campo de los Juncos, a su tumba en el Oeste.

A la familia del sumo sacerdote (cuatro generaciones de ellos ya desde que Ptolomeo llegó a Egipto: Anemhor el Viejo, Eskedi, Padibastet y Anemhor el Joven) le gustaba la sonrisa, y también la risa. Nunca se dirigían palabras airadas los unos a los otros. Del odio nada sabían.

¿Y los griegos? Seguían llamando a todos sus hijos Ptolomeo, el Guerrero, y seguían discutiendo, peleándose, luchando... Los griegos hacían honor a su nombre. ¿Cuál era la verdad? ¿Acaso no eran felices los griegos? Su idea era que el griego es mejor que el egipcio, que la forma de vida griega es mucho mejor que la egipcia. Pero la verdad, la verdad genuina era que Egipto era mucho más antiguo, y que la sofisticación de los griegos era, como mucho, temporal, y que en el fondo apenas eran algo más que salvajes, que todavía llamaban a sus hijos Ptolomeo, como si fuese una gran virtud luchar por luchar.

Padibastet enseñaba a su hijo lo contrario: «El hombre ideal es un hombre de paz».

* * *

En el año decimoséptimo, el tercer mes del verano, el día duodécimo del Señor de las Dos Tierras, Señor de las Diademas, Que-Se-le-Otorgue-Una-Vida-Como-la-de-Ra, el sonido del llanto y las lamentaciones llegó desde la casa del sumo sacerdote de Ptah, porque Anemhor partió hacia el Cielo para descansar en la casa de embalsamamiento, bajo los cuidados de Anubis, que debía momificar su cuerpo.

El hijo y los nietos, la nuera y la mujer del nieto lloraron por el anciano, y el llanto de su viuda se alzó por encima de todos los demás ruidos en el barrio donde se levantaba la casa del hombre muerto. Ella se golpeaba el pecho, se arañaba las mejillas. Nadie olvidó la pena de la esposa de Anemhor ante la pérdida de su esposo, a quien amaba.

Embalsamaron el cuerpo de Anemhor el Viejo de la manera habitual, quitando el cerebro a través de los agujeros de la nariz por medio de un gancho. Le sacaron las entrañas mediante la habitual abertura en la pared del estómago. Sumergieron el cuerpo del hombre en un baño de natrón seco durante los habituales setenta días y noches. Y el llanto y los lamentos de su familia continuaron durante todo aquel tiempo.

Mientras, se prepararon los tres ataúdes antropomorfos de cedro que se colocarían uno dentro del otro, pintados de oro sobre negro, con las escenas de embalsamamiento de los muertos, y Anubis, el dios con cabeza de chacal del embalsamamiento, y Thot, que es tres veces grande, y con la Pesada del Corazón, que tendría lugar en la Otra Vida.

Vendaron los restos de Anemhor el Viejo con muchos codos de venda de lino, y debajo de los vendajes, aquel gran hombre llevaba los dediles de oro correspondientes sobre las uñas. También llevaba unas fundas de oro macizo en las uñas de los pies. Toda la cabeza del sacerdote se doró directamente sobre la piel, para que en la muerte, su rostro brillase, dorado, como la carne de los dioses. Así, Anemhor el Viejo se hizo uno con el dios Osiris, y fue llamado, según la costumbre, Osiris Anemhor, y se prepararon para enviarlo a su viaje a través del Mundo Inferior.

La esposa de Anemhor el Viejo, que ostentaba a su vez el cargo de Esposa de Ptah, vio mentalmente a su esposo atravesar los oscuros salones de la Otra Vida. Vio que pesaban su corazón contra la Pluma de Maat, la Pluma de la Verdad, y supo que su corazón era ligero en la balanza, ligero como la Pluma. Vio en sueños a Osiris, el gran dios, sentado en su trono de oro puro, con el gran dios Anubis en la mano izquierda y el gran dios Thot en la mano derecha, sujetando bien alta su pluma de junco, dispuesto a escribir, mientras Anubis se dirigía a la compañía, y escuchó decir a Anemhor que no había causado daño alguno a ningún hombre, que no había cometido ningún crimen, que no había oprimido a los pobres, que no había hecho nada que no debiese hacer en todos los días de su vida. Sabía que Anemhor era un hombre bueno, recto en su adoración del dios. No había invocación alguna que Anemhor el Viejo no supiese recitar de memoria para ayudarle a preservarse de los terrores de la Otra Vida. Anemhor el Viejo no tenía nada que temer.

La esposa vio a su esposo caminando entre las llamas del Campo de los Juncos, el Campo de las Ofrendas, el Campo de los Saltamontes, y vio que no estaba alarmado, sino que caminaba sonriente. Le vio como una de las Estrellas Imperecederas, disfrutando de su vida de delicias en el cielo, y lloró porque no volvería a verle nunca más, pero se sintió feliz por él también, al mismo tiempo.

Recitaron la invocación para Anemhor el Viejo, para asegurarse de que, como escriba, llevaba sus útiles de escritura en el otro mundo: el cuenco con agua, los bloques redondos de tinta seca, uno rojo y otro negro, y su pluma. Porque si un escriba lleva estas cosas consigo al otro mundo, conocerá todos los secretos mágicos contenidos en las escrituras de Thot.

Entre las muertas rodillas de Anemhor el Viejo no pusieron el papiro que algunos llaman *Libro de la salida al día*, y que el vulgo llama, erróneamente, *Libro de los muertos*, sino que colocaron un rollo de papiro en blanco de noventa codos de largo, para que Anemhor el Viejo pudiera seguir escribiendo en la Otra Vida, de forma eterna, durante millones y millones de años.

Anemhor el Viejo no había sido abiertamente hostil a los griegos (a Ptolomeo Soter), pero no se había mostrado tampoco abiertamente amistoso. Había mantenido la reserva, una cierta cautela en la forma de hablar con aquel faraón que no era egipcio. Desde luego que habían cooperado, porque Anemhor el Viejo veía muchas cosas buenas en aquel hombre, y Ptolomeo sabía muy bien que ni siquiera él tenía el poder de destituir a Anemhor el Viejo de su cargo, ya que todo sumo sacerdote lo era de por vida y llevaba el cetro *kherep* hasta que caía muerto.

Anemhor el Viejo estaba orgulloso, muy orgulloso de que sus antepasados, de padres a hijos, hubiesen sido sumos sacerdotes de Ptah desde los tiempos de Hatshepsut, mucho antes incluso de los tiempos de los ramesidas. Le había mostrado a Ptolomeo sus estatuas de madera en el gran Templo de Ptah, una larga hilera de ellas, los Grandes Jefes del Martillo, cada uno de ellos con la misma sonrisa misteriosa de los hombres que conocen todos los secretos del cielo y de la tierra, todos con la cabeza afeitada excepto el rizo lateral del sumo sacerdote de Ptah, y todos con la pierna izquierda adelantada: cuarenta y ocho generaciones de su familia, que abarcaban novecientos sesenta años.

Sí, Ptolomeo se había asombrado por aquella cantidad de tiempo, se había quedado sin habla. Sin embargo, Anemhor el Viejo había desaparecido, y Ptolomeo debía encontrar el sacerdote de Ptah que reemplazase a aquel gran hombre, aquel hombre de tanta sabiduría: algún miembro del sacerdocio que trabajase conjuntamente con él en todo momento y no se le opusiera. Y ocurrió que el nuevo sumo sacerdote de Ptah al que eligió Ptolomeo fue otro Anemhor, a quien llamaban también Nesisty, y también Esisout, pero que era conocido sobre todo por Eskedi, y que era el hijo del Anemhor que le había precedido, porque aunque no era un derecho, sí era tradición que el hijo del muerto fuese nombrado para el cargo de su padre, y Ptolomeo vio que Eskedi era un hombre que estaba de acuerdo con él en todo, que entre ellos no había reservas, ni sospechas, y que Eskedi era el mejor Gran Jefe del Martillo.

De modo que Eskedi, de treinta y cinco años de edad, fue conducido ante su majestad y se inclinó siete veces y se arrojó de cara al suelo y besó la tierra ante los pies de su majestad, y fue así Primer Profeta de Ptah, Primer Servidor del Dios, y su majestad le levantó y le dijo las palabras que se debían decir en aquel nombramiento:

> A partir de ahora sois el sumo sacerdote de Ptah...
> Sus tesoros y sus graneros se hallan bajo vuestro sello...
> Vos sois la cabeza de su templo, y todos sus servidores están bajo vuestra autoridad...

Y su majestad presentó a Eskedi los dos anillos de oro y el cetro de electrum que era el cetro *kherep* de su cargo, y de inmediato fue Cabeza de la Doble Casa de Plata y Oro, y Cabeza del Doble Granero, y Jefe de Obras, y Jefe de Todos los Comercios de Menfis, y Gran Jefe del Martillo.

Y se enviaron mensajeros reales para hacer saber a todo Egipto que la casa de Ptah ahora sería dirigida por Eskedi, hijo de Anemhor el Viejo, así como todas sus propiedades y sus gentes.

Y Eskedi alabó a Ptah, el del Bello Rostro, el gran dios, el dios que tenía la habilidad incluso de hacer que el tiempo retrocediera.

Thot dice: el carácter de este egipcio es tranquilo. Su humor es dulce. Ama a su esposa Neferrenpet. Su esposa también le ama a él.

Eskedi tiene un gran corazón. Y poca ira. Es bello de corazón.

3.20
Boca Caliente

Y así sucedió que Eskedi, el hijo, atendió a Ptolomeo en lugar de Anemhor el Viejo, su padre, llevando el manto con manchas de leopardo de su augusto cargo. Eskedi no llevaba cocodrilos como regalo a los griegos. De ninguna manera. Les llevó los mejores gatos de Bubastis. Les llevó los galgos más rápidos, para cazar en el desierto. Les llevó monitos, diciendo: «Los monos son hermosos entre los niños». Era Eskedi quien aconsejaba sabiamente a Ptolomeo. Y fue Eskedi quien heredó la tarea de instruir a Keraunos acerca de los temas egipcios, de los cuales Keraunos no quería oír ni una sola palabra.

Desde la coronación de su padre, Ptolomeo Keraunos era considerado por todos heredero al trono y reino de Ptolomeo Soter. Sólo a Keraunos, de todos los hijos de Ptolomeo, le habían sido revelados algunos misterios egipcios, aunque, desde luego, él nunca había querido tener nada que ver con las cosas egipcias.

Cuando Eskedi explicó a Keraunos el significado de Thot y de la Ogdóada Hermopolitana, aquel joven se atrevió incluso a bostezar.

Y cuando Eskedi le preguntó:

–¿Acaso no me escucháis?

Keraunos le respondió:

–Yo soy griego. Los dioses de Egipto no significan gran cosa para mí.

No, Ptolomeo Keraunos se había resistido desde el principio a cualquier cosa que no fuese griega. No le interesaba saber nada de Anubis, el Perro, que es Faraón del Mundo Inferior, ni de Horus, el Halcón de Oro, ni de Osiris y lo absurdo de volar al cielo y convertirse en una de las Estrellas Imperecederas después de su muerte. Keraunos era griego, y se preciaba de odiar todas las cosas extranjeras y a todos los extranjeros.

Lo mismo ocurría, sin embargo, con las enseñanzas griegas que se intentaban dar a Keraunos, porque mostraba poco interés en los dioses griegos. No tenía deseo alguno de leer libros griegos, ni en realidad libro alguno... ni siquiera Homero; ni siquiera la *Iliada,* que desbordaba de guerras y derramamientos de sangre. No, a Keraunos sólo le interesaba la lucha, las distintas maneras de matar a un hombre, las armas y el manejo de la espada. No le interesaba leer nada de tácticas, ni de estrategia. Pensaba que tampoco necesitaba saber geografía, ni matemáticas, ni geometría. Y en cuanto a la lira, decía que la música era para los *kinaidoi.*

Keraunos vivía, en realidad, de una forma salvaje, como un bárbaro. No se diferenciaba demasiado de un esclavo, ni de los animales, porque tampoco le gobernaba la razón.

Un hombre tal, pensaba Eskedi, no sería capaz de soportar el peso de ser faraón de Egipto.

No, Keraunos no se parecía en nada a la Imagen Viviente de Horus. Parecía más bien la Imagen Viviente de Seth, Enemigo de la Luz, personificación del Desorden.

Ptolomeo Keraunos había crecido, sin embargo, creyendo que, hiciese lo que hiciese, se convertiría en rey después de su padre, y que ése era su derecho como hijo primogénito legítimo de Ptolomeo Soter, y ese hecho fue el que le llevó a creer que podía hacer exactamente lo que le apeteciese. No debió de sorprender a nadie, pues, que cuando la promesa de su reinado fue cuestionada, y surgió la idea de que Keraunos podía no ser el hombre adecuado para reinar, resonase un poco el trueno. El nuevo sumo sacerdote de Ptah preveía problemas, grandes problemas, si Keraunos llegaba a ser rey de Egipto.

Eskedi pensó muchos días en el tema de la sucesión, y en la riña entre los dioses Horus y Seth, entre la Luz y la Oscuridad, el Bien y el Mal, que parecían reflejados en los dos hijos de Ptolomeo Soter, candidatos rivales para el trono. Le parecía a Eskedi casi como si aquellos dos reviviesen la antigua querella; casi como si el mito proporcionase el modelo para su historia... casi, pensaba, como si alguna persona con grandes poderes mágicos lo hubiese dispuesto así a propósito.

Si Ptolomeo Micros triunfaba sobre Ptolomeo Keraunos, su medio hermano, representaría la victoria de la razón. Pero si Keraunos llegaba a ser faraón, desde luego, el Mal y el Desorden serían entronizados con él. Sería el principio del reino de Seth, el Eterno Alborotador, sobre el trono de Osiris, algo que no debía ocurrir. En realidad, nadie dejaría a Keraunos a cargo de una simple *trieres*, y mucho menos un reino.

A Eskedi, la elección entre ambos herederos le parecía muy sencilla. Estaba claro para él quién sería el mejor faraón, quién era el *kalokagathos*, el perfecto caballero griego.

Pero, ¿cómo persuadir a Ptolomeo Soter para que eligiese al hijo correcto, el faraón correcto para Egipto?

* * *

Cuando Ptolomeo Soter empezó a hacerse muy viejo, e incluso se dormía escuchando las peticiones de sus súbditos y se le trababan las palabras en los rituales del templo, y le resultaba difícil escuchar durante mucho rato lo que le decían, sus consejeros y los consejeros egipcios en particular le apremiaron para que tomara ya una decisión sobre su heredero.

¿Qué acción debía emprender? No era capaz de decidirse. Y entonces pidió consejo a otros, y el día que debía tomar una decisión, fueron tres las partes implicadas en todas las preguntas y respuestas acerca de su heredero: Eskedi, sumo sacerdote de Ptah, y los otros sacerdotes de Egipto; Demetrio de Falero, que era el consejero de Ptolomeo para todas las cosas griegas, y Berenice, la Gran Esposa Real del faraón.

Del lado de Ptolomeo Keraunos el mayor apoyo procedía de Demetrio de Falero, que hizo todo lo que pudo por defender al hijo de Eurídice citando a Aristóteles: «¿No es este un chico a veces malo, a veces bueno?», porque él pensaba que todas las fechorías de Keraunos no eran sino travesuras infantiles.

Pero para oponerse a esto, Eskedi dijo:

–Keraunos ya no es un niño, sino un hombre adulto. Ha tenido todas las oportunidades del mundo para demostrar su valía. Y no es que a veces sea malo, es que es malo siempre.

Desde luego, Anemhor el Viejo había favorecido a Keraunos, pero su hijo prefería a Micros, que a pesar de ser el benjamín, el más pequeño, no era un loco como Keraunos.

Eskedi incluso murmuró al faraón:

–El hombre malvado es el que está calmado, como el cocodrilo en el agua –se refería a Keraunos. Y siguió–: Es mucho mayor el mérito del hombre afable que el del fuerte.

Eskedi dijo incluso al padre del joven:

–Ptolomeo Keraunos es de voz ardiente. Es un hombre ardiente. Es Todo-lo-que-quiere-lo-tiene. Es Todo-lo-que-le-disgusta-no. No tiene sentido de lo correcto y adecuado. No tiene sentido del deber...

Y Ptolomeo Soter meneó la cabeza abatido, porque lo que Eskedi decía era la verdad.

Eskedi siguió:

–¿Qué cualidades necesita un faraón? Necesita el talento de suscitar afecto. Necesita el talento de comunicar energía. Pero Keraunos no suscita afecto. No atrae el corazón de nadie. El faraón debe tener encanto. Debe ser Grande en Dulzura. Pero Keraunos no tiene encanto, y no es dulce, sino agrio. Cierto es –prosiguió Eskedi– que el faraón debe tener un aspecto duro también. Debe aterrorizar a cualquier hombre que se oponga a su voluntad. El faraón debe aplastar frentes. El temor al faraón debe extenderse por toda la tierra, para que nadie ose alzarse en su presencia. Keraunos es así, pero sólo tiene las cualidades negativas del faraón.

Para Eskedi, Keraunos era el exaltado que tanto despreciaban los hombres sabios de Egipto. Era como el *puraustes*, la polilla que acaba quemándose en la llama de una vela, y turbaba mucho el corazón de aquel joven sumo sacerdote.

Eskedi pronunció palabras alarmantes, diciendo:

–El hombre que tiene la boca caliente es como el joven lobo en una granja. Ensombrece la brillantez del sol –y añadió–: El barco de los codiciosos queda atascado en el barro, mientras que el barco del hombre callado navega al viento.

Ptolomeo pensó mucho. Micros, desde luego, tenía el hábito de la pereza, pero también era un estudioso. Había logrado la *arrepsia*, el equilibrio del alma. No era dado a la guerra, era pacífico. Era sagaz y lleno de sentido común, como su padre, mientras que Keraunos, realmente, era todo lo contrario.

Micros se había educado a la sombra, porque su piel clara se quemaba al sol. Había crecido demasiado blando, a diferencia de Keraunos, que era un hombre duro. Pero Keraunos era demasiado duro, y un hombre así haría mucho daño a Egipto.

Soter temía por Micros, que no había oído jamás un clarín enemigo, y mucho menos alzado una espada en ninguna batalla, pero ya habría tiempo, pensó. Micros era todavía muy joven. Le preocupaba a Soter que Micros fuese tan poco dado al ejercicio violento, tan contrario a la guerra, pero claro, los egipcios odiaban la guerra. Querrían un faraón que prefiriese la paz.

Ptolomeo pensó en los tratados sobre la realeza que Demetrio de Falero le había hecho leer, y dijo:

–Un hombre bueno es más fuerte que sí mismo. Es capaz de controlar su apetito por la comida y la bebida, por el sueño y la *aphrodisia*. Pero Keraunos no controla sus deseos, es un hombre incontrolado –y prosiguió–: Un rey tiene que ser un hombre que sea amo honorable de sus placeres, no vergonzoso esclavo de ellos.

Ptolomeo escuchó mucho tiempo lo que decían Demetrio de Falero y Eskedi, el sumo sacerdote, pero las últimas palabras de Eskedi fueron las que quedaron grabadas en sus pensamientos mientras intentaba dormir aquella noche: «No enciendas un fuego si no eres capaz de sofocar las llamas; no pongas en movimiento una serie de acontecimientos que no puedas parar luego».

Y no pensaba en otra cosa aquella noche que en el hecho de que Ptolomeo Keraunos, por naturaleza, estaba loco por la guerra, y era el tipo de hombre condenado por Aristóteles como infrahumano.

En cuanto a las ideas de las esposas de Ptolomeo acerca de la sucesión, la voz de Eurídice (ausente en Mileto con su hija) no se dejó oír excepto a través de Demetrio, pero no podía apoyar a otro que no fuese su propio hijo, y en privado expresaba su horror ante la simple idea de que Ptolomeo pudiese pensar en elegir a otro.

Berenice, por supuesto, favorecía a Ptolomeo Micros, porque era su madre, y conocía en su corazón lo que ocurriría cuando el rey Ptolomeo muriese si Keraunos ocupaba el trono en su lugar. Sí, Keraunos haría asesinar a Berenice, y a su hijo Micros también, y expresó ese temor a su marido, que sabía que Micros haría lo mismo con Eurídice y con Keraunos también si él era elegido rey. Sabía que, ocurriera lo que ocurriese, uno de sus hijos (sangre de su sangre, carne de su carne) estaba destinado a morir.

Y los otros hijos, aquéllos en los que ni siquiera se pensaba como posibles herederos, tendrían que morir también. Porque, ¿acaso no había educado a Keraunos para que pensase así, para que viese que el asesinato de sus hermanos era la única forma de sobrevivir como rey?

¿Qué iba a hacer pues Soter? ¿Acaso no elegiría como heredero al hijo de la mujer a la que amaba, Berenice, y expulsaría a la loca Eurídice para siempre, y a su loco hijo Keraunos con ella?

Al final, la elección fue fácil: entre el salvaje y moreno Ptolomeo Keraunos, cuyos ojos estaban demasiado juntos, y la gracia y el talento de Ptolomeo Micros, un Apolo con el cabello como la mantequilla, un joven que se parecía mucho a su padre. La elección fue entre la brutalidad y la inteligencia, entre el vicio y la virtud. Realmente, era impensable que Egipto fuese gobernado por un bruto como Ptolomeo el Rayo.

Y, ¿cómo justificaría Soter tal decisión? Desde luego, la mejor de las razones era que un rey debe tomar ejemplo de los dioses y así señaló a Cronos, el último de los Uránidos, y a Zeus, el más joven de los Crónidas, y señaló luego a Ptolomeo Micros, el más joven de sus tres hijos legítimos.

–Más regia –dijo– y más divina es la sangre que corre por las venas del último descendiente... –y prosiguió–: Micros debe sucedernos, Micros será el cogobernante.

La batalla por la sucesión, a decir verdad, se luchó y se ganó en el *gynaikeion*, entre las dos mujeres que batallaban por el título y posición de madre del rey. Tanto Berenice como Eurídice tenían todo que perder, incluso su propia vida. Si el hijo de Berenice, Micro, se convertía en rey, ella sería la Gran Vaca Real que Mora en Nejer, la gran madre real, y sus días de gloria continuarían. Pero si era rey Keraunos, el hijo de Eurídice, Berenice estaría muerta, muerta, y era impensable para el rey Ptolomeo que Berenice, su bienamada, no fuese reina viuda después de que él se hubiese dirigido al Hades, o dondequiera que vaya el faraón de Egipto en la Otra Vida de los egipcios.

Y así fue como en lugar de su primogénito legítimo, su heredero por derecho, Ptolomeo Soter acabó por elegir a su hijo favorito, el hijo de su esposa favorita, a pesar de que aquel hijo no era delgado de carnes, ni era dado a guerrear, ni había sido entrenado ni estaba preparado para ser rey ni faraón ni dios viviente.

Y muchos de los griegos pensaban incluso que Ptolomeo Soter había perdido el juicio por hacer tal cosa, porque Ptolomeo Keraunos era guapo, popular y varonil, mientras que, en realidad, Ptolomeo Micros no lo era, y el ejército de Soter no se sintió demasiado complacido al saber que él sería su nuevo comandante en jefe. Porque era a Keraunos a quien seguían, a Keraunos, que cabalgaba cada mañana con ellos, mientras Micros yacía en su lecho, durmiendo hasta tarde. Ptolomeo Micros nunca se había entrenado con la falange.

¿Y Berenice, qué pensaba ella entonces? ¿Pensaba que podría gobernar a través de Micros, su hijo? Quizá. A pesar de todo su oro, sus joyas y su esplendor, era una mujer dura, despiadada, que se deleitaba llevando el buitre (que repugnaba a todos los demás griegos) en su frente, y que se había acostumbrado a no detenerse ante nada para tener todo aquello que deseaba. Y ahora ya lo había conseguido: Berenice lo tenía todo.

Aquélla era la hora, pues, del gran triunfo de Berenice, de la poderosa victoria de Berenice, y cuando estaba sola, en su cámara privada, por la noche, Berenice bailaba, y se reía, y cantaba, porque el futuro pertenecía a Berenice (todo el futuro) y de aquella decisión trascendental de Ptolomeo, Eurídice, su esposa desdeñada, todavía en Mileto, en Jonia, no sabía nada.

3.21
Uñas de bronce

Cuando Ptolomeo Keraunos se vio en sueños teniendo *aphrodisia* con un cerdo, supo que las cosas iban a ser muy malas, porque tal sueño significaba que un hombre se veía privado de todas sus posesiones.

Pero al mismo tiempo Keraunos se reía, porque buscar sentido en un sueño... bueno, era una tontería tan grande como creer en los dioses.

Pero a la mañana siguiente, el rey Ptolomeo llamó a Keraunos y le dijo lo que había decidido acerca de la sucesión, y Soter dijo:

–Debes partir con la mayor rapidez. Apresúrate, vete.

Keraunos se quedó mirando a su padre como si no pudiera creer las palabras que pronunciaba. Intentó entonces llamar a Soter *Patridion*, papá, como si le rogase, diciéndole: «Soy el mayor de tus hijos...», como si con ello pudiese hacer que Soter cambiase de opinión. Pero Soter ya estaba decidido, y no pensaba cambiar de idea.

–Ve al puerto –dijo–, hay una *trieres* esperándote para llevarte lejos...

Y cuando vio que Keraunos, el mismísimo Keraunos, estaba a punto de llorar, le dijo:

–No lo empeores más.

Y puso sus manos sobre los hombros de Keraunos, le miró a los ojos y le dijo:

–En cuanto yo muera... Micros será tu enemigo.

–Micros es ya mi enemigo –dijo Keraunos.

–Cuando yo muera –insistió Soter–, tu hermano querrá matarte, eso seguro.

Y Keraunos vio las lágrimas en los ojos de su padre, porque él no odiaba a aquel hijo suyo, por muy descarriado que estuviese, sino que le amaba.

–Que lo intente –exclamó Keraunos, y se rió con la risa desesperada del que sabe que lo ha perdido todo–. Y ¿adónde me dirigiré? –continuó Keraunos–. ¿Cómo podré vivir fuera de Egipto?

Y su padre le explicó que le daría dinero, mientras se mantuviera lejos de las Dos Tierras.

Pero Keraunos no quería abandonar Alejandría, y seguía pensando que era él quien debía ser heredero de su padre, y pidió unas pocas horas para recoger sus pertenencias, pero en lugar de hacerlo, galopó con su caballo por toda la ciudad aquella tarde, a la hora de la siesta, tratando de agitar a sus amigos y partidarios e incluso de revolucionar el ejército de Egipto, de modo que no sólo su hermano Micros, sino incluso el propio rey su padre fuese un hombre muerto aquel mismo día.

Fue Eskedi, el sumo sacerdote de Ptah, quien corrió a hablar con urgencia al rey Ptolomeo acerca de aquel hijo suyo, diciéndole:

–Ahora que conoce su destino, muestra cuáles son sus verdaderos colores. Agita el rabo como un cocodrilo joven. Se alza para golpear. Sus labios pueden ser dulces, pero su lengua es amarga, un fuego arde en su vientre...

Y apremió a Ptolomeo para que metiese de inmediato a Keraunos en una *trieres*, antes de que pudiese vengarse de su hermano menor... aquel Micros que, si luchaban, no sería rápido a la hora de defenderse, sino que con toda seguridad sería abatido, derrotado, asesinado.

Y desde luego, al ver a Micros a lo lejos, Keraunos le gritó:

–¡Voy a matarte ahora, esta misma tarde!

Y le llamó *skubalon*, basura, y cosas peores, y cuando se acercó, sus amigos tuvieron que sujetarle por los brazos, por miedo a que golpease a su propio hermano.

El ejército de Ptolomeo Soter demostró, sin embargo, que era leal al rey, y se mostraron muy complacidos de entregar el hijo a su padre, atado y ligado como un prisionero de guerra.

Ptolomeo le dijo a Keraunos de nuevo que no había lugar para él en la ciudad, y que la *trieres* esperaba en el puerto privado para llevarle lejos, y que sería un idiota, si no un hombre muerto, si trataba de volver.

Detrás de las puertas cerradas de la cámara de su padre, Keraunos rugía de ira. El faraón le oyó durante un rato, pero pocas de sus palabras tenían sentido, y cuando finalmente dio una palmada, los guardaespaldas se llevaron a aquel joven dando patadas y gritando insultos incluso a su padre mientras se lo llevaban.

Desde la gran terraza de su palacio, Ptolomeo contempló el gran barco que levaba anclas y sus doscientos remos que se elevaban y caían al unísono, como las alas de un buitre gigante, y lo siguió contemplando hasta que la vela no fue más que un puntito negro en el horizonte. Sólo entonces una lágrima escapó del ojo de aquel rey, contemplando al hijo que le había fallado en todo, el hijo que, sin duda, causaría problemas más adelante, pero a quien no hallaba en su corazón ánimos para matar, porque era inocente de cualquier crimen excepto de la *aphrodisia* con su hermana.

En aquella *trieres* iban también Meleagro y Argaio, los otros hijos de Eurídice, que se iban con su hermano a Tracia a hacer fortuna. Porque estaba claro para todos los hombres en la corte de Ptolomeo que ninguno de los hijos de aquella mujer estaba a salvo, y que suponían una amenaza para la estabilidad de Micros.

Ptolomeo se secó aquella lágrima y volvió a los asuntos egipcios: peticiones, decretos, *prostagmata*, el suministro de cereales, la perspectiva de una guerra interminable con Siria y la casa de Seleuco, y eliminó de su corazón el recuerdo de Ptolomeo Keraunos, como el escriba borra un error en su papiro. A los hijos que quedaban todavía en Alejandría les dijo:

–Debéis hacer con Ptolomeo Keraunos como si no le hubieseis conocido –y nadie pronunció el nombre del Rayo en aquella residencia nunca más.

Keraunos nunca había bebido del río, porque veía que los nativos arrojaban sus desperdicios a él. No, Keraunos en Egipto sólo había bebido vino, vino sin diluir, y no volvería. Keraunos cayó pues del favor real, y con él su gran valedor, Demetrio de Falero, que había hablado con tanta calidez de Keraunos que las cosas no podían continuar como antes para él. Lo que ocurrió con aquel hombre sabio nadie lo sabe con seguridad, salvo que circulaba la historia de que había viajado río arriba con alguna misión, o pensando, quizá, en escapar a través del desierto desde Koptos al mar Rojo, y de allí a la India, pero que se quedó dormido bajo una palmera en pleno calor del día y fue mordido por una serpiente.

La infortunada muerte de Demetrio de Falero fue conmemorada en un poema por uno de sus compañeros estudiosos del Museion:

Un áspid con mucho veneno
que no se podía quitar
arrojando no luz
sino negra muerte
por sus ojos
asesinó al sabio Demetrio.

No era un poema demasiado bueno, quizá, pero fue todo lo que quedó de él, aparte de algunas buenas ideas. A pesar de toda su sabiduría, sus buenos consejos y su discurso inteligente, ninguna de todas esas cosas salvó al famoso Demetrio de Falero de bajar al Hades como cualquier otra persona, y mucho antes de lo que había planeado.

* * *

En cuanto se libraron de Ptolomeo Keraunos y Demetrio de Falero fue convenientemente enviado río arriba, apareció en Alejandría Eurídice, que volvió a instalarse de nuevo en el palacio de su legítimo esposo, como era su derecho.

–¿Qué será de Eurídice? –preguntó Berenice al faraón.

–Quizá le guste volver a Mileto y quedarse allí –dijo él–. Eurídice puede hacer lo que desee. No es ninguna prisionera aquí –añadió, y levantó las manos, como si no le importase nada lo que pudiese pasar con aquella mujer y tuviese cosas más urgentes en las que pensar.

Pero en privado, Berenice pensaba que su sobrina les traería problemas, y crearía agitación a favor de su hijo Keraunos para que recuperase el trono. Y desde luego sabía que Eurídice era muy capaz de hacer que apuñalasen o envenenasen a Micros, y quizás incluso a la propia Berenice, si eso significaba que Keraunos podía volver a casa y ser rey a pesar de todo. En realidad, Eurídice representaba un peligro deambulando libremente por el palacio, y tan preocupada estaba Berenice de lo que su sobrina pudiera hacer que dio órdenes de que se la vigilase constantemente, y pedía informes diarios de las personas con las que hablaba.

A pesar de la guardia que custodiaba sus aposentos, Berenice empezó a cerrar su puerta con cerrojo de día y de noche, para evitar que Eurídice o sus agentes se colaran en sus habitaciones sin darse cuenta. Era una situación que no podía durar demasiado tiempo.

Cuando Keraunos fue enviado lejos, Demetrio de Falero dejó un mensaje de advertencia para Eurídice cuando volviera de Mileto, diciéndole que vigilase los cuchillos, el veneno o algún desgraciado accidente en una escalera, y el resultado fue que Eurídice, al regresar a Egipto, temía tanto el asesinato que hacía que sus doncellas de mayor confianza probaran todos los platos que ella comía.

Mientras tanto, ¿qué hacía realmente Eurídice? En su cuarto de baño, clavaba clavos de bronce en una imagen de su sobrino, el príncipe Ptolomeo Micros, hecha con trocitos de jabón y cera de velas. Dos clavos en los ojos, dos en los oídos, dos en los agujeros de la nariz y uno entre las piernas: clavos en todas las partes del cuerpo de Micros. Y dejó flotar la imagen de Micros en su baño, y la sumergió en el agua, y la escondió después bajo una baldosa suelta en el suelo.

Cuando Eurídice supo que Micros se había resfriado, pensó que había tenido éxito, pero lo único que hizo él fue estornudar, y un estornudo, como sabe todo buen griego, no es más que una señal de buena suerte, porque se trata de un signo de Zeus, y Micros no complació a Eurídice abandonando esta vida.

Eurídice entonces dejó la magia griega y probó la egipcia, que había aprendido a medias de sus doncellas. Se frotó las manos con incienso. Se aclaró la boca con natrón. Pronunció las palabras sagradas de Ra en un idioma que no comprendía, para obligar al dios a darle lo que ella deseaba: la muerte de Ptolomeo Micros y el nombramiento de su hijo, Ptolomeo Keraunos, como heredero de Egipto en su trono. Pero a pesar de que Eurídice se bañaba siete veces al día y se pintó la figura de Maat en la lengua con tintura verde, su magia no tuvo efecto alguno, porque las palabras que pronunciaba no tenían sentido. La magia, para Eurídice, había dejado de funcionar desde hacía tiempo.

* * *

Micros se sintió realmente sorprendido de ser nombrado heredero de su padre, porque no le habían educado como futuro rey de Egipto. En su corazón, Micros se reía. Pensaba que Keraunos se merecía lo que había conseguido: nada. Pensaba que Keraunos era idiota de nacimiento, que no tenía remedio, que era un bobo, que ni siquiera sabía controlar su propio *rhombos.*

Micros, desde luego, no había recibido las lecciones extraordinarias de economía y matemáticas, ni tampoco de estrategia y táctica, que había recibido su hermano. Siempre era Keraunos quien disfrutaba del *kudos*, todo signo de favor, mientras que Micros a menudo había sido abandonado a su suerte, considerándole de menor importancia, un chico cuyo futuro podía estar en el gobierno de Chipre, o como Epistates de Libia, pero no rey, y mucho menos dios viviente.

Pero el día después de que Keraunos desapareciera para siempre, Ptolomeo Micros fue asociado con el trono de su padre el faraón. Y eso no era nada nuevo, sino que era una práctica común entre los faraones de la antigüedad, porque así se aseguraban de que, cuando un rey muriese, no hubiese discusión alguna acerca de quién debía sucederle, y el baño de sangre, que siempre era una posibilidad en Egipto al ascender al trono un nuevo rey, en teoría, no tuviera lugar. Por tanto, todo parecía ir bien. El rey Ptolomeo disfrutaría de su ancianidad sin preocupaciones. Ptolomeo Micros se ocuparía de todo en su lugar.

Poco después de todo esto, Ptolomeo Soter salió por última vez en su *oktophoros* para celebrar un ritual: ungir con el dedo meñique de su mano la estatua enjoyada de Ptah con incienso. Cuando volvió a la residencia, le dijeron que las habitaciones de Eurídice en el *gynaikeion* estaban vacías y desiertas. Tan asombrosa era aquella noticia que Ptolomeo subió las escaleras para ver con sus propios ojos que lo que le habían dicho era verdad. Y sí, encontró habitación tras habitación vacía de los adornos de oro, y sin las ruidosas voces de las mujeres, sin el sonido del telar, sólo el *plas plas* de los pies desnudos de los enanos que corrían por los pasillos, y la aguda risa de los enanos en la distancia, y luego el silencio.

Ptolomeo pisó sin darse cuenta el *skubalon* que había dejado ella en el suelo de mosaico, como para decirle lo que pensaba de su realeza, de su tratamiento real, de sus falsas atenciones, de su principesco matrimonio, y él soltó una maldición, pero supo que al desterrar a el Rayo y permitir la partida de su madre, sólo había hecho lo correcto.

Algunos decían que Eurídice se había dirigido en barco hacia Biblos, en Fenicia; otros que iba con una caravana de camellos por los caminos de Horus, a través de Gaza, Tiro y Sidón, siguiendo la ruta más larga hacia Mileto, porque en realidad le daba miedo el mar, o que, sin escolta alguna, se había vuelto directamente a Mileto, arriesgándose incluso a un encuentro con los piratas.

En todos los casos las historias estaban de acuerdo en que Eurídice viajaba de nuevo hacia Mileto, y que se quedaría allí hasta que llegase el día de bajar al Hades.

Ptolomeo pensó entonces sólo en la bella Berenice, su reina, la Señora de la Felicidad, Aquella que al Oír su Voz el Rey se Alegra, la Afortunada Berenice, y lo que habría sido de ella si hubiese dejado que la sucesión fuese a Keraunos. Sí, casi veía a Keraunos *asesinando* a su madrastra, en el momento en que su padre expirase su último aliento. Y Berenice no merecía, pensó, aquel espantoso destino.

Sí, en realidad, la única razón por la que había elegido a Ptolomeo Micros era que se trataba del hijo de Berenice, Bella de Rostro, su Gran Esposa Real, su amada... aquella a quien amaba.

Eurídice, una mujer que sólo tenía unos cuarenta y ocho años entonces, y que no había perdido aún todos sus encantos, podía haberse casado de nuevo en Mileto, porque había muchos hombres que se le acercaban con generosas proposiciones. Eurídice no carecía de riquezas propias, como hija del viejo Antipatro, sátrapa de Macedonia. Pero sus pretendientes no eran príncipes, ni siquiera de reinos menores, y ella los rechazó a todos.

–Si mis pezones aún diesen leche –decía–, entonces quizá me dirigiría a otro lecho nupcial con pies firmes... pero la edad ha puesto mil arrugas en mi carne... Eros no tiene prisa por cazarme con su regalo doloroso.

El primer marido de Eurídice había demostrado ya bastante su ingratitud. Ella no quería cargar con más problemas.

No, Eurídice puso sus esperanzas en las muchachas pobres de Mileto, y se dedicó a regalarles el dinero de la dote para que se convirtiesen en esposas en lugar de prostitutas, y así pudiesen tener su independencia. Las esperanzas de la propia Eurídice habían desaparecido. «Quizá», se decía, «el matrimonio de otra mujer sea un éxito, aunque el mío haya fallado.»

* * *

En Tracia, el rey Lisímaco dio la bienvenida a Ptolomeo Keraunos, su medio cuñado, cuya dudosa reputación no conocía. Pero Arsinoe Beta se negó a ver a Keraunos. Se quejó de dolor de vientre, y fingió que estaba en cama, en el *gynaikeion,* un lugar donde, por supuesto, Keraunos no podía poner el pie. Pero la verdad era que no quería volver a mirarle a la cara.

No, fue Lisímaco quien escuchó la historia de Keraunos, y cómo su real padre le había desterrado de la manera más injusta expulsándole del reino que le correspondía por derecho.

Lisímaco encontró que le gustaba aquel Keraunos, su medio cuñado, y pasó el mensaje de aquel hombre a Arsinoe Beta.

–Cuéntale la historia a mi hermana –dijo Keraunos–. Pídele a mi hermana soldados y dinero. Ruégale que me ayude en mi causa.

Arsinoe Beta dio a su hermano soldados mercenarios, pues, y muchos talentos de oro, para que se fuera. Se enviaron el uno al otro mensajes escritos, pero al final Keraunos, como de costumbre, se cansó de escribir, y siguió su camino.

¿Y qué hizo entonces Arsinoe Beta, la más poderosa de las mujeres, la más rica, cuyo marido hacía todo lo que ella le pedía?

Le dio a su hermano todo lo que él le pedía, más dinero, más soldados, porque creía que como hijo mayor merecía ser faraón de Egipto.

Y entonces como un relámpago llegó al corazón de Ptolomeo Keraunos la idea de que si se proponía casarse con su propia hermana, Arsinoe Beta, podía matar a Lisímaco con la ayuda de ella y convertirse en rey de Tracia, y que con su ayuda podía también expulsar a su medio hermano de Egipto en cuanto muriese Ptolomeo Soter, y luego convertirse también en rey de Egipto, porque, como él decía, no parecía que el viejo fuese a vivir mucho ya.

* * *

Algunos días después, habiéndose cansado un poco de Tracia y de los peces, Ptolomeo Keraunos apareció en el umbral de la casa de su madre en Mileto armado y sonriente. Eurídice pensó demasiado tarde que no era muy sensato dejar que atravesara aquella puerta, porque la verdad es que le tenía miedo, temía su violento carácter, y vivir con aquel hombre era como vivir con una tormenta bajo el tejado.

Pero Keraunos no mostró violencia alguna a su madre, ni tampoco a su hermana viuda, Ptolemais, sino que les ofreció su protección y les dio guardias para la casa, porque aquellas mujeres eran la esposa y la hija de un rey, y porque ahora ya tenía su propio ejército de hombres contratados, pagados por la gran fortuna de su hermana Arsinoe Beta, y se había puesto a la cabeza de todos ellos, y condujo a su madre hacia la calle para mostrarle la columna de miles de soldados bien alineados y silenciosos allá fuera, todos con su librea púrpura, y cuando Keraunos levantó el brazo, todos gritaron su nombre y el grito de batalla, y se extendían hasta la lejanía, hasta donde alcanzaba la vista de Eurídice, y todos los hombres iban armados con espada y escudo para la campaña que convertiría a Keraunos en rey de Egipto.

Y ahora su padre y toda la casa de Ptolomeo verían de qué estaba hecho Ptolomeo Keraunos, el Rayo; ahora les enseñaría las grandes victorias que podía ganar, ahora, su padre vería qué clase de heredero había rechazado.

Eurídice se quedó sin habla cuando vio el ejército de Keraunos, y él le juró entonces que se convertiría en rey, aunque eso significase que entre ambos tuviesen que matar a su odiado padre, pero que cuando lo hiciese, ella, Eurídice, sería la madre del faraón, la gran madre real, y lanzó aquella risotada suya de hiena, y Eurídice hizo entonces algo que no había hecho nunca: le abrazó y le cubrió de besos el cuello.

3.22
El faro

En Egipto habría paz, durante un tiempo, hasta que Ptolomeo Keraunos, quizá, se abriera camino a través del Gran Mar y consiguiera atacar su tierra natal. Pero por el momento los soldados permanecían ociosos, y el trabajo que continuaba en el faro era asistido por los soldados de infantería que no tenían otro empleo, y todos trabajaban en la isla de Faros con el propósito de terminar aquel maravilloso monumento para que Ptolomeo Soter no tuviese que ir a su tumba sin haber encendido la luz del Gran Faro en persona, con su propia mano, y ver el final de lo que él mismo había empezado.

El Gran Faro ya arrojaba su larga sombra, y la sombra se hacía cada vez más larga, y Ptolomeo se asomaba a la Ventana de las Apariciones, desde la cual distribuía, de vez en cuando, el Oro del Valor o, en el Año Nuevo, regalos para sus ministros, cortesanos, amigos... y contemplaba el faro, tal como él decía, «creciendo».

A veces despachaba a toda la cola de los peticionarios, a todos ellos, que llevaban de pie en su gran escalinata meses sin fin sin parecer disminuir jamás, y decía aquella palabra que ningún griego se suponía que pronunciaba jamás: «mañana». La razón era su deseo de realizar el ascenso del faro, para poder animar a los trabajadores y ver el progreso, y mirar de nuevo la vista de la ilustre y muy ilustre ciudad de Alejandría y comprobar una vez más si se veía o no se veía la Gran Pirámide de Menfis desde la parte superior del faro.

Ptolomeo subía por la escalera interior, por la que ascendería, día y noche, una procesión de burros cargados con combustible para alimentar la gran llama, y por la cual en aquel momento una procesión de burros subía bloques de piedra, y andamios, y todo lo necesario para acabar el piso superior, el último.

El faro ya estaba casi terminado. En los talleres de metales de la ciudad se encontraba ya el prototipo de la gran estatua de Poseidón, que se alzaría en lo más alto, y las grandes letras de plomo que deletrearían el nombre de Sostratos de Cnido, sin el cual no habría habido faro, y que se colocarían, a su debido tiempo, en el costado del segundo piso, el octogonal, con la promesa de que las letras estarían de cara a la tierra, y no hacia el mar, mientras Sostratos aportase los últimos plazos de los ochocientos talentos que había costado construir el faro.

Ptolomeo miraba y miraba, y se sentía muy complacido por todas las cosas que veía. Lo único que esperaba era que los dioses no se lo llevaran antes del glorioso día en que Alejandría dejase de estar oscura por las noches, porque le habían asegurado que la visión de Alejandría iluminada por la noche sería lo más asombroso que el mundo entero había visto, porque ninguna otra ciudad tenía algo semejante.

Alejandría iba a ser la ciudad más grande, más famosa y más afortunada de todos los tiempos. Atenas no era nada comparada con ella, Pérgamo era poco más que un pueblecito. La muy orgullosa Seleucia de Pieria... bueno, estaba hecha de ladrillos de barro, apenas mejor que las ciudades de los egipcios.

3.23
Esposa de Hades

Todos aquellos años, a través de todas las crisis sobre la sucesión del trono y los problemas con Ptolomeo el Rayo, la más joven de todos los hijos de Ptolomeo, Filotera, había permanecido en casa, en Egipto, sin desposarse.

Cada vez que una de sus hermanas o medio hermanas mayores se casaba, se suponía que era el deber de Filotera, al ser la última, preparar el lecho nupcial, una costumbre griega que dotaba de santidad al matrimonio. Pero como ninguna de sus hermanas se había casado en casa, Filotera nunca había llevado a cabo ese servicio. El hecho es que aquella joven nunca había asistido a la boda de nadie, excepto la de Micros y Arsinoe Alfa, de modo que a veces le parecía que una boda era casi algo prohibido.

Y en cuanto a su propio matrimonio, era algo en lo que Filotera no soñaba siquiera, y cuando se le preguntaba por ello, decía que su único deseo era ser sacerdotisa virgen de Artemisa.

Todo ocurría, por supuesto, tal como había sido planeado por las Parcas a su nacimiento, y el destino de Filotera era no conocer a ningún hombre, ni siquiera a su hermano Ptolomeo Keraunos, y nunca conocería la experiencia de dar a luz.

Filotera había oído los gritos de las mujeres de palacio cuando alumbraban a sus hijos. Le habían dicho que era algo que tenían que soportar las mujeres para poder ser madres, y ella no tenía ningún deseo de sufrir tales tormentos.

De vez en cuando sus hermanas le escribían cartas desde Tracia, o desde Siracusa, o desde Chipre, diciendo cosas como: «No te cases. Nunca. El matrimonio es espantoso. Es una locura». De modo que Filotera siguió obcecada con su desagrado de la idea de casarse.

Cuando Ptolomeo, su padre, le advirtió de que una mujer que se negaba a casarse podía ser condenada a llevar vasijas de agua agrietadas en el Otro Mundo, Filotera dijo que a ella no le importaba. Dijo que prefería llevar el agua de esa forma, porque no le gustaban los hombres y no deseaba engendrar hijos.

Y cuando el rey Ptolomeo le dijo: «Es la mayor de las desgracias morir sin estar casado», ella alzó la voz y dijo la última palabra sobre el tema:

–Preferiría verme en la falange de tu ejército en batalla tres veces que dar a luz una sola.

Ptolomeo la amenazó con los azotes, por desobedecerle, pero ella dijo que un mes de azotes no le haría cambiar de opinión, y Ptolomeo dejó de intentar convencerla.

Filotera, sin experiencia de la vida, e insensible como parecía a los asaltos del niño Eros, nunca sería la joven y fértil esposa de ningún hombre en este mundo.

Pero Filotera, aun en su condición de *anerastia*, ignorante del amor, y poco agraciada también, era más feliz que ninguna de sus hermanas, y quizá más feliz que ningún otro miembro de su familia.

Como esposa del dios Ptah, un cargo que le fue otorgado como hija del faraón, y sacerdotisa de Ptah, de hecho tenía prohibido el matrimonio, y tenía que permanecer doncella, y adoptar a la hija del próximo rey como heredera de su cargo.

Y desde luego, la idea de Eskedi, sumo sacerdote de Ptah, era que permitir que una chica griega hiciese tal cosa era bueno, muy bueno, para las relaciones entre los griegos y los egipcios, y uniría aún mucho más a ambas naciones.

La princesa Filotera pasaría el resto de sus días yendo y viniendo entre el templo del dios egipcio y el de la diosa griega, como sacerdotisa de ambos. Pasaba la vida agitando el sistro ante los dioses de Egipto para ahuyentar a los malos espíritus. Vestía los ropajes de piel de leopardo de sacerdotisa de Egipto.

Filotera no sería la novia de ningún hombre viviente. Su destino era ser novia solamente del Hades, en el Mundo Inferior, pero Filotera no llevó una vida frustrada. En absoluto. Filotera sonreía mucho más que cualquier otro miembro de su casa.

* * *

De su hermana Teoxena se decía que después de volver de Sicilia y de la muerte de su amado tirano, nunca volvió a sonreír. Teoxena empezó a caminar mientras dormía, vagando por los laberínticos pasillos de la residencia noche tras noche, hasta que la familia, temiendo que se subiera al parapeto de alguna terraza y cayese y se estrellase en el pavimento del Gran Puerto, a centenares de codos por debajo, le ataba los miembros a la cama al caer el sol.

En los últimos tiempos Teoxena parecía no saber ni siquiera dónde estaba, y balbuceaba todo el día cosas de Siracusa, y cuando le dio por caminar y salir de la residencia durante la siesta, la encontraron a mitad de camino de la calle Canópica en estado de gran confusión. Se decía incluso que había expuesto su *bolba* de la manera más indecente en el ágora, y entonces decidieron atar a Teoxena también durante el día.

Sí, cuidaban a Teoxena lo mejor que sabían, y Filotera le llevaba comida cuando no estaba ocupada en sus templos, pero en realidad no había misterio alguno en lo que le había ocurrido a Teoxena: se había vuelto loca, porque después de todo era hija de su madre, y vivió el resto de sus días encerrada en una cámara apartada.

Sí, la prisión de la loca Teoxena estaba en una parte muy retirada de la residencia, de modo que los visitantes no la oyesen aullar y averiguasen el secreto más triste de la casa de Ptolomeo. Teoxena tenía todo lo que se podía desear, y sus tapices deleitaron a las mujeres pobres de Alejandría, a las cuales fueron repartidos, porque no se le podían confiar agujas a la ex tirana, que sólo podía coser ya con los dientes y los dedos.

* * *

Los dos hijos de Teoxena eran nietos del rey Ptolomeo y no se les podía dar más que la mejor educación griega. A la edad de once años, el hijo mayor, Arcagatos, entró en el más ilustre de los *gymnasia* de la ciudad, y empezó a desarrollar los duros músculos y la habilidad con las armas de un guerrero griego. También se le entrenó debidamente en estrategia y tácticas, geometría y matemáticas. Hacía la instrucción con la falange y cabalgaba con las tropas montadas. Era un joven que, si todo hubiese ido bien, podía haber luchado en los ejércitos de Egipto junto a sus primos Ptolomeos, que habría jugado su parte como *strategos* en las victorias sobre los enemigos de las Dos Tierras.

A los dieciocho, Arcagatos se inició como *ephebos* y pronunció el juramento de lealtad al rey Ptolomeo. Cada fase de su progreso era vigilada y aprobada por el propio Ptolomeo, que sonreía al contemplar a aquel hijo de Teoxena, y por los funcionarios de su corte griega.

Los que tanto miraban a Arcagatos, sin embargo, sólo pensaban una cosa: que la sangre de la poderosa Berenice no corría por las venas de aquel joven, que era nieto también de la desterrada Eurídice, hijo de la loca Teoxena, y del linaje de aquel hombre de moral más que dudosa, Agatocles de Siracusa, y que no todo iría bien para aquel joven y su hermano, porque sus días estaban contados, igual que Teoxena había contado también sus días.

Sí, la única cosa segura era que los hijos de la princesa Teoxena no vivirían mucho tiempo, porque cuanto mayor se hiciese Ptolomeo, más peligrosas serían las intenciones de aquellos nietos cuyos nombres se encontraban en el lugar más alto de la lista de parientes problemáticos.

Micros contemplaba también a Arcagatos y Agatarcos, porque era Micros el que debía encontrar empleo útil para ellos, de modo que no amenazasen su posición y saliesen definitivamente de la lista de problemáticos.

3.24
Carne de ruiseñor

Ptolomeo, el viejo Ptolomeo, se hizo más viejo aún. Ya había nombrado a su heredero, y después de aquello, realmente Micros pensaba que su padre haría lo que hace cualquier hombre que ya ha llevado a cabo todo lo que puede hacer un hombre (y más, mucho más): morir, de modo que Micros pudiese ser faraón en su lugar. Pero Ptolomeo Soter no se moría, sino que seguía viviendo, como si fuera a vivir para siempre.

Los griegos piensan que si un hombre vive hasta los setenta años de edad, ha cumplido bien, muy bien. Vivir más de los setenta era algo que intimidaba, sin embargo, como si hubiese sido olvidado por los dioses y hubiese obtenido la bendición de la inmortalidad; pero Ptolomeo ya tenía más de ochenta.

Ptolomeo Soter tenía ya las piernas pesadas, era lento, cada vez más lento. Le temblaba el labio inferior y su mano temblorosa derramaba la comida cuando intentaba llevársela a la boca. Aquel anciano estaba reseco, quemado por el sol de Egipto, con la cara como una castaña madura.

Instalado con el *Dioiketes*, su primer ministro, y lidiando con los problemas de la paz, problemas griegos, problemas egipcios, problemas sacerdotales, Ptolomeo se quedaba profundamente dormido durante el día, roncando incluso en su trono de oro, y tan a menudo ocurría aquello que el *Dioiketes* habló con Eskedi y entre los dos vieron lo que podían hacer para aliviar a aquel anciano de la carga de su mandato, y traspasar el peso en cambio a Micros.

–La vejez –decía Ptolomeo, con su voz vacilante– es como la paja, no vale nada.

Se reía un poco entonces, pero todos veían que ya estaba dispuesto para la muerte, e hicieron los arreglos correspondientes. Pero Ptolomeo seguía viviendo.

Mes tras mes, Micros iba tomando cada vez más control de los asuntos del gobierno. Su padre hacía todo el trabajo del que era capaz, tareas que él mismo elegía. Y Micros tenía mucho cuidado de no darle órdenes directas de ningún tipo a su venerado padre. Ptolomeo, como siempre, expresaba su opinión sobre los asuntos egipcios, pero entonces, como ocurre con las opiniones de las mujeres y los niños, lo que decía era tranquilamente desdeñado.

Y Micros daba muchas órdenes, y disponía muchas cosas, de las cuales no decía una palabra a su padre, haciendo lo que le daba la gana con el reino, antes incluso de ser su gobernante único.

El viejo Ptolomeo yacía despierto gran parte de la noche, pensando en el pasado, intentando olvidar, intentando no recordar, y los médicos le alimentaban con carne de ruiseñor para ayudarle a dormir.

Él iba masticando cestitas llenas de ruiseñores y se dormía, o al menos lo intentaba, con la cabeza apoyada en un cojín relleno con plumas de ruiseñor, aunque se quejaba de que todo aquello era inútil. Al final dejó de intentar dormir y se sentó a escribir a la débil luz de una lámpara llena de aceite *kiki*, y reflejó en unos papiros, con su propia mano, parte de su historia. Aun así no llegaba nunca al momento en que cruzó el Helesponto en el inicio de la campaña asiática, sino que se quedaba sentado pensando, mordisqueando el extremo de su pluma de junco.

Algunas noches soñaba con el vuelo del águila que se posaba sobre su cabeza, clavándole las garras en el cuero cabelludo, y el sueño le alteraba tanto que le despertaba.

Preocupado por lo que pudiera significar aquel sueño tan extraño, se lo preguntó, como de costumbre, al oneiroscopista, el intérprete griego de sueños, que sabía que el águila significaba la muerte del soñador. Pero éste no se atrevió a decirle al faraón tal cosa. No, le dijo que el águila significaba vida, prosperidad y salud, y Ptolomeo se sintió consolado y durmió un poco mejor, aunque no dejaba de soñar con águilas.

Como siempre, estaba rodeado por multitud de mujeres, mujeres más jóvenes que Berenice, su esposa, que hacían los ejercicios para su *rhombos* cada tres tardes, aunque él ya tenía ochenta y dos años.

Pero como decía el propio Ptolomeo:

–¿Para qué sirve un faraón, si no puede satisfacer todos sus deseos?

Y cogió la costumbre de masticar semillas de rúcula con pimienta y almíbar para mejorar la tumescencia, y la pimienta le hacía estornudar, cosa que para un griego no significaba otra cosa que el mejor de los augurios.

A veces Ptolomeo conocía una paz de espíritu total.

Pero de todos modos la muerte andaba cerca, esperando para cogerle. Un guardia de palacio que parecía que iba a ejercer todavía treinta años de buen servicio cayó muerto en su puesto. La lavandera de palacio, que había alumbrado diez hijos y parecía capaz de alumbrar diez más, cayó muerta en su lavadero. En Egipto, la mayoría de las madres no sobrevivían al parto. La mayoría de los hijos morían en la infancia. Incluso una princesa griega puede expirar a la tierna edad de veinticinco años. La vida era breve para la mayoría de los súbditos de Ptolomeo.

Ptolomeo llegó a los ochenta y tres años y aquello fue una excusa para realizar una gran celebración, y hubo procesiones y desfiles de tropas y caballos y niños cantando en la calle Canópica, y grandes juegos en el hipódromo, y toda la población de Alejandría festejó y bebió en exceso durante tres días a costa de Ptolomeo, y parecía imposible que aquel rey fuese jamás a las estrellas o a su tumba en el Oeste.

«Vivirá hasta los ciento veinte», cantaban en Menfis, «como los etíopes», y no era simple cortesía.

El propio Ptolomeo a menudo se sentía cansado, pensando que Aquiles había rechazado la vejez sin fama, en favor de una muerte temprana con gloria. Ptolomeo tenía la ancianidad y la gloria, y había sobrevivido a las guerras y penurias de su juventud como por algún milagro de los dioses. «Mejor», pensó, «morir joven en batalla que soportar la muerte viviente de un anciano.»

Algunas veces pensaba en la sibila, que pidió la vida eterna, pero se olvidó de pedir la eterna juventud, y sabía cómo debió de sentirse la sibila.

Algunas veces pensaba en Sófocles: «Lo mejor es no haber vivido...».

Y a veces pensaba en Alejandro, desaparecido en una llamarada de gloria hacía cuarenta años, y se sumergía en su pasado.

Iba mucho más a menudo a sentarse junto a su cuerpo, en el cruce de caminos de la capital, y vertía con más solemnidad las libaciones de leche y miel y vino sin diluir para su amigo muerto, contemplando el rostro de cera que era y no era Alejandro, y sollozaba por la vida de su general, perdida hacía tanto tiempo. Hablaba con el cadáver, según decían los guardias, aunque nunca obtenía respuesta... Le contaba a Alejandro sus problemas, sus pensamientos más secretos, y todas las cosas de la casa de Ptolomeo, las picantes y las no picantes, por un igual. Sí, Egipto estaba en buenas manos, decía, todo iría bien... Algunos días, sin embargo, se enfadaba con el muerto por su estupidez al dejar que se las arreglaran solos. Necesitaban que Alejandro permaneciera vivo, y no los dejara en aquella confusión que costó medio siglo aclarar.

Había días en que Ptolomeo juraba por Zeus y Pan juntos que los párpados de Alejandro se movían, que su labio superior se estremecía, como si estuviera a punto de decir algunas palabras, aunque sabía que los párpados de Alejandro estaban cosidos y sus labios sellados perfectamente con hilo de papiro, de modo que aquel hombre no hubiese podido abrir un ojo o decir una palabra aunque se despertase, porque Ptolomeo en persona había ordenado aquellas cosas.

No, Alejandro, el gran Alejandro, estaba muerto, y aunque seguía en vigor el *prostagma* de que nadie, bajo pena de recibir azotes en las plantas de ambos pies, debía hablar de aquel hombre diciendo que había muerto, porque no estaba muerto, sólo dormido, y de hecho viviría para siempre, Ptolomeo sabía ahora, al fin, que nunca, nunca, mediante ninguna magia griega, ningún hechizo egipcio, ningún deseo o esperanza o plegaria interminable a los oscuros dioses egipcios (cuyo nombre un griego ni siquiera podía pronunciar) y tampoco ninguna plegaria al panteón entero de los dioses de la Hélade (que no existían en ningún caso salvo en la imaginación humana), no sólo en la vida de Ptolomeo, sino tampoco en la vida de ninguno de sus sucesores, jamás, hasta el final de los tiempos y hasta que la historia se detuviese, Alejandro, hijo de Filipo, volvería a respirar de nuevo.

3.25
Pico de buitre

¿Y Berenice? ¿Qué era la de reina? Ella seguía sin recordar nada, porque había decidido olvidar su pasado, igual que Ptolomeo era incapaz de olvidarlo. Aquella mujer, la más dura entre las duras, no tenía sueños turbadores de sangre y águilas. Los sueños de Berenice eran sólo de gloria, y dormía profundamente, porque no tenía carga alguna de asuntos de Estado que la mantuvieran despierta. En absoluto: Berenice no tenía necesidad de comer carne de ruiseñor, ni un bocado.

En los últimos años de su vida como reina, su hijo Magas de Cirene acuñó grandes cantidades de octodracmas de oro con el rostro de su adorada madre. Berenice era representada en ellos no como una joven diosa, sino como una mujer de edad madura, con la nariz larga, ganchuda y puntiaguda al final, bastante similar al pico del buitre que, como reina de Egipto, llevaba a menudo en la cabeza.

En sus monedas tenía un aire aburrido, y su cabello, cuidadosamente arreglado, con unos rizos bien tirantes, se parecía a una cesta de mimbre colocada al revés. En todos sus años como reina, aquella mujer nunca tuvo que cocinar nada. De vez en cuando quizá caminaba arriba y abajo por el suelo de mosaico, y el ruido de sus sandalias doradas era el único sonido que se oía en el *gynaikeion.* Berenice era la reina, y era deber de una reina no hacer nada excepto ser una diosa viviente, y símbolo vivo de un poder terrorífico. Y Berenice era terrorífica.

En su ancianidad, había días en que Berenice rogaba que llegase la muerte rápidamente, pero ni Anubis ni el Hades la visitaban, porque el día destinado por las Parcas a ser el último día de su vida no había llegado aún. Ella seguía viviendo, y las comisuras de sus labios parecían permanentemente inclinadas hacia abajo.

¿Había realizado el artista la nariz de Berenice como un pico de buitre a propósito, o simplemente se había limitado a copiar lo que veía?

Sí, desde luego, la nariz de aquella mujer era como el pico del buitre. Y aquella mujer estaba dispuesta a desgarrar la carne como el resto de su familia, como el buitre. Mostraba la misma seguridad que su marido en que su dinastía duraría para siempre. Y como el buitre, vigilaba para asegurarse de que fuera así, y esperaba, esperaba...

Del resto de la familia, sólo quedaba un miembro todavía en Alejandría de la generación de Ptolomeo Soter, porque sólo tenía un pariente: el tío Menelao, el hermano menor de Soter, el hermano inútil que vivía en Egipto sólo porque no tenía ningún sitio a donde ir.

Menelao ya tenía también casi ochenta años de edad, y no era capaz de controlar el hilillo de baba que le caía de la boca, pero insistía en ofrecer a su hermano sus mejores consejos sobre los asuntos de Estado.

Menelao merecía un cierto respeto. Había estado presente en la fundación de la ciudad, y tenía su residencia dentro de los muros de palacio, así como sus esclavos, sus sinecuras y sus deberes ceremoniales. Menelao nunca sería dios, y ningún hombre que hubiese perdido una isla se podía considerar un héroe.

No, merecía un cierto respeto, pero no demasiado, y Ptolomeo nunca le llegó a perdonar, aunque recuperó Chipre para su posesión, porque un griego, incluso un griego famoso por su amabilidad y generosidad, simplemente no perdona nada a nadie.

Ptolomeo Micros no se tomaba los consejos del tío Menelao demasiado en serio. Mostraba al anciano la deferencia debida a su edad, pero en privado decía: «El tío Menelao es un viejo babeante». Menelao no había conseguido en su larga vida nada que mereciera ningún honor, excepto ir en la procesión del culto al divino Alejandro, llevando la cesta de mimbre, el único cargo que era capaz de ostentar, decían algunos, porque lo único que debía hacer el sacerdote de Alejandro era llevar esa cesta en esa procesión, y aun así, a Menelao siempre se le caía.

Realmente, Menelao era casi una desgracia para la casa de Ptolomeo, igual que Keraunos. De modo que Micros se preguntaba si debía librarse de Menelao en la noche sangrienta que debía seguir a su ascensión al trono. O bien debía permitir al anciano baboso que muriera de viejo. Realmente, Micros no sabía si aquel tío suyo era una amenaza para su seguridad, y sin embargo, uno nunca sabe quién va por ahí conspirando hasta que es demasiado tarde.

Sí, sencillamente, bastaría con poner al viejo bajo arresto domiciliario, y hacer correr la noticia de que no se encontraba bien.

Pronto llegaría el día en que se haría desaparecer a Menelao. Entonces anunciarían que se había atragantado con una espina de pescado, y ordenarían tres días completos de duelo público, y llevarían a cabo las libaciones de leche y miel y vino sin diluir en la tumba.

Inofensivo durante su vida, Menelao no causaría tampoco ningún problema después, porque había vivido mucho más años de los que le correspondían, y un hombre así está garantizado que no vuelve jamás a atormentar a nadie.

Algunas noches, Micros pensaba en esas cosas, pero Micros realmente era un príncipe honrado, un *kalokagathos* en toda la extensión de la palabra, un hombre de una perfecta pureza de alma, y apartaba esas ideas de su corazón con desagrado, y levantaba los brazos rezando a los dioses de Grecia, para que le perdonasen.

3.26
El sueño de comerse las estrellas

Cuando llegaron a decirle que una vieja había llegado ante los muros de palacio pidiendo ver a Ptolomeo, hijo de Lagos, una mujer con los miembros retorcidos por la lepra, una mujer con el cabello blanco y casi doblada por la mitad, apenas capaz de caminar, Ptolomeo preguntó cuáles habían sido sus palabras.

«Dile a Ptolomeo que yo era la famosa Thais», dijo ella. Pero él meneó la cabeza, diciendo:

–Todas dicen lo mismo; no es posible que todas fuesen Thais... –y se negó a verla. Y dijo–: Dadle una hogaza de pan.

Como de costumbre, la extraña mujer en las puertas le intranquilizó, le hizo pensar de nuevo en un pasado que hubiese preferido olvidar, pero que no podía evitar recordar. Thais... ¿dónde estaría ahora, se preguntaba, el brillo dorado de su famosa belleza? ¿Qué habría sido de su frente desdeñosa, de su orgulloso espíritu, de su esbelto cuello, de los bellos cierres de oro de sus altivos tobillos? Entonces, seguramente, debía de llevar el pelo desarreglado y sin adornos, y harapos colgando de sus pies. «Ahora», pensó, «debe de ser como la mujer que estaba en la puerta», casi tan vieja como él mismo, pero pobre. Tal era el final de las prostitutas. Si es que vivía aún en realidad...

Se asomó a su alta ventana y sus ojos captaron los ojos de aquella mujer, mirando hacia arriba, esperando, y supo que era ella y no lo era, que no podía ser ella, y se volvió, y el rabo de toro que colgaba siempre entre sus piernas las azotó con violencia. La arena que el viento traía desde el desierto hizo que sus ojos se llenaran de agua.

Pero hizo que enviaran una bolsa de octodracmas de oro a aquella mujer, unas monedas que contenían su propio rostro, y su título de *Basileus*, y su nombre, Ptolomeo. Por encima de todo, era la idea de Thais, la perdida Thais, y lo que podía haber sido de ella, la primera mujer a la que amó en su vida, lo que le mantenía despierto por las noches.

Ptolomeo yacía insomne como un burro en un espino, como él mismo decía, noche tras noche, pensando no en el hoy, sino en el ayer, a pesar de todos sus principios filosóficos. Cuando se quejaba de ello, sus físicos incrementaban la dosis de carne de ruiseñor para hacerle dormir, de modo que se quedaba dormido en medio de las audiencias con embajadores extranjeros, o durante el Consejo de Estado, y ello indujo a Eskedi a sugerir que quizá complaciese a Ptolomeo entregar toda la responsabilidad de gobierno a Ptolomeo Micros.

Pero Ptolomeo se negó. «Todavía no», dijo.

Ptolomeo dormía cada vez menos, y luego, cuando se dormía, se despertaba gritando el *Alalalalai*, y al amanecer su rostro solía estar empapado de lágrimas, porque era la hora del entierro de los muertos, y pensaba en sus amigos que habían ido al Hades.

Viendo turbado al anciano, Eskedi le sugirió: «Escribe todo lo que recuerdes. Pon tus pensamientos en un papiro. Conseguirás olvidar mediante el recuerdo».

De modo que Ptolomeo volvió a iniciar su *Historia de Alejandro,* que en realidad llevaba cuarenta años tratando de escribir. Durante algunas horas cada día, y a menudo en la madrugada también, se sentaba con la pluma de junco en la mano y escribía.

Cuando el insomnio mejoró un poco, Eskedi habló con la reina Berenice y con Micros, su hijo, para preguntarles qué era lo que podía dar más paz a su turbado corazón. Y la esposa pensó, y el hijo pensó, y llegaron a la conclusión de que lo único que el viejo Ptolomeo echaba de menos como faraón era la compañía de sus antiguos camaradas, y que sufría mucho por la soledad del poder.

Y por eso la reina, el príncipe, el sumo sacerdote preguntaron al rey qué le gustaría más, y al final llegó entre todos la idea de que le gustaría volver a ser un hombre corriente.

De hecho, lo arreglaron para que la idea surgiera del propio Ptolomeo: lo que más le gustaría en el mundo sería volver a hacer la instrucción entre los soldados, volver a blandir la *sarissa* y formar parte de la gran falange de soldados de infantería una vez más.

Incluso Berenice, que podía haberse reído antes de aquella idea y burlarse de él, dijo: «Que vuelva a ser un soldado común, si lo desea», porque eso significaba que su propio hijo, Ptolomeo Micros, podía vestir ya toda la panoplia del faraón. Significaba que Micros sería rey en todo excepto en nombre, y aquél era el principio del triunfo de la viuda de Macedonia.

Era una corregencia para mantener bien fuerte la autoridad del faraón en aquellos tiempos, los más peligrosos de todos, de relevo entre dos reinos. Pero no era nada nuevo. En absoluto. Más bien era una antigua costumbre egipcia colocar al hijo en el trono junto a su padre, que empezó el faraón Ammenemes, o según algunos, Piopi I, cientos de años antes, cuando aquel faraón dijo: «Corónale como rey, que lo vea con toda su belleza mientras todavía estoy vivo», y llamó a los chambelanes para que colocasen las coronas sobre su cabeza.

Eskedi, sumo sacerdote de Ptah, hizo todos los preparativos necesarios. No era ninguna idea nueva de los griegos, que, en realidad, no se atrevían a mezclarse con aquellos asuntos... o al menos todavía no.

Llegó el día, pues, en que Ptolomeo Micros mostró su rostro llevando la doble corona llamada la grande con la serpiente Ureo colocada en su frente, y se convirtió, según todas las apariencias, en rey de Egipto, y Ptolomeo Soter dejó de llevar la corona *Jepresh* todo el día, porque era un faraón retirado, y Berenice casi muere de alegría al ver a su hijo, su propio hijo, como rey y dios viviente.

* * *

Ptolomeo Soter se enroló de nuevo en su propia guardia de palacio, y se dedicó de nuevo a hacer la instrucción con la falange cada mañana, antes de que el calor del sol se volviese demasiado intenso. Empuñó de nuevo la *sarissa* o lanza de Macedonia, con los jóvenes. Marchó por la calle Canópica en el desfile de los veteranos de Alejandro, y sólo se equivocó un poquito en el paso. Incluso se unió a la clásica exhibición de marcha y contramarcha, la silenciosa muestra de poder macedonio, que tanto había impresionado a los bárbaros en las fronteras de Tracia cuando él era un hombre joven. Cantó el paian a Apolo, y las canciones griegas de guerra, y las canciones de marcha, incluso en las tabernas de Alejandría con los veteranos, y volvió tambaleándose por la calle Canópica de madrugada con los demás viejos, gritando el *Alalalalai*, y sonrió de nuevo con su antigua sonrisa, y no con la media sonrisa del faraón.

No, Ptolomeo nunca había deseado ser un *strategos*. Nunca había buscado el mando, sino que le habían empujado a él. Ahora volvía a recuperar el deleite de beber con sus compañeros y volver a hablar de los tiempos pasados.

Y nadie pensó nada malo de él por ese motivo. Por el contrario, era el mayor honor que podía prestar al soldado común y corriente, sin el cual no se habría ganado jamás ninguna batalla en toda la historia griega y egipcia junta.

Además, aunque era impensable que el faraón pudiese deambular por las calles y convertirse de nuevo en ciudadano corriente, eso era lo que estaba haciendo precisamente Ptolomeo en Alejandría... y los griegos le adoraban aun más por hacerlo.

Ptolomeo se dirigía a pie a los jardines de su gran residencia blanca. Pasaba las horas mirando al Gran Mar, el mar gris, junto al cual se alzaba su faro. Hablaba con los pescadores de atún junto al puerto de Eunostos, el Puerto de los Felices Retornos. Buscó a los viejos soldados con los cuales había marchado a través del Paropamisos, o Hindu Kush, y el terrible desierto de Gedrosia, y le contaron historias, y rieron y compartieron sus lágrimas, y recordaron a los muertos, y Ptolomeo les puso tetradracmas de plata en las palmas de las manos, unas monedas que llevaban impreso su propio rostro con las cejas pobladas y la barbilla prominente, y su indómito cabello rizado, y su propio nombre: PTOLOMEO.

Dondequiera que iba Ptolomeo el aplauso le seguía. En el ágora, los comerciantes griegos se postraban ante él en el polvo dorado, y golpeaban la tierra con sus puños, hasta que Ptolomeo hacía bien patente que aquello era innecesario, ahora que ya no era rey del Alto y del Bajo Egipto.

Ptolomeo había vivido más de lo que le correspondía. Uno por uno sus contemporáneos iban muriendo, y él los sobrevivía a todos excepto a Menelao, su hermano. Ahora esperaba que el Hades lo llevara, esperando renacer en su tumba del Oeste, esperando realizar el viaje para convertirse en una de las Estrellas Imperecederas. Se estaba despidiendo.

Cuando se le hizo difícil andar debido a sus achaques, Ptolomeo Vivo para Siempre empezó a pasar los días en su residencia, sin ver a nadie más que fantasmas, mirando todo el día por la ventana su faro y pensando: «Casi acabado», y contemplando la gloria de su Gran Puerto, viendo cómo iban y venían los barcos, con los remos que se alzaban y caían en un orden perfecto, como las alas del águila.

Las tardes las pasaba escribiendo o intentando escribir, pero se quedaba despierto hasta mucho después de medianoche, renqueando por los corredores, pensando, pensando.

En una ocasión consultó el Oráculo de Homero para averiguar cuántos días le quedaban, pero obtuvo unas palabras que parecían aplicarse más a Keraunos, el heredero desterrado: «Domina tu gran pasión. No tendrás un corazón que no perdone».

Pero los griegos no sabían nada de perdón. Un griego siempre prefiere la venganza. Y no, no perdonaría a Keraunos por su estupidez, por su salvajismo, por la forma en que solía actuar siempre, como un bárbaro. Por encima de todo, no podía perdonar la *aphrodisia* con su propia hermana, que resultaría fatal para la casa de Ptolomeo durante las generaciones venideras.

A veces Ptolomeo se irritaba con esas cosas; a veces comía ruiseñor, a veces dormía, a veces no dormía. Dormiría muy pronto el largo sueño, el sueño de bronce, pensaba.

Los días que vivir parecía mucho más complicado que morir, Ptolomeo pensaba que podía volar a las estrellas en un torbellino y no pensar más. Pero no ocurría todavía: el día destinado por las Parcas (las tres hermanas, Cloto, Láquesis y Átropos) para que concluyese la vida de Ptolomeo todavía no había amanecido.

La muerte, a la que Ptolomeo había rogado que llegase rápidamente en tantas ocasiones, mientras hacía pedazos a sus enemigos en el campo de batalla, o como rey de Egipto, con el poder de enviar a un hombre al Hades con una sola palabra, tardaría mucho en acudir a Ptolomeo.

Le quedaba tiempo suficiente para escribir sus memorias, su historia de Alejandro; tenía tiempo para escribir todo lo que podía recordar, a pesar de su mano temblorosa. Y cuando las fiebres palúdicas le asaltaron de nuevo (era algo regular, una cosa habitual) temblaba tanto que las palabras que escribía en el papiro no las podía leer nadie más que él mismo, y murmuraba: «La vejez me sujeta con sus crueles garras...».

* * *

Pasó el tiempo, y más tiempo aún, y Ptolomeo soñaba que unas hormigas con alas entraban en sus oídos y supo que el sueño significaba viajes peligrosos.

Soñó que se comía las estrellas, y supo que mientras comerse las estrellas significaba buena suerte para los astrónomos, para otros hombres significaba la muerte.

Cuando volvió a soñar con el águila que se posaba encima de su cabeza, Ptolomeo pidió de nuevo la opinión del oneiroscopista, y esta vez le dijeron la verdad.

–El águila posada en la cabeza de un hombre –dijo el intérprete de sueños– significa la muerte del soñador, porque el águila mata todo lo que coge entre sus garras.

Y por tanto Ptolomeo empezó a prepararse para su último viaje, el corto viaje en la barca de Caronte a través del río Estigio hacia el Hades. Por si no se despertaba, se acostumbró a irse a dormir con el óbolo bajo la lengua, la moneda para pagar al barquero, para ver qué tal le sentaba, y preguntándose si un muerto no se tragaría la moneda sin querer.

Y eso en cuanto a la forma griega de morir. Pero también se sabía de memoria las palabras correctas de poder de los egipcios, y las susurraba al irse a dormir, con los ojos cerrados, dando los que podían ser sus últimos suspiros: los capítulos adecuados del *Libro de la salida al día.*

Yo soy Ayer, conozco el Hoy...
¿Quién es, pues?
El ayer es Osiris... el hoy es Ra...

Anemhor el Viejo y luego Eskedi procuraron que Ptolomeo estuviera bien asesorado. No pensaba arriesgar nada con respecto a la Otra Vida; quería lo mejor de ambos mundos, griego y egipcio, pero se negaba a comprometerse en el tipo de funeral que deseaba, de modo que, cuando llegase el final, quizá podrían celebrar los dos, o al menos decidir por él, porque aquel hombre no era totalmente griego ni totalmente egipcio, y no era capaz de decidirse. Algunos días, cuando Eskedi, sumo sacerdote de Ptah, iba a hablarle, él agitaba la mano, negándose a reconocer el rito egipcio.

–Yo soy griego –decía–, no egipcio...

Y veía el horror asomar en el moreno rostro de Eskedi, porque para Eskedi, enterrar al faraón según la costumbre de Egipto (sacarle el cerebro por la nariz, sumergir el cuerpo setenta días en natrón seco, eliminar las plantas de los pies y sustituirlas por oro, reemplazar los ojos con dos cebollas blancas, los dediles de oro, miles de codos de vendas y la máscara de oro encima) era la tarea más trascendental de toda su carrera sacerdotal, de su vida entera, y la verdadera razón de su existencia.

Eskedi respiró con paciencia. Se ajustó el manto de piel de leopardo, se sentó junto a Ptolomeo y empezó la lección de lecciones una vez más, la instrucción del comportamiento en la Otra Vida.

Explicó que todo el capítulo CXXV del *Libro de la salida al día* fue escrito por Thot para que Ptolomeo confesara sus pecados; que había sido escrito para él en un papiro, y cómo debía ser colocado entre sus rodillas dentro de su ataúd de oro batido.

Pero lo único que dijo Ptolomeo fue:

–Nos has dicho que el faraón no puede cometer pecado alguno... el faraón no puede hacer nada malo... –como si quisiera burlarse del sumo sacerdote de Ptah.

Al oírlo, el discurso de Eskedi se fue haciendo más apremiante, diciéndole a Ptolomeo una y otra vez que el papiro era su guía indispensable hacia el Mundo Inferior, que Ptolomeo no debía pensar que podía hacerlo sin él, y que sin el embalsamamiento a la manera de los egipcios, su *Ka* no viviría, no podría vivir, y Ptolomeo, en cualquier caso, no sería Ptolomeo Vivo para Siempre, sino un hombre muerto en la Otra Vida.

Pero Ptolomeo, comprendiendo aquello sólo a medias, estaba satisfecho. Se enfrentaba a lo desconocido con compostura. Estaba muy dispuesto a soportar la Pesada de su Corazón en la Balanza. Se le había enseñado a ver al Ibis, que escribe el Juicio de los Dioses, como un amigo personal. Entonces dijo que, en cualquier caso, no iba a morirse todavía, que aún no estaba dispuesto para partir, y se incorporó con la agilidad de un hombre que tuviese la mitad de su edad, bajó las piernas del lecho dorado, despidió al sumo sacerdote con sus manchas de leopardo y se sentó a escribir un capítulo más de la gran Historia.

No, Ptolomeo todavía no estaba dispuesto para el Gran Caminador, el Tragador de Sombras, el Rompedor de Huesos, el Comedor de Sangre, el Anunciador del Combate, o cualquiera de los demás demonios a los que se enfrentaría en la Otra Vida. Y no, no necesitaba entonces la Guía del hombre muerto para el Mundo Inferior.

Ptolomeo Vivo para Siempre quería vivir un poco más.

3.27
El hocico húmedo de Anubis

La familia veía las cosas de un modo distinto: pensaban que no podía durar más días, y que el hombre que se moría era su mensajero al Mundo Inferior, y se apresuraron a escribir sus Cartas para los Muertos, según la curiosa costumbre de los griegos, que arrojarían al fuego de su pira funeraria como último correo hacia el mundo invisible, seguros de que Ptolomeo no podía tener sino unos ritos funerarios griegos.

Las hijas pronunciaban los mensajes que susurrarían en el momento del último beso en los oídos del hombre muerto, cuando creyeran que podía establecer contacto con aquellos que se habían ido antes que ellos.

Berenice preparó un mensaje para su pariente Antipatro («Reina», escribió, «y diosa») e incluso un mensaje para Filipo, su primer marido («Riquezas infinitas») y Teoxena ensayaba las palabras que susurraría para el muerto Agatocles de Siracusa («No soy feliz, pero me reuniré contigo pronto»).

Esa costumbre era nueva para ellos. No habían tenido ocasión de ver ningún muerto. No tenían experiencia con la muerte. En aquella familia, los parientes no morían sino que simplemente desaparecían. Thais había desaparecido. Sus abuelos era como si no hubiesen vivido nunca. Ninguno de los hijos conocía a nadie que hubiese muerto y por quien se hubiese celebrado un funeral. Era como si en la corte del rey Ptolomeo la muerte, aparte del Toro Sagrado, no existiera.

Aquel estado de cosas pronto acabaría.

* * *

El propio Ptolomeo rezó a Febo Apolo para que le concediera una muerte pacífica, no ser quemado vivo en su pira, sino cuando estuviera adecuadamente muerto. Tales cosas preocupaban a todos los griegos, pero ahora que se acercaba la incertidumbre de la muerte, le pareció que los dioses de Grecia eran reales, después de todo, y que le consolaban en sus últimas horas.

Eskedi, el sumo sacerdote de Ptah, iba a menudo a hablar con él, y veía a aquel anciano rey con la carne arrugada como la cáscara de una nuez, sus miembros pesados, sus ojos nublados por la edad, y decía:

–Fíjate ahora. Su Majestad (¡vida, salud y fuerza para él!) se ha hecho viejo. Sus huesos son como la plata. Sus miembros son como el oro. Su cabello es como *sappheiros*...

Y añadió:

–No perecerás, tus miembros no serán destruidos. No serás eliminado para siempre jamás. Tú vivirás.

Y Ptolomeo se sintió agradecido.

Se estaba preparando para la muerte según la costumbre de los griegos. Se dio el baño ritual. Arregló todos sus asuntos. Rezó la plegaria a Hestia, diosa del Hogar, y la plegaria para cruzar a salvo el Estigio. Y dijo sus últimas palabras a sus funcionarios de Estado, sus ministros, sus generales y sus almirantes, a sus amigos y a su familia (al menos los miembros que quedaban en Egipto) que merodeaban en torno al lecho y unían las manos y decían: «Adiós, Ptolomeo, que viajes bien, aunque sea a la Casa de Hades».

Y luego ordenó que saliesen todos de la cámara, para no ver el momento de su muerte. Pero la familia se negó a moverse, creyendo que a su muerte, el alma de un hombre se eleva a un plano de consciencia que le permite profetizar el futuro. Así, el moribundo Patroclo había pronosticado la muerte de Héctor, y el moribundo Héctor había pronosticado la muerte de Aquiles.

Todos los griegos esperaban que las últimas palabras de un hombre fuesen memorables, y querían oír lo que iba a decir Ptolomeo. Sí, por encima de todo, deseaban saber qué sería de la casa de Ptolomeo en Egipto, sin él, y qué sería de los griegos abandonados en una tierra extranjera. Cada uno de ellos tenía un ardiente deseo de saber qué ocurriría a continuación.

El heredero, el príncipe Ptolomeo Micros, se inclinó hacia su padre y le miró a los ojos, sabiendo que mientras pudiese ver una imagen reflejada en sus pupilas, el anciano viviría. Pero la verdad era que, como todos los herederos a un trono, lo que quería era que muriese su padre.

Junto al lecho se sentaba la vieja reina, Berenice, con el borde del *peplos* metido en la boca para ahogar sus sollozos.

–Un hombre amado de corazón por Zeus –murmuraba– vale muchos ejércitos.

Berenice recibiría el último aliento de Ptolomeo, como era su deber. Ella dejaría de ser la gran esposa real y se convertiría en madre del nuevo rey, con el farragoso título de Gran Vaca Blanca que Mora en Nejer. Le parecía inconcebible en extremo que Berenice, Amada del Buitre, que sonreía bajo la tiara del buitre, tomase la forma de la vaca, un animal sagrado para los egipcios, pero desagradable para los griegos, una criatura que se complacía en pisotear sus propios excrementos y estúpida en extremo.

Pero la vida de Berenice cambiaría poco. No dejaría de aburrirse ante la visión del oro, que ahora decía que era como el *skubalon,* como la porquería. No dejaría de aburrirse de los atuendos, de la realeza, de que la llevaran a todas partes en su litera forrada de electro cuando, realmente, ella hubiese preferido caminar, y aburrida sobre todo de su vida de fingimiento y altivez.

Berenice pensaba a menudo que le habría gustado golpear la ropa en las rocas del río como las mujeres a las que contemplaba desde sus elevadas ventanas, una ocupación útil que en tiempos muy antiguos había encontrado bastante satisfactoria.

En la estación en que los perros se volvían locos, el rey Ptolomeo Soter llegó al día que estaba destinado a ser el día de las Tijeras de las Parcas, el día que el hilo de su vida debía ser cortado, y aquel día hacía mucho calor.

Ptolomeo yacía respirando con dificultad, como un pez en la orilla fangosa, y seguía llevando en el cuello, las muñecas y los brazos los talismanes griegos que había llevado toda su vida y había jurado nunca quitarse, pero ahora enfundados en oro o en cuero porque apenas quedaba de ellos más que un puñado de polvo. Y no dejó, ni siquiera aquel día, que era el último de su vida, de manosear el amuleto *phallos* que le había dado la mejor de las suertes.

Hacia el final de la mañana, Micros cogió la mano de su padre para que no sintiera temor en su corazón. Se quedó quieto y todos creyeron que había muerto, y Micros colocó dos dedos en la muñeca de su padre, buscando el latido de su pulso o la falta de éste, pero el pulso iba acelerado como una hilera de hormigas que corriesen bajo la piel.

A la hora de perfumarse la boca, con el sol en su cenit, abanicaron al anciano con abanicos de hojas de palma, y éste se movió para esconder el rostro, pensando en sacar su espíritu en la barca de Caronte, y pareció caer de nuevo en ese sueño del que no hay despertar. Pero los dedos de Micros volvieron a captar las hormigas corriendo por su muñeca.

Muchas veces pensaron que los había dejado. Muchas veces realizaron la prueba irrebatible de la muerte, que era tocar el ojo con el dedo, y cuando al final no hubo respuesta cuando el príncipe Micros introdujo el dedo, Berenice cerró por fin los ojos del hombre y le colocó bien rectas las piernas, y cogió aliento para empezar sus chillidos.

Pero Micros frunció el ceño.

–Hormigas... –murmuró, y Berenice suspiró hondamente, y todos ellos salieron de la habitación y le dejaron, en realidad un poco exasperados de que no se muriese y los tuviera allí esperando, y buscaron un refrigerio: olivas y masa mojada en miel, y vino sin diluir, que era el desayuno que tomaban los griegos.

Al principio, la media docena de esclavos enanos que dejaron con Ptolomeo pensaban que estaba descansando. Luego pensaron que dormía, aunque su pecho no se movía, y su fatigoso aliento no se oía ya.

–No le molestéis –decían–. No le toquéis.

Y por el momento aquel faraón estuvo, como Alejandro, ni vivo ni muerto.

Una mosca azul se posó en el pelo que le crecía en el cráneo, y cruzó las patitas, preparándose para el festín.

Uno de los esclavos enanos que cuidaba del guardarropa real deslizó entonces sus pies desnudos en las sandalias de oro del faraón e intentó dar unos cuantos pasos sobre el mosaico, mostrando sus blancos dientes a sus amigos.

Una segunda mosca azul aterrizó en la cabeza de Ptolomeo, y una nube de moscas egipcias pasaron entonces a través de los postigos cerrados de la Ventana de las Apariciones, donde él había mostrado su sonriente rostro por última vez.

Un segundo esclavo enano, que cuidaba las ropas reales, cogió el cayado y el mayal de oro y *sappheiros* y los sostuvo cruzados encima del pecho, riendo con su risa chillona. En la pausa entre dos reinos, incluso un esclavo enano puede ser rey, y sus blancos dientes relampagueaban en un rostro que era como la noche.

En otra parte de la residencia, hizo su entrada una nueva nube de moscas que voló por el pasillo hacia el olor agridulce de la muerte.

Una por una, todas las posesiones personales del rey se desplazaron de la mesilla de ébano, marfil y oro junto a su lecho (el espantamoscas de oro, el brazalete de oro del Ojo de Horus, el rabo de toro que colgó entre sus nalgas durante veintidós años) y adornaron a su vez la carne de sus sirvientes. De sus labios oscuros escapaban agudas risas, y todos fueron reyes durante un momento más.

Ptolomeo no se movió. Un líquido oscuro salió de su boca y goteó en el suelo de mosaico. Reinaba una quietud absoluta, y los esclavos contuvieron el aliento, esperando que otros hicieran lo que ellos mismos no podían hacer: concluir la vieja era e iniciar la nueva.

Después juraron que sí, que el alma del anciano voló desde su boca con el mismo ruido que hace un faisán espantado de su escondrijo, e imitaban el ruido que hizo, pero la verdad es que Ptolomeo murió tranquilamente y nadie se dio cuenta de su muerte.

Apolo había concedido a aquel griego el regalo mayor que estaba en su poder: una muerte pacífica.

Cuando la familia real volvió a entrar en la cámara, apretaron el cuerpo de Ptolomeo con sus manos para obligar a salir el alma de él, según la costumbre de los egipcios, y Micros juró que había visto volar el alma de su padre desde sus labios en forma de cuervo.

Era una ficción. Todo el mundo sabe que a los griegos les encanta decir mentiras.

La verdad es que un hombre moribundo siempre ve cosas, y Ptolomeo vio en sus últimas horas cosas que ningún hombre viviente podía explicarle. Vio en la distancia a Anubis, Cabeza de Perro, caminando hacia él a través de una sucesión de cámaras conectadas entre sí, y era Eskedi, por supuesto, el sumo sacerdote de Ptah en Menfis, que llevaba en la cabeza la máscara de chacal, y era Anubis, el faraón del Mundo Inferior, y Ptolomeo supo que el hecho de que llevase puesta la máscara del perro significaba que había llegado la hora de su muerte.

Eskedi sabía, a su vez, el horóscopo de aquel rey, sabía que había llegado la hora de que aquel faraón ascendiese al cielo para convertirse en realidad en una de las Estrellas Imperecederas.

Para los sacerdotes de Egipto la muerte del faraón nunca es una sorpresa. Desde el principio saben que un niño vivirá tantos y tantos años, meses, días, porque la muerte no es algo accidental, sino parte del gran plan de los dioses, como todo lo demás en esta vida.

El negro Anubis cogió a Ptolomeo de la mano y la mano de Anubis era delgada, negra, suave, llena de vello, como la pata de un perro, y Ptolomeo, que había esperado tanto, preguntándose cuántos días quedaban, tuvo al final su respuesta, porque el hocico húmedo de Anubis presionó la carne de su espalda haciéndole caminar, y Anubis el Chacal, el Supervisor de los Secretos, condujo a Ptolomeo. Anubis: el interior de sus orejas y el collar en torno a su cuello eran de oro, y sus ojos eran blancos, como la calcita, con las pupilas negras, como la obsidiana, y subrayadas de oro; sus cejas eran de oro, y sus garras brillaban como la plata, apretando la carne de la mano de Ptolomeo, agudas, y las orejas de Anubis eran puntiagudas, erectas, y supo que Anubis era el dios, que Anubis era real, por sus suaves gruñidos, y por el hecho de que la mano y el brazo del perro estaban calientes, calientes, como la carne viva, y su hocico estaba húmedo, y su aliento de perro resoplaba, caliente, en el cuello de Ptolomeo, y el húmedo hocico le empujaba hacia delante.

Eskedi le dijo a la familia entonces:

–Así es, el escarabajo vuela durante las horas más calientes del día en Egipto, y por ese motivo se le asocia con el dios del Sol, Ra.

Micros, Berenice y el resto miraron a Eskedi con curiosidad, comprendiendo quizás o sin comprender.

–El rey muerto –siguió Eskedi– vuela ahora como un pájaro, ardiendo ahora como el escarabajo sobre el trono vacío en el barco celestial de Ra.

Sí, cuando el alma de aquel faraón dejó su cuerpo, voló hacia arriba con un fuerte graznido, con un frenético batir de alas, como el pato en las marismas de papiros, y era la verdadera *Ka* de Ptolomeo, como un ave con cabeza humana, y voló por la habitación, dando vueltas, como un gorrión atrapado en la casa que no podía encontrar su salida; y Eskedi, sumo sacerdote de Ptah, Amo de los Secretos del Lugar Secreto, abrió los postigos de la Ventana de las Apariciones de par en par para permitirle pasar a su través, y el alma de Ptolomeo, Vivo para Siempre, se fue.

3.28
El rojo festín de la muerte

Tan pronto como se hubieron asegurado de que las hormigas habían dejado de correr y que el último aliento había salido de su cuerpo, la reina Berenice hizo lo que debe hacer la esposa de todo hombre griego que muere. Se quitó sus joyas de oro. Se quitó sus anillos de buitre, sus pendientes de sirena, su pesado collar de oro con un buitre y costosas piedras preciosas, sus tobilleras de oro, y se puso los pendientes negros, el collar de cuentas de azabache, los brazaletes de ébano sencillo. Cambió su vestido de lino blanco por el *peplos* negro y las sandalias negras del luto.

Se embadurnó con barro negro del Nilo la cara, las manos y los pechos, sintiendo que aquello era una asquerosidad, y que su pena sería fingida, porque no sentía nada por el hombre muerto, a pesar de que la historia decía que el suyo había sido un enlace por amor. Su amor estaba muerto, llevaba muerto y frío un montón de años, y algunos decían incluso que nunca ardió.

Berenice se preparó para llorar y Eskedi, el sumo sacerdote de Ptah, abrió de par en par las dobles puertas de madera de cedro y con incrustaciones de oro y marfil de la tierra de Punt, y dijo las terribles palabras a los guardias:

–El halcón ha volado al cielo... y el rey, su hijo, se sienta en el trono de Ra en su lugar.

El largo, larguísimo silencio sólo se rompió con el *plas plas* de los pies en el suelo de mosaico. Eran los pies de los enanos de palacio que corrían, y de repente empezaron los gemidos y llantos, el espantoso alarido de Berenice, la viuda, repetido y magnificado no sólo por las mujeres nativas de Egipto, sino también por las mujeres de sangre griega, ese penetrante chillido que hace que a todos los hombres se les pongan los pelos de punta y noten un escalofrío a pesar del calor; los chillidos que lanzan las mujeres siempre que muere alguien, pero que era especialmente agudo a la muerte del faraón.

Los lamentos resonaron en los patios rodeados de columnatas griegas, y salieron por las puertas griegas hacia la ciudad griega, rápidos como una llama en la hierba seca, bajando la calle Canópica y la calle del *Soma* o Cuerpo de Alejandro, y se dirigieron al barrio nativo llamado Rhakotis, atravesaron el Heptastadion hacia el faro, todavía sin acabar, o viajaron por la Puerta de la Luna y a lo largo del Canal a Canopo, río arriba, hasta Menfis, y luego, rápidos como la plaga, los lamentos volaron al sur, a Heliópolis y Hermópolis, Hierakónpolis y Apolonópolis, a Filai y Siene y todas las fronteras de Egipto, y siguieron por Nubia, y la tierra de Punt, el país de las especias, con la noticia de que Ptolomeo el Griego, Ptlumis, el rey Ptolomeo, el Amado de Amón, Vivo para Siempre, estaba muerto, hasta que pareció que todas las mujeres de Egipto ululaban con una misma voz.

El desastre había caído sobre Egipto, y habría caos en el Cielo hasta que el sucesor de Ptolomeo fuese coronado: un breve reinado del eterno Creador de Problemas, Seth, que era la encarnación de todo mal, hasta la llegada de Osiris y su hijo, el Horus Viviente, en forma de nuevo Ptolomeo, el Ptolomeo que sería llamado Ptolomeo Filadelfo, el Que Ama a su Hermana, a quien en adelante todos, todos conocerían como Micros.

Los gritos más fuertes de todas las plañideras los lanzaba la reina. Berenice aullaba como un lobo, como un chacal del desierto. Aullaba por su marido muerto, y por sí misma, que seguía viviendo sin él, y por la incertidumbre de su futuro, y por la sangrienta purga de parientes que, como ella sabía, seguiría de inmediato, pero aullaba, sobre todo y por encima de todo, por el principio del fin de sus tiempos de gloria en Egipto, sabiendo que no podían durar.

En Mileto, la que se hacía llamar ex reina Eurídice de Egipto se despertó de madrugada, a la mitad de un sueño en el que se veía en su suntuosa vida de palacio en Alejandría y que había perdido ya, chillando y temblando a pesar del calor.

Sí, Eurídice sabía lo que había pasado, sin tener que esperar las noticias, y al amanecer no se vistió con el *peplos* blanco y las joyas de oro de una mujer que casi era una reina, sino el *peplos* negro de luto por el hombre muerto.

Y en cuanto a Ptolomeo Keraunos, el Rayo, su hijo, el príncipe que debía haber sido el nuevo faraón, que entonces tenía treinta y seis años, cuando llegó hasta él el mensajero con las noticias de la muerte de su padre el rey, su rostro no se alteró. No dijo nada, ni una sola palabra, y sus labios se curvaron en una mueca despectiva, y escupió en el suelo. Sólo al caer la noche aquel hombre tan duro cedió a sus sentimientos y bajo las mantas de su lecho, donde ningún hombre podía ver su rostro, lloró por la muerte de su padre, y por la pérdida de todas las cosas que tanto anhelaba.

De vuelta en Alejandría, los aullidos siguieron sin cesar a lo largo de setenta días y setenta noches, que era lo que duraba todo el proceso de embalsamamiento, hasta que el entierro de aquel gran rey fue cumplido: aullidos por un faraón que ni siquiera era egipcio.

En la residencia, todos los trabajos se detuvieron. No se hacía nada. No se preparaba ninguna comida. No ocurrió nada en la residencia durante setenta días, sólo los chillidos inacabables de las mujeres.

La sucesión, al menos, estaba asegurada, y el rey Ptolomeo Soter había muerto como un hombre feliz, desde luego, pero en el caos inmediato que siguió a su vuelo hacia el cielo, la gran preocupación de aquéllos que le habían sobrevivido era qué hacer con sus restos mortales.

Sí, Thot también lo pregunta: ¿qué hacer con aquel rey griego muerto en un país lejano? La práctica normal de los griegos era dejar el cuerpo expuesto y amortajado, en un lecho, y que los griegos pasaran ante él para dedicarle sus últimos respetos, que era lo que habían hecho cuando murió Alejandro. Así que fueron todos, todos y cada uno de los soldados de su ejército, y lloraron porque no había vivido más tiempo. Besaron sus labios todavía tibios y acariciaron sus dedos calientes y tiesos, y susurraron sus mensajes para los muertos en las anfractuosidades de sus oídos.

Mientras, su familia griega discutía con los egipcios acerca de cuál era su última voluntad, y las voces se alzaban y caían, Micros y Berenice, Filotera, Arsinoe Alfa, Eskedi y los sumos sacerdotes de Heliópolis y Hermópolis y Tebas, todos discutían por la noche, hasta tarde.

La momificación a la manera de los egipcios no era lo que deseaba Ptolomeo. Había visto las tijeretas que se introducían en la nariz del muerto Alejandro. Había visto los escarabajos entrar y salir de los taponados oídos de Alejandro, y no deseaba que le ocurriera nada de aquello.

«Quemadme –había dicho– porque no deseo durar para siempre como Alejandro.» Y los griegos juraron que lo había dicho, una y otra vez, hasta que Eskedi levantó las manos, se dio la vuelta y las manchas de leopardo se movieron rápidamente por los pasillos del poder, y fue la primera y última vez que le vieron correr.

Las sirvientas entonces lavaron el cuerpo de Ptolomeo y lo ungieron con aceite de oliva, y lo vistieron con una túnica blanca y limpia, y le pusieron también su manto púrpura, tratando a Ptolomeo en la muerte como a los héroes de Homero, porque el mundo de los griegos, como el de los egipcios, era un mundo donde no cabía ningún cambio, sino que todo debía hacerse de acuerdo con la tradición.

Le pusieron guirnaldas de flores blancas y lo colocaron en su ataúd prestamente para el viaje hacia la pira, al estilo griego. Durante dos días la familia se sentó a su lado, para asegurarse doblemente de que el anciano estaba muerto, atisbando los últimos parpadeos de la vida, para no quemarle todavía con vida, y buscando su sonrisa también. Porque si el cadáver estaba sonriente, significaba que arrastraría tras él a otro miembro de la familia. Y Ptolomeo sonreía. Sonreía, incluso después de muerto, con aquella sonrisa misteriosa, la medio sonrisa del faraón. Y por muchos golpes que Berenice dio a sus redondas mejillas, la sonrisa quedó firme, como el yeso egipcio, y no desapareció, como si se fuese a llevar con él no sólo a uno, sino a todos, como si tuviese que haber varias muertes, muchas y violentas muertes, más de las que ningún hombre podía imaginar.

Y ciertamente, Thot lo sabe, así sería.

* * *

Al tercer día, antes del amanecer, la procesión salió por las puertas de la residencia y llevaron su cuerpo a la playa que había al este de la ciudad de Alejandría y, después de años de silencio y de que se les dijera que estuvieran calladas, las mujeres griegas se salieron con la suya.

La reina Berenice, presidiendo el duelo, se colocó junto a la cabeza del hombre muerto y empezó la *klama* o canción de duelo, elevando su voz en alabanza de su esposo. Sus rodillas se envaraban, llevaba el cabello suelto y en desorden, y llevaba el velo estirado entre los hombros, sujetando un extremo con cada mano, y lo subía y bajaba con un movimiento de sierra al compás del lento ritmo del canto fúnebre.

Berenice se golpeaba el pecho con ambos puños. Se arañaba las mejillas. El canto fúnebre se hacía cada vez más rápido, hasta que se convirtió en un galimatías incomprensible en griego, y al final sólo hubo chillidos, gritos sin sentido, hasta que Filotera y Arsinoe Alfa se hicieron cargo de la canción.

Berenice se arrancaba el cabello a puñados, y lo arrojaba al ataúd, como Aquiles y los mirmidones habían arrojado su cabello sobre el ataúd de Patroclo. Berenice se tambaleaba como si estuviera borracha, con el cabello todo enmarañado sobre la cara, las mejillas cruzadas por las lágrimas y la sangre y los hondos arañazos que ya nunca desaparecerían.

Las doncellas, que conocían a Berenice más que nadie, pensaban que estaba exagerando el duelo, que no era totalmente sincera en su pena, y las lenguas chasquearon durante varios días después.

Y en cuanto a los hombres, Micros, el tío Menelao, los hijos bastardos de Soter, cuyos nombres nadie recordaba, y Lagos y Leontiskos, hijos de Thais, de los que todo el mundo se había olvidado, se sentían muy incómodos en medio de aquel dolor público e incontrolado. Clavaban la vista en el suelo, pensando en la noche de cuchillos que se avecinaba, y movían los pies en la arena dorada.

Y así le quemaron entre un muro de llamas, y el humo voló hacia sus rostros e hizo que les lloraran los ojos.

En ausencia de Keraunos, debía ser Micros quien recogiese los huesos después de la cremación, los lavase con vino y los envolviese en suaves telas púrpura bordadas con hilo de oro por las mujeres de la casa, y los colocase en la *larnax* o caja de oro según la costumbre de los griegos, y luego, lo que quedó lo colocaron junto a Alejandro en la gran Tumba o *Sema* en la calle Canópica, en la encrucijada principal de la ciudad.

Año tras año, a lo largo de trescientos años, la casa de Ptolomeo seguiría celebrando el día del cumpleaños del muerto Ptolomeo Soter, y caminaría en procesión solemne hasta la tumba llevando las libaciones oportunas de leche, miel y vino sin diluir. Verterían los líquidos según su deber religioso, como si un hombre que ya está en la tumba pudiese beneficiarse de que vertieran ánforas enteras de vino en las grietas que había entre las rocas de su última morada.

En los últimos años, discutían sobre el fundador de su casa, habiendo olvidado no sólo cómo habían celebrado el funeral del primer Ptolomeo, sino incluso dónde lo habían colocado. Llegaría el día en que no sabrían siquiera si aquel rey fue quemado como un griego o enterrado como un faraón, en el interior de un triple ataúd de oro macizo, envuelto y vendado después de morir como le habían vendado después de nacer, de modo que acabase exactamente igual que había comenzado.

Nadie se olvidó, sin embargo, de lo que ocurrió inmediatamente después del funeral de Ptolomeo Soter. Desde luego que no. Aquello lo recordaron para siempre, porque todos volvieron a la tumba después del número de días adecuado, para celebrar la *Thanatousia* o banquete de los muertos, el festín funeral de los griegos, en el cual todos y cada uno de los alimentos debían ser rojos, porque comían en aquella triste ocasión todos los alimentos prohibidos en cualquier otra comida, y se regodeaban con las frambuesas y las fresas, salmonetes y cigalas, gambas y langostas, y tocino, y remolacha, y cerezas, y arándanos... y se llenaban las bocas griegas con alimentos que tenían el color de la sangre.

Porque en Grecia, el rojo es el color de la muerte.

Thot dice: a decir verdad, a la familia de Ptolomeo Soter le gustaba la *Thanatousia* más que ninguna otra comida, y el festín rojo de los muertos era lo único que hacía ver con ilusión una muerte en la familia, como algo que sería recordado después, de modo que incluso algunos de aquellos griegos rezaban para que hubiese una muerte en la familia, para que se les permitiera de nuevo comer langosta y fresas, con el jugo rojo goteando por sus barbillas. Y así ocurrió, año tras año, generación tras generación, porque en aquella familia se sucedieron una muerte tras otra, muerte tras muerte, y cada vez ocurría lo mismo: los labios y las barbillas rojas, y las blancas vestiduras de lino griegas manchadas de rojo, como si fuera sangre.

Porque la muerte en la casa de Ptolomeo era casi un evento bienvenido, no una causa de dolor y de pena, sino más bien de tranquilo regocijo.

En realidad, para los Ptolomeos, la muerte acabaría por ser algo habitual.

3.29
Los problemáticos

Cuando acabaron los últimos ritos, se encontraron con que no sabían qué hacer con los problemáticos. En la cabecera de la lista de personas difíciles se encontraba el tío Menelao, hermano de Ptolomeo, que seguía babeando en sus aposentos pero debía ser el primer sospechoso, aun así, de traición.

Durante algunas, horas, el nuevo faraón, Ptolomeo Micros, caminó por la habitación mirando los delfines y los tridentes y pensando qué hacer. Menelao podía morir pronto por causas naturales. En realidad no representaba ninguna amenaza para su seguridad. Pero estaba el tema de sus hijos, cuyos nombres nadie en los años posteriores pudo recordar, y los hijos de aquellos hijos también, y el problema era que no se podía matar a los hijos y a los nietos sin matar también al padre.

¿Acaso Micros no despreciaba a aquel tío suyo, el babeante, que siempre se había complacido en decirle lo que debía hacer? ¿Aquel hombre que tuvo como punto álgido de su carrera militar la pérdida de la isla de Chipre?

Micros se preguntaba si sería posible que el tío Menelao tuviese un accidente con una de sus navajas de bronce.

Se preguntaba si debía apresurar el viaje del tío Menelao hacia el camino del Hades.

Pero no, Micros tenía dudas. Era un rey de gran honor, que siempre decía la verdad. Y apartó aquellos pensamientos oscuros y envió a Menelao una cesta de higos como gesto de buena voluntad.

En Menfis corría la voz de que Menelao todavía vivía, en sus antiguos aposentos de Alejandría.

En Alejandría corría la voz de que Menelao gozaba de un merecido descanso en Tebas, donde el clima era mucho más saludable y seco.

Los rumores propagaban diversas historias: Menelao había huido de Egipto, se decía, tan pronto como el viejo rey había muerto. El amable Menelao, decían, fue eliminado en cuanto su sobrino subió al trono, y su devota esposa con él, y sus hijos, entrenados desde muy jóvenes para convertirse en *strategoi* en el ejército de Egipto, y sus nietos también, todos ellos usurpadores, una dinastía rival esperando su momento para hacerse con el poder, verdadera encarnación de los problemas.

Ptolomeo Soter había aconsejado a su hijo que hiciese todo aquello y lo hiciese rápido, que no perdiese tiempo. La noche de la Espada Corta, la llamó, el momento en que el nuevo rey debía emprenderla con la lista.

Micros oía todavía la voz del anciano, alta y clara:

–Para que estés seguro, hay que pasarlos a cuchillo a todos y cada uno de ellos.

Y como Micros pusiera mala cara, su discurso se hizo más insistente:

–Si no eliminas a todos los parientes, tu destino estará en juego contra el de ellos, y Ptolomeo Micros pondrá los pies en la casa de Hades cincuenta años antes de tiempo.

Pronto se supo la historia oficial: el tío Menelao había comido demasiados higos verdes, se había atragantado y había muerto. Era culpa suya, por estúpido... aunque en realidad el único crimen que había cometido aquel anciano inofensivo (aparte de perder Chipre) era ser hermano de un rey.

Y en cuanto a la familia de Menelao, se habló de disentería, de mordeduras de serpientes, de una espina atravesada en la garganta o de alguna espantosa fiebre que había atacado a hijos y nietos, uno tras otro, teniendo como resultado su triste muerte.

El contrarrumor, por supuesto, decía que la fiebre era el propio Micros. Pero no, Micros era faraón, un hombre de gran honor, que sabía cómo mantener limpias las manos y también su reputación.

Fuera cual fuese la verdad, ningún miembro de la casa de Menelao sobrevivió, y no existe recuerdo alguno de lo que les ocurrió. Se encuentran entre los desaparecidos, como si alguien hubiese pronunciado el hechizo de invisibilidad sobre ellos.

* * *

También se rumoreaba acerca del crimen de Argaios, el medio hermano de Micros, hijo de Eurídice. Decían que Argaios había sido ejecutado por conspiración. Sí, tal como había temido Eurídice, los miembros de la familia se irían matando los unos a los otros para sentirse seguros.

Ptolomeo Micros llevó a cabo los adecuados rituales de purificación: se vertió en ambas manos un cuenco con sangre de cochinillo. También se vació un cuenco con sangre de cochinillo encima de la cabeza. Desde luego, él no había empuñado la espada, pero a pesar de los tecnicismos sobre el derramamiento de sangre, a pesar de no ser estrictamente culpable de ningún crimen, sino solamente de haberlos encargado, Ptolomeo Micros se sentía culpable, y aquella culpa no le abandonaría nunca.

Porque para los griegos un asesinato de pensamiento vale tanto como de obra.

En Alejandría, los griegos habían creado una ciudad donde todo estaba permitido, donde nada que un hombre pudiese desear estaba prohibido... y eso significaba, quizá, todas las cosas malas que puede hacer un hombre, igual que las buenas.

El crimen de Argaios fue, sencillamente, existir. Su conspiración consistió en ser el hermano vivo del rey Ptolomeo, e hijo de la inestable Eurídice, y permanecer demasiado tiempo en Alejandría, y con demasiado poco que hacer.

De todos modos, Ptolomeo Micros (aquel nuevo Ptolomeo) fue quien fundó la ilustre y muy ilustre ciudad, en el distrito del lago de Moeris, que llamó Filadelfia, o Amor Fraternal. Micros el Pacífico... sí, estaba haciendo buenos progresos.

* * *

¿Y qué fue del resto de la familia? Eurídice se quedó en Mileto, en Jonia, bajo la protección de aquel hijo suyo mucho menos pacífico, Ptolomeo Keraunos. Con ella, al final, acabaron viviendo sus hijas viudas Teoxena y Ptolemais, «tres locas juntas», como decían, porque Alejandría era una ciudad donde no se podía residir ya con total seguridad, ni disfrutar de sus antiguos lujos, ni sentirse cómoda en absoluto, porque existía el peligro de que llamasen a tu puerta después de anochecer. Porque la idea de Micros era que incluso una hermana puede recurrir al veneno, o al cuchillo, y que incluso una hermana puede ordenar un crimen, si ofrece el dinero suficiente, y se preguntaba si aquellas hermanas locas de Ptolomeo Keraunos no apoyarían también su causa. Y quizá tuviera razón.

En cuanto a los dos hijos de Teoxena, que seguían en Egipto, el mayor era aquel Arcagatos que posteriormente se casaría con Estratónica, hija de Demetrio Poliorcetes. Cuando su madre volvió a Egipto, el niño tenía unos diez años de edad, y era un príncipe sin futuro, pero cuando llegó el momento en que cumplió veintiún años, fue nombrado *epistates* o gobernador de Libia, con el propósito de alejarle de Alejandría, donde podía haber causado problemas.

Arcagatos fue enviado, pues, río arriba, donde, si no moría de algunas fiebres, quizá volviese algún día y pudiese ser útil al faraón, su primo, o quizá fuese asesinado discretamente cuando llegase el momento de deshacerse de él, o cuando se recibiesen informes de que había dado algún paso en falso.

Río arriba, Arcagatos creyó que podía hacer lo que quisiese, y dedicó su tiempo no sólo a sus deberes, que consistían en la caza de elefantes de guerra para Ptolomeo Micros, sino también a los placeres de la carne. Arcagatos pensaba que en Libia nadie le vigilaba, pero la verdad es que era cuidadosamente espiado por los agentes de Ptolomeo, y que se informaba de todos sus actos, buenos y malos, a la residencia.

Aparte del hecho de su estancia en Libia, nadie supo jamás qué fue de aquel joven, excepto que dejó de aparecer en los registros justo en el momento de la coronación de Ptolomeo Micros.

Idea de Thot: realmente, no resulta difícil suponer lo que le ocurrió a aquel joven.

Del hermano menor, Agatarcos, se sabe todavía menos, ya que sufrió el peor de los destinos: que nadie recordase ni siquiera su nombre, y mucho menos su historia, y eso era malo porque, al menos para los egipcios, si se olvida el nombre de un hombre significa que éste no existirá en la Otra Vida.

Y eso es todo con respecto a la familia de Teoxena, una joven que empezó su vida adulta con grandes esperanzas y acabó en desastre, sin marido, sin herederos y sin felicidad, porque, ¿cómo se puede decir que es feliz una mujer semejante?

A menudo Teoxena empezaba el relato de sus días en Sicilia a cualquier mujer que la escuchase, diciendo: «Yo tenía un marido, hace años... el más valiente, el mejor de nuestra raza... un hombre con corazón de león...». Pero siempre se echaba a llorar y nunca podía acabar su historia, ni una sola vez, nunca, y las mujeres sospechaban que la verdad era que, aunque ella le hubiese amado, y aunque no lo mencionase, su Agatocles la trató con su crueldad habitual.

¿Qué decía el gran Solón? «No se puede decir que ningún hombre es feliz hasta que muere; entonces es de lo más afortunado.» Y podía haber añadido: «Ni ninguna mujer». Pero Teoxena no era afortunada.

3.30
La Gran Vaca Blanca

La esposa de Ptolomeo Micros, Arsinoe Alfa, hija de Lisímaco, se sintió encantada de convertirse en reina de Egipto y de llevar las joyas de la corona de las Dos Tierras, y también se deleitó con la adoración que le mostraban como joven esposa del Horus

Viviente, el Halcón de Oro, el Hijo de Ra. Arsinoe Alfa sonrió casi automáticamente con la sonrisa que debía ostentar la reina de Egipto, vaga y misteriosa, porque ella misma, en realidad, era una joven vaga, cuyos pensamientos tendían a ser huecos, y no fijarse en barcos de guerra, ni en la geometría, ni en cómo formar un ejército de soldados contratados, porque ella no había recibido ninguna educación al respecto, sólo tejer, hacer tapices y coser, y a decir verdad, apenas sabía ir de la *alpha* a la *delta*. No, Arsinoe Alfa no sabía nada de ningún tema excepto los asuntos domésticos. Pero eso no le importaba en absoluto a Ptolomeo Micros en el momento de su matrimonio.

Sin embargo, Arsinoe Alfa podía considerarse muy afortunada, porque tenía todo aquello que deseaba. Estaba rodeada de sus doncellas, y el *gynaikeion* de Alejandría resonaba con las charlas y risas de jóvenes y hermosas mujeres como diosas, muy agradables a la vista, y no había nada que estropease su alegría.

Arsinoe Alfa pasaba su tiempo o bien en Menfis o bien en Alejandría, dependiendo de dónde se encontrara en cada momento la corte de su esposo. Desde luego, no veía a su esposo cada día, porque sabía que el trabajo de un rey es fatigoso e inacabable. Había aprendido de Arsinoe Beta, su madrastra, cómo debe comportarse una reina, y aunque carecía del interés por los temas militares que tenía la otra Arsinoe, estaba ansiosa por meterse en los asuntos egipcios en los que pudiera resultar de alguna utilidad, y allí donde entendiera algo de lo que sucedía. De modo que Arsinoe Alfa supervisaba una flota de barcos mercantes que hacían en su nombre el trayecto río arriba y río abajo, con cargamentos de grano, plátanos, olivas y ánforas llenas de aceite o vino, y procuraba que aquella flota mercante supusiera un provecho para el tesoro de Ptolomeo Micros.

Arsinoe Alfa llevaba también la manufactura real de perfumes y ungüentos, estimulando siempre la incesante búsqueda de un preparado que consiguiese reducir al mínimo el sudor de una mujer griega y al mismo tiempo ahuyentase a las moscas y a los insectos de Egipto, a los que les gustaba mucho posarse sobre ella para intentar atacar su carne.

El trabajo de Arsinoe Alfa, pues, no era el trabajo de un hombre, sino la guerra contra las moscas, pero su idea era siempre enriquecer los cofres de su marido. Todo lo que emprendía lo hacía por la mayor gloria de Ptolomeo, porque era la gran esposa real, y la esposa del rey no era una mujer que se pudiera quedar todo el día sin hacer nada. Arsinoe Alfa, Micros ya se encargaría de ello, no iba a ser como Eurídice.

La reina Arsinoe viajaba con el rey Ptolomeo Micros cuando los rituales del templo exigían su presencia a su lado. Alcanzó gran habilidad tocando el sistro. Río arriba se ponía el traje de Isis, la Gran Diosa, Gran Maga. Llevaba el tocado con los cuernos de vaca de Hathor sin quejarse, y el vestido casi transparente de diosa viviente, y sonreía incluso con la vaga sonrisa de la reina, y era feliz, más que feliz, con su nueva vida. También Micros sentía que nunca en su vida había sido tan feliz, y en su corazón, pensaba que era posible (aunque en realidad era una locura) que incluso amase a aquella esposa suya, a la bella reina, que llevaba la tiara del buitre con tanta gracia.

Arsinoe Alfa podía haber vivido una existencia tranquila en Egipto durante el resto de sus días, pero el destino había decidido otra cosa.

Thot sabe que en el horizonte se alzaba para aquel hombre y su mujer el problema mayor que jamás habían conocido en sus vidas, y que la causa de este problema era otra mujer, cuyo nombre también era Arsinoe... Arsinoe Beta, la otra Arsinoe, la mujer a quien Arsinoe Alfa había pensado que no volvería a ver jamás en toda su vida. Porque la felicidad de Arsinoe Alfa no podía durar siempre, sino que estaba destinada a acabar de forma espantosa.

* * *

¿Y qué había sido de la vieja reina? ¿Qué fue de Berenice, la reina viuda, nacida hacía unos setenta años? Aquellos días hablaba mucho más a menudo de la belleza de Grecia, de Macedonia, donde ella nació, porque deseaba por encima de cualquier otra cosa que hubiese una paz duradera con Macedonia, de modo que ella pudiese regresar a casa y morir en su propio país, morir una muerte fría, en lugar de morir en el calor de Egipto, que, como decía ella, no era más que un horno.

Pero Berenice sabía que nunca volvería a Grecia. No, ella debía quedarse donde estaba y sudar.

En verano, hacía que la llevasen en la *harmamaxa* fuera de las Rocas Borboteantes, al este de la ciudad de Alejandría, con sus nietos y sus niñeras y el instructor de natación, y retozaban en el Gran Mar, porque se suponía que el agua de mar era muy sana.

«Saber nadar», decía Berenice, «es muy importante.» Y así atraía la atención, como había hecho su difunto marido, hacia el hecho curioso de que el gran Alejandro no sabía nadar. Y así se convirtió en tradición para todos los miembros de la familia de los Ptolomeos aprender ese arte, y enorgullecerse de saber algo que el propio Alejandro no sabía hacer, y aprender el estilo perro igual de bien que Berenice.

Porque Berenice, la lista Berenice, nadaba muy bien, y con su vestido de baño, informe y transparente, la Gran Vaca Blanca que Mora en Nejer parecía como un gran monstruo marino. Y cuando flotaba de espaldas, dejaba escapar grandes chorros de agua, igual que la ballena que algunas veces hacía su aparición incluso en el puerto de Eunostos, el puerto de los Felices Retornos.

Pero Berenice, de hecho, no sobrevivió mucho a su marido, y la verdad es que fue mejor que muriese, porque si hubiera vivido, habría muerto de vergüenza al ver lo que iba a ocurrir a continuación en la casa de Ptolomeo, de todo lo cual Thot hablará más adelante. No dejes la lectura ahora, lector.

* * *

Después de la muerte de la reina Berenice (que se convirtió en Berenice *Alfa* para distinguirla de la siguiente Berenice que aparecería luego), las lágrimas de su hijo Micros fueron como las lágrimas del cocodrilo. En realidad no sentía ninguna tristeza por la muerte de aquella mujer, porque ella había mantenido la distancia con él durante la mayor parte de su vida.

¿Acaso abandonó Berenice a aquel niño a sus niñeras, y le mostró poco afecto? Sí, eso ocurrió. Ni una sola vez después de llegar a los siete años le abrazó ni le prodigó besos en la cabeza. Ni una sola vez le dijo a su hijo que le amaba.

¿Y eso por qué? La reina Berenice sabía sonreír muy bien, y fingir también, pero había cerrado su corazón a las flechas de Eros, el Niño. Su corazón era duro como una bota de cuero, ya no sentía los pinchazos del amor después de su matrimonio con Filipo de Macedonia, y había aprendido a fingir para conseguir lo que deseaba. Era una cuestión de supervivencia, de una mujer que hacía todo lo que podía para ella y para sus hijos. Y desde luego, pocas mujeres en la historia del mundo lo habían hecho tan bien como Berenice, que, a pesar de su nacimiento ordinario, acabó siendo reina y diosa y la mujer más rica del mundo.

Y estaba orgullosa de que su hijo, Micros, fuese faraón.

Algunos decían que la frialdad de Arsinoe Beta provenía de Berenice, su madre, una mujer que era hermosa pero tenía el corazón de una roca, porque su vida había sido estropeada, arruinada, antes de llegar a Egipto, por aquel Filipo cuyo nombre y destino eran demasiado terribles para que ella los mencionase siquiera.

Micros envió a su hermana mayor, Arsinoe Beta, reina de Tracia, un mensaje lacónico, a la manera de los griegos, ninguno de los cuales malgastaría seis palabras si podía usar sólo dos: «Madre muerta».

Y ocurrió que Arsinoe Beta ya lo sabía. Se había despertado por la noche con las lágrimas inundando sus mejillas por algún motivo que no podía recordar, y que, desde luego, no tenía nada que ver con el bello Agatocles. Había visto la pálida figura de la reina Berenice erguida a los pies de su lecho de oro batido, con la cara como el rayo, y cuando pidió noticias más tarde, supo que era la hora exacta a la que había muerto.

En los aposentos de las mujeres había estrechos lazos de afecto. Si la fría y orgullosa Arsinoe Beta alguna vez amó a alguien de su familia, sin duda fue a su madre, a quien debía la mayor de las gratitudes porque Berenice le había enseñado todo lo que sabía de magia, de hechizos y pociones contra todas las enfermedades, y de venenos, y de cómo eliminar a un hombre que era, por cualquier motivo, no deseado. Berenice era una superviviente, y Arsinoe Beta le debía a su madre la habilidad para sobrevivir.

Quemaron a la vieja reina vistiendo su mejor *peplos* púrpura y todas las joyas que poseía, como en el caso de cualquier otra mujer noble de Macedonia, excepto que ella tenía muchas, muchas joyas, y todas del mayor esplendor, y se trataba de joyas egipcias: collarines de buitre, brazaletes de serpiente, Ojos de Horus y collares y más collares de genuinas piedras preciosas.

O al menos llevó sus joyas hasta llegar a la hoguera, y antes de que prendieran las llamas se las quitaron, porque aquellos objetos eran demasiado valiosos para desaparecer convertidos en humo, y Arsinoe Alfa los quería para ella.

Con los huesos de Berenice al final enterraron las dos ánforas de aceite, y la mesa de ofrendas para el festín funerario al estilo griego, y la comida correspondiente: olivas griegas, pan de hogaza, queso de cabra, dátiles, ánforas de vino... todos los alimentos sencillos de Macedonia. Pusieron guirnaldas de rosas blancas y de narcisos, y el incienso que quemaron como ofrenda en sus ritos funerarios era más del que se usaba en todo Egipto durante un año entero. Si Berenice no era amada, al menos se había ganado el respeto de todos aquéllos a quienes dejaba atrás.

* * *

Así, el segundo rey Ptolomeo, con todos los parientes que podían alzarse contra él y derrocarle del trono ya eliminados, podía sentarse en él ya a salvo, y se sintió complacido con lo que había hecho, muy complacido.

Todo parecía ir bien en Egipto, y su nuevo faraón se preparó para dedicarse a su reinado de paz, prosperidad y gloria. *¡Vida! ¡Prosperidad! ¡Salud!* a su majestad.

Mientras tanto, las cosas no estaban tan tranquilas en el palacio del rey Lisímaco, en Tracia, sino que había problemas, muchos problemas, y habría incluso más, y peores, y la causa de todo aquello era la reina Arsinoe Beta.

Sí, porque a Arsinoe Beta estaban destinados todos los problemas del mundo, ya que su horóscopo, largos años atrás, lo había predicho: hechos espantosos, horrores tales que ponían los pelos de punta.

CUARTA PARTE

Arsinoe Beta

4.1
El bello Agatocles

Arsinoe Beta había recibido de Lisímaco el feudo de Éfeso, y en aquella ciudad acuñó moneda por derecho propio, tetradracmas y octodracmas de oro, que tenían su imagen en una cara. Dio órdenes de que debía aparecer joven y con el rostro redondo, y velado, como epítome de reina griega, una mujer que había conseguido a los veintidós años todo lo que una mujer puede conseguir, excepto ser encumbrada como diosa en vida.

Haciendo que el sol incidiera en aquellas monedas, parecía que la dorada Arsinoe Beta sonreía. Pero la verdad es que, aunque sonriese en los dracmas de Éfeso, apenas sonreía en carne y hueso, sino que tenía siempre el rostro solemne, o malhumorado, como si estuviese enfadada.

Todas las cartas que enviaba Berenice a sus hijas en Tracia acababan con las mismas palabras: «Y por lo demás, hacednos el favor de cuidar vuestra salud».

Lisandra sí que había tenido mucho cuidado, aunque para poca cosa le serviría, pero Arsinoe Beta desoía por completo los sabios consejos de su madre y hacía lo que le apetecía, comiendo todo aquello que peor le sentaba. De vez en cuando la molestaban unos leves dolores de estómago, pero Arsinoe no les dedicaba un solo pensamiento, y no hizo nada por cambiar sus hábitos de vida. Algunos días los dolores de estómago eran tan fuertes que tenía que acostarse, pero aun así, no enviaba a buscar a los físicos de su marido, hombres que le parecían apenas algo mejores que hechiceros y magos. Prefería tratarse ella misma por miedo a que la envenenaran.

En una ocasión que Arsinoe pidió la ayuda de su físico personal, aquel Dión que había sido enviado con ella desde Egipto, éste, al ver que tenía el vientre muy hinchado, pensó que estaba embarazada de nuevo, que había llegado la hora de dar a luz, y la instó a que se sentara en la silla de partos real. Pero a pesar de sus gritos y esfuerzos, Arsinoe no dio a luz nada más que una diarrea negra.

¿Y qué hizo entonces Arsinoe? Volvió a hartarse de carne asada, y luego no comió nada más que uvas durante un mes para ponerse delgada y gustar más al príncipe Agatocles, y luego, en cuanto volvió a comer, se puso enferma de nuevo.

Y la mayor parte del tiempo, aquella reina cagaba unas bolitas negras como excrementos de cabra, y los dolores de vientre casi nunca la dejaban en paz.

Tal fue el principio de los problemas físicos de Arsinoe Beta, unos problemas físicos que no desaparecieron, sino que fueron en aumento y empeoraron cada vez más.

* * *

A medida que pasaban los meses y los años, los sentimientos de Arsinoe Beta hacia el joven Agatocles cambiaron, de modo que, aunque seguía amándole, empezó a odiarle también un poco, y la verdad es que apenas sabía lo que estaba haciendo, porque su amor, como todo amor, era una especie de locura, y se veía cegada para comprender cualquier sentido o razón.

Empezó a quejarse a Lisímaco de que Agatocles, su hijo, había usado un lenguaje impropio con ella, y que la había ofendido metiéndole las manos dentro del *peplos* e intentando acariciarle los pechos.

Lisímaco encontró muy difícil creer que aquel hijo suyo, un joven de modales perfectos, hiciese tal cosa, y por el momento no hizo nada, dejando que el odio de Arsinoe fuese creciendo, hasta que ella deseó no sólo ver castigado a Agatocles, sino también que le expulsaran de Tracia, para que su belleza divina dejase de atormentarla día y noche.

Ella empezó a amar y odiar, pues, en igual medida, y ofreció a Agatocles recompensas imposibles si ponía un pie en su dormitorio, si la cogía en sus brazos y le besaba los labios. Pero Agatocles siempre meneaba la cabeza y, en privado, entre sus amigos, hablaba de la preocupación que sentía por el estado mental de su madrastra, y de la pena que le daba su angustia. No tenía ni idea de lo que podía decirle a su padre, así que no dijo una sola palabra a Lisímaco de lo que Arsinoe intentaba hacerle, sabiendo que aquel rey seguramente haría que ajusticiaran a su mujer, o al menos se divorciaría de ella y la desterraría, y en realidad aquel joven no deseaba ningún mal a su madrastra. Lo cierto es que no había malicia alguna en el corazón del bello Agatocles, que era uno de los jóvenes más virtuosos que vivió jamás.

Thot dice: ¡qué diferente habría sido la vida de aquella mujer si hubiera podido casarse con el bello hijo, en lugar del viejo y horrible padre! Pero el destino de Arsinoe Beta estaba escrito desde el principio, y no podía cambiar su destino, igual que nadie puede. Sí, el destino de Arsinoe Beta era duro, y estaba destinada a dejar de ser mujer y convertirse en una serpiente venenosa vestida con ropa de mujer.

Y como era incapaz de convencer a Agatocles para que hiciera lo que ella quería que hiciera, Arsinoe empezó entonces a hacer experimentos con la magia griega que había aprendido de Berenice, su madre, para «obligarle» a enamorarse de ella, para que se dirigiera como un autómata a su dormitorio e hiciera con su *rhombos* lo que ella le ordenara, y se convirtiera en su esclavo en todo.

Agatocles, por supuesto, viendo cómo iban las cosas, había tomado desde hacía tiempo las mayores precauciones, realizando un contrahechizo para anular la magia de cualquier mujer que tratase de ligar a un hombre contra su voluntad. Agatocles estaba a prueba de todo encantamiento, pero Arsinoe no sabía nada de eso.

¿Sabía Lisandra, la esposa de Agatocles, cuáles eran los sentimientos de su medio hermana? Desde luego, Lisandra sentía alguna simpatía por Arsinoe al principio, porque estaba casada con un viejo... (y la propia Lisandra se había casado con un joven... ¡dos veces!) y de niñas, en Egipto, no siempre habían estado enfrentadas. Pero poco a poco, la compasión de Lisandra desapareció, al oír decir a Agatocles que Arsinoe Beta se estaba convirtiendo en una verdadera molestia para él. Lisandra tenía alguna idea de lo que estaba ocurriendo, pero como no podía matar a su hermana (ella jamás habría hecho una cosa tan horrible) se sentía impotente, completamente impotente, y lo único que podía hacer era decirle a Arsinoe que dejase de mirar codiciosamente a Agatocles, que dejase todo aquello, que lo dejase, porque era asqueroso, y decirle también que, fuera lo que fuese lo que deseaba, no lo tendría jamás, porque Agatocles ya tenía una esposa, Lisandra.

Y siguió, por tanto, aquel estado de cosas totalmente insatisfactorio, y ninguna de las partes implicadas en él hizo nada para evitar lo que (si se hubieran parado a pensarlo) ocurriría fatalmente.

Porque Arsinoe Beta empezó a pensar: «Si Agatocles no puede ser mío, pues bueno, que no sea de nadie más...». Y arraigó en su corazón la idea de que debía librarse de aquél que la atormentaba, y que sólo había una forma de hacerlo. Agatocles podía resultar inmune a sus hechizos mágicos, pero seguramente no resultaría inmune a su veneno. No, Agatocles no formaba parte de los inmortales, así que pensó en cómo asesinar a aquel joven, cuyo único crimen era ser más bello que ningún otro hombre en el reino de Tracia.

Thot menea la cabeza de nuevo y dice: ¿y por qué querría Arsinoe Beta hacer una cosa tan terrible? Y la respuesta, desde luego, es ésta: lo que ella deseaba por encima de cualquier otra cosa era ser reina de Tracia, reina siempre y para siempre, y sin embargo veía claramente que su poder estaba limitado por el tiempo que le quedaba de vida a su anciano marido, Lisímaco. Llegaría un día, pensaba, en que su hermana Lisandra sería reina y ella, Arsinoe Beta, no sería reina en absoluto, sino simplemente madrastra del nuevo rey Agatocles, y con toda seguridad sería expulsada de Tracia, porque no podía imaginar que Agatocles soportarse que ella viviera bajo el mismo techo que él después de todo lo que había intentado hacer. No, ella pensaba que era muy probable que Agatocles la hiciera matar en cuanto llegase al trono, porque a sus ojos ella no era sino una causa de problemas.

En efecto, si Arsinoe Beta conseguía que Agatocles fuese un hombre muerto, eso significaría que Lisandra nunca sería reina de Tracia en su lugar. Significaría que Arsinoe Beta actuaría como regente durante la minoría de su hijo mayor, Ptolomeo (de Telmeso), y reina viuda, porque si Agatocles moría, no habría otro heredero a Tracia que aquel hijo de Arsinoe Beta. Matar a Agatocles, pues, significaba que Arsinoe Beta subiría al poder aun después de la muerte de su marido.

Una noche, pues, Arsinoe Beta fue tan lejos que incluso abrió los sellos del paquete de papiro que traía consigo desde Egipto y mantenía oculto en su habitación privada desde entonces, y que era el regalo de despedida de Berenice, que contenía suficiente veneno para eliminar el ejército de Tracia entero, y acerca del cual pensaba decir, si Lisímaco lo encontraba, que se trataba de arsénico para matar moscas.

Cuando Arsinoe Beta miraba el paquete sonreía y no dejaba de sonreír, porque no se sentía ya indefensa en manos de su destino, sino poderosa, con el poder de la vida y la muerte... más poderosa que ningún otro ser vivo. Y así fue como la idea que había nacido en el corazón de Arsinoe Beta como una diminuta semilla empezó a hincharse y a brotar, y la raíz de su idea era que el bello Agatocles iba a morir.

Del mismo modo, Arsinoe Beta sabía, en aquel frío o ardiente corazón suyo, que lo que ella tanto deseaba estaba mal, y lo que quería era averiguar sobre todo lo que debía hacer, pidiendo la opinión de los dioses, porque estaba sumida en un abismo de desesperación a causa de Agatocles, a quien amaba.

Vertió agua de mar en un cuenco dorado. Echó aceite de oliva verde en la superficie del agua, y en la oscuridad de su habitación se inclinó sobre el recipiente e hizo la pregunta que tenía en el corazón y que requería respuesta. Y entonces bajó la cabeza del niño que debía mirar el cuenco y decirle lo que veía en él, un niño puro que no hubiese conocido todavía mujer, y que era su propio hijo, su hijo menor, Lisímaco Micros, en cuyo *rhombos* todavía no había aparecido el vello púbico.

Algunos días, los intentos de Arsinoe por prever el futuro mediante la adivinación del cuenco eran muy laboriosas, y debía quemar un huevo de cocodrilo encima de la llama para que trabajase con más rapidez.

Otras veces, los dioses parecían poco dispuestos a ayudarla, y entonces ella los forzaba mezclando la bilis del cocodrilo con incienso en el brasero.

Pero al final, como todas las personas que hacen uso de hechizos como aquél, Arsinoe Beta se sintió sorprendida al hallar la respuesta que estaba buscando, y su sonrisa, que tan raramente afloraba, se hizo amplia.

Y ¿qué fue lo que vio Lisímaco Micros? ¿Qué le dijo a su madre? Le dijo lo que ella quería escuchar, y se calló las cosas que había visto en el cuenco de agua, esas cosas que le hicieron gritar. No, no deseaba decirle a Arsinoe lo que había visto, porque lo que vio fue sangre, sangre derramada, sangre en las calles, sangre en las paredes, y dos niños muertos en brazos de su madre, y tuvo miedo.

4.2
El Chupasangre

Habían pasado unos dieciocho años desde que Arsinoe Beta abandonó Egipto cuando la región del Helesponto fue sacudida por un violento terremoto, en el cual los peores daños los sufrió la ciudad de Lisimaquia. Arsinoe notó que su habitación se inclinaba y sus muebles de oro se deslizaban por el suelo, y chilló, porque el palacio de Lisímaco no era resistente a los temblores de tierra, como ella había temido.

Los intérpretes de presagios dijeron que el desastre era una advertencia enviada por el cielo, un anticipo de las desgracias que iban a caer sobre el mundo griego, y previeron también nefasta ruina para Lisímaco y para su casa y su reino.

Otros observaron, más tranquilos, que los terremotos no eran inusuales en el distrito del Quersoneso tracio, que hubo terremotos antes y sin duda los habría más adelante, pero que el terremoto era un fenómeno natural y no significaba nada, y mucho menos la ira de los dioses de Grecia.

Las predicciones del desastre, sin embargo, se iban a cumplir plenamente.

Poco después de aquel temblor de tierra, el propio Lisímaco empezó a albergar también un odio particular hacia Agatocles, un odio no sólo anormal en un padre, sino también en cualquier ser humano, porque le parecía que había algo de verdad en las historias que Arsinoe Beta le había contado, y penetró en su corazón justamente la idea de hacer lo que Arsinoe Beta quería que hiciese, es decir, darle permiso para eliminar a Agatocles, su propio hijo.

Todo ello a pesar de haber nombrado a Agatocles heredero suyo, y a pesar de las indudables habilidades de Agatocles como soldado, que habían ayudado a Lisímaco en infinitas batallas. Cuando al fin se hizo, ningún hombre pudo comprender por qué lo había hecho, y sólo señalaron el hecho de que Agatocles había llegado a dar a una ciudad el nombre de Agatópolis, y que incluso se había olvidado de sí mismo hasta el punto de acuñar dracmas con su propio rostro, llevando puesta la diadema de rey... que era algo que Lisímaco ni siquiera había hecho por sí mismo.

Quizás Agatocles no fuese, pues, totalmente inocente de todo crimen; era culpable de haber reclamado una cierta autoridad, pero no merecía la ira de su padre, porque nadie merece morir por una cosa tan nimia.

* * *

Cuando al fin todo concluyó para Lisímaco en Tracia, algunos dijeron que el hijo de Arsinoe Beta, Ptolomeo (de Telmeso), tenía algo que ver con el fin de Agatocles. Ptolomeo tenía entonces unos quince años y estaba en el máximo esplendor de su potencia física, y era más bello que ningún otro muchacho, y además podía ganar mucho implicándose en la conspiración de su madre, porque si el heredero de Tracia moría, el sucesor obvio no era otro que aquel chico.

Desde luego, aquel joven Ptolomeo estaba más que dispuesto a hacer lo que su madre le ordenase.

Aun así, ¿qué parte pudo tomar un chico, un simple muchacho, en un asesinato? ¿Fue él quien hizo que su amigo Agatocles tomara la dosis fatal de veneno? ¿Abrió Ptolomeo las puertas, fue él quien dejó penetrar al asesino en los aposentos privados de aquel regio príncipe? Seguro que Arsinoe Beta no querría ensuciarse sus blancas manos con un crimen, sino que emplearía a otro para que lo hiciese por ella. ¿Por qué no iba a ser el asesino su propio hijo Ptolomeo? Y se reía con una risa seca, pensando en educar al chico tal y como debía ser: capaz de cuidarse solo, capaz de manipular a las Parcas para su propia conveniencia. Sí, pensaba que ya era hora de que el chico fuese útil... Aquel guapo jovencito, aquel amigo especial del guapo Agatocles, que tenía libre acceso a su persona, como la tienen los jóvenes griegos, y a quien a menudo buscaba Agatocles en lo más profundo de la noche, sin que nadie lo supiera ni pensara mal de ellos por hacer lo que hacían.

Sí, pensaba Arsinoe Beta, aunque Agatocles había tomado todas las precauciones para contrarrestar la brujería y la magia, incluso llegando a colgar el hocico de un lobo en su dormitorio, no podía protegerse de la traición por parte de un íntimo amigo, un amigo en quien había puesto su confianza.

Desde luego aquel Ptolomeo no era digno hijo de su madre, como mostraría su posterior carrera como cuidadoso y responsable tirano de Telmeso.

Pero, por otra parte, como hijo de su madre, hijo de aquella mujer dominante, debía hacer sin duda lo que ella ordenase, si no quería sufrir el agudo cuchillo de su lengua. Y, ¿qué muchacho griego se resistiría, en cualquier caso, a la idea de convertirse en rey si sólo se interponía un crimen en su camino? Aquélla era la costumbre de los griegos, hacerse con el poder por cualquier medio que tuvieran a su alcance, aunque eso significase matar a sus propios parientes, aunque significase traicionar la confianza más sagrada y la norma fundamental de la amistad.

La última vez que Arsinoe Beta intentó que Agatocles yaciese con ella, éste le dijo: «Realmente, madrastra, deberías saber que prefiero los chicos...».

Pero Arsinoe sabía que el amor que Agatocles mostraba por Lisandra, su esposa, era auténtico, y que raramente se había interesado por los bellos muchachos, aparte de su propio hijo... un interés que ella había animado rápidamente, de hecho, como medio de atraer a Agatocles hacia ella y poder matarle. Pero sabía que no era un *kinaidos* habitual, y se rió en su cara, con una risa carente de alegría, sarcástica, sabiendo que él no hacía más que poner excusas para que le dejase en paz.

Lo cierto es que Eros había agitado sus alas de oro y se había apartado de Arsinoe Beta por segunda vez, y ya no le quedaba más que odio hacia Agatocles. Incluso se le había oído decir: «Me importa un pimiento ese hombre».

Y así fue como la paciencia de Arsinoe Beta desapareció, y llegó a emitir sus órdenes, y a elaborar su plan de planes. La vieron, el séptimo día de Daisio, discutiendo con su hijo Ptolomeo, que parecía no tener deseo alguno de hacer lo que su madre le pedía que hiciese, de modo que ella elevaba la voz, y sus palabras hicieron eco en el patio de palacio:

–Créeme, demasiada amabilidad es el camino hacia la destrucción.

Toda aquella noche del octavo de Daisio, Arsinoe Beta la pasó en cama despierta y llorando, con el espanto de lo que estaba a punto de suceder pesando como el plomo en su alma, y ya sentía una terrible tristeza por haber ordenado la muerte del hombre al que amaba. Pero en la batalla entre odio y amor, el odio fue el ganador aquella noche, porque su último pensamiento al amanecer fue que no se podía dejar vivir a Agatocles ni un solo día más, porque no podía soportar la idea del tormento de su terrible belleza, y sentía que matándole, ella por fin sería libre de la carga de todos sus problemas.

Sin embargo, como era el primer crimen de Arsinoe Beta, realmente no sabía lo que estaba a punto de sucederle, y mucho menos que, en lo referente a problemas, aquello no era más que el principio.

La mañana del noveno de Daisio, el día que había designado para la muerte de Agatocles, Arsinoe Beta todavía tenía algunas dudas acerca de si debía hacerlo o no, y trató de decidirse mediante la adivinación por los huesos, para poner alguna paz en su atormentado corazón y asegurarse de que todos los presagios le eran favorables.

El sacerdote de Apolo llevó el cordero al altar para ella, y el cordero hacía mucho ruido, y luchaba por escapar de los brazos del chico que lo llevaba. Sí, aquel cordero tenía un balido muy fuerte, pero no chilló durante mucho rato, porque se llevaron a cabo rápidamente los ritos habituales del sacrificio griego, la sangre salpicó el cuenco y el cordero quedó muerto y sus huesos fueron despojados de la carne.

El sacerdote de Apolo alzó al sol el omóplato y ofreció el hueso al adivino para que hiciera su escrutinio.

Si el hueso era blanco y el sol se transparentaba a su través, el significado era extrema pobreza y sufrimiento.

Si el hueso tenía manchas negras por los bordes y sólo un espacio pequeño y oscuro en el centro, significaba el advenimiento del desastre.

Arsinoe Beta contuvo el aliento, casi incapaz de mirarlo, por el nerviosismo, por el flujo de la sangre que corría por sus venas, por conocer el futuro antes de que éste llegase; pero se le dio la respuesta a su pregunta sin demora, porque el hueso estaba rojo por los bordes, y en el centro también brillaba, rojo, como debía ser, y el sol incidía a su través. Arsinoe sonrió con aquella sonrisa que no era sólo de la boca, sino también de los ojos, porque significaba que en realidad iba a conseguir lo que ella quería.

Todo aquel día, Arsinoe Beta siguió con sus asuntos como en un sueño, con los miembros temblorosos. Intentó comer, pero derramaba la comida porque le temblaban las manos. Intentó dormir la siesta, pero su corazón iba demasiado acelerado. Estaba demasiado implicada para hacer cualquier otra cosa que no fuera pensar en lo que iba a ocurrir.

Aquella noche, a la hora de encender las lámparas, Arsinoe dio la orden a su agente, un hombre que quizá fuese su propio hijo, Ptolomeo, el hombre que haría todo lo que se le pidiera, sin cuestionarlo, y entregó su daga de bronce con la empuñadura de oro, toda enjoyada, a aquel agente, en quien confiaba, y le dijo una sola palabra: la palabra griega *Ginestho,* que significaba: «Que se haga», o más bien: «Que ocurra».

* * *

Se contaron muchas historias acerca del final del hermoso Agatocles de Tracia. Algunos dijeron que Arsinoe Beta intentó primero darle personalmente el veneno que había llevado consigo desde Egipto, pero que, como llevaba diecisiete años envuelto en un paquete de papiro, éste había perdido todo su poder, y no tuvo el menor efecto sobre la salud del hombre. Otros decían que ella le ofreció el veneno, pero que él había adoptado hacía años la costumbre de tomar pequeñas dosis de arsénico para volverse inmune a un ataque semejante, como hacían muchos príncipes en aquellos tiempos inciertos, sabiendo muy bien que confiar en cualquier hombre podía costarle la vida.

También se decía que la propia Arsinoe Beta tenía la costumbre de tomar pequeñas cantidades de veneno, por el mismo motivo, y que ésa era la verdadera razón de que vomitase diariamente y del quebrantado estado de su salud en los años siguientes.

En cualquier caso, Arsinoe Beta, decían, eligió una noche en que Lisímaco y Lisandra no estaban en palacio, sino en el teatro, y dio permiso a sus doncellas, esclavos, sirvientes y eunucos para que fuesen a ver el drama, y también dio órdenes a su segundo hijo, Filipo, de que fuese a golpear a los perros, para que el ruido del asesinato resultase ahogado por sus ladridos, y así nadie corriese a salvar al condenado Agatocles, que fue retenido en palacio bajo el pretexto de una reunión con el agente de Arsinoe Beta, que quizá, o quizá no, fuera su propio hijo, Ptolomeo.

Algunos hablaron de veneno, otros juraron que se usaron cuchillos. Las historias diferían en los detalles, pero en lo que sí estaban de acuerdo era en el hecho de la muerte del heredero al trono.

Agatocles chilló como un cerdo cuando le cortaron la garganta, y sus chillidos parecieron durar horas enteras, y la oscura sangre salió de su carne dorada y brotó desde numerosas heridas, y salpicó los blancos muros de sus habitaciones privadas, y manchó los suelos de mosaico, y empapó el blanco lino de su lecho dorado. El cuerpo de Agatocles se retorció, se agitó y se sacudió, y luchó, desnudo como estaba, con su asaltante desnudo, gritando y chillando y aullando de rabia, pero estaba oscuro, muy oscuro, y no veía quién le atacaba con aquella daga de bronce, aunque sabía quién era. Agatocles conocía a su asesino, realmente, y se había sentido complacido al abrirle la puerta. Complacido, se había arrojado sobre el lecho en estrecho abrazo con el hombre que le había matado. Al final, el cuerpo de Agatocles quedó fláccido y la niebla de su mente se apoderó de sus ojos, y emprendió aquel viaje que ningún hombre desea, a la casa de Hades, en las bodegas de la tierra.

Y fue el agente de Arsinoe Beta quien cortó las extremidades de aquel hombre, el más bello de todos, y segó sus hermosas manos, y amputó sus bellos y suaves pies, e incluso le rebanó sus partes más íntimas, y colgó aquellos sangrientos trofeos en torno al cuello del muerto y bajo sus sobacos con una cuerda de papiro, para evitar que la culpa de sangre del asesino recayera sobre éste, y para que el fantasma de Agatocles, un airado fantasma, quedase mutilado y por tanto resultase inofensivo. Fue el agente de Arsinoe Beta quien lamió la sangre del muerto Agatocles tres veces con la lengua, y la escupió tres veces, como debe hacer todo asesino, y limpió su daga ensangrentada en la cabeza de Agatocles, en sus rubios rizos, para evitar que el fantasma del hombre le siguiera dondequiera que fuese, durante el resto de su vida. Y si el agente de Arsinoe Beta era su hijo, su propio hijo Ptolomeo, no lo sabemos, pero a Ptolomeo aquella noche se le revolvió el estómago y fue vomitando por todos los rincones, y lloró una riada de lágrimas que no se secaron hasta el amanecer. ¿Por qué iba a hacer una cosa así, de no haber matado al hombre al que amaba?

A pesar de todas sus precauciones, sin embargo, la culpa de la sangre recayó plenamente en la cabeza de Arsinoe Beta, no sobre su hijo. Ella había matado al hombre a quien amaba hasta el punto de odiarlo, y ella había imaginado en su corazón que matándolo le borraría de sus pensamientos para siempre, para toda la eternidad. Pero la verdad era que había pasado tantos días y noches pensando en aquel joven que no sabía cómo dejar de pensar en él, ahora que estaba muerto. Más bien al contrario: haberle matado le hacía pensar en él más si cabe.

Cuando Lisandra volvió a sus oscuros aposentos y oyó ladrar a los perros, supo al momento que había ocurrido algún desastre. Chilló pidiendo luces y esclavos, corrió por las habitaciones vacías buscando a su marido. Tendría pesadillas con aquella espantosa noche durante el resto de sus días: soñaría con las paredes manchadas de sangre, el suelo ensangrentado, las revueltas y ensangrentadas ropas de su lecho. Al final llegó hasta el cuerpo de su señor, un revoltijo de miembros, y vio que éste yacía con una mirada fría y sombría en el rostro, sin ropa alguna que le cubriese, y la idea de que no había estado a su lado cuando él lanzó su último suspiro perseguiría siempre a Lisandra. Los gritos de Lisandra eran espantosos, a diferencia del sufrimiento de muchas mujeres griegas, porque ella amaba a aquel marido suyo tanto como le había amado Arsinoe Beta, y más aún, porque su amor no era una fantasía, sino algo real. Porque la verdad es que Eros había estado muy ocupado con las mujeres de aquella familia.

La primera idea de Lisandra fue que aquella hazaña era obra de su medio hermana, porque nadie más en palacio podía haber deseado un crimen tan espantoso como el asesinato de su marido, un hombre que en toda su vida jamás pronunció una sola palabra de ira. Y el rostro de Lisandra se ennegreció de inmediato, y voló hacia el puerto disfrazada, y de algún modo consiguió tomar un barco hacia la corte del rey Seleuco, en Seleuquia, al norte de Siria, llevándose a sus hijos pequeños con ella.

Con Lisandra se fue también Alejandro, el hijo de Lisímaco, y su concubina de Odrisa, y ambos rogaron a Seleuco que le hiciera la guerra a Lisímaco para vengar el crimen de Agatocles.

¿Y Arsinoe Beta? Se rió con una risa aguda, porque había conseguido hacer lo que planeaba y su risa era como la risa de una loca. Pero Arsinoe Beta no se reiría durante mucho tiempo.

¿Y Ptolomeo, su hijo? Pues sí, aquel joven acabó cubierto de una sangre pegajosa que no podía quitarse lavándose. Tomó seis baños aquella noche. Lloró y tuvo arcadas toda la noche, y su madre decía que era por la muerte de su tío Agatocles, a quien tanto amaba, cosa que quizá fuese cierta. Pero Ptolomeo se recuperó. Al cabo de un día o dos empezó a sonreír de nuevo. Los macedonios siempre dicen que el primer hombre que se mata es el más difícil. Ptolomeo pronto volvió a sonreír: sería el siguiente rey de Tracia.

Y en cuanto a Arsinoe Beta, volvió a colocar la daga de bronce con la empuñadura de oro y toda enjoyada y ensangrentada en el fondo del cofre de sus joyas, como ella misma decía, «para el siguiente crimen».

4.3
Sangre de cochinillo

Tan pronto como se miró en los muertos ojos de Agatocles, Arsinoe Beta deseó con todo su corazón no haber hecho lo que había hecho, y supo que nunca se libraría de la imagen de aquel hombre yaciendo en un charco de su propia sangre, con su hermoso cuerpo todo destrozado y roto. Vomitó la última comida que había tomado cuando vio a Agatocles muerto, y, en realidad, ya nunca dejó de vomitar todas sus comidas, como si hubiese recibido la maldición de ser incapaz de mantener la comida en el estómago, maldición que, con toda seguridad, es de las peores que pueden acaecer a cualquier hombre o mujer.

Cuando era capaz de dormir (y eso no ocurría a menudo), sufría de pesadillas en las cuales Agatocles, muerto, la perseguía, chorreando sangre, y trataba de colocarle las manos en torno al cuello para estrangularla. En sus horas de vigilia, deseaba no haber ordenado nunca aquel acto, y sin embargo, nada bueno podía lograr con todas aquellas lamentaciones; nada en el mundo podía devolver la vida a un hombre muerto, aparte de un milagro, pero ya era demasiado tarde para los milagros.

Los asesinos no podían hacer otra cosa que rezar a los dioses de Grecia para implorar su perdón, y suplicarles clemencia, y que pusieran fin a lo que les parecía un sufrimiento inacabable. Pero las plegarias de Arsinoe Beta no fueron escuchadas, ni respondidas. Los dioses de la Hélade no hicieron caso de sus generosas ofrendas y sus sacrificios diarios, y ella no tuvo un solo día de paz durante todo el resto de su vida, y el tormento continuó y continuó, sin detenerse jamás, hasta el día que ella murió.

Al desaparecer Agatocles, surgió el problema inmediato de qué hacer con su cadáver. Por una parte, la primera idea de Arsinoe Beta era hacer que lo dejaran como alimento para los perros y las aves, porque era lo que se merecía por haber conspirado contra su padre y frustrado los deseos de su madrastra. Por otra parte, Lisímaco sentía que debía cumplir su deber de padre con su hijo, fuera el que fuese el crimen que hubiese cometido, y le dijo a su esposa que, aunque Agatocles fuese culpable, debían darle un honroso entierro griego. También, quizá, era el deseo de Lisímaco hacer que su esposa sufriera un poco, porque había sido idea de ella eliminar a su hijo, y la verdad es que cuando Lisímaco miraba a su hijo muerto, no podía dejar de derramar lágrimas por lo que había sucedido. Al final había recuperado el sentido, maldiciéndose por no haber hecho nada para evitar aquello. Y así, Lisímaco pensó que sería bueno proporcionar a Agatocles todos los ritos funerarios griegos.

–Quizás estaría bien... –murmuró Arsinoe, temiendo sólo de pensarlo.

–Pero –preguntó Lisímaco–, ¿qué mujer dirigirá el duelo por mi hijo? No será Nikaia, su madre, porque murió... Ni Lisandra, que ha huido... Ni Arsinoe Alfa, su hermana, que está en Egipto... ¿Quién cantará la *klama* por Agatocles? –insistió, mirando con intensidad a Arsinoe Beta. Y su perro gruñó a la mujer entonces, como llevaba haciendo veinte años.

Y Arsinoe se quedó allí de pie, horrorizada al pensar en lo que iba a decir a continuación, y Lisímaco dijo finalmente lo que ella había pensado que diría:

–Desde luego, la responsabilidad de dirigir el duelo debe recaer sobre ti.

Y así, la madrastra de Agatocles, Arsinoe Beta, tuvo que ser quien dirigiera el duelo, la mujer que iniciase los llantos en su funeral.

Pero Arsinoe pensaba que no era posible dirigir el llanto por un hombre a quien ella misma había matado. Y el corazón se le encogió en el pecho, y el espanto de lo que le aguardaba penetró en su cuerpo de tal modo que temblaba de pies a cabeza al pensar lo que debía hacer, porque nunca había imaginado que debería llorar por el hombre a quien odiaba y temía que no cayese lágrima alguna, tanto y tanto había endurecido su corazón en contra de aquel hombre.

Al tercer día después del asesinato, al amanecer, llegó el espantoso momento en que el cuerpo debía ser quemado, y Arsinoe Beta no había dormido ni un momento, sino que permaneció despierta toda la noche, inquieta. Al final, sin embargo, no le resultó difícil aquello, porque había amado al bello Agatocles con un amor desesperado, eso era cierto y verdadero, y un amor tal, un amor tan tremendo, hacía que las lamentaciones fuesen fáciles para ella, y que todo su odio desapareciera.

En la procesión hacia la pira funeraria construida para él en la playa, sintió que le flaqueaban las rodillas y la cabeza le daba vueltas, como si fuese a desmayarse debido al esfuerzo, pero sus doncellas la sujetaron mientras entonaban las tristes canciones, caminando junto al ataúd que contenía al bello Agatocles echado, después de lavarle toda la sangre, y aun faltándole la nariz y las orejas, su frío rostro parecía, si ello era posible, mucho más bello muerto que vivo.

Al principio, Arsinoe sentía como si tuviera la lengua pegada al paladar, como si no pudiera entonar con ella una sola nota, pero luego miró el rostro muerto y los lamentos empezaron a surgir solos de sus labios, y cantó por primera vez la canción de su amor por Agatocles, de su desesperado e imposible amor por él, que nunca antes había puesto en palabras, porque aquel amor estaba prohibido, y mientras cantaba, su voz se alzó muy alta y penetrante y bella en sus gemidos, como ninguna de las que había escuchado nadie de los que allí estaban, como un torrente imparable, y al principio todo era armonioso, pero al cabo de un rato, el sentido de las palabras se empezó a perder, de modo que Arsinoe Beta entonó un cántico de dolor sin palabras que era mucho más hermoso que ninguna canción de lamento que nadie hubiese oído nunca: era como el canto del ruiseñor, hasta que su voz se rompió del todo y la canción acabó en gemidos y graznidos como de cuervo, y las doncellas recogieron entonces la canción y el lamento de sus labios.

Todo el tiempo, mientras Arsinoe Beta cantaba, tocaba la carne bronceada del muerto Agatocles por primera vez sin ser censurada, acariciando aquella suave y lisa piel de sus antebrazos cubierta de vello dorado, y pasando los dedos por la cabeza, entre el cabello, que tenía el color de un campo de trigo maduro, y pasando luego a su bronceado cuello, sollozando, con un centenar de besos, y con un torrente de lágrimas, y por primera vez se pudo comportar con Agatocles como una amante, como alguien que le había amado hasta la locura, y nadie conoció su culpa, nadie sospechó la verdad, porque aquella conducta no era sino la que se esperaba y se requería de la persona que dirigía el duelo en el funeral de cualquier hombre.

¿Y Ptolomeo de Telmeso? No derramó lágrima alguna aquel día. Ya se había recuperado. Sería rey de Tracia después de su padre. Se quedó de pie con los hombres, con aire incómodo, moviendo los pies en la arena y mirando al suelo, y evitando los ojos de su madre.

En realidad, el corazón de hierro de Arsinoe Beta le golpeaba el pecho como si se fuese a romper por la mitad, y rezaba para que ocurriese lo imposible: que Agatocles se incorporara y le sonriera, y viviera de nuevo... aunque ella sabía muy bien que estaba muerto, y por mucho que rezase uno a los dioses, la mayoría de las veces las cosas imposibles no ocurren.

Y entonces quemaron a Agatocles de Tracia entre un muro de llamas, y cuando la hoguera se hubo enfriado, Lisímaco hizo que la propia Arsinoe recogiera los huesos y los lavara con vino dulce y los envolviera en suaves telas púrpura y los guardase en la *larnax,* y los llevase con sus propias manos a la tumba, y mientras tanto, por encima de su hombro, a su espalda, ella notaba el fantasma de Agatocles, hijo de Lisímaco, que caminaba tras ella, acusándola por lo que había hecho.

Había pensado que amputando las extremidades de aquel hombre se libraría de su fantasma, porque sabía que los fantasmas suelen acosar a sus asesinos durante el tiempo de vida natural que les quedaba, y ella había calculado que eso debían de ser al menos cincuenta años enteros, es decir, dieciocho mil doscientos cincuenta días y noches exactamente, porque al morir sólo tenía veintitantos años.

Sin embargo, resultó que el fantasma de Agatocles acosó a Arsinoe igualmente, durante todo el tiempo que ella vivió, y los que conocieron su historia al cabo del tiempo pensaron que no había hecho más que recibir lo que se merecía.

* * *

Cuando se hicieron públicas las noticias sobre el príncipe Agatocles, los ciudadanos más destacados de Lisimaquia enviaron una delegación para expresar sus condolencias más sinceras por la muerte de un general tan excelente, de un príncipe tan bueno y un joven tan hermoso, que ahora ya no sería rey.

Lisímaco replicó a aquel tributo cayendo en el error de masacrar a los que lo habían entregado, y corrió la voz de que se había vuelto tan loco como su esposa.

El resultado de aquel infortunado baño de sangre fue que los supervivientes y los oficiales del ejército desertaron, todos y cada uno de ellos, y se pasaron al rey Seleuco de Siria, pidiéndole que atacase a Lisímaco, que era algo que Seleuco ya pensaba hacer, porque se sentía celoso de la reputación de Lisímaco.

Al mismo tiempo, Filetairo, el tesorero de las riquezas de Lisímaco, que se había sentido horrorizado ante aquel crimen y sospechaba de Arsinoe Beta, ocupó la ciudad de Pérgamo en el Caico, y se rindió él mismo y lo que quedaba del tesoro de Lisímaco, a través de un heraldo, a Seleuco.

Aquel rey ahora se dirigía con sus tropas hacia Cilicia y Panfilia, y ciudad tras ciudad le abrían las puertas. Al año siguiente Lisímaco no tuvo otra elección que contraatacar, y la batalla que siguió a continuación sería la última de las luchas entre los sucesores, los reyes que habían sido camaradas de armas de Alejandro.

* * *

Ahora le tocaba a Lisandra el turno de conspirar. Su propia hermana había asesinado a su amado marido, y no podía pensar en otra cosa que no fuese tomar venganza.

Lisandra quería matar a Arsinoe Beta, pero deseaba matarla con sus propias manos, si podía acercarse lo suficiente a ella. Arsinoe, sin embargo, era demasiado lista para dejar que ocurriese tal cosa, y se hacía custodiar día y noche por docenas de soldados contratados.

No, Lisandra se vengaría de una forma mucho más sutil. Pensaba que si era capaz de vengar el crimen, quizás Agatocles se le apareciera en sueños no mutilado y cubierto de sangre, sino entero y sonriente. Y Lisandra pronunció contra su hermana todos los hechizos griegos que conocía, todos los hechizos que podía recordar.

La princesa Lisandra no se volvió a casar, sino que se refugió en el *gynaikeion* de Seleucia, en Pieria, donde pasaba los días clavando agujas en imágenes de cera de Arsinoe Beta, que hacían que su dolor fuese algo más fácil de soportar.

Quizá fue la magia de Lisandra la que hizo que Arsinoe Beta enfermara del estómago. Desde luego, Arsinoe Beta estaba convencida de ello, de modo que a su vez realizó los contra-hechizos contra Lisandra, y ambas hermanas usaron la magia de Berenice, la magia griega más potente que se sabía que existiera.

Nadie en Egipto supo nunca cuál fue el final de Lisandra, ni siquiera Thot, que supone que perdió la razón, porque, ¿cómo podía vivir cualquier mujer después de lo que le había ocurrido a Lisandra sin perderla? Lo último que se supo de Lisandra desde Seleucia era que había gastado toda su energía en clamar contra su hermana, a la que en tiempos había amado. Y luego el silencio.

Y en cuanto a los hijos pequeños de Lisandra y Agatocles, los niños de familia regia siempre representan una amenaza para la estabilidad, dondequiera que estén, y aunque Seleuco podía proteger los intereses de Lisandra mientras vivió, las cosas seguramente serían muy distintas si él moría.

En casos de supervivencia de los niños varones de la realeza exiliada, lo más razonable es pensar lo peor.

* * *

La propia Arsinoe tomó todas las precauciones, a pesar de haber sido solamente la que encargó el crimen. Siguió el curso de acción dispuesto por Zeus, que detesta de todo corazón matar a hombre alguno, pero que se siente complacido de hacerse amigo de un asesino si éste se arrepiente. Por tanto, Arsinoe se dedicó a realizar los ritos para ser perdonada si buscaba asilo en el hogar sagrado.

Tomó un lechón de una cerda que tenía todavía las ubres hinchadas después de parir.

Sujetó al lechoncillo, chillando y retorciéndose, debajo de su brazo izquierdo.

Cortó la garganta del lechón con el cuchillo.

Dejó que la sangre le empapara las manos, e invocó a Zeus, el Renovador, que escucha con oídos amistosos las plegarias de todos los asesinos.

Y entonces pronunció las plegarias a Zeus, en la esperanza de que hiciera que las odiosas Furias la dejasen en paz, y que Zeus le sonriese por fin. Pero aunque ofreciera las plegarias adecuadas, pensó que Zeus no le había sonreído y empezaba a pensar que no lo haría nunca.

En este asunto, quizás Arsinoe Beta tenía razón, porque las Furias, las tres hijas de la Noche, vestidas de negro, con serpientes por cabello, cuyo objetivo era vengar los crímenes de sangre, no la iban a dejar nunca, y en cuanto a lo de obtener su paz mental, el tema del lechón no era sino una sangrienta pérdida de tiempo.

4.4

Arsinoe, dura como los clavos

A continuación, Arsinoe intentó seguir con su vida normal, comportándose como si no hubiera cometido un asesinato y no fuese responsable de la muerte de un hombre inocente, pero claro, eso le resultaba absolutamente imposible, y la vida de Arsinoe Beta prosiguió nada normal, llena de extrañas visiones y raros y súbitos accesos de llanto.

En cuanto a las relaciones con su marido el rey Lisímaco, se susurraba que él era muy consciente de lo que le había ocurrido con Arsinoe con respecto a Agatocles, porque la gente que vivía en el palacio de Lisimaquia eran las personas más espiadas que jamás vivieron. Pero decían también que, al final de su vida, a Lisímaco ya no le quedaba nada que fuese suyo, porque había entregado hasta la última de sus posesiones a su asesina esposa: no sólo ciudades y feudos, sino también dinero en barras de oro y en pepitas de oro, y todo su dinero en dracmas y talentos.

Aquella espantosa Arsinoe Beta, decían, había exprimido a su anciano esposo y le había quitado todo lo que tenía, reduciéndole a la situación de un pordiosero.

Peor aún, porque a causa de todo eso y a causa de ella, sus amigos le habían abandonado y se habían convertido en sus enemigos.

El fin de Lisímaco de Tracia llegó poco después, aunque no fue por vejez o decrepitud, sino en batalla, como resultado de la guerra que estalló contra Seleuco de Siria. En su gloriosa juventud aquellos dos héroes habían marchado con Alejandro. Ahora, ambos eran ancianos con los cabellos plateados. Seleuco tenía setenta y siete años, y Lisímaco setenta y cuatro, pero ambos estaban aún llenos del fuego de la juventud, y ambos tenían todavía una insaciable sed de poder. Entre ambos tenían la mayor parte del mundo griego en sus manos, y aún querían más.

En Corupedio, cerca de la ciudad de Magnesia de Sipilo, en Lidia, los dos reyes enfrentaron sus ejércitos para la batalla, en el mismísimo lugar donde, según la tradición, se llevó a cabo el banquete ofrecido a los dioses por Tántalo, en el cual Pélope fue cortado a trozos y se echó a la sopa, y eso era lo que amenazaba Seleuco con hacer a Lisímaco ahora.

Aunque decenas de miles de soldados se enfrentaban unos a otros, los dos reyes no se proponían dejar que sus ejércitos fueran los que resolviesen la disputa, porque insistieron en luchar en combate singular ante los ejércitos reunidos. Primero, espada con espada, luego con las espadas cortas y las dagas, y al final con los puños desnudos, se golpearon y agarraron el uno al otro, chillando, y los dos ejércitos permanecían silenciosos, como conteniendo el aliento, mientras se decidía el destino de medio mundo. Luego empezaron a rugir y a cantar, cada ejército animando a su líder, hasta que, al final, sólo quedó de pie uno de los ancianos, y el rey que blandió su espada en el aire en respuesta a sus tropas que lanzaban vítores era Seleuco, porque Lisímaco estaba echado en la tierra, tiñéndola de escarlata.

Por algún motivo desconocido, el cuerpo de aquel rey no fue llevado a enterrar como debió hacerse (quizá porque sus hombres huyeron de inmediato), sino que quedó allí algunos días, y cuentan la historia de que *Rabo de Fuego,* el perro de Lisímaco, se negó a abandonar a su amo y se quedó sentado en el campo de batalla, aullando, y allí permaneció hasta que murió de hambre, y fue el único que le lloró.

En cuanto a Seleuco, muy contento, cruzó Macedonia para poder reclamar para Siria el botín de la victoria. Sin embargo, en su deleite, Seleuco se olvidó de sí mismo y empezó a fanfarronear, diciendo:

–Éste no es el logro de un mortal, sino un regalo de los dioses.

Y aunque era anciano, y sabio, no conocía el futuro, ni sabía que en breve sería un ejemplo de la fragilidad de la condición humana.

En cuanto a Thot, que todo lo sabe, pregunta: ¿fue ésa la verdad? ¿O no? Porque hay otra versión de la batalla de Corupedio en la que no se habla en absoluto de combate singular, y que sostiene que Lisímaco fue enviado a la muerte por Malacón de Heracleia Póntica, un soldado del ejército de Seleuco, que le abatió con un escudo.

Nadie, al menos, discutía el hecho de que Lisímaco murió. Pero, ¿quién le sucedería? Aquel hombre desafortunado había enterrado, debido a la peste, sarampión, muerte en el parto, obstrucción intestinal o muchas otras causas a quince de sus hijos. Agatocles, su hijo y heredero, ya estaba muerto. Ahora también había muerto el propio Lisímaco, y aquél era el final del reinado de la casa de Lisímaco sobre el reino de Tracia. Todas sus ideas de fundar una dinastía que durase para siempre se las había llevado el viento.

Se decía también que Ptolomeo Keraunos, el famoso Rayo, que luchaba en el ejército de Lisímaco, fue hecho prisionero en Corupedio por Seleuco, que le trató con gran amabilidad, recordando que el padre de Keraunos, Ptolomeo Soter, había mostrado gran generosidad hacia él cuando fue rehén en Alejandría, unos años atrás. Y es que ambos se conocían desde hacía tiempo, desde la época en que Keraunos no era más que un niño.

* * *

Arsinoe Beta, la reina, esperaba saber el resultado de la batalla de Corupedio en la ciudad cercana de Éfeso, o Arsinoea, que era posesión suya. Cuando supo las noticias, y que éstas eran las peores posibles (que su marido el rey estaba muerto, y los ejércitos de Tracia derrotados), ella no derramó ni una sola lágrima. No se desgarró el *peplos*, exponiendo los pechos y golpeándoselos con los puños por el dolor. No gimió ni rechinó los dientes, como debía hacer cualquier viuda griega. No, no tenía tiempo para celebrar ritos funerarios por un hombre al que no había amado, así que puso en marcha de inmediato el plan para su propia supervivencia, porque no había nada para ella más importante.

Las cosas se habían puesto feas para Arsinoe Beta en Tracia, y tenía que pensar en su seguridad personal, porque las tropas de Lisímaco habían desertado todas al campo de Seleuco; ella ya no estaba segura ni siquiera en su propia ciudad y temía que la asesinaran, de modo que se dedicó a preparar su huida.

Aun así, para un griego, no celebrar los ritos de enterramiento era el crimen más grave contra los dioses que puede cometer cualquier hombre o mujer.

Thot pregunta: ¿era acaso aquella Arsinoe Beta una mujer carente por completo de todo sentimiento humano, aparte, quizás, de la lujuria? Algunos lo creían así; incluso lo habían dicho. Thot registrará el juicio de los dioses cuando el corazón de esa reina sea pesado en la Balanza contra la Pluma de Maat, la Pluma de la Verdad. Ningún hombre debe juzgar a los muertos.

¿Pero qué hizo Arsinoe Beta? Cuando Menecrates, el comandante seléucida, tomó Éfeso y dio la orden de que encontraran a la reina y la pasaran a cuchillo, y las tropas corrieron por las calles después de oscurecer, buscándola, y no se oía ruido alguno en aquella ciudad excepto el ruido de pasos apresurados y de botas que corrían de los hombres de Seleuco, Arsinoe no tuvo más elección que huir tan rápidamente como pudo. Pensó en las sabias palabras de Berenice, su madre, y vistió a una de sus leales damas de compañía con sus ropajes reales púrpura, y sentó a aquella temblorosa mujer en su propia silla, en su propio *octophoros* o litera, y envió aquel vehículo llevado por ocho hombres hacia el puerto, diciéndoles que corrieran.

Entonces Arsinoe Beta cogió hollín de un brasero y se ennegreció el rostro, y se puso los sucios harapos de una mendiga. Descalza se deslizó por las calles llenas de tropas sirias que saqueaban, quemaban y violaban a todas las mujeres que encontraban, buscando siempre a Arsinoe, y consiguió mediante ese disfraz llegar al puerto de Éfeso, donde uno de sus propios barcos se encontraba anclado, dispuesto a llevarla a Macedonia.

En realidad, era algo estupendo ser tan fuerte, tan dura como Arsinoe Beta, a quien le pareció muy bien salvarse ella misma a expensas de su pobre dama de compañía, que, por supuesto, fue asesinada nada más verla, descuartizada y cortada a pedacitos por los hombres de Seleuco. Sí, Arsinoe Beta era muy dura, más dura que el hierro. Era bueno ser así de dura, dura como el hierro, hasta que pasaba un imán como Agatocles junto a ella, y entonces Arsinoe Beta se sentía atraída. Había ocurrido una vez, dos veces, y ocurriría una tercera vez, porque los dioses no habían acabado todavía de jugar con Arsinoe Beta.

¿Y qué se proponía hacer a continuación aquella mujer tan dura? Ya había tenido presencia de ánimo en lo concerniente a sus riquezas, y sus dotes de organización no la habían abandonado, de modo que consiguió llevarse consigo las inmensas riquezas que había acumulado en Tracia y a sus tres hijos: Ptolomeo, Filipo y Lisímaco, a quien llamaban Micros para distinguirlo de su padre. Esa desgraciada familia se embarcó hacia Casandrea, otra de las ciudades que pertenecían a aquella reina, y que se encontraba al otro lado del mar Egeo, en la península occidental Calcídica, no lejos de Pella, que era la ciudad más rica de Macedonia, un lugar donde el marido de Arsinoe había sido adorado con honores divinos ya en vida. La posición de Casandrea en un estrecho istmo de tierra la hacía fácil de defender, y Arsinoe Beta pensaba atrincherarse dentro de su ciudadela y luchar allí contra todos sus enemigos.

Thot pregunta: ¿cómo iba a conseguir tal cosa Arsinoe, una simple mujer? Pero la respuesta es que se trataba de una mujer de gran riqueza personal y gran poder, y que era hija de su padre, la auténtica heredera de Ptolomeo Soter, y Thot vuelve a decir: era tan astuta como un zorro. Con sus riquezas, contratar un ejército de decenas de miles de soldados era tan fácil como comprar una hogaza de pan. Tener un barco listo para huir de Éfeso era el tipo de cosas que se podían esperar de aquella reina. Arsinoe Beta no sólo era muy capaz de cuidarse a sí misma, sino que también era inteligente por encima de todas las demás mujeres, y que la mayoría de los hombres, y se convirtió en modelo y ejemplo para todas las mujeres de la casa de Ptolomeo que fueron tras ellá. Porque Berenice, su madre, le había enseñado a sobrevivir, y la gran lección de su madre era que una mujer jamás debe dejar de intentar algo, jamás debe perder la esperanza, jamás debe aceptar la derrota, sino continuar luchando.

En realidad, aquella mujer era tan afilada como el cuchillo que hace eunucos.

Lo más importante en el pensamiento de Arsinoe Beta era el tema de qué hacer con el reino de Tracia. Lo natural habría sido hacer que su hijo mayor, Ptolomeo, fuese proclamado rey de inmediato, y convertirse ella en regente de aquel muchacho, que tenía unos diecisiete años de edad, pero carecía de la sabiduría o la experiencia que se requerían para ser gobernante único de una nación en medio de una crisis tan grave.

Ser regente significaría que Arsinoe Beta podría conservar su poder, pero de momento no hizo nada, nada sino esperar a ver qué podía ocurrir.

Thot pregunta: ¿y por qué hizo semejante cosa? Y la respuesta es que en realidad ninguna mujer griega hace nada sin averiguar primero cuál es la voluntad de sus dioses. No, ni siquiera salen a la puerta de su casa sin ver primero si hay buenos o malos presagios. Arsinoe Beta se detuvo, pues, porque primero debía ir a preguntar a los oráculos para que le dieran su guía. Realizó también sus hechizos de adivinación. Pasó largas horas con Lisímaco Micros, su hijo menor, haciendo que mirase en cuencos de agua con aceite flotando en la superficie, para que le dijera qué era lo que veía con respecto al futuro. Preguntó también a sus adivinos acerca del vuelo de los pájaros y el estado de las entrañas de los animales sacrificados. Pero por más que lo intentó, no vio ningún signo favorable para lo que deseaba hacer, y la verdad era que sus pensamientos se veían alterados todo el tiempo por el crimen de Agatocles, cuyo fantasma omnipresente había alterado por completo sus hábitos de sueño, y la seguían a donde quiera que iba las tres mujeres de negro quc tenían serpientes en lugar de cabello.

Por muy fuerte que fuese Arsinoe Beta, no era un hombre ni un *strategos*, y no tenía experiencia práctica de la guerra, y aunque podía galopar e ir a la batalla, era algo muy distinto a que miles de soldados contratados recibieran sus órdenes de una simple mujer. No, ella veía la necesidad de que algún hombre fuerte gobernase Tracia, un hombre fuerte que podía ser también su marido... y aquella vez sería ella la que elegiría. Pero no sabía de ningún hombre con la fuerza suficiente para que a ella le gustase, y que fuese joven además, porque desde luego estaba harta de ancianos.

Por el momento, Arsinoe Beta intentó asegurar los tronos vacíos de Tracia y Macedonia para su hijo Ptolomeo. Pero al hacerlo atrajo la atención de un hombre fuerte, que era Ptolomeo Keraunos.

Y así sucedió que para Arsinoe Beta todo empezó a confundirse, y sintió como si el terremoto volviese de nuevo, y los muebles empezasen a caer al suelo y moverse solos, y los techos cayeran sobre su cabeza, y todo el mundo chillase, incluida ella misma, y hubiese humo por todas partes, y polvo, y cascotes que caían... la única diferencia era que el terremoto no estaba sacudiendo su casa, ni su palacio, sino su *vida* entera.

4.5
Keraunos mata

¿Qué había hecho mientras tanto Ptolomeo Keraunos, aparte de intentar convertirse en rey de Egipto? Después de la batalla de Corupedio, fue hecho prisionero por Seleuco, que continuó tratándole con amabilidad, entregándole todo el vino que quisiera beber y comida y todas las cosas buenas que el hijo del difunto rey de Egipto se merecía. Pero no tenía a Keraunos metido en una jaula como al desdichado Demetrio Poliorcetes. En absoluto: Keraunos era amigo de Seleuco, y no enemigo suyo.

Seleuco, sin embargo, no tenía rival para el mando supremo que había pertenecido a Alejandro, y como toda Asia había caído en sus manos, se regocijaba descansando y disfrutando de sus éxitos.

Para Ptolomeo Micros, el nuevo faraón de Egipto, la situación parecía grave, porque había oído que su medio hermano Keraunos todavía estaba en el séquito de Seleuco y parecía que Seleuco iba a ayudar a Keraunos en su reclamación por el trono de Egipto. Y así, el nuevo rey Ptolomeo empezó su reinado temiendo que su reino le fuese arrebatado en breve.

Micros, por el momento, no hacía otra cosa que esperar a ver qué ocurría a continuación... igual que su hermana, Arsinoe Beta, en Casandrea. No había tomado parte en la batalla de Corupedio porque, a pesar de su nombre, no estaba nada predispuesto hacia la guerra, y veía con alarma cómo se desarrollaban los acontecimientos. Yacía despierto por la noche, igual que le había pasado a su padre, como si hubiese heredado el insomnio de Soter junto con su reino, pero se negaba a tomar carne de ruiseñor. Al llegar el día enviaba consultas al Oráculo de Zeus-Amón en Libia, para que el dios le dijera lo que debía hacer. Hacía que los oneiroscopistas analizasen sus sueños. Pasaba horas y horas intentando descubrir qué ocurriría en el futuro. Pero Micros encontraba siempre que lo más fácil era no hacer nada. Al final, sin embargo, dio la orden de que Egipto se preparase para luchar contra un invasor, y cuando pensaba en la brevedad de su gobierno sobre Egipto se echaba a llorar, porque la única certeza en aquellos tiempos inciertos era que las tropas de Seleuco y Keraunos juntas le iban a derrotar, eso seguro.

* * *

El rey Seleuco de Siria, sin embargo, no soñaba con nada más violento que hacer su viaje de regreso a Macedonia para poder disfrutar de un pacífico retiro. En realidad, no había pensado en implicarse en otra guerra. Tampoco tenía ningún deseo de meterse en los problemas que suponía invadir Egipto, una empresa harto difícil, peligrosa y cara, como habían podido comprobar Antígono el Tuerto, Demetrio Poliorcetes y Perdicas antes que él. Seleuco no quería desperdiciar sus últimas energías luchando para que el imprevisible, exaltado y poco fiable Rayo pudiese convertirse en rey de Egipto.

Seleuco había observado a Keraunos de niño, mientras pasaba los meses esperando que le restaurasen en su satrapía de Babilonia, y conocía mejor a Keraunos que la mayoría de los hombres. Sí, es cierto que le gustaba Keraunos, pero no confiaba en él, y sus sospechas estaban muy justificadas. Seleuco veía, como había visto todo el mundo (excepto Demetrio de Falero), que Keraunos no sería un buen gobernante, y que si llegaba a ser rey, causaría problemas a todo el mundo, porque, a decir verdad, Keraunos no sabía lo que estaba haciendo, y no pensaba lo que hacía, sino que se comportaba en todo momento como un cerdo entre las rosas, cargando ciegamente contra todo y causando daños. Keraunos carecía de inteligencia y de imaginación.

Seleuco envió sus mejores saludos a Ptolomeo Micros en Egipto, y le comunicó su opinión de que él, Micros, era el mejor heredero posible para Egipto, y le dijo que no iba a luchar en nombre de Keraunos. «Desde luego», escribió, «Keraunos es amigo nuestro, pero Micros es mejor amigo.»

El viejo Seleuco entonces cometió el que quizá fuese el error más estúpido de toda su vida, porque comunicó a Ptolomeo Keraunos sus pensamientos más íntimos.

–Vamos a volver a Macedonia –dijo Seleuco–. Somos demasiado viejos para luchar en otra guerra –dijo. Y vio que la cara del Rayo se iba oscureciendo cada vez más–. No nos queda fuerza ya para luchar como un joven –continuó–. Keraunos tendrá que luchar sus propias batallas.

La cara del Rayo mostraba su amarga decepción, y siguió una discusión violenta, aunque estaban en el palacio de Seleuco, en la cual el joven le dijo al anciano lo que pensaba de él, de aquel rey que dominaba toda Asia, de ese amo del mundo, del mayor de todos los sucesores de Alejandro (después de Ptolomeo). Pero los gritos de Keraunos sólo sirvieron para confirmar la opinión de Seleuco.

–No tienes modales para ser monarca –le dijo–. Y por eso no eres rey de Egipto ahora mismo.

Los gritos siguieron, cada vez más airados, hasta que Keraunos empezó a empujar a Seleuco (el rey Seleuco) con un dedo en el pecho, y sus gritos empezaron a parecer los de un verdadero loco, y los guardias empuñaron las armas, porque el joven respiraba muy fuerte, y entonces le sacaron de allí, haciéndole retroceder, antes de que causara algún daño a Seleuco.

Encerrado en una despensa para pasar la noche a solas, Keraunos rabió y se desesperó, pero cuando le dejaron salir no dio ningún paso para alejarse de la corte de Seleuco, y Seleuco tampoco le despidió, sino que dejó que aquel desquiciado siguiera viviendo bajo su mismo techo como antes. La única diferencia fue que el asunto de Egipto no volvió a mencionarse nunca más.

Keraunos se calmó un poco. No elevó más la voz. No mostró mal humor en público. Pero empezó a albergar un profundo odio hacia el rey de Siria, mostrando, de hecho, el mismo violento cambio de emociones que había sentido su medio hermana Arsinoe Beta hacia el bello Agatocles.

Ahora le había llegado el turno a Keraunos de no dormir por las noches, así que yacía despierto y furioso, murmurando para sí, pensando en cómo recuperar el trono de Egipto, que le correspondía por derecho, y ser rey. Lo que más le dolía de todo era que Seleuco le había dado su promesa, su palabra solemne, de ayudarle, y al final llegó a la conclusión de que ante la traición de Seleuco, ante el abandono de su causa, sólo quedaba una cosa por hacer, y mientras su rostro se iba poniendo sombrío, su corazón decidió que debía matarle.

* * *

En verano del año que Ptolomeo Keraunos cumplió treinta y ocho años, Seleuco cruzó el Helesponto hacia Europa, y Ptolomeo Keraunos todavía caminaba a su lado, disfrutando del vino que se le otorgaba y riendo y haciendo bromas con Seleuco, como si nada hubiese ocurrido que pudiera empañar su amistad. En todo parecía su fiel aliado, como si hubiese olvidado por completo lo mal que le había tratado Seleuco.

La mayor parte de la falange de Seleuco estaba acuartelada en la antigua ciudad de Arsinoe, Lisimaquia. No lejos de allí, en el Quersoneso tracio, aunque a alguna distancia de la carretera militar, se encuentra un montón de piedras llamadas Argos que, según la tradición, era el altar elevado por los famosos argonautas, o por las huestes de Agamenón en memoria de los caídos en la guerra de Troya.

En cualquier caso, ese montón de piedras era muy antiguo, y Seleuco, siempre curioso por la gloriosa historia de los griegos, apartó su caballo de la carretera para ver el supuesto altar de los argonautas llevando con él a unos pocos miembros de su guardia personal, uno de los cuales era Ptolomeo Keraunos, a quien no habían quitado la espada, sino que iba totalmente armado, porque era hijo de un rey y amigo de Seleuco, y estaba allí precisamente para protegerle.

Cuando Seleuco bajó del caballo y se inclinó para contemplar aquel antiguo monumento y para escuchar la historia que le relataba el guía local, Ptolomeo Keraunos se situó muy cerca del rey, de su anciano benefactor, de su amigo, y cogió por el pelo la cabeza del rey con la mano izquierda, la echó hacia atrás y con su cuchillo de caza en la mano derecha rebanó la garganta del rey de oreja a oreja.

La sangre de Seleuco brotó al instante, salpicando el rostro y los brazos del propio Keraunos, que se quedó de pie ante su víctima, que gemía como un animal salvaje, mostrando los dientes en una risa sin alegría, como queriendo decirle a cualquier hombre que se acercase a él que quien intentase vengar aquel crimen sufriría el mismo destino.

Sí, Seleuco se desplomó y Keraunos le atravesó una y otra vez con su espada corta, su *kopis*, para asegurarse de que el viejo estaba bien muerto, para asegurarse de que no volvería a la vida para acusarle, y sus sandalias se hundieron en el charco formado por la sangre de Seleuco, aunque él ni lo notaba.

Habiendo llevado a cabo el crimen que tanto había planeado, Keraunos quitó la diadema, la tira de tela blanca que era emblema de la realeza, de la cabeza del anciano, y se la ató, toda ensangrentada, en torno a su propia cabeza. Entonces subió de un salto a su caballo y volvió galopando a los barracones del ejército en Lisimaquia, con una guardia real escoltándole, e iba lanzando hurras mientras galopaba, como un idiota, y hacía bailar a su caballo, y girar y hacer pasos mientras avanzaba, y la gran sonrisa no desaparecía de su rostro en ningún momento.

Keraunos hizo sonar las campanas de alarma del campamento, reunió a las tropas y se dirigió a ellas, gritando:

–El rey ha muerto... El rey Seleuco ya no está... –y sugirió que sólo un hombre podía ser rey en su lugar, y que ese hombre era él mismo.

El ejército, sorprendido y temiendo lo que pudiera hacer Keraunos si le demostraban que no le querían como rey, y que ordenase una masacre, no tuvo más remedio que someterse a él, y le eligieron rey de Macedonia en el acto, mediante el habitual sistema de levantar las manos. Y le llevaron a hombros por todo el campamento, vitoreándole, como si no supieran que acababan de elegir a un asesino, como si no sintieran nada por el espíritu del viejo Seleuco. La verdad es que los hombres estaban deslumbrados por aquel hombre joven y fuerte, que tenía más fuego en su interior que el anciano Seleuco, y además eran en su mayoría soldados contratados, tan encallecidos por las guerras constantes que no les importaba quién fuese su rey, mientras les pagase el salario. En cualquier caso Keraunos, que sabía muy bien que tales hombres cambian de bando y juran fidelidad para siempre al general que les ofrece más dinero, triplicó de inmediato la paga diaria de cuatro óbolos a doce, y ése fue, en realidad, el verdadero motivo por el cual todos levantaron la mano y le aclamaron.

Ptolomeo Keraunos, pues, era rey, y su plan entonces consistía en invadir Egipto con el ejército de Seleuco, y expulsar del trono a su medio hermano Ptolomeo Micros y coronarse rey de Egipto. Porque, igual que su medio hermana Arsinoe Beta sentía un ardiente deseo de ser reina, Keraunos anhelaba ser rey, y se veía impelido aún más a ello al pensar en la injusticia sufrida, porque Egipto era suyo por derecho, como heredero legítimo de su padre.

Toda aquella estupenda campaña, sin embargo, quedó en nada, porque Antíoco, hijo de Seleuco, corrió a vengar el crimen de su padre en cuanto se enteró de la horrible noticia, y si Keraunos quería marchar hacia Egipto a través de Siria, encontró que no podía hacerlo, porque primero tenía que cruzar el mismísimo corazón del antiguo reino de Seleuco, donde toda la población hervía de rabia y estaba deseando castigar al asesino de su buen rey, y quería arrancarle la carne a tiras y colgarle al sol para que los cuervos le arrancasen los ojos.

Y si Keraunos quería tomar la otra ruta hacia Egipto e ir por mar, pues tampoco podía hacerlo, porque debía navegar junto a la flota de Micros, su medio hermano, que dominaba por completo el mar. Y ocurría que Keraunos no tenía buques de guerra, ni un solo buque de transporte que pudiera llamar suyo, ni uno.

¿Qué iba a hacer entonces Keraunos? Si no podía poner sus manos sobre Egipto, por el momento, al menos podía apoderarse del trono de Tracia, que estaba vacío desde la muerte de Lisímaco. De modo que volvió su rostro hacia Macedonia e intentó hacerse con un reino europeo para sí.

No, entonces no podía ser rey de Egipto. Mientras tanto, sería rey en cualquier otro lugar. Sin embargo, había nacido para ser rey. Realmente, tenía la necesidad urgente de ser rey en alguna parte.

* * *

Así acabó, pues, la vida de Seleuco Nicator, el Conquistador. Había marchado con Alejandro. Había sido sátrapa de Babilonia. Había fundado las grandes ciudades de Antioquía y Seleucia, en el Tigris. Fue, realmente, el más importante de todos los reyes que sucedieron a Alejandro (aparte de Ptolomeo).

Por una parte, todo el mundo griego, tal como era de esperar, maldijo a Ptolomeo Keraunos por enviar al Hades al hombre que le había mostrado una hospitalidad tan generosa en un momento en que no tenía hogar propio. Y todo el mundo griego alabó a Seleuco por ser un monarca religioso y justo. Por otra parte, ¿acaso no fue el crimen de Seleuco la venganza de Keraunos por la muerte del marido de su hermana, Demetrio Poliorcetes, su cuñado? Quizá, aunque Keraunos y Poliorcetes sólo se habían visto una vez en su vida, en la batalla de Salamina, cuando Poliorcetes cogió prisionera a la familia de Ptolomeo.

Cuando Seleuco se encontró con su destino, había tres hombres que luchaban por el dominio de Macedonia: el propio Keraunos; Antígono Gónatas o Patizambo, el hijo de Poliorcetes, y Ptolomeo (de Telmeso), que había navegado con su madre, Arsinoe Beta, a Casandrea, donde también pensaba convertirse en rey.

Las historias que llegaban a Egipto a través de la flota de pesca acerca de lo que ocurrió después eran confusas.

Al principio, se decía que se había disputado una batalla naval entre el Rayo y el Patizambo, en la cual el Patizambo había sido derrotado, pero no podía ser verdad, porque el Rayo no tenía buques de guerra.

En segundo lugar algunos hablaban de un tratado de paz entre el Patizambo y el Rayo, que parecía mucho más improbable aún, porque era conocido por todos que Keraunos prefería siempre hacer la guerra.

En tercer lugar, hubo rumores de que se libró una batalla a gran escala entre Keraunos y el joven Ptolomeo, al parecer ayudado por Monounio, un caudillo ilirio.

Y por último se contaba la historia ridícula de que Keraunos se había casado con su propia medio hermana, Arsinoe Beta, que todos en Alejandría consideraban absurda, porque tal cosa era un insulto a los dioses de Grecia y una afrenta a la naturaleza, y algo que ni siquiera Ptolomeo el Rayo se atrevería a hacer.

Pero era eso justamente lo que planeaba Keraunos, y la verdad es que a aquel hombre no podía importarle menos que un matrimonio entre hermano y hermana ofendiese la sensibilidad de los dioses de Grecia.

No, Keraunos seguía diciendo abiertamente:

–Haré lo que quiera, haré lo que me plazca. Ningún hombre dirá nunca a Ptolomeo el Rayo lo que debe o no debe hacer, ni tampoco ningún dios.

4.6
Carne de la hermana

Thot dice: ¿qué idea se escondía en el corazón de Ptolomeo Keraunos? ¿En qué demonios pensaba al proponerle matrimonio a su propia medio hermana?

La respuesta de Thot: su idea era imponerse a sus tres hijos, los hijos de Lisímaco. Si él adoptaba a aquellos tres hijos como suyos, no conspirarían nunca contra él, por respeto al hecho de que fuese, al menos en nombre, su padre. Y no se resistirían a que él se apoderase de Tracia.

El Rayo escribió una carta al rey Ptolomeo Micros, su medio hermano, diciéndole que iba a dejar a un lado su rabia ante la pérdida de Egipto. Y le dio su palabra de que ya no pretendía ser rey de aquel país, porque, según decía, le había ganado honradamente el trono de Macedonia a Seleuco, que había sido enemigo de su padre.

Keraunos le dijo a Micros que todo el mundo pensaba que era un buen faraón, intentando ganárselo como amigo, porque temía que Micros uniese sus fuerzas con Antígono Gónatas o con Antíoco, hijo de Seleuco. Y Keraunos no quería hacerse un tercer enemigo.

Thot dice: ¿qué pensaba en realidad Ptolomeo Keraunos aquellos días inciertos?

Keraunos pensaba: «Ya basta de Seleuco, ya basta del pasado... Keraunos es el futuro». Y pensaba en su hermana, la asesina Arsinoe Beta, la viuda que residía en la ciudadela de Casandrea con un montón de octodramas de oro, miles y miles de talentos, tantas riquezas que ella no sabía qué hacer con ellas.

Keraunos, pues, que era un hombre que actuaba primero y pensaba después, envió la carta fatal a su hermana, diciéndole, entre otras cosas:

> Sería muy feliz de hacerte Reina de Macedonia...
>
> Sería muy feliz de adoptar a tus pobres niños sin padre como si fueran mis propios hijos...
>
> Me encantaría garantizar el trono de Macedonia (después de mi muerte) para el mayor de tus hijos, el príncipe Ptolomeo...
>
> ¿Qué piensas de todo esto?

Porque sabía muy bien que Arsinoe Beta no podría rechazar una oferta semejante.

Keraunos, como un nuevo Alejandro, llevó sus torres de asedio y sus máquinas de guerra hasta las murallas de la ciudad de su hermana, rodeó Casandrea con su ejército de soldados contratados con triple salario, y se dispuso a asediarla hasta que se muriese de hambre.

Sin embargo, la verdad era que Keraunos no tenía ni la paciencia ni el genio de Alejandro, y rápidamente se cansó de estar sentado día tras día, sin nada que hacer excepto esperar a que su hermana se rindiera o aceptara su propuesta de matrimonio. Intentó arrojar grandes rocas, arena caliente y pescado podrido con sus máquinas de asedio, pero no consiguió hacer salir a su hermana, que le envió un mensaje diciendo: «Nunca nos rendiremos, así que será mejor que te vayas».

Y también le escribió: «¿Por qué iba a querer casarme con un hermano que arroja piedras a mi ciudad?».

Lo primero que pensó Arsinoe Beta fue, por supuesto, que en toda su vida las promesas de su hermano habían sido falsas. Él era como un papagayo de la India, que era capaz de pronunciar unas cuantas palabras en griego, pero no sabía lo que decía. Ignoró los demás mensajes de Keraunos, y cuando él le envió regalos como pendientes de oro y joyas brillantes, ella se los devolvió.

En su tienda de cuero, en el campamento provisional, Keraunos preparaba los hechizos de amor y unión que había aprendido de su tutor griego y de su aya griega, y de Eurídice, su madre. Cogió tres peces vivos y los puso en fila sobre una parrilla, encima del fuego. Mientras los peces se asaban, los golpeó con dos pequeños bastoncillos y dijo las palabras mágicas: «Igual que jadean estos peces, que la doncella que amo jadee de añoranza».

Cuando los peces se quemaron hasta convertirse en brasas, Keraunos cogió un mortero y los redujo a un fino polvillo, que mezcló en forma de poción y se lo envió a su hermana en Casandrea en una botella con tapón, y su mensaje decía: «Bébelo, es la última cura para la dispepsia».

Pero Arsinoe sabía lo que era y lo que intentaba hacer Keraunos, de modo que se negó a tocar aquel líquido negro y asqueroso. Era un hechizo que ella misma había intentando y que no había funcionado con Agatocles tampoco. Realmente, Arsinoe Beta era demasiado lista para que se la pudiera engañar de ese modo. Y además, desde hacía mucho tiempo pensaba siempre que cualquier regalo que se tuviera que introducir en la boca seguramente estaba envenenado.

Sí, sospechó de las intenciones criminales de Keraunos desde el principio, y confió a Dión, su *apokrisiarios* o secretario privado, su honda desconfianza hacia su hermano.

Keraunos, sin embargo, no se apartó de Casandrea. Dio su palabra de honor de que compartiría el reino de Macedonia con los hijos de ella, contra los cuales, dijo, había tomado las armas no porque quisiera robarles su reino para sí, sino más bien porque quería darle a cada uno una parte, como gesto de buena voluntad.

Arsinoe se echó a reír cuando leyó aquel mensaje. Realmente, no pensaba que Keraunos fuese tan estúpido.

Keraunos redobló sus asaltos al afecto de su hermana. Le dijo que podía enviarle embajadores para que recibieran su juramento, si ella lo deseaba, y le prometió comprometerse en su presencia, ante los dioses de Grecia, con las palabras que quisiera Arsinoe.

Arsinoe se echó a reír de nuevo, y, cosa rara, empezó a sentir también las punzadas de la tentación.

Al mismo tiempo, sin embargo, no confiaba realmente en su hermano, ni sabía tampoco cuál era la mejor forma posible de actuar. Temía que si le enviaba sus embajadores, él la engañaría con algún falso juramento, pero si no enviaba a nadie, provocaría la ira de Keraunos, y un nuevo asalto militar. Había visto en el pasado la furia de su hermano. Había sido testigo de su crueldad, de cómo se ponía cuando no conseguía salirse con la suya. Era muy consciente de que Keraunos era capaz de arrasar Casandrea hasta los cimientos, con ella y sus tres hijos dentro, y supo que se reiría mientras la ciudad ardía, porque lo que amaba por encima de todas las cosas era destruir.

Y se preguntó entonces si sus tres hijos no estarían mejor protegidos con un padre fuerte como Keraunos de los demás reyes que seguramente invadirían su territorio. Empezando a dudar, envió a Dión, que era ahora uno de los amigos en los que más confiaba, en embajada a Keraunos, para ver qué se podía conseguir hablando con él

* * *

Ptolomeo Keraunos sonrió mostrando los dientes delanteros, como un hombre que está a punto de conseguir lo que quiere.

Retiró, pues, sus artefactos de guerra, sus máquinas de asedio, zapadores, arietes, lanzadores de pernos, arqueros, guardias, espías y séquito, e hizo que sus tropas se retiraran hasta que estuviesen fuera de la vista de la ciudad de Casandrea, y les dijo que esperasen nuevas órdenes.

Al día siguiente llevó al embajador de su hermana al Templo de Zeus-Amón que se yergue en el promontorio de Pallene, un lugar considerado muy sagrado por todos los macedonios. Cogió el altar con ambas manos. Tocó las imágenes del dios. Y juró con unos juramentos que para él eran inéditos, que buscaba el matrimonio con su hermana llevado por una total sinceridad. Prometió que le otorgaría a ella el rango y título de reina de Macedonia, y que no la deshonraría tomando a otra esposa que ella, mientras él viviese. Juró a continuación que no tendría hijos sino los hijos de ella, y que no tendría nada que ver con prostitutas, ni con chicas flautistas, ni con animales, nunca más, y lo juró por todos los dioses de la Hélade.

Era una sorprendente renuncia a todas aquellas cosas que nadie que conociera a Keraunos hubiese dicho jamás que sería capaz de abandonar, porque nunca había mostrado en todos aquellos asuntos la más mínima compostura.

Y más asombroso aún era que cuando juró, llevaba veinte años sin ver el rostro de su medio hermana, excepto en la distancia, agitando los puños en la parte superior de las murallas de la ciudad.

¿Cómo fueron entonces las cosas, pregunta Thot, qué ocurrió a continuación? ¿Se había vuelto loca Arsinoe realmente por su amor por Agatocles, y luego por su fantasma? ¿Qué se había apoderado del corazón de Arsinoe Beta para que hiciera aquella locura que no planeaba en absoluto hacer? Thot menea la cabeza consternado, porque no tiene respuesta.

Pero Ptolomeo Keraunos sabía cómo funcionaba la mente de su hermana, y que la única cosa en la que pensaba era en lo que había perdido: la condición de reina, y el poder de reina, y la gloria de ser una reina, y el título de reina. Si no podía ser reina de Tracia, se avendría a ser reina de Macedonia, especialmente si eso significaba que algún día podía ser reina de Egipto. Porque Arsinoe Beta necesitaba con desesperación ser reina de algún sitio.

Por la noche, cuando el fantasma de Agatocles la mantenía despierta, Arsinoe Beta yacía en el lecho pensando en aquel grave dilema que se presentaba ahora en su vida: si debía casarse o no con su medio hermano.

En lo más íntimo de su corazón sabía que tal cosa era una ofensa para los dioses de Grecia, igual que ser asesino aunque sólo fuera de pensamiento, y la voz que resonaba en su corazón le dijo que no debía pensar siquiera en aquel matrimonio, que sería una completa locura, una absoluta insensatez.

Pero también resonaba una segunda voz en su corazón, y ésta le decía que casarse con Keraunos no era tan grave, que no era una calamidad tan espantosa como podía imaginar.

Y ella daba vueltas en el lecho sin poder dormir, toda la noche, noche tras noche, rumiando una y otra vez los pensamientos que asaltaban su corazón, y cuando ya no podía soportar más aquella agitación, enviaba a su secretario privado, Dión, como de costumbre, como siempre, al Oráculo de Claros en Didima, en Jonia, para pedir la opinión de los dioses.

Y a su debido tiempo éste volvió con la respuesta que ella deseaba: «Casarse con un hermano no es un grave error». Y Arsinoe Beta desde entonces se sintió llena de alegría.

* * *

Cuando al fin ambos se encontraron en territorio neutral para mantener conversaciones cara a cara, Arsinoe Beta se quedó muda al contemplar el aspecto de Keraunos, de radiante salud. Estaba bronceado por el sol, esbelto y musculado. Aunque ya tenía treinta y seis años, parecía que apenas tuviese veinte. Su mal humor había desaparecido. Sonreía y hacía bromas, y era casi como el Keraunos quc a ella le gustaba, antes de que creciera, antes de que se manifestara toda su maldad. Era, pensó ella, casi tan bello como los dioses, y comprobó que no podía dejar de mirarlo. Sí, los ojos de Keraunos se anudaron a los suyos, se unieron como si ambos intentaran amedrentar al otro con la mirada, como hacían cuando eran niños en Egipto. Siempre es peligroso mirar tan fijamente a los ojos de otra persona, pero aquella vez Arsinoe Beta no bajó la vista ni se apartó sonrojada, sino que se mantuvo firme, pensando: «Los dioses de verdad no parpadean», y recordando cómo eran las cosas entre los dos en aquel lecho dorado en las cálidas tardes de su juventud, hacía tanto tiempo, y cómo había amado a aquel hermano suyo, a pesar de su crueldad.

Arsinoe pensaba, pues, que los juramentos pronunciados por su hermano tenían que ser sinceros, y que en realidad había cambiado de carácter.

Y él la halagó mucho, diciéndole que necesitaba su experiencia y sus conocimientos militares, sus habilidades en estrategia y tácticas. Le dijo que necesitaba pedirle consejo sobre tantos y tantos asuntos, y ella se sintió muy complacida al oírle decir esas palabras, y pensar que sus servicios eran requeridos nada menos que por Macedonia empezó a derretir su corazón, y la gran belleza masculina de Ptolomeo Keraunos empezó a ablandar también sus sentimientos femeninos, y casi olvidó por completo la solemne advertencia de Berenice, su madre, que le había dicho: «Nunca te permitas enamorarte... enamorarse no es más que una locura».

Pero no hay que olvidar tampoco que este amor de Arsinoe Beta no era nada nuevo. Ya había albergado antes aquellos mismos sentimientos por él, hacía mucho tiempo, y era como si su amor hubiese estado durmiendo aquellos veinte años o más incluso y ahora se despertase, como los rescoldos de un fuego moribundo que, al aventarlos, renacen a una nueva vida con una llama vibrante, y así fue como Arsinoe Beta se inflamó de nuevo y se vio capturada una vez más por las doradas flechas de Eros, y oyó un rugido en sus oídos y vio una pared de llamas y se sintió ardiendo, ardiendo de nuevo.

Cuando Ptolomeo Keraunos se mostró tan atrevido que incluso besó a su hermana en los labios, el beso duró tanto que ella casi se ahoga. Fue un beso tan salvaje que la saliva de su hermano chorreó sobre su pecho; tan violento, que los dientes de él hicieron brotar sangre de su boca. Pero Arsinoe Beta apenas notó esas cosas, esos malos presagios, porque Ptolomeo Keraunos era joven, todavía joven, y ardiente, muy ardiente, y por tanto muy distinto del frío y viejo Lisímaco, y la deseaba, a diferencia del difunto y llorado Agatocles, y habían pasado casi veinte años enteros desde que Arsinoe Beta recibiera un beso de un hombre por el que experimentara algún sentimiento. De hecho, desde que su hermano la besara por última vez no había experimentado una pasión como aquélla, de modo que su pasión volvió. Keraunos hacía que el corazón de hierro de Arsinoe Beta golpeara veloz como un martillo, de modo que ella fue incapaz de prestar atención a los avisos, y notó el corazón tan caliente que casi temió que se le derritiera.

Arsinoe Beta se enamoró, pues, y quedó ciega, pero el amor no cegaba a sus damas de compañía. Si Keraunos también estaba enamorado, era con un amor no mejor que la locura, y muchos decían que Keraunos ya estaba loco. Si resultaba estar doblemente loco, las cosas irían peor, mucho peor. Y temían también por la propia Arsinoe, que sólo una vez antes había mostrado emociones tales, con respecto a Agatocles, y con resultados espantosos. Sus doncellas se preguntaban: ¿estaría tan ciega que no sería capaz de ver al auténtico Keraunos, incapaz de cambiar sus groseros hábitos de vida, y que seguía siendo, a pesar de su fingimiento, el mismo cerdo entre las rosas que había sido siempre?

Las mujeres expresaron sus temores, diciendo: «Que no se introduzca demasiado en tu alma; no pienses demasiado en él». Pero Arsinoe estaba decidida. Quería, por encima de todo, un nuevo marido. Había dormido sola en su lecho sin amor durante veinte años, y veinte años era mucho tiempo. Eros, el Niño, había herido con fuerza a Arsinoe Beta con sus flechas de oro, por tercera vez. Ella pensaba que a la tercera va la vencida, y no veía más que un futuro dorado ante ella. Y quizá Keraunos se hubiera asegurado de ello, hubiese procurado su ceguera, conjurado su amor, mediante su propia magia... Keraunos, cuyo corazón estaba más lleno de pensamientos malvados que nunca, pero de los cuales Arsinoe Beta no sospechaba nada.

La ciega Arsinoe, pues, dijo que sí, y llevó a cabo todos los preparativos para el matrimonio, y fijaron el día en que debía convertirse en reina de Macedonia. Ella sólo pidió un favor: casarse ante todo el ejército de Macedonia reunido, para que fueran sus testigos.

* * *

Dos días antes de la boda, Keraunos envió un mensaje garabateado en un papiro con su propia mano inhábil:

> Nada, verdaderamente, me será más grato que protegerte durante el resto de tu vida. Guarda esto en tu corazón: que nada doloroso te ocurrirá, porque tomaré todas las precauciones necesarias para que no sufras daño alguno. Si juro con verdad, que todas las cosas resulten bien; si juro en falso, que todas las mujeres de mi casa den a luz monstruos.

Thot lo repite: no hay mentiroso que se iguale a un mentiroso griego, pero Arsinoe Beta pensaba que su hermano no escribía más que la verdad, y la llama del amor había calentado su corazón de metal, de modo que ella sólo podía pensar en el amor. Pero Keraunos mentía, y su casa sufriría las consecuencias.

Arsinoe Beta se consideraba feliz, aunque su felicidad rayaba en la locura. Los ciudadanos de Casandrea eran felices, porque aquello pondría fin a los ataques de Ptolomeo el Rayo sobre aquella ciudad. Pero no todo el mundo se regocijaba por el matrimonio que se iba a realizar, y el menos feliz de todos era el hijo mayor de Arsinoe, el príncipe Ptolomeo, que ya tenía unos diecisiete años y que sospechaba que las intenciones de su medio tío eran menos que honradas, porque había oído muchas historias de soldados contratados.

–Te lo advierto, madre –le dijo–, habrá traición al final. Es una locura casarse con un hombre como mi tío el Rayo.

Arsinoe prorrumpió en una de sus poco habituales carcajadas.

–No consentiré que mis propios hijos me digan lo que tengo que hacer –exclamó–. No conoces a tu tío el Rayo –continuó–, de modo que, ¿cómo puedes juzgar su carácter? –y desoyó los consejos de su hijo, igual que Keraunos había desoído todo consejo, porque ya estaba decidida y no pensaba cambiar de opinión por ningún motivo.

«Todo será para bien», dijo, y ordenó que se preparase el festín nupcial. Porque estaba tan segura del futuro que olvidó que ningún griego debía mencionar siquiera la palabra *mañana,* por temor de tentar a las Parcas. Arsinoe y Keraunos serían felices, dios y diosa juntos, y sus hijos dioses y diosas tras ellos, porque ella se veía ya como próxima reina de Egipto también, así que dobló su sacrificio diario de un ganso a Afrodita, la que trae la Felicidad a los Casados, para que eso sucediera.

En sus aposentos privados, dominando toda la ciudad, Arsinoe replicaba bruscamente a su hijo Ptolomeo día tras día, y le decía que no se enfurruñase, que no fuera tan suspicaz, y le prometió que todo iría bien, y que, además, su matrimonio era la única forma segura de evitar que se volviese a producir el asedio de Casandrea.

Pero eso era precisamente lo que le preocupaba a Ptolomeo: que el propósito de su tío el Rayo no fuese la felicidad conyugal, sino más violencia, y tomó la decisión de huir de Casandrea, temiendo lo peor, lo peor de todo, porque la única lección que había aprendido de su difunto padre, Lisímaco, era que un rey no debía confiar en nadie, ni siquiera en su propia madre, y mucho menos en un hombre como Ptolomeo Keraunos, por muy pariente que fuese. Más bien, como dice Thot, precisamente *por* ser pariente no había que confiar en él...

* * *

La víspera del día de su boda, Ptolomeo Keraunos despidió a sus consejeros y se sentó ante la mesa de campaña que usaba para consultar los mapas y planos de Macedonia (un país que no conocía demasiado bien) y modeló una imagen con cera. Al cabo de un tiempo, la cera tomó forma en sus manos, y se convirtió en una mujer de rodillas y con las manos atadas a la espalda. Entonces perforó la cera con clavos de cobre: uno en la parte superior de la cabeza, otro en cada una de sus orejas, uno en cada uno de sus ojos, uno en cada agujero de la nariz, uno en la boca, otro en cada pecho, uno en el vientre, otro en la *bolba*, y uno atrás... trece clavos de cobre. Y acabó sonriendo al ver su obra. En un fragmento de plomo grabó entonces las siguientes palabras: «Yo perforo tal y tal parte de Arsinoe Beta para que ella no tenga en su mente a nadie más que a mí, Ptolomeo».

Cuando pensó lo que había planeado para los días siguientes se echó a reír con su risa lunática, de hiena, y cacareó como el gallo, y pidió vino, más vino.

La víspera de su matrimonio, aquella noche, Keraunos durmió profundamente y soñó el mejor de todos los sueños posibles, que era comer carne humana, y ocurría que la carne era precisamente la de su hermana, y eso no significaba otra cosa que buena suerte.

Mientras entraba a caballo en la ciudad de Pella para casarse, Keraunos mostraba los dientes delanteros, y tarareaba las canciones de batalla de Macedonia, seguro de que aquel día sería un buen día, un día lleno de buenos auspicios, y entonó en voz alta el paian de la victoria a Apolo, Señor del Arco de Plata.

Por un camino diferente también Arsinoe Beta se dirigía hacia Pella, en Macedonia, aquella mañana. Cuando la ciudad apareció a la vista, se reunió con su séquito un grupo de hombres a caballo que salían de Pella, y que eran los mensajeros de su hermano, que le llevaban regalos, entre ellos un *lekythos* de oro con la imagen de Eros con un gallo en la mano, y Eros tenía el rostro del mismísimo Keraunos.

Enviaba también un *krater* o cuenco de oro en el que se veía dos grifos luchando, y los rostros de los grifos eran los de Arsinoe Beta y Ptolomeo Keraunos.

Presagios, quizá, de lo que se avecinaba, pero Arsinoe Beta seguía ciega. Había perdido su sentido del equilibrio. No pensaba: «Moderación sobre todas las cosas». Había olvidado el dicho: «Piensa bien lo que haces».

Con esos regalos, Ptolomeo Keraunos envió su último mensaje, prometiéndole: «Mientras viva y vea la luz en la tierra, ningún hombre pondrá las manos con violencia encima de ti».

Y por una sola vez era verdad, porque se proponía poner las manos con violencia encima de otros.

4.7
La boda sangrienta

El sueño afortunado de Ptolomeo Keraunos no fue, sin embargo, el único sueño que él tuvo la víspera del día de su boda. También tuvo sueños alarmantes. Desde luego, sabía que el sueño más peligroso del mundo era el de defecar en el ágora, o en la calle, o en el baño, y soñó todas esas cosas, una tras otra, aquella noche, y todas significaban lo mismo: la ira de los dioses de Grecia, y la conducta más inadecuada de todas, y pérdidas extraordinarias, y que el soñador sería objeto de odio. Keraunos sabía todo aquello, y sin embargo, no hizo caso alguno de la advertencia. Volvió a reír con su risa de hiena. Los dioses podían hacer lo que les diera la gana. Él era Ptolomeo Keraunos, el Rayo de los Rayos, el siguiente faraón de Egipto, Vivo para Siempre, y conseguiría lo que deseaba sin ayuda de los dioses, sólo por sus propios méritos.

Tal era el terrible hubris, el desmesurado orgullo de aquel Ptolomeo, que parecía desconocer lo que sabe todo griego: que el orgullo no queda sin castigo, que el orgullo no puede quedar sin castigo.

Y en cuanto a Arsinoe Beta, la noche antes de su matrimonio soñó con fuego: techos que ardían, balcones que ardían, dinteles que ardían, un palacio entero en llamas. ¿Y qué significaba aquello? Significaba pérdida de propiedades, muerte de niños. Pero por la mañana Arsinoe se rió, igual que se reía Keraunos, y no volvió a pensar en ello. Realmente, no creía en esas tonterías anticuadas de que todos los sueños son mensajes urgentes de los dioses.

Tan segura estaba de que lo que había hecho estaba bien que envió una última carta a su prometido: «Arsinoe a su hermano Keraunos, saludos. Debes saber que no veo el sol porque estás alejado de mi vista, porque no tengo otro sol que tú».

Ptolomeo Keraunos, que se veía a sí mismo como el próximo Hijo del Sol, se rió con su risa de hiena durante largo tiempo.

* * *

Para las ceremonias del matrimonio, aquel novio se colocó una daga con empuñadura negra en el cinturón. La novia se puso, como era costumbre, un par de tijeras abiertas en el zapato izquierdo, y todos esos objetos estaban destinados a cortar toda influencia maligna. Pero ni la daga ni las tijeras tuvieron el menor efecto.

Para la ceremonia, Arsinoe vistió el habitual ropaje nupcial con el nudo de Heracles que su marido debía desatar aquella noche. Y en la *Anaklypteria*, la ceremonia de desvelamiento, en la cual la novia debe quitarse su velo de doncella, Ptolomeo Keraunos apenas se molestó en mirar a su hermana. En primer lugar, ella ya no era ninguna *parthena*, él mismo se había ocupado de ello. Era su hermana, sencillamente, y ya la había visto antes. Sabía demasiado bien el aspecto que tenía. Estaba flaca, flaca como el chacal hambriento del desierto de Libia, y su corazón era duro como las rocas del desierto.

Aquel día, sin embargo, Arsinoe Beta se mostró muy generosa, y regaló a su hermano el traje nupcial con la armadura de oro que correspondía a un novio principesco, y aquella armadura de oro era muy pesada y realizada por artesanos tracios con una factura extraordinaria.

De niño, Keraunos había entregado a Arsinoe Beta un regalo en cada aniversario de su nacimiento, como era de rigor, pero sus regalos eran horribles, elegidos no para que le gustaran, sino para irritarla, aunque a ella le habían gustado, de todos modos: ranas, serpientes, escorpiones... ¿Qué le regalaría ahora que ya eran marido y mujer? Él pensó algo especial, pero desagradable, porque a aquella mujer realmente le encantaban las cosas asquerosas.

Así que después de muchos problemas para hacerse con él, y muchas dificultades en su transporte, y muchos problemas para mantenerlo quieto mientras se realizaban los retoques finales, le regaló como presente nupcial un cocodrilo, un cocodrilo joven del río Nilo, que medía un codo y medio de largo, y que llevaba en los tobillos aros de oro egipcios, y pendientes de oro en las orejas, y toda clase de joyas reales de Egipto y piedras preciosas sin cuento incrustadas en su carne como una coraza, de modo que al ir andando, brillaba a la luz del sol... un cocodrilo enjoyado con una traílla enjoyada, como los cocodrilos amaestrados de su niñez en Menfis; un cocodrilo que no estaba muerto y seguro, sino peligrosamente vivo, y que era, según pensaba Keraunos, de entre todas las bestias, la que más se parecía a ella: brillante, sí, pero maligna y presta a matar.

Keraunos pensaba que Arsinoe no comprendería el sentido de su regalo, y tenía razón. Ella se sintió encantada, encantada con su cocodrilo, y cuando lo vio, chilló de deleite, y abrazó a su hermano y le dio muchos besos. Y realmente en Pella no se había visto nunca nada igual, ni el cocodrilo ni un hermano que se casaba con su propia hermana.

Aquel matrimonio, pues, fue celebrado con la mayor de las magnificencias, y con un fingido regocijo general, y con música en las calles, y bailes, y tambores y trompetas, y procesiones de niños cantores, todo ello teniendo como testigos, tal como había exigido Arsinoe, toda la falange del ejército de Macedonia, que se elevaba exactamente a dieciséis mil trescientos ochenta y cuatro hombres.

Al final, Keraunos ató la diadema en torno a la cabeza de su hermana y la saludó como *Basilissa* o reina, y la besó en ambas mejillas. El corazón de Arsinoe Beta golpeaba con fuerza. Ella iba vestida de blanco, con los zapatos nupciales de fieltro blanco, y con guirnaldas y coronas de flores escarlata, y ungida con los perfumes más caros de Siria, y con las tijeras abiertas en el zapato, que le molestaron todo el día.

Aquella novia y aquel novio representaron a la perfección todos los rituales griegos, sin olvidar los membrillos consagrados a Afrodita, la portadora de la Felicidad Conyugal, que debían comerse como parte del ritual: membrillos huecos y rellenos de miel, y luego asados en un envoltorio de hojaldre que se deshacía en la boca, y la miel les chorreaba por la barbilla y se relamían, besándose el uno al otro en los labios todo el rato.

En su juventud, Keraunos siempre decía: «Cantar es para los *kinaidoi*», pero en su banquete de bodas le convencieron para que cantase, y cantó las canciones de boda de Macedonia, la canción de la golondrina y la canción del cuervo, y los asistentes al festín le aplaudieron, y Keraunos sonrió con una sonrisa genuina. De hecho cantaba muy bien.

Aquella noche, junto a la puerta de la cámara nupcial, un coro de cantores entonó los cánticos del himeneo cuyo propósito era ahogar los gemidos de ruiseñor de Arsinoe Beta mientras su matrimonio era consumado, y ahogar también, quizá, sus gritos, porque Keraunos le retorció los brazos y le hundió los dientes en el cuello, y la abofeteó y la pellizcó, y le hizo daño, igual que cuando ambos eran niños, en Alejandría.

Lleno de excitación, el corazón de Arsinoe Beta golpeaba tan fuerte que ella casi podía oírlo, y justo entonces sintió que recuperaba todas aquellas cosas que había perdido antes incluso de viajar a Tracia, y pensó que aquella noche era feliz, y que nunca antes había sido feliz. Pero lo que Arsinoe Beta no sabía era que aquel matrimonio suyo estaba destinado a durar solamente un día y medio.

Lo que hizo Arsinoe Beta a continuación fue quizá lo más desacertado que hizo en toda su vida, porque le dijo a su nuevo marido que se proponía entregarle como regalo de boda la ciudad de Casandrea, y le invitó a visitarla allí, para poder entregarle las llaves de la ciudad, y le dijo que al día siguiente planeaba adelantarse a él y hacer todos los preparativos para darle la bienvenida.

–El gobierno de las ciudades –decía ella– no es cosa de mujeres. Las mujeres deben dar a luz herederos y educar a sus hijos –porque su idea era tener más descendientes de su medio hermano.

Y entonces decretó que el día que Keraunos fuese a Casandrea sería festivo, y ordenó que todas las casas y templos, y todos los edificios públicos, fuesen adornados con guirnaldas de flores escarlata. Dio órdenes de que se doraran los cuernos de un centenar de bueyes para su sacrificio, y que toda la ciudad se diera un festín con ellos a expensas de Arsinoe.

Fueron enviadas a Casandrea flores a miles, y Arsinoe vació sus bodegas de vino para el festín, y encargó todo tipo de exquisiteces para el banquete, que sería de una magnificencia incomparable, incluyendo todos los alimentos rojos que sabía que a Keraunos tanto le gustaban, desdeñando como superstición infantil la creencia de que comer aquellos manjares rojos en cualquier otro banquete que no fuese el banquete funeral atraía la mala suerte. Sí, los ciudadanos de Casandrea festejarían por las calles, y los esclavos de las cocinas de aquella reina pasaron horas y horas golpeando pulpos en las rocas para prepararlos para el gran día de celebraciones.

* * *

Al amanecer de aquel día fatídico, cuando Ptolomeo Keraunos debía hacer su aparición en Casandrea, el otro Ptolomeo, más tarde llamado Ptolomeo de Telmeso, de dieciocho años de edad por aquel entonces, cogió el caballo más rápido del establo de su madre y se alejó galopando hacia el oeste, hacia Iliria, donde pensaba refugiarse junto a Monounios, el jefe de una tribu bárbara, pero que hablaba griego, a quien conocía por haberle visto algunos años antes durante una misión comercial a Tracia, y a quien veía, con toda justeza, como amigo suyo.

Cuando la nube de polvo que era el ejército entero de Macedonia se avistó en la distancia, los otros dos hijos de Arsinoe Beta, Filipo, de quince años, y Lisímaco Micros, de trece años, unos muchachos de notable belleza, salieron por las puertas de la ciudad de su madre a lomos de unos caballos blancos, con una guardia de tropas montadas, en una procesión formal de bienvenida para su tío el Rayo, que ahora iba a ser también su padrastro.

El Rayo llevaba todavía su *khiton* blanco y las guirnaldas de flores, pero también se había puesto su coraza de oro, su casco de oro y sus glebas de oro, que eran presentes nupciales de Arsinoe Beta, y aunque su carne estaba brillante por los ungüentos e iba embadurnado de mirra de pies a cabeza, llevaba también su escudo dorado y su espada de pomo dorado, y el *kopis* o espada corta. Sí, la daga todavía estaba en su cinto, como si fuese a la batalla, y murmuraba en voz baja las plegarias a Ares, el dios de la Guerra, y sus ojos brillaban de alegría, porque estaba de muy buen humor.

Sí, Keraunos, que no tenía en cuenta para nada a los dioses de su propio país, estaba rezando, y, Thot lo sabe, eso no podía significar nada más que los problemas más tremendos.

Las primeras palabras que pronunció fueron:

–¿No eran tres hijos? –porque echaba de menos a Ptolomeo, el hijo mayor y heredero.

Pero Filipo dijo:

–Nuestro hermano mayor no se encuentra bien. Ha comido demasiados dátiles verdes...

Porque no se atrevía a decirle a Keraunos que, sospechando que podía haber algún engaño, Ptolomeo había huido.

El padrastro abrazó a sus hijastros y sobrinos, que llevaban unas túnicas blancas y coronas de hojas de roble de oro. Nunca en su vida habían visto a aquel hombre, excepto en la distancia, y nunca le habían dirigido una sola palabra, pero él los besaba en las mejillas y en los brazos e incluso en los labios, como si les hubiera conocido desde el día que nacieron. Abrazó y estrujó a aquellos chicos con más calor incluso que si les tuviera auténtico afecto, y siguió besándolos durante un tiempo hasta que Arsinoe Beta, que los contemplaba desde las almenas, se preguntó por qué haría todo aquello. Pero sus dudas fueron momentáneas, porque Atenea había dotado aquel día a Keraunos con un atractivo tan mágico que todos los ojos se volvían llenos de admiración hacia él, hacia aquel rey, y nadie se sentía más hechizada por él que la propia Arsinoe. Nunca había visto a Keraunos con un aspecto tan bronceado, tan apuesto, tan deseable, y ordenó que las puertas de Casandrea fuesen abiertas de par en par, de modo que él pudiese entrar en la ciudad.

Y entró Keraunos, con su ejército tras él, todos armados por completo con petos, glebas, casco, espada y escudo, todos y cada uno de los hombres, pero con órdenes de adoptar un aire inofensivo, de mostrar los dientes, y la población de Casandrea les dio la bienvenida con aplausos, vítores y silbidos, y hubo mucho redoble de tambores y música de trompetas y flautas, mientras Casandrea enloquecía recibiendo al nuevo marido de Arsinoe Beta.

Sin embargo, en cuanto el final de la columna de tropas pasó al interior de las murallas, Keraunos empezó a blandir la espada por encima de su cabeza, y a gritar órdenes a diestro y siniestro, y lo que ordenó fue que las puertas de la ciudad quedasen cerradas y clausuradas para que nadie pudiese escapar, y que tomasen la ciudadela de Casandrea. A Arsinoe Beta, que había bajado a recibirlo, le gritó:

—¡Dentro de un momento tu sangre oscura chorreará de mi espada!

Sonó un rugido en la multitud y se echaron al vuelo las campanas de alarma, pero era demasiado tarde, porque Casandrea había sido víctima de un engaño. Todos iban preparados para una celebración, y nadie llevaba espada ni protección para su cuerpo. Y habían empezado a beber ya al amanecer, porque Keraunos había enviado como obsequio a la ciudad mil ánforas del mejor vino, a propósito, para que ningún hombre se encontrase en situación de defenderse.

Y entonces empezó la masacre de Casandrea: hombres, mujeres y niños, todos por igual. La sangre manchaba todas las calles, corría por las calles, y los muertos iban quedando donde caían, porque no quedó nadie vivo para enterrarlos.

Arsinoe Beta echó a correr, intentando retirarse a la seguridad de sus cámaras privadas, y sus hijos con ella, pero fueron perseguidos por unos soldados enviados a ocuparse de ellos, y en la misma escalera los chicos fueron pasados a cuchillo por numerosas espadas, en el mismísimo regazo de su madre, que los sujetaba y los abrazaba y rogaba a los hombres de Keraunos que hiciesen con ella lo que quisieran, pero que respetaran la vida de sus hijos.

La sangre de Filipo y de Lisímaco Micros salpicó el blanco traje de novia de su madre, y sus zapatos de novia de fieltro blanco, y ella lloraba y se estremecía al ver la negra sangre que brotaba de sus numerosas heridas, y mientras tanto Ptolomeo Keraunos, su hermano y esposo, permanecía allí de pie sonriendo, mirándolos y blandiendo la espalda de oro como si quisiera matar también a su hermana.

Arsinoe le gritó, entonces:

–¡Que ningún hombre aparte los perros de tu cuerpo! ¡Que ni tu deshonrada madre se asome a tu ataúd y llore por ti, sino los perros y pájaros para los cuales serás un festín y no dejarán nada de ti!

Y chillaba:

–¡No descansaré hasta que desencadene el infierno encima de tu cabeza!

Pero Keraunos le gritaba a su vez las palabras del Oráculo de Homero que había consultado aquella misma mañana:

–¡Tú no me matarás, porque estoy seguro de no estar sujeto al Destino!

Arsinoe siguió chillando:

–¡Que los buitres te devoren...! ¡Que los perros se alimenten con tu carne!

Y la maldición salió de sus labios y ya no hubo vuelta atrás. Durante un buen rato, sus ojos se llenaron de lágrimas y las palabras quedaron atravesadas en su garganta. Sus hijos yacían moribundos en sus brazos, pero a la propia Arsinoe Keraunos no se atrevió a matarla porque era su esposa, y hasta el mismísimo Keraunos se resistía a convertirse en asesino de su propia esposa, y es posible incluso que Keraunos conservase algún vestigio de afecto por su hermana, y que tuvise miedo ante la idea de convertirse en asesino de su propia hermana. En realidad, sin embargo, quizás Arsinoe Beta le debiera la vida al miedo de Keraunos a la venganza de su hermano Ptolomeo Micros, rey de Egipto, el hombre que, aunque no lo hubiese deseado mucho, había resultado ser el hombre más poderoso de la tierra.

Keraunos quería que su hermana sufriera, y sufriría mucho más si la dejaba viva. Si la mataba, simplemente acabaría con su sufrimiento de golpe, y lo que él quería por encima de todo era castigarla por haberle traicionado ante su padre, por delatar el secreto de su *aphrodisia* prohibida, y por romper el juramento de que jamás le contaría nada de aquello a ningún otro hombre. Porque era culpa de Arsinoe Beta que le hubiesen desterrado de su reino legítimo y no ser rey de Egipto.

Ahora ya había conseguido vengarse. Ahora, ella conocería la ira de Ptolomeo. Se lo pensaría dos veces antes de volver a molestarle de nuevo.

De ese modo Keraunos dejó escapar a Arsinoe Beta, su esposa y hermana, y el matrimonio, que había durado un día y medio, llegó a su fin.

Thot pregunta: ¿y qué ocurrió con los soldados contratados, esos famosos soldados de Arsinoe Beta? ¿No levantaron la espada para ayudarla? Pues no, los mercenarios estaban muy ocupados bebiéndose su vino y disponiéndose a jurar fidelidad a Ptolomeo Keraunos para poder salvar su piel. No, ningún hombre en Casandrea corrió a ayudar a Arsinoe en su hora de sufrimiento, y ningún hombre levantó un solo dedo contra Keraunos para detener sus terribles crímenes.

El propio Keraunos tenía mucho trabajo: quedaba por pasar a cuchillo la mitad de la población de la ciudad de su hermana. Había que saquear muchos tesoros, violar a muchas mujeres, y quedaba el festín preparado para comérselo, porque no hay nada como una masacre para abrirle el apetito a un loco. Keraunos, pues, se regodeó, y el jugo de los rojos frutos prohibidos corrió por su barbilla, y se rió, porque el festín matrimonial de Arsinoe Beta se había convertido en un festín funeral.

Cuando se cansaron de matar y de festejar, los hombres de Keraunos bailaron los bailes nupciales griegos, y Keraunos, completamente desnudo, corrió por la ciudad de la que acababa de tomar posesión, chillando y riendo como un lunático.

De algún modo Arsinoe Beta consiguió llegar al puerto de Casandrea y embarcó en uno de los *triereis* que navegaban rápidamente sin sufrir daño alguno, y sus damas de compañía se fueron con ella, acarreando los arcones llenos de joyas y dinero hasta el barco, una procesión de mujeres que lloraban, y ningún hombre de Keraunos levantó la espada para causarles el menor daño.

¿Y qué fue entre tanto del cocodrilo enjoyado, su regalo de bodas? Porque desde luego ella no podía llevarse al animal con ella al exilio. En absoluto. Una criatura así era demasiado preciosa para que Keraunos la dejase perder, de modo que se llevó el cocodrilo con él como talismán a partir de entonces a donde quiera que fue.

Desde las almenas de la *akropolis* de Casandrea, Ptolomeo Keraunos chilló a Arsinoe mientras ésta se alejaba: «¡Que tengas un mal viaje!», y el viaje, en efecto, fue malo porque como de costumbre se mareó.

* * *

¿Qué hombre podría sentir simpatía por una mujer como Arsinoe Beta? ¿Acaso no se merecía todas y cada una de las cosas que le habían ocurrido? Porque, desde luego, las Furias, esas mujeres con los ojos inyectados en sangre y el cabello formado por serpientes, la seguían a donde quiera que iba, y no escapaba a las horrendas atenciones de esas mujeres con las garras metálicas, con las alas metálicas, esas mujeres que se pegaron a ella hasta el día que murió.

Al final, Arsinoe llegó, por mares difíciles, a la isla de Samotracia, que Lisímaco, su difunto marido, usaba como base naval, y donde ella esperaba encontrar refugio y una amable bienvenida.

Llegó, pues, al elevado altar de Zeus Xenios, protector de los suplicantes extranjeros, el famoso lugar de refugio donde ningún enemigo sería capaz de tocarla, y rogó que, con la ayuda de los dioses, su único hijo superviviente, Ptolomeo, consiguiera florecer. Se sentó allí sujetando una rama envuelta en lana blanca, junto a las estatuas de los dioses, entonando las plegarias de súplica:

–Oh, Zeus, ten piedad de mis males, antes de que sucumba a ellos enteramente...

Y Zeus, por una vez, se apiadó de Arsinoe Beta, porque ninguna mujer, por muy culpable que sea de cualquier crimen, merece el asesinato de sus hijos.

En Samotracia, Arsinoe Beta envió recado, como siempre, al oráculo, diciendo: «Dios, Fortuna. Arsinoe pregunta a Apolo si no sería mejor que navegase a Alejandría».

Pero la respuesta de Apolo fue: «No lo hagas».

Así que ella se quedó donde estaba, pero al cabo de un tiempo, envió de nuevo a preguntar al oráculo: «Dios, Fortuna. Oh, Apolo, ¿será mejor ahora que parta para Alejandría?».

Pero la respuesta fue: «Mora donde estás y quédate ahí».

La tercera vez que le envió la pregunta al oráculo, dijo: «Para la Buena Fortuna. Arsinoe pregunta a Apolo, ¿será mejor para ella quedarse en casa?».

Pero por el momento los dioses no querían dejarla ir.

Arsinoe Beta, cuyo corazón siempre decían que era tan duro como el pedernal, mostró por una vez en su vida los mismos sentimientos que cualquier otra mujer y madre. Juró que si su deseo le era concedido, consagraría un par de orejas gigantes de plata al dios. Prometió que si conseguía huir de Samotracia, dedicaría el mayor templo que se hubiese construido jamás.

Esperó con paciencia a la estación de la navegación, pero el invierno era duro, con fuertes lluvias y mucha nieve. Pasaba día tras día mirando la montaña de granito desde la cima de la cual Poseidón había contemplado las llanuras de Troya.

Vivía de carne de cabra y frutos secos, y planeaba también el diseño de la rotonda que sería llamada Arsinoeion por ella, y que iba a ser una ofrenda de gracias por haber conseguido huir sana y salva de Casandrea, y por haber encontrado un refugio seguro, y por su venganza sobre su hermano Keraunos, si es que conseguía cumplirla algún día. El Arsinoeion iba a ser el edificio circular más grande construido jamás. ¿Y por qué? Porque todas las cosas que hacían los miembros de aquella familia tenían que ser mayores y mejores que cualquier otra cosa que hubiese hecho otra persona.

Arsinoe Beta estuvo de luto, desde luego; su llanto no tenía fin, y sus doncellas temían que se hiriese a sí misma, pero en el fondo de todo el sufrimiento se encontraba aquella dura mujer que había sido educada para no admitir jamás la derrota.

Una noche, en sus momentos de mayor desesperación, conjuró a los dioses mediante un hechizo griego, y les hizo una pregunta: «¿Podríais darme vuestro solemne juramento de que no tramáis ningún nuevo daño contra mí?».

Pero los dioses dijeron que no, que los problemas que se avecinaban para Arsinoe Beta o los que ella misma causaría no tendrían fin. La familia de Arsinoe Beta disfrutaría de trescientos años de problemas, trescientos años de travesuras de los dioses.

Y por tanto, ella se esforzó una vez más en tratar de alterar su propio destino. Creía en los dioses cuando le convenía, realizando las plegarias y los sacrificios adecuados, y cuando no le convenía, no creía. A menudo, se comportaba como si los dioses y diosas de Grecia no existieran en absoluto, porque era, en muchos aspectos, como su hermano Keraunos, y sólo seguía su propia ley.

Ptolomeo Keraunos sabía lo que estaba haciendo su hermana: magia, hechizos, encantamientos, mascullar conjuros junto a imágenes de cera, así que, previsoramente, emprendió las acciones disuasorias adecuadas, activando a su vez la magia más poderosa que conocía contra ella.

–Si alguien ha sido malo contigo –murmuraba–, y deseas castigarle... lo único que tienes que hacer es escribir su nombre con tinta roja junto a algunas palabras del *Libro de las Palabras,* y luego quemar el papiro. Y mientras se quema el papiro, la persona se romperá.

Y del mismo modo que Arsinoe Beta había ardido de amor, quedaría rota.

Porque ocurría que, por muy poderosa que fuese la magia de Arsinoe Beta, la magia de Keraunos era todavía más fuerte... tan poderosa que continuaría ejerciendo su influencia años después de su muerte; una magia que, a su debido tiempo, acabaría por destruir por completo a su hermana.

* * *

Ptolomeo Keraunos se sentía complacido, muy complacido, con lo que había hecho, y le complacía más todavía tomar posesión de todos los territorios europeos de Lisímaco. Aunque tuvo éxito, durante el resto de su corta vida se vio perseguido por dos muchachitos con la cara blanca y el cabello color paja, a los que veía despierto y dormido, dondequiera que iba, y que le miraban desde cada carro y cada carreta, o sentados frente a él en la mesa mientras comía, o caminando en la falange de su ejército, o de pie en la puerta de su tienda de campaña de cuero, y no podía librarse de ellos.

Ptolomeo Keraunos se reía del supuesto hechizo, porque en realidad no creía en fantasmas... en ninguno en absoluto. Pero como resultado de todo aquello se volvió más violento en su vida cotidiana, más irascible con sus generales, y dormía mal. Masacraba a sus enemigos como si fueran bestias salvajes, y le proporcionaba el mayor placer destrozar a los soldados más jóvenes y bellos, los que tenían el cabello rubio y los rostros de sus dos sobrinos, Filipo y Lisímaco Micros, jóvenes que murieron inocentes de cualquier crimen.

Keraunos veía demasiado lejos a las Tres Hermanas con las alas y las garras de metal (sí, las Furias) cuya tarea es atormentar a todos aquellos que han ofendido a los dioses de la Hélade, y se reía incluso de ellas, y se arrojaba ciegamente hacia delante, como un cerdo entre las rosas, igual que había hecho siempre, pisoteando todo lo que se interponía en su camino.

Cualquier hombre sensato podía comprender que Keraunos moriría de forma violenta más tarde o más temprano. Todos lo veían excepto el mismo Keraunos, que creía realmente que vivía una vida afortunada, que tenía suerte, que había nacido con suerte, y que no estaba sujeto a las leyes naturales que gobiernan la conducta de otros seres humanos.

Sin embargo, todo lo que le pasó a Ptolomeo Keraunos estaba destinado a ocurrirle. Nada de lo que sucede en el mundo sucede por casualidad. Todo está en manos de los dioses... Thot lo jura. Y lo que le ocurriría a continuación a Keraunos implicaría el derramamiento de más sangre, en esta ocasión la suya propia.

4.8
El Rayo y el Relámpago

No mucho después de la masacre de Casandrea, la maldición de Arsinoe Beta sobre su hermano empezó a hacer efecto, adoptando la forma del ejército de los celtas o galos, que bajaban de las tierras del norte con el propósito de apoderarse del reino de Macedonia.

Ptolomeo Keraunos llevaba justamente dos años sentado en su trono cuando le informaron de que aquellos galos se aproximaban por la carretera de Pella, sólo a un puñado de días de distancia. Los reyes de los territorios vecinos oyeron las noticias con espanto, y enviaron a sus embajadores de inmediato para intentar comprar a los bárbaros con sacos de tetradracmas y todo tipo de regalos de oro y plata. Sólo Keraunos reaccionó ante el ataque inminente sin nerviosismo, y salió de Pella con su ejército en persona y con gran deleite, para, tal como decía, echarle un vistazo a aquel nuevo enemigo. Y marchaba sólo con unos pocos miles de soldados mal armados y mal entrenados, como si pensara que manejar una invasión a gran escala es tan fácil como cometer un crimen.

Entonces los dardanios, amablemente, enviaron a decir a Keraunos que le podían prestar veinte mil soldados, si lo deseaba, y también refuerzos, para ayudarle a luchar contra los galos. Pero Keraunos se echó a reír y envió un mensajero a decir que sus hombres eran hijos de un hombre que había marchado con Alejandro, y que todo habría acabado para Macedonia si, habiendo conquistado toda Asia, tuviesen que confiar en los débiles dardanios (unos simples bárbaros) para ayudarlos a defender sus fronteras. Porque esas gentes eran tan salvajes que excavaban cuevas en las montañas de estiércol para hacer en ellas su morada.

Y así, Keraunos siguió sin la ayuda de los refuerzos que necesitaba desesperadamente.

El jefe de los galos, un tal Bolgios o Belgius, cuyo nombre, curiosamente, significaba Relámpago, envió a Ptolomeo el Rayo sus embajadores con la generosa oferta de que respetaría su territorio a cambio de un importante pago en oro.

Keraunos se rió de las propuestas de paz de Bolgios y envió un segundo mensajero a decir que nunca había entregado ni un cuarto de óbolo, y que exigía que los galos le entregasen a sus cabecillas como rehenes para asegurar que se portarían bien.

Y entonces el que se rió fue Bolgios, y dio la orden de que sus centenares de miles de galos invadiesen las llanuras de Macedonia, donde Keraunos estaba acampado en cierto desorden y confusión, con las tiendas colocadas de la manera que colocan los griegos sus tiendas, no en líneas rectas, sino al azar, y nada preparados para enfrentarse en una batalla campal con nadie.

Los embajadores informaron de que el rey dardanio había dicho que el famoso reino de Macedonia parecía a punto de caer debido a la precipitación de un joven, igual que se había elevado. Keraunos no hizo caso.

Aunque Ptolomeo Keraunos ya no era tan joven, porque contaba ya con más de cuarenta años de edad, seguía ostentando todas las señales de la inmadurez (prisa, temeridad, impulsividad) y seguía empecinado en su idea de ir a la batalla sin ninguna ayuda exterior, sin complementos de tropas, confiando sólo en sus habilidades personales para la guerra. Pero Keraunos no había pensado lo suficiente en la cantidad de hombres que necesitaría para derrotar a las innumerables hordas de galos que acechaban en los bosques, rugiendo sus canciones de batalla, preparándose para prender fuego y destrozar el ejército de Ptolomeo el Rayo. Alejandro habría conseguido una victoria en tales circunstancias, como de costumbre, pero Keraunos, ay, no era Alejandro.

Keraunos era un hombre de acción, sí, pero vivía por y para el momento, como su padre. No tenía la habilidad de pensar en el futuro, de modo que el pasado y el futuro significaban poca cosa para él. Desde luego, era muy bueno en combate singular, pero en realidad no tenía el genio necesario para ser general, y sólo acabó siendo comandante supremo por el accidente de su nacimiento, y porque había asesinado a Seleuco. Antes, siempre había tenido a algún oficial superior para decirle lo que debía hacer, pero Keraunos odiaba como el Hades seguir los consejos de cualquier otro hombre. Odiaba tener que hacer lo que le decían, como un niño revoltoso. Y por eso quería enfrentarse a su enemigo solo, a cualquier coste. Era un rey ansioso por ejercer el pleno mando personal, como su héroe Alejandro. Estaba impaciente por dar todo tipo de órdenes por sí mismo, y llevarse después todo el mérito de la victoria.

Y lo peor de todo: Keraunos no se daba cuenta de que en el fragor de la lucha cuerpo a cuerpo, por muy valiente que sea, un comandante nunca puede contemplar la batalla en su conjunto, y les dijo a sus generales que no sabían de qué estaban hablando. Pensaba que lo sabía absolutamente todo de la guerra, pero estaba equivocado: la persona que debía estar a su lado, ayudándole, era su medio hermana y esposa Arsinoe Beta, que podría haber conseguido una memorable victoria para su hermano. Pero Arsinoe Beta seguía en la isla de Samotracia, y era muy difícil que entonces ayudase a su hermano.

* * *

A los griegos les gustaba decir que los galos eran unos locos porque carecían de toda *dike* o acción recta, y eran la encarnación de la acción equivocada. Los galos eran famosos por comerse vivos a los niños de pecho que caían en sus manos, por cometer violaciones y mutilaciones y por otros espantosos crímenes de guerra con hombres y mujeres, y ni siquiera se preocupaban de enterrar a sus muertos. Cuando los líderes de esos bárbaros eran tomados prisioneros, siempre se negaban a rendirse, preferían matarse ellos mismos, cosa que para los griegos era la mayor de las vergüenzas imaginables, un comportamiento de cobardes. Y sin embargo los galos no eran cobardes, porque luchaban sin reparar en sus heridas y mostraban una valentía en la batalla que asombraba a todos los que los contemplaban.

Los galos, pues, carecían de toda conducta civilizada, y en eso eran como el mismo Ptolomeo Keraunos.

Antes de retirarse a pasar la noche, Keraunos se divirtió consultando el oráculo de Homero, para ver qué querían los dioses que hiciese, y el Oráculo le dijo: «Tú, lunático, siéntate tranquilamente y escucha las palabras de los demás».

Pero Keraunos no era capaz de sentarse ni un momento, y no quería seguir el consejo de un simple oráculo.

Aquella noche antes de la batalla Keraunos apenas durmió a causa de su nerviosismo, pero cuando al fin se durmió, soñó que comía libros, un sueño que sólo admite una interpretación: *muerte súbita.* De hecho, Keraunos soñó que se comía un libro horriblemente manchado de sangre: la *Ilíada* de Homero, un pergamino de papiro tras otro, porque estaba hecho de hojaldre, pero no pensó que aquello tuviese nada que ver con su propia muerte.

Apartó aquella idea de su corazón. Morían hombres en todas las batallas, desde luego, pero él creía que su destino personal no era morir, sino ser faraón de Egipto, Ptolomeo *Aionobios,* Vivo para Siempre.

Por la mañana se ató la armadura de oro que era el regalo de bodas de su hermana y toqueteó una y otra vez el collar egipcio con sus talismanes mágicos, la *baraka* o portadora de suerte, para obtener una gran victoria sobre los galos. No tenía en la mente otra cosa que el lúgubre enfrentamiento de la guerra. Iría a la batalla vestido de oro, como una muchacha, pobre idiota, y eso no le salvaría de una muerte terrible.

Mientras sus hombres tomaban lo que podía ser su último desayuno, pan mojado en vino sin diluir y salchichas, Keraunos gritó:

–¡Desayunad bien, porque esta noche cenamos con Hades! –y lanzó una risa de hiena. Cuando los hombres estuvieron ya dispuestos para la batalla, gritó–: ¡Afilad bien vuestra espada, alimentad bien a vuestros caballos de rápidos cascos, y vigilad bien vuestros carros, para poder soportar la prueba del espantoso Ares durante todo el día!

Pero ocurrió que el único griego que cenó aquella noche con Hades fue el propio Ptolomeo Keraunos. Aquel hombre pensaba que era afortunado, que había nacido afortunado para siempre, pero la fortuna de Ptolomeo Keraunos le había abandonado, porque aquél era el día destinado por las Parcas a ser el día de su muerte, su *termios hemera*, y él no lo sabía.

Cuando los galos empezaron a salir de los bosques, los amigos de Keraunos le rogaron que esperara los refuerzos griegos, que estaban de camino desde Pella, pero se habían visto retenidos por unas lluvias torrenciales. Pero Keraunos estaba tan encendido por su deseo de aplastar a los bárbaros que desoyó a sus amigos, como de costumbre, y ordenó el ataque.

–No me gusta esperar –dijo, y lanzó el grito de batalla, el *Alalalalai* de Macedonia, que fue repetido también por sus hombres, como diciendo que también estaban dispuestos a luchar, ansiosos por empezar.

Keraunos había seguido aquel día el ejemplo de Filipo, el padre de Alejandro, que siempre bebía vino antes de dirigirse a la batalla. ¿Por qué no iba a hacerlo?, pensó Keraunos. Y ordenó que se diera una ración extra de vino a todos los soldados, y luego la dobló y la triplicó, a causa del triunfo que se avecinaba y para darles más ánimos.

Las tropas de Keraunos contemplaban los bosques donde los bárbaros desnudos se arremolinaban a miles, gritando con un ritmo perfecto las canciones que helaban la sangre y les elevaban los ánimos para enfrentarse al fragor de la batalla. Aquellos hombres llevaban el cabello rubio tieso y en forma de pincho, sus cuerpos musculados iban pintados de azul de pies a cabeza, y aullaban con un grito de guerra más espeluznante aún que el *Alalalalai* que los hombres de Keraunos ya no gritaban, porque estaban un poco borrachos y Keraunos había olvidado darles la orden, y porque ya estaban como hipnotizados por los rugidos de los bárbaros.

Empezó a oírse el sonido del *karnyx* o trompeta de guerra de los bárbaros, el áspero sonido de los cuernos de guerra, y los galos se abalanzaron hacia los hombres de Keraunos con toda la furia y la pasión irracional de las bestias salvajes. Golpeaban con hachas y espadas, y nada de lo que hacían se atenía a las normas adecuadas ni a las leyes sagradas de la guerra griega: no se alineaban en filas, no daban aviso honrado antes de golpear, no atacaban desde una sola dirección, sino que parecían atacar a los griegos desde todas partes a la vez, como un millón de avispones. Keraunos chilló encantado al ver aquello, pero su voz, al gritar las órdenes, quedaba ahogada por el estruendo, y corrió la sangre. Y los carros de los bárbaros empezaron a correr en círculos en torno a los soldados de Keraunos, y cuando perdían las espadas, seguían luchando con las manos desnudas y con los dientes incluso.

En cuanto al propio Ptolomeo Keraunos, se cuentan tres historias diferentes de lo que le ocurrió.

La primera versión dice que cuando los hombres de la falange avanzaron, Keraunos fue descabalgado de su elefante y los bárbaros cortaron su cuerpo a pedacitos. Se decía que su cabeza fue separada del cuerpo y sus brazos arrancados de los hombros, y le arrancaron también las piernas como las patas de una mosca. También le cortaron sus partes íntimas y se las metieron entre los dientes.

La segunda versión dice que Keraunos sufrió un par de heridas, fue hecho prisionero y torturado, y que los galos se pelearon entre ellos para obtener placer de aquel bello cuerpo de una manera demasiado desagradable para que Thot lo relate. Luego le separaron la cabeza del cuerpo, la pincharon en la punta de una jabalina griega y la llevaron en triunfo por todo el campo de batalla, para inspirar terror a las tropas de Macedonia, que vieron que su rey ya no estaba entre ellos, perdieron los nervios, exhalaron un ronco grito al unísono y huyeron.

La tercera versión sugiere que no tuvo lugar en realidad ninguna batalla encarnizada, sino que Ptolomeo Keraunos se enfrentó solo a Bolgios. Porque tal era la costumbre de los galos cuando se disponían a la batalla, adelantarse ante su enemigo y desafiar al hombre más valiente a luchar en combate singular.

Fue Keraunos, pues, quien chilló a Bolgios:

–Igual que uno tiene sed de beber, así deseo yo luchar contigo –aunque aquel bárbaro, que no hablaba griego, no entendió ni una palabra.

Keraunos oyó el *bar-bar-bar* del bárbaro y se echó a reír. Encontraba divertido que aquellos salvajes hubiesen pensado en derrotar el poder de Macedonia, y el ruido que hacían, que era como el gorjeo de las golondrinas.

Cuando Keraunos se adelantó y esperó, ansioso por luchar, uno de sus amigos le sujetó el brazo y dijo:

–No te está invitando a que te unas a una danza, sino a una lucha a muerte.

Keraunos se echó a reír otra vez y dio un paso al frente. En aquel momento no estaba demasiado sobrio. Pero, ¿qué otro que Keraunos podía ser el más valiente? Era, y eso lo sabía, lo que habría hecho Alejandro, y su oportunidad de probar que era tan bueno como Alejandro, si no mejor. En lo único que pensaba era en que su medio hermano, Ptolomeo Micros, nunca se hubiese atrevido a hacer aquello, y que eso en sí mismo ya era una buena razón para que Keraunos luchase solo. Y sin embargo, Micros era el más sabio.

Aquel orgulloso luchador, aquel poderoso creador de pánico, aquel Rayo, se adelantó para enfrentarse a Bolgios, que era el más alto de aquellos hombres, y que iba todo desnudo excepto un collar de oro en torno al cuello y con la espada de hierro y el escudo de piel y tatuado de azul de pies a cabeza, de un azul vivo. Bolgios era más joven que Keraunos, y más ligero de pies, y todo su cuerpo ostentaba recios músculos e iba todo engrasado, pero sin cubrirse después de arena como habría hecho un griego, de modo que Keraunos no podía hacer presa en aquella carne resbaladiza. El gigante descollaba sobre Keraunos y rugía, riéndose de Keraunos y burlándose de él, hasta que éste se arrojó contra el galo no a sangre fría, sino lleno de furor y chillando. Y así fue como el Rayo luchó contra el Relámpago.

Ptolomeo Keraunos luchó con furia, desde luego, pero iba muy cargado con su espada de oro, su escudo de oro, su peto de oro, sus glebas de oro, sus botas de piel de cocodrilo y su casco de oro, que tenía en la punta unas plumas blancas de avestruz, y que fue lo primero que cortó Bolgios.

Keraunos había engordado un poco por tanto festín, y sus movimientos eran algo lentos, mientras que Bolgios bailoteaba en torno a él, ligero, con sus piernas desnudas, sin glebas ni botas, saltando y golpeando a Keraunos y echándolo al suelo una vez tras otra con sus pies volanderos. Y al final se puso de pie encima del pecho de Keraunos y le cortó los brazos y el cuello con la espada, mientras los galos rugían sin cesar sus cánticos de alabanza por las inmensas hazañas de sus antepasados, y la canción en la cual alardeaban de sus grandes éxitos e injuriaban a sus enemigos, y los rítmicos cánticos y rugidos que surgían de aquellos salvajes pintarrajeados estaban destinados a despojar a los griegos de su orgulloso y fuerte espíritu antes siquiera de que empezase el combate, tal como ocurrió.

Aquellos valientes soldados mercenarios de Keraunos, en su mayoría, ni siquiera hablaban fluidamente griego, y no conocían la letra de las canciones griegas de batalla. Su jefe no los había entrenado para que cantasen al unísono, de modo que no aullaban ni gritaban para animarle, sino que permanecían en silencio, observando. No, no quedaba duda alguna de lo que ocurrió: Bolgios introdujo el bronce despiadado por la boca de Keraunos, y la hoja de su espada pasó a través de ella y bajo el cerebro, destrozando los blancos huesos. Los dientes saltaron y los ojos se inundaron de sangre negra, y con la boca abierta, Keraunos lanzó su último grito de batalla, arrojando un chorro de sangre por la boca y la nariz, y la negra niebla de la muerte le cubrió por entero.

¿Cuántas veces había quitado Ptolomeo Keraunos las brillantes armaduras a sus enemigos muertos? ¿Cuántas veces había amputado orejas y dedos, cabezas y *rhomboi*, como trofeos de guerra, y lanzado su risa de hiena? Muchas veces. Ahora le tocaba al propio Keraunos sufrir las indignidades que tan a menudo había infligido él a los demás.

Los galos se apoderaron de la brillante armadura de Keraunos y dejaron su cuerpo desnudo en el campo de batalla, privándole de todo funeral, para que esperase el cumplimiento último de su destino. Sí, la verdad es que el final fue muy desgraciado, porque los soldados de Macedonia se dieron la vuelta y huyeron. Unos pocos se salvaron, pero la mayoría fueron hechos prisioneros, tratados de forma vergonzosa y vendidos como esclavos, o cortados a pedazos con la espada.

Mientras los cuernos de guerra de los galos todavía resonaban en la llanura, los bárbaros violaron a los muertos, hombres y mujeres, soldados y seguidores, a todos por igual. Violaron a los muertos. Y peor aún, cometieron sacrilegio contra los dioses de la Hélade saqueando y profanando los sagrados recintos, los altares y templos, sin omitir ningún acto vergonzoso hacia ellos. Cuando se retiraron al norte, siguieron saqueando y asesinando, dejando todas las granjas y campos de cereal incendiados, de modo que la frontera de Macedonia ardía de un extremo a otro, y una negra nube de humo se instaló sobre la tierra durante días.

En realidad, era el tipo de conducta que al gran Alejandro le hubiese complacido mucho llevar a cabo a lo largo de toda su campaña asiática. Por una vez, los macedonios iban a recibir el tratamiento que solían dar a los demás.

Y Thot dice: ¿quién asegurará que no lo merecen?

¿Y qué ocurrió entonces con Ptolomeo el Rayo, que yacía allí donde había caído, abandonado, con su dorada armadura desaparecida, y habiéndole robado su bella túnica y toda su ropa interior?

Primero perdió los ojos, debido a los cuervos, porque los ojos son dominio exclusivo de los cuervos. Luego fueron las partes carnosas y blandas, que siempre habían metido en aprietos a Keraunos. Con lo que quedó de él, los perros y las aves carroñeras que hacen la guerra a los cadáveres se ensañaron a placer, y los rabos de los perros golpearon el suelo ensangrentado, y el aire se llenó del batir de alas de los buitres. Antes de que se pusiera el sol de nuevo, los huesos esparcidos de Ptolomeo Keraunos, rey e hijo de rey, quedaron bien limpios por la acción de los perros y las aves que se cebaron con ellos, según la predicción de su horóscopo.

Y no fue por alocada juventud, porque aunque no parecía tener más de treinta años y a veces actuaba como si tuviese veinte, a su muerte tenía cuarenta o cuarenta y un años de edad.

Los galos tenían la extraña creencia de que la virtud de un enemigo muerto reside en su cabeza, y persistían en su creencia de que la cabeza cortada continuaba viviendo, mucho después de que el cuerpo al cual iba unida hubiese muerto.

Por tanto, no dejaron la cabeza de Keraunos en el campo, sino que esos galos volvieron más tarde y la recogieron y se la llevaron a casa, y la pincharon en la punta de una lanza. Bolgios admiraba mucho la ferocidad de su oponente, que, a pesar de estar borracho, o quizá precisamente por eso, había luchado con el espíritu de un galo, y se tomaron la molestia de embalsamar la cabeza cortada con aceite de cedro, que era el mayor tributo que un galo podía rendir a su enemigo.

Una vez realizado el embalsamamiento, Bolgios decoró la cabeza de Keraunos con oro y la guardó en un baúl, del cual saldría solamente en ocasiones especiales para mostrársela a los extraños con orgullo, como trofeo de sus proezas militares, y hasta el día de su muerte se negó a separarse de ella, aunque le ofrecieron su peso en octodracmas de oro.

En determinados festejos de los galos, Bolgios sacaba aquel gran tesoro y hacía uso de él como copa para efectuar libaciones a sus dioses. Algunas veces colocaba la cabeza sobre una columna y vertiendo un poco de agua en la boca, hacía que la cabeza cortada pronunciase unas pocas palabras, aunque en griego, una lengua que el bárbaro, por definición, era incapaz de comprender.

Vertiendo vino sin diluir en aquella boca, Keraunos podía llegar a mover sus ennegrecidos labios e incluso cantar para los galos una estrofa o dos de la Canción de la Golondrina de los griegos. Según la luz, los ojos artificiales de Keraunos, hechos con piedras preciosas, y que sustituían a sus ojos comidos por los cuervos, se veían brillar con algo que casi parecía diversión.

La cabeza de Ptolomeo Keraunos, pues (sucia, sin afeitar, demacrada, con sangre seca incrustada), cantaba igual que cantaba la cabeza cortada de Orfeo, que incluso conmovía a los propios árboles y rocas.

Algunas noches, la cabeza de Keraunos podía lamentarse o contestar a preguntas sencillas o dar consejo sobre temas importantes. Pero lo más importante de todo es que servía para fertilizar las cosechas de los galos y para repeler toda invasión por parte de los macedonios.

Ptolomeo Keraunos viviría para siempre, aunque no como él había esperado, igual que su medio hermano, el rey Ptolomeo Micros, nuevo faraón de Egipto, viviría también eternamente.

La última reliquia del Rayo acabó, pues, como herencia familiar entre los bárbaros, que apreciaban mucho su valor, mucho más incluso que los de su propio pueblo. Keraunos había sido como un bárbaro, así que en realidad aquél era un final bastante adecuado para él.

Algunos hombres veían la muerte de el Rayo como una venganza de los dioses de Grecia por el asesinato de sus dos sobrinos, cuya sangre clamaba venganza; otros creían que no era más que el resultado de la maldición o la magia de su medio hermana, Arsinoe Beta. Otros pensaban en las palabras de Herodoto: «No hay nadie que no tenga el sufrimiento como ingrediente de su destino».

¿Y qué ocurrió con el famoso cocodrilo enjoyado del río? Cuando Keraunos murió, los galos no sólo se apoderaron de su armadura, sino también de su amigo. Le quitaron las joyas de la piel con sus cuchillos de caza. Le arrancaron la piel escamosa para convertirla en pantalones. Y también se comieron su carne porque tenían mucha hambre.

Sí, lector, se lo comieron.

Y así fue como terminó Ptolomeo Keraunos, el famoso Rayo, el muchacho que nació para convertirse en alimento de los perros.

4.9
Fantasmas griegos

¿Quién se comió el pastel de guisantes, el plato funerario, por el difunto Ptolomeo Keraunos? Nadie. ¿Quién se regaló con el banquete rojo que a Keraunos le gustaba tanto comer, tanto que se convirtió en amante de la muerte? Nadie, nadie.

¿Y Arsinoe Beta, la medio hermana y durante un tiempo esposa suya? ¿Qué pensó al enterarse de las noticias sobre la muerte de su hermano? Nada. No sintió ni alegría ni tristeza, simplemente el aturdimiento que siente una madre a la que le han asesinado dos hijos en el regazo, y no puede olvidar, no puede olvidarlos. Arsinoe Beta no sentía nada.

De todos modos, los griegos creen que el fantasma de un hombre que muere antes de hora debe vagar por el mundo, y causar el mal hasta consumir por completo los años de vida que le hubiesen correspondido. Y por tanto el fantasma de Ptolomeo Keraunos debía caminar durante treinta años, todo el tiempo que le quedaba por vivir a Arsinoe sobre la tierra, y la verdad es que fue a verla, que no hubo un solo día en que su hermano no la rondara, con la piel negra y las ropas grises que visten siempre los fantasmas griegos, y no pasaba ni un solo día ni una sola noche sin que irrumpiera en la habitación de ella como un centauro, como hacía cuando era joven, y se apretase desnudo contra su pecho y le sujetase las orejas con las dos manos y la besara con el beso *khutra*, el beso de asas, y colocara sus manos sobre los dos pechos de ella y los apretara fuerte, de modo que las uñas le hacían daño, y le mordiera la barbilla tan fuerte que ella gritaba, aunque no sabía si de dolor o de placer.

En sueños ella gritaba a su hermano: «¡Que los perros se alimenten con tu carne!». Pero su fantasma, todo ensangrentado, la montaba de todos modos, y nunca la dejaba sola. Había rogado a los dioses de Grecia, a una edad muy temprana, que Keraunos estuviese a su lado para siempre. Esa plegaria al menos fue escuchada, y respondida.

Tampoco pasaba una sola noche en que Arsinoe Beta se viese libre del fantasma del bello Agatocles, que llegaba a ella ensangrentado y hermoso aun muerto, sin manos ni pies ni otras partes del cuerpo, para acusarla de su prematuro crimen.

Ni tampoco pasaba un solo día ni una sola noche sin que Arsinoe Beta viese también los fantasmas de sus dos hijos asesinados, los príncipes Filipo y Lisímaco Micros, que la siguieron a través del Gran Mar incluso a Samotracia, y también la perseguían sus gritos, sus voces adolescentes, ni graves ni agudas, sino más bien como el balido de una cabra, roncas, a mitad de camino hacia la edad adulta. Ella veía, día y noche, la imagen de sus jóvenes miembros, bronceados por el ejercicio en el *gymnasion* griego, manchados con su propia sangre. Veía sus jóvenes rostros, medio horrorizados, medio sorprendidos, y revivía su crimen en sueños, como si fuera culpable de haberlo hecho ella misma.

Durante el resto de sus días Arsinoe Beta se despertaría por la noche gritando, chorreando de sudor, mucho antes de que fuese la hora de levantarse, pero, ¿a quién podría sorprenderle tal cosa? Porque había ya cuatro fantasmas en la vida de aquella mujer, de modo que por las noches, su dormitorio estaba atestado.

Ideas de Thot: Arsinoe Beta, desde luego, tenía que haber previsto su futuro, una vida entera de noches sin dormir, el horror inacabable de recordar su pasado. Algunos hombres eran capaces de sentir por aquella mujer tan dura una cierta piedad, porque había sobrevivido a sus propios hijos. Pero la mayor parte de los griegos se encogían de hombros: era su destino. Lo que ocurrió fue voluntad de los dioses. Y si Arsinoe Beta hubiese querido cambiar su destino... pues era bastante lista, debía haber tenido el sentido común para ver lo que le esperaba.

El destino seguro de Arsinoe Beta era por una parte disfrutar de gloria, riquezas y poder; pero por otra, los dioses de Grecia, que eran tan celosos, no podían permitir que lo tuviera todo, y lo único que le negaron fue la felicidad.

Nadie, pues, debía sorprenderse de que aquella reina estuviese enferma, y nadie tenía que investigar demasiado para averiguar la auténtica razón de su enfermedad inacabable: era la venganza de los fantasmas y la venganza de los dioses, y sólo la muerte, quizá, le procuraría una feliz liberación de su tormento.

De momento, su único consuelo era que el quinto fantasma, el del viejo Lisímaco, se mantenía apartado de ella, porque aquel hombre sí que había disfrutado de todo su cupo de años y no se veía obligado a vagar por ahí.

Pero Arsinoe Beta, aunque era débil físicamente, tenía una enorme fuerza de voluntad, una gran firmeza en sus propósitos y una inteligencia enorme, y ninguna de sus desgracias la llevó en ningún momento a pensar en quitarse la vida. Era demasiado fuerte para eso, y causaría muchos problemas todavía en los nueve años que le quedaban por vivir en la tierra, antes de que llegase el día fijado por las Parcas para que muriese.

* * *

El año del primer rumor de la llegada de los galos, el tercero del reinado de Ptolomeo Micros, hijo de Ptolomeo Soter, cuando Eskedi, hijo de Anemhor, era sumo sacerdote de Ptah en Menfis, ocurrió la muerte de Apis, el Sagrado Buey de Ptah, que era el Ternero de la Vaca llamada Ta-nt-Merwer, en el vigésimo segundo año de su edad.

Eskedi y Neferrenpet lloraron, y todo Egipto se postró por la muerte de Apis. El nuevo rey Ptolomeo se dispuso de inmediato a garantizar los gastos de su funeral, y a su debido tiempo se cumplieron los veintinueve días de ritos funerarios, y el toro momificado y vendado fue conducido con el trineo habitual a la llanura occidental del desierto junto a Menfis, y enterrado en la *nekropolis* de Toros de Apis con la mayor ceremonia imaginable.

Eskedi lloró. Neferrenpet lloró. Padibastet y Nefersobek lloraron. Khonsouiou, hermano de Padibastet, lloró también. Todo trabajo en todo el Alto y el Bajo Egipto se detuvo mientras todos asistían al funeral.

Esa pérdida tan triste fue vista como advertencia de que algo malo podía ocurrir, y la noticia de la muerte de Ptolomeo el Rayo, que para muchos de los griegos de Egipto seguía siendo el auténtico faraón, llegó a Alejandría poco después.

Sin embargo, hubo más duelo en Egipto, más ceremonias magníficas, más espléndidos rituales y más pena sincera, incluso entre los griegos, por el muerto Apis de lo que hubo en el mundo griego por el difunto Ptolomeo Keraunos.

De hecho, cuando llegó la noticia de la muerte de su medio hermano a Ptolomeo Micros en Egipto, éste olvidó durante un momento la dignidad de su cargo y se quitó el *Jepresh* de la cabeza, e incluso el casco-corona azul de cuero, la corona de la guerra, y lo arrojó al aire, aunque estaba en la sala de audiencias y ante un centenar de egipcios, y dejó escapar un alarido de gozo.

–No ha sido un accidente –dijo a su esposa Arsinoe Alfa–, sino que lo han dispuesto los dioses.

Y dijo las palabras que había escrito Herodoto, el historiador: «La fortuna de los hombres está en una rueda, que al girar, no otorga nunca al mismo hombre la prosperidad para siempre...».

Porque una vez desaparecida la amenaza de invasión de Keraunos, el rey Ptolomeo Micros seguramente podría prosperar y dedicar sus pensamientos no a la guerra, sino a la gloria de Egipto como pacífica nación comercial.

* * *

Tras la muerte de Ptolomeo Keraunos, siguió un tiempo de gran zozobra en Macedonia; muchos candidatos reclamaron el reino y duraron un tiempo breve como reyes, y luego fueron expulsados.

El primero de ellos fue Meleagro, el hijo casi olvidado de Ptolomeo Soter, hermano menor de Keraunos. Pero Meleagro no estaba hecho para ser rey. Había vivido toda la vida a la sombra de el Rayo, siempre superado, sojuzgado, burlado y humillado por el chico que pensaba que su destino era ser Hijo del Sol, Hijo de Ra. Meleagro, como Keraunos, era un hombre nacido para perder, y duró solamente seis días como rey de Macedonia, y fue expulsado por inadecuado. Qué ocurrió con él después de aquello, nadie lo sabía o quería decirlo.

Después de Meleagro vino Antipatro, un sobrino de Casandro, que gobernó Macedonia exactamente durante cuarenta y cinco días, y como consecuencia se ganó el sobrenombre de *Etesias,* por los Vientos Etesios, que soplan durante cuarenta y cinco días y luego se detienen de pronto. Ni Meleagro ni Etesias podían ofrecer una resistencia adecuada a los galos, a pesar de haberse formado con los mejores regimientos de Macedonia. Los galos, pues, siguieron destrozando y arrasando las tierras griegas, y toda Grecia lloraba y se lamentaba.

Después de Antipatro Etesias llegó un general de Lisímaco llamado Sostenes, un hombre que no era de sangre real y que se negó a adoptar el título de rey. Sostenes reagrupó los restos del ejército y se embarcó en una guerra que mantuvo ocupado a Bolgios mientras los heraldos macedonios iban en busca de Antígono Gónatas, el Patizambo, y le rogaban que volviese a Macedonia y se hiciese cargo del reino... aunque para hacerlo tendría que salvar primero Macedonia de los galos.

Después de Sostenes volvió aquel Ptolomeo que era el hijo superviviente de Lisímaco de Tracia y Arsinoe Beta, pero aquel joven de diecinueve años no era rival para las fuerzas combinadas de Bolgios y todos los galos.

Sí, aquel muchacho sería rey, pero estaba claro que el destino no le llamaba como rey de Macedonia. Quizá, pensó, pudiese convertirse en rey de Tracia.

Al final hicieron rey al famoso Pirro de Epeiro, un hombre del que el mundo oiría hablar mucho en fechas posteriores. Entre esos cinco débiles reyes, gobernaron Macedonia durante un total de tres años.

* * *

En este punto de la historia de Thot, una persona ha quedado olvidada: ¿qué fue de Eurídice, la madre de Ptolomeo Keraunos? Porque el rey había establecido a su madre en Casandrea durante su fugaz gobierno de Macedonia, donde ella disfrutó, al final, del título de reina madre, e insistió siempre en que se dirigieran a ella como *Basilissa.* ¿No lamentó Eurídice la muerte del Rayo? Si fue así, no nos queda constancia de ello. Pero, ¿qué madre no lloraría por la muerte de un hijo que muere antes de lo debido?

Como todavía era una mujer joven, Eurídice podría haberse vuelto a casar, pero prefirió mantener su independencia para controlar por completo toda su vida.

Lo último que se supo de Eurídice era que gobernaba Casandrea con la ayuda de sus mercenarios, muchos de los cuales habían sido antes mercenarios de Arsinoe Beta. Eurídice, como su hijo, prefería pagar la lealtad de los hombres: hombres que la custodiaran, lucharan y mataran a cualquiera, mientras les pagaran por ello. Porque había aprendido la gran lección que todo gobernante debe aprender: a no confiar en nadie.

Seguía realizando las buenas obras que empezó ya en Egipto, enviando bolsas de octodracmas de oro a las niñas pobres de Casandrea y Mileto como dote, para que pudieran casarse y no cayeran en la esclavitud o el concubinato. Por tales actos de generosidad, Eurídice, quizá por primera vez en su vida, era querida.

Cuando llegó el momento fue enterrada por manos extranjeras, entre ellas las mujeres pobres a las que había ayudado, y que volvían cada año en el aniversario de su muerte a verter las libaciones adecuadas de leche y miel y vino sin diluir en su tumba.

Aunque era de conocimiento común en Mileto y Casandrea quién era Eurídice, quién había sido, nunca se le oyó pronunciar el nombre del que fue su marido. Para aquella mujer, Ptolomeo era un nombre más bien para maldiciones y execraciones, para ser evitado, como el Hades. Ella sabía, al contrario que otros, que lo ignoraban, que la familia de Ptolomeo e incluso el mismo nombre de Ptolomeo era desgraciado, porque los horoscopistas se lo habían dicho, y que la casa de aquel marido suyo estaba destinada a tener trescientos años de mala suerte.

En parte, Eurídice se alegraba de haber conquistado su libertad, y en parte se sentía aliviada, porque ella y sus hijas ya no pertenecían a la familia más desgraciada que hubiese existido jamás.

* * *

Una vez muerto Ptolomeo Keraunos, su hermano Micros, en Egipto, se sentía a salvo, de momento. Dormía bien en su lecho de oro batido decorado con patas de leones y cabezas de esfinges.

Micros dedicaba ahora sus horas al arte de la paz, y a ensanchar la gloria de Alejandría y de todo Egipto. Ignorando los peligros de la hubris, se permitió alardear de que su reino sería el más glorioso de toda la historia de las Dos Tierras. En esa vanagloria, sin embargo, no se hallaba demasiado lejos de la verdad.

Y en cuanto a la guerra, y la amenaza de guerra, estaba realmente a salvo, tal como decía Eskedi, sumo sacerdote de Ptah... hasta la próxima vez.

4.10

La vuelta a casa

Arsinoe Beta, después de esperar algunos meses en la isla de Samotracia a que el tiempo fuese propicio y volviese la estación de la navegación y hubiese los vientos adecuados, al final se embarcó en una *trieres* rumbo a Egipto y se dirigió a casa con sus doncellas tracias, manteniendo en secreto su identidad, quién era y quién había sido, y sin pronunciar una sola palabra sobre los hechos terribles que habían tenido lugar en Casandrea.

Al embarcar, sus amigos le dijeron: «Que los dioses te den la alegría de un buen viaje de regreso a casa», y ella se tomó, como de costumbre, la pócima verde de lagarto contra el mareo, y como de costumbre, la pócima no tuvo efecto alguno, de modo que antes incluso de que izasen la vela, la *nausiasis* la atacó de lleno y vomitó por la borda todo el camino hasta Alejandría.

Cuando aquella antigua reina se encontró a salvo en el Puerto de Eunostos, el Puerto de los Felices Regresos, reveló al capitán de la *trieres* su identidad.

–Yo soy Arsinoe –dijo–, la hermana del rey Ptolomeo –y quiso que le enviase un mensaje a su hermano para que viniera a darle la bienvenida.

Pero el capitán se rió en su propia cara, y no creyó ni una palabra de lo que ella decía.

Ni tampoco el patrón del puerto creyó la historia de Arsinoe, porque, como dijo, las mujeres que iban con ella eran todas extranjeras.

Ni tampoco el jefe de la guardia a las puertas de la gran residencia blanca del rey, cuya contemplación, brillante al sol, llena de frontones y pórticos de mármol y columnas corintias, produjo el mayor de los alivios a Arsinoe.

Arsinoe Beta había abandonado la ciudad siendo una chiquilla de quince años, hacía veintiuno, de modo que se quedó boquiabierta al ver la maravilla que era el faro ya casi terminado erguido en el puerto. Nadie en todo Egipto había pensado volver a ver el rostro de aquella joven de nuevo, y los que conocían su carácter demasiado bien se habían sentido muy contentos de que se marchara, de modo que Arsinoe casada era como si estuviese muerta y olvidada.

No resulta sorprendente, pues, que aquella reina no fuese reconocida, porque no parecía una princesa de la casa de Ptolomeo. Su *peplos* estaba roto y manchado de sangre. Su cabello, que antes era rubio y suave, estaba alborotado y la conmoción de lo ocurrido en Casandrea lo había vuelto gris. Todavía tenía muchas riquezas con ella, en forma de joyas y oro, escondidas en su equipaje, pero no tenía otra posesión que el vestido blanco manchado de sangre que llevaba y que se había negado a cambiarse desde el día del asesinato de sus hijos, y el paquete de papiro con el veneno que llevaba con ella, y que se negaba a creer que hubiese perdido su poder, pensando que podría necesitarlo si volvía a casa.

Arsinoe había deseado realizar una entrada espectacular, pero llegó antes de que se conociera su historia, pues aunque las noticias de la muerte de Ptolomeo Keraunos habían volado a través del Gran Mar, el destino de Arsinoe Beta se perdió en el ancho mar y quedó confuso y en manos de los rumores.

Cuando el patrón del puerto al final llevó a aquella mujer ante su hermano, los perros de éste le gruñeron y le ladraron, y con motivo. El rey Ptolomeo sólo la reconoció por la voz, porque ella se había arañado las mejillas con las uñas y las líneas de color rojo seguían marcándolas, ya que no deseaba esconder los signos de su tragedia mediante cosméticos para así ganarse la simpatía de su familia. Y hacía más de veinte años que Ptolomeo Micros no veía a su hermana.

–No reconocía tu rostro –le dijo, porque ya no era la Arsinoe de mejillas de manzana que le dijo adiós a la edad de nueve años.

Cuando se reunió con Filotera y Teoxena, ella las abrazó entre lágrimas y les dijo:

–Os advierto que pronto verteréis lágrimas cuando oigáis mi historia, porque la lista de tribulaciones que me han enviado los dioses es muy larga.

Y cuando acabó de contar lo que le había sucedido, su hermana Filotera le dijo:

–Arsinoe, has llorado demasiado. Ya basta de tanto sufrimiento, que no tiene ningún fin –y sugirió que Arsinoe llevara a cabo el sacrificio que debe hacer cada viajero que llega a tierra, ante lo cual, Arsinoe empezó a sollozar.

–Mis manos están sin lavar, y me siento avergonzada de verter el brillante vino a Zeus de esta guisa; nadie puede ofrecer plegarias toda salpicada de sangre y suciedad.

De modo que calentaron una olla al fuego y le prepararon agua tibia para que se bañase, a pesar de la costumbre de que las mujeres de Macedonia se bañasen sólo con agua fría.

Arsinoe Beta lloró tanto, unas lágrimas tan amargas, que aquel despliegue de emotividad femenina sorprendió a su familia, que recordaba a una joven que, como Heracles, nunca lloraba, y que la Arsinoe que se fue de Egipto era dura como una correa de perro y casi carente de sentimientos femeninos.

–Ha cambiado mucho –se decían, pero se preguntaban también si no lloraría lágrimas de cocodrilo, intentando al mismo tiempo hacerla sonreír, cosa que, desde luego, no era cosa fácil ni en sus mejores momentos, diciéndole–: Que la muerte no se aposente en tu corazón...

Cuando Arsinoe se hubo bañado y vestido con ropas nuevas, hizo su sacrificio a Zeus, Protector de las Personas que Llegan, y a Apolo, dios de los Felices Regresos, y su alegría fue real, porque, como dicen los griegos, no existe nada más dulce para los ojos de una mujer que su propio país.

A continuación, Arsinoe Beta pidió la receta para disfrazar el cabello gris, que estaba hecha a base de sangre de una vaca amarilla y grasa de una serpiente amarilla, y las yemas de una docena de huevos de canario, y consiguió devolver a su pelo, de alguna forma, un poco de su antigua belleza rubia.

El año de su regreso, su hermano, el rey, volvió a abrir el Gran Canal que había sido excavado por Darío, rey de Persia, y por el faraón Neaku, y el tercer piso, el superior, del Gran Faro quedó concluido.

* * *

Arsinoe Beta hizo todo lo que debía hacer. Realizaba generosos sacrificios diarios a los dioses de Grecia, a todos ellos. Enviaba a menudo consultas al Oráculo de Zeus-Amón, en el desierto de Libia, para preguntar por qué no conseguía hacer lo que más deseaba: librarse del horrible fantasma del bello Agatocles, que no se había quedado en Tracia, sino que la había seguido a Samotracia y ahora a Egipto, y que se pegaba a ella día y noche, dormida y despierta.

Sí, incluso había caminado bajo una ducha de sangre de cochinillo durante media mañana, pero Agatocles no la dejaba en paz.

Algunas noches, Arsinoe Beta se sentaba en la cama chillando y chillando. Le dio por bañarse cada día en el Gran Puerto de Alejandría, o en las playas que había al este y al oeste del puerto, en las Rocas Borboteantes, porque bañarse le hacía sentirse limpia; bañarse hacía que su crimen pareciese menor, y la carga de maldad que pesaba sobre ella no le parecía tan pesada. Sin embargo, incluso en el agua, con ella estaba el fantasma, el fantasma ensangrentado del bello Agatocles, desnudo y muerto, nadando al estilo perro junto a ella. Al final no pudo hacer otra cosa que resignarse a aquel fantasma, porque estaba claro que Agatocles jamás la iba a abandonar.

Ella era muy dura. Decidió que no se volvería loca, como Teoxena. Y al final casi le gustó que Agatocles la siguiera por todo el palacio. Decidió que en realidad le complacía la compañía de Agatocles, y verle de pie junto a su lecho dorado, aunque nunca dijo una sola palabra a Ptolomeo Micros acerca de ello.

Agatocles el Fantasma era, incluso en la muerte, bello de mirar, como los dioses, y por tanto Arsinoe Beta empezó a ver al fantasma como su triunfo personal, porque después de todo había conseguido aquello que tanto deseaba: que Agatocles estuviese a su lado para siempre.

Algunas noches murmuraba en sueños, cuando podía dormir: «Un fantasma es como un marido». Y de momento era el único marido que deseaba. En la semioscuridad que precedía al momento en que salía el sol, o con la luz devoradora que había siempre justo después de la hora de su asesinato, ella se persuadió de que el fantasma de Agatocles incluso le sonreía un poco, y hacía brillar sus ojos a propósito, y su amor por el muerto no era menor que el que sintió por el hombre vivo, y no le abandonaba, de modo que Arsinoe Beta era, por segunda vez en su vida, una mujer casi feliz.

* * *

La otra Arsinoe de Egipto, Arsinoe Alfa, desde luego, no era feliz.

Thot dice: imagínatelo, si puedes. Arsinoe Beta había asesinado a su amado hermano, y ahora Arsinoe la asesina, la única mujer en el mundo a la que Arsinoe Alfa no deseaba volver a ver jamás, a menos que fuese para bailar en su funeral, había vuelto a Alejandría y vivía en la misma residencia que ella, y si ella no se negaba, hasta el punto incluso de trasladarse al *gynaikeion* con ella, para compartir sus días y mangonearla en todo lo que pudiera, y hacer su vida desgraciada otra vez.

¿Qué iba a hacer Arsinoe Alfa? ¿Acaso no haría todo lo posible por librarse de aquella odiada madrastra que había llegado como un buitre a posarse en el palacio que antes la había despedido?

¿Y qué ocurriría entonces con Arsinoe Beta? ¿Acaso no intentaría matar a Arsinoe Alfa, antes de que la otra intentase matarla a ella, como venganza por la muerte de Agatocles, su hermano?

Arsinoe Beta haría algo terrible con Arsinoe Alfa porque era en realidad una serpiente, una serpiente en cuanto a astucia y también en cuanto al veneno, y parecía que estaba preparándose para golpear, disponiéndose a escupir de nuevo su veneno, como la cobra de los egipcios, pero tomándose su tiempo y esperando el momento adecuado, esperando, esperando.

* * *

Por su parte, ¿qué podía hacer Ptolomeo Micros con las dos Arsinoes, que debían vivir, de algún modo, en paz bajo su mismo techo? Micros siempre había encontrado mucho más fácil no hacer nada, y por el momento, pensando que las preocupaciones de aquellas mujeres se solucionarían solas y no eran asunto suyo, no hizo nada, pues.

Cuando Arsinoe Beta, al cabo de unos días, se hubo acostumbrado un poco a su nueva vida en Egipto, Micros se sentó a solas con ella en su cámara privada y la interrogó acerca de los rumores que había oído.

Pero Arsinoe Beta frunció el ceño y alzó las dos manos.

–Mira –le dijo–, tengo las manos limpias. No he tomado parte en ese crimen.

En sueños, Micros había visto las manos de su hermana ensangrentadas, y supo en su corazón cuál era la verdad.

Cuando volvió a interrogarla sobre la muerte de Agatocles por segunda vez, ella le miró a los ojos.

–Yo no maté a Agatocles –dijo, cosa que era verdad, porque ella se había limitado a ordenarlo, así que técnicamente no era culpable de ninguna mala acción.

–No soy ninguna asesina –continuó ella–, yo amaba a Agatocles como un yerno...

Micros se preguntó si no sería una mentirosa nata, como Keraunos.

Al fin llegaron unas cartas histéricas de Lisandra desde Siria, acusando a Arsinoe Beta de espantosos crímenes, y Micros supo con toda seguridad que Arsinoe Beta mentía. Y cuando las cartas dejaron de llegar, no supo qué pensar.

De todos modos, Ptolomeo Micros no se proponía despedir a Arsinoe Beta. Ya estaba demostrando que le resultaba demasiado útil para hacer tal cosa. No, él deseaba pedirle opinión sobre política exterior y también sobre todos los detalles de los asuntos internos, porque de inmediato demostró que era la más inteligente de las mujeres. Micros sabía que preguntara lo que preguntara a su hermana, ella siempre sabía la respuesta, y también sabía que preguntara lo que preguntase a su esposa, no lo sabía. Mientras tanto, Micros pensaba en buscar un nuevo marido para su hermana, de modo que Arsinoe Alfa, su esposa, pudiese quizá vivir en paz.

Pero al pedirle sus sabios consejos, sabía también muy bien que aquella hermana suya asesina era muy capaz de matarle mientras dormía, tal como había asesinado a Agatocles, y la mantenía alejada, y le sugirió que vistiese la ropa casi transparente de las princesas egipcias para asegurarse de que no escondía un cuchillo bajo las ropas, a lo cual, por supuesto, ella accedió encantada.

Arsinoe Beta, sin embargo, no había pensado en matar a su hermano. De quien debía librarse era de su esposa. Más bien al contrario, el interés de Arsinoe Beta aconsejaba hacer todo lo que estuviese en su poder para mantener vivo a su hermano.

Cuando Micros preguntó de nuevo a Arsinoe qué había sido de Lisandra, ella le miró como si realmente no supiera de quién le hablaba. Alzó las manos. Meneó la cabeza. No sabía, dijo, cuál había sido el destino de aquella mujer, que le había arrebatado al hombre con quien ella misma habría debido casarse. A Arsinoe Beta realmente le importaba muy poco lo que hubiese sido de Lisandra, la hermana a quien había llegado a odiar.

Aunque Micros envió sus mensajeros, sus exploradores y espías para averiguar cuál había sido destino de Lisandra, su querida medio hermana, no se volvió a saber nada más de ella.

Micros conocía bastante bien a Arsinoe Beta, aunque no había visto su rostro desde hacía media vida. Desde luego, en parte amaba a aquella hermana, la amaba de verdad, porque era hermana suya de padre y madre. Pero por otra parte, la detestaba también sinceramente. Y entonces hizo un juramento solemne: que nunca jamás en el resto de sus días confiaría en Arsinoe Beta, porque volverla a tener allí, formando parte de la familia, era como tener una serpiente venenosa viviendo bajo su mismo techo.

* * *

¿Qué pensaba en realidad Arsinoe Beta, aquella mujer tan poderosa e intrigante, que poseía unas riquezas increíbles y que no podía evitar ir matando a los miembros de su propia familia? ¿Qué pensaba mientras iba vomitando, asomada a la borda de la *trieres* en su viaje hacia casa desde Samotracia?

Había pensado: «Si puedo volver a casa con mi hermano, el rey de Egipto, él se casará conmigo; conseguiré que lo haga».

Y el hecho de que Ptolomeo Micros, faraón de Egipto, fuese hermano suyo de padre y madre y ya tuviese esposa, que casualmente era la otra Arsinoe, Arsinoe Alfa, hija de Lisímaco, hermana del hombre cuyo crimen ella misma había procurado, no le parecía ningún inconveniente. Ni la idea de que la otra Arsinoe viviese en el *gynaikeion* era tampoco un problema, porque Arsinoe Beta ya había decidido que iba a librarse de Arsinoe Alfa también, en cuanto pudiese hacerlo, porque no podía volver a vivir con aquella mujer, encerradas ambas en el mismo *gynaikeion*, y más después de lo que había ocurrido, porque una de las dos con toda seguridad mataría a la otra, y también porque Arsinoe Alfa tenía exactamente el mismo rostro que el hermoso Agatocles.

Sí, Arsinoe Beta había hecho toda su vida lo que había deseado, y nada iba a cambiar. ¿Y qué quería en aquellos momentos? Pues deseaba tener poder en Egipto, y lo tendría.

Cuando Micros le preguntó de nuevo por Lisandra y lo que había ocurrido en Tracia, Arsinoe Beta le dio una bofetada y dijo:

–¿Qué te importa a ti Lisandra, que sólo era tu medio hermana, la hija de la loca Eurídice?

Porque deseaba que cesara aquel interrogatorio.

Micros sacó el labio inferior, como si no hubiese pensado mucho lo que decía.

–¿Acaso no estás complacido –siguió Arsinoe– de haberte librado de esa mujer, que sólo supondría problemas para ti si estuviera en Egipto?

Micros levantó la parte de su rostro donde habrían estado sus cejas de no llevarlas afeitadas y depiladas para purificarle en el templo de los egipcios, el más puro de los puros.

–¿Pero qué le ocurrió a Lisandra? –insistió Micros. Realmente deseaba saber, aunque sólo fuera por curiosidad, si Lisandra estaba viva o muerta. Sí, quería mucho a Lisandra, a quien había visto pocas veces, pero que desde luego estaba menos llena de veneno que Arsinoe Beta.

–¿Qué le hiciste a Lisandra? –gritó al fin, sintiendo en su corazón que había una traición que debía ser descubierta, y fue la primera vez en su vida que gritó a su hermana. Y la última.

Porque Arsinoe Beta cambió de tema.

–¿Celebraste los Juegos Funerarios a la muerte de nuestro padre? –le preguntó, con total inocencia, como si se le hubiese ocurrido en aquel mismo momento y no llevara toda la noche planeando preguntárselo.

Micros abrió la boca para hablar, pero las palabras no salieron.

Arsinoe le miró, preguntándose si su hermano no sería tan inútil como su tío Menelao.

Micros alzó las manos. Tartamudeó.

–Yo no... No había... ¿Cómo podíamos...? No había forma de... Yo realmente no sabía...

Arsinoe Beta le miró fijamente, con severidad.

–¿Celebrasteis o no los Juegos Funerarios por Ptolomeo Soter? –dijo al fin.

–No –respondió él–, no lo hicimos –y cruzó los brazos. Y entonces se quitó el *Jepresh*, la corona de guerra, y se rascó el cráneo, del cual se había eliminado hasta el último cabello.

–Había amenaza de guerra –dijo–. Temíamos una invasión de Keraunos y Seleuco... no estábamos seguros del procedimiento adecuado...

Y la verdad es que no se habían celebrado Juegos Funerarios por ningún miembro de aquella familia.

Arsinoe Beta se echó a reír con su risa fría y dura, como si pensara que su hermano era un idiota tan grande como el famoso Filipo Arrideo.

–Bueno –dijo–, pues celebraremos los juegos ahora. Y como tú no tienes ni la menor idea de cómo organizarlos, lo haré yo misma.

Ya veía los Juegos Funerarios en sus pensamientos allí mismo, y la carrera de la antorcha, usando antorchas encendidas como bastones en el relevo, por la noche, y entonces fue cuando Arsinoe Beta tuvo su gran idea.

–Vaya –exclamó–, podríamos encender el faro también el mismo día... Los Juegos Funerarios podrían durar las horas de luz diurna, e iluminar el faro por la noche en honor de Ptolomeo, nuestro padre, que no ha vivido para ver completo su gran monumento.

Micros se resistió un poco. Dijo que el faro no estaba todavía terminado, que la gran estatua de bronce de Poseidón, que debía erigirse encima de la misma cumbre del faro, no estaba dispuesta... pero no pudo encontrar ninguna buena razón para que el faro no fuese encendido de inmediato, porque el tercer y último piso ya estaba casi listo.

Y así, Arsinoe Beta se hizo cargo por primera vez de una cosa que, en realidad, era asunto de su hermano el faraón.

* * *

Arsinoe Beta, que tenía la habilidad de convocar ejércitos de miles de soldados contratados, también podía organizar una procesión a lo largo de las calles, así que dio la orden de que todo el ejército de Ptolomeo Micros se preparase para marchar, con todas sus armas, todos los hombres sin excepción. Envió el *prostagma* de que todos los sacerdotes nativos egipcios se presentaran el día citado, también dispuestos para marchar.

Los problemas estomacales de Arsinoe Beta desaparecieron mientras estaba ocupada con la gran procesión. Elaboraba listas de atletas, pedidos de vino y olivas para los mercaderes y suministros de pescado y buey y todo tipo de exquisiteces griegas, porque su plan era que toda Alejandría festejase toda la noche a expensas de su hermano.

Convocó a los corredores para las carreras a pie, y para las carreras con armadura, y para las interminables carreras de caballos, y el que ganase más carreras tendría el honor de encender el fuego junto al altar de los sacrificios, donde se realizaría un gran sacrificio de cien bueyes a Zeus.

Preparó los planes para las carreras de carros en el hipódromo, carreras de burros, de camellos, de avestruces, carrera tras carrera, y toda Alejandría practicaba sus carreras antes de amanecer y después de ponerse el sol, en los momentos menos calurosos del día.

Antes, por supuesto, Alejandría había enviado a sus mejores atletas a través del Gran Mar a Grecia, a Olympia, para que compitiesen en los Juegos Olímpicos, de modo que ahora Arsinoe envió sus invitaciones a todos los atletas del mundo de habla griega para que acudiesen a Egipto y compitiesen por los mayores premios que jamás se habían ofrecido en ningún juego, desde que éstos empezaron, para celebrar la admisión de Ptolomeo Soter en el Olimpo, y se llamó a aquellos Juegos Ptolomeicos. Sí, aquellos juegos iban a igualarse a los propios Juegos Olímpicos de Grecia, pero mejores aún, con mayores premios, y todo se haría a gran escala, y hasta el último detalle sería responsabilidad de la propia Arsinoe Beta, que era hábil en todo lo que emprendía, y más inteligente que un millón de diosas.

* * *

El gran día de la celebración, Arsinoe Beta se pintó la raya alargada que usaban las egipcias en el rabillo del ojo, porque deseaba ser una mujer de Egipto, así como una mujer de Macedonia o una mujer griega, y porque su deseo era ser amada por todo el mundo en Egipto.

¿Cómo conseguiría hacerse amar? Pues sonriendo en lugar de fruncir el ceño. Cabalgando ella misma en persona en las carreras de avestruces, una cosa que ninguna mujer, y mucho menos la hermana del faraón, había hecho jamás. Entrando con su carro en las carreras de carros del hipódromo y, contrariamente a la costumbre griega, conduciendo el carro por sí misma, y, contra toda expectativa de los hombres, ganando. Y también arrojando puñados de decadracmas de oro a la multitud, dondequiera que iba. Desde luego, los fantasmas todavía seguían a aquella mujer, pero, como Ptolomeo Keraunos, ya no temía nada. Arsinoe Beta estaba cambiando. Intentaba con todas sus fuerzas vivir para el ahora, para el momento presente, como su difunto gran padre Ptolomeo Soter, y olvidar su terrible, terrible pasado. Además, empezó a mostrarse agradable, simpática y cordial, cuando, por Zeus y Pan y todos los dioses de Grecia, jamás lo había sido.

¿Y por qué? ¿Por qué? Porque quería tener poder en Egipto.

De modo que los Juegos Funerarios y los juegos llamados Ptolomeicos se fundieron en unos solos y grandes juegos, y tuvieron lugar durante todo aquel día, y eran como los juegos de cualquier otro sitio, lector, ya puedes imaginártelos por ti mismo, si quieres, excepto que debes imaginar unos juegos mucho mayores y más maravillosos que cualquier otra cosa vista anteriormente o igualada hasta el momento. Y lo más importante fue lo que tuvo lugar al ponerse el sol, porque al anochecer, la procesión de antorchas del ejército, decenas de miles de soldados, seguidos por cientos y miles de sacerdotes egipcios, y niños que cantaban, empezó su marcha desde palacio, en el este, siguiendo toda la gran vía procesional de la calle Canópica y atravesó el Heptastadion y el puerto hasta el potente faro, en el oeste, y todos los soldados, sacerdotes y niños y llevaban una antorcha cada uno, y todos los soldados, sacerdotes y niños cantaban, de modo que Alejandría entera brillaba y cantaba desde el principio hasta el fin. Las bandas de música tocaban: trompetas, cuernos, flautas, tambores, y toda Alejandría se apostaba en las calles para ver pasar la procesión, y fue la primera vez que aquella amplia calle se usó para su auténtico propósito. Todo alejandrino cantó las alabanzas al rey Ptolomeo, y al rey Ptolomeo Soter, su padre, y todos cantaron las alabanzas también de Arsinoe Beta, que lo había organizado todo. Arsinoe Alfa, la reina, se limitó a quedarse mirando con la boca abierta, casi incapaz de creer lo que estaba viendo, y Arsinoe Alfa no hizo nada excepto sudar bajo su corona y tratar de estar hermosa.

El propio Ptolomeo Micros subió las escaleras dentro del Gran Faro con su esposa Arsinoe Alfa a su lado, y la esposa se agarró al marido, porque temblaba ante la idea de subir mucho más alto de lo que nunca nadie había subido. Fue la intrépida y maravillosa Arsinoe Beta quien subió mediante el ascensor hidráulico a la parte superior del faro, colgada en la gran cesta de mimbre, como una serpiente en una cesta, y con un cabrestante fue izada por el mecanismo que se usaba para subir el combustible hasta la parte superior, donde debía arder la luz, y donde todo estaba ya dispuesto, esperando sólo la chispa.

Arsinoe Beta no había subido en toda su vida tan alto como subió por el aire aquel día, pero no mostró señal alguna de miedo. No temía volar. No le preocupaba la idea de que si las sólidas cuerdas se rompían, se estrellaría centenares de codos más abajo y moriría. Fue subiendo en su cesta, con la lengua saliendo y entrando de su boca como una lengua de llamas, como una lengua de serpiente, y su rostro de serpiente sonreía, y ella saludaba a su temblorosa familia mientras ellos iban subiendo las escaleras, y llegó a la cima antes que ellos, sonriendo como nadie la había visto sonreír antes.

A Micros, por otra parte, no le gustaba nada estar tan alto. A Micros le daba vueltas la cabeza. Notaba las palmas húmedas, y la túnica más sudada de lo normal, y cada escalón de la escalera le parecía más resbaladizo, y sus rodillas... bueno, parecía que se iban a doblar bajo su peso. No se preocupaba de ir mirando el gran espectáculo de la ciudad de Alejandría extendida ante sus ojos. No quería mirar hacia abajo, por temor a caer. Y cuando su *Dioiketes* hizo una observación sobre Sostratos de Cnido, que había hecho posible el faro (y que estaba allí, junto a la gran luz que debía encenderse, esperando), Micros no habló, no dijo una sola palabra, por miedo de que su voz temblase.

Desde luego, no era el propio Sostratos quien debía encender la luz, sino Ptolomeo Micros, el rey, el faraón. Pero en realidad, a Micros le temblaban mucho las manos, cuando Sostratos, graciosamente, le ofreció la vela encendida, y parecía que Micros no sabía qué hacer por el miedo de estar tan arriba, en el cielo.

Arsinoe Beta, sin embargo, casi bailaba en el reducido espacio de la parte superior del tercer piso del faro, bailaba de emoción, de alegría, y a pesar de todo lo que se decía sobre la frialdad de su carácter, no dejaba de sonreír. Y no, no fue Ptolomeo Micros quien encendió la luz, porque Arsinoe Beta cogió la vela de manos de Sostratos y fue ella misma quien prendió la mecha.

Sí, ella gritó:

–¡Apartaos!

Fue Arsinoe Beta la que se hizo cargo.

Y el combustible empezó a arder con un rugido que hizo que el cabello de todo hombre y mujer se pusiera de punta, porque era muy fuerte y muy repentino, y resonaba de una forma inimaginable, y la familia real de Egipto sintió que el muro de llamas los golpeaba, y era como el muro de llamas que se alza al encender una pira funeraria, pero diez, veinte veces más fuerte y más ruidoso, porque el faro iba a ser (ya lo era en realidad) la mayor luminaria que se había contemplado jamás.

Desde luego, la familia real de Egipto (Ptolomeo Micros, la reina Arsinoe Alfa, Arsinoe Beta y los príncipes Ptolomeo y Lisímaco) fue muy afortunada al escapar sólo con las cejas chamuscadas... los que tenían cejas que chamuscar. Pero el faro quedó encendido, y el poderoso rugido continuó resonando por encima de sus cabezas, y la llama tenía docenas de codos de altura, era la luz de faro más enorme encendida jamás, porque era reflejada y magnificada por el mayor de los espejos, hecho de bronce bruñido, y el resultado fue que la casa de Ptolomeo se retiró del calor y la luz intensamente brillante, bajando temblorosos las escaleras, y Arsinoe Beta bajó igual que había subido, en la cesta, y a la cabeza de todos ellos, y sin temblar en lo más mínimo, tan fría como una serpiente a punto de atacar.

Al cabo de un rato, los que estaban en la parte superior del faro se dieron cuenta de un tipo de rugido distinto que no venía de encima de sus cabezas sino de debajo, de la tierra, y que era el poderoso rugido de todo el populacho de Alejandría que se había reunido allí para ver aquella magia. Alejandría chillaba y aullaba de deleite, porque la ciudad entera estaba iluminada, como si fuese de día, y nadie había visto jamás nada semejante.

Y mejor aún, lo mejor de todo: después de aquella noche, ningún barco se estrelló ya jamás en la Roca Escarpada, en la entrada del Gran Puerto, de modo que el mayor logro de Ptolomeo Soter (Salvador de los Marineros del Mar, Salvador de Alejandría, Salvador de Egipto, fundador de su casa, reverenciado y poderoso antepasado de todos ellos) se había completado al fin, y era absolutamente maravilloso. Su ciudad estaba completa, su faro estaba completo, y el primero de los Libros de Thot, el cuadragésimo tercero de los Libros de Thot, está completo.

Estimado lector, Alumno-de-Thot, hay más, mucho más. Ten paciencia. Thot no ha acabado aún de escribir.

Por ahora, baste con decirte que el Gran Faro de Alejandría no dejará de iluminar la ilustre y muy ilustre ciudad de Alejandría durante mil años con todas sus noches. Thot lo jura.

Y ASÍ ACABA TODO, bien y en paz.
Por el espíritu de Fibis, escriba del tesoro del faraón
(¡Vida! ¡Prosperidad! ¡Salud!)
Copiado por el escriba Spotous, hijo de Osoroeris,
Profeta de Amón-Ra, Profeta de Min-Amón,
Profeta de Khonsu-Thot, sacerdote de primera clase,
propietario de este papiro.
A TODO AQUÉL QUE HABLE MAL DE ESTE LIBRO,
THOT· LO COMBATIRÁ.

Glosario

Afrodita: gr., diosa del amor, la belleza y la fertilidad. Los griegos la igualaron con la egipcia Hathor; en Roma se asimiló a Venus.

Agatos Daimon: gr., el Buen Espíritu, serpiente doméstica de la suerte divinizada de Alejandría; a veces personificada como Thermouthis.

ágora: gr., plaza del mercado.

akropolis: gr., ciudadela.

Alalalalai: gr., grito de batalla de los macedonios, ofrecido a Enialio, apelativo de Ares, dios de la Guerra.

Amón: gr., nombre del dios egipcio Amun (Amen), identificado con el griego Zeus como Zeus-Amón. Se le muestra llevando unos cuernos de carnero enroscados.

Amun: Señor de los Tronos de las Dos Tierras, dios supremo de los egipcios.

andron: gr., las habitaciones de los hombres en una casa.

ánfora: gr., jarra esbelta con dos asas para transportar vino, aceite, etcétera. También es una medida de líquidos: 1 ánfora = 41,4 litros.

Anj: eg., símbolo de la vida.

Anubis: eg., hijo de Osiris y Neftis, dios de los muertos, dios del embalsamamiento, protector contra el mal. Aparece como chacal u hombre con cabeza de chacal.

Apis: eg., el toro sagrado de Menfis; Imagen Viviente de Ptah. Conocido por los griegos como Apis o Epafos; para los egipcios como Hap.

apokrisiarios: gr., secretario.

Apolo: gr., dios de la Música, la Profecía, la Curación y la Medicina, y también de la Arquería.
Ares: gr., dios de la Guerra, el Marte de los romanos.
Artemisa: gr., diosa de la Fertilidad y protectora de las mujeres en el parto; doncella cazadora; hija de Zeus.
Asclepio: gr., dios de la Salud; en latín, Esculapio.
Atenea: gr., diosa virgen de la Guerra, y patrona de artes y oficios; personificación de la sabiduría; en latín, Atenea o Minerva.
Atum: eg., dios del Sol y creador del Universo; señor de Heliópolis.

Basileus: gr., título equivalente aproximado al de rey.
Basilissa: gr., título equivalente aproximado al de reina.
Bast, Bastet: eg., diosa gata de los egipcios; hija de Ra.

Casa de la Vida: la parte del templo egipcio situada aparte para el aprendizaje y la enseñanza sacerdotal.
chendjyt: eg., el taparrabos plisado o falda del faraón.
codo: gr., medida equivalente a 18 o 20 anchos de dedo (unos 45-50 centímetros).

decadracma: gr., moneda de diez dracmas.
dexiosis: gr., apretón de manos.
diadokoi: gr., los sucesores de Alejandro.
diekplous: gr., maniobra de batalla en la cual los barcos navegaban por un hueco en la línea enemiga y atacaban la flota desde la retaguardia; literalmente, «navegar a través».
Dioiketes: gr., administrador de Ptolomeo en Egipto; primer ministro, visir y ministro de finanzas.
Dionisos: gr., dios del Vino y la Viña; dios del Frenesí; en latín, Baco.
dracma: gr., moneda griega equivalente a 6 óbolos; 6.000 dracmas formaban un talento. También era medida de peso: un dracma = 4,36 gramos.

ephebos: gr., efebo, un joven de unos diecisiete o dieciocho años.

epistates: gr., gobernador.
epithalamion (Epitalamio): gr., canción o himno nupcial.
Eros (pl. Erotes): gr., dios del amor y la fertilidad, hijo de Afrodita.

falange: gr., formación de los soldados de infantería fuertemente armados en batalla, que constaba de 4.096 hombres. La gran falange contaba con 16.384 hombres.
fayenza: eg., pasta vítrea, de color azul o verde, usada para cuentas y joyería.
Furias o Erinias: gr., también conocidas como Euménides, «las amables», vengadoras de crímenes, especialmente los crímenes contra los lazos familiares. Se representan como mujeres aladas, a veces con serpientes.

gymnasion: gr., lugar de ejercicio para los hombres, designado para preparar a los *epheboi* para la vida militar. El *gymnasion* de Alejandría estaba situado en el centro de la ciudad, al lado del ágora.
gynaikeion: gr., habitaciones de las mujeres en una casa, donde los hombres tenían prohibido el acceso después de la edad de siete años.

Hades: hermano de Zeus, gr., dios del Mundo Inferior, que gobernaba sobre los muertos con su esposa Perséfone; también conocido como Plutón.
Hathor: diosa vaca de los egipcios. Es la madre simbólica del faraón, que se llama Hijo de Hathor; se la muestra como una hembra humana sobre cuyo tocado se coloca una corona de cuernos de vaca y un disco solar, o bien como una vaca. Es la hija de Ra.
Hefestos: dios griego del Fuego, especialmente de la fragua y de los herreros y artesanos. Los griegos lo equiparaban al Ptah de los egipcios. En latín, Vulcano.
Hélade: Grecia.
hemióbolo: gr., moneda de medio óbolo.

Heptastadion: gr., el puente de siete estadios de largo que unía la ciudad de Alejandría con la isla del Faro.

heqat: eg., el cayado de pastor del faraón.

Hera: gr., esposa de Zeus; reina de los dioses; diosa del Matrimonio. En latín, Juno.

Hermes: gr., dios de la Fertilidad y la Buena Suerte; heraldo de los dioses, que conduce a las almas de los muertos al Mundo Inferior. Patrón de mercaderes y ladrones, de la oratoria, la literatura y el atletismo. Hermes se muestra con unas sandalias aladas, el sombrero alado y el bastón (*kerukeion*) del heraldo. Los griegos lo equiparaban a Thot.

heröon: gr., santuario de un héroe.

himation: gr., manto o traje exterior, que se llevaba encima del *khiton* o túnica, o a veces solo.

hipódromo: gr., pista de carreras de caballos.

Horus: eg., Har; el dios halcón, Señor del Cielo; el símbolo del reino divino en Egipto. El faraón es el Horus Viviente.

hyparkhos: gr., gobernador subordinado o supervisor para el sátrapa.

Ilitia: gr., diosa de los dolores del Parto; hija de Zeus y Hera.

Isis: eg., diosa, Más Inteligente que un Millón de Dioses. Es una diosa de inmensos poderes mágicos, madre simbólica del faraón y madre también de Horus y esposa de Osiris. Se la llama la de Lengua Hábil, Grande en Magia, Señora de los Muchos Nombres.

Jepresh: eg., el casco de guerra azul de cuero, o corona de guerra del faraón, como un capelo.

karnyx: trompeta de guerra de los Keltoi o galos.

kausia: sombrero de fieltro o casco para el sol de los macedonios.

Keraunos: gr., Rayo, un atributo de Zeus; también el sobrenombre del hijo mayor legítimo de Ptolomeo Soter.

Khepera: eg., dios sol creador en forma de escarabajo.

kherep: eg., el cetro de mando del sumo sacerdote de Ptah en Menfis.

khiton: gr., túnica (quitón).

khlamys: gr., manto militar del soldado macedonio.

klama: gr., lamento por los muertos.

klepsydra: gr., reloj de agua.

Koile-Siria (Coele-Siria): región de Siria-Palestina, Siria la Hundida, llamada así para distinguirla de la Siria entre los Ríos (Mesopotamia).

komos: gr., danza de la victoria en honor de Dionisos, dios del Frenesí.

Kynokephalos: babuino con cabeza de perro o Simio de Thot, en el cual se encarna Thot.

Kyria (Kuria): gr., señora, dama.

larnax: gr., caja de huesos funeraria.

lekythos: gr., cuenco.

Maat: eg., diosa que personifica todos los elementos de la armonía cósmica tal como la estableció el dios creador al principio de los tiempos: Verdad, Justicia, Integridad Moral. Se muestra como una mujer que lleva una pluma de avestruz enhiesta encima de la cabeza: la pluma de la Rectitud y la Verdad.

maenade: gr., nombre griego que significa «mujer loca», devota de Dionisos, dios del Frenesí.

Menfis: eg., ciudad antiguamente llamada Ineb-hedj o Menufer, ciudad de Menes, el primer faraón; a veces llamada también Muros Blancos. Los griegos llamaban al lugar Menfis.

Micros: gr., pequeño.

Min: el dios egipcio de la fertilidad de Koptos; el Pan de los griegos.

mina: gr., medida griega que equivale al peso de una libra de plata o 100 dracmas.

Moeris: lago al sur de Heliópolis. Los egipcios lo llamaban Mer-wer, el moderno Fayum.

Monoftalmo: gr., el Tuerto, sobrenombre de Antígono de Macedonia.

Moradores de las Arenas, Trotamundos de las Arenas: los beduinos.

Mouseion: gr., Templo de las Musas o Museo.

Musas: gr., las nueve hijas de Zeus y Nemosine, normalmente llamadas como sigue: Calíope (poesía épica), Clío (historia), Euterpe (flauta), Melpomene (tragedia), Terpsícore (danza), Erato (lira), Polimnia (canto sagrado), Urania (astronomía) y Talía (comedia).

Naktoreb: el último faraón nativo de Egipto, antes del gobierno de los presas. Los griegos le llamaban Nektanebo o Nectanebo II. Reinó del 360 al 343 a. C.

natrón: gr., *nitron*, bicarbonato sódico usado en los rituales de embalsamamiento de Egipto.

naumachia: gr., batalla naval, o batalla naval fingida.

nausiasis: gr. mareo.

Nefertum: eg., dios hijo de Ptah y Sejmet. Es el dios del capullo de loto primigenio, el loto azul del cual sale el sol cada día.

Neftis: eg., diosa funeraria, hermana de Isis y madre de Anubis por Osiris.

Neit: eg., diosa creadora de Sais, Señora del Arco, Gobernadora de las Flechas. Los griegos la equipararon a Atenea.

Nejbet: diosa buitre del Alto Egipto.

Nekhaka: eg., el mayal para azotar del faraón.

nemes: eg., tocado de rayas rojas y blancas del faraón.

Niqué: gr., diosa que personificaba la victoria.

óbolo: gr., moneda; una sexta parte del dracma.

octodracma: gr., moneda de un octavo de dracma.

odeion: gr., cámara del Consejo.

oneiroscopista: intérprete de los sueños (gr. *oneiros* = sueño).

Osiris: eg., dios de los Muertos. Es el marido de Isis, la gran Diosa, la Poderosa.

Osorapis: forma egipcia de Serapis; el toro sagrado de Menfis adorado como toro antes de su muerte.

Ouraios: gr., forma del latín ureo. Véase «Uadjet».

paian: gr., canción de triunfo o de gracias, especialmente a Apolo o Artemisa.

Pan: gr., dios de los rebaños y la fertilidad; patrón de los pastores y vaqueros, el Min de los egipcios.

Parcas: gr., un trío de diosas (Cloto, Láquesis, Átropo) que gobernaban el destino de las personas y eran más fuertes que los dioses.

parthena: gr., virgen.

peplos: gr., vestido de mujer.

phletron: gr., medida equivalente a unos treinta metros.

Poseidón: gr., dios de los Terremotos y el Agua, posteriormente dios del Mar y asociado a los caballos; hermano de Zeus y de Hades. En latín, Neptuno.

prostagma: gr., orden, decreto.

prostasia: gr., liderazgo, cargo de gobernador.

Ptah: el dios egipcio creador de Menfis; en gr., Hefestos; en latín, Vulcano.

Punt: el País del Sur, quizá la moderna Somalia.

pylon: gr., nombre de las puertas de los templos egipcios.

Ra: dios Sol creador de los egipcios en Heliópolis; mostrado como un halcón con el disco del Sol en la cabeza. Los griegos lo equipararon a Helios.

Rhakotis: barrio nativo de Alejandría. La palabra significa Lugar del Edificio, y la usaban los egipcios para no pronunciar el nombre de la ciudad de Alejandría.

Rhinokolura: colonia penal de las fronteras del nordeste de Egipto: literalmente, cortanarices.

rhombos: gr., rueda mágica, *phallos*.

rhyton: gr., recipiente para beber.

Sajmet, Sejmet: diosa-leona egipcia de Menfis; esposa de Ptah y madre de Nefertum.

sappheiros: gr., la piedra preciosa azul conocida como lapislázuli.

Sarapis, Serapis: dios que combinaba características egipcias y griegas. De Zeus y Helios obtiene su aspecto de majestad y dios del sol; de Dionisos, fertilidad de la naturaleza; de Hades y Asclepio, su conexión con la Otra Vida y la curación.

sarissa: gr., lanza de los macedonios, de 12, 14 o 16 codos (de 5 a 8 metros de largo)

sátiro: gr., espíritu semianimal de los bosques y colinas, que asistía al dios Dionisos. Los sátiros tenían cuerpo humano, pero las patas eran de cabra. Eran lujuriosos y les gustaba perseguir a las ninfas.

sátrapa: antigua palabra persa que significaba gobernador provincial o gobernador de una provincia.

seistron (sistro): gr., sonajero sagrado usado en los templos egipcios para ahuyentar los malos espíritus; en latín, *sistrum.*

Selene: gr., diosa de la Luna, identificada con Artemisa.

Sema, Soma: gr., *sema,* tumba; *soma,* cuerpo: nombre dado al lugar de enterramiento de Alejandro, en Alejandría.

Seth: dios egipcio del desierto; encarna el desorden, y es hermano de Isis.

Shai, Shay: eg., dios del Destino, que aparece en forma de serpiente. Para los griegos, se funde con Agatos Daimon.

Shu: eg., dios de la luz del sol y del aire. Aparece como un humano con una pluma en la cabeza.

Sobek: dios cocodrilo egipcio, que simboliza el poder del faraón, ya que su gran habilidad para atrapar y destruir las presas le convierte en una buena manifestación del poder real.

Sokar, Seker: dios halcón, patrón de la *nekropolis* de Menfis. Se muestra con forma humana y cabeza de halcón.

Soter: gr., salvador, Libertador de Peligros, título de Zeus también otorgado a Ptolomeo I.

stade o stadion: gr. medida igual a 183 metros, y también el nombre de la pista de carreras griega, y la carrera a pie que tenía la longitud del *stadion.*

strategos: gr., general; también gobernador militar.

Syene: ciudad del Alto Egipto, Yebu en egipcio antiguo; la moderna Asuán.

talento: gr., unidad de peso y moneda equivalente a 60 minas o 6.000 dracmas o 36.000 óbolos. Un talento de peso equivalía, quizá, a 84 libras de oro o de plata.

Tebas, Egipto: para los egipcios esta ciudad era Uaset o la Ciudad del Sur; para los griegos era Diópolis (Ciudad de los Dioses) o Tebas, «la de las Cien Puertas». Es la moderna Luxor, o Karnak.

Thanatousia: gr., festín de los muertos.

Thermouthis: nombre dado a la serpiente doméstica de la suerte de Alejandría, que también era la Agatos Daimon, o Espíritu Bueno. Thermouthis era vista como la mensajera de Isis, si no como la propia Isis.

Tiqué: gr., diosa de la Suerte o la Fortuna. En latín: Fortuna.

trierarca: gr., comandante de una *trieres.*

trieres, pl. *triereis:* la galera de guerra con remos griega; en latín *trirreme.*

Typhon: gr., homólogo de Seth. A los egipcios les gustaba ver a los griegos como tifonianos, como personificación del desorden.

Uadjet: diosa cobra de Egipto. El *ouraios* o *ureo* de la cobra es el símbolo de la soberanía del faraón que lleva el faraón en la frente, es Uadjet que se alza llena de rabia para escupir llamas en defensa del monarca. Uadjet, o Udjat, es la diosa tutelar del Bajo Egipto. Su homóloga del sur es Nejbet el Buitre.

Zeus: gr., rey de los dioses, padre de los dioses y los hombres. Es el gobernador supremo, que controla el rayo, el relámpago, la lluvia, e imparte justicia, ley y moral.

Zeus-Amón: gr., famoso oráculo en el desierto de Libia, la moderna Siwa.

Medidas y monedas griegas

MEDIDAS GRIEGAS

4 anchos de dedo = 1 *palaste* o palmo de la mano.
12 anchos de dedo = 1 *spithame* o anchura de todos los dedos.
16 anchos de dedo = 1 pie griego (*pous*) o 4 palmos.
18 anchos de dedo = 1 *pygme* o codo corto, la distancia entre el codo y los nudillos.
40 anchos de dedo = 1 *bema* o paso.
96 anchos de dedo = 1 *orgya*, longitud de los brazos extendidos, o 1 braza.
1.600 dedos o 100 pies = 1 *plethron.*
9.600 dedos o 600 pies = 1 *stadion.*
288.000 dedos o 30 *stadion* = 1 *parasang.*

MONEDAS GRIEGAS

6 óbolos = 1 dracma
100 dracmas = 1 *mina* (también una libra de peso de plata).
60 *minae* = 1 talento, o 6.000 dracmas, o 36.000 óbolos.
Un soldado griego normal ganaba 4 óbolos al día.
A un dracma por hombre por día, con un talento se podía pagar una tripulación de *trieres* durante un mes.
Un escultor en la cima de su carrera podía ganar dos dracmas al día.
La mejor chica flautista podía ganar dos dracmas por una noche de entretenimiento.

Con doscientos dracmas se podía comprar un buen soldado.

Doscientos dracmas era también el rescate habitual para un prisionero de guerra.

Una concubina mina podía costar 100 dracmas cada vez, o 600 óbolos (la paga de 150 días de un soldado normal).

Una prostituta de óbolo se podía obtener por un cuarto de la paga diaria de un hombre.

Estrato de Lampsaco cobró 80 talentos como tutor del joven Ptolomeo Micros. Esa suma representaba la paga de 1.972 años para un soldado corriente.

En cuanto al faro, el Gran Faro de Alejandría, con su coste de 800 talentos, equivalía a la paga corriente de un soldado durante 19.726 años.

A un soldado normal le hubiese costado 9.000 días, casi 25 años, ganar un talento, pero Alejandro regalaba talentos a sus soldados veteranos como propina o como prima.

Índice